남득길
進處道

남(進)듬(處)길(道)

초판1쇄 발행 2019년 8월 22일
초판2쇄 발행 2019년 8월 25일

지은이   조대환
펴낸이   이찬규
펴낸곳   도서출판 선학사
등록번호   제01-1519호
주소   13209 경기도 성남시 중원구 사기막골로 45번길 14
        우림2차 A동 1007호
전화   02-704-7840
팩스   02-704-7848
이메일   sunhaksa@korea.com
ISBN   978-89-8072-259-4 03810

값 30,000원

조대환 지음

남들길

進

處

道

선학사

온고지신

조대환 변호사의 인생 철학을 담은 책 《남(進), 듬(處), 길(道)》 출판을 축하드립니다.

지난 2016년 12월 9일, 박근혜 전 대통령에 대한 탄핵소추안이 국회 본회의를 통과한 그 이튿날 조대환 변호사가 박근혜 정부의 마지막 청와대 민정수석으로 부임했습니다. 이미 권력의 추가 떨어져나가고 험난한 길만 남아있던 민정수석비서관 자리를 맡아주신 조대환 전 수석에게 저는 당시 비서실장으로서 지금도 참으로 감사한 마음을 간직하고 있습니다.

그 후, 청와대 퇴임 직후인 2017년 5월 11일, 조대환 전 수석은 서울 양재에서 고향 청송까지 800리 길을 걸어서 가겠다고 나섰습니다. 이른 새벽 떠나는 길을 배웅하고 돌아오며 저는 저토록 힘든 여정을 떠나는 조대환 수석의 용기에 감동하지 않을 수 없었습니다.

한편 조대환 수석은 이 책에 그 마음을 담았습니다.

"모든 것은 걸어야 이루어지며, 백성 속으로 들어가 문제를 제기하고 해결책을 고뇌하며 동료를 만나 생각을 모으는 것도 모두 길(道)에서 이루어집니다. 영남 사림의 옛 선비들이 걸어 올라가고 걸어 내려간 그 길을 그들의 심정에서 한 번 걸어 내려가고 걸어 올라와 선배들의 정신과 문화를 체험하고 이를 요즘 후배들에게 보여주고자 마음먹었습니다."

조대환 수석이 그토록 어려운 여정을 떠난 이유는 바로 과거 전통과 역사가 바탕이 된 후에 새로운 지식이 습득되어야 제대로 된 앎이 될 수 있다는 온고지신(溫故知新)의 마음으로 길을 떠났던 것입니다.

'행복한 동행은 같은 곳을 가는 것이 아니라, 같은 마음으로 가는 것이다.'라는 말처럼 혼자 떠난 길이었지만 우리 모두는 조대환 수석의 온고지신의 뜻을 이해하고 마음으로 함께 동행했습니다.

우리 국민의 마음이 하나가 되고 대한민국의 자유민주주의가 더욱 굳건해지고 다음 세대 젊은이들의 자유와 행복이 더욱 충실해지기를 바라는 조대환 수석의 꿈이 꼭 이루어지기를 기대하며, 다시 한번《남, 듬, 길》출판을 축하드립니다.

2019년 7월
전 대통령비서실장 한광옥(韓光玉)

남(進), 듬(處), 길(道)

길(路) 위의 길(道)

2016년 12월 9일은 한국 정치사의 치욕으로 기록될 것이 분명한 국회의 탄핵소추가 졸속으로 가결된 날이며, 제 개인적으로는 박근혜 정부의 마지막 민정수석비서관으로 임명된 날이기도 합니다. 일부 사람들은 세월호 발목 잡던, 끝까지 불통인사라는 등등 정파적 편견에 근거해 시비를 걸어왔기에 이에 대한 정당한 해명이 필요하다고 생각합니다.

2017년 3월 10일, 헌재가 세계 헌정사의 오점으로 남을 수밖에 없는 대통령 탄핵을 결정한 날입니다. 민정(民情)의 수집 책무를 담당했던 관료의 입장에서 탄핵심판 절차의 위법성과 결정 내용의 위헌성을 관찰했으므로 그 관찰 결과를 보고할 필요가 있다고 사료합니다.

헌재의 일부 재판관은 탄핵 결정문에서, 2014년 4월 16일 발생한 세월호 참사에 관해 대통령으로서의 최소한의 지도력을 발휘하지 않았다는 엉뚱한 이유를 들어 성실의무를 위반한 것처럼 혹세무민의 해괴한 논리를 폈습니다. 저는 세월호특조위 부위원장 겸 사무처장으로 일하다

사퇴한 바 있고, 그 일로 해수부 장·차관의 직권남용 사건 재판에서 증언을 한 바도 있어, 누구보다 세월호 참사의 발생 경위 및 구조과정에 대해 잘 알고 있다고 자부합니다. 그런데 유족과 좌파단체 등에서는 아직도 저를 세월호 조사 방해세력이라고 음해하고 있습니다.

그래서 저는 세월호 참사 사고 내용 및 구조과정과 세월호특조위 조사 경과의 진상을 소상히 밝혀 일반 국민으로 하여금 제대로 판단할 수 있게 하여 다시는 세월호 참사와 같은 대형 인재(人災) 사고가 일어나지 않도록 안전시스템을 마련하는 데 중지(衆智)를 모을 수 있게 하고, 또한 피해자 구조의 법적 책임문제에 대한 헌재 결정문의 반헌법성을 객관적 시각에서 고발함으로써 참사를 사리사욕과 정치적 목적으로 악용하는 사례가 더 이상 발생하지 않도록 교훈을 얻는 데 기여해야 한다고 생각했습니다.

청와대 재직기간 중 지켜본 이른바 국정농단 사건 수사와 관련해 최서원 특검과 검찰은 검사 아닌 자의 특검 수사, 수사기밀 공개, 협박 및 피로 수사, 불법 구속의 남용 등 위법한 수사의 백화점이었으므로 민정수석의 입장에서 특검과 검사들의 위법성과 불법행위들도 지적해야 할 책임이 있다고 생각합니다.

헌법이 보장하는 직업공무원제에 있어서의 공직자는 먼저 국민과 공익을 위해 헌신하겠다는 멸사봉공(滅私奉公) 정신으로 뜻을 세워, 국가에서 정한 학문 영역을 충분히 습득하고 소정의 전형 절차를 거쳐 합격한 사람이므로, 스스로 노력과 실력으로 과거에 합격해 관료로 취임하는 옛 선비들과 같은 존재입니다.

옛 선비들은 스스로 자부심과 책무성을 가지고 행동거지와 생활방식에서 서민의 모범이 되고 서민들을 보살펴 더 나은 삶을 살게 하려는 경세제민(經世濟民) 의식을 가졌습니다. 그러나 제가 민정수석으로서 겪어본 관료들은 자부심과 책무성을 저버린 채 경세제민에는 관심이 없고 일신의 안전과 출세라는 개인적 욕망에 매몰된 것을 목격했기에 절망감마저 들었습니다. 검사·판사들 역시 지행합일을 실천하기는커녕 정치영합형(政治迎合型) 혹은 정치주구형(政治走狗型)으로 전락했습니다. 그들의 동료 혹은 선배로서, 옛 선비들의 지행합일 의지와 경세제민의 노력을 알려주고 싶었습니다. 그 한 방법으로 '걷기'라는 고행을 생각해봤습니다.

옛 선비들은 학문을 닦아 충분하면 벼슬에 나아가고, 벼슬이 뜻과 같지 않으면 물러나 은거했습니다. 즉 진퇴(進退)가 분명했습니다. 벼슬에 나아감은 우리말로 '남(進)'이며, 물러나 은거함은 '듬(處)'입니다. 영남 사림은 벼슬길에 나아가기 위해 상경하는 남(進)의 경우든, 벼슬을 버리고 낙향하는 듬(處)의 경우든 영남대로를 걸을 수밖에 없었을 것입니다. 모든 것은 걸어야 이루어지며, 백성 속으로 들어가 문제를 제기하고 해결책을 고뇌하며 동료를 만나 생각을 모으는 것도 모두 길(道)에서 이루어집니다.

영남 사림의 옛 선비들이 걸어 올라가고 걸어 내려간 그 길을 그들의 심정에서 한번 걸어 내려가고 걸어 올라와 선배들의 정신과 문화를 체험하고, 이를 요즘 후배들에게 보여주고자 마음먹었습니다. 그래서 후배들이 선배들의 정신과 문화를 떠올려보고 이를 행동규범으로 삼을 수 있기를 희망해봤습니다.

그래서 제 작은 걸음이 시공을 뛰어넘어 선후배 간에 서로 정신이 교감하는 길(道)이 되고 소통하는 길이 열리기를 의도했습니다. 그래서 2017년 5월 11일부터 13일간 양재에서 청송 부남까지 걸어 내려간 길을 듬(處)의 여정으로, 2018년 9월 26일부터 12일간 대구 황금동에서 양재까지 걸어 올라온 길을 남(進)의 여정으로 표현해봤습니다. 그리고 남이든 듬이든 모든 것이 길(道)이며 길을 통해서만 이루어질 수 있다는 의미에서, 책의 제목을 '남(進), 듬(處), 길(道)'로 정했습니다.

어떤 길을 택해 가느냐는 휴대폰의 구글 지도, 네이버 지도를 이용했으며, 우선 순위는 흙길, 인도, 자전거도, 지방도, 국도 순이었습니다. 그날그날 걸음 수와 거리는 휴대폰의 삼성 헬스 애플리케이션에 따랐습니다. 오르막길에 비해 내리막길을 걸어 내려갈 때 걸음 수가 20% 정도 많아진다는 것을 이번에 알게 되었습니다.

길을 떠나려면 가족에게는 알려야 하고 걸으면서 가족을 생각합니다. 결국 가족에게 돌아가서 걷는 동안의 이야기를 들려줍니다. 그래서 걷는다는 것은 혼자 걸어도 어쩌면 가족과 같이 걷는 것인지도 모릅니다. 아내(徐慶孜)와 아이들(僑兒, 銀嫄)은 혼자서 걷는다는 말에 놀라했지만 걸을 수밖에 없는 나의 심정을 이해해주었고 또 해낼 것이라고 믿어주었습니다. 돌아보건대 혼자서는 가당치도 않은 일이었습니다. 다행히 장덕회 벗들, 삼수회, 동림회 여러분, 도철, 심온, 청송과 그 형제분들, 용두, 이종태 님 등 많은 분의 성원이 있어 걸음을 마무리할 수 있었습니다. 한마음으로 함께 해주신 분들이 너무 많았기에 겁먹지 않았고, 외롭지 않았고, 힘들지 않게 걸을 수 있었습니다.

이 자리를 빌어 걷기에 눈뜨게 해주신 정상명 전 검찰총장께 특별한 헌사를 올리고 싶습니다. 직립보행이 인류 본연의 이동방법임에도 그동안 걷기를 잊고 있던 내게 여전히 걸을 수 있고 걸어야 한다는 사실을 새삼 일깨워주셨기에 이번 걷기를 결심하고 결행할 수 있었습니다. 걷는 도중에 일부러 찾아와 해주신 따뜻한 격려와 조언의 말씀이 있었기에 걷기를 끝까지 마무리할 수 있었습니다.

초고를 읽고 격한 감정의 표출을 순화시키고 부족한 표현을 가다듬어준 최재경(崔在卿) 직전임(直前任) 민정수석과 취우(翠雨) 형님, 동아

남(進), 듬(處), 길(道)

일보 최우열(崔瑀烈) 기자, 그리고 동생 부건(溥健), 필건(馝健)에게 감사를 드립니다.

옛 선비들은 공직을 떠난 이후 초야에 묻혀 온전히 은거하는 이른바 듦(處)에 들어갔지만, 현대는 또 다른 여러 가지 방법으로 국가와 사회를 위해 기여하는 방법을 찾는 경우가 많습니다. 작금의 국내외 상황은 우좌 진영을 가리지 말고, 그리고 현직과 퇴직자를 가리지 말고, 지혜를 모으고 연대하고 통합하지 않으면 안 될 것입니다. 특히 우파의 통합과 연대, 그리고 보수우파의 가치 확산을 통해 대한민국의 자유민주주의가 더욱 굳건해지고 다음 세대 젊은이들의 자유와 행복이 더욱 충실해지길 축원할 뿐입니다.

2019년 8월
조대환

남(進), 듬(處), 길(道)

남(進), 듬(處), 길(道)

길벗 장덕회

청송 한반도 지형(사진 조희태)

어떤 길로 가든, 자신의 꿈이 있다면 그 길의 끝까지 다다를 수 있도록 무던히 걸어야 한다. 누구 탓하지 말아야 한다. 쉽게 가는 삶은 어디에도 없다. 낸들 쉬웠을까. 쉽지 않았으나 참고 견뎌, 길이 아닌 꿈을 보고 걸어왔다. 길은 나의 책임이고, 걷는 방법도 어디로 갈지도 결국은 다 자신의 결정에 따른 것이다.

– 정상명(鄭相明),《道: 길에서 만난 사람들》

　　　　　　　　　　2011년 3월, 언론을 통해 정상명 전 검찰총장께서 고향 의성까지 240킬로미터를 걸어가고 계신다는 소식을 접하고 잘 다녀오시라는 문자메시지를 보낸 적이 있다. 결국 발톱이 빠지는 등의 힘든 여정 끝에 8일 만에 고향까지 완주해내셨다.

　　등산을 좋아해 온종일 또는 1박 2일 등산을 한 경험은 많다. 그러나 과문한 탓으로 먼 거리를 수일간에 걸쳐서 계속 걷기만 한다는 발상 자체가 힘들었다. 정 총장의 완주 소식은 신선한 충격이었다. '아! 그렇지. 우리 선인들은 아무리 먼 길이라도 걸어 다녔지……. 그렇다면 지금 우리도 그렇게 걸을 수 있겠네.' 하는, 걷기에 대한 인식의 한계를 깨는 계기가 되었다. 최근에 와서야 자동차, 기차, 비행기 등 동력(動力) 교통수단이 출현했다. 그 전까지만 해도 사람들은 모두 걸어 다니며 생활하고 걸어서 일을 봤다. 말을 타거나 가마를 타는 것은 예외적인 보조수단에 불과했다. 현생 인류(호모 사피엔스, 사람)의 분류(分類) 역시 직립보행의 특성을 가진 호모 에렉투스에서 진화하지 않았는가?

　인생이란 걷는 것 그 자체라고 할 수 있다. 인류의 유구한 걷는 역사가 타고 다니는 생활로 바뀐 것은 극히 짧은 기간에 불과하다. 그런데도 지금 우리는 걸으며 생활한다 할 수 있는가? 어쩌면 우리의 뇌는 벌써 걷는다는 기억조차 잊어버린 것일지도 모른다. 그렇다, 인류 본연의 속성으로 돌아가자. 걷기는 등산가나 여행가만이 하는 것이 아니다.

　2013년 5월, 아내와 함께 프랑스 남부 및 동부를 도는 7박 8일간의 패키지 여행에 참가했었다. 보르도 지방을 지날 무렵 가이드로부터 산티아고 순례길에 대해 들었다. 부끄럽게도 처음 듣는 얘기였다. 산티아고 순례길은 프랑스 생 장 피에 드 포흐를 출발해 스페인 산티아고 데 콤포스텔라까지 800킬로미터의 그 먼 길을 세계 각국의 사람들이 40일이 넘는 기간 동안 걷고 또 걷고 고행을 한다는 것이다. 한국 사람들도 많이 참여한다고 한다. 이국만리에 비행기 타고 와서 불편한 잠자리와 맞지 않는 음식을 먹으며 길을 걷는구나. 등산가가 아니고 여행가가 아닌 일반 사람들도 일부러 외국까지 가서도 여러 날 동안 장거리를 걷는구나. 나도 꼭 먼 길을 오랜 기간 걸어봐야겠다는 결심이 굳어졌다.

　어디를 걸을 것인가? 산티아고 순례길을 떠올려보았다. 프랑스 산티아고 순례길의 출발지 생 장 피에 드 포흐 마을 역시 예수에게 세례를 베푼 세례자 요한(프랑스어로 장(Jean), 장 앞의 생(saint)은 聖)을 수호자로 모시는 마을이고, 도착지인 스페인 산티아고는 예수의 열두 제자 중 세례자

요한과 이름이 같은 어부 요한의 형 야고보(스페인어로 이아고(iago), 그 이름 앞에 saint가 붙어 산티아고)의 이름을 딴 마을이다. 야고보는 예수의 열두 제자 중 첫 순교자이고 훗날 이슬람교와의 전투에서 자주 모습을 나타내어 기독교도들을 구했다고 알려진 성자다.

저게 '성(聖) 쟈크의 길'이랍니다. 프랑스에서 곧장 에스파니아 상공으로 통하지요. 샤를 마뉴 대왕께서 사라센 사람들과 전쟁을 할 때에, 바로 갈리스의 성 쟈크가 그 용감한 대왕께 길을 알려주기 위해 그어 놓은 것이랍니다.

– 알퐁스 도데, 〈별〉

산티아고 순례길은 기독교도들에게 있어 예수에게 세례를 행함으로써 기독교의 탄생을 알린 세례자 요한의 도시에서 출발해 기독교의 기적을 행함으로써 기독교를 번성케 한 야고보의 도시까지 순례한다는 종교적 의미가 담겨 있다.

이교도로서 고향 산천도 제대로 다 둘러보지 못한 나로서는 산티아고 순례길을 택할 의미가 부족하다고 봤다. 오히려 정 총장께서 우리 산하, 그것도 고향길을 걸을 때에는 무엇인가 분명 숨은 의미가 있었을 것이라고 생각되었다. 막연하나마 과거 영남 선비들이 뜻을 펴기 위해 조정에 나아가고 또 뜻을 잃으면 산림으로 돌아와 은거하던 '조선시대 관료들의 삶'에 숨어 있는 그들의 정신과 철학을 찾아보고 되새겨보고자 한 것이 아닌가 추측도 해봤다. 나아가 나의 마음속에는 국민들의 현실 삶 속으로 제대로 걸어 들어가 그들과 부딪치며 그들의 애환을 느껴보고 그들과 나라의 장래를 함께 고민해보자는 욕심도 같이 자리 잡았다.

언제 걸을 것인가? 먼저 연습이 필요하다고 판단했다. 그리고 혼자서는 너무 어려운 일이란 생각이 들었다. 2013년경부터 고향까지 같이

장덕회 결성 직후 지평의 집들이에 모인 장덕회 회원들

가는 데 동참할 수 있는 친구들을 모으기 시작했다. 나이가 나이인지라 비교적 시간적 여유가 있는 친구들이 있었고 친구들과 함께 연습하고 또 함께 길을 걷게 된다면 체력적으로나 심리적으로나 큰 이점이 있지 않을까 판단했다.

그래서 아예 걷기 모임을 만들었다. 이름이 장덕회(長德會)다. 장덕 회의 의미는 청송군(靑松郡) 안덕면(安德面) 출신이거나 안덕과 연고가 있 는 사람들로 구성되었기 때문에 덕(德)자를 넣고 오래 지속되라는 의미 에서 길 장(長) 자를 넣어 내가 명명했다. 회원은 김재갑(金載甲, 호 芝平), 장일수(蔣一秀), 정철(鄭喆), 조경래(趙慶來), 조원제(趙元濟), 나 등 6명이고 걷기에 대한 준비와 실행의 책임자는 육군 하사 출신으로 행군 경험이 많은 지평이 맡기로 했다.

장덕회는 각자 알아서 스스로 매일 걷기 연습을 하되 월 1회는 반 드시 함께 모여서 20킬로미터 이상을 같이 걸으면서 걷기 능력을 상호 점검하고 고향까지의 걷기 계획을 지속적으로 더욱 구체화하기로 결정

남(進), 듬(處), 길(道)

1 도봉산 걷기 전 4·19 기념탑에서

2 관악산 걷기 후 낙성대 강감찬 동상 앞에서

3 주왕산 걷기 전 기암을 배경으로 대전사에서

1. 길벗 장덕회

21

했다. 2014년까지 월 1회 걷기 약속은 비교적 잘 지켜졌다. 그리고 지평은 그 사이에 각종 지도를 구해 걸어가야 할 길의 방향을 잡았다. 또 정총장께서 걷기 경험을 책(《道: 길에서 만난 사람들》)으로 내셨고 기타 시중에 나온 걷기 책을 많이 수집해 걷기에 필요한 기초정보를 수집하고 공유했다.

장덕회는 2015년 2월 또는 3월에 다함께 고향 걷기 행사를 결행하기로 의견을 모았다. 그러나 내가 2014년 말 세월호참사특조위 부위원장으로 내정되어 대열을 이탈하면서 다른 회원들도 각자 사정을 내세워 무기 연기되는 분위기였다. 지평만이 한 사람만 남더라도 약속은 지켜야 한다고 고집을 피웠다. 결국 지평 혼자서 2015년 4월 2일부터 9박 10일 만에 서울 양재에서 청송군 현서면(縣西面) 화목(和睦)까지 완주했다.

지평은 우리도 완주할 수 있다는 자신감을 심어주는 데 결정적인 역할을 했다. 그후 장덕회의 걷기는 계속되었지만 아무도 고향 걷기를 하자는 말을 다시 꺼내는 사람은 없었다.

지평의 고향 걷기
기념용 손수건

남(進), 듬(處), 길(道)

산으로 간 세월호특조위

9·11 참사로 3천 명에 이르는 국민이 죽는 것을 보며 책임지도층의 자리에 있었던 저로서는 사건을 예고하는 적절한 경고도 충분히 없었던 상황에서 할 만큼 했다고 스스로에게 말했다. 그렇지만 마음속 깊이, 내가 한 것이 진정한 의미에서 충분했다고 말할 수는 없을 것 같다. 그리고 이는 여전히 내게 아쉬움으로 남아 있다.
– 콘돌리자 라이스(*Condoleezza Rice*)

2014년 후반기에 나는 세월호특조위법에 의해 생긴 세월호특조위에 부위원장이란 직책으로 몸담게 되었다. 이 때문에 장덕회의 고향 걷기는 무기 연기되었다. 특조위 부위원장으로 일하다 떠난 경위 전반에 대해 2018년 2월 서울동부지방검찰청에 불려가 조사를 받은 일이 있었고, 또 그해 겨울에는 서울동부지방법원에 불려가 같은 내용으로 증언한 바 있어 법정에서 공개된 내용을 중심으로 다음과 같이 기술하고자 한다.

세월호 참사 법원 판결의 문제점

2014년 4월 16일, 인천항을 출항해 제주항으로 가던 여객선 세월호가 진도 팽목항 앞바다에서 침몰하고 300여 명이 사망(실종자 포함)했으며, 그 사망자 중 대부분이 안산 단원고 2학년 수학여행 참가 학생들이었다.

사고 직후 검찰 수사, 감사원 감사, 해양안전심판원 조사가 이어졌다. 대법원 형사확정판결을 거쳐, 결국 침몰 원인은 선박의 구조적 결함 및 화물 과적 등으로 인한 복원력 결함으로, 언젠가는 전복될 수밖에 없는 선박임을 알고도 운항에 제공한 선사와 선장에게 전복·침몰 책임이 있음이 밝혀졌다. 법원은 선장에게 살인죄의 미필적 고의까지 존재했음을 인정했다.

대법원 판결은, 전복이 발생한 직후 선장과 선원들이 승객들에 대해 퇴선 유도방송 및 퇴선 유도조치를 취하지 않았는데, 만약 그러한 퇴선 조치를 취했다면 승객 전원 탈출 및 구조가 가능했다고 인정하면서, 사망한 승객 전원에 대해 선장 및 선원들의 업무상과실치사 책임을 인정했다.

그리고 위 전복사고 신고를 받고 약 1시간 후(123정장에 대한 제1심 판결문에 따르면, 세월호 전복 시각은 08시 48분이고 123정이 현장 1마일 해상에 출동한 시각은 09시 30분이며, 123정에서 세월호 선박 내에 대피하지 못한 승객이 존재한다는 것을 감지한 것은 09시 44분이다. 공교롭게도 09시 44분경에도 세월호 선박 내에서는 제자리에 있으라는 선내방송이 실시되고 있었다.) 현장에 도착한 해경 경비정 123정장에 대해서도 퇴선 조치 불이행의 잘못이 있다는 이유로 사망 승객 전원에 대한 과실치사 책임을 인정했다. 사망자 전원에 대한 공무원 형사책임 인정은 세월호 선사 및 선원들의 자력이 불충분한 점을 고려할 때 결국 국가가 사망자 전원에 대한 민사책임 전부를 부담한다는 것을 의미한다.

그러나 위 대법원 판결은 가상대피 시나리오 및 탈출 시뮬레이션 (가천대학교 초고층방재융합연구소) 결과를 합리적 검증이나 객관적 근거도 없이 함부로 믿은 것으로, 이는 대법원이 애용하는 채증법칙 위반이란 용어에 딱 들어맞는 경우이자 법리와 양심을 저버린 무능의 결정체라 본다.

시뮬레이션이란 기법 자체가 하느님 같이 사고 현장의 구석구석을 실시간으로 전지적 관점에서 조감하면서 디지털 인공지능을 장착한 거대 로봇이 한 치의 어긋남도 없이 완벽하게 상황을 제어하는 상태에서, 또 승객들도 완벽한 정신상태와 신체의 건강성을 유지하며 전지전능형 로봇의 지시에 완벽하게 따르는 경우를 상정(想定)해 도출한 가상의 시나리오일 뿐이다.

그러므로 세월호 참사처럼 인간의 한계를 가진 행위자가 불완전한 정보를 가지고 완벽하지 못한 행동을 할 수밖에 없는 통상인의 일반적 상황에 그대로 적용할 수는 없다. 시뮬레이션 결과는 단지 판단을 위한 참고자료에 불과한 것이다. 형사법의 기본 원리는 불가능한 것을 책임으로 강요해서는 안 된다는 것이며, 당시 상황에서 인간의 한계로 인해 회피가 불가능했다는 것을 입증하면 면책된다는 것이다.

대법원이 채택한 시뮬레이션 결과는 09시 45분 37초경 세월호가 59.1도가량 기울어진 상태에서도 퇴선방송이 실시되는 순간 선내 승객 전원이 6분 17초 만에 탈출이 가능하다고 했다. 이러한 가정은 현실적으로 분명히 불가능한데도 무리하게 엮어 책임을 강요한 것이다.

1심 판결이 지적한 것처럼 위 시뮬레이션 결과는 충분한 수의 승선원들이 승객들에게 적절한 대피 안내를 실시하는 것을 전제조건으로 설정했기 때문에 세월호의 실제상황과 차이가 있다. 엄청나게 많은 수의 승객들이 하나의 출구를 사용해야 하는데도 약 5분 안에 수백 명의 승객들이 모두 빠져나올 수 있다는 가정은 인정하기 어렵다. 실제로 시뮬레이션의 가정대로 탈출에 성공한 승객도 많지 않으며, 세월호 내부가 침수되기 시작하자 복도 밖에 있던 승객들조차 물살의 힘 때문에 오히려 선체 안쪽으로 휩쓸려 들어갔다는 증언이 있는 점에 비추어 믿을 수 없는 것이다. 특히 세월호는 최초 전복이 이루어지며 선체가 급격히 기울고 이때 발생한 강력한 충격으로 인해 이미 그 순간에 깊은 상해를 입거나 선박 밖으로 튕겨 나가 퇴선 조치가 제대로 취해졌다 하더라도 대피나 구조가 처음부터 불가능한 상태에 빠져버린 승객들도 다수 발생할 수 있는 경우였다. 그러므로 이러한 사정을 제대로 따지지도 않은 채 만연히 사망 승객 전원에 대해 공무원의 형사책임을 인정한 것은 사실 오인 및 법리 오해의 정도가 지나쳐 사법부 판결이라 대우하기도 민망하다.

당시 대다수 언론매체에서 "단원고 학생 전원 구조"라는 엉터리 보도를 냈는데, 그 보도의 주된 원인은 경기도교육청(교육감 김상곤)에서 2회에 걸쳐 전 언론사에 "학생 전원 구조"라는 문자메시지를 보냈기 때문이다.

선박의 대통령은 선장

세월호 사고에 대한 판결(대법원 2015. 11. 12. 선고 2015도6809)은 배에서는 선장이 포괄적이고 절대적인 권한을 가지고 선박의 운항을 지배하고 또 구조행위를 지배하며, 사망의 결과를 "쉽게" 방지할 수 있었음에도 퇴선 준비나 퇴선 명령을 내리지 않은 선장이 살인범일 뿐, 운항을 지배하지 않으며 구조행위를 지배하지 않은 사람들은 살인이나 과실치사의 책임이 없음을 분명히 하고 있다.

즉 해사안전법, 선원법에 의해 선장은 선박 내에서 "포괄적이고 절

남(進), 듬(處), 길(道)

대적인 권한"을 가진 선박공동체의 총책임자로서 만약 선박공동체가 위험에 직면할 경우 그 사실을 당국에 신고하거나 구조세력을 요청하는 등의 기본적인 조치뿐만 아니라, 실현 가능한 구체적인 구조계획을 신속히 수립하고 선장의 "포괄적이고 절대적인 권한"을 적절히 행사해 선박공동체 전원의 안전이 종국적으로 확보될 때까지 적극적 지속적으로 구조조치를 취할 법률상 의무가 있다. 선박 침몰 등과 같은 조난사고로 승객이나 다른 승무원들이 스스로 생명에 대한 위협에 대처할 수 없는 급박한 상황이 발생한 경우에는 선박의 "운항을 지배"하고 있는 선장이나 갑판 또는 선내에서 구체적인 "구조행위를 지배"하고 있는 선원들에게 적극적인 구호활동을 통해 보호능력이 없는 승객이나 다른 승무원의 사망결과를 방지해야 할 작위의무가 발생하고, 이와 같은 개별적·구체적인 구호의무를 이행함으로써 사망의 결과를 "쉽게" 방지할 수 있었음에도 그에 이르는 사태의 핵심적 경과를 그대로 방관해 사망의 결과를 초래했다면 살인죄의 죄책을 진다고 설시(說示)한 것이다.

위 판결은 "급박하게 침몰하고 있는 당시 상황에서 …… 퇴선 준비나 퇴선 명령이 이루어지지 않을 경우에는 …… 승객들이 …… 구조세력이 도착하더라도 침몰하는 선박 안에서 빠져나오지 못하고 그대로 익사할 가능성이 매우 높았다."고 설시한다. 즉 선원들이 퇴선 조치를 이행하지 아니함으로써 승객들로 하여금 익사할 가능성이 매우 높은 상태로 만들었기 때문에 바로 그 이유로 승객 사망의 책임을 진다는 것이다.

반대로 해석하면 구조세력(123정장)은 (도착하더라도 이미 익사할 가능성이 매우 높은 상태에 있어) 쉽게 구조할 가능성이 없었으므로 사망에 대한 책임이 없다는 것이 된다. 이른바 제3자의 개입으로 인한 인과관계의 단절 문제이다. 예를 들어 설명하면 갑이 피해자를 위험에 빠뜨렸고 그 위험이 을이 구조하러 와도 구조가 불가능할 정도였다면 갑이 피해자 사망의 책임을 지는 것이고, 을로서는 구조 조치의 가능성이 사라졌기 때문에 을은 책임을 지지 않는다.

이와 반대로 만약 을이 왔을 때 아직 구조가 가능한 상태였음에도 을이 구조 조치를 취하지 않아 사망의 결과가 발생한 것이라면 이때는 을이 사망의 책임을 지는 것이며 오히려 갑은 책임을 면하는 것이다. 이를 형법 이론상 인과관계의 단절이라고 한다. 갑의 구조 책임에 제3자인 을이 개입함으로써 갑의 구조 의무와 피해자의 사망과 사이에 인과관계가 단절되고 을의 구조 책임과 피해자 사망과의 인과관계로 전환되는 것이다.

선원들에 대한 판결문은 분명히 선원들이 피해자들을 사망케 했다고 했다. 그런데 구조세력(123정장)에 대한 판결문은 또 구조세력이 피해자들을 사망케 했다고 한다. 하나의 결과에 대해 별개의 인격이 공모도 하지 않았는데 어떻게 공동책임을 진다는 말인가? 인과관계 단절 이론에 전혀 맞지 않는다. 두 개의 판결 중 하나는 분명히 잘못되었다. 이러한 모순된 판결들은 동일한 목적을 향해 있다. 그 목적지는 국가가 모든 배상책임을 져야 한다는 데 있다.

내 탓, 우리 탓보다 나라 탓　　　세월호 참사는 선박공동체의 절대권력자 선장의 살인행위였을 뿐 현장을 지배하지 못한 그 어떤 사람도 책임을 지려야 질 수 없는 사건이다. 박근혜 대통령 역시 현장을 지배하고 있지 않았으므로 책임을 지지 않는다.

헌법재판소의 김이수, 이진성 두 재판관만이 "만약 대통령이 09시경에 집무실에서 정상 집무 중이었다면 사태의 심각성을 알았을 것이고, 심각성을 알았다면 그때그때 상황을 정확히 파악하고 그에 맞게 대

　　　　　　　　　　　　　　　　　　　　　남(進), 듬(處), 길(道)

통령으로서 지도력을 발휘했을 것임에도 하지 않아 국민의 생명과 안전을 보호하지 않고 성실한 직책수행 의무를 저버렸다."고 주장한다.

주장 내용이 허황되고 몽롱하다. 뜬구름 잡는 억지 지적이다. 일국의 대통령이 그 나라에서 발생하는 수많은 참사마다 그때그때 상황을 정확히 파악하고 지도력을 발휘한다는 것이 가능키나 한 일이며, 동서고금을 막론하고 그런 황당한 책임을 진 일이 있는지 묻고 싶다.

더욱이 두 재판관은 결정문에서 대통령이 국가안보실장과 해경청장과 통화해 구조에 최선을 다하라는 지시를 했다는 사실조차 부정한다. 헌재 심리과정에서 증거조사를 통해 대통령이 국가안보실장과 해경청장과 통화한 사실을 국가안보실장과 해경청장이 확인한 사실, 지시 사실을 청와대 대변인이 공식 브리핑한 사실, 전화통화 내역은 보존기간 경과로 제출하지 못한다는 사실을 충분히 확인했음에도 두 재판관은 그 증거조사 결과를 부정했는데, 이는 심리과정 내내 눈감고 귀 막고 있었다는 것을 의미한다. 심리도 시작하기 전에 이미 결정문을 써두지 않고서야 이런 심리과정과 상반되는 결론을 헌재 결정문에 버젓이 쓰지는 못할 것이다.

임종석은 박근혜 청와대가 (대통령의 미조치 책임을 면피하고자) 세월호 사고 보고 접수시간을 뒤로 늦춰 허위 발표했다고 의혹을 제기했고, 위 고발에 따라 검찰이 수사한 결과는 임종석의 주장과 정반대로 박근혜 청와대가 발표한 보고 접수시간이 실제 접수시간보다 (지연보고 책임을 면피하고자) 앞당겨진 것이어서 허위라는 것이다. 검찰과 임종석 둘 중 하나는 거짓말을 하고 있음이 분명한데, 보고 접수시간을 늦추거나 당기는 주체도 공무원들이고 보면 그들 입장에서 굳이 그렇게 해야 할 필연적 이유도 보이지 않고 법적 책임이 따르는 허위공문서 작성을 감수할 공무원도 존재하지 않는다는 점에서, 검찰이나 임종석의 주장 모두 설득력이 떨어진다.

아무튼 보고 접수시간 고의조작 문제는 박근혜 대통령의 조치 지시와의 관련성을 떠나서는 무의미한 것이므로 임종석과 검찰 모두 보고 접수 후 대통령의 조치 지시 자체는 존재했음을 인정하고 있는 것으로 보인다. 특히 참사 당일 청와대 대변인이 기자실에서 대통령의 구조 지시 사실을 브리핑한 내용과 브리핑 녹화 과정에서 NG를 내어 실소하는 장면을 악마적으로 편집한 영상이 여러 공중파를 타고 수차례 방영되었고 이러한 영상들이 아직도 인터넷에 남아 있다.

그런데도 어떻게 두 재판관은 대통령이 구조 지시한 사실이 없다고 단정하는 용기가 생겼을까? 두 재판관은 왜 있는 것을 없다고 손바닥으로 하늘 가리는 무리를 범했을까? 탄핵결정에 참여한 8인의 재판관 중 유독 김이수, 이진성만이 좌파 대통령에 의해 재판소장 지명을 받은 것과 인과관계가 있을 수 있다. 김이수는 위헌 정당 통진당이 합헌이라는 극단적 소수 의견을 내어 자유민주적 헌법기본질서 방어에 소극적인 성향을 표출한 바 있고, 이진성은 평창동계올림픽 행사장에서 국기에 대한 경례를 거부해 부정적 국가관을 드러낸 바 있는데, 이러한 성향과도 관계가 있을 수 있다.

문재인 대통령도 해경 재창설 기념사에서 "바다 선박 사고에 대해 현장책임자의 현장대응능력"을 강조했을 뿐 대통령에게 조치 책임이 있다는 말은 일언반구도 하지 않았다. 그는 (대통령에게 지도력을 발휘할 성실한 직책수행의 의무가 있음을 전제로) "대통령에게의 신속보고와 대통령의 지시를 기다릴 것"이라고 지시하지 않았으며, 좌파 정부하 해경청장도 "현장지휘관의 현장대응능력 강화"만 외쳤다.

좌파 정부도 대통령에게는 참사 발생과 관련해 어떠한 조치의무도 없고 조치할 수도 없다는 것을 잘 알고 있었음에도, 그들은 왜 박근혜 대

남(進), 듬(處), 길(道)

통령에게 조치책임이 있다고 촛불시위를 거쳐 지금까지도 뒤집어씌우고 있는 것일까? 부정직하며 양심불량이요, 정치도의라고는 모르는 위선의 극치일 뿐이다.

언론 보도에 따르면, 일부 좌편향의 법조인들이 사석에서 "해경 공무원들이 목숨을 걸고 배에 들어가 승객들을 구했어야 한다."고 주장했다고 한다. 일반 시민들 중에서도 이 주장에 공감하는 사람들이 있었다. 그러나 침몰 중인 배에는 와류가 형성되고 그 와류에 휘말리면 배에 있는 사람뿐 아니라 구하러 가는 사람들도 다 죽는다는 사실은 선박운행 전문가, 선박구조 전문가가 아닌 일반인이라도 다 아는 기본 상식이다.

아무리 법이라도 불가능한 것을 강요할 수는 없는 일이다. 따라서 자기 목숨 내놓고 남의 목숨 구하러 가야 하는 법이란 존재하지도 않고 존재해서도 안 된다.

1심 판결(광주지법 2014고합436)에서 "부하 승조원들로 하여금 세월호 선체에 올라가 퇴선이 가능한 출입구를 찾아 출입문 근처에서 승객들의 퇴선을 유도해야 한다."고 한 설시는 다른 이를 위해 또 따른 이의 죽음을 강요하는 것으로, 개별 인간의 존엄성과 생명권의 평등성을 부정하는 다분히 전체주의적 냄새를 풍기는 위험한 표현이라고 본다.

세월호 참사 관련 각 판결문을 비롯해 검사 공소장, 언론 기타 시중의 전문가 의견서 등 어느 곳에서도 '스스로의 목숨의 위험을 무릅쓰고 침몰하는 배에 뛰어들어 승객을 구조해야 한다'는 취지의 절대적 생명보호조치 의무를 부과하는 내용의 법률 규정, 판례, 학설 이론이나 외국 선례를 인용한 경우를 본 적이 없다.

2010년 천안함 폭침 후 숨진 동료들을 인양하기 위해 목숨을 걸고 잠수를 감행한 한주호 준위와 같은 의인(義人)을 통상인의 삶 속에서 상정할 수는 없다. 그러한 행동을 구조담당 공무원들에게 기대해서도 안 된다. 2006년 미국 영화 〈가디언〉(The Guardian)에 나오는 완벽한 미국 해안구조대(US Coast Guard) 대원 케빈 코스트너 같은 사람은 현실에서는 존재하지 않는다는 점을 직시하자.

위헌적 법률, 세월호특조위법 특정 지역, 특정 사건 또는 특정 사람들만 규율 대상으로 하는 이른바 처분적 법률을 제정하는 것은 헌법에서 보장하는 평등권을 침해하는 것으로 위헌이다. 세월호 참사와 관련해 특별법을 제정하는 것도 처분적 법률에 해당해 위헌이다.

그동안 우리 근대사에서만 따지더라도 국민들의 가슴을 아프게 했던 삼풍백화점 붕괴, 성수대교 붕괴, 두 건의 대구지하철 폭발과 화재, 구포역 탈선, 대영호 침몰, 서해 페리호 침몰 등 수많은 사고가 있었지만 처분적 법률에 해당하는 특별법을 만들지는 않았다. 굳이 왜 세월호 참사에만 특별법을 만들고 그 참사 피해자만 특별대우하는가? 전체 국민 사이의 평등에 관해 조금이라도 고민해본 국회의원이라면 이렇게 형평에 어긋나는, 그래서 역사에 오명을 남길 처분적 법률을 제정할 수는 없었을 것이다.

그럼에도 영혼 없는 국회의원들은 세월호 참사 관련 처분적 법률을 양산하는 위헌적 행태를 자행했다. 4·16 세월호 참사 진상규명 및 안전사회건설 등을 위한 특별법(2014. 11. 19. 공포, 이하 세월호특조위법이라 한다.), 4·16 세월호 참사 피해구제 및 지원 등을 위한 특별법(2015. 1. 28.), 세월호선체조사위원회의 설치 및 운영에 관한 특별법(2017. 3. 21. 공포), 사회적 참사의 진상규명 및 안전사회 건설 등을 위한 특별법(2017. 12. 12.)이 연달아 제정됐다.

남(進), 듬(處), 길(道)

그리고 세월호특조위법에 위헌적 독소조항이 또 있었다. 특조위의 업무범위에 재발 방지를 위한 제도 개선을 포함하면서 개선해야 할 제도가 구체적으로 무엇인지 특정해주거나 적어도 법 집행자로 하여금 개선할 제도의 범위나 한계를 추정해낼 수 있도록 명확성의 원칙에 입각해 입법해야 함에도 그렇지 못하였다. 제도 개선에 관해 선박, 그 운항과 사고에 대한 구조 분야로만 한정해도 특조위라는 제한된 인력과 예산 그리고 한정된 기간으로는 벅찬 것인데, 분야에 대한 범위를 정함이 없이 단순히 제도 개선이라고만 입법함으로써 이석태 등은 국가 안전 전 분야에 관해 특조위의 권한이 미친다고 주장하며 조직과 예산 확장 근거의 하나로 삼았다.

국가 안전 전 분야를 특정 기관이 포섭 관리하는 것은 불가능하며 행정기술적으로 가능하지도 않다. 만약 이렇게 포괄적 권한을 특조위에 부여한다면 행정부를 각 부처로 나누고 각 부처마다 전담업무를 달리하도록 한 헌법정신을 위반하는 것이다. 또 기존의 행정 각 부처의 존립 이유를 없애버리는 것이어서 그 자체로서 위헌이다. 더군다나 개별 입법은 각 입법 취지에 맞춰 한정된 분야만 소관하도록 입법되어야 하는 본질적 한계를 가진다.

세월호특조위법은 선박 참사로 제기된 문제점을 해결할 목적에서 입법되었으므로 마땅히 선박운항 및 선박사고 시의 구조로만 업무범위가 한정되어야 함에도 그러한 제한을 두지 않고 마치 전 분야에 관한 제도 개선이 업무범위인 것처럼 오해할 수 있게 입법되었다. 그리고 특조위 내에서 그리고 심지어 입법부 내 일부 인사들까지도 특조위에 무소불위의 권한이 있는 것처럼 주장했다. 입법기술상 반드시 회피되어야 할 포괄적 입법을 하고 이를 악용할 여지를 부여한 것만으로 위헌이 분명하다. 실제로도 세월호특조위는 어떠한 안전 분야에 대해서도 아무런 개선책을 내놓지 않았다.

조사할 '진상'이란 도착항도 없이 출항지를 떠난 세월호특조위

참사 발생과 동시에 좌파 단체들의 연합인 4·16연대가 결성되고, 유족들과 4·16연대는 입장을 같이 하기 시작했다. 세월호 참사는 4·16연대의 정치적 목적에 이용되고 유족들의 손해배상금을 증액하는 데 기여했는지는 몰라도, 사망자들의 억울한 희생이 동시대의 국민들로 하여금 더 이상 유사한 참사의 재발을 방지하고 더욱 안전한 사회를 만들기 위한 제도 개선에는 어떠한 기여도 하지 못했다. 좌파 세력에 의해 박근혜 정부를 공격하는 정치적 무기로 사용되면서 우파 정부를 전복하고 좌파 정부를 탄생시키는 전략적 도구로 전락했다.

　세월호특조위 위원장을 지낸 이석태는 좌파 정부 탄생 이후 법조인 최고의 영예를 누리고 있다. 관례상 대한변협 직전 협회장이 받던 국민훈장 무궁화장을 가로채 수훈하고 또 헌재 재판관에 임명되었다. 이석태는 세월호특조위 위원회 회의 때마다 국기에 대한 경례를 못 하게 했다. 일부 위원들이 희생자에 대한 묵념은 꼬박꼬박 하면서 국기에 대한 경례를 생략하는 것은 있을 수 없다고 항의했지만 국기에 대한 경례 절차를 한 번도 하지 않았다. 국기에 대한 경례는 애국심의 표현이고 애국심은 국가정체성의 발현이며 헌법이 바로 국가정체성의 핵심이다. 그런데 장관급 대우를 받는 사람이 주재하는 공식 회의에서 국기에 대한 경례 절차를 아예 뭉개고 가는 것은 헌법 정신에 입각한 국가정체성과 애국심이 없다는 것을 단적으로 증명한다. 이렇게 헌법 정신을 외면하는 애국심 결여의 인사가 헌법 수호의 사명을 띤 헌재 재판관에 임명될 수 있는지 의심스러울 뿐이다.

대법원장이 현직 판사를 지명하던 관행을 깨고, 법정에서 재판 전략상 필요하다 판단되면 사법방해 행위를 서슴없이 저질러 사법부 권위를 우롱하고 유린하던 민변 출신 변호사를 대법원장 추천 케이스로 헌법재판관 후보자로 추천해 국회 동의 여부와 관계 없이 대통령이 임명할 수 있게 한 것 역시 절차적 특혜였다. 그리고 세월호 참사의 유족들이나 생존자들은 좌파에 포획당한 법원으로부터 다른 참사의 피해자들보다 월등히 많은 액수의 손해배상액을 받아갈 수 있게 되었다. 진영의 이익에 충실함으로써 평등과 정의를 저버린 사건으로 역사는 기록할 것이다.

선박, 운항 전문가의 부패　　　세월호 사고는 전문가 부패의 소산이다. 큰 배는 가라앉아도 바닥부터 가라앉는다는 것이 정설(定說)인데 세월호는 왜 뒤집어져 가라앉았는가? 그 이유가 화물을 적재기준보다 더 많이 싣고 평형수를 적게 실어 무게중심이 선체 상부로 올라왔기 때문이란 것은 선박 전문가라면 다 안다.

그런데도 충돌설, 고의침몰설 등 유언비어가 난무했다. 심지어 세월호특조위 위원도 모자라 선체조사위 위원까지 지낸 변호사가 여전히 외력설을 주장하고 있다. 전문가의 망국적 부패행위다. 바다와 배를 모르는 사람은 세월호 참사의 원인을 조사하는 위원이 되어서도 안 되고 수습 혹은 조사 책임자도 되어서는 안 된다. 전문적 내용은 전문가가 양심과 위엄을 가지고 책임지고 명확히 밝히고 필요하다면 비전문가인 일반인을 설득해야 한다.

특히 세월호 참사의 조사는 전문가의 집단인 안전당국의 손을 떠났다. 심지어 세월호특조위 일부 인사는 해경, 해수부의 전체공무원이 조사 대상이 될 수 있을 뿐, 특조위 공무원으로 파견되어 조사 주체가 되어서는 안 된다고 주장했다. 세월호 참사가 정치적 흥정의 제물로 전락한 데는 객관적으로 견제와 균형을 잡아주어야 할 언론과 법조계가 전문가로서의 역할을 하지 못하고 오히려 떼로써 떼를 쓰는 떼의 횡포에 겁을 먹고 좌파 정치인들과 좌파 사회단체에 굴복했기 때문이다.

선박 및 해양 전문가들 역시 참사의 원인과 구조 가능성에 대해 책임 있는 견해를 피력함으로써 사회적 논란을 종식시키도록 적극 노력해야 함에도 전문적 소신을 잊은 채 침묵함으로써 몸담고 있는 분야 종사자 전체의 신뢰성에 먹칠을 가했다.

대한변협 역시 좌파 협회장 및 민변 변호사들 중심으로 세월호 참사에 대한 법률적 지원을 핑계로 좌파 정치투쟁의 활동장으로 삼았다. 그 여파는 세월호특조위 위원 구성에 있어 유족, 민주당, 대한변협 추천 위원들 대부분을 민변 출신들로 채우게 함으로써 특조위의 정치적 좌파 편향성을 더욱 짙어지게 하였다.

이미 검찰, 감사원, 해양안전심판원의 조사 결과가 나온 상태에서, 그리고 검찰 기소에 의해 재판이 진행 중인 상황에서, 굳이 진상조사위원회를 꾸릴 이유가 없었다. 만에 하나 그래도 꾸려야 한다면 그 위원회가 조사해야 할 진상은 무엇인가가 먼저 특정되어야 할 것이다. 그럼에도 국회는 막연히 "진상"조사를 의결했다. 국회가 조사할 진상을 특정해주지 않았다면 특조위에서라도 조사할 진상을 특정해서 조사에 나아가야 할 것이다.

석동현 위원은 세월호 참사는 고의적 침몰이나 전복으로 보이지 않는다는 생각이며, 굳이 제3자의 입장에서 이상한 부분, 과학적·합리적으로 설명이 안 되는 부분이 눈에 띄어도 전체적으로 영향이 없기 때문에 그냥 넘어가는 정도에 불과하다고 의견을 제시했다. 그는 고의로 낸 사고일지도 모른다고 하는 사람이 있다면 광우병 사태 당시 대통령이 고의로 국민들을 광우병에 걸리게 하려고 미국산 쇠고기를 수입했다고 주장하는 것과 마찬가지의 억지라고 했다.

그 외 특조위 어느 누구도, 하다못해 사견(私見)임을 전제로 해서라도, 기존 조사 결과와 다른 그 무엇(진상)은 고사하고 가능한 가설(假說: 예를 들면 참사 직후 전 국민을 희망고문으로 괴롭힌 에어포켓설, 지금도 망령처럼 떠도는 자로의 외력설 등) 하나 제기한 적이 없다. 결국 목적지도 없이 배를 출발시키자는 것이다. 혹세무민이며 세금낭비가 틀림없지 않는가?

물론 좌파 진영에서 세월호특조위를 굳이 출범시킨 저의를 나름대로 추정해볼 수는 있다. 세월호 참사를 박근혜 대통령의 책임으로 몰고 가며 국민 여론을 호도함으로써 날로 어려워지는 경제 현실에 실망한 국민들로 하여금 박근혜 정부를 무너뜨리도록 선동할 수 있다고 판단했을 것이다.

그들은 공공연히 소위 7시간, 즉 세월호 참사 최초 언론보도 시부터 박근혜 대통령이 처음으로 언론에 노출되기까지의 7시간 동안 무엇을 했는지 조사하자고 주장했다. 언론들은 굿, 시술, 심지어 더 심한 차마 글로써 표현할 수 없는 억측까지 소설을 지어 퍼뜨리고 있었다. 세월호국민대책회의 공동위원장 박래군은 "마약을 한 것 아니냐. 보톡스 맞은 것 아니냐. 청와대를 압수수색해서 한번 확인해봤으면 좋겠다."라고 국민들을 선동했다.

대통령은 사고 발생 및 구호조치와 관련해 아무런 조치의무가 없으므로 법률적 책임도 없다. 그러므로 조치의무의 존재를 전제로 한 조치의무 불이행도 따질 수 없다. 그리고 대통령이 아무런 조치를 하지 않은 것은 이미 확정된 사실이므로 가사 조치의무의 존재를 인정한다 하더라도 그 불이행은 이미 입증되어 있는 것이어서 조사할 필요 없이 그 불이행이 어떠한 법적 책임에 관계되는가라는 판단 단계로 넘어가면 된다. 이러한 법리는 새내기 법조인이라도 다 알고 있는 초보적 수준의 법률 이론이다. 그럼에도 이진성 재판관이 대통령의 7시간 행적을 시간대별로 조사해야 한다고 공개 명령한 것은 그의 개인적 관음증(觀淫症) 취향의 고집인지 몰라도 도저히 헌법수호기관 구성원 법률가로서 취할 태도는 아니라고 본다.

특조위 상임위원 내정 과정　　2014년 11월경, 당시 청와대 민정수석비서관이던 고 김영한 수석이 전화해 정무 쪽 부탁이라 하며 여당 추천의 세월호특조위 상임위원을 할 의향이 있는지를 물어봤다. 그는 유족 추천으로 위원장을 맡게 될 상임위원으로 이석태(연수원 14기) 변호사(이하 이석태라고만 한다.)가 진작에 추천되어 벌써부터 유족들과 함께 주무부처 해수부 공무원들에게 특조위와 관련해 심한 간섭과 압력을 행사하고 있다며 걱정을 했다.

　　그의 배경 설명에 따르면, '세월호특조위는 여야의 정치적 타협에 의한 것인데, 미국 911위원회 등을 보더라도 당연히 위원장 자리는 여당에서 하는 것이 타당하다. 그렇지만 유족과 연대한 야당 등의 요구가 워낙 거세서 명목상의 위원장을 양보하는 대신에 부위원장을 여당 몫으로 하되 사무처장을 겸임하게 함으로써 인력·예산은 물론 사무처 업무를 총괄하고 직원들을 지휘 감독할 수 있으므로, 결국 특조위의 실질적 운영 권한을 가지게 함으로써 여·야 정치세력 간 견제균형을 맞추었다. 사무처 구성 문제는 사무처장의 전속적 권한인데 여권의 부위원장 추천에 관한 협의가 늦어지는 바람에, 이석태가 선수를 쳐서 점령군처럼 해수부에 간섭하고 있다. 세월호특조위법도 일반 관례에 따라 인력 문제는 시행령에 규정하도록 위임되어 있으며, 시행령은 정부의 권한이므로 당연히 정부가 주도권을 가지는 구조이니 소신 있게 일할 수 있을 것이다.'라는 것이다.

나는 그 말을 듣고 "특조위를 해서 뭐 더 밝힐 것이 있다는 말인가?"라며 "본인 같으면 맡겠는가?" 반문하자, "비정규직이니 안 맡을 것 같다."고 답해 내가 상임위원 수락을 거절하는 것으로 정리했다.

그러나 좀 더 곰곰이 생각한 결과 '기왕에 특조위가 발족하게 된 이상 엄밀한 검증을 통해 새로운 것이 있다면 명백히 밝히고, 아무것도 없으면 아무 문제가 없다고 명명백백하게 발표함으로써 더 이상의 국민 사이에 널리 퍼진 근거 없는 의혹과 정치권의 소모적 논쟁을 일거에 종식시켜야 할 필요성이 있으며, 나의 검사·변호사로서의 법조경력이 특수수사업무에서 특장이 있고 아직도 누구보다도 정의와 진실 발견을 위한 열정과 능력이 살아 있으니 진상규명 업무는 내가 가장 적임이다.'라는 생각이 들었다. 나는 그날 중으로 김 수석에게 거절 의사를 번복하고 수락하겠다고 전했다.

당시까지만 해도 이석태에 대해 이름조차 알지 못할 정도로 전혀 몰랐으며, 단순히 좌파 성향의 그러나 자유민주주의와 법치주의를 신봉하는 법조인이고, 법조인으로서의 기본적 양식을 견지하는 변호사일 것이라 막연히 믿었다. 나중에서야 그가 좌파 단체인 참여연대 회장, 민변 회장을 역임하고 노무현 정권에서 청와대 비서관을 했으며, 국가보안법 폐지를 주장하고, 미국까지 원정 가서 천안함 폭침이 북한 소행이 아니라는 허위주장을 일삼고, 제주 해군기지 건설 및 기타 국책사업을 건건마다 반대하는 등 법치주의에 순응하지 않는 좌파 과격 행동파 인사임을 인식하게 되었다. 이런 사람이 책임자가 되어 조사하고 그 결과를 발표한다고 가정할 때 이를 신뢰할 사람이 국민 전체의 몇 퍼센트나 될까? 특조위는 이때 이미 불신지옥 속으로 빠지기 시작한 것이다.

그 후 보름 정도 아무런 소식이 없다가 2014년 12월 초에서야 비로소 조윤선 정무수석비서관으로부터 연락이 왔다. 여당에 의해 세월호특조위 상임위원으로 추천하기로 확정되었다는 점, 비록 부위원장이지만 인사, 예산과 사무처 직원을 총괄하는 사무처장을 겸임하게 되므로, 특조위를 실질적으로 운영하는 자리이니 열심히 일해 달라는 원론적 당부였다. 전화를 받고 열심히 하겠다는 취지의 답변을 했더니 이후 언론에 내정자로 보도되기 시작했다.

이때부터 야당 기타 좌파단체와 언론들은 입을 맞추어 그동안 정치적 행보나 언동을 한 적이 없는 나에 대해 국회 추천도 되기 전에 박근혜의 남자, 정치편향 인사라며 세월호특조위의 정치적 중립성을 해친다는 논리로 온갖 음해를 했다. 반면에, 이석태의 정치편향 전력에 대해서는 일언반구 언급도 없었다. 이들 주장은 공정하지도 않고 균형감 있지도 않다. 오직 앞으로 있을 세월호특조위 활동에 있어 나로 하여금 정당하고 용기 있는 발언과 행동을 하지 못하게 미리 힘을 빼려는 좌파 진영의 상투적 견제전략이라는 것을 시간이 지나면서 차츰 알게 되었다.

이석태의 전횡　　　　위 확정 통보 후 해수부로부터 연락이 와서 준비단 구성에 대한 브리핑이 있었다. 그 요지는 2015년 1월 중 위원회가 정식 출범될 예정이고, 전체 예산 규모는 100억 남짓(?), 사무처 직원은 120명(상임위원 5명 불포함), 곧 준비단 사무실을 서초동 서울지방조달청 건물에 꾸민다는 정도였다.

12월 중순에 처음으로 이석태와 상견례를 가졌고, 그 자리에서 준비단이 예정한 민간위원 10명 전원을 이석태가 벌써 다 뽑아두었다는 것을 알았다. 나는 바로 항의했다. 사무처 준비단에 사무처장 내정자와 상의도 없이 10명 전원을 사회단체 출신으로 독단적으로 채우는 것은 위법하다고 했다. 다음 날인가 이석태가 뽑아 놓은 10명 중 3명을 내보내고 내가 추천한 3명을 넣어 민간인 위원 10명을 구성했다. 이석태와는 준비단이 끝나고 정식 직원을 채용할 때 위원장과 부위원장이 전체 민간위원 숫자의 절반씩 각각 추천하기로 하는 절충적 구두 합의를 보았다. 그러나 이후 이석태는 나와의 약속 사실 자체를 부인했고, 이 때문에 이석태와는 도저히 넘을 수 없는 불신 장벽이 생기고 말았다.

상당 기간 사무실도 없었고, 상임위원 예정자라는 순수 민간인 신분에 불과하고 앞으로 국회 통과 및 대통령 임명을 앞두고 있었으므로, 해수부 내 설립준비팀으로부터 연락받기 전에는 이석태와 상호 연락도 없었으며, 준비상황이 어떻게 진행되는지 알 수도 없었다.

검사로서의 공직생활 및 삼성비자금 특검의 특검보 경험을 유추해 보면, 위원회가 새로 만들어질 때 위원들로서는 소관 부처 공무원들이 인사와 예산을 다 짜고 예산협의까지 거쳐서 위원회 업무를 정상적으로 볼 수 있게 만들어줄 때까지 기다려야 된다는 것이 나의 생각이었다. 위원들은 조직이 완비된 이후에 부여된 임무와 사명을 어떻게 잘 수행할 것인지 고민하고 준비하는 것으로 생각했기에 세월호특조위의 경우에도 주무부처인 해수부에서 특조위 조직·운영에 관한 포괄적 지원을 위해 구성된 설립준비팀(태스크포스)에서 재경부, 행자부, 인사혁신처 등과 협의하면서 예산과 조직 등을 준비하고 있는 것으로 이해했다.

12월 17일, 해양수산부 설립준비팀 명의의 세월호특조위 '사무처' 설립준비단 구성 운영계획(안)이 처음으로 만들어졌다. 나는 계획(안)의 내용 중에 설립준비단의 단장은 '부위원장 겸 사무처장'(내정자)이라고 정해진 것을 분명히 확인하고 결재란에 싸인했는데, 동석한 이석태는 즉시 싸인하지 않고 검토를 위해 보류했다. 이때부터 그가 과연 독자적 판단 권한 혹은 능력을 가지고 있느냐에 대해 의심하게 되었다. 그는 내가 모르는 사이에 명칭을 '위원회'설립준비단으로, 단장을 '위원장'으로 함부로 바꾸고 싸인했다.

그 사실은 한참 나중에 알게 된 데다가 어차피 준비단은 해수부가 주체이며 나나 이석태는 순수 민간인 신분이라 참고의견을 내는 정도이지 의사결정에 영향을 미칠 수 없다고 생각했기에 무의미한 일로 치부해버렸다. 다만 앞으로 이석태가 세월호특조위 준비를 함에 있어 직접 실질적으로 관여하려는 의도를 감지하게 되었고, 다른 한편 한국 직업공무원들을 신뢰하지 못하고 점령군 행세를 하겠구나 하고 예상했다. 공무원 업무체계를 모르니 업무추진이 제대로 되겠는가 하는 걱정도 커져만 갔다.

시간이 지날수록 이석태와 그가 추천한 민간위원들이 준비단 공무원들을 닦달한다는 느낌이 들었지만, 공무원들도 이석태 일당의 눈치를 보느라 나와 내가 추천한 민간위원들에게 도움을 요청하지 않았고 오히려 따돌린다는 인상을 받고 섭섭하게 여기게 되었다. 이러한 현상은 장차 부위원장 겸 사무처장으로서 인사권, 예산권 등 사무처 총괄권을 가지고 세월호특조위를 실질적으로 이끌면서 훌륭한 조사 결과를 내어 역사적으로 좋은 평가를 받겠다는 나의 당초 목표를 달성하기에 극히 어려운 상황에 처했음을 의미했다.

실권도 없는 자리에 오래 있다 보면 추천자인 새누리당 입장에서는 제 역할 못하는 무능한 사람이라 나를 비난할 것이 분명했다. 나 스스로도 단순히 자리만 누리고 월급만 축낸 후에 엉터리 조사보고서에 사진 나오고 이름 올리는 것은 용납할 수 없는 일이라고 여겼다.

좀 더 준비단 업무에 가까이 다가가고자 파견공무원 선임자에게 의미 없는 부단장의 직책이지만 그 직을 부여했다면 적어도 준비단 업무의 중요 부분은 나의 양해를 받아 처리해야 할 것 아니냐고 따졌다. 파견공무원 선임자는 그제서야 이석태와 그의 민간위원들이 자행하는 점령군 횡포와 그 때문에 당하는 애로사항을 호소했다. 주관부서인 해수부 본부와 함께 특조위의 신속한 출범을 위해 전력을 기울여 인사, 예산안을 짜고 관계부처와 협의를 진행하는 것만 해도 너무나 힘든 상황이었다.

이석태와 그의 민간위원들이 매일매일 어디서 자료를 가져오는지 자꾸 새로운 사업을 추가하고 추가 예산과 인력을 인사 예산안에 넣어주도록 요구하고, 또 자기들 요구대로 진행되지 않는다며 핀잔을 주고 은근히 협박하기도 한다는 것이었다. 정부의 업무관행을 설명하며 관계부처 협의 중에 인력과 예산이 깎이면 깎였지 증액하는 경우는 없다고 해도 '국민의 여망' 운운하며 마치 맡겨둔 것 왜 안 내놓느냐는 식으로 협박과 폭언을 일삼는 바람에 부하 공무원들 앞에서 부끄러워 일하기 싫다는 것이다. 관계부처에 어려움을 말해봐도 그들 점령군을 능력껏 잘 다루라고만 할 뿐 도와주지 않는다며, 오히려 내가 그들 공무원들의 방패막이가 되어주면 안 되겠느냐고 울다시피 애원했다.

공무원들의 슬픈 표정 때문에 마음을 고쳐먹고 사무실에 자주 나가 이석태 등의 행동에 제동을 걸려고 노력했다. 이석태는 뜬금 없이 다른 상임위원들도 각 추천기관으로부터 추천이 끝나 내정된 상태이니 함께 준비단 업무를 상의하자고 했다. 나는 집단지성의 힘을 기대하며 흔쾌히 동의했건만, 다른 상임위원들이 모두 이석태의 부하 혹은 지원군을 자처하는 바람에 나의 입지만 더욱 약화되는 꼴이 되었다.

나의 업무 관여를 이른바 '쪽수'로 무력화시키려는 음모였던 것이다. 이들은 이석태의 의견에 맹목적으로 추종하고 내가 아무리 법리에 부합하고 건설적인 의견을 제시해도 다수의 의사로 묵살했다. 당시 분위기를 이해하기 위해 한 가지 사례만 적는다.

회의 도중에 한 상임위원 추천자가 갑자기 나에게 "부위원장이 감히 위원장에게 항의하듯 말하냐!"며 소리를 질렀다. 그는 얼굴이 벌겋게 상기된 채 부르르 떨며 나를 노려보고 있었다. 나는 법조 후배가 무례한 데다 동등한 위원 내정자(순수 민간인)끼리 서열을 매기고 맹목적 충성 취지의 괴성을 지르는 상황에 직면해 내가 이런 곳에 꼭 있어야 하나 하는 자괴감이 들었지만, "뭐 이런 놈이 다 있어, 그렇다면 너도 부위원장에게 예의를 갖춰라. 회의란 계급과 무관하게 평등하고 자유롭게 의견을 제시하는 것이다. 어디 회의 중에 안건과 관련 없는 망발이냐!"고 훈계했다.

그는 자리를 박차고 이석태 추천의 민간위원들이 근무하는 곳으로 뛰어나가 "여러분! 위원장에게 하극상을 벌이는 부위원장을 규탄합시다."라고 소리쳤으나 민간위원들도 어이가 없었던지 아무런 반응을 보이지 않았다. 당시의 준비팀은 정식 위원회가 꾸려지기도 전인데 모든 것을 '다수결'과 '위원장 권한'이라는 두 마디 말로 밀어붙였다. 이 때문에 나의 자존심과 신념은 크나큰 상처를 입었으며, 이 때의 일은 지금도 되살리기 싫은 기억으로 남아 있다.

2014년 12월 29일, 국회 마지막 본회의에서 나를 비롯한 여야 추천 위원들에 대한 국회 결의가 이루어졌다. 나는 좌파들의 흠집내기 공격이 무색하게 218표(83.21%)를 얻었으며, 야당 추천의 김진(여) 위원보다도 많은 득표를 했다. 위원의 정치적 중립성과 독립성이란 출신이나 과거의 행동이 중요한 것이 아니고, 향후 위원으로 임명된 이후에 진상조사를 함에 있어 중립성과 독립성을 지키라는 것일 것이다. 그런데도 임명도 되기 전부터 진영논리로 비난하고 떼를 지어 시비를 걸고 아예 혼을 빼버리려는 좌파들의 전략은 대한민국에서 앞으로 사라지기를 염원한다.

인력(시행령)과 예산은 정부의 권한

2015년 1월 15일에 이르도록 관계부처 협의는 이루어지지 않은 채, 준비단의 인사조직(안)은 더욱 방대하게 그리고 더욱 고위직 위주로, 예산은 외주사업 위주로 그 금액이 약 250억 원으로 계속 증가하고 있었다. 내심으로는 좌파들이 요구하는 대로 인력 예산을 다 편성해주고 빨리 조사를 완료해서 그들이 아무런 성과도 냄이 없이 특조위가 종결되는, 즉 결과로써 특조위의 불법성이 하루빨리 만천하에 알려지길 간절히 기원하고 있을 수밖에 없었다.

그렇지만, 예산과 인력을 감시해야 하는 행정부처 입장에서야 국민의 혈세로 이루어지는 예산을 함부로 낭비해서도 안 되고, 적재적소에 필요한 만큼의 인력과 예산만 배정해야 하므로 호락호락 이석태 등의 요구대로 수용해줄 리는 만무했다. 그럼에도 이석태는 그들이 편성한 예산과 인사안을 수정함이 없이 관철될 것을 강력히 요구할 뿐만 아니라 수시로 사무실을 비우고 야당 의원들과 재야 인사들을 만나러 다녔고, 툭하면 공무원들 기타 준비팀의 업무를 정지시키고 별도 명령이 있을 때까지 대기하라는 명령을 내렸다. 결론적으로 특조위 설립 업무를 방해한 것은 이석태이지, 청와대나 해수부 공무원들이 이석태를 방해한 것이 아니다. 본말이 전도되고 진실이 거짓에 덮였다.

예산과 조직,
비밀로 타낼 수 없다

1월 15일 저녁, 선임 공무원으로부터 관계부처와의 협의가 전면 보류되었다는 전화가 걸려왔다. 그 이유를 들어본바, 삐걱거렸지만 그럭저럭 인사·예산 관계부처와의 협의가 진행되던 도중 특조위 예산 요구가 250억 원을 넘어서자 인사·예산 당국이 아예 협의를 중단해버렸다는 것이다. 그동안 인사·예산 권한을 가진 정부의 입장을 무시한 채 상임위원 내정자라는 신분에 걸맞지 않게 점령군으로 자처하며 마치 맡겨둔 인력과 예산이 존재하는 양 당당하게 요구하고 군림하던 이석태가 스스로의 처지를 깨닫고 반성하는 계기를 맞이했다고 봤다. 그동안 인사·예산 편성과 협의에서 소외된 내가 도울 일이라도 있는지 물어봤다. 세월호특조위법 성안 당시 새누리당 간사이던 김재원 원내수석부대표를 통해 정치적으로 풀지 않으면 안 될 것 같다고 했다.

김재원 의원은 고향(청송) 지역구 의원이므로 전부터 안면은 있지만 서로 전화로 업무를 상의할 만큼의 친밀한 관계는 아니므로 면담일정을 잡아달라고 부탁했다. 그리고 설명자료를 만들어달라고 했다.

다음 날인 1월 16일 오전에 김재원 의원을 만나러 국회에 가서 출입절차를 밟는 도중에 '세금도둑' 발언이 있었다. 이석태가 대한변협 추천 상임위원 내정자 박종운을 시켜 내게 전화를 했다. 김재원의 세금도둑 발언 운운했다. 나는 당시 세금도둑 발언 사실을 알지도 못한 채로 "지금 김재원 의원 만나러 국회 왔다."고 답변했다. 김 의원실에 대기하던 중 급히 돌아온 김 의원과 제대로 된 대화도 나누지 못한 채 김 의원에게 설명자료로 들고간 조직예산(안)을 건넸고 이를 받아든 김 의원은 사무실을 나가버렸다. 그는 설명자료를 언론에 배포했다.

사무실로 복귀하고 나서야 사태의 전말을 알게 되었고, 나는 이석

남(進), 듬(處), 길(道)

태와 박종운에게 경위를 충분히 설명했다. 그러나 그들은 이미 이 사태를 나에 의한 비밀문건 유출 사안으로 규정짓고 언론에 대고 비난을 퍼부은 이후였다. 이러한 뒤집어씌우기는 현재도 계속되고 있다. 인사예산안은 성질상 관계부처와의 협의를 위한 것이므로 비밀이 될 수 없다. 그들 예산 요구안은 모두 재야단체와의 협의와 요청에 의해 짜여졌다. 그들은 진작부터 그들의 인사·예산 요구를 관철하기 위해 외부 정치인이나 단체에 인사예산안을 공유했다. 그들은 나를 배제하고 나의 의견을 들어본 적도 없이 할 짓 다 해놓고 부위원장이 위원장에 대한 하극상이라며 언론에 인터뷰를 진행했다.

그들은 아직 민간인에 불과하며 위원장이나 상임위원도 아니다. 그들은 비밀을 취급하고 있지도 않다. 그들이나 언론은 이 사실을 외면했다. 국민들을 속였다. 내정자 신분에 불과하지만, 위원장은 부위원장을 깔아뭉개고 독단을 행해도 좋고 부위원장은 위원회의 장래를 위해 아무 일도 못한다는 프레임은 어디서 나오는지 이해할 수 없었다.

이중잣대의 광분일 뿐이다. 떼법에는 의연함으로 대처해야 한다. 인사예산안은 정부와 협의해야 하므로 비밀문건이 될 수도 없다. 최대한 알리고 협조를 구해야 한다. 행정부 공무원이 국회의원에게 업무협조를 받기 위해 관련 문건을 제공하는 것은 극히 관례적인 정당한 업무집행이다. 이러한 사정을 그들에게 다 설명했는데도 좌파 언론과 한통속이 되어 계속해서 비난을 퍼부었다.

다음 날인 1월 17일, 이석태와 박종운은 내게 단장 결재 없이 한 하극상이라 주장하며 언론 인터뷰를 또 진행했다. 도대체 이석태나 박종운 그들은 나의 승인 없이 해도 괜찮고 나는 그들의 양해 없이 아무것도 못한다는 말인가? 같은 민간인끼리 이석태는 최고존엄이며 나는 준비단을 위해 아무것도 하지 못하는 존재인가? 나는 준비단을 위해 선의

(善意)로 한 행동임을 충분히 설명했음에도 누명을 뒤집어씌우는 이석태 등과 이들을 무비판적으로 거드는 언론에 대해 환멸을 느꼈다.

그러나 아직은 민간인

다음 날 회의 석상에서 인사 예산권은 부위원장 겸 사무처장 내정자인 나의 권한이며 정당한 행동이었음을 선언하고 향후 나의 권한을 행사할 것임을 선언했다. 아울러 언론에 대고 나에 대해 왜곡 비방하는 행동을 중단해줄 것과 '인사·예산안이란 것이 정부 협의가 필요한 것인데 너희들 맘대로 책정하고 그대로 관철시키려고 하는 그 시도 자체가 헌법과 정부조직법 체계를 무시하는 초법적인 발상이다'는 점을 강조했다. 내 기억으로는 이때 처음으로 공식적으로 주무부처에 부위원장 내정자 신분을 사퇴하고 싶다는 의사를 전달했던 것으로 기억된다.

1월 하순, 전체 위원 추천자들 간담회에서 "현재 시행령(인사) 및 예산안에 대해 모든 업무가 종결되었고, 이석태 등은 거리투쟁만 할 뿐 아무런 일도 하지 않으니 준비단을 해체하자."고 의견을 냈다. 준비단의 업무종결에 대해 별다른 이의를 달지 않던 이석태 등은 간담회 석상에서 이호중 등 강경파가 준비단 해체에 대해 거부의견을 쏟아내자 표결을 붙였다. 결과는 명약관화했다.

나는 "다수결로 위법이 합법화되지는 않는다. 위법한 상태는 적법으로 돌려놓는 게 맞다. 공무원 복귀 등 내가 할 수 있는 조치는 취하겠다."고 선언했다. 정부에 공무원을 복귀시킬 것을 요구했고 정부는 복귀 요청 공문을 요구하므로 부위원장 내정자 명의로 공문을 발송했다. 이석태는 또 자신의 결재 없이 공문을 보냈다며 시비를 걸고 언론을 통해 비방했다. 그러면서 자신은 사무실을 외면하고 밖으로 나돌면서도 누구

남(進), 듬(處), 길(道)

를 시켜 어떤 절차로 공문을 작성했는지는 모르지만 공무원 복귀요청 공문을 여러 차례 보냈다고 한다. 물론 나는 양해한 일이 없었으며 그들이 내게 결재를 요청한 일도 없다.

1월 27일, 이석태의 제안으로 상임위원 추천자 5명이 국회 새누리당 김무성 대표와 민주당 문희상 대표를 방문했다. 이석태는 두 당 대표에게 "준비단에서 인사·예산(안) 편성을 완료했으니, 이제 정부에서 협조만 해주면 세월호특조위는 즉시 가동이 가능하니 도와 달라."고 요청했다. 민주당 문희상 대표, 그리고 전해철 등 여러 의원들의 말에서 이석태·권영빈·박종운 등이 민주당 등 정치권을 통해 그들의 인사예산안을 통과하게 압력을 넣어 달라는 로비를 하고 있는 것을 알았다.

양당 예방 절차 후 이석태 등은 원안 통과를 거부하는 정부를 비난하는 기자회견을 열었다. 인사·예산 협의권은 정부의 권한인데 이걸 부정하고 요구대로 무조건 들어달라는 오만함은 어디에서 나왔는가? 이석태는 도대체 무슨 특권을 부여받았길래 자신들의 의견을 굳이 원안대로 관철하려는지 도저히 납득할 수 없었다. 북한의 벼랑끝 전략이 연상되었다. 나중에서야 인력·예산 투쟁을 명분으로 실제 조사활동에 나아가지 못하게 함으로써 특조위 활동 시점(始點)을 최대한 뒤로 미루어 결국 차기 대선기간까지 세월호 이슈를 끌고가려는 정치적 목적이 있다는 추정에 대해 거듭 확신할 수 있었다.

특조위 사무처장은 병원 사무장이 아니다

2월 4일 특조위 위원 추천자들의 간담회에서, 나는 조직예산 타령으로 인한 무의미한 교착상태를 돌파하고자 정부로부터 "인사·예산 당국이 수용 가능한" 안을 받아 이를 전체 위원 후보자 간담회에서 설득해봤다. 새누리당 추천위원 5명을 제외한 나머지 전원의 반대로 부결되었다. 앞으로 위원회가 출범하더라도 나의 의견은 아무 의미가 없을 것이 명약관화했다.

여기에 더해 한 위원이 사무처장은 병원으로 말하면 사무장이고 사무장은 의사 자격이 없으니 병원 운영에 관여할 수 없다고 주장했다. 병원 사무장은 의사가 아니고 법률상 환자 진료에 관여할 수 없다. 그럼에도 사무장이 의사를 고용해 실질적으로 병원을 운영하는 불법 사례가 만연한 것도 엄연한 사실이고 이는 사회적으로 지탄 대상이다.

그러나 세월호특조위 사무처장은 상임위원의 한 사람이자 부위원장으로 진상조사 등 세월호특조위 업무와 사무 전반의 핵심 책임자이다. 법률상 진상조사 등 세월호특조위 업무와 사무의 총책임자의 지위에 있는 사람을 무자격자로서 아무런 권한이 없음에도 음성적으로 관여함으로 인해 비난의 대상이 될 뿐인 병원 사무장과 동일시하는 취지의 해괴한 주장에 나는 비위가 상해 도저히 현장을 지킬 수 없었다.

나는 박종운의 만류에도 불구하고 퇴장해버렸다. 도대체 상임위원에 부위원장이 될 사람을 무자격자인 병원 사무장에 비유하다니 무식해도 너무 심했다. 수십 년 변호사 경력에 한때 박근혜 경선후보 지원 법률특보단의 일원으로 일하던 사람의 배신적 궤변을 청취하면서 대한민국 법조계의 양심과 권위는 좌파의 떼법 아래 철저히 무너지고 있구나 하는 참담함을 느꼈다.

어공들의 품위 손상　　3월 5일, 이완구 국무총리로부터 상임위원 임명장을 수여받았고, 비상임위원들에게도 임명장이 전달되어 그 무렵 특조위가 비로소 구성되었다.

이때부터 정시 출퇴근이 시작되었지만 실제로 이루어지는 업무는 전혀 없었고, 이석태·박종운·권영빈 등 상임위원들은 진상규명을 위한 어떠한 준비도 하지 않았다. 이석태는 차량 렌트를 지시해 렌트된 차량을 타고 다니며 오직 예산안 및 인력(시행령) 투쟁을 위해 수시로 거리 농성, 단식, 유가족들과의 간담회, 사회단체와의 연대투쟁 등을 벌이며 밖으로 돌아다녔다. 늘 자리를 비웠다. 자리를 지킨 사람은 나와 김선혜 위원뿐이다.

이석태는 아침마다 그의 전문위원들과 4·16연대로부터 내려온 신문 스크랩 등을 이용해 그들의 투쟁방침을 정했고, 민간위원들은 "정부가 수정안도 없이 협상을 하자며 간보기를 한다. 구체화된 문서로 정리된 수정안 가져오기까지는 정부와 협상하지 않을 계획"이라고 기자회견하거나, 상임위원들을 아랑곳하지 않고 과격한 언동이나 싸움을 하는 등 위원회 분위기를 흐렸다. 그들이 사무실 분위기를 주도하고 자신들이 지정한 업체들과 예산집행 사무가 처리되었다. 그들은 상임위원들의 업무지시를 거부하거나 방자하게 간섭하기도 했다. 나는 이석태에게 제재조치를 취할 것을 요구했지만 이석태는 허수아비였다. 나는 4·16연대 → 민간위원 → 이석태 순의 위계질서하에 행동했다는 의심을 아직도 가지고 있다.

이석태는 파견공무원이 동료 공무원들과 교환한 이메일을 우연히 입수했다. 그는 파견공무원이 같이 일하고 도와주는 이라는 사실을 망각하고 기자회견을 열어 그 공무원이 마치 공무상 비밀을 정부와 여당에 유출한 것처럼 호들갑을 떨었다. 이석태는 파견 온 공무원을 동료로 보지 않고 적(敵)으로 보고 있다는 점을 다시 한번 절실히 깨달았다.

사무처장인 내가 사안을 조사한 결과 공무원이 동료들과 이메일로 교환한 내용에는 비밀에 해당하는 사안이 없었다. 오히려 나는 이석태 등이 4·16연대 등 외부 세력과 내부 정보를 무차별적으로 공유하고 있다는 점을 알고 있었다. 심지어 파견공무원과 특정직의 인적사항, 연락처까지 유출되어 신변위협을 느낀다는 우려를 호소하는 사람들도 있었다.

무엇보다 그들은 특조위 내 특권층이며 그들이 하는 일은 성역이라는 특권의식을 가지고 있었다. 그들은 그 자체로서 선이며 정부와 공무원은 방해세력이며 악이라는 왜곡된 의식이 강했다. 진실규명에 함께 가야 할 공무원들, 그리고 지원조직인 정부에 대해 동료의식이나 연대의식이 전혀 없었다. 그들은 상호 존중하고 협력해야 할 다른 국가기관과 적대하고 충돌만 했으니 국헌문란의 반국가단체와 하등 다른 게 없다고 생각했다.

4월 27일경 정부가 직제안이 든 시행령을 통과시킨다는 말을 듣고, 이석태, 박종운, 권영빈, 그리고 민간위원 7명 전원은 근무지를 이탈했다. 명백한 직무유기다. 아예 광화문 세월호 천막 앞에서 무기한 농성에 들어갔다. 농성 들어가기 전에 준비단 전체 직원들에게 즉시 업무를 중단하고 비상대기하라고 명령했다. 대통령 면담을 요구하며 청와대로 진출하려다가 중간에 제지당하기도 했다. 단식농성 중 문재인, 박지원, 기타 많은 좌파 인사들이 동조 단식도 하고 농성을 같이 벌이기도 했다. 세월호특조위가 법적 기관이 아니고 오직 정치의 마당이었음을 여실히 보여주는 장면이었다.

나는 농성 중인 이석태 등을 찾아가 장관급 급여를 받는 공무수행 인사가 법률과 정부의 업무처리 관행을 무시하고 막무가내로 예산과 인력을 달라고 떼를 쓰고 대통령을 만나겠다며 데모를 하고 인력과 예산이 마음에 들지 않는다는 이유로 농성을 하는 것은 국법질서를 문란케 하는 위법행위임을 경고했다. 한편으로 일하고 한편으로 투쟁하라고 설득했다. 이석태는 승낙하는 듯해서 곧 복귀할 것으로 예상했지만 계속

농성을 해서 나를 실망시켰다.

　나는 국회 정론관을 찾아 "정치적 중립성을 지켜야 할 정무직 공무원이 적법절차에 따라야 함에도 야당과 유가족을 동원해 시행령의 전면 철회를 요구하는 등 장외투쟁을 벌이는 것은 위법이다. 심지어 문재인 새정치민주연합 대표와 만나 시행령 철폐에 대한 논의를 같이 한 것은 정치적 중립을 훼손한 것이다. 정부기관보다 우월적 지위가 있는 것도 아닌데 조직과 예산을 수정 없이 인정받으려 하는 것은 착각이다. 불필요한 사회적 갈등을 증폭시키지 말고 조속히 복귀해 달라."는 취지의 성명서를 발표했다.

　그리고 며칠 지나지도 않아 그동안 시행령 개정과 예산 확보 없이는 한 발짝도 움직이지 않겠다고 호언하던 이석태는 갑자기 대승적 차원에서(?) 시행령과 예산안을 받아들인다며 사무실로 복귀했다. 거리농성이 소신인지, 사무실 복귀가 소신인지 헷갈렸다. 수시로 소신과 행동을 바꾸는 사람들과 같이 일하는 내가 참 구차하다는 생각이 들었다.

사무처장의 결재권 박탈 위기　이석태 복귀 이후에야 조직과 예산 준비가 실질적으로 시작되었다. 업무처리규정을 만들면서 특조위법상 사무처장에게 사무처 및 소속 직원 총괄권이 보장된 점을 다시 한번 강조했다. 그렇지만 나에게 주어진 법률상 총괄권을, 이석태가 위원장 권한과 다수결을 통해 사실상 짓밟아 뭉개버리려는 현실적 위난에 대비해야 했다. 업무처리규정을 통해 나는 위원장의 부위원장 지휘권과 소위원장의 소속 직원 지휘권을 인정하는 대신 부위원장의 '모든 업무와 사무'에 대한 결재권을 확보했다.

　이석태가 나에게 모든 업무와 사무에 대한 결재권을 일시적이나마 보장해준 것은 법률상 보장되어 있지 않는 위원장의 부위원장에 대한 지휘권, 그리고 소위원장의 소속 직원 지휘권을 나로부터 얻어내기 위한 일시적 작전이었음이 곧 밝혀졌다. 정부와 새누리당에서는 위 두 가지 지휘권을 양보한 데 대해 불만을 표시했다. 나로서는 모든 업무와 사무에 대한 결재권을 확보하는 것이 급선무라는 절박한 심정에서 고육지책으로 양보한 것인데, 나의 고충을 이해해주는 사람은 없었다.

그러나 나의 전반적 업무와 사무에 관한 결재권을 보장한 업무규정은 무의미하게 되었다. 특조위 업무 중 가장 중요한 '조사업무'에 관한 규정을 제정하면서 권영빈이 부위원장의 결재권을 중요사항으로 한정하자고 주장했고 이석태 등 절대 다수 위원들이 동조했다. 조사업무처리규정이 가결되면 권영빈 등은 '중요사항'이 아니라는 이유로 대부분의 조사업무에서 부위원장의 결재를 배제할 것이 분명해졌다.

결국 부위원장은 사실상 위원회 업무 전반에 관해 결재권을 박탈당하는 반면에, 이석태 및 소위원장들의 사무처 지휘권만 남겨져 사실상 부위원장 겸 사무처장은 유명무실한 자리에 불과하게 된다. 조사업무규정이 특조위 전원위원회에 상정되기 전에 이를 막아보려 했지만 좌파 위원들은 나의 의견을 받아들이지 않았다. 나는 직을 걸고 조사업무규정의 제정을 막아야 했다. 이것이 내가 부위원장 겸 사무처장직을 사퇴한 진짜 이유다.

월급은 받아야지만 일은 할 수 없다

세월호 참사는 배 안에 수백 명이 탔고 생존자가 170명이 넘어 현장 목격자가 많은 사건이며, 사고 직후부터 구조과정이 전 국민에게 현장 생중계 방영되어 은폐·조작이 불가능한 사건인데, 뭘 더 조사하겠다는 것인가라는 나의 질문에 이석태와 권영빈은 답변하지 않았다. 단원고 학생 등 생존자들을 특조위가 직접 조사하는 방법이야말로 남아 있는 진상에 확실하게 접근하는 방법이므로 생존자들을 조사해야 한다고 주장했지만, 이석태 등은 오히려 나를 따돌린 채 그들과 독점적으로 접촉하고 아무런 보고도 한 적이 없다.

전복된 세월호 선박 내의 승객에 대한 구조 책임은 부작위범 문제이고, 부작위범은 구조의무의 존재를 전제로 하는 것인데 구조의무는 철저히 법리적 검토와 논의를 요하는 것이므로 이에 대한 논의부터 개시하자고 끈질기게 요구했다. 이석태와 권영빈은 이를 묵살했다. 마침내 이석태는 발제를 하려면 당신이 해보라며 진상조사 소위원장인 권영빈을 시키지 않고 부위원장인 나에게 발제를 떠넘겼다.

나는 1심 판결문 등을 분석하고 기존의 법률이론과 입법론 등을 종합해 상임위원회에서 발제했다. 다른 위원들은 관심이 없었고 이석태 등은 더 이상 논의를 진척시키지 않았다. 판사는 직접 재판하고, 검사도 직접 조사하는데 그들과 같은 자격을 가지고 그들보다 더 많은 급여를 받는 상임위원들이 직원들을 뽑지 않은 상태라는 이유로 검토와 논의를 거부하는 것은 옳지 못하다. 예산 없이도 책상에서 열의만 가지면 되는 일이다. 조사 시점 늦추기 등 다른 목적 때문에 고의적으로 업무를 외면했다고 본다.

놀 것 다 놀고, 누릴 것 다 누리고

이석태는 조직 편성에 있어 정책보좌관 등 비대한 개인 지원조직을 구성하고, 업무계획 및 예산 편성에서 휴가 가고 야유회 가는 예산을 정규 조직처럼 다 넣었다. 한시적 조직에서 누릴 것 다 누리고 놀 것 다 놀고 언제 일하고 언제 결과를 내놓겠다는 건지 진정성이 느껴지지 않았다. 당초부터 국가 예산으로 지위를 누리면서 오직 조사 시점 늦추기에 목적이 있었을 뿐, 진정성 있게 일하고 성과를 낼 생각은 아예 없었을지도 모른다고 생각한다.

세월호특조위는 참사 후 많은 시간이 소요된 후에야 구성되었기 때문에, 이미 공소제기된 세월호 선장 및 해경 123정장에 대한 재판의 1심 선고가 임박한 상태였다. 또 구속사건이라 항소심·상고심의 심리와 선고가 법정 구속기간 내에 신속히 이루어질 수밖에 없었다.

만약 특별한 사정이 없이 그대로 있으면 대법원 판결에 의해 세월호 참사의 사실관계가 특조위 활동과 무관하게 확정될 운명에 있었다. 나중에 가서 특조위가 새로운 사고원인이나 구조부실 책임을 찾아낸다 하더라도 이미 확정된 판결의 사실인정과 충돌한다면 새로운 조사 결과의 효력이나 권위를 인정받기 어렵다. 그래서는 새로 확인된 사실관계로 인한 피해자 등 억울한 사람이 추가로 밝혀져도 이들을 구제하지 못한다.

적어도 특조위가 다른 진상이나 사고원인 등에 대해 기존 판결과 다른 견해를 가지고 있다면 이를 정리 취합하고 법원에 의견서로 보내 재판이 확정되지 않도록 해야 하며, 구속기간 문제는 대법원의 파기환송을 통해 문제점을 극복할 수 있다고 주장했다. 그러나 위원들은 마이동풍이었으니 진상규명의 진정성을 의심하지 않을 수 없다.

시간은 간다

세월호 유족들은 당초 단원고 학교 측과 여행업계 사이의 유착관계를 의심했다. 그들 사이의 경제적 이권 때문에 세월호를 무리하게 출항하게 했다는 것이다. 또 일부 좌파세력은 국정원의 세월호 실소유주설 및 고의침몰설을 주장하며 국정원 직원과 세월호 선사 간부 및 침몰 중 전화거는 장면이 포착된 항해사를 공범으로 지목하기도 했다.

이러한 각종 유착관계나 기타 존재할지도 모르는 부정한 거래는 우선 통화내역을 확보해 확인하는 것이 유용하고도 손쉬운 방법이다. 내가 통화내역 확보가 가장 시급하고 유용한 조사방법의 하나라는 점을 누누이 강조했지만 이석태는 전혀 관심이 없었다. 결국 통화내역 보존 기간인 1년이 도과(徒過)하고 말았다. 이러고도 진상조사를 하러 특조위에 들어왔다고 말할 수는 없다.

조직·예산 문제는 파견공무원들에게 맡겨 놓고, 위원들은 본연의 진상조사업무를 준비했어야 했다. 검찰 공소장, 법원 판결문, 감사원 결정문, 해난안전심판원 결정문 등을 입수해 검토하고, 추가 혹은 새로이 조사할 쟁점 목록을 준비할 것을 제의했으나 이석태는 듣지 않았다.

세월호특조위는 선박의 운항과 전복·침몰, 그리고 구조의 문제점과 대책을 조사하기 위해 설치된 한시적 기구이므로 그 임무를 제대로 신속히 완수하려면 선박 및 구조 전문가, 위원들을 실무적으로 도와줄 하급직 위주로 조직해야 한다. 그러나 이석태는 고위직 비중이 높은 조직으로 만든 다음 그 자리 대부분을 선박이나 구조업무와 무관한 좌파운동권 사회단체 출신 인사들로 채웠다. 물론 채용과정에서도 심사위원들을 좌파 진영 혹은 그들과 연계된 인사들로 무리하게 꾸렸다. 그렇다. 이석태는 세월호 참사의 진상조사에는 무관심했다.

검사도 직접 조사하고, 판사도 직접 재판하는데 그들과 같은 자격에 그들보다 많은 차관급 급여를 받는 변호사들이 5명이나 상임위원으로 있으면서 직접 조사할 어떠한 노력도 보여준 적 없이 인력이 없어서 조사를 방해받았다는 변명은 어불성설이다. 조사를 함에 있어 외주사업이 왜 필요하며 해외 출장과 지방순회 강연은 또 무슨 소용인가. 진정성 없는 '시간 보내기'라고 주장하는 이유다.

세월호 괴담

세월호특조위를 진상규명에 목숨을 걸고 국민이 원하는 진실을 밝혀내기 위해 최선을 다하는, 말하자면 검찰 특수부처럼 운영해보려고 생각하고 있던 나로서는 비로소 시중에서 회자되는 세월호 괴담이 떠올랐다.

즉 "좌파 진영은 세월호 참사의 진상규명에 관심이 없다. 왜냐하면 그들은 세월호와 관련해 추가 조사로 밝힐 다른 진상이 존재하지 않는다는 것을 잘 알고 있기 때문이다. 그렇다면 왜 세월호특조위법을 관철시키고 세월호 '진상'에 목숨 거는 것인가?

세월호 사고는 그 진상과 무관하게 박근혜 정부 나아가 여당의 가장 큰 약점이다. 이러한 약점을 2016년 총선, 2017년 대선까지 끌고 가야만 좌파가 집권할 수 있다는 시나리오 때문이다."라는 것. 이와 관련해 피해자지원소위의 회의록 일부를 옮긴다.

최일숙 위원: 진실화해위원회는 첫 번째 조사개시를 한 날로부터 4년 이렇게 되어 있었는데 법이 그래서 조사개시를 가능한 한 뒤로 늦춰가지고 …… 시작을 했어요. …… 그러니까 이거 구성이 된 날을 언제로 볼 거냐 하는 것은 …… 시행령 싸움으로 인해서 실질적 활동시간이 4개월 5개월 그냥 허비되었으니까 실질적으로 활동할 시간을 더 늘려주어야 된다라는 여론이 생기면은 그렇게 자연스럽게 갈 수 있는 가능성이 크죠. 지금 그래서 다른 분들이나 대책위에서는 그런 여론을 좀 더 활성화시켜서 가능한 한 실질적으로 활동할 수 있는 시한을 늘리려면 지금 당장 청문회를 한다는 식으로

일을 해서 대외적으로 활동한다는 느낌을 주었으면 안 된다는 생각이신 것

같아요.

최경덕 씨(단원고 유족): 예, 그런 거죠. 왜냐하면…….

김선혜 소위원장: 만약에 그렇다면 이것은 활동을 할 필요가 없고 저도 만약에

그런다면 전 거취를 생각해봐야 할 것 같아요. 저는 그 의견은 받아들일 수

가 없어요.

- 2015년 5월경 지원소위 회의록

세월호 참사를 제대로 기리려면

세월호 참사는 300명이 넘는 사망자가 발생한 사고로 참사사(慘事史)에서도 가장 큰 참사 중 하나로 기록될 것이다. 그렇기에 사망자의 죽음이 헛되지 않고 더욱 안전한 사회로 나아가는 좋은 계기로 작용되어야 한다. 그러나 좌파 세력의 개입으로 사고 원인규명과 안전사회 건설을 위한 제도 개선은 뒷전이고 오직 정치적 선동과 국론 분열만 초래하고 말았다.

세월호 참사의 원인과 구조실패 내용에 대해서는 대법원 판결 확정, 감사원 감사 종결, 해난안전심판원 조사 종결을 통해 일치된 견해가 나왔으므로 더 이상 논란은 일단락되어야 마땅하다. 이제 와서 새삼스럽게 새로운 원인이 추가되거나 구조책임에서의 결론이 달리 나올 리도 만무하다. 좌파 정당의 주도로 세월호특조위를 만들었지만 예산만 낭비하고 어느 것 하나 새로이 밝혀진 것이 없다.

좌파 진영에서는 박근혜 정부가 인력과 예산을 지원해주지 않는 등 방해로 인해 밝히지 못했다고 주장하지만, 그렇다면 기존에 밝혀진 침몰 원인이 아닌 진정한 사고 원인은 무엇이며 또 사고 후 구조책임에 있어 구했어야 한다고 추상적으로만 말하지 말고 상황마다 누구에게 어떠한 구조책임이 왜 발생하는 것이며, 과연 현장책임자 이외의 사람들이 구조책임을 진 사례가 있었는지를 이론적 탐구를 통해서든, 동서고금의 역사 사례에서 찾아내든 국민들의 눈앞에 구체적으로 내놔야 한다. 우리나라만 유독 아무 근거 없는 괴담 때문에 호들갑을 떨어서는 안 된다.

나라 돈 빼먹기, 천벌받을 짓

대통령은 현장책임자가 아니므로 조치 의무가 없고 살인죄로 기소할 수도 없다. 책임이 없는 사람에게 그 시간에 무얼 했는지 조사할 수도 없고 조사해서도 안 된다. 대통령의 동선은 기밀사항인 점도 고려해야 한다. 혹세무민 그만하고 없는 죄를 뒤집어씌우는 천벌 받을 짓은 그만두자.

　　좌파 사회단체와 정치인들에 의해 1기 특조위에 이어, 선체 조사위, 2기 특조위까지 출범되었는데, 하는 일도 없이 차관급 급여를 받는 상임위원 자리를 양산하고 사무처 조직에 사회단체의 놀고먹는 사람들의 일자리를 마련해준 것에 불과하다. 이들의 급여는 그들이 속한 사회단체의 운동자금을 간접 지원하는 효과만 있을 뿐이라는 뼈아픈 지적을 수용할 필요가 있다.

특조위 예산은 천인혈(千人血)
비대한 조직은 만성고(萬姓膏)
제2기 특조위는 민루락(民淚落)
광화문 천막은 원성고(怨聲高)

천도(天道)는 존재하는가?
이렇게 불평등한데……

1994년 10월, 성수대교가 갑자기 무너지면서 학교 가던 여학생들과 출근하던 청년들이 영문도 모르고 물에 빠져 숨을 못 쉬고 하늘나라로 갔다. 하루에도 엄청난 자동차가 오고 가는 성수대교가 허무하게 무너지다니 어디 세상 무서워 나다닐 수나 있겠는가? 사람들은 어리둥절했다. 정말 진상조사가 제대로 돼야 할 일이다. 좌파들이 희생자와 유족들을 위해 애도하고 진상조사를 위해 위원회를 만들었다는 얘기는 들은 바가 없다. 왜 세월호 참사 희생자와 차별대우하는가? 왜 세월호 유족들만 특별대우하는가?

1995년 4월 대구 상인동 가스폭발사고는 등굣길의 영남중학교 학생 42명을 포함해 총 101명이 사망했다. 중학생들은 단원고 학생들보다 더욱 어린 꽃봉오리들이었다. 좌파들은 수십 년 전의 사건에 대해서도 과거사 진상조사, 진실화해, 의문사 등 각종 위원회를 만들어 좌파 선배들의 신원(伸寃)과 거액배상(巨額賠償)을 성공시켜 국가재정을 휘청이게 만들지 않았는가? 그런데 왜 좌파들은 미처 피지도 못한 어린 중학생의 희생에 대해 눈물 한 방울 흘리지 않고 외면해 차별대우하는가?

1995년 6월, 삼풍백화점이 무너지고 502명이 건물에 눌려 형체조차 찾을 수 없었다. 6명은 결국 뼈 한 조각은 물론 아무런 흔적조차 찾지 못했다. 동료 검사 1명은 부인과 처제, 아직 초등학교에 들어가지도 못한 자녀 2명을 잃었고 판사 1명은 어머니와 소식이 끊겼다. 좌파들은 희생자 한 사람 한 사람의 억울함, 유족 한 사람 한 사람의 안타까움에 대해 관심이나 표명한 일이 있는 것인가? 왜 유독 세월호 사망자와 그 유족들을 위해서만 목소리를 높이는가?

2003년 2월 대구지하철 참사는 192명이 불에 타 죽는 등 340명이 피해를 입었다. 사망자 중에는 아버지에게 휴대폰으로 "아빠 사랑해"라고 소리치고 소식이 끊긴 여대생도 있었다. 날벼락 같은 화마(火魔)에 숨이 막히며 죽어간 희생자의 원한과 그 가족들의 원통함이 세월호 참사 희생자나 유족과 다를 수가 없다.

화재가 난 기관차 기관사는 승객을 위한 대피조치나 본부 보고도 없이 저 혼자 살려고 도망가버렸다. 두 번째 기관사는 본부로부터 승객들의 대피를 도우라는 지시를 받고도 다른 직원이 열차를 운행하지 못하도록 열쇠까지 뽑아 들고 도망가버렸다. 세월호 이준석 선장보다 더 고의적 살해 음모를 의심받을 만했다. 그런데 왜 좌파들은 불평등하게도 대구지하철 참사의 희생자들을 위해 진상조사를 실시하지 않는가? 불평등한 절차, 불공정한 결과이다.

좌파 정부가 들어선 후에도 무수한 안전사고가 연속되고 있다. 2017년 12월 제천 화재로 29명 사망, 2018년 1월 밀양 화재로 38명이 사망했다. 나라도 안 바뀌고 사람도 안 바뀌고 정권만 바뀌었다. 좌파들은 좌파 정권에 대해 촛불로 퇴진을 요구하지도 않았고 별도의 진상이 존재한다고 악다구니를 쓰면서 특조위 구성이 관철될 때까지 시위를 하지도 않았으며 유족들을 위한 특별법을 만들어 지원하지도 않았다.

사람은 모두가 평등하고 그 목숨은 누구나 고귀하며 생명이야 말로 차별받아서는 안 되는데, 좌파들은 왜 이렇게 불평등하게 희생자와 유족들을 차별대우하는 것인가?

세월호특조위를 그만두면서 한 위원에게 말했다.

피해자 지원 부분은 차분하게 검토할 필요가 있습니다. 우리의 지원상황과 인류 문명국가 공통의 지원상황을 자세히 비교해 앞으로 일어날 수도 있을 참사의 지원모델을 마련할 필요가 있습니다. 그러나 다른 참사의 지원상황과 형평성을 반드시 검토해야 합니다.

남(進), 듬(處), 길(道)

근대화는 농업경제를 산업경제로, 왕조국가를 국민국가로, 봉건사회를 시민사회로 바꾸는 것을 뜻한다. 산업혁명, 과학기술문명의 진보, 합리적 가치관의 확산 등이 근대화의 핵심동력이 된다. 이러한 발전과정을 통해 중산층(부르주아)이 만들어지고 이들의 자각과 노력으로 보편적 인권, 국민의 기본권, 재산권, 정치적 자유가 확장되고 자치와 책임의식을 핵심가치로 하는 시민의식이 성숙되어야 비로소 민주주의 정치로 이행할 수 있다. 선 산업화 후 민주화가 대세이자 역사발전의 원칙인 것이다. 인류역사를 통틀어 산업화와 민주화를 동시에 달성한 사례는 찾아보기 어렵다.
– 김인섭,《기적은 끝나지 않았다》

2007년 박근혜 경선후보 법률특보팀에 참여

2007년 하반기 어느 날, 존경하는 강신욱 전 대법관이 내가 근무하는 법무법인 하우림 사무실에 예고도 없이 찾아오셨다. 당시 강 변호사는 한나라당 박근혜 대통령 경선후보자의 법률특보를 맡고 있었다. 그분의 말을 그대로 옮기면 이렇다. "조대환은 당연히 나를 도와줄 것이고, 함께 우파 가치를 지켜갈 젊은 변호사 몇 명을 좀 찾아주었으면 좋겠다." 이것이 내가 박근혜 전 대통령을 돕게 된 계기다.

새로운 나라 대한민국

한반도 땅에서 많은 왕조들이 명멸했지만 왕조 교체는 그 국가 안에 사는 사람들 사이에 권력이 오고 감에 불과했을 뿐 백성들이 다른 나라의 지배를 받은 적은 없었다. 그런데 조선 말에 이르러서는 나라가 완전히 망하고 다른 나라인 일본의 지배를 받게 되었다. 나라의 명맥이 끊겨버린 것이다.

대한민국은 비록 미국의 힘으로 독립한 것이지만 완전히 새로운 나라다. 한반도 위에 면면히 이어져온 한반도에 존재했던 어느 나라의 법통을 계승한 것이 아니라 새로운 나라가 갑자기 생긴 것이다. 한반도의 국민은 단군조선부터 지금까지 살아왔지만 대한민국은 1945년 해방과 1948년 자유민주정부 수립으로 시작되는 새로운 나라다.

틀린 집단, 북한 공산독재체제

대한민국은 민주공화국이다. 공화국이란 어느 누구도 다른 이를 지배할 수 없는, 지배해서는 안 되는, 국민들이 다 함께 나라를 다스리는 것을 의미한다. 왕이나 귀족계급이 다른 서민계급을 다스리는 국가가 아니라는 것이다.

북한은 공산당이 인민을 지배하고 공산당 간부가 공산당원들을 지배하고 김정은 세습왕조가 공산당 간부를 지배하는 왕조국가다. 공화국은 공화국의 통치체제를 부정하고 뒤엎으려는 왕조국가에 반대한다. 우

나(進), 듬(處), 길(道)

리 헌법은 공산주의를 반대하는 방어적 민주주의를 채택하고 있으므로, 대한민국의 공화체제를 전복하려는 통진당을 비롯해 그 어떤 정당이나 단체의 활동도 허용되어서는 안 되며, 북한 공산주의 독재체제를 옹호하는 한총련 등 반국가단체는 처벌하며, 북한 왕조체제를 옹호하는 주사파는 민주공화국의 적으로 철저히 섬멸되어야 한다. "자유의 적에게 자유를 허용할 수는 없는 것이다."(칼 뢰벤스타인)

자랑스러운 산업화의 역사

새로이 독립한 대한민국이 자생하려면, 국민주권의 통치체제를 확립하고 산업화를 통해 경제적 기반을 구축해 자력으로 나라를 지키고 국민을 먹여 살릴 수 있는 국력을 배양하는 것이 우선이다. 그다음에 대한민국 헌법 이념과 정체성에 대한 공통인식의 확산을 통해 권리와 의무, 자유와 책임의 균형적 시각을 가진 민주국민 형성을 이루는 정치 민주화는 자연스럽게 이루어진다. 이것이 역사의 발전방향이며 연속성이고 역사의 실제 현장이다.

오늘날 대한민국의 번영, 즉 산업화와 민주화는 우파들이 이루어낸 것이다. 대한민국 좌파는 산업화에 기여했다기보다 반대하고 방해했으며, 우리의 자랑스런 산업화와 민주화의 역사를 부정한다. 세계가 경이의 눈으로 바라보는 우리의 산업화 시기가 왜 비난과 청산의 대상이 되어야 하는가.

문재인 정부는 공식문서에서 자신들이 DJ, 노무현에 이은 세 번째 민주정부라고 표현함으로써 우리 역사의 연속성과 발전방향을 부정하면서 좌파 정부만이 민주정부라고 주장했다. 좌파는 대한민국의 정통성을 부정하고 역사를 부정하므로 그 주인이 될 수 없고 주인이 되어서도 안 된다. 한편으로 좌파는 자신들이 부정하는 산업화 역사의 성과를 이용해 아직도 대한민국을 부정하는 북한 독재왕조를 지원하려고 한다. 북한 퍼주기는 저들 독재정권 세력을 공고화시킨다. 세계에서 가장 폐쇄적이고 예측 불가능한 세습독재국가를 옹호하다니……. 그들의 노선은 소련의 붕괴, 중국의 사회주의 시장경제화, 유럽 좌파들의 제3의 길 표방 등으로 좌파가 궤멸하거나 혹은 우경화해 그 종말을 고하는 세계적 조류와도 역행한다.

역사의 연속성과 우파의 좌표　　동시대 대다수 국민들의 노력으로서만 성취할 수 있는 복합적이고 다면적인 것이 역사다. 어느 누구도 역사의 연속성을 부정해서는 안 되는 법인데 좌파 세력은 역사를 마음대로 토막내고 함부로 갖다버렸다. 대한민국의 정통성을 부정하고 법치주의를 파괴하는 좌파에 대한민국을 맡겨서는 안 된다고 평소 생각해왔다. 그렇다고 지금의 부패하고 오만한 우파로는 극악한 좌파를 이길 수도 없고 국민의 지지를 얻을 수도 없다.

　　우리의 정통성은 헌법에서 자유민주적 기본질서임을 명확히 하고 있다. 자유민주적 기본질서의 두 기둥은 자유민주주의 체제와 자본주의 시장경제다. 자유민주주의 체제와 자본주의 시장경제를 굳건히 하며 국가의 번영을 유지하고, 국민의 자유를 더욱 신장시켜야 한다. 이것이 진정한 우파의 사명이다. 우파는 현재에서 미래로 가면서 과거를 반성하고 미래를 전망하면서 현재를 조직해야 할 시급한 시점이라고 봤다.

6·25를 잊으면 안 된다

사람들은 우리 역사상 가장 참혹한 시기를 1592년 임진왜란부터 1597년 정유재란, 1627년 정묘호란을 거쳐 1636년병자호란까지 이어지는 약 50년 동안이라고 기억하고 있다. 우리 산하와 나라의 자존심, 백성들의 생명과 정조는 왜놈과 오랑캐에게 철저하게 유린당했다. 그러나 위 시기보다도 더욱 참혹한 상황이 아직 1세기도 지나지 않은 1950년 북한 공산세력 의해 빚어진 것을 사람들은 벌써 잊고 있다.

우리 자유민주주의 정부를 무너뜨리고 공산주의 독재정부를 세우려는 김일성 반국가단체는 소련과 중국의 사주와 지원을 받아 무력으로 남침을 감행해 1953년 정전에 이르기까지 우리 산업의 80%를 파괴하고 정부 시설의 4분의 3 이상을 무력화시켰다. 이러한 물질적 피해는 물론이고 민간인 사망 피해 100만 명, 피난민 650만 명, 군인 사망 등 피해 100만 명 이상이라는 인명피해는 더욱 기록적이다.

결과가 말해주듯이 6·25전쟁이 국민들의 정신에 끼친 해악이란 세계 역사상 그 유례를 찾아볼 수 없는 잔악한 것이었다. 그럼에도 현재 북한 공산집단은 집단학살 전쟁을 반성하기는커녕 그들 압제하에 있는 기층 주민들의 인권과 생존을 철저히 희생하도록 강요하면서 핵무기 개발로 우리를 위협하고 있다. 현재 우리가 직면한 급박한 위험이 아닐 수 없다.

좌파는 과거의 참상과 현재의 핵무기 위협을 외면한 채 비굴한 평화만이 절대가치인 양 선전하고, 평화를 위해서라면 우리의 자유와 번영, 그리고 북한 주민의 인권은 무시되어도 좋다고 선동하고 있다. 해방 직후 어떤 형태로든 통일정부가 지상 목표라던 남로당 세력의 재림이다. 자유민주적 가치를 버리고 동유럽 여러 나라처럼 공산당이 집권하는 식의 통일은 우리가 진정으로 희망하는 '민주적' 통일이 결코 될 수 없다(許政, 1896-1988). 세습왕조 독재권력에 대해 인도적 지원의 미명하에 정권의 연명과 핵무기 개발에 필요한 온갖 지원을 더욱 확대하면서도, 북한 주민들의 인권을 무시 외면하는 이중잣대는 결코 수용되어서는 안 되는 위선이다.

우리 스스로의 군사력으로는 전쟁 발발 시 일주일도 못 버티는 현실을 무시하고 미국의 경제력과 군사력을 배제하려는 자신감은 북한에 대한 근거 없는 무한 신뢰 아니고서는 설명이 되지 않는다. 원교근공(遠交近攻)의 역사 상식도 모르는가? 6·25 참상의 공범으로서 구원(久怨)이 있고 아직도 북한에 온갖 지원을 아끼지 않는 중국과 러시아에 대해 굴욕적 관계를 개선하려는 망동은 결코 좌시할 수 없다.

삼전도 굴욕이 증명하듯 나라의 번영과 국력 없이는 처절한 패배와 치욕만 안겨줄 뿐이다. 적과의 내통을 통해 나라를 갖다 바치려는 시도는 나라와 국민의 분열, 그리고 전쟁에서의 패배와 회한을 결과할 뿐이다.

경제적 번영, 군사력을 포함한 국력의 확립에 필요한 해법은 우파의 재건뿐이다. 국민의 자유와 인권, 나라의 번영을 확립하며, 국민들이 우리나라를 도망가고 싶은 나라가 아닌 지키고 싶은 나라로, 혐오스러운 나라가 아니고 자랑스러운 나라로 만들어보고 싶었다.

2011년, 국가미래연구원 참여　현재를 가급적 지키려 한다는 의미의 보수나, 이전보다 나아지는 상태로 이행하는 것을 의미하는 진보는 모두 중립적 개념이므로 우리의 현재 이념적 현실을 분석하는 데 도움이 되지 않는다. 북한 공산주의 체제에서는 마르크스 레닌주의에 충실하려는 교조주의가 바로 보수가 되니까 자유민주주의를 지키려는 사람만 보수라고 할 수도 없다.

남(進), 듬(處), 길(道)

그런 의미에서 헌법의 자유민주주의를 지키려는 사람과 이를 파괴하려는 사람으로 이념지도의 용어를 재정의해야 한다. 우리 헌법이야말로 좌우를 나누는 기준이 된다. 헌법정신은 자유민주적 기본질서다. 이제 우리 국가의 정통성과 국민의 자유를 부정하고 오직 민주라는 이름으로 일부 세력의 독재와 독재국가 북한과의 연방제 통일을 꿈꾸는 세력을 좌파로 불러야 한다. 좌파는 우리 헌법정신하에서는 결코 용납될 수 없다. 이제는 우파가 반박하지 않는다는 이유로 좌파의 거짓말이 진실로 통용되는 일이 없도록 해야 한다. 우파가 목소리를 내야 한다.

헌법은 자유민주적 기본질서에 입각한 평화적 통일을 국가의 기본목표로 하므로 북한의 전체주의 체제와 서로 조화를 이루는 제3의 타협적 체제는 결코 있을 수 없다. 불행하게도 북한 체제가 붕괴해 북한 주민이 남한에 합류하거나 남한 체제가 붕괴해 남한 주민이 북한에 합류한다고 하는 경우 이외에는 통일의 가능성은 없다.

우리 헌법은 다양한 이데올로기에 대해 개방적인 다원주의를 취하고 있지만 여야의 구분에도 불구하고 헌법질서의 본질적인 부분, 즉 민주주의, 의회주의, 인간의 존엄과 가치, 그리고 시장경제, 사법권의 독립은 인정해야 한다. 그리고 이러한 본질적 부분을 부인하거나 거부하는 북한의 전체주의 체제는 부정되며 이로부터는 방어되어야 한다(최대권, 《헌법학강의》).

헌법 부인세력인 북한과 실현 가능성 없는 연방제통일을 주장하며 북한에 조건 없는 지원을 획책하면서, 북한과의 접촉이나 지원에 방해되는 국가보안법을 폐지하려는 좌파의 위협에 대해 국민들의 경각심을 일깨워줘야 함은 너무나 당연하다.

민주노총은 "조국의 자주, 민주, 통일을 앞당기기 위해 가열찬 투쟁을 전개할 것이다." "우리는 권력과 자본의 탄압과 통제를 분쇄"(창립선언문)를 주장하는바, 그들이 개입한 사업체는 반드시 극심한 분규 끝에 문을 닫거나 도산했다. 이는 헌법을 빙자해 헌법질서를 파괴하는 행위다.

전교조는 교육의 목표를 노동의 가치와 노동자의 권리를 존중하는 교육으로 못 박았고(참교육실천강령) 산업발전, 인권보호, 공존, 평화 등 다른 가치는 전혀 무시하고 있다. 학부모들은 학생인 자식들이 전교조로부터 역사를 부정하고 국가와 부모와 사회 등 기존 질서를 적대시하고 윤리도덕을 무시하는 교육을 받아 가정평화가 깨지고 집안 전통이 사라진다고 큰 걱정을 하고 있기도 하다.

좌파는 부자들과 인생에서 성공한 동료 시민을 증오하며 모든 불행의 원인을 남의 탓으로 돌릴 뿐 자신의 탓이 아니라고 강변하면서, 성공한 사람들이 가난한 사람에게 부를 창출할 여건을 공급해주는 납세와 자선을 베푸는 선순환을 부정하고, 성급하게 부자들을 위협해 빼앗아 나눠주려다 빈곤한 사람들의 근로의욕을 저하시키고 신분상승의 사다리를 스스로 걷어차게 하는 악순환을 초래시킨다. 사회 전체의 부가 감소·소멸로 수렴할 뿐이다.

이웃의 성공에 분노하고 그저 그 성공을 해코지하려는 사회에는 미래가 없다. 우파 정권의 장관 임명에 대해 온갖 구실로 시비를 걸고 방해를 하던 좌파 세력들은 자신들이 정권을 잡자 마자 대통령의 인사권을 존중해 달라고 주장하는 이중잣대를 버젓이 사용하고 있기도 하다.

정치개혁, 경제민주화, 환경문제는 결코 좌파만의 이슈가 아니며 발전의 변화를 두려워하고 과거에 안주하려는 세력은 진실한 우파가 될 수 없다. 시대와 여론의 변화를 감지하기 위해 겸손한 관찰력이 필요하며, 관찰을 통해 해결책에 대한 확신이 서면 분연히 떨쳐 일어나 대중을 설득하고 이끌어가려는 과감한 행동이 필요한 때다. 우파의 본질인 겸손, 관용과 포용의 품격을 갖추고 사회의 안정과 발전을 위해 할 말을 하고 해야 할 행동을 하는 사람만이 진정한 우파 지식인이다.

내가 몸담았던 국가미래연구원 활동은 다양한 분야의 전문가들과 우파의 가치인 자유민주주의와 자본주의 시장경제의 장점을 널리 알리는 한편, 문제점을 개선해 국리민복이 향상되는 방향으로 정책을 개발하고 구체적 실행방안을 함께 연구하고 고민하고 건의했다는 점에서 중요한 의의를 두고 싶다.

2013년 제18대 대통령직 인수위원회

2012년 대선 캠페인 도중 영문도 모른 채 법률지원단에서 일시 제외되었다. 얼마 후 네거티브대책팀에 다시 참여하게 되었는데 새로이 조응천 변호사가 추가된 것을 알게 되었다. 팀장인 김회선 전 의원, 팀원인 유영하 변호사, 조응천 등 삼자 간에 알력 관계가 존재한다는 느낌이 들었다. 얼마 지나지 않아 조응천과 유영하는 뚜렷한 관계 정리도 없이 사라져 각자 개별적으로 활동하는 듯했다.

그 후 안대희 변호사가 새누리당 정치쇄신특별위원회 위원장 직함으로 대선 캠페인에 참여하면서 네거티브대책팀이 그곳으로 흡수되어 들어가라는 지시가 있었다. 안 위원장은 산하에 클린정치위원회를 만들고 그 단장으로 남기춘 변호사를 임명하고 있었으므로 내가 들어가 활동할 입지가 없다고 판단하고 합류를 거부했다. 얼마 후 최외출 영남대 교수로부터 "법조인 사이의 기수 문화를 이해하지 못해 미안하다. 큰 목적을 위해 함께 가자."는 간곡한 당부가 있어 안대희 팀에 참여하긴 했으나 제대로 된 역할을 하지 못했다. 얼마 후 꾸려진 새누리당 박근혜 대통령 후보 선거대책위원회에도 이름을 올리지 못했다.

더 이상 박근혜 후보와는 인연이 없나 보다 하고 체념한 상태에서 제18대 대통령 선거가 치러졌고, 박근혜 후보는 민주당 문재인 후보를 여유 있게 물리치고 대통령에 당선되었다. 박근혜 후보의 당선은 '우파가 피땀 흘려 발전시킨 나라를 좌파 세력에게 갖다바칠 수 없다'는 우파 및 중도 표의 결집으로 이루어진 것이다.

우파는 우파 정치인 중 박근혜가 가장 득표력이 있다고 생각했기에 박근혜를 대통령 선거전의 대표로 내세웠다. 그러므로 대표 선수에 불과한 박근혜는 우파 세력을 이끄는 것이 아니라 감독인 우파의 지시를 따라야 마땅하다. 우리 정치의 폐해는 우파 진영이 내세운 대통령은 우파의 대표자에 불과할 뿐 왕으로 취임하는 것이 아니므로 국정을 펼침에 있어서 우파의 철학과 의사를 충실히 반영해야 한다는 '대리인 원칙'을 망각하고 있다는 점이다.

대통령은 왕처럼 군림하면서 우파 진영의 노선과 여론을 무시할 수 있는 존재가 아니다. 대통령으로 만들어준 우파 세력 역시 후보 선출 및 대선과정에서의 역할을 망각한 채 대통령이 당선되자 마자 감독자로서의 역할을 잊고 대통령 앞에 납작 엎드려 대통령의 독선과 독주에 무조건 복종할 뿐 견제할 줄 모른다. 이 때문에 우파 진영은 대통령의 과오와 실정에 대해 제대로 말 한번 못해본 채 그 책임만 뒤집어써 왔다는 것이다. 이제는 박근혜 대통령, 그리고 그를 뽑아준 우파 진영은 상호 '대리인 원칙'에 충실했으면 하고 간절히 바라며 박근혜 정부의 출범을 지켜보고 있었다.

2013년 1월, 대통령직 인수위원회 인선안 발표를 보고 충격을 받았다. 인수위원회는 후보와 함께 선거 캠페인을 주도한 사람들이 들어가 선거공약이 새로이 출범할 정부에 접목되어 잘 시행이 되도록 하는 '연착륙용'이어야 하는데, 상당수의 인수위원이 선거 캠페인과 무관한 명망가 혹은 구색 맞추기 인사들로 구성된 것이다. 게다가 그 인원이 절대적으로 과소해 공약의 접목, 업무의 원활한 인수가 불가능한 상태, 즉 '경착륙'이 불가피하다고 봤기 때문이다.

당시 부모님의 병환이 위중해 정신이 없기도 했지만 향후 박근혜 정부의 앞날이 걱정되어 매일매일이 참담했다. 1월 10일, 선비께서 돌아가셨다. 하필이면 이날 인수위 법질서사회분과 전문위원으로 임명 발표가 되었다. 20일 후에는 선고께서 돌아가시고 장례식과 49재가 이어져 인수위 업무에 전념하지 못했고 별로 한 일도 없었다.

다만, 검경 수사권 조정이 대통령 후보의 공약이었음에도 분과 내에서 이 주제를 깊이 있게 다루지 않는 데 대해 몹시 의아하게 생각하고 있었다. 그래서 나는 간사의 양해를 받아 이른바 경미범죄(폭력, 절도, 교통사고)에 대해 검사의 직접 수사 및 수사지휘권을 배제하는 내용의 수사권조정안을 마련하고 밀어붙였다. 분명히 말하지만 이것은 안대희 위원장의 건의로 대통령 후보가 공약한 내용이었다.

나는 개인적 소신과 별개로 오직 후보의 공약이란 이유만으로 그 실현을 위해 노력했을 뿐이다. 조응천 전문위원의 경우 대통령 선거캠페인 조직의 일원이었으므로 캠페인 당시에 채택된 공약이었다면 당연히 그 관철을 위해 노력을 다하는 것이 책임있는 행동일 것인데도, 그의 의견이 무엇인지조차 모르게 방관적 자세로 행동해 혹시 다른 목적으로 인수위에 심어 놓은 간자(間者)가 아닌가 하는 의문까지 들었다. 그는 박근혜 정부 첫 공직기강 비서관이 되었고 권력의 핵심인 십상시의 일원이라 자처하기도 했었다.

법조인이라면 문서의 내용과 형식에 비추어 바로 쓰레기통에 버릴 수밖에 없을 정도로 조잡한 이른바 십상시 문건을 마치 나라를 구하는 스모킹 건인 양 작성 유출한 혐의에 연루되기도 했다. 엉뚱하게 식당을 한다기에 과거의 인연을 생각해 몇 번 찾아가기도 했는데, 갑자기 평소 소신과 정반대의 좌파 진영으로 넘어가 우파들로 하여금 배신감을 느끼게 만들었다. 또 과거 DJ 정부 시절 공안 요직에 있으면서 그 자리에 임명해준 정권에 영합하기 위해 우파 정치인의 선거법 위반사건을 지나치게 가혹하게 처리했다는 의심을 가지고 있다. 한때 그는 MB계 법조인을 대통령 만들겠다면서 우왕좌왕하기도 했다. 법조인의 양심과 위엄을 지키길 바랄 수도 없지만, 현란한 진영 갈아타기에 혀를 내두를 뿐이다.

국무총리 기타 중요 보직에 대한 인사 하마평이 수시로 돌았는데 이걸 들으며 이게 아닌데 하는 불안한 느낌이 들었다. 대부분 고령자, 구시대 인물 혹은 명망가로서 새로운 정부의 참신하고 유능한 인물이라 평가받기 어렵다고 느껴졌고, 과연 이분들이 개혁성을 가지고 추진력 있게 일할 수 있는 신체적·정신적 능력을 여전히 갖추고 있는지조차 의심스러웠다.

무엇보다 대선 캠페인의 전우들, 즉 오랫동안 캠페인에 참여해 온 갖 지혜를 짜내고 함께 분투노력한 사람, 유능하며 애국심을 가진 전문가들이 전혀 보이지 않았다. 대통령을 꿈꾸고 용맹정진해온 사람이라면, 공통된 이상을 향해 함께 분투한 사람들이 엄청나게 많을 것이다. 그리고 꿈이 실현될 경우를 가정하고 누구와 함께 일할 것인지, 어떤 자리에 누구를 임명해야 본인의 이상 실현에 가장 적합한지를 늘 생각하고 고민해왔어야 할 것이고, 그러한 복안을 여러 개 준비하고 있는 것이 당연하다고 본다. 엄청나게 많은 후보군들을 앞에 두고도 적재적소에 대한 복안도 없는 사람이라면 맹목적이다. 맹목적 대통령을 당선시킨 국민들은 그 앞날이 깜깜할 수밖에 없다.

미래창조과학부 장관 후보자 내정을 보고 경악했다. 미창부 장관은 당시 정부조직법에 없는 직제였다. 법률을 개정해야 임명할 수 있는 자리인데 국회 동의는 고사하고 야당은 물론 여당의 양해도 받지 않고 법

남(進), 듬(處), 길(道)

률에도 없는 자리를 만들고 그 후보자까지 내정 발표하다니 이건 법치주의가 아니다. 이러한 인사를 밀실에서 그것도 법률 검토도 없이 결행하다니 참 오만하다는 생각이 들었다. 입법사항을 입법조치 없이 밀어붙인 후과는 참혹했다.

박근혜 정부의 완성은 그해 5월까지 늦어졌다. 당시 풍문으로는 정부 출범을 야당이 협조해주는 대가로 대통령이 야당에 검찰총장 추천권을 주었다고 한다. 이미 이명박 대통령이 검찰총장 후보군을 3명으로 압축해 놓고 떠났으니, 박근혜 대통령은 검찰총장 임명권을 전혀 행사하지 못한 것이다. 실질적으로 야당이 임명권을 행사한 검찰총장은 결국 좌파의 논리로 검찰권을 행사하다 축첩 및 거짓말을 한 부도덕성으로 인해 임기를 채우지 못하고 물러났다.

민정수석의 길

기미로 이치를 밝히고(幾以燭理), 현명함으로 의심을 꺾으며(明以折疑), 깊이로 변화에 대처하고(深以處變), 굳셈으로 무리를 제압한다(毅以制衆).
- 성대중(成大中, 1732-1809)

민정수석비서관 수락

2016년 11월 어느 날, 장덕회 멤버들과 운동을 하던 중 호출을 받고 모처에서 민정수석비서관 제의를 받았다. 세월호특조위를 사퇴한 직후 친구들로부터 더 이상 박근혜 정부의 공직을 맡으면 친구로 지내지 않겠다는 압력을 받고 그러마고 승낙한 바도 있고, 걷잡을 수 없이 악화된 여론 속에서 내가 할 일이 없을 것이라 판단하고 그 자리에서 거절했다. 그럼에도 불구하고 여러 분이 끈질기게 그리고 간곡하게 맡아줄 것을 설득했다. 나로서는 많은 세월을 함께해온 박근혜 대통령이 '극한의 어려움'에 처해 있는 상황을 그냥 외면하는 것도 인간의 도리가 아니라는 생각이 들었다. 무엇보다 국가의 중요업무를 누군가는 맡아서 감당해야 한

남(進), 듬(處), 길(道)

다는 공인으로서의 책임의식 때문에 청와대 민정수석비서관 직을 수락했다.

국회 탄핵소추절차는 반문명(反文明)의 광기(狂氣)

국회는 법을 만드는 곳인데 법을 제대로 만드는 것 같지 않다. 좋은 법이란 국민이나 기업이 규제를 덜 받고 경제활동을 더욱 잘할 수 있게 하는 것인데, 이와는 반대로 규제권을 쥔 공무원으로 하여금 재량권을 함부로 휘두르도록 위임입법을 해서 국민과 기업의 자유활동을 제약하고 고통 속으로 몰아넣는 제도를 양산해왔다. 공무원이 국민을 겁주는 데는 형사처벌이 최강 수법인데 법마다 처벌규정을 두다 보니 전 국민을 전과자로 만들고 있다.

공무원도 국민이고 증인도 국민인데, 국회의원이란 완장을 찼다는 이유로 국정감사나 청문회에서 국민들을 상대로 욕설하고 모욕주고 협박하고 윽박지르는 사례가 너무 많이 보인다. 개인의 사생활을 조사하겠다고 공언하며 외국으로 출장 가기도 하고, SNS로 찬양해 마지않는 대통령이 친일청산을 부르짖는데도 투기한 적산가옥을 문화재로 지정하고 정부자금을 지원해야 한다고 부르짖는 사람도 있었다. 경찰 간부 출신 초선 의원은 좌파 미술가가 그린 인신모독의 외설 그림을 민의의 전당에 전시하도록 도와주었고, 좌파 다선의원은 대선 선거기간 중 상대진영 후보 낙선을 위해 심각한 허위 사실을 퍼뜨려 처벌받은 전력이 있다. 국회의원의 임무도 제대로 배우지 못했으니 헌법을 제대로 알 리가 없다.

제대로 알지 못하고 저지른 가장 중대한 과오가 박근혜 대통령 탄핵발의 과정이다. 대통령은 국민이 직선으로 뽑은 대체 불가의 절대권력이다. 심신상실 혹은 적국과의 내통 등 더 이상 대통령 직무를 수행하게 할 수 없을 때 고려해볼 수 있는 최후 수단이 탄핵이다. 사안이 그 지경에 이르렀더라도 임명직이어서 정통성이 없는 사법권에 판단을 맡기기보다 정치적 타협을 통해 대통령직에서 물러나게 하는 것이 바람직하다. 자존심이라고는 없어 정치적 사태를 정치적으로 해결하지 못하고 사법부의 판단에 맡기기를 좋아하는 이른바 '정치의 사법화' 현상을 인정한다 하더라도, 대통령 탄핵은 정치적으로 헌법제정권력으로서의 현명한 국민이 납득할 수 있는 절차를 거쳐야 한다. 일시적인 충동에 의해 잠시 일어났다 꺼지는 촛불을 틈타 헌법 권력을 강취해서는 안 된다.

1895년 법관양성소 개설 시부터 따지면 우리 법조 역사는 120여 년에 이르지만 제대로 된 철학과 소신을 가진 법조인을 배출하지도 못했고 법조인의 양심과 권위를 지키고 더 높은 차원의 법률 문화 수준으로 이끌어가는 제도나 전통을 축적하지도 못했다. 그때그때 시류에 따라 개인의 영달과 기관 이기주의와 조직 보호 논리에 따라 판결과 결정이 이루어져왔다. 이 때문에 선배들의 축적된 지식과 법률정신, 법조문화는 개인으로 그치고 후배에게 전승되지 않은 채 단절되고, 후배들은 툭하면 선배들의 정신과 문화를 거부하고 파괴해왔다.

선배들의 전통과 정신을 부정하는 헌재 재판관들로서는 탄핵재판을 해본 일이 없다. 해본 일이 없으면 공부라도 해야 하지 않는가? 선진 외국의 선례를 살펴봐야 할 것 아닌가? 미국의 경우 하원은 먼저 특별검사를 지정해 대통령의 탄핵사유에 대한 증거를 철저히 조사해 보고하게 한다. 하원은 각 사유마다 충분히 토론한다. 그리고 각 사유마다 투표한다. 하원의 탄핵 소추 이후에도 상원의 표결을 거치도록 함으로써 법치주의와 민주주의에 충실한다.

우리의 국회나 헌재는 헌법정신도 무시하고 해외 사례도 외면한 채 촛불을 빙자해 함부로 탄핵하기로 정해놓고 대통령을 탄핵해버렸다. 어찌 그리 무모한가? 어찌 그리 건방진가? 헌법제정권력으로서의 현명한 국민은 결코 헌재에 함부로 대통령을 탄핵할 소명을 부여한 적이 없는데 스스로 탄핵의 소명을 들먹이다니 그 오만의 극치를 역사는 두고 두고 단죄할 것이다. 폭력적 쿠데타일 뿐 문명적 합법절차가 아니었다.

새누리당의 미망(迷妄)

새누리당은 우파를 대표하는 정당이고, 박근혜 대통령은 새누리당 소속 당원이자 우파 세력이 합심해 당선시킨 대통령이다. 대통령이 잘못하는 것이 있으면 감독권을 행사해 잘못을 시정하고 재발을 방지하며 더 훌륭한 정치를 하게 함으로써 우파 정권이 다시 국민의 지지를 회복할 수 있도록 노력해야 할 공동운명체적 책임을 지고 있다. 우파 대통령이 물러나게 되면 새누리당도 온전할 수가 없다. 이미 국민의 신뢰를 잃고 여론의 방향이 역풍이자 광풍이 불고 있으므로 이를 만회하는 시간적 여유를 가지지 않고 대통령을 파면시켜버리면, 그 순간 우파 진영은 허물어지고 중도층은 떠나가 버린다. 차기 대권을 박탈당하는 순간 좌파의 처절한 복수는 예견되고 있었다. 새누리당은 판단 착오를 범한 것이 아니라 판단력을 상실한 것이다.

새누리당 우파 정치인들은 처음부터 멍청했다. 우선 대통령의 실정에 공동책임자이며 대통령이 책임지면 더 큰 책임이 넘어오게 된다는 점을 인식하지 못했다. 대통령을 버리면 자신들은 살 수 있다고 오판했다.

동서고금 정치사에서 반대파가 요구하는 세 가지 주문을 고분고분 다 들어주는 경우는 없었다. 전쟁에서 진 나라라도 승리국의 요구를 그렇게 쉽게 들어주는 사례는 찾아볼 수 없을 것이다. 하나의 요구라도 적정한 대가를 받고 들어주는 것이 정치한 정치거래다.

그런데도 당시 새누리당 지도부와 동조세력은 민주당이 요구하는 대통령 탄핵, 특검, 특별청문회의 개최를 모두 수용했다. 세 가지 요구사항은 하나같이 새누리당과 우파 진영에게 심각한 타격을 가하는 일이었으므로 다 내어주는 판단착오는 우파가 철저히 깨지고 분열해 그 존립 기반조차 파괴하는 데 결정적으로 기여했다.

국회는 이미 시행 중인 상설특검제도를 활용하지 않고 수사사항 언론공표권을 포함한 포괄적 수사권을 부여한 무소불위의 최서원 특검법을 통과시켰다. 특별청문회는 우좌파 당파를 가리지 않고 합심 전력으로 박근혜 정부의 정당한 정책결정까지 위법한 범죄행위로 몰아붙였다.

박근혜 정부의 모든 인사들을 부도덕한 범죄자로 매도했다. 심지어 외환 벌이를 위해 최선을 다한 죄밖에 없는 기업 총수들과 맡겨진 직분에 충실했던 공무원들까지 난도질을 치고 위증사범으로 몰고 특검에 고발해 만신창이를 만들었다. 정치를 한 게 아니라 인민재판을 열고 죽창을 휘둘렀다. 대한민국의 광기는 촛불로 타올라 서서히 최절정을 향해 치닫고 있었다.

지연된 민정수석 임명　　　　　12월 9일, 국회는 박근혜 대통령에 대해 탄핵소추를 의결했다. 저녁에 이종사촌의 고명딸 결혼식에 참석하기 위해 처와 함께 승용차로 이동하는 중에 휴대폰이 울렸다. 민정수석 임명 소식이 TV에 떴다는 것이다. 이후 휴대폰이 여러 곳에서 계속해 울렸지만 나중에 문자로 답하기로 하고 받지 않고 그대로 결혼식장으로 향했다.

대부분의 하객들은 그 사실을 모르고 있었는데 검찰 후배 1명이 다가와 "형님, 지금 네이버 검색 1위에 올랐소!"라고 알려주기도 했다. 결혼식에 끝까지 참석한 후 처를 먼저 집에 보내고 나는 검찰 후배, 그리고 장덕회 친구 몇 명과 같이 맥주를 마셨다. 민심 정보의 수집과 분석, 정책 건의라는 민정수석의 업무 역시 정치중립적이라고는 할 수 없는 마당에 험난한 촛불 정국의 회오리 속에서 과연 그 소임을 제대로 해낼지 걱정이 가슴 한구석을 눌렀다. 벼슬살이는

민정수석실을 방문한 고향 후배 심상형과 함께

나아가거나 물러남뿐이라(仕宦在進退之間, 成大中) 했으니 의리에 따라 진퇴를 분명히 하면 되리라 다짐했다.

출근과 함께 병영에 갇힌 느낌이 들었다. 출퇴근 출입절차가 까다로워 영내에서 점심 저녁을 해결하는 경우가 대부분이었고 야근이 다반사였다. 주말마다 광화문 일대에서 시위가 벌어지고 그 소리는 청와대 안으로 쩌렁쩌렁 울렸다. 출근 후 일주일 만에 끊었던 혈압약을 다시 먹기 시작했다. 체중은 늘기 시작했고 수시로 감기에 걸렸다.

좌파들의 떼가 통하는 분위기   민정수석 임명 발표와 동시에 좌파 정당과 언론에서 음해성 공격을 퍼부었다. 좌파는 모함과 인신공격을 통해서 그 사람의 평소 평판과 업무에

대한 용기에 상처를 입혀 진영 전투에서 우위를 차지하려는 수법을 특기로 한다. 공직에 취임하는 사람에 대해 그가 공직에서 수행하는 업무를 지켜본 연후에 그 업무 수행 태도와 능력 그리고 결과에 대해 비판을 가하는 것이 정상이다. 처음부터 아무 일도 아예 못 하게 하려는 저의를 가지고 상대방으로 하여금 기를 꺾어 그들의 요구를 반대하지 못하고 오히려 그들의 요구대로 움직이게 하려는 것은 저열한 수법이다. 거듭 단언하건대 나는 단 한 번도 변호사로서의 수임규정을 위반하거나 품위를 손상케 한 적이 없다.

그리고 SNS에 실은 미르재단과 케이스포츠재단 설립이 공갈성 뇌물수수에 해당하는지 여부에 대한 견해는 좌파 언론이 날조해 퍼뜨린 거짓 정보를 사실로 믿고 제시한 하나의 잠정적 견해일 뿐이다. 사적 공간에서 일방 당사자의 설명에만 기초해 즉흥적인 의견을 개진하는 것은 책임의 대상이 될 수 없다. 법적 책임은 물론 도덕적 책임조차 부과하기에 아직 성급한 이른 단계에서의 시론적 의견일 뿐이다.

좌파 그들은 내가 그들에 대해 비판적 견해를 제시한 SNS에서의 무수한 언급은 외면하고 취신(取信)도 하지 않으면서 유독 한 부분만 끄집어내어 이것만 가지고 마치 자신들이 문제제기와 맥을 같이 하는 양 꼬투리 잡는 것은 자가당착의 헛소리에 불과하다. 나의 주장을 그렇게 신뢰한다면 그들에게 맹공을 퍼부은 나의 다른 글도 동등한 가치로 믿어주어야 하고 당연히 그들은 나의 지적대로 그들의 편 가르기와 이중 잣대 행태를 즉시 중단해야 마땅할 것이다. 그들의 기 꺾기 맹공이란 검사 시절 공부한 공산주의자들 전유의 '개념의 재정의', '용어의 혼란' 전술임을 잘 알기에 일체 대응하지 않으려 했다. 그러나 비서실장과 홍보수석이 적절히 대응할 것을 주문하는 바람에 최소한의 범위 내에서 언론에 대응했다.

민정수석 제의가 오기 전에 나는 동아일보에 기고문을 보낸 일이 있다. 대통령의 변호인으로 선임된 유영하 변호사에 대해 온갖 음해성 기사가 보도되었고 그가 발표한 대통령의 입장에 대해서도 각종 시비를 거는 막장 세태에 대해, 대통령도 국민의 한 사람으로서 변호인으로부터 조력을 받을 권리가 보장되어야 한다는 요지였다. 즉 변호인과 변호 내용을 사안과 무관한 사유로 여론의 힘으로 찍어 누르고 폄훼할 경우 심지가 약한 평균적 변호사들은 겁을 먹고 변론을 포기하거나 제 할 말을 다 못하게 될 것인데, 이것은 대통령 입장에서 변호인의 조력을 받을 권리를 실질적으로 보장받지 못하는 결과가 되므로 헌법위반이 된다. 여론과 언론은 이성을 회복해야 한다는 내용을 썼다. 전통과 양심을 자랑하는 언론기관에 대한 기대를 저버린 채 얼마 지나지 않아 최우열 기자로부터 당시 분위기에 맞지 않아 불게재 결정되었다는 연락을 받았다.

향원(鄕愿)들의 향연

민정수석비서관의 역할은 민정(民情)을 수집해 대통령에게 전달하는 한편 수집된 민정을 참고로 더 나은 정책 수립을 위해 정부기관과 조율하는 공직이다. 따라서 민정 수집과 고충 해결을 위해 많은 정보를 수집하고 공무원과 접촉도 필요하다. 공무원은 정권의 교체 여부와 관계없이 오직 국리민복을 위해 법에 따라 업무를 집행해야 하는 것이 법치주의 이념과 직업공무원제도의 취지에 맞는 것이다.

정권의 교체가 임박하게 예상된 시점에서 그리고 새로운 정권이 어디로 귀속될지 확실하게 예상되는 시점에서도 공무원은 흔들리지 않고 업무에 충실해야 하며 절차상 보고와 협의를 해야 할 것은 제때 제대로 거쳐야 한다.

그러나 좌파 정당과 좌파 정치인들은 노골적으로 곧 집권할 것임을 공언함과 동시에 공무원들로 하여금 법치주의에 어긋나게 오히려 자신들의 명령대로 할 것을 요구하거나 혹은 현안을 처리하지 말고 다음 정권에 넘기라는 압력을 넣었다. 공무원들로서는 정치풍향과 무관하게 국사를 처리함이 당연한 것임에도, 단순히 심정적으로 영향을 받는 정도를 넘어서 그들에게 적극적으로 영합하고 심지어 뒤로 몰래 그들과 거래하고 정보를 넘겼다.

민정수석 취임 직후 김수남 검찰총장으로부터 축하 전화를 받았다. 현직 대통령은 외환·내란의 죄를 제외한 범죄에 대한 소추가 불가능하도록 규정한 헌법 규정의 취지가 대통령 직무의 완벽한 수행을 보장하기 위한 것이라면 수사 자체도 불가능하다고 봐야 할 것인데 대통령을 입건까지 한 의도에 대해 화제가 미치자, 자신은 위 사건에 대해 아무런 관여를 하지 않으며 밑의 검사들이 한 일이라며 둘러댔다.

검사동일체의 수장으로서 책무성과 약속된 자격에 크게 어긋나는 태도라고 느꼈다. 2년 전 그가 검찰총장으로 지명되었다는 보도가 있은 직후 최외출 교수가 전화를 걸어 "2007 경선 때 영남대 총장이면서 박근혜를 저격한 사람의 아들이 어떻게 검찰총장으로 지명될 수 있느냐"고 한탄했었다. 그때는 아무 의견도 반영할 수 없는 처량한 처지임을 서로 확인하고 위로 하던 일이 떠올랐다.

검찰이 주요 사건에 대해 처리 전 대통령에게 사전협의를 해오는 절차가 있다. 국회의원 기타 고위 공무원, 은행장 등 사회 주요 인사의 구속 혹은 입건, 좌파 교육단체장의 전교조 교사 징계 불이행 직무유기 사건 등이 기억난다. 당연히 박근혜 전 대통령에 대한 구속 여부에 대해서도 사전협의를 해올 줄 알았다. 협의가 올 경우 황교안 대통령직무대행에게 처리 방향에 대해 건의할 내용도 미리 준비해두었다. 곧 구속영

비서실장실 정례 수석비서관 회의 직전

황교안 국무총리 초정 간담회 이후 한자리에서

장을 청구한다는 보도가 나오는데도 아무런 협의 절차가 없어 혹시나 하는 마음에 법무부에 알아보기도 했으나 끝내 김수남의 협의는 오지 않았다고 했다. 결국 황 대행에게 어렵게 물어봤지만 아무런 연락도 없었다고 한다. 결국 검찰은 이 사건에 한해 사전협의 없이 구속영장을 청구한 후 그 사실만 통보했던 것이다.

민주당은 이미 그들이 대권을 잡은 양 행세하며 공직 인사는 그들이 정식 집권한 후에 행사할 것이니 인사 명령을 하지 말라고 노골적으로 요구하기도 했다. 인사검증을 끝낸 공직에 대해서도 각 부처는 민주당의 협박에 놀라 임명하지 못하는 경우도 많았다.

공석인 대통령 지명 몫의 헌재 재판관도 지명하지 못했고 검찰 고위간부 인사도 이루어지지 않았다. 예외적으로 공직인사가 강행된 경우가 있었는데, 그때 임명된 상당 비율의 사람들은 차기 정부에서도 중용됨으로써 진작에 그들과 물밑접촉이나 거래가 있었기에 가능했다고 의심할 여지가 있었다.

최서원 특검의 파쇼　　　　　　국회가 상설특검법(2014. 6.)을 두고도 무소불위의 최서원 특검법을 통과시킨 것 자체가 위법이다. 박영수 특검은 특검보도 임명하기 전에 윤석열 검사를 파견검사로 지명하고 수사팀의 구성을 맡겼다. 일개 수사보조기관에 불과한 파견검사가 특검보 위에 군림하는 형국이니 꼬리가 몸통을 흔드는 격이란 이를 두고 하는 말이다.

특검 구성과 관련해 파견검사는 수사보조자에 불과하므로 그들은 수사, 공소제기, 공소유지할 권한이 전혀 없다. 파견검사는 검사가 아니다. 그런데도 최서원 특검은 파견검사가 검사로 행세하면서 수사를 진행했으므로 특검 수사결과는 전부 위법하다. 역대 어느 특검도 특검과 특검보가 수사를 하고 공소유지를 했지, 파견검사가 수사와 공소유지를 주도하고 특검과 특검보가 뒤로 물러나 있는 경우는 없었다. 유일하게 박영수 특검만이 그와 같은 위법을 자행했다.

왜 파견검사는 검사가 아닌가? 검사는 검찰청에 있을 때에만 검사이며 검사의 권한인 수사권과 기소권, 공소유지권을 행사할 수 있다. 검사가 타 기관에 파견되는 순간 그는 이미 검사가 아니다. 공정거래위원회에 파견된 검사에게는 아무런 수사권, 기소권, 공소유지권이 인정되지 않는다. 그렇지 않고 지방자치단체에 파견된 검사가 독자적으로 수사와 공소제기를 할 수 있게 되면 지방자치단체가 검찰청으로 둔갑하게 된다. 모든 파견 기관이 검찰청으로 둔갑하는 현상은 국회가 검사 파견을 허용한 입법취지도 아니며, 이를 수용하고 견뎌낼 시민들도 없을 것이다.

특검은 특검만이 검사이며 특검보는 수사권과 공소유지권만 인정되고 기소권이 없는 반쪽 검사다. 파견검사는 단순한 수사보조자다. 만약 파견검사에게 검사의 자격을 인정한다면 특검보보다 권한이 강하다는 것으로 특검법의 균형적 해석상 불합리한 결과를 낳는다. 특검 안에 수십 명의 검사를 둔다는 것도 상정할 수 없는 일이다.

그런데도 특검은 파견검사들을 마치 검찰청 검사처럼 대우하며 공소제기를 제외하고 수사와 공소유지를 모두 맡겨버렸다. 법원이 파견검사의 조서를 검사조서로 처리하고 파견검사의 공소유지를 허용한 것은 담합에 의한 편의적인 결정으로 향후 잘못된 특검수사 및 재판사례로 길이길이 역사를 더럽힐 것이라 단언할 수 있다. 친분이 있는 로스쿨 교수는 나의 지적을 경청하고 "특검 파견검사의 수사 및 공소유지 허용은 현행법 해석상 위법한 것은 분명하나 현실적 여건이 있기 때문에 자신은 이를 문제 삼지 않겠다."는 견해를 주었다.

위법한 것은 위법한 것이지 현실을 핑계로 적법이 될 수는 없다. 특검 기소 사건의 공판석에서 특검보가 검사석 말석을 차지하고 꿔다 놓은 보릿자루처럼 침묵으로 일관하고 있는 것을 바라보는 방청객의 심정은 한심하기만 했다.

특검도 헌법과 형사소송법의 아래 있을 뿐 여론이라는 일시적이고 금방 변하며 책임지지 않는 신기루의 지배를 받아서는 안 된다. 판사만 여론의 영향을 받지 않는 재판상 독립을 지켜야 하는 것이 아니다. 검사도 여론의 영향을 받지 않고 독립해 수사하고 결정해야 한다. 헌법과 법률은 피의자의 무죄추정원칙에 의해 불구속 수사와 재판이 보장되어야 함을 명정하고 있으며 사법기관은 기회 있을 때마다 불구속 수사, 불구속 재판을 귀에 못이 박히도록 주장해왔다.

그러나 불구속 수사, 불구속 재판 원칙은 최서원 특검에 의해 무참히 짓밟혔다. 종래 학교 학사비리의 경우 책임자에 한해 처벌하던 관행을 깨고 무더기 구속자가 양산되었다. 특검은 일단 사람을 불러 자백을 강요하고 상선을 자백하는 조건으로 불입건한다. 만약 부인하면 구속해 버린다. 부하가 구속되었으니 그의 상관은 당연히 구속이다. 법조계나 학계 모두 경악하는 폭거였다. 공공기관이나 회사 등 조직범죄에 있어 통상 대표자 혹은 최상급자만 사법처리 또는 신병처리하던 관행을 깨고 말단 계급부터 구속하기 시작해 최상급자까지 모조리 구속해 그 조직을 초토화해버렸다. 그런가 하면 특검의 기준대로라면 당연히 구속하겠다 싶은 사람을 불구속하거나 아예 입건조차 하지 않는 형평성 없는 사례가 광범위하게 발견되었다. 절제된 기준에 따라 양식 있게 사법처리하는 특검의 면모는 눈을 씻고 씻어도 찾아볼 수 없었다.

특검도 수사기관이므로 수사기밀주의를 철저히 지켜야 한다. 수사 상황 공표는 특검법상 허용된다 치더라도 수사내용은 공표 대상이 아니다. 그럼에도 수사내용은 실시간으로 대변인을 통하지 않고 언론을 통해 누설되었다. 심지어 수사기록과 증거물까지 유출되어 피의자에게도 보장되어야 하는 인간의 존엄권, 인격권, 사생활비밀보장권은 철저히 무시되었다.

가장 심각한 특검의 일탈은 국회가 특검에게 명하지 않은 블랙리스트를 조사하고 구속자를 대량 생산한 것이다. 특검법은 최서원 등이 대한민국 정부 상징 개편에 관여한 것을 조사하라고 했을 뿐 최서원과 무관한 블랙리스트는 조사대상이 될 수 없었다. 특검은 특검법상 조사범위에 해당하지 않으면 조사 개시조차 할 수 없고 만약 조사를 하더라도 공소기각을 면할 수 없다. 더욱이 수사범위 밖의 사안에 대해 신병을 구속함은 직권남용 불법감금죄에 해당한다. 정부 상징 개편 사안은 아예 본격적인 수사 대상으로 다루지도 않았는데 이 역시 법률이 명령한 직무의 고의적 포기로서 명백한 직무유기다.

특검법의 수사범위에도 포함되지 않는, 박근혜 정부의 '우파 우선지원, 좌파 배제'라는 문화계 지원정책은 양심의 자유 침해에 해당한다는 해괴한 논리로 수사권을 행사한 것은 어처구니가 없는 일이다. 블랙리스트 사건의 제보 과정이나 성격 규정, 제보자가 말하는 증거 입수 경위 등에 비추어 특검을 탄생시키고 배후에서 지원하는 좌파 국회의원, 그들과 결탁한 전직 공직기강비서관과의 사전 결탁 가능성을 의심하지 않을 수 없다.

특검 기간 만료를 10여 일 앞두고 황교안 권한대행에게 위에서 제기된 문제점들을 취합해 역사상 유례가 없는 불법을 자행하는 특검은 신속히 문을 닫게 해야 한다고 보고했다. 그 후에도 박영수 특검은 황 대행과 특검 연장에 대해 합의했다고 떠들고 다녔지만, 황 대행은 특검 연장을 불허했다.

불법의 덩어리 최서원 특검이 종료되고 공소유지팀을 꾸리는 데 있어 파견검사는 공소유지를 할 수 없으므로 파견검사 수를 대폭 줄여야 한다고 건의했으나 황 대행은 특검의 의견을 최대한 반영하라고 지시했다. 특검 연장 불허에 부담을 느낀 것 같다고 생각했다.

특검은 수사기간이 끝난 후에도 불법을 저질렀다. 수사기간 만료 전에 수사결과 발표를 해야 하는데도 특검기간을 도과한 며칠 후에 수사결과를 발표했다. 그 저의는 헌재 결정이 임박했기에 그 결정에 최대한 영향을 미칠 목적으로 발표시기 도과를 불법인 줄 알고서도 최대한 늦추게 된 것이라고 확신한다.

8 대 0 괴담

2017년 3월 10일 오전, 이정미 재판관은 뒷머리에 말이(헤어롤)를 몇 개 달고 헌재에 출근했다. 이는 헌재의 정신없음을 대변한다고 생각했다. 이 중요한 재판을 시한을 정해놓고 몰아붙이다니 이게 제정신인가? 헌재와 국회 주변에서는 헌재 재판관들이 하나같이 비겁자여서 여론 재판을 할 것이고, 탄핵 인용이든 기각이든 담합을 통해 8 대 0으로 결정될 것이라는 예상이 떠돌고 있었다. 전임 헌법재판관들 사이에는 제대로 증거조사가 이루어지지 않았고 중대한 헌법위반이나 법률위반 사실이 인정되지 않으므로 기각을 예상하는 사람이 많다는 소문도 있었다.

내가 수집한 민심정보로는 법률적으로는 기각이 맞지만, 헌재가 여론에 반하면 헌재가 죽는다는 조직이기주의의 발로에서 재판관들이 여론에 굴복할 것 같다는 예상이 우세했다. 비서실장실에서 전체 수석비서관들이 모여 TV로 선고 내용을 보고 있었다. 헌재 재판관들이 조직이기주의가 아닌 법률가의 양심에 따라 결정해주기를 간절히 빌면서 TV를 주시하던 중, 이정미 재판관이 흥분한 목소리로 "피청구인 박근혜를 파면한다."고 소리치는 것을 들었다. 한국 헌법은 파괴되었고 법치

90

주의는 몰락했다고 평가하며 정신이 아득했다. 비서실장실을 나와 사무실로 가려는데 관저에 계신 박근혜 대통령으로부터 전화가 왔다.

"탄핵인용인가요?"
"네."
"몇 대 몇인가요?"
"전원일치입니다."

대통령 탄핵 심판과정을 지켜보면서, 법조인 그리고 법조사회의 민낯을 보고 경악했다. 내가 평생 천직으로 삼고 자부심으로 일해온 법조사회가 그리고 법조인들이 이렇게 능력 면에서 무식하고 무책임하며 인격적으로 비양심적이고 뻔뻔스러운 것인가 하는 회의를 일으킨 일대 사건이다.

헌재는 국회의 소추의견서가 잘못되었으면 그대로 기각해야지 마음대로 결정하기 좋도록 의견서를 정리해주고 소추의견서를 재작성하게 한 다음 그에 따라 결정했다. 객관적 판결기관이 아니라 국회와 헌재가 짜고 원님재판식으로 대통령을 탄핵한 것이다. 불고불리원칙 위반이요, 권력분립의 헌법정신을 위반한 것이다.

헌재는 시한을 정해두고 재판했다. 재판은 충분히 심증이 갈 때까지 재판하는 것이지 시한을 정해두고 재판하는 법이란 없다.

헌재는 법률상 금지된 당사자가 동의하지 않은 검찰 기록을 불법으로 가져가 미리 읽어보고 재판에 임했다. 기록을 읽는 순간 이미 재판을 끝낸 것이고 재판절차는 형식적이었다. 실제로도 결정문에는 증거조사 결과와 상이한 사실인정이 다수 보인다. 검찰 기록을 읽고 미리 결정문을 완성해버린 것이다.

헌재는 일주일에도 수회 재판을 해서 실질적으로 재판준비가 불가능하게 했다. 방어권 침해다. 국회 측 변호사는 헌재 심리 중에는 문제가 없다 하더니, 임종헌 재판의 변호인이 되어서는 재판준비 불가능을 이유로 사퇴했다.

헌재는 소추 측으로 하여금 소추사실을 입증하도록 해야 하는 원칙을 깨고, 청구인이 제출한 일방적 주장이 적힌 진술을 그대로 인정하든지, 아니면 피청구인 측이 왜 증거로 사용하지 못하는지 소명하도록 요구하고, 증인도 알아서 데려오라고 명령했다. 그러면서 증인신청은 처음부터 기각하거나, 채택했다가 안 나오면 기각했다. 판결 날자를 미리 잡아놓은 상태에서 증인소환에 응할 사람은 없다. 실질적으로 재판을 해서 진실을 규명하려는 태도가 아니었다.

내가 아는 법조인 중에는 탄핵인용이라는 결과 자체보다 8 대 0이라는 편향성에 분노했다. 8 대 0은 명백한 담합이며 헌재 재판관들의 평소 철학 없음과 그에 따른 소신 없음이 결과한 필연의 결과라는 것이다. 다원주의 사회 그리고 사상과 표현의 자유 보장을 핵심으로 하는 자유민주주의 사회에서 다양한 사상 진영이 존재하고 각 진영을 대표하는 사람들이 모여 자유롭게 사상과 의견을 표출하고 결국 통합되고 정의로운 결론을 이끌어낼 수 있도록 설계된 것이 헌법재판소인데, 8 대 0이라는 절차적 담합은 헌재 설립정신에 정면으로 어긋나는 것이다.

그 원인은 그동안 헌재 구성이 다양한 사상 진영을 대표해왔다기보다 철학 없고 소신 없이 출세와 영달에만 목을 맨 기득권 법조인들이 헌재의 사명을 망각한 대통령, 국회, 대법원과 담합하고 거래해 자리 나눠먹기만 하고 있을 뿐 헌법정신의 수호라는 본연의 사명을 등한시한 귀결이라는 것이다.

이중환 변호사는 일부 헌재 재판관들의 양심과 소신은 믿고 싶다고 했다. 그래서 처음부터 8 대 0이었을리는 없고, 다만 촛불 떼법에 겁을 먹은 탄핵인용 다수파가 탄핵을 반대하는 소수파들을 겁박하고 회유해 결국 조직이기주의 차원에서 탄핵을 이끌어냈다고 본다고 했다. 왜냐하면 만약 탄핵을 반대하는 소수의견이 헌재 결정문에 실리게 될 경우 그 소수의견의 논리가 헌법 정합성 측면에서 탄핵 찬성의 다수 논리를 압도하고 무력화시킬 것이 너무 명확할 것이기에 그들의 엉터리 논리를 관철하기 어렵고, 반대로 만약 탄핵기각으로 결론낸다고 가정할 때 헌법재판소가 촛불을 거부했다며 떼법으로 헌재 무용론을 펼쳐 헌재를 없애버릴 것이라는 논리를 들이대며 헌재를 살리기 위해 반대파가 양보하라며 겁박했을 것이라는 것이다.

탄핵 결정문을 살펴본 소회

문제의 핵심은, 국회에서 증거도 없이 언론의 보도내용과 검찰 공소장만 가지고 탄핵의결을 한 점, 즉 소추절차의 위법성이다. 소추절차가 위법하면 기각이 아닌 각하결정을 해야 한다.

국회는, 검사의 공범에 대한 공소제기 그리고 특검의 조사가 진행 중일 뿐 어느 것 하나 제대로 규명되지도 않은 상태에서, 그리고 국회 자체에서도 객관적 조사를 거침이 없이 법사위와 본회의에서 충분한 논의를 거치지도 않은 채 탄핵소추를 감행하는 미증유의 위법상태를 만들었다. 국회 스스로 졸속 소추를 자인하기 때문에 특별조사 청문회를 가동함과 동시에 특검까지 출범시킨 상태였다. 이러한 국회의 직무 유기에 대해, 헌재는 "충분히 조사하지 않은 것도 사실이고 충분히 조사함이 바람직하다."고 전제하면서도 국회의 자율적 재량권을 존중해야 된다며 눈감고 넘어갔다.

바람직하지 않은 것을 알면 바람직하게 만드는 것이 최고사법기관인 헌재의 의무 아닌가? 국회의 자율재량권을 존중해주려면 헌법재판소는 왜 존재하는가? 위헌심사가 국회의 위헌 입법을 심사하듯이 탄핵재판 역시 국회가 소추하는 것이고 헌재가 심판하는 것 아닌가? 그런데 그 위법 여부를 가리지 않고 국회의 자율적 재량권이라 해서 존중해주면 헌재의 존재 이유는 없어진다. 헌재 재판관들이 그렇게 겁을 내는 헌재무용론이 대두된다.

앞으로는 국회 일부 세력이 검찰과 짜고 대통령을 함부로 기소한 다음 다수의 힘으로 탄핵소추만 하면 '국회의 재량권 존중'이라는 이유만으로 국민이 직선으로 선출한 대체불가의 절대권력인 대통령이 물러나게 될 것인데, 이럴 경우 국회 견제를 위해 헌재를 구성한 국민들의 의사는 완전히 무시되는 것이다.

이를 지적하는 변호인에 대해 "헌법재판을 해봤느냐?"고 면박을 주었는데 헌재 재판관들 역시 "탄핵재판을 해봤느냐?"는 공격을 받으면 할 말이 없을 것이다. 왜냐하면 그들도 직접 탄핵재판을 해본 적은 없기 때문이다. 탄핵재판 사례 공부를 한 것으로 따진다면 재판관들이 변호인들보다 더 못하면 못했지 더 잘났다고 보기 어렵다. 탄핵재판을 해본 적도 없으면서 근거 없이 탄핵재판의 역사적 소명을 받았다고 결정문에 적은 용기는 어디에서 나왔을까? 여론의 뒤에 숨고 싶지만 여론은 책임지지 않는다.

누구에게나 헌법에 의해 보장되는 형사상 진술거부권을 행사한 것을 두고 "헌법수호 의지가 없다."고 당당히 법정에서 선언한 헌재는 스스로 기관의 존재 목적이 국민의 기본권 보장에 있다는 점을 망각한 것이 틀림없다.

청와대의 시설관리책임자는 법령상 경호실장과 비서실장이므로

남(進), 듬(處), 길(道)

압수수색을 거부한 주체 역시 경호실장과 비서실장임을 잘 알고 있을 뿐더러 나아가 대통령은 이미 탄핵소추로 인해 권한이 정지된 상태임을 잘 알면서도 청와대 압수수색을 거부한 것을 두고 역시 "대통령이 헌법 수호의지가 없다."고 선언하는 순간 법치사회는 물러가고 독재사회의 인민재판을 받는 것으로 믿어 의심치 않았다.

대통령 탄핵재판은 대통령 직무집행 중의 헌법과 법률 위반만이 심판 대상이므로, 과거의 일 혹은 인수위원회 기간 중의 문제는 다룰 수 없다. 노무현 탄핵사건에서도 직무집행 중이 아닌 기간의 것은 심판 대상에서 제외하는 결정이 있었다. 그런데 국회는 인수위원회 당시에 있었던 인사 비밀 누설행위를 소추하였고 헌재는 이를 거르지 않고 대통령(인수위원회 당시는 대통령이 아닌데도)의 비밀엄수의무 위반을 인정하였다.

심판 대상인지 아닌지 여부도 가리지 못한 헌재는 무식한 것인가? 아니면 무성의한 것인가? 처음부터 결론 내놓고 사안을 제대로 꼼꼼히 따지지 않은 것은 분명한 사실로서, 후세 법률가들은 헌재가 헌법 명문 규정도 제대로 이해하지 못한 것에 대해 두고두고 비난을 퍼부을 것인데, 이미 뱉어 놓은 탄핵 결정문은 고칠 수도 없으니 8 대 0에 참여한 재판관들은 영원히 얼굴을 들고 다니기 어려울 것이다.

야인 박근혜 관저를 떠나던 날　　　　탄핵 이전부터 경호실 등에서 대통령의 삼성동 사저로의 이사, 새로운 사저 구입 혹은 신축 등에 대해 검토한 것으로 알고 있다. 보안이 유지돼야 하고 경호가 가능한 곳으로의 이전, 이 모든 것이 뜻처럼 일사천리로 진척될 수 있는 것이 아니다. 촛불 소란이 일어나고 탄핵소추가 되고 또 탄핵결정이 있기까지의 급박한 기간은 새로운 사저를 구입하거나 신축하

청와대 퇴임 직전 비서실장과 수석비서관, 비서관 기념촬영

기에는 너무 시간이 촉박했다. 결국 광속처럼 결정된 탄핵인용이고 보니 삼성동 사저로 옮겨가야 하는데, 오래된 집이라 보일러도 작동되지 않는 냉골이어서 바로 옮겨가기는 불가능한 상태였다.

그러나 국민들은 기다려주지 않았다. 민주당과 좌파세력, 그리고 언론은 일치해 권한 없는 관저 점령, 예산의 불법 사용, 탄핵불복 등으로 몰아붙이며 신속히 관저를 비울 것을 강요했다. 탄핵절차를 수용하고 탄핵결정에 어떠한 이의도 달지 않았는데 왜 탄핵불복인지 그들의 개념 재정리는 현란하기 짝이 없다. 탄핵결정 절차가 그리고 그 결정 내용이 엉터리임에도 가만히 있으면 탄핵승복이지 군이 탄핵결정을 흔쾌히 수용한다고 말하지 않으면 무조건 탄핵불복인가? 폴리페서와 폴리테이너들에 의해 주도되는 여론을 그대로 받아쓰는 언론이 치사하다고 생각했다. 강석훈 주무 수석비서관이 박 대통령께 전화를 했다. 대답은 간단했다. "알았다. 이사짐 싸고 있다."

당일 실장급, 그리고 수석비서관급들 전 관료가 관저에 올라가 커피 타임을 가졌다. 이삿짐은 캐리어 서너 개였다. 그리고 하이힐 3켤레.

남(進), 듬(處), 길(道)

대통령 재직기간 내내 저 하이힐 3켤레로 버티셨다고 한다.

진돗개들은 많이 컸다. 일일이 쓰다듬어주셨다. 다음 날부터 개들을 버리고 떠났다고, 학대한다고 좌파 언론과 정치인들은 소리를 높였다. 버리고 떠난 것이 아니다. 분양할 자리를 알아보고 분양이 안 되면 동물보호기관으로 넘기는 법적 절차가 남았기에 시간이 필요했을 뿐이다.

어둑해지는 북악산 밑 청와대는 기분이 좋지 않다. 청와대 전체 직원들은 관저부터 출입문까지 도열했다. 박 대통령은 천천히 천천히 걸으면서 직원들에게 손을 잡거나 웃어 보였다. 도중에 도랑에 발이 빠졌는데 발목이 괜찮으신지 확인하지 못했다.

이렇게 대통령은 떠나고 어둠이 내렸다. 다음 날도 태양은 떠올랐고 청와대 공직자들은 여전히 직무기간을 마칠 때까지 자리를 지켜야 했다.

대통령 파면, 후세가 침 뱉을 일

대통령은 국가원수 및 행정부 수반에 국군 최고통수권자인 관계로 그 신분 보장이 국회의원 등 어느 공무원보다도 강력하다. 재직 중의 대통령은 내란 외환의 죄가 아니면 소추되지 않는다. 따라서 현직 대통령은 수사 대상이 되어서는 안 되고 당연히 피의자로 입건되어서도 안 된다. 그럼에도 검찰은 헌법을 위반하여 박근혜를 피의자로 입건함으로써 국회로 하여금 탄핵소추의 명분을 부여하고 공소장을 베껴 소추사유서 작성을 하도록 방조하였다.

공무원 징계 중에 가장 강력한 것이 파면이다. 말단 공무원 한 명을 파면하려면 형사 확정판결이 있어야 하고, 기타 강력하고 철저한 증거

조사를 거치지 않으면 안 되며, 본인의 의견진술권이 보장되어야 한다. 징계가 결정되어도 내부 불복절차를 거쳐야 하며 내부 불복절차에서 기각되어도 다시 행정소송을 통해 징계의 당부를 다툴 수 있어 파면 결정이 번복되는 경우도 많으므로, 실제로 파면 징계의 효과가 발생하는 경우란 극히 예외적이며 또한 많은 시일이 소요된다. 그런데 헌재는 가장 강력한 신분 보장을 받는 대통령에 대해 말단 공무원에게조차 비교도 할 수 없는 증거조사나 반론권 보장도 없이 허접스런 절차로 파면해버렸다.

헌재의 파면 결정은 인류 사법 역사상 가장 부끄러운 나쁜 담합결정의 선례로 영구히 기록될 것이다. 한국 사법사 120년, 정치사 70년 동안 입법부와 사법부가 삼권분립과 법치주의를 확립하지 못했고, 한국 정치계와 사법부는 제대로 된 신념과 철학을 가진 정치인이나 법조인을 길러내지 못한 후과다. 대한민국 법치의 후진성은 언제든지 광기에 사로 잡혀 헌법정신을 파괴하고 국법질서를 송두리째 뒤엎을지 모른다. 이러한 인재(人災)로 인해 국가와 국민은 천재지변(天災地變) 수준의 회복 불능의 피해를 입게 되고 동시대의 사람들은 역사적 범죄의 공범으로 기록될 위험성이 상존한다.

역사의 죄인들, 범죄자와 그 공범자에게는 역사에서 저지른 범죄를 평가할 자격이 주어지지 않는다. 오직 후세로부터 호된 평가를 받을 대상자로 남아 있어야 한다. 최근 정치권에서는 박근혜 탄핵에 대해 서로 간에 박근혜 탄핵에 대한 평가나 입장을 요구하는 가소(可笑)로운 현상이 목격된다. 모두가 공범자로서, 이미 범죄를 저질러 돌이킬 수 없는 결과를 만들어 놓고 그 범죄에 대하여 다시 입장을 말하거나 혹은 공범들에게 새삼스럽게 평가를 요구하는 것은 적반하장(反客爲主)의 자격 없는 짓이다.

좌파 인사들은 우파 분열용으로, 우파 인사들은 스스로의 진영을 자폭한 원죄를 호도할 목적으로, 언론은 언론대로 스스로의 판단력을 잃고 줏대도 없이 헤매 다녔던 정체성을 찾고자 여기 저기 이 사람 저 사람에게 박근혜를 어떻게 평가하는가, 박근혜를 어떻게 정리해야 하는가라고 묻고 있다. 이미 평가(탄핵)에 참여한 사람이 무엇을 다시 평가하겠다는 것인가? 이미 저지른 자신들의 행동이 그렇게도 부끄러워 공범들로부터 잘된 일이라 평가받아 위안받고 싶은가? 공범끼리의 고무찬양은 무가치하고 더욱 가증스럽게 보일 뿐이다. 이런 한국 정치권과 언론의 판단장애는 한심하게도 장기간 지속될 것으로 예상된다. 박근혜를 대통령직에서 끌어내리고 감방에 넣은 것으로 그들의 평가는 끝난 것이며 다시 재론할 자격이 없다.

만약 탄핵 파면 결정의 위헌성을 인정하고 그것이 광기의 소치임을 수용한다면, 이성과 판단력을 상실한 일시적 충동의 소산이었다는 점을 뒤늦게라도 인정한다면, 스스로 그걸 솔직히 인정하면 된다. 공범들에게 또 다른 의견을 강요하거나 구걸할 필요는 없다. 집단광기로 말미암아 이미 충분히 참담해진 박근혜를 가해자들 사이의 평가 운운하며 다시 괴롭히지는 말아야 한다. 충분히 평가해 행동한 것이 박근혜의 파면인데, 무엇을 더 평가하겠다는 것인가?

이제 박근혜의 새로운 평가는 현세 공범들의 몫이 아니고 후세들의 몫일 뿐이다. 후세와 역사에 맡겨야 한다. 이미 평가에 참여한 자들은 더 이상 말할 자격이 없다. 이제 와서 나의 행동이 정당했다느니, 너의 행동이 잘못됐다느니 왈가왈부하는 것은 소신 박약자의 사후 위안거리 찾기에 불과하다. 탄핵에 참여해 박근혜를 죽인 자들은 스스로 양심과 역사에 대해 책임질 준비를 하면 된다.

이미 박근혜는 파면당했고 후임 대통령도 선출된 마당에, 대통령직이 다시 회복될 리도 없다. 면면히 흘러가는 역사의 흐름 중 한 부분을 부끄러운 광기의 소산이었다 해서 부정할 수도, 부정해서도 안 된다. 국가와 국민은 영광의 역사도 쓰지만 부끄러운 역사도 기록하면서 연속성 위에서 존재하는 이성과 비합리의 복합체라는 엄연한 사실을 받아들이는 겸손함이 요구될 뿐이다.

어쨌든, 박근혜는 신속히 석방되어야 한다. 전두환·노태우 전 대통령은 내란죄에 수천 억 뇌물 혐의가 적용되었음에도 수감생활 2년 만에 석방되었다. 헌법을 기준으로 하든 법률을 기준으로 하든 박근혜의 혐의는 두 전 대통령의 것과 차원이 다른 가벼운 것이다. 그들보다 오래 복역할 이유가 없다. 의자 반입 논란에서 보듯 박근혜는 두 전 대통령의 복역생활에 비해 지나치게 푸대접 행형을 받고 있다. 김영삼·김대중 전 대통령은 재직 중의 탐오에 대해 처벌받지도 않았고, 노무현 대통령은 불구속 상태로 조사받고 사법처리되지 않았다.

위법한 탄핵의 순교자이자 지나치게 가혹한 형벌의 희생양 박근혜는 여러 전 대통령들의 죄상과 처우에 비하면 심각한 차별 대우를 받고 있다. 박근혜는 여성이 대통령이 되었다는 이유 하나만으로 역대 남성 대통령들보다 지나치게 가혹한 차별적 대우를 받는다는 점에서 더욱 불쌍하다. 보편적 인권과 형평성에도 어긋난 것이다.

사초(史草)를 훔쳐본 좌파 정부　　2017년 5월 9일 대통령 선거가 있고 문재인 대통령이 당선되었다. 그날부로 청와대를 깨끗이 비워주어야 다음 대통령이 청와대를 접수한다.

대통령기록물 관리에 관한 법률에 의하면, 대통령기록물은 대통령 임기가 종료되기 전까지 대통령기록물관리전문위원회의 심의를 거쳐

함께 퇴임하는 민정, 법무, 민원비서관과 이별하는 자리에서

중앙기록물관리기관에 이관한다. 공공기관 밖으로 유출되거나 이관되지 않은 경우 회수하거나 이관받기 위한 조치를 강구해야 하고, 보존기간이 경과한 기록물, 즉 이관 대상이 아닌 것은 전부 폐기해야 된다. 누구든지 대통령기록물을 무단 파기, 손상, 은닉, 멸실, 유출할 수 없고, 기록물에 접근하거나 열람한 사람은 그 누설을 금지하며, 그 공개는 중앙기록물관리기관에 의해서만 가능하다.

따라서 박근혜 정부 청와대는 대통령기록물 이관계획을 작성하고 그 계획에 따라 모든 문서를 중앙기록물관리기관에 이관하거나 폐기했다. 청와대를 문재인 팀에 이관할 때 청와대에는 어떠한 대통령기록물도 존재하지 않아야 맞다. 만약 이관되거나 폐기되지 않은 문서가 발견된다면 문재인 청와대는 즉시 대통령기록물전문관리위원회의 심의를 거쳐 중앙기록물관리기관에 이관하거나 혹은 폐기해야 하며 이를 무단 열람할 수도 없고, 부득이 열람했다면 그 누설이 금지된다.

위와 같은 법률의 취지에도 불구하고 문재인 청와대에서 박근혜 정부의 문건이 다수 발견되었다며 그 내용까지 열람 후 유출한 것은 명백히 실정법을 위반한 것으로 처벌대상이다.

특히 민정비서관실 캐비닛 발견 문건이라면 단언할 수 있다. 철저하게 이관하거나 폐기하도록 지시했으므로 남아 있는 문건이란 있을 수 없다. 위 문서들이 사본이라 하고 또 일정 기간 사이에 생산된 문서들이라는 점을 종합해볼 때 과거 민정비서관실에 근무하던 공무원이 위 문서를 위법하게 몰래 유출한 것이 불상의 경위로 문재인 청와대에 다시 입수되었을 가능성을 부정할 수 없다. 공무원이 직무상의 비밀준수 의무를 어기고 개인적 영달을 위해 부당 정보거래를 시도했다면 영원히 공직사회에서 퇴출하는 것이 옳을 것인데, 과연 그는 누구인가? 그는 지금 어디에 있는가?

무너진 공직사회에 대한 회한, 그래 걷자! 1568년 같은 해에 남명과 퇴계는 임금에게 지방 서리들의 부패와 이를 견제·통제하지 못하는 지방수령 관료들의 폐단을 시정하지 못하면 나라가 망할지도 모른다는 내용의 상소를 올렸다. 이른바 무진봉사(戊辰封事) 혹은 무진육조소(戊辰六條疏)이다. 하급 관리가 백성을 수탈하는 것을 상급 관리들이 그들과 공모하거나 혹은 알고도 모른채 외면해 방조하는 것은 경세제민할 관료들의 자세가 아니다.

백성을 수탈하는 것보다 더욱 나쁜 것은 아무 일도 하지 않고 급여만 축내는 것이다. 백성들이 받아야 할 서비스를 받지 못하고 굶어 죽는지 여부는 관료들의 관심 밖이다. 하급 관료는 일하지 않고 상급 관료는 새로 들어설 정권에 줄 대느라 감시·감독을 게을리하다 보니 절차상 이

남(進), 듦(處), 길(道)

청와대를 방문한 장덕회 친구들, 그리고 부인들

루어져야 할 보고나 협의는 흐지부지 없어지거나 형식으로 흐르게 된다. 독려해도 소용없었다. 그 사이에 시민들의 생활은 방치되고 기업은 국제경쟁력을 잃어간다. 국정의 공백은 당연한 귀결이다.

아무것도 하지 못하는 현실의 한계에 대한 고민, 똑똑한 엘리트 관료들의 무사안일과 보신주의에 대한 실망감, 법조인들의 영혼 없는 현실 안주와 고뇌하지 않는 여론 영합을 보면서 이를 각성시키지 못하는 현실이 서글펐다. 남명과 퇴계를 떠올리고 조선시대 관료들은 어떠했는가에 생각이 미쳤다.

조선시대 관료들이 경세제민의 실사구시 정신은 뒤떨어졌을지 몰라도, 적어도 쉼 없이 스스로 심신을 수양하는 자강정신, 소신을 위해 목숨을 바치는 치열한 정의감, 뚜렷한 진퇴정신은 가지고 있었다는 점을 떠올렸다.

그들의 출처사상(出處思想)을 찾아 영남 선비길을 따라 고향을 걸어

가보자 마음먹었다. 영남 선비들의 치열한 공직의식이 지금 고위 공직
자들의 마음 한편에 잠재되어 있을 것이다. 우좌파 정권의 잦은 교체 속
에 개인적 이익과 보신에만 급급한 삶을 살지라도, 그래도 공직자라면
적어도 지키고 견디고 이겨나가야 할 올곧은 정신이 숨어 있을 것이다.
나의 작은 발걸음이 그들의 숨겨진 공직정신을 일깨우는 계기가 될지
누가 알겠는가?

걸어야겠다

현관문은 열려 있었고 현금이 없어졌다. 드미트리는 나쁜 놈이고 그가 표도르를 죽인 게 틀림없다. 그러므로 현관문은 열려 있어야 한다. 나는 늘 맞다.
– 도스토예프스키,《카라마조프 형제들》

딱 5개월의 짧은 민정수석으로서의 공직기간은 앉은뱅이 용틀임에 불과했다. 탄핵 정국은 문재인 후보의 대권 집권을 기정사실로 해놓고 움직였다. 문재인 캠프 측 인사들은 벌써 대권을 잡은 것처럼 공직자들을 겁박하고 공직사회에 간섭했다.

공직자들은 아직 다가오지도 않은 권력에 지레 눈치를 보며 보신하기 급급하고, 공직사회는 정권 갈아타기에 여념이 없었다. 박근혜 정부의 탄생과 정책 집행은 대부분 정당하고 떳떳했다. 그럼에도 박근혜 정부 핵심 공무원들까지도 스스로 무너지고 지레 겁을 먹고 도망가는 행태를 지켜보면서 왜 다들 이 정도 밖에 안 된다는 말인가? 의문을 가졌다. 참으로 헛헛했다.

그래 걸어야겠다. 잊고 있던 걷기가 생각났다. 헛헛한 마음을 달래기도 하고 대한민국의 공직자로 살아가는 것이 무엇이며 어떠해야 하는가를 다시 생각해보자. 지금의 공직자, 법조인들의 삶을 비난만 하지 말고 나부터 돌아보고 그리고 공직사회에 할 말이 있으면 하자.

대선 선거운동기간임에도 청와대에 민심동향은 제대로 수집되지 않았다. 이미 대세는 기울었나 보다. 대통령기록물 이관작업을 지켜보면서, 고향 걷기 계획을 세우고 조금씩 연습해나갔다. 청와대로 들어온 이후 외부 약속을 잡지 않았다. 걸을 수 있는 시간이 확보되었다.

아무에게도 알리지 않고 혼자서, 조용히 걸어가리라. 그러나 배낭에는 태극기도 꽂고 작은 현수막이라도 걸자. 현수막 문구는 "광마 담합(狂魔 談合) 웬 구속 원칙? 니가 언제 탄핵재판 해봤니?"라고 쓰자. 현수막은 인쇄까지 마쳤으나 집사람이 어디다 감춰버려 달지 못했다.

출발시점과 지점은 2017년 5월 11일(목) 07시 양재역 9번 출구, 07시 30분 매헌윤봉길기념관으로 확정했다. 목적지는 청송군 부남면 대전초등학교 교정으로 정했다. 나는 1956년 9월 18일 부남면 홍원리

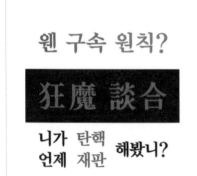

웬 구속 원칙?

狂魔 談合

니가 탄핵 해봤니?
언제 재판

광마 답합 현수막

지평이 미리 준비해준 걷기 기념 손수건

남(進), 듬(處), 길(道)

구미(龜尾) 마을에서 태어났고, 대전초등학교를 1963년 3월에 입학해 1969년 2월(21회) 졸업했다. 비록 폐교되었지만 아직 교정이 그대로 있으므로 도착지로 적당하다고 판단했다. 대전초등학교 교명은 소재지인 대전리(大前里)를 딴 것이고, 고장 사람들이 옛부터 한(大)앞(前)이라는 부르던 것을 이두식으로 표현해 대전이 되었다. 걷기 계획은 한광옥 실장과 다른 수석들에게도 알렸다. 완주까지 소요되는 기간은 20일로 예정했으나 도중에 단축되어 13일 만에 완주했다.

사전에 하루 정도 짬을 내어 온종일 걸어봐서 하루치 걸을 수 있는 거리와 신체 상태 등을 가늠해보기로 했다. 2017년 5월 7일(일) 평창동 집을 출발해 양재역까지 걸어봤다. 6시간 만에 24킬로미터를 주파했다. 가뿐했다. 처음부터 충분히 완주할 수 있다는 자신감이 들었다.

5월 7일 08시, 집을 출발할 때는 이미 더위가 찾아왔다. 짧은 소매 상의를 입고 그 안에 자외선 방지 내의, 위에는 조끼를 걸치고 배낭을 맸다. 가나아트센터에서 세줄갤러리 방면으로 우회전한 후 북악빌리지 – 서태지 삼거리 – 스리랑카 대사관저를 지나 평창11길로 좌회전해 내리막길을 내려가면 평창문화길 큰길이 나온다. 큰길을 따라 세검정 삼거리 – 세검정초등학교 앞 다리를 건너 자하슈퍼를 지나 작은 언덕을 넘으면 하림각 건너편 길이 나온다. 그곳에서 좌회전한 다음 자하문터널 직전까지 직진해 우리들슈퍼에서 좌회전하면 동네 안 오르막길이 나오는데, 김환기 미술관을 지나 동양방앗간, 부암동 가는 길(통닭집) 쪽에서 다시 윤동주기념관 앞으로 길을 건너 내려갔다. 그리고 청운중 정문, 청와대 쪽으로 내려가 검문소, 보호수, 분수대를 지나고 광화문 옆, 그리고 세종문화회관 앞을 지나 시청 앞에서 지하도를 건넌다.

프라자호텔, 남대문까지 와서 힐튼호텔 앞으로, 그리고 남산 등산길로 접어들었다. 등산객이 많아 무리에 섞여 천천히 같이 올라가는 수

퇴임 직전 장덕회원들과 동생들이 모여 퇴임 이후를 상의했다. (2017. 5. 3.)

밖에 없었는데 대선 직전임에도 정치 이야기 하는 사람이 없고 먹고살기 어렵다는 경제 이야기만 했다. 아마도 문재인 후보가 압도적으로 당선되리라는 분위기 때문일까? 김유신 장군상, 백범 광장, 이시영 선생 동상을 차례로 지나 소월길로 들어서면 산책길 그늘이 좋고 산책하는 사람들의 표정도 밝다.

　남산주차장 입구에서 쉬고 괴테하우스 앞에서 동생 무환(武煥, 字 溥健), 충환(忠煥, 字 秘健)에게 전화를 했다. 동생들에게 걷는 계획을 미리 알렸으므로 걷기를 마친 후 사당동 뒷골목 횟집에서 만나 간단한 출정식을 열기로 했다.

　하야트호텔 앞을 지나 내리막길을 내려가 한남대교를 향했다. 순천향 병원 부근 식당에서 오삼불고기와 막걸리를 마셨다. 이곳은 2008년 초 삼성비자금의혹특검 당시 특검보로 일하며 몇 번 들렀던 곳이다. 무상한 세월 속에 오랜 단골은 그대로 있다. 한남대교에 난 인도로 자건거를 타는 사람도 있다. 이때부터 양재역까지는 직선도로 강남대로다. 언

남(進), 듬(處), 길(道)

덕길을 오르내리며 신사역, 논현역, 신논현역, 강남역을 지나 양재역에 도착했다.

동생들과 회식 후 지하철을 타기 전에

오후 3시가 덜 됐다. 사당역까지 전철을 타고 가서 동생들을 만나 소주를 먹고 집으로 귀가했다.

듬 하루째 날(5. 11. 목)

양재에서 죽전역까지, 47,000보 34킬로미터

처음부터 눈에 띄는 간첩도 없고 정부 전복세력도 없다. 시계열적인 집중관심으로 미래의 위험성에 대한 정보판단을 해야 한다. 지난 대선 때 사이버세계가 무법천지가 되지 않았다면 댓글 사건은 일어나지 않았다. 경찰과 검찰도 사이버 무법자에 대한 감시와 수사를 다하지 못한 것을 반성해야 한다.

- 한희원(동국대 교수)

아침 5시 잠에서 깼다. 오늘부터 걷는다. 아침을 가볍게 하고 짐을 확인했다. 짐이라야 별 것이 없다. 마음을 가라앉히고 천천히 걷는 것이기에 새삼스럽게 준비하고 구입한 물건도 없다. 출발 직전 도철(道喆)에게 보낸 카톡을 보면 준비물은 다음과 같다.

배낭, 세면도구, 부드러운 신발, 챙 큰 모자, 속옷, 양말 세 켤레(발가락 양말이 좋음), 바지, 윗옷 여분, 작은 우산, 일회용 밴드, 바셀린, 해열 진통제, 선크림, 선글라스, 그리고 가장 중요한 현금과 카드.

도철은 배영철(裵榮喆) 전 대우증권 전무의 호(號)다. 2014년경 내가

남(進), 듬(處), 길(道)

대우증권 사외이사를 하면서 인연을 맺었다. 마침 대우증권을 그만두고 쉬는 중이라 같이 걷자는 나의 제의를 흔쾌히 받아주었다. 양재에서 문경까지는 같이 걷고 문경에서부터는 나는 청송으로, 그는 그의 고향 영주로 갈라지기로 했다.

집사람이 승용차로 양재역 9번 출구까지 데려다주었다. 7시가 조금 덜 됐다. 아직 아무도 오지 않았다. 조금 있으려니 배성례(裵聖禮) 전 청와대 홍보수석으로부터 전화가 왔다. 같이 걸으려고 마음먹고 있었으나 부인의 갑작스런 교통사고로 인해 함께할 수 없어 미안하다고 했다. 당연히 부인을 간호하는 것이 맞다.

이 나이에 부부가 서로 돌봐주지 않으면 누가 해주겠는가! 그래도 아쉬웠든지 고맙게도 양재역까지 전송하러 나왔다. 굳이 뜨거운 커피를 주문하고 부인이 추천한 것이라며 비타민 한 통을 건네준다. 비타민을 복용하면 입술이 터지지 않고 피곤을 덜 탄단다. 가정에 우환이 있음에도 이렇게 신경 써주니 오히려 미안하고 고맙고 감사한 마음뿐이다.

고난의 다섯 달 동안 청와대에서 동고동락한 전우애가 아니면 무엇이겠는가! 배 수석과 헤어지면서 사진을 찍었다. 이번 걷기의 최초 기념사진이다.

배성례 수석과 함께

7시를 조금 넘겨 나를 찾아 헤매던 도철이 전화로 위치를 묻고 곧 이어 장덕회 회원인 조원제(趙元濟), 김재갑(金載甲, 호 芝平), 조경래(趙慶來) 친구와 후배 정철(鄭喆)이 합류했다. 이제 떠나면 된다.

한광옥 실장과 함께

　그때, 한광옥(韓光玉) 전 비서실장께서 전화로 찾으신다. 걷는다고
보고는 드렸으나 환송 나온다는 말씀은 없으셨고 전혀 생각지도 못했는
데 요즘 말로 서프라이즈(surprise)다. 금일봉과 함께 '조용히'를 여러 번
강조하며 잘 다녀오라 당부하셨다. 같이 기념사진을 찍었다. 지나던 사
람들이 한광옥 실장을 알아보고 악수를 청하거나, 사진을 같이 찍느라
잠시 지체되었다. 한 실장께서 떠나시고 경래도 다른 일로 오늘은 함께
하지 못하지만 내일은 같이 걷겠단다. 오늘 '걷기팀' 5명은 의기투합해
드디어 출발했다.

　도철, 원제, 지평, 철과 나는 매헌(梅軒)윤봉길(尹奉吉, 1908-1932)의사
기념관까지 걸었다. 그곳에서 김용승(金龍昇) 전 청와대 교육문화수석과
강석훈(姜錫勳) 전 경제수석 겸 정책조정수석 직무대리를 만나 일행들과
기념사진을 찍었다. 김 전 수석은 같은 고등학교에서도 같은 반에서 같
이 공부한 반 동기(同班同學)로 졸업한 지 40여 년 만에 청와대 영내에서
같이 수석비서관으로 일하게 되었으니, 이 또한 깊은 인연이 아닐 수 없
다. 이른 아침시간에 귀한 시간을 내어 장도(壯途)를 축하해주니 이 성원
에 답하는 의미에서라도 꼭 완주하리라 마음을 다잡는다.

　멸사봉공(滅私奉公)해야 하는 공직생활에서 사사로움이 끼어들지 못

남(進), 듬(處), 길(道)

매헌 윤봉길 기념관 앞에서

하도록 스스로 경계하지 않은 바는 아니지만, 이제 그 직을 마치고 마음의 정리를 위해 떠나는 여정에서 보여준 지인들의 깊은 인정에 그저 고마울 뿐이다. 또한 그 출발을 나라 위해 젊은 생명을 희생하신 매헌윤봉길의사기념관에서 하는 것도 나름대로 큰 의미가 있다.

두 수석을 뒤로하고 08시 양재 시민의 숲 안에 위치한 매헌기념관 정문을 출발해 북향해 여의천 뚝방길로 들어선다. 조금 걷다보면 곧 양재천변 산책길이다. 양재천은 동류한다.

첫날이라 그런지 다들 발걸음이 가볍다. 양재천변 산책길은 서울 시민들이 애호하는 휴식공간이다. 이처럼 평온하고 쾌적한 휴식공간은 전 세계 어디에도 드물다고들 한다. 양재천 근린공원을 지나는 1시간이 순식간에 지나고 대치유수지 체육공원에서부터 남동향해 탄천변을 걷는다.

동부간선도로 다리 밑에서 처음으로 쉬면서 목을 축인다. 도철이 말한다. 아침 식사는 않느냐고. 아뿔싸! 다른 사람들은 모두 아침식사를 하고 나왔는데 도철은 모여서 아침식사를 하고 출발하는 걸로 착각했구나. 이번 여정의 첫 번째 불상사라면 불상사다. 충분히 안내를 못한 내 책임이 크다. 달리 대책도 없어 준비한 과자로 허기나 면하게 하는 수밖에!

탄천을 지나다가 경기문화재단이 설치한 경기옛길 이정표를 만났다. 이 길이 조선시대 영남에서 한양을 올라오는 영남길이구나. 비록 옛 영남길이 지금은 막히고 끊어진 곳도 많이 생겼겠지만 조상의 숨결을 느낄 수 있는 옛길을 복원해놓은 노력에 감사를 표한다. 다른 지자체에서도 이런 것을 기대할 수 있을까? 감탄과 함께 부러움을 느낀다. 이정표 설명에 따르면 탄천(炭川)은 순우리말 숯내를 이두식으로 표현한 말이다. 관료들은 한글을 얕잡고 쓰기 꺼려했으므로 우리말을 모두 한자로 표시했다. 아름다운 우리말 문화가 한자 속에 숨어 있는 셈이다.

숯내는 당연히 숯과 관련이 있다. 조선시대 궁궐에서는 화목(火木)을 직접 사용할 경우 그을음이 많아 건물을 훼손하고 화력 조절이 어렵다는 이유로 난방과 취사에 숯을 사용했다. 수요가 있으면 당연히 공급이 따르는 법, 지금의 성남시 태평동 일대에는 숯을 만들어 파는 마을이 있었고, 이 마을을 휘돌아 흐르는 냇물을 '숯내'라고 한 것이다.

이 숯 마을에서 생산된 숯의 일부는 전시(戰時)에 대비해 남한산성에 비축되었고, 권문세가나 양반들의 무덤을 만들 때에도 대량으로 소비되었다고 하니 숯 생산 규모도 대단했으리라. 또 탄천은 조선시대 군사훈련지로도 활용되었다고 한다. 양재천은 양재대로, 광평교(전철도), 숯내교, 대곡교 밑을 통과하며 그늘과 함께 냇물이 시원한 바람을 일으켜 걷기에는 그만이다.

대왕교에서 남하하는 길이 사라지므로 대왕교를 건너 강 동쪽으로

　　　　　　　　　　　　　　　　　　　　　남(進), 듬(處), 길(道)

넘어간 다음 성남대로를 잠시 이용하다가 동서울대학교 부근에서 탄천 동단(東端)길을 다시 걷는다. 이쪽 길은 지평과 원제가 자주 다니는 곳이라 손바닥 보듯 지리가 훤하다. 해가 올라오니 그늘이 쪼그라들어 땀이 나기 시작한다. 끝없이 펼쳐진 탄천길에 자전거 타는 사람들과 야외 학습 나온 어린이들이 아침의 끝을 알리는 햇빛을 받아 평화롭다. 넓어진 탄천은 수량도 풍부한데다 수질도 좋은지 온갖 생물들이 보인다. 물 가운데 백로, 왜가리, 돌에 올라앉은 청둥오리, 심지어 거북이도 보았다. 이쯤 되면 생태복원이란 말을 해도 될 것 같다. 건너편 긴 담장 너머로 비행기 오르내리는 소리가 요란한데도 나와는 상관없는 딴 세상 일처럼 느껴진다.

성남시 폐기물종합처리장, 탄천 민물고기 습지생태원, 태평동 물놀이장 안내 표지판이 보인다. 이곳 태평동이 탄천 이름을 유래한 숯마을이 있던 곳이다. 독정천을 넘어 길은 상적천 방향으로 난 탄천 서안 길로 이동한다. 새로 건설되는 성남 여수대교 주변은 여러 도로가 교차되고 한창 마무리 공사가 진행 중이라 몹시 어지럽다.

점심때가 되어 식사장소를 수의한 결과 소호정으로 결정되었다. 이 식당은 칼국수가 유명하며 서너 번 가본 적이 있다. 칼국수를 먹기 전에 영양보충을 핑계로 쇠고기도 먹었다. 든든하게 배를 채우고 오후 일정을 시작한다. 여수대교를 넘어가면 탄천 서안으로 자전거도로가 펼쳐진다. 자전거도로는 탄천을 가로지르는 수많은 다리 밑을 지나고, 탄천으로 유입되는 여수천을 넘어서도 아득하게 이어지고 있다. 누가 걸으라고 한 것도 아닌데 이걸 보름 이상 계속 꼭 걸어야 하는 것인가? 벌써 꾀가 나는 것인가……. 그래도 오늘은 걷는 속도가 매우 빨라서 계획보다 일찍 목적지에 도착할 수도 있다는 전망을 내놓는 사람도 있다.

황새울공원부터 수내동(藪内洞)이다. 고려 때는 낙계(落溪)라고 불렸으나 조선 후기 청백리 이병태(李秉泰, 1688-1733)가 마을 앞에 좋은 숲을 만들었기 때문에 '숲안'이라고 하다가 이를 한자로 표기하면서 수내동으로 불리게 되었다는 말이 있다. 그렇지만 나는 수내동 역시 숲내의 이두식 표현이라 간단히 정리하고 싶다. 수내동에는 중앙공원과 휴맥스 본사가 있다.

나는 수년간 휴맥스 사외이사를 하면서 변대규 사장과 수내동의 유래에 대해 물어본 적이 있다. 변대규 사장은 네이버 이사회 의장도 겸하고 있다. 변 사장은 벤처 1세대 중에서 가장 성공한 기업인으로 평가되고 있으며 적법성과 합리성을 경영철학으로 하는 원칙론자다. 수십 년간 셋톱박스 한 품목으로 기업을 유지하고, 수년 전에 이미 1조 원 매출을 일구어낼 만큼 뚝심의 소유자이면서도 정치나 불의와 거래하거나 타협하지 않는 소신을 가지고 있었다. 네이버에서도 중요한 역할을 해야 할 것으로 기대한다.

네이버, 언론의 제왕

네이버는 우리나라에서 가장 큰 포털이자 강력한 언론이다. 플랫폼 사업자들의 독과점 체제는 강고하다. 네이버 등 포털의 여론집중도는 85%가 넘는다. 특히 네이버는 55%가 넘는다.

포털은 각 언론사가 인터넷에 올린 뉴스 중에서 임의로 중요 뉴스를 선정해 메인 화면에 띄울 수 있다. 인터넷에는 어뷰징 기사가 대세다. 사전적으로 어뷰징(abusing)이란 오용·남용을 뜻하지만 신뢰도와 인기도를 조작한 의도적인 기사라는 의미로 주로 쓰인다. 이런 기사들은 국민 여론을 조작하고 오도할 수 있으며, 실제로 그런 일들이 일어나고 있다. 특히 종이 신문이나 정규방송보다는 인터넷 포털과 SNS에 의존하는 젊은 세대들은 제목만 보고 기사를 선택하기에 어뷰징 그리고 페이크 뉴스의 폐해는 상상을 초월한다.

선거를 좌우하는 댓글부대, 드루킹의 대선 조작

기사가 이슈를 만드는 것이 아니라 이슈가 기사를 만든다. 조작성, 낚시성 기사는 말할 것도 없고, 마음만 먹으면 누구나 조작 가능한 실시간 다수 검색어 순위가 국민 여론을 좌우하는 형국이 되고 말았다. 2016년 하반기 촛불로 온 나라가 광란의 길로 치달을 때, 네이버 역시 다른 언론과 함께 탄핵에 대한 찬반기사, 박근혜 대통령에 대한 진실과 허위사실, 옹호와 비난 기사를 공평하게 실었다고는 말할 수 없다.

이어진 2017년 5월 대선에서도 문재인 캠프 핵심 김경수는 드루킹 조직과 공모해 8,840만 건의 댓글을 조작함으로써 대통령 선거에 결정적 영향을 미친 사실이 허익범 특검 수사 결과 밝혀졌다.

뉴스포털의 책무

네이버가 메인으로 올린 기사 중에는 현장취재도 없이 작성한 허무맹랑한 내용의 기사들, 그것도 이중 삼중으로 베낀 기사가 마치 완벽하고 진실한 기사인 양 버젓이 등재된다. 사이비 언론기관의 사이비 기자는 표현과 언론의 자유, 국민의 알 권리의 보장 명목으로 거의 아무런 규제 없이 독버섯처럼 난립한다.

언론은 오락적 가치보다 설명의 기회를 제공하고 설득의 가치를 존중하는 분위기를 만들어주어야 함에도 영업이익만을 추구함으로써 스스로 말끝마다 주장하는 사회의 공기(公器)로서의 사명을 외면한다. 젊은 층들이 긴 뉴스를 읽거나 보는 데 필요한 인내력을 갖고 있지 않다고 변명하며 더욱 그들을 무식하게 만드는 데 기여하는 것은 온당한 처사가 아니다. 허구인 드라마 내용이나 단순 의견에 불과한 외국 언론의 반응은 기사가 될 수 없음에도 그런 기사가 오히려 대세다.

사실을 적시함이 없이 단순한 의견에 불과한 것들이 이것을 퍼나르는 순간 기사로 둔갑하는 기이한 현상이 생겼다. 포털이 비록 정치적인 이유 때문에 언론기사를 퍼나르는 것이 용인되고, 돈을 많이 벌 수 있다는 이유만으로 진실과 허구를 뒤섞어 건전한 시민의식을 혼란으로 유도할 권한은 없다.

좌편향 언론과 포털

언론과 포털이 좌파에 포획되었다는 비판이 거세다. 그곳 출신이 좌파 청와대의 중책을 맡기도 했다. 바라든 바라지 않았든 경제인, 정치인들도 언론포털 눈치를 살펴야 하는 형국이다. 침묵하는 다수의 선량한 의견보다는 선전과 선동에 최적화된 좌파들의 현란한 기사로 도배된다면 여론은 왜곡되고 문화는 퇴보할 것이다. 에드먼드 버크는 "조상을 되돌아보지 않는 사람은 후대를 전망하지 않는다."고 갈파했다. 처칠은 "현재와 과거가 싸우면 미래가 피해를 입는다."고 했다.

역사는 연속선상에 있음에도 좌파는 이승만, 박정희, 전두환, 노태우, 이명박, 박근혜 대통령의 통치기간을 아예 역사에서 들어내 버리려고 한다. 역사의 연속성 하에서 정치, 경제, 사회, 문화 기타 모든 방면에서 흐름이 형성되고 전통이 굳어진다. 전통과 관행을 적폐라는 이름으로 매도하는 것은 역사의 연속성을 부정하는 것이다. 스스로의 역사를 부정하는 좌파의 자학사관은 우리 겨레와 우리 역사에 대한 폭력이다. 동시대 국민들로 하여금 친일 부역, 공산주의 정통성 등 문제로 편을 갈라 싸우게 하는 것은 공동체 내부 파괴공작이나 진배없다. 정직, 신뢰, 지혜, 노력, 경험, 연륜, 명예, 애국심이라는 삶의 태도를 가진 사람들의 집단인 우파가 일방적으로 매도되지 않도록 형평성을 견지하는 공정한 뉴스포털이 되기를 기대한다.

정자역 부근을 지날 무렵 나무다리를 타고 강 동단으로 이동했다. 얕아진 천변으로 팔뚝만 한 잉어들이 떼 지어 헤엄을 친다. 가다가 지치면 고기들의 부드럽고 힘찬 유영(遊泳)을 보면서 힘을 낸다. 중국에서는 물고기(魚)가 풍족함을 뜻하는 남을 여(餘)와 발음이 같아서, 부자로 잘 살라는 축복의 의미를 담아 물고기 그림을 선물하기도 한다.

금곡공원까지 오면 탄천은 남향하던 물줄기가 남동 방향으로 굽어졌다가 다시 되돌아오는 S자 경로를 택하게 된다. 우리 일행은 당연히 길을 줄이기 위해 탄천을 버리고 삼남대로를 올라와 직진으로 아파트 밀집지역을 걷는다. 미금역, 오리역을 지나 죽전4거리에서 우측으로 돌아가면 죽전역 겸 이마트 백화점에 다다른다. 오늘의 목표를 달성하니 뿌듯했다.

우리 일행은 얽혀 있는 성복천, 탄천 다리를 넘어가 엑스파크 공원 부근의 참치집에서 만족감에 취해 저녁을 먹었다. 원제는 그곳에서 약속이 있어 남고 나는 지평과 함께 서울로 가서 자고 내일 아침 다시 여기서 출발하려고 한다. 도철은 "남자가 여정에 나섰으면 마무리할 때까지 집에 가서는 안 된다."는 근거 없는 호기를 부리며 부근 모텔에서 잔다고 한다. 내일 아침 7시에 죽전역 1번 출구에 있는 커피숍에서 만나기로 하고 딴 맘 생기기 전에 얼른 택시에 올랐다.

듬 이틀째 날(5. 12. 금)
죽전역에서 와우정사까지, 42,000보 31킬로미터

남극을 제외한 모든 대륙에서 극심한 폭염이 통상적인 여름철 기상현상으로 자리 잡아 부유한 나라에서조차 수만 명이 목숨을 잃게 될 것이다. 폭염 때문에 주요 작물의 세계적인 수확량이 급감할 것이다. 강력한 허리케인과 맹렬한 산불, 어류 폐사, 물 부족, 일부 생물의 멸종, 질병의 세계적인 확산까지 고려하면 평화롭고 질서 정연한 사회가 계속 유지되리라 기대하긴 어렵다. 기후혼란이 세계의 모든 것을 변화시키도록 지켜만 볼 것인가 아니면 기후재앙을 피하기 위해 우리 경제의 모든 것을 변화시킬 것인가? 집단적인 외면으로 수십 년을 허송해온 탓에 이제 우리는 점진적이고 단계적인 접근법을 선택할 수 있는 입장이 아니다.
- 나오미 클라인,《이것이 모든 것을 바꾼다》

아침 5시 기상하니 의외로 몸이 가볍다. 아침 식사를 하고 전철로 죽전역까지 갔다. 도철과 죽전역에서 커피를 마시는 사이에 경래가 도착했다. 오늘은 3명이 한 패로 걷는다. 성복천이 합류하는 지점부터 탄천길로 내려가 걷는다. 이마트 부근에서 탄천을 버리고 23번 용구대로를 이용해서 마북삼거리까지 간다. 이곳 구

보호수 앞에서 도철과 필자

성리는 고구려시대부터 용인 지역 행정중심지였는데 일제 초기에 김량
장 지금의 용인으로 옮겨갔다고 한다. 구성(駒城)이란 한자로 쓰여 있지
만 구(駒)자가 망아지란 뜻이니 우리말로 말(마을)을 이두식으로 표현한
데 불과하다고 한다. 구성초등학교 부근에 석불과 석탑을 모신 곳이 있
고 또 보호수로 지정된 나무 부근에 옛 행정중심지임을 알 수 있는 구성
현감 등의 공덕비를 모아두었다. 보호수 그늘에서 잠시 쉬었다.

　구성리는 법무연수원 소재지여서 검사들에게는 인연과 추억이 많
은 곳이다. 나도 초임검사 교육(1986. 10.), 공안반 교육(1990. 8.), 세미나반
교육(1990. 11.), 보건반 교육(1991. 9.), 해외유학검사 재정비 교육(1994. 5.)
및 중견관리자반 교육(2001. 11.) 등을 받았다. 1995년에는 초임검사들을
상대로 '기록관리 방안'에 대해 강의를 한 바도 있어 감회가 일었다. 검
사 교육 때면 전국에 흩어져 있는 동기들이나 알고 지내는 검사들도 함
께 교육을 받기 때문에 저녁 시간에는 구성 일대에서 삼삼오오 몰려다

니면서 식사도 하고 소주도 한잔 했던 기억이 새롭다. 지금은 시가지가 재정비되고 아파트가 많이 들어서서 옛날 모습은 거의 찾아보기 힘들다. 구성로를 따라 경찰대사거리를 지나 곧장 법무연수원 삼거리를 통과한다. 법무연수원은 노무현 대통령 당시 혁신도시계획에 따라 2015년 5월 진천으로 이전하고 이곳은 용인분원이란 이름으로 남아 있다.

1986년 9월 초임검사 교육을 받을 당시, 교관인 검찰 선배의 지도에 따라 각자 앞으로 검사로서의 포부를 적고 이를 평생 간직하며 초심을 잃지 말라고 당부받았다. 당시 작성했던 나의 검사로서의 포부와 검사 시절 회고는 별도의 항목으로 적겠다.

법무연수원 삼거리부터 남동향하는 언동로는 주변이 상가, 아파트가 이어져 있고 지하철 공사를 하는지 많은 부분이 파헤쳐지거나 통행을 막는 나무판자 가림막이 이어진다. 아차지교를 넘어서자 좌측에 식당이 하나 있다. 그 식당 앞에 의자가 있어 잠시 쉬다 보니 화장실과 커피 자판기도 모두 실외에 있다. 지나가는 사람들을 배려한 주인의 마음씨에 새삼 고마움을 느낀다. 남을 위하는 일은 마음은 있으되 실천에까지 이르는 것은 쉬운 일이 아니다.

영동고속도로 밑을 통과하면 남쪽으로 완만한 오르막 고갯길이 이어지는데 고개 이름이 아차지고개다. 죽산 사는 자린고비가 있었다. 파리가 된장에 앉았다 날아가자 파리 다리에 묻은 된장을 회수하려고 파리를 따라왔는데, 파리가 하필 여기서 어떤 여인의 엉덩이에 앉았다. 파리를 잡아야겠다는 일념으로 여인의 엉덩이를 때리고 나서야 '아차!' 하면서 뒷늦게 실수한 것을 깨달았다고 해서 아차지고개가 되었다고 한다. 믿거나 말거나. 어정가구단지 직전 고개 우측에 구성동 새마을회가 세운 "대가 없는 봉사를, 근면 자조 협동, 변화 도전 창조"라고 새긴 비석이 크게 서 있다.

남(進), 듬(處), 길(道)

어정사거리에서 동향하고 호수공원 삼거리에서 횡단보도로 동백대로를 넘으면 용인동백호수공원이다. 공원 옆길로 걷는데 꽃과 나무, 그리고 물속을 노니는 물고기가 아름답고도 평화롭다. 용인경전철 동편으로 아파트와 주상복합아파트가 이어져 있고 그늘이 좋다.

동백역을 지난다. 이곳 동백동(東柏洞)은 주막이 있는 마을이란 의미의 동막리(東幕里)와 잣나

"대가 없는 봉사를" 비석

무 고개란 의미의 백현리(栢峴里)가 합쳐지면서 한 글자씩 따서 명명되었다. 동백역 다음은 초당역이다. 초당두부로 유명한 속초 초당동이 초당(草堂) 허엽(許曄, 1517-1580)이 살던 곳이라 해서 명명된 곳이라면, 이곳 초당동(草堂洞)은 기와집이 아닌 볏짚으로 얹은 사당(祠堂)이 있던 곳이어서 붙은 지명이다.

초당역을 벗어나면 또 인가가 없는 고갯길이 나온다. 이곳이 부아산(負兒山) 멱조현(覓祖峴)이다. 큰 산봉우리에 작은 산봉우리가 붙어 있는 듯해서 아이를 업은 산이란 의미로 부아산이라 한다. 삼각산(三角山) 인수봉(印綬峰)을 보면 큰 바위에 혹처럼 작은 바위가 붙어 있어 아이를 업은 바위란 뜻에서 일명 부아악(負兒岳)이라 부르는 것과 같은 이치다.

멱조현은 주민들이 메주고개라고 부르는 것을 이두식으로 표현한 것이다. 멱조현을 따라 만들어진 전철선 위로 전철이 지나간다. 지나가는 모든 전철에 승객이 1명도 없거나 1명만 타고 있었다. 화운사 입구를

지나면서 우측으로 세계 7대 불가사의에 들어갈 정도의 엄청난 규모의 토목공사 현장이 보인다. 용인시 체육관 신축공사 현장이다. 대한민국 국민, 심지어 세계 시민 모두를 위한 운동장 같다. 너무 커서 입이 벌어져 다물어지지 않는다.

지방자치와 공동체의 분열 그리고 부패

시민들의 무관심 속에 지방자치단체는 상호 견제해야 할 단체장과 의회가 담합해 대규모 예산공사를 양산한다. 용인시만 하더라도 신청사, 경전철, 국제급 새 체육관 등 도대체 투자 대비 편익이나 활용가치가 의문시되는 공용시설이 너무 많다. 민주주의의 훈련 없이 성급히 실시된 지방자치제도는 국고손실에 더해 지역 공동체를 분열시킬 뿐이다.

공동체 분열과 예산낭비의 악순환에 대해 어느 국회의원으로부터 들은 이야기다. 국회의원 몇 번 하고 나면 관내 유지들이 전부 적이 된다. 그 이유는 자타칭 유지들이 지역 여론을 주도하는데 그들은 하나같이 지방자치 단체장이나 의원을 꿈꾼다는 것이다. 공천 결정권이 국회의원에게 있고, 다수의 희망자 중 1명에게만 공천을 줄 수밖에 없다. 떨어진 사람은 모두 적이 되고 반목한다. 이렇게 공천권을 서너 번만 행사하면 대부분이 서로서로 적이 된다.

공천을 받은 지자체 후보자들은 당선되기 위해 죽기 살기로 자신을 알리는 유세(遊說, campaign)를 해야 한다. 유세를 하려면 사람들을 모아야 하고, 사람이 모이면 먹고 마시는 것은 당연하니 모든 유세에는 막대한 돈이 들어간다. 많은 돈이 들어가고도 모자라면 다른 사람들에게 신세를 지게 마련이고, 신세진 당선자는 본전 회수를 위해 또 신세진 빚을

갚기 위해 불필요한 대형 토목공사를 일으켜 설계부터 사후 관리운영에 이르기까지 길목마다 돈을 빼돌릴 궁리를 하게 된다. 비자금 조성과 부정한 거래가 일어나는 전형적인 흐름이다.

더욱이 단체장과 의회가 사정과 이해관계가 일치하게 되니 한쪽에서는 불요불급한 사업을 억지로 만들어내고 또 한쪽에서는 사업과 예산을 승인해준다. 시민들과 나라를 위한다는 미명 아래 오직 사리사욕(私利私慾)을 채우는 데 급급하다. 이를 감시할 일반 시민들은 시간과 능력이 모자라고, 선거 때 돈이나 향응을 받은 것이 있으니 밝혀낼 의지 또한 박약하다.

이것이 시민, 국회의원, 지자체 단체장, 지방의회 의원 사이에 고착화된 부패 고리이며 분리 불가능한 종합비리 복합체가 되어간다는 것이다. 시민의식이 발달하지 않은 나라의 선거는 민주주의의 뿌리를 빙자한 비리의 온상이라는 것이다.

영남길 안내판   삼가동 입구 삼거리에서 잠시 전철길과 헤어져 금학천변길을 걷는다. 동네 사이로 흘러가는 금학천변에 난간과 나무판자를 깔아 산책로를 잘 조성해두었다. 강둑길도 좋고 둑 아래 물길 따라 조성된 자전거 및 산책로도 편하다. 삼가역을 지날 무렵 산책로가 끊어지므로 금학천을 건너 아스팔트 길을 조금 걷다 보면 걷기 좋은 보도가 나와 용인시청역까지 편하게 갈 수 있다.

금학천변에 영남길 안내판이 곳곳에 서 있다. 그 명의는 경기도, 성남시, 용인시, 안성시, 이천시, 그리고 경기문화재단이다. 안내판에 따르면, 용인시는 고려 때부터 존재하던 국립교통기관 김령역이 있던 곳으

영남길 안내판

로 중심지는 시장이 서던 김량장이고, 세월이 흐르면서 계속 인구가 늘어나고 발전을 거듭해 현재의 용인시가 되었다.

원제가 용인시청역 앞에서 채비를 갖추고 기다리고 있다. 오후 걷기에 동참하기 위해서다. 원제는 걷기에 목숨 건 사나이다. 매일 만 보 이상 걷는 것은 기본이고 장덕회 걷기를 하면 늘 앞서가서 다른 사람의 걷는 거리보다 먼 길을 갔다가 되돌아와 합류하는 등 거리에 욕심을 낸다. 지평에 의하면 장덕회원의 평균 걷기 속도는 원제가 시간당 6킬로미터, 지평 등 다른 회원은 시간당 5킬로미터, 나는 시간당 4킬로미터로 평가한다. 일행은 명지대역까지 걸은 후 택시로 용인대 부근 닭백숙집에 갔다. 식사를 충분히 하고 다시 택시로 명지대역으로 돌아왔다.

오후에는 4명이 한 팀이 되어 걸었다. 김량장역을 지나고 송담대역에서 경안천길을 걷는데 건너편으로 용인종합운동장이 보인다. 저렇게 큰 운동장을 놔두고 또 세계적 규모의 체육공원이라니……, 혀를 다시 찼다.

이곳부터는 금학천으로 합류하는 경안천을 따라 간다. 산책로와 자

기선이들을 걷는 우리 팀

전거도로가 잘 조성되어 있다. 중간중간에 운동기구를 설치한 공간도 있지만 이용자는 많지 않은 듯 잡초가 무성하다. 신기천을 넘어 경안천을 따라 남동향한다. 좌우로 인가가 뜸해지면서 왜가리나 오리 등 물새가 자주 보인다. 기선이들에서부터 잠시 좁은 시멘트 포장길이 있지만 곧 아스팔트 도로 옆으로 산책로를 확보하고 있다.

좌우로 펼쳐진 강과 산, 이를 배경으로 노니는 물새들 그리고 논과 밭이 어우러진 풍경이 아름답다. 바람까지 잘 불어줘 걷는 데 힘들다는 생각은 들지 않는다.

**기후변화,
그러나 탈원전은 아니다**

기후변화체험센터 표지판이 보인다. 지구 중력은 대기를 흩어지지 못하게 붙잡는 역할을 한다. 대기는 생명에 치명적인 태양의 빛에너지를 적당히 반사하기도 하고 일부는 흡수하고 보존해 인간과 지구생물들이 살 수 있는 적절한 환경을 유지하는 기능을 한다.

지구 표면의 복사에너지가 빠져나가는 것을 대기가 온실 유리와 같은 기능을 하여 보존함으로써 기온이 올라가는 현상을 대기의 온실효과(greenhouse effect)라고 한다. 이러한 적절한 환경 조건이 수억 년 유지되었기에 온갖 생물은 물론 인류가 탄생해서 생존할 수 있게 된 것이다. 현재 지구의 기후조건이 바로 인류가 번영할 수 있는 최적의 환경조건인 것이다.

불행하게도 400년도 채 되지 않는 인간의 산업화 과정에서 발생된 이산화탄소와 메탄 등에 의해 복사평형이 깨어짐으로써 기후가 바뀌고 있다. 대기 중에 이산화탄소가 많아지면 지구가 방출하는 긴 파장의 빛을 더 많이 흡수하고, 흡수된 에너지가 쌓이게 되면 기체 분자운동량이 늘어나므로 지구 온도는 점점 올라가게 되는데, 이것을 지구온난화(global warming)라 한다.

지구온난화가 계속되면 기후변화(climate change)가 일어나고, 기후변화가 일어나기 시작하면 아무도 상상할 수 없는 일이 생긴다. 인류는 물론 모든 생물이 살 수 없는 행성이 될 가능성이 높다. 인류 생존, 특히 아직 태어나지 않은 후세들을 위해 기온 상승 속도를 늦추고 궁극적으로 복사평형을 회복하는 것이 오늘을 사는 우리들의 과제인 것이다.

지구온난화의 주범은 이산화탄소의 과잉생산이다. 이산화탄소는 주로 석탄, 석유 등 화석연료(fossil fuel)를 생산하고 이용하는 과정에서 발생하고, 화석연료는 인간의 생활이나 산업활동에 필요한 전기에너지를 생산하는 데 쓰인다. 따라서 전기에너지 생산 문제 해결이 곧 지구온난화 문제를 해결하는 것인데, 현재까지는 이산화탄소 발생이 없는 원자력이 유일한 대안이다.

남(進), 듬(處), 길(道)

왜냐하면 석유와 석탄은 그것이 발생시키는 이산화탄소도 문제지만 언젠가는 고갈될 운명이고, 태양광, 풍력, 지열, 조력, 바이오 개스 등 자연에서 얻을 수 있는 재생가능 에너지(renewal energy)는 생산 비용은 차치하고 자연조건 의존성이 너무 높아서 믿고 쓰기에는 신뢰성이 떨어지므로, 보완재는 될 수 있어도 주력 에너지는 될 수 없기 때문이다. 원자력도 가공할 폭발력을 적절하게 관리하고 안전하게 운용할 수 있는 기술적·제도적 관리체계가 확립되어야 하며, 또 방사성 부산물의 보관 혹은 재처리 기술의 비약적 발전이 동반되어야 한다.

어쩌면 근본적인 해결책은 에너지 사용 자체를 줄이는 것, 그리고 원자력을 에너지의 주력으로 하되 운용의 안전성과 재난위험관리를 담보할 수 있는 기술체계를 획기적으로 보완해가는 데 있는지 모른다. 좌파 진영의 '원자력 아웃, 재생가능에너지 웰컴' 정책은 비용과 신뢰성을 외면한 비현실적이고도 인기영합적인 근시안적 발상이다.

원자력의 위험성을 우려한다면 안전하게 관리되는 우리 원자력발전소를 줄일 게 아니라, 부실하게 관리되는 북한의 원자력과 핵무기 해결이 우선되어야 할 것이다. 좌파 정부의 갑작스런 탈핵(脫核)정책은 북한의 핵무기 생산과 핵무기 보유가 현실화된 상태에서 너무 한가로운 이야기이고, 본질 문제인 탈탄소(脫炭素)를 외면한 것이다.

우파 진영 역시 기존 에너지산업세력의 화석연료 고수 및 대체에너지 개발 지연작전에 현혹되지 말고, 에너지의 중심은 원자력으로 하되 원자력의 안전한 관리 그리고 핵무기 개발을 포함한 재처리 기술의 개발로 정책방향을 돌려야 한다.

강 서안으로 가는 길이 곧 끊어지므로 다리를 건너 동안으로 걷는다. 경안천 동안길에는 나무그늘이 좋아 자전거를 타는 사람들도 이쪽을 이용한다. 경안천 물은 비교적 맑지만 수량이 많지는 않고, 가끔 생활하수 때문인지 오염이 심한 곳도 있다. 산책로와 차도가 같이 나란히 간다. 작은 보 부근 고목 그늘에서 잠시 앉아 쉬었다. 각종 자전거 타기 행사와 동호인들을 위해 기념도장 찍는 곳도 있다. 한참을 쉬었다. 운학초등학교 못 미쳐 길업교(吉業橋)를 넘어 다시 경안천 서안으로 이동했다. 좌측으로 경안천, 우측으로는 펼쳐진 들판을 보며 계속 걷는다.

비오톱 공원

큰길업골 샛들에는 농토를 조성하지 않고 새로운 개념의 공원을 조성해두었다. 작은 연못과 습지, 잡초 지역, 앉아서 쉴 수 있고 주차장 시설까지……. 저 멀리서 가족으로 보이는 사람들이 한가로이 산책을 하고 있다. 우리 패들도 공원 속으로 들어가 잠시 속도를 늦추고 주위를 관람했다.

안내판에 '용인시 길업 생태적 수질정화 비오톱'이라고 써 있다. 비오톱(Bio-top)이란 특정 동물이나 식물이 자족적으로 살 수 있는 생태적 서식공간으로 여타 지역과는 구별되는 구역을 의미한다고 한다. 아무튼 이렇게 잘 조성된 비오톱은 용인시 관내를 드나드는 사람들에게 자연생태 복원에 대한 용인시의 노력과 방법을 이해시키고 일반인들의 관심을 증진시키는 데 도움이 될 것으로 생각되었다.

작은 마을을 지나고부터는 산책로가 천변에서 강바닥과 거의 같은 높이로 이어져서 물속의 돌과 물고기를 훤히 볼 수 있다. 예직마을 길을 들어서면 강바닥에 난 길 옆으로 마을 제방이 상당히 높다. 정상명 전 총장으로부터 전화를 받았다. 저녁 숙소를 물어와 정해진 바 없지만 원삼 근처가 될 것이라고 말했다.

달열이 들을 지나면 호동교(虎洞橋)이고, 이곳에서부터는 강변길이 없어 57번 동부로를 걸어야 한다. 호동교에서 와우정사(臥牛精舍)까지는 완만한 오르막이다. 해곡동 별미마을을 지나면 한국석유공사 삼거리가 나온다. 우측으로 호3통 자연해실마을이란 안내석이 서 있고, 그 옆에 '경안천 발원지, 문수샘, 2킬로미터'라는 안내판이 있다.

와우정사

우리 패는 와우정사를 오늘 종착지로 하고 젖 먹던 힘까지 발휘해 발걸음을 재촉한다. 와우정사는 대한불교 열반종(涅槃宗)의 본산이다. 불교에서 소(牛)는 도(道) 또는 법(法), 즉 본성(本性)과 진리(眞理) 그리고 해탈(解脫)을 의미한다. 사찰 건물 벽에 보면 십우도(十牛圖), 심우도(尋牛圖)를 그린 곳이 많다.

소를 찾아서 소를 얻어 타고 결국 소를 버리는 단계를 거친다. 나를 직시하면 나의 본성이 보이고 나의 본성이란 결국 집착(取)과 구별(識)이 없는 그런 것(如如)이므로 본성이랄 것도 없다(空). 소(牛)는 그래서 불교

와우정사 앞에서 경래, 필자, 원제

(佛教)다. 서울의 우면산(牛眠山), 중국 사천성 우배산(牛背山)도 마찬가지 의미에서 유래한 것이다.

백암순대

원제 부인이 승용차를 운전해 시간 맞춰 왔다. 나의 허무한 세상 인연이 숱한 사람에게 폐를 끼치고 있다. 엎질러진 물 아닌가! 우리 패는 일단 원삼에 숙소가 있으리라 믿고 고당리로 갔다. 원삼파출소 입구에서 퇴근하는 파출소장을 만나 부근에 적당한 숙소와 음식점 추천을 부탁했다.

원삼에는 여관도 없고 식당도 없다며 백암으로 가라고 한다. 모두 실망이 컸지만 유명한 백암순대를 먹을 수 있다는 도철의 말에 순순히 백암으로 갔다. 지금은 지역 특산물에 별미로 통하지만 육류 단백질이 귀하던 시절에는 동서양 할 것 없이 소나 돼지를 잡으면 버리는 것 없이 다 먹었다. 내장을 이용해 독일은 마을마다 소시지를 개발했고, 우리나라는 지방마다 독특한 순대를 개발했다. 백암순대는 선지 대신 야채를 많이 넣어 희고 부드러운 특징이 있다. 도철의 경험적 추천에 따라 제일 식당에서 순댓국으로 저녁을 먹고 주인에게 부근 숙소를 추천받았다.

청송의 함안 조씨

숙소인 클래식모텔에서 원제, 경래 두 함안(咸安) 조씨(趙氏) 친구들은 돌아가고 도철과 둘만 남았다. 함안 조씨는 청송에서 가장 대성(大姓)이다. 함안 조씨의 청송 입향조는 조선 단종조 생육신 조여(趙旅, 1420-1480)의 현손 조지(趙址, 1541-1599, 望雲公)다. 조지는 무과에 급제한 관료인데 할아버지의 명령에 따라 청송 안덕에 들어와 정착했다. 조지는 다섯 아들

남(進), 듬(處), 길(道)

을 두었는데 임진왜란이 일어나자 다섯 아들 모두가 의병에 참가하려는 것을 이남 형도(亨道, 1567-1637, 東溪公)와 오남 동도(東道, 1578-1668, 芝嶽公)만 참가시키고 장남 수도(守道, 1565-1593, 新堂公), 삼남 순도(純道, 1573-1653, 南浦公), 사남 준도(遵道, 1576-1665, 方壺公)는 남아서 집안을 지키게 했다. 동계공은 임란 의병을 마친 후 무과에 급제해 병자호란에 참전해 전공을 세웠다. 망운공이 지은 망운정과 남포공이 지은 남포정은 안덕면 명당리에, 신당공과 지악공을 모시는 금대정사(金臺精舍)는 안덕면 신성리에, 동계공이 지은 동계정은 안덕면 덕성리(덕재)에, 방호공이 지은 방호정은 안덕면 신성리에 있다. 원제와 경래는 모두 남포공의 후손이다.

정상명 총장의 격려   정 전 총장께 숙소에 짐을 풀었다는 보고를 하고 빨래를 하고 있는데 숙소로 찾아오셨다. 당신이 2011년 도보순례를 할 때 묵었던 바로 그 숙소라고 하니 우연의 일치 치고는 인연이 묘하다. 순댓국 가지고는 오래 걷는 데 힘이 부치니 고기로 원기를 더 보충해야 된다고 나가자신다. 부득이 다시 백암 시내 한우마을로 갔다. 도철은 고기가 부드럽고 맛있다며 잘 먹는데 나는 배가 불러서 들어가질 않는다.

총장께서 도보길의 요령에 대해 말씀해주셨다. 책에서 보지 못한 내용이다. 전체 일정에 따라 연속해서 오래 걸어야 하니까 절대 무리는 금물이니 천천히 걸을 것, 테이핑을 철저히 할 것, 가능한 한 양발을 일자로 평행되게 걷고 발바닥 전체에 힘이 골고루 퍼지게 착지할 것 등이다. 발바닥 어느 한곳에 힘이 조금만 집중되어도 그곳에 물집이 잡히고, 그곳을 피해 다른 곳을 디디면 또 그곳에 탈이 난다. 아무래도 발바닥 바깥쪽과 뒤꿈치는 압력을 많이 받으므로 그곳은 테이핑을 생략해서는 안

정육점 식당 앞에서
(왼쪽부터 필자, 정 총장,
도철)

된다고 강조하신다. 함께 온 직원을 시켜 스포츠 테이프를 사다주신다. 그날 이후 테이핑을 전혀 하지 않았던 도철과, 넷째 발까락이 셋째 발가락 밑으로 밀려들어가는 경향이 있어 약간의 테이핑만 했던 나는, 정 총장의 충고에 따라 테이프로 꼼꼼이 테이핑을 했기에 완주할 수 있었지 않나 생각한다.

총장께서 어딘가 전화 통화를 하시더니 핸드폰을 바꿔주신다. 연합통신 임주영 기자였다. 임 기자는 2008년 삼성비자금의혹특검의 특검보로 있을 당시 출입기자단 간사를 맡아서 취재기자와 취재원으로 만난 인연이 있다. 며칠 후 나의 고향 걷기 기사가 났고 사람들에게 알려지고 말았다.

남(進), 듬(處), 길(道)

검사의 길

향원들이 정의를 어지럽히는 적폐는 저열한 부류들의 대세 영합에서 비롯한 것이다.
잔머리 선비들의 세상을 속이는 폐단은 과거를 보는 사람들이 명예를 탐하는 데서
더욱 심해졌다. 하물며 벼슬길에 들어선 자라면 기회를 엿보아 줄을 타다 다시 속이
고 배신하는 무리들이 어찌 없다고 하겠는가?
- 이황(李滉, 1501-1570), 《무진봉사》(戊辰封事)

　　　　　　　　　1986년 9월 1일, 대검찰청에서 검사
임관신고를 마치고 광주지검 순천지청으로 부임했다. 부임과 동시에 선
배들이 사건과 기록을 배당받아 처리하는 것을 지켜보았다. 이러한 사
건들을 앞으로 내가 처리해야 되는구나……, 나의 결정에 따라 기록 속
의 당사자들의 운명이 결정되는구나…… 정신이 번쩍 들었다.
　　실제 사건 처리를 하지는 못한 채, 며칠 후 법무연수원에 신임검사
교육을 받기 위해 입교했다. 당시 주로 검찰 선배들이 와서 강의를 했는
데 교육 분위기는 상당히 엄격했다. 국가 전체적으로도 1986년 아시안

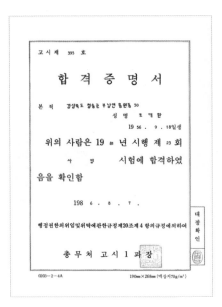

검사 임관신청을 위해 제출한 제23회 사법시험
합격증명서

게임을 앞두고 발생한 김포공항 폭탄테러사건 때문에 상당히 긴장된 분위기였던 것으로 기억한다.

교육 내용 중 두 가지는 교육과정 중 여러 강사들로부터 너무나 강조되어 평생 잊으려야 잊을 수가 없다. 검찰 생활 20년의 지침이 되었고 지금도 인생살이의 호신부가 되고 있다. 평생 기억되는 두 가지 강조점이란 좌파세력의 실체를 똑바로 봐야 한다는 것, 그리고 비밀과 공짜란 없다는 것이다.

좌파세력의 용어는 이중적이므로 그들의 용어혼란전술에 넘어가서는 안 된다는 것, 그래서 그들과의 대화에서 오가는 용어는 수시로 개념 정의를 해나가야 속지 않고 피해를 입지 않는다는 것이다.

최근 미북 하노이 담판에서도 트럼프는 김정은의 개념 재정리 수법에 속아 넘어가 국제적 망신을 당했다. 공직에서 담당하는 업무는 국민에게 위임받은 것일 뿐 공무원의 것이 아니므로 그것을 자신의 것인 양 민원인에게 주고 그 대가를 받아서는 안 된다는 것이다. 사건 당사자들이나 브로커들이 접근할 때는 언필칭 "아무도 알지 못하고 당신과 나만 아는 일이다. 아무런 대가 없이 건네는 것이다." 하며 만나자고 하고, 돈과 향응을 베풀려고 시도할 것이다. 그러나 그들과 어울리는 순간, 멀지

남(進), 듬(處), 길(道)

않은 장래에, 예외 없이, 탐오독직(貪汚瀆職)의 오명을 뒤집어쓰든지 적어도 진정, 투서의 회오리 속에서 만신창이가 될 것이 뻔하니, 부디 사건 수사와 처리를 오해 없도록 하고 사건 관련자들과의 접촉을 조심하라는 것이다.

3주간의 교육을 마감하면서 "검사로서의 나의 포부"를 작성했다. 검사 생활 20년 동안 내내 간직하며 수시로 꺼내 읽어보았다. 그 내용은 아래와 같다.

검사로서의 나의 포부

3년간의 군복무를 마치고 1986년 9월 1일 임관신고를 한 후에 임지에 부임했다. 같은 달 5일, 신임검사 교육이 예정되어 있었으므로 사건 배당은 없었으나 그래도 2~3일간의 검사 생활은 너무나 벅차고 힘들고 어렵게만 느껴졌고 솔직히 말해서 실력이나 능력 면에서 부족한 점이 많음을 통감했고 자신감을 가지기 힘들었다.

이곳에서 신임검사 교육을 3주간 받으면서 여러 선배님과 각계의 권위자 여러분의 지도와 강의를 들으며, 과연 검사가 무엇이며 어떠한 일을 해야 하는가에 대해 다시 한번 방향을 잡을 수 있었다고 생각한다.

비록 인격적으로, 또 전문지식 면에서 부족한 점이 많고 사리판단이 부족한 본인이지만 사정의 중추기관이요 실체적 진실 발견 및 인권보호를 추구하는 형사소송절차의 주재자인 검사가 된 지금부터, 국가와 국민을 위해 일하고 봉사하는 자세를 견지하고 항상 스스로를 일깨우는 생활태도를 가지고자 노력할 것이며, 앞으로 아래 사항만은 꼭 지키고 이룩될 수 있도록 노력을 다하겠다.

첫째, 진정한 검사상 구현에 힘쓰겠다. 검사도 공직자로서 국민에 대한 봉사기관이며 국민의 신뢰 없이는 우리가 추구하는 '신뢰받고 바르고 강한 검찰'

은 이루어질 수 없을 것이다. 따라서 종래에 구태의연하게 이루어지는 사건의 무성의하고 타성에 젖은 처리, 허황된 권력 엘리트 의식, 노력 없는 감투에서의 안주 등을 완전히 버리고 성실하고 철저한 사건처리, 국가적 차원에서의 정의 실현이라는 거시적 입장에서의 수사와 형벌권 행사, 노력하고 겸손하며 실력을 배양하는 태도의 견지로 국민의 존경과 신뢰가 저절로 우러나올 수 있는 검사가 되도록 항상 스스로를 채찍질하겠다.

둘째, 검사 이전에 하나의 생활인, 국민의 한 사람으로서 타에 모범이 되도록 함으로써 검찰 가족의 신뢰를 높이겠다. 우리가 통상 보아온 검사는 검사의 임무, 직위만 내세우다 보니 사생활 또는 공중도덕에 대해서는 소홀한 경우를 많이 본다. 모든 신뢰와 권위는 '평범 속의 비범'에서 우러나오는 것이지 '비범 속의 평범 이하'에서 나오는 것이 아니며, 가정과 사회의 질서가 파괴된 이후의 추상적인 국가정의 실현이 무슨 필요가 있겠느냐는 관점에서 사생활과 국민으로서의 책임과 의무 이행에 부족함이 없도록 하겠다.

셋째, 앞으로 시간과 능력이 허락한다면 공부를 해서 형사사법제도 및 기타 한국 법률문화의 발달을 위해 필요한 연구를 하고 싶다. 검사의 능력, 그리고 수사의 품질이란 것은 결국 그 사람의 경험과 지식의 크기와 깊이에 결부될 수밖에 없는 이상 훌륭한 검사가 되기 위해서는 끊임없는 노력과 연구가 있을 뿐이다.

1986년 9월 27일
광주지검 순천지청 검사 조대환

순천 임청대

1980년 서울법대를 졸업한 나는 사법시험 공부를 계속하기 위해 경북대학교 교육대학원에 적을 두었다. 1981년 7월 제23회 사법시험에 합격하고 2년간 사법연수원(13기), 3년간 군법무관을 거쳐 1986년 9월 우리 나이 31살로 광주지검 순천지청 검사로 임관했다. 순천은 1996년 8월 초임 부장검사로 또 근무한 곳이다.

순천시 옥천동에 임청대(臨淸臺)란 정자 터가 있다. 임청대는 항상 삶에 있어 맑게 임한다, 즉 깨끗하게 살라는 의미가 담겨 있다. 특히 공직자로서 청렴결백을 강조하는 의미가 강하다. 순천은 1500년경 나의

법무연수원에서 초임검사 교육 중 (1986, 오른쪽 두 번째가 필자)

대전지검에서 민생치안 전담검사로서 관계기관 대책회의 발표(1989)

15대조 매계(梅溪) 위(偉, 1454-1503)자 할아버지가 유배를 와 병사(病死)한 곳이다. 그때 함께 유배온 한훤당(寒暄堂) 김굉필(金宏弼, 1454-1504) 선생과 같이 만든 정자가 임청대다. 아직도 임청대라 새긴 표지석이 남아 있는데 이황(李滉, 1501-1570)의 필적이라 전한다. 연고라고는 없는 지역에 두 번이나 인사발령을 받게 된 것 역시 매계 할아버지가 미리 예정해놓으신 어떤 힘이라 믿고 있다.

　　매계 할아버지가 후손들을 위해 당부하는 교훈은 무엇일까? 그는 1454년 금산면 봉계리(지금의 김천시 봉산면 봉계리)에서 태어난 분인데 그 생애는 줄곧 걷는 길이었다. 1463년(세조 9년)에 선산(善山) 사는 자형(姉兄) 점필재(佔畢齋) 김종직(金宗直, 1431-1492)에게 가서 공부하고 1464년 서울의 종숙(從叔) 영의정 석문(錫文, 1413-1477)에게 가 머물면서 공부했다. 1467년에는 선공(先公) 계문(繼門, 1414-1489)이 울진현감(蔚珍 縣監)으로 이동함에 따라 울진으로 갔고, 그해 서울로 왔다가 1470년(성종 원년) 강릉 박직(朴殖)에 가서 공부하다 귀경했으며, 1471년 진사에 급제한 이후 금산, 창녕, 함양, 울진 등을 여행했고 1474년 대과에 급제하셨다.

　　급제한 해에 승문 정자(承文 正字)에 임명되고 또 신씨(申氏)와 결혼하셨으며, 할머니 정씨(鄭氏) 부인이 돌아가셔서 금산에 다녀 오시고 예문관(藝文館) 검열(檢閱)로 이동되셨다. 1476년 지금 세검정초등학교 자리에 있던 장의사(藏義寺)에서 사가독서(賜假讀書)했으며, 1477년 송도를 여행하고 그해 석문(錫文) 아저씨가 돌아가셔서 지금 휴전선 내 장단(長湍)에 장사지냈으며, 일시 금산에 돌아갔다가 홍문관 박사(博士)로 귀경했다. 1479년 지금의 함경북도인 영안도(永安道) 경차관(敬差官)으로 이동했고, 1480년 포쇄관(曝曬官)이 되어 사고(史庫)가 있는 성주(星州)를 다녀 왔으며, 1481년 원접사(遠接使)가 되어 황해도 평안도를 지나 의주까지 내왕하며 중국 사신을 접대한 후 금산까지 내려갔다 귀경해 두시언해(杜詩諺解)와 그 서문(序文)을 지었다. 1483년 또 의주까지 가서 중국 사신 갈귀(葛貴)를 접대했고 1484년 의주에서 돌아와 함양군수로 이동했으며 그해 백부 선무랑(宣務郞) 승중(承重)이 별세하므로 서울로 문상을 다녀왔다. 1489년 선공이 돌아가셔서 황간(黃澗)에 장사지냈다. 1491년 동부승지(同副承旨)로 임명되어 상경했다가 다시 모친 문화(文化) 류씨(柳氏)를 금산으로 모신 다음 상경했고 1492년 도승지(都承旨)가 되었으며 그해 점필재가 돌아가셔서 밀양으로 장사지내는 데 다녀왔다.

1493년 호조참판이 되었고 곧 직제학(直提學) 정조사(正朝使)로 명나라를 다녀온 후 고향 금산을 성묘했으며 1494년 충청감사로 부임했으나 그해 성종이 승하했다. 1495년(연산군 원년) 한성우윤(漢城 右尹)으로 임관 귀경해 대사성(大司成)을 거쳐 금산으로 낙향했으나 곧 전라감사로 부임하고 곧 모친 류씨가 돌아가셔서 다시 금산으로 돌아왔다.

1498년 동지중추부사(同知中樞府事) 성절사(聖節使)로 명나라를 다녀오던 중 무오사화(戊午士禍)를 만나 체포되어 서울로 압송되었다. 의주로 유배되었다가 1500년 순천(順天)으로 이배(移配)되고 그곳에서 1503년 병사하셨다. 다음해 3월에야 동생 적암(適庵) 신(伸, 1454-1529)이 황간으로 모셔가 장사지냈지만 곧 갑자사화(甲子士禍)로 인해 부관참시(剖棺斬屍)를 당했고, 이후 김천 봉계리에 다시 장사지냈다(이상 梅溪公年譜).

약 600년 전 매계의 인생은 역마살(驛馬煞) 그 자체라고밖에 볼 수 없을 정도로 걷고 또 걷는 인생이었다. 일부 여정이야 말을 타거나 가마를 탔겠지만 극히 예외적이어서 무시해도 좋을 것이다. 경서 읽기를 통해서도 정치철학과 실천윤리를 함양했겠지만 서울과 지방 곳곳을 끊임없이 걸으면서 백성의 실제 삶 속을 걸어 들어가 직접 보고 그들과 대화하고 문제의식을 가졌다. 또 이미 배운 경서의 가르침 그리고 길 가는 도중이나 들리는 곳에서 만나는 동료 선비들과의 대화와 교류 등을 통해 훨씬 실용적 경세제민의 방책을 마련할 수 있었을 것이다.

이론적 정합성(整合性)과 실천력 있는 생각과 학문이 되려면 걸으면서 검증이 필요할 것이다. 스스로만 공부하고 백성들과 대화하지 않으면 독단적 견해에 빠지기 쉬운 법이다. 처녀가 아이를 낳아 길러보고 시집가는 것은 아닌 것처럼(未有學養子而后嫁者也, 大學9章), 처음부터 자질을 타고나기도 하겠지만 타고난 자질에 더해 부단한 절차탁마가 더해져야 한다.

처음부터 지행합일의 군자가 어디 있겠는가? 사이비 향원(鄕愿)은 걸어야 군자가 될 가능성이라도 열리는 것이다. 시간은 누구에게나 공평하게 같은 속도로 가겠지만 시간을 부여잡느냐 여부, 그리고 그걸 어떻게 활용하는가는 각자에게 달린 일이다. 대의가 중요하다지만 뜻을 굳게 세우고 행하는 강직함만으로는 독선이 될 우려가 크다.

대의에 더해 인간사(人之常情)에 대한 깊은 이해가 가미되어야 세상을 아름답게 변화시킬 수 있다. 개개의 사정을 아우르는 대의를 위해서는 걷고 만나지 않을 수 없고, 그래야 사람을 모이게 하고 따르게 할 수 있다. 이것이 매계의 교훈이라 이해한다.

만분가(萬憤歌)　　　　매계는 순천 유배지에서 〈만분가〉를 지었다. 만(萬)은 아주 많다는 최상급의 뜻이고 분(憤)은 억울하다는 뜻이다. 결국 너무나 억울하다는 제목의 가사이다. 만분가의 내용 중 매계의 선비와 향원에 대한 생각의 일단을 보고자 한다.

풍파에 헌 배 타고 함께 놀던 저 벗들아

　　　　　　　　　　　　　　　　남(進), 듬(處), 길(道)

강천(江天) 지는 해에 주즙(舟楫)이나 무양(無恙)한가
밀거니 당기거니 염예퇴(灩預堆)를 겨우 지나
만리붕정을 멀리멀리 견주더니
바람에 다 부딪쳐 흑룡강에 떨어진 듯
도척(盜跖)도 성히 놀고 백이(伯夷)도 아사(餓死)하니
동릉(東陵)이 높은 건가 수양(首陽)이 낮은 건가
남화(南華) 삼십편에 의론도 너무 많다

중국 강동 지방에서 파촉 지방으로 들어가려면 험준한 산 사이로 뚫린 양자강 줄기를 따라 들어갈 수밖에 없다. 그 물길은 험하기 그지없는데 특히 급하고 위험한 곳이 양자강 삼협(三峽) 중 하나인 구당협(瞿塘峽)이고 그 가운데 있는 바위가 염예퇴다. 선비들이 벼슬길의 험난함을 구당(협) 또는 염예퇴라고 표현한 사례가 많다.

매계는 같이 학문하고 같이 격려하던 선비 무리들과 벼슬길에 나아간 것을 풍파에 헌 배 타고 또 염예퇴를 겨우 지난 것으로 묘사하고, 경세제민의 뜻을 펴려하던 것을 만리붕정을 멀리 견주었다고 했다. 그러나 지금은 무오사화를 만나 홀로 억울한 누명을 쓰고 유배된 막막한 처지를 흑룡강에 떨어졌다고 표현했다.

장자(莊子)와 인의(仁義)　　　　만분가에서 말하는 남화(南華)는 남화진경(南華眞經)의 약자로 장자(莊子)를 높여서 부르는 이름이다. 장자 외편 8편(騈姆, 변무라고 읽는다.)에 "백이는 명예를 위해 수양산에서 죽고 도척은 이익을 위해 동릉에서 죽었다. 자기 본연 이외의 것을 목적으로 죽음을 억지 재촉한 것은 다 잘못되었다.

인의(仁義)를 위해 죽은 군자나 재물(貨財)를 위해 죽은 소인이나 다 본질에서 벗어났다."고 주장한다.

장자 잡편 29편(盜跖)에 공자가 도척을 순화 설복하러 갔다가 도망가는 이야기도 나온다. 도척이 공자를 향해 "실제 일하지 않고 말로만 주례(周禮)로 돌아가야 한다며 소리 높이는 것은 많은 백성들을 속이고 위정자의 환심을 사서 벼슬과 명예를 챙기려는 위선자"라고 몰아붙였기 때문이다.

장자 잡편 30편(說劍)은 장자가 조나라 문왕이 칼싸움을 좋아하고 무사를 길러 서로 싸우고 죽게 함을 오락으로 즐겨 사람 죽이는 것을 일삼는다는 소문을 듣고 찾아가 그만두도록 설득하는 얘기다. 장자는 문왕에게, "칼에는 천자의 칼, 제후의 칼, 서민의 칼 등 3종이 있습니다. 천자의 칼은 천하를 무대로 제후들을 거느리는 것, 제후의 칼은 청렴하고 충성스런 신하를 써서 백성들을 편안하게 하는 것, 서민의 칼은 임금에게 잘 보이고자 또 살아남기 위해 서로 죽이고 공격해 모두 망하는 것인데, 이 중에 어느 칼을 쓰겠습니까?"라고 묻자 문왕이 이에 깨달은 바 있어 칼싸움을 일체 금지시켰다.

지도자는 백성들로 하여금 서로 싸우게 하는 반사이익으로 장기집권을 노리는 것이 아니라, 스스로의 노고를 통해 백성들의 편안함을 희망해야 한다는 것이다.

매계는 고려 말 사대부들이 이성계를 도와 조선을 건국하면서 인의(仁義)의 나라를 꿈꿨다는 점을 강조한다. 그런데 건국 후 100년도 지나지 않아 선비들 중 일부가 이미 인의를 버리고 오직 자신과 자신의 이익만을 쫓아 서로 죽고 죽이는 사화(士禍)가 발생하고 말았는데 그는 직접 희생자가 되었다.

만분가는 사대부들이 편을 갈라 각 진영의 이익과 승리를 위해 서로 싸워 죽이는 향원으로 변해가는 현실을 한탄했다. 소신 직필을 보장하기 위해 기밀로 하는 사초(史草)를 유출하고 혼미한 임금에게 고발·격분시켜 반대파를 말살한 무오사화는, 좌파가 촛불을 격발시켜 우파를 말살하는 현재의 상황과 상당 부분 겹쳐지는바, 역사는 왜 발전하지 못하고 반복되는지 한탄할 뿐이다.

엄정한 검사

순천지청, 대전지검, 인천지검, 서울지검, 서울고검 검사로 이동하며 수사업무를 수행함에 있어 부여된 임무를 비교적 충실히 수행했다고 자부할 수 있다. 이 모두가 매계 할아버지의 '인의를 위해' 일하라는 무언의 당부가 큰 힘이 되었다고 믿는다. 각 재직한 검찰청에서의 주요 수사사항을 간단히 적는다.

1986. 9.~1988. 2.

순천지청 초임검사 시절에는 경험과 수사능력 부족을 야근과 휴일을 반납하며 노력으로 때웠다. 그래도 광양제철소 신축현장 출입 무허가 자가용 유상운송 사업자들을 단속하여 산업현장의 법질서를 확립하고, 고객이 맡긴 보험금을 사적으로 횡령한 보험사 전남 광주 지역 책임자가 광주 지역 사법기관의 비호 속에 불입건 상태에 있는 것을 순천에서 직접 인지 수사해 관변유착 토호세력에게 경종을 울렸다.

1988~1990

대전지검 검사로 재직할 당시 범죄와의 전쟁이 선포되면서 그 주임검사인 '민생치안 검사'를 맡았다. 대전 시내 주요 조직폭력배를 검거하고 인신매매, 무허가 오락실 등 범죄유

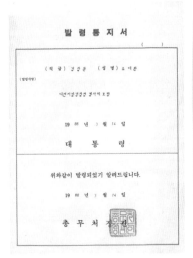 

대전지검 발령장   대전일보 인터뷰 기사

발, 범죄온상 환경을 적극 단속하여 민생치안의 확립에 일익을 담당했고, 그 공로로 국무총리 표창을 받았다. 조직폭력배의 대학생 살인 사건, 아파트 분양 관련 투기사범, 열차강도범, 은행현금차량 탈취범 등 각종 대형 사건을 도맡아 처리하기도 했다.

1990~1992 　　　　　　　　　　인천지검 강력부, 특수부 검사로 재직하면서 지역 조직폭력배들을 일소했다. 당시 성행하던 아파트 분양 관련 투기사범, 금융 알선 브로커, 인신매매사범을 적극 단속했다. 부실 건설사에 의한 부실 건축물 양산의 주범인 건설기술자 면허대여사범을 무더기로 적발해 전국적 면허대여 관행을 근절했고, 도로 파괴의 주범인 인천항 출입 과적차량의 무허가 구조변경행위를 기획수사했다. 위생, 세무 공무원들의 독직행위와 은행원들의 대출비리를 다수 밝혀냈다.

남(進), 듬(處), 길(道)

1993~1995 　　　　　　　　　대만대학 장기 연수 후 귀국 보고 논문으로 "대만의 통집(通緝)제도", "지명수배제도에 관한 연구"를 제출하여 수사기관의 잘못된 지명수배제도 운영을 개선하여 인권 보장에 기여했다. 1995년 서울지검 재직 중 "중국 대만 간 통일교류법제 연구"(법무부) 및 법률용어대역집 중국어편(대검찰청) 집필에 참여하였다.

1996 　　　　　　　　　　서울고검 재직 중 수사 및 소송서류의 열람 및 공개에 관한 관련 법규의 정리와 개선책을 제시한 "기록관리의 적법절차 확립방안" 집필에 참여했다.

1996~1997 　　　　　　　　순천지청 부장검사로 재직하면서 조직폭력배와 결탁해 조직폭력배를 갈취한 법조 브로커 단속, 경찰서 정보기기공사와 관련하여 뇌물을 수수한 경찰서장을 구속했다. 보호관찰제도의 문제점을 분석한 논문과 중국과 대만의 인신구속제도를 비교한 논문을 법무부에 제출하였다.

인의의 검사 　　　　　　1996년 순천지청 부장검사로 승진한 이후 10년간 주로 검사들을 지휘해 함께 수사하거나 혹은 결재업무를 통해 검사들의 수사를 지도했다. 수사는 법익이 침해된 위법상태를 회복하기 위해 범인과 증거를 찾는 절차이므로 무너진 정의를 회복하는 절차다. 정의감을 가지고 진실을 찾기 위해 최선을 다하되(義), 한편으로 정의를 빙자해 새로운 법익을 침해해서는 안 된다(仁).

순천지청 부장검사 재직
시 전국 강력부장검사
회의를 마치고 김영삼
대통령 예방

*수사는 타인의 일처럼 객관성을 가지되 자기 일처럼 종국적으로 해결될
때까지 규명해라. 결정문은 받아보는 사람들을 쉽게 납득할 수 있도록 정확하
게 그리고 가능하다면 아름답게 써라.*

이것이 내가 후배 검사들에게 강조한 수사원칙이다. 검사에게는 사
건 하나하나가 내게서 떼어내면 그만인 무생물인지 모르지만, 당사자에
게는 살아 있는 인생의 일부분이며, 국법질서의 신뢰와 연결된 일이니
최대한 신속히 해결해줄 필요가 있다. 그래서 단순히 사건을 잠정적으
로 죽여버리는 데 불과한 기소중지, 참고인중지, 이송처분을 최대한 하
지 못하게 했다. 후배들과 직원들은 힘들어했지만 모두 이해하고 잘 따
라준 것은 나의 검사 생활의 큰 행운이었다.

진충청절(盡忠淸節)　　　　　1997년부터 1999년까지 2년간 대구
　　　　　　　　　　　　　　지검 부장검사로 재직 시 검찰 대선
배이신 강신욱(姜信旭) 검사장 지도하에 청구그룹 경영비리, 대구시 운수

청구비리 수사

비리경영인을 단죄한다는 취지에서 시작된 청구그룹 수사는 정치권 수사로 이어지면서 일파만파를 몰고왔다.

지난 5월부터 무려 6개월간 계속된 수사로 장수홍회장을 비롯, 8명이 구속되는등 모두 21명이 사법처리됐다. 또 수사선상에 올랐던 국회의원 3명이 소환요구를 받는등 대구지검 개청이래 최대 수사로 기록됐다.

대구 시내버스 非理수사

시내버스 및 택시업계 비리에 대한 검찰의 수사는 베일에 가려져 있던 버스조합과 대구시 공무원과의 해묵은 유착관계를 밝혀냈다. 검찰은 전 대구시 교통국장등 공무원 4명과 택시조합 이사장과 전 버스조합 이사장등 6명을 구속기소하고 공무원과 버스조합 관계자 4명을 불구속기소 했다.

지역 10대 뉴스에 선정된 담당 사건들

담당 공무원 비리, 성주군 의장선거비리, 대구지법 경매광고비리, 대구도시개발공사 하도급비리, 농수축협 대출비리, 대경대 재단비리 등 토착비리 사건을 파헤쳐 전국적 모범수사 사례로 검찰사의 한 대목을 장식한 것이 20년 검찰 인생에 있어 가장 영광스런 순간이었다. 청구 비리수사, 대구시내버스 비리수사는 1998년 대구 경북 지역 10대 뉴스에 선정되었다.

　대구지검에서 한창 청구그룹 비리수사로 바쁜 가운데 귀한 엽서를 한 통 받았다. 일면식도 없는 손주항(孫周恒, 1934-2017) 전 국회의원이 보낸 "盡忠淸節(진충청절)" 네 글자를 붓글씨로 쓴 엽서였다. 나는 그 주신 뜻을 평생 공직생활의 기본 자세로 삼아 실천하려고 노력했고, 후배들에게도 그 정신을 심어주고자 힘썼다. 당시 검찰 당직실에 관리 소홀 상태로 방치된 환형유치 대기자의 위험성을 목격하고 노역장 유치제도의 개선책을 연구해 발표하기도 했다. 또 음주측정 거부 사범의 경우 거부행위 처벌과 함께 음주운전 행위도 동시에 처벌하는 실무 관행은 이중처벌의 위험이 있고 자기부죄금지(自己負罪禁止)라는 헌법원칙에 어긋나

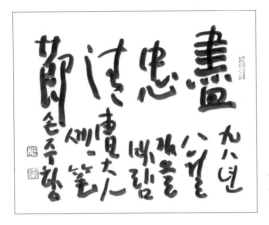

손주항 전
국회의원으로부터 받은
"진충청절" 엽서

개선되어야 한다는 문제의식을 갖고 음주운전 단속 법규의 문제점에 관한 논문을 법조협회에 제출했다.

CIA

'진충청절(盡忠淸節)'이란 말을 풀어보면 다음과 같다. 진충은 국가의 이익과 국민의 행복을 위한 헌신(國利民福에의 獻身)을 말한다. 그리고 청절은 약속된 자격(Commitment), 청렴도덕성(淸廉道德性, Integrity), 책무성(責務性, Accountability)의 종합이다. 미국에서 전문가의 덕목으로 강조되는 것인데, 이는 한국의 공직자에게도 그대로 적용되어야 한다고 생각한다.

약속된 자격이란 검사로서 최소한 갖추어야 할 수사능력의 기준을 충족해야 하고 더욱 길러야 한다는 것이다. 검사 중에 범죄의 구성요건도 모르면서 교과서도 찾아보지 않는다면, 계좌추적을 통하면 진실을 쉽게 밝힐 수 있는데 계좌추적의 필요성을 감지하지 못하거나 혹은 계좌추적을 위한 압수수색영장 청구방법조차 모른다면, 범죄는 날로 지능화·고도화되는데 과거의 수사지식만 가지고 최근 범죄의 동향이나 규

남(進), 듬(處), 길(道)

강신욱 검사장(뒷줄 왼쪽에서 세 번째)과 주왕산 방문(1998, 뒷줄 오른쪽이 필자)

제 법령에 대해 숙지하지 못하고 있다면, 이런 사람은 약속된 자격을 갖추지 못한 것이다.

책무성은 검사동일체의 다른 이름이다. 개체로서의 검사는 지식의 한계, 인격과 능력의 불완전성, 장비와 인력과 시간의 불충분성을 가지고 있다. 단독관청으로서의 검사에게 수사방법이나 수사결과를 일임하면 그 생산품의 품질이 지나치게 낮거나 오염될 가능성이 높고 특히 전국적 형평성이 무너질 것이다.

이를 극복하기 위해 결재 및 지휘체계를 통해 지식, 인격, 지혜, 장비, 인력, 시간을 집중시켜 집단지성을 만들어 최선의 형평성 있는 결론을 만들어 당사자를 납득시키고 국법질서의 신뢰를 유지하는 것이다. 이때 개개 검사는 검사동일체의 집단지성에 자신의 사건을 입력하는 순간 그 결과에 대해서는 자신의 견해로 받아들여야 한다. 이렇게 집단지성의 결과를 자신의 소신으로 동일시하는 것을 책무성이라 한다.

강신욱 전 대법관 근황
(2016)

검사동일체의 원칙에 따른 집단지성이 양심에 어긋날 수도 있는데, 어긋나더라도 이를 나의 결정으로 받아들이는 것을 직업적 양심에 따른 책무성이라 한다. 다만 개인적 양심을 우선하고 싶다면 재배당 요구를 해서 그 사건에서 벗어나면 된다.

직업적 양심에 따라 업무를 처리한 이후에는 그 사건은 내가 주임 검사로서 처리한 것이며 내가 책임질 뿐 결재나 지휘과정에서 관여한 어느 누구에게도 책임을 미룰 수 없는 것이 책무성이다. 뒤늦게 개인적 양심에 반한다고 부당한 압력 운운하며 딴소리하는 것은 검사동일체의 집단지성 과정도 알지 못하는 즉, 약속된 자격이 없는 사람이며, 책무성을 무시한 것으로 검사의 자격이 없다고 보면 될 것이다.

청렴도덕성은 뇌물로 사건 거래를 해서는 안 되고 사생활에서 축첩하거나 음주운전을 하거나 도박하면 안 되는 등 업무영역 외에서도 도덕성을 유지할 것을 요구하는 것이다. 사생활 영역일 수도 있으나 공직자나 전문가의 경우 고도의 도덕성을 유지하지 않으면 그 직책이나 업무에 대해 국민의 신뢰에 금이 가고 사생활의 문란은 통상 업무영역에

남(進), 듬(處), 길(道)

도 영향을 미치기 때문에 주로 품위손상이라는 이름으로 강력히 경계하는 것이다.

**흔들리는 검사의 길,
두 번의 좌천**

나의 검찰 간부 생활이 순탄치만은 않았다. 1999년 서울서부지청 부장검사 재직 시 당시 김대중 정부 탄생에 기여한 공로로 낙하산 임명된 수자원공사 감사를 뇌물 혐의로 구속했었다. 그때 변호인이 노무현 전 대통령이었다. 검찰 지휘부에 구속의 불가피성을 설득하고 부장검사실에서 두 차례 변호인과의 접견을 허용하는 등 나름대로 예우를 다했지만 이후 좌천성 인사를 당했다. 당시 대검 차장의 '무조건 봐주라'는 지시를 따르지 않았기 때문이다.

대구지검 재직 시 청구그룹으로부터 뇌물을 받은 혐의로 홍인길 전

수자원公 임원 구속

**상수도 관련 돈받은 혐의
전무·댐운영1부장도 영징**

서울지검 서부지청 형사4부(부장 조대환·曺大煥)는 21일 광역상수도 사업과 관련, 건설업체로부터 공사 편의 대가로 뇌물 3000여만원을 받은 혐의로 한국수자원공사 감사 염동연(廉東淵·53·전 국민회의 사무부총장)씨를 구속했다.
검찰은 또 각각 뇌물 1000만원씩 받은 혐의로 전무이사 겸 수도본부장 김동훈(金東勳·53)씨와 댐 운영1부장 김선배(金善培·43)씨에 대해 구속영장을 청구했다. 염 감사와 김 전무는 수자원공사내 서열 2위와 5위의 고위 간부다. 검찰은 수자원공사의 다른 고위 간부 2~3명도 건설업체로부터 거액의 뇌물을

받은 혐의를 포착, 수사를 확대하고 있다.
검찰에 따르면 염 감사는 올 4월 수자원공사가 발주한 전남 광양지역 광역상수도사업을 수주한 T건설 대표 조모(44)씨로부터 "앞으로 잘 봐 달라"는 청탁과 함께 미화 1만 달러와 현금 1200만원을 받은 혐의다. 김 전무 등은 이 공사를 하도급 받은 S건설 윤모(43) 사장으로부터 1000만원씩 받은 혐의다.
염 감사는 92년 대선 당시 김대중(金大中) 후보의 선거기획단 기획위원으로 국민회의와 인연을 맺은 뒤, '새시대새정치청년연합(연청)' 사무총장(92~95년), 국민회의 사무부총장(96~98년)을 지낸 후 작년 5월부터 수자원공사 감사로 재직해 왔다.
/李恒洙기자 hangsu@chosun.com

수자원공사 감사 구속 기사
(조선일보, 1999. 7. 22.)

청와대 총무수석을 구속집행정지 취소로 구금·기소한 일이 있는데, 얼마 지나지 않아 사면조치로 가석방된다고 해서 법무부에 항의 서한을 보낸 일이 있다. 이것도 좌천의 한 이유가 되었는지도 모른다. 당시 편지의 일부를 옮긴다.

현 정권 유력 인사치고 홍인길의 돈 안 먹은 놈 없다는 의혹대로 혹시 홍인길의 폭로전술에 지레 겁을 먹은 것인가…… 홍인길은 한보사건으로 징역 6년, 청구그룹 비리로 징역 5년, 추징금 45억 원을 선고받았는데…… 합계 형기의 1/3도 복역하지 않고 추징금도 납입하지 않은 상태로…… 그 처벌을 면하게 하려는 시도에 대해 법률가라면 이에 동의해서는 안 된다…… 여야 불문 지위고하를 막론하고 법과 정의에 따라 공평하게 수사하라…… 국민들의 여망에 따라…… 정치권 압력 등 온갖 어려움을 무릅쓰고 …… 검찰 수사팀이나 …… 재판부의 사법정의 실현을 위한 노력이 사면령 하나로써 수포로 돌아가게 된다면 그동안 수사 및 재판에 투입된 경비, 인력, 시간은 무엇이란 말인가?…… 사법질서는 아무것도 아니라는 불신감과 함께 법은 지키지 않아도 되며, 정의는 존재하지 않으며, 국법절차는 무시해도 된다고 생각…… 결국 엄청난 무질서, 부정, 불법천지가 도래할 것이다.

2002년 2월, 수원지검 형사1부장으로 부임했다. 부장검사야말로 검사들을 직접 지도하며 함께 수사에 참여하는 보직이므로 검사의 꽃이다. 기록을 보며 침을 묻혀 종이를 넘기는 습관 때문에 종이 가루가 묻어 입술이 터지면서도 검사들의 지도에 혼신을 다했다.

후배 검사 중에는 아직도 스승의 날에 전화로 안부를 전하는 사람이 있다. 검찰권 행사는 지역 실정에 맞게 일관성과 엄정함을 유지해야하며 또 공직사회와 지역 주민들에게 사법절차의 위엄과 신뢰성이 느껴

남(進), 듬(處), 길(道)

지게 해야 한다는 철학을 확립하고 이를 수원지검에서 실현하려고 노력했다. 그 노력의 일부를 소개한다.

경찰에서 송치된 사건의 사건검색조회부에서 타 사건을 입력한 다음 장기간 검찰에 송치하지 않고 암장(暗藏)시켜버렸을 뿐만 아니라 압수품까지 누락한 사례를 찾아내고, 전국에 실태를 알아보니 비슷한 사례가 전국에서 발견되어 그 개선책을 마련 시행하고, 그 결과를 대검찰청에 보고하여 전국 검찰청에 실시하도록 하였고……
- 대검찰청 2003. 2. 24. 시행 송치 가장 사건암장 재발방지 지시

수원지검 관내 총면적의 40%가 그린벨트 지역으로 개발이 묶여 있지만 실제로는 물류시설 및 공장 혹은 상가 등 수요가 급격히 증가하자, 그린벨트 소유자들이 경제적 이익을 좇아 당국의 규제를 무시하고 공장, 주택 등을 신축하여 직영 또는 임대하는 현상이 만연한 상태인데도, 행정당국은 원상회복 명령 혹은 형사고발 조치를 하는 데서 그치고 강제철거 등 실질적 법집행에 무관심하고, 경찰, 검찰, 법원 역시 고발사건을 단순히 개별사건으로 치부하고 벌금을 물리는 데 그치다 보니 그린벨트 훼손 사범을 행정당국 및 사법당국이 부추기는 결과가 되고 말았다. 왜냐하면 그린벨트 내 무허가 건물의 임대료 수익에 비해 행정벌이나 형사처벌은 지나치게 낮아 그린벨트 훼손 행위를 억지하기는커녕 조장하는 결과가 되었던 것이다. 검찰은 국법질서와 사법정의의 회복을 위하여 그린벨트 훼손 사범에 대하여는, 사건의 경찰 지휘 단계부터 원상회복 여부에 중점을 두어 수사하도록 하고, 수사종결 시까지도 불이행한 사범에 대하여는 일괄 법원에 정식기소한 다음 법원을 설득하여 재판 종결 시까지 원상회복을 종용하고 그래도 악착같이 원상회복에 불응하는 사람들에게는 징역형을 선고하도록 공소유지권 및 항소권을 행사하여 끈질기게 추적 처벌하였다. 그

결과 그린벨트 훼손 사범은 증가 추세에서 급격한 감소추세로 돌아섰다.

- 수원지방검찰청 2002. 12. 12. 보고 그린벨트훼손사범 등 단속에 대한
  새로운 수사지휘권 행사 모델 시행 결과 보고

2003년부터 2004년까지 제주지검 차장검사로서 지역 검찰권 행사에 있어 인의(仁義)의 원칙에 따르도록 지휘하려 노력했다. 당시 제민일보의 평가를 보자.

검찰과 경찰로 나눠진 제주교육계의 양대산맥 수사는…… 인지 수사 스타일 등이 서로 대비된다. 검찰은 시종 신중하고 조심스럽게 사건의 실체에 접근하고 있다. …… 검찰은 치밀하면서 보안유지에 신경을 쓰는 편이다.

- 진성범의 확대경, 2004. 2. 2.

검찰의 발표대로 법과 정도에 따라 수사기법을 모두 동원해 수사를 한 만큼 떳떳하다는 건 인정한다.

- 사설, 2004. 2. 25.

그 무렵 전 제주시장의 직권남용 사건을 인지수사하는 과정에서 수사팀과 검사장 사이에 마찰이 심했다. 제주시장과 고교 동문인 검사장이 검사의 수사에 자꾸 시비를 걸었으며 중간에 주임검사를 교체하기도 했다. 공소심의위원회는 검사장의 결론에 따르되, 검사들의 의견을 기록에 남겨 검사를 보호하려는 제도다. 검사장은 공소심의위원회에서 제도의 취지와 정반대의 태도를 보였다. 본인이 반대의견을 표시하고는, 사건처리 방향은 부하 검사들의 일치된 의견에 따라 입건해 기소하라고 지시한 것이다. 이후 관련 사건의 결재를 차장검사에게 미루고는 아침

회의 때마다 차장검사를 깼다. 조직의 평화를 위해 꾹 참았지만 또 좌천성 인사를 당할 수밖에 없었다.

　부장검사로서 중간 결재자가 된 이후부터 마음 한구석에는 언젠가는 공직을 그만두어야 한다는 점이 현실로 다가왔다. 공직 여부를 떠나 인생 후반기를 어떻게 경영하고 마무리해야 할까를 고민하게 되었다. 두 번의 좌천은 공직을 좀 더 일찍 그만둘 수도 있다는 생각을 새삼스레 하게 되는 계기가 되었다. 결국 2005년 상반기 정기 인사에서 서울고검 유임 통보를 받고 더 이상 나의 심신자세는 검찰업무에 전념하기에는 적합하지 않다고 판단했기에 좀 더 기다려보라는 주위의 당부를 뿌리치고 20년 검사직을 그만두게 되었다.

아니 검사가 민원인을 울리다니

지난 검사 인사이동 시 서울고검에 검사 열두 분이 더 오셨습니다. 검사실 및 각종 집기 등이 부족하여 창고 여기저기를 뒤지고 일부 부족한 부분은 새로 구입하는 등 분주히 준비한 다음 검사님들을 맞이하고 난 후 각 검사실을 다니면서 추가로 필요한 사항을 체크하였습니다.

　그런데 안경을 쓰고 인자하게 생긴 검사 한 분이 아주 낮고 다정다감한 목소리로 어디 원탁과 의자 2개가 없냐고 간곡히 말씀하시기에 평소 특별한 사용처가 없어 창고에 있던 원탁을 갖다 드렸습니다. 매우 흡족해하면서 몇 번이고 고마움을 표시하기에 '어디다 쓰시려고 그렇게 귀히 생각하실까?'라고 고개를 갸우뚱한 사실이 있었습니다.

　그 후 언젠가 복도를 순찰하는 중 우연히 검사실에서 50대 정도의 남자가 흐느끼는 소리를 들었습니다. 간혹 여자 민원인이 찾아와 떼를 쓰고 심지어 울고불고 하는 광경을 봐왔지만 남자 민원인이 흐느껴 우는 경우란 드문 일이어서 '아니 어떤 검사이길래 남자까지 울리나?' 의아해하며 사무실로 돌아왔습니다. 다음 날 해당 검사실 여직원이 사무실로 내려왔길래 "아니 그 방에서는 왜 남자까지 울리나?" 하고 말을 던지자 여직원이 "말도 말아요. 항고인들이 찾아오면 원탁에 앉혀놓고 하는 말 다 들어주고 가슴에 맺힌 것 다 풀어주니 민원인이 울지 않겠어요?" 하였습니다. 아하! 그랬었구나. 민원인을 울리려고 원탁을 그렇게 귀하게 찾았구나!

　　여러분도 민원인을 울려보세요. 원탁은 제가 준비하겠습니다.

- 서울고검 김기철 님의 글(2004. 8. 13.)

　　　　　　　　　　　　　　　　　　　　　　　남(進), 듬(處), 길(道)

듬 사흘째 날(5. 13. 금)
와우정사에서 죽산면 용두길까지, 34,000보 24킬로미터

> *과거의 우리를 먹여 살린 새마을 운동은*
> *천리마운동보다 못한 강제노역으로 전락하고*
> *6·25 전란 시 수많은 희생을 치른 미2사단은*
> *창설 100주년 기념식마저 난타당해 오욕을 뒤집어쓰고*
> *5·18 성지라는 광주에서는*
> *미국놈들은 나가라고 외쳐대더니*
> *오로지 시민운동가들만이 말하고*
> *그들 생각만이 옳은*
> *블랙리스트 세상이 되었다.*
> *- 김영수, 〈이긴 자들의 세상〉, 시집《있는 것과 없는 것》*

　　　　　　　06시에 기상해 클래식 모텔에서 밖을 내다보니 백암읍이 바로 코앞이다. 어제는 주로 차를 타고 이동해 한참 되는 거리로 생각했었다. 여장을 챙겨 다시 제일식당에 가서 순댓국밥을 먹고 택시를 불러 와우정사 앞에 내렸다.

07시 40분, 와우정사 출발이다. 도철과 둘이서만 걷는 첫날이라 왠지 허전하고 외롭다. 고독하게 그리고 고통스럽게 걷기로 하고 나선 길이지만 마음써주신 여러 어르신, 친구 덕분에 그리고 도철 덕분에 제대로 고독을 느끼지 못했나 보다. 이 고난의 길을 많이 가벼이 생각했나 보다. 겸손한 마음으로 그리고 구도하는 마음으로 이제부터 걸어보자. 마음을 가다듬는다.

곱든고개는 고개가 구부구불해서 마치 곱사등 같다 해서 원래 이름은 곱등고개였을 것이다. 대동여지도에는 곡돈현(曲頓峴)으로 표시돼 있다. 곱든고개는 오르막이 가파르며 갓길도 없다. 사람이 지나다니라고 예정한 도로는 아닌 것 같다. 그리고 대형 트럭이 쉴 새 없이 오고가 많이 위험하다. 좌측통행으로 자동차가 오는 것을 미리 발견하고 손을 아래위로 흔들어준다. 인사도 겸해 좀 천천히 운행해 걷는 사람에게 위협감을 덜 느끼게 해달라고 부탁하는 의미도 담고 있다. 대부분의 운전사는 속도를 줄여준다. 어떤 운전사는 손을 들어 인사까지 한다.

걸어야 사람과 소통이 된다. 대화를 통해 정서가 순화되고 사람과 인간미에 대한 표현방법을 배운다. 사랑이나 미움도 표현해야 상대방이 알 것이고 반응을 보일 것이다. 마음속으로만 기대하고 상대방이 그걸 몰라준다고 욕하고 성질부리는 것은 어리석은 욕심의 발로일 뿐이다.

끝날 것 같지 않던 곱든고개 오르막도 지나고 내려오다 보면 왼편 산 아래 큰 마을이 보이고 곧은 도로도 보인다. 헌산중학교 입구 교차로에서 57번 국도를 버리고 내동로 마을 길로 접어든다. 마을이 끝날 즈음 용인농촌테마파크가 큰 규모로 자리 잡고 있다. 도로 이름도 농촌파크로다. 사암리 선돌(立石)을 지나면 내리막길이다. 법륜사 큰 주차장 건너 버스 정류장에서 잠시 쉰다. 군데군데 작은 마을을 좌우로 하고 계속 가면 고당리(高塘里) 원삼면 소재지가 나온다. 행정구역명은 원삼면인데 지

남(進), 듬(處), 길(道)

도에는 고당만 표시되기 때문에 지도로 실제 지점을 찾기가 많이 헷갈린다. 우리나라 지명의 경우 군 소재지는 행정지명과 실제 마을 이름이 일치하는 반면 면소재지는 대부분 행정동명과 동네 이름이 일치하지 않는다. 그 동네 그 마을 사는 사람은 이중 명칭에 습관이 되어 있지만 외지인은 당황하는 바 적지 않다. 더구나 2년 전부터 주소가 도로명을 기준으로 개편되어 더욱 혼란스럽다.

고당리 시내로 들어와 57번 원양로로 빠져나가야 한다. 고당천 다리를 지나 원삼1교차로에서 우회전하면 계속 57번 국도인데 이름이 보개원삼로다. 작은 구릉을 넘을 때까지 갓길이 잘 조성돼 있고 용인시 축구센터 앞을 지나게 된다. 입구부터 그 규모가 엄청나다. 용인시는 뭐든지 거창하구나. 길 남북으로 넓은 들이 펼쳐지고 한천을 따라 길이 나 있다. 길가 매점에 들어가 물을 사고 아이스크림을 먹는다. 매점 주인이 우리의 행색을 보고 먼 길을 걸어가는 걸 직감했는지 자동차 길로 걷지 말고 강변 둑으로 걸으라고 권유한다. 논둑을 가로질러 건너가면 바로 강변 둑이고 강변길은 안성까지 연결된다고 한다.

한천 강폭은 넓은 편이다. 수량은 풍부하지 않고 수질은 대단히 좋지 않다. 물새도 별로 보이지 않는다. 농민은 물론 그 일대 공장 출입자들도 이용하도록 강둑길이 강 양편으로 잘 닦여 있다. 가끔 인접한 인가에 매여진 개들이 짖어 성가셨다. 죽능리에서 꼬쟁이골천으로부터 내려오는 물 때문에 돌아서 다리를 건넌 일 외에는 계속 직진으로 강둑길을 걷는데 엄청난 크기의 플랜트 공장 옆을 지나기도 했다.

목신리 용인블루캠핑장 앞쯤에서 후동교를 넘어 반대편 강둑길로 갔다. 목신교, 목신2교를 지나 주원펜션까지 왔을 때 한 무리의 직장인들이 단합대회를 왔는지 비석치기 비슷한 놀이를 하며 왁자지껄하다. 이들을 뒤로 하고 조금 진행하다 용인힐링캠프장 못 미쳐 길이 끊어졌다. 네이버 지도에는 구봉산오토캠핑장 앞까지 계속 갈 수 있는 것으로 되어 있었는데 이를 믿고 왔다가 길이 끊어져 있으니 절단이다. 도철은 목신2교까지 되돌아가자고 하나 나는 온 길이 아까워 내키지 않는다. 혹시나 하고 한천 강 밑으로 내려가본다.

수량이 많지 않아 가운데 하상이 노출되며 물길이 두 갈래로 흐른다. 한 번 물을 넘고 또 물을 넘고 풀숲을 헤치고 건너편 둑을 넘어가면 다음에는 논이다. 논을 통과하면 다시 도로까지 둑을 올라가야 하는 만만치 않은 질러가기다. 그렇지만 돌아가기보다는 나으니 강 건너기를 시도해보자고 의견일치를 봤다.

돌을 던져 징검다리를 만들어 첫 번째 물길을 억지로 건너갔다. 강 중간에 쌓인 돌 자갈, 모래에 빠지며 두 번째 물길에 왔는데 물은 거의 없고 잡초가 사람 키만큼 자라 정글을 헤치는 기분으로 휘젓고 뜯고 허우적거리며 겨우 강둑길로 올라왔더니 논둑길이 사람이 걸어가면 무너질 것처럼 부실하다. 겨우겨우 논둑길을 건넜더니 다행히 둑에는 도로까지 올라 다닐 수 있는 길이 나 있었다.

보개원삼로는 한천과는 조금 멀어져서 점점 구봉산 줄기를 향해 오르막길을 달린다. 갓길이 없어서 도보로 걷기는 좀 위험한 길이다. 한천을 다시 만나면서 용인시 벗어남을 알리는 경계 표지판이 나온다. 안성시 경내로 들어온 것이다. 이곳은 안성하고도 삼죽면이다. 곳곳에 '삼죽 지명 100주년 기념' 현수막을 걸어두었다. 그러나 내가 알기로는 삼죽이라는 이름이 생긴 것은 1915년이다. 그러니까 2017년은 지명 100주년이 아니라 102주년이 맞다. 왜냐하면 원래 조선시대 죽산군이 별도로 있었는데 1914년 일제가 죽산군을 안성군에 편입하면서 죽산군을 셋으로 나눠 죽일면, 죽이면, 죽삼면으로 분할했었다. 다음 해에 어감이 좋지 않다는 이유로 다시 일죽면, 이죽면, 삼죽면으로 개칭한 것이 기록상 분

남(進), 듬(處), 길(道)

삼죽지명 100주년 기념 현수막

명하기 때문이다. 그리고 1992년 이죽면은 죽산면으로 개칭되었다.

곧 삼죽, 천주교 공원묘지, 골프존카운티 안성H 쪽으로 좌회전하는 삼거리가 나온다. 그곳쯤에 식사할 만한 곳이 있지 않을까 예상했지만 발견할 수 없다. 좀 더 가보는 수밖에 없다. 삼거리에서 좌회전하면 70번 국도 보삼로다. 무척 가파른 오르막길에 갓길이 없어 보행로로는 내키지 않는 길이다. 우측에 큰 레미콘 공장 건물이 보이고 이때부터 식당을 안내하는 현수막이 계속 나온다. 점심식사 할 곳을 찾은 셈이다.

두리봉시골청국장에서 발을 다 벗고 물을 많이 마신다. 골프장 손님들이 많이 오는 식당이다. 청국장과 삼겹살 두루치기를 시켜서 먹었다. 식당 앞마을은 하가리라 하는데 '근면·자조·협동' 구호가 새겨진 고색창연한 새마을운동비가 아직도 있었다. 이곳은 구봉산과 국사봉이 이어지는 가현치 고개다. 지루한 오르막길에 띄엄띄엄 대규모 공장이나 축사가 눈에 들어온다. 축사 축분 냄새가 널리 퍼져 고약하다.

좌측에 천주교 수원교구 안성추모공원 입구, 우측에 골프존카운티 안성H를 두고 지루한 가현치 언덕길을 넘어야 한다. 가현치는 이른바 한남정맥이 지나는 곳으로 등산객들에게는 자주 애용되는 길이다. 한남정맥은 김포 문수산에서 수원 광교산을 거쳐 안성 칠장산(七長山)까지의 산맥이다. 칠장산에는 칠장사가 있다. 칠장사에는 '어사 박문수 합격 다리'가 있어서 시험 보는 사람들이 걸어 건너면 합격한다는 속설이 있다. 전설에 따르면 어사 박문수가 모친의 권고로 과거를 보러 상경하던 중 칠장사 나한전에 소원을 빌었는데, 나한이 꿈속에 나타나 시험 문제를 알려주었다고 한다.

골프장 앞에 안내판은 우리 진행 방향이 일죽 IC, 되짚어 가는 방향이 용인, 양지IC라고 표시하고 있다. 자동차를 위한 안내판일 뿐 우리처럼 걸어가는 사람에게는 무용지물이다. 또다시 안성추모공원 입구가 나오는 것을 보면 추모공원의 규모가 아주 대규모인가 보다. 끝이 없을 것 같던 가현치도 정상이 있고 내리막길도 있다. 내리막길 역시 길다. 배태리 초등학교까지 가면 덕산저수지를 앞에 두고 길이 갈라진다. 갈림길에서 갑자기 속이 불편한데 화장실을 발견할 수 없다. 부득이 부근 풀이 깊은 곳에 들어가 해결할 수밖에 없었다. 걷기 전에 소화불량, 위산역류 등 위장병이 많았지만 걸으면서 많이 좋아졌다. 도중에 급히 용무를 해결해야 했던 것은 이번이 처음이자 마지막이었다.

덕산지 좌측으로 난 길로 접어들면 길 좌측에 전원주택이 다수 조성돼 있다. 덕산지는 물이 꽤 빠졌지만 저 멀리 제방이 아스라이 보일 정도로 그 규모가 엄청나다. 호숫가 그리고 안쪽에 시설물이 있고 낚시객들이 낚시하는 모습이 무척 한가하다. 덕산호수길이 구불구불 지루하게 이어지다 호수를 버리고 산고개를 넘어서면 작은 들 너머 삼죽면 소재지가 보인다. 들길을 걸어 삼죽초등학교를 지나서 삼죽농협 주유소로 우회전해서 잠시 쉬었다. 바로 앞에 삼거리가 있고 우리는 죽산으로 향

용두마을 정류소에서 내리는 비를 피하는 중에

하는 82번 국도 삼죽로를 걷는다. 좌우로 공장 아니면 물류창고다. 용월 지방산업단지가 좌측으로 자리 잡고 있는데, 이곳에도 축사가 많은 지역 특성 상 육가공 공장이 많이 있을 것이다.

산업단지를 지나면서 완만한 경사의 고갯길이다. 이때부터 비가 내리기 시작한다. 많은 비는 아니다. 그러나 하늘을 보니 구름이 짙게 끼었다. 오늘 당초 일정은 일죽까지 가는 것이지만 비가 오면 즉시 걷기를 그만두기로 미리 합의해둔 바 있다. 고개를 다 넘고 나자 비가 장대처럼 쏟아진다. 마침 용두마을 정류소가 비를 피할 만하다. 그곳에서 한 20분 기다려봤지만 비가 그칠 기미가 없다. 방초리 집에 와 있는 처에게 전화를 했다. 처가 와서 차로 방초리 집으로 갔다.

방초리 초막골에 이종처형(박영숙)이 산다. 장모님도 격려차 와계신다. 나와 도철은 시골서 올라온 처형 친구분들과 어울려 염치 불고하고 준비된 등심, 삼겹살, 손두부를 채소와 함께 푸짐하게 먹었다. 불을 뜨끈 뜨끈하게 지핀 황토방을 양보받고, 처의 도움을 받아 빨래를 했다. 일부 빨래는 처가 가져온 새 옷과 교환했다.

자기 전에 도철과 일정을 재조정하기로 했다. 19박 20일을 14박 15일 정도로 앞당길 수 있을 것 같다. 왜냐하면 당초 하루 걷는 거리를 20킬로미터 내외로 예상했는데, 매일 30킬로미터 내외를 걷고 있는데다 발도 이상이 없는 등 당초 세운 일정을 5일 정도는 충분히 앞당길 수 있지 않는가 하는 자신감이 생겼기 때문이다.

남(進), 듬(處), 길(道)

듬 나흘째 날(5. 14. 일)
죽삼면 용두리에서 음성 금왕읍까지, 42,000보 30킬로미터

서울대 시흥캠퍼스 조성이 일부 학생이 반대한다는 이유로 벽에 부딪쳤다. 학생 대표는 학교 건물을 점거하고 학장단을 감금하며 교직원에게 폭언을 퍼부은 것에 대해 유감만 표명하고, 총장이 학내 사태에 대해 포괄적으로 사과한 것도 사리에 맞지 않다. 민변과 민중연합당 등 외부단체들은 무슨 자격으로 끼어들었으며 서울대의 발전과 백년대계에 관심이나 있는지 의문이다.

- 이선민, 조선일보

아침 5시에 기상했다. 전날 비 때문에 덜 걸은 데다가 황토방에서 몸을 따뜻하게 데우면서 푹 잤더니 한결 힘이 나는 느낌이다. 도철 역시 다시 힘을 내는 듯하다. 전날 세탁한 속옷, 양말, 손수건 등을 방바닥에 널어뒀더니 바싹 말랐다. 순두부, 고깃국으로 든든하게 요기하고 출발한다.

오늘도 나와 도철 두 사람이다. 용두마을 입구 버스정류장까지 처가 승용차로 태워주었다. 82번 국도 삼죽로는 용두리를 지나면 죽주로로 이름이 바뀐다. 죽산교를 넘고 얼마 지나지 않아 마을 안길 쪽으로 죽

산천을 따라 걷는 길이 나온다. 죽산천은 크게 오염된 것 같지는 않지만 수량이 별로 없다. 두현교부터 죽산천 저 건너편에는 시가지가 형성돼 있지만 우리는 시내와는 거리를 두고 걷는다. 여기서부터 천변길의 이름이 장원남산길이다.

아마도 이 길이 예부터 선비들이 장원급제를 꿈꾸며 한양으로 가던 바로 그 길일지도 모른다. 여기서 또다시 영남길 표지판을 만나는 것도 같은 맥락이다. 경기문화재단 선정 영남길 9길 죽산성지순례길이라 표시돼 있다. 죽산천을 따라가던 영남길 표지판은 갑자기 남쪽으로 펼쳐진 큰 들 가운뎃길로 안내한다. 전면에 17번 국도를 새로이 다듬고 마무리 공사를 하느라 분주한 모습이 보인다.

농로를 다 지나 17번 국도 밑 굴다리를 통과하기 전에 아직 제대로 정비하지 못한 축대 길 위로 슈퍼마켓이 보인다. 잠시 쉴 겸 화장실도 이용하고 물과 주전부리를 보충하기 위해 흙에 빠지면서 올라갔다. 17번 죽양대로가 증설 보완공사가 되면서 휴게소를 겸한 슈퍼마켓이 새로 들어온 모양이다. 주인장이 우리의 행색을 보고 어디까지 걸어가냐고 물어본다. 서울서 청송까지 걸어간다고 했다. 그분이 자신도 최근 제약회사에서 은퇴하고 인생 이모작으로 이곳 슈퍼마켓을 차렸는데 조만간 시간 내서 먼 길을 걷고 싶다고 했다. 그리고 우리를 많이 애처로운 눈빛으로 바라본다.

물을 사고 아이스크림을 먹었다. 돈을 계산하고 나오려는데 주인장이 쵸코파이 몇 개, 그리고 케토톱 여러 개를 공짜로 준다. 케토톱은 본인이 근무하던 회사 제품인데 근육통 등으로 아픈데 붙여도 좋고 발바닥에 테이핑해도 접착력이 좋아 효과가 좋을 것이라고 한다. 힘든 길 위에서 흔들리는 마음에 격려를 해주신 주인장께 감사한 마음을 표시하고 싶다. 케토톱은 나와 도철의 여정 중에 발바닥 테이핑 용으로 요긴하고 유용하게 쓰였다.

굴다리, 두원공대 입구를 지나며 농로길이 이어진다. 용설천을 지나고 계속되는 큰 들을 가로지른다. 저 멀리 천주교 죽산순교성지가 보이더니 결국 죽산성지를 통과하게 되었다.

병인박해와 죽산성지

죽산성지는 1866년(병인년)부터 1871년까지 5년 동안 고종(대원군)에 의해 체포·처형된 천주교 신자 8,000명을 모신 곳이다. 당시 조선은 국력이 쇠퇴한 가운데 러시아, 미국 등으로부터 개방압력 혹은 침략을 받았고 심지어 독일인 오페르트는 개인적 이익을 도모할 목적으로 대원군(李昰應, 1820-1898)의 부 남연군의 묘를 도굴하기도 하는 등 외침의 위협이 계속되었다.

그러나 당시 조정이나 국민들은 국제정세가 어떻게 변화·진전해 가는지 전혀 몰랐으므로 대처방안에 대한 방향을 잡지 못하고 위정척사(衛正斥邪), 쇄국정책(鎖國政策)으로 일관하고 있었다. 정권의 실세 대원군과 정부를 장악한 노론세력은 왜국처럼 개방과 무역확대 등 시대에 맞는 정책을 펼친 것이 아니라, 정권 보위의 수단으로만 외세를 이용해보려는 수준의 편협한 국제관을 가지고 있었으니, 잘못된 지도부를 가진 힘없는 나라의 운명이야 불을 보듯 뻔한 멸망의 길이다.

대원군은 근시안적 해결책으로 천주교 신자인 도승지 남종삼(南鍾三, 1817-1866)에게 천주교 선교사들을 동원해 프랑스와 연대해 외세를 막을 수 있는 해결책을 마련하라 지시했지만 남종삼이나 선교사들 역시 이를 해결할 역량은 전혀 없었다. 실망한 대원군은 남종삼을 비롯한 천주교 신자들에게 엉뚱한 화살을 돌려 조정 내 반대파와 흉흉한 민심을 무마하려 했다. 결과는 천주교 신자 8,000명에 대한 고문과 처형이었다. 이것이 병인박해(丙寅迫害)다. 천주교는 엄청난 신도들이 순교를 했으니 나라와 민족에 대한 반감이 크지 않을 수 없었을 것이다. 일제강점기에 천주교에서 독립운동에 별로 참여하지 않은 이유를 위 병인박해에서의 억울함과 이를 주도한 유학자, 사대부들 그리고 그들의 나라에 대한 사무친 원한에서 찾는 사람도 있었을 것이다.

우리는 왜 국제적 변동의 회오리를 미리 읽지 못하고 위기 속에서 국력을 모아 밖으로 싸우려 하지 않고 내부로 탓을 돌려 같이 죽는 길을 택하는 것인가? 지금 북한 핵위협과 국제 경제전쟁이라는 위협 속에서 우좌파 진영이 통합 연대해도 어려운 마당에 지금 좌파 정부는 적폐청산이라는 미명하에 과거로, 내부로 총구를 겨누고 공멸의 길을 걷고 있지 않는가? 촛불이 전체 국민을 대표할 수 없고 촛불이 복수하라고 당부한 일도 없는데, 힘을 모으고 나라를 살려야 하는 공적 책무를 외면하고 편 가르기 하고 사적 복수에 혈안이 된 좌파 세력과 영혼 없이 영합하는 일부 공직자들에 의해 국가 파멸의 역사는 또 반복되는 것인가?

죽산 순교 성지 내 그리고 밖에 있는 순례자용 숙소 마당과 진입 도로에는 순례자와 관광객, 그리고 그들이 타고 온 버스 등이 넘쳐 난다. 도탄에 빠진 국민들이 아무 힘도 없는데 의지할 데가 종교밖에 더 있겠는가? 성직자 중에는 국민들의 순종성에 편승해 온정주의의 발로인 양 공금횡령자, 폭력시위자 등을 옹호하고 심지어 교단의 힘을 확장하고 과시할 목적으로 범법자를 숨겨주기도 한다.

성직자 역시 그 자체로서 정의의 사도가 아니며 정의롭게 행동할 때 존경의 대상이 된다. 차라리 모든 정치세력을 전부 포용하는 평등정책을 펼치되 범법자나 정치문제에는 관여하지 않는 정교분리의 원칙을 철저히 지키는 것이 참지도자의 길일 것이다.

성지를 나와 조금 가다 방죽골 마을 길로 들어간다. 농로 좌우로 밭과 논이 펼쳐져 있다. 상당히 긴 농로를 통과하면서 장암천, 중부고속도로까지 가로지른다. 큰 길이 아니라 동네와 동네를 연결하는 농로길이라 차가 없고 길이 딱딱하지 않아 좋다. 이 일대는 소나 가축을 키우는 축사가 많고 그래서 축사의 분뇨 냄새가 지독하다. 하천이나 농수로도 다른 지역보다 오염 정도가 더욱 심하다.

용인이나 충주에서 강이나 들을 뒤덮을 정도로 많이 발견되는 학이나 다른 물새들을 안성에서는 거의 발견하지 못했다. 경북에도 축사가 많지만 산골에 깊이 숨어 있는데다가 당국 등의 훌륭한 지도감독으로 분뇨 처리 기술이 다른 지역보다 더 뛰어나 축사 분뇨 냄새가 없다는 말을 들은 적이 있다.

폐교된 장암초등학교를 지나 마을 길로 들어가 송산리, 광천리, 화봉리를 차례로 지난다. 이곳은 현풍 곽씨(玄風 郭氏) 집성촌이다. 1600년대 현풍 곽씨 가문의 3대에 걸친 효자, 열녀를 기리는 기림비가 있다. 안내판에 따르면 "1665년생 곽천재(郭天宰)는 천성이 정직하고 부모에게 효성이 지극했는데, 모친 전주 이씨의 병세가 깊어지자 그 변(便)을 맛보아 약의 효력을 살폈고, 부모가 돌아가심에 여묘 살이 3년을 죽으로 연명했다. 이 사실이 임금에게 알려져 정4품 봉렬대부(奉列大夫) 품계를 하사받았다. 곽천재의 며느리 이천(利川) 서씨 또한 그 부모에 대한 효성이 지극해 마을에 모르는 이가 없었다. 숙종 임금이 듣고 정려를 내렸다.

곽천재의 손자 곽제두(郭齊斗) 또한 효자로서 모친을 모시고 길을 가다 산적을 만나 몸으로 호위하다 세 번이나 칼에 찔리고도 몸을 피하지 않아 도둑이 놀라 감탄하고 달아났다는 것이다. 이에 나라에서 호조좌랑의 벼슬을 제수했다. 곽천재의 조부 곽방건(郭邦健)과 그 아들 곽종문(郭宗文)은 1592년 선조를 의주까지 호종해 호성공신의 칭호를 받았

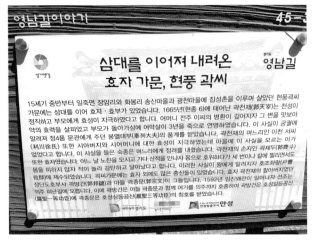

효자 가문 현풍곽씨

다."는 기록이 있다. 또 전설에 따르면 이 마을에 살던 곽사문으로부터 임경업(林慶業) 장군이 축지법을 배웠다고 한다. 또 현풍 곽씨는 임진왜란 당시 의병장(義兵長)으로 맹활약한 홍의장군(紅衣將軍) 곽재우(郭再祐, 1552-1617)를 배출한 가문이다. 본관지인 현풍에 가면 왜병에 대항하다 순사한 곽재우의 사촌 곽재훈(郭再勳)의 아들 4형제 등 12명의 충신 열녀를 모신 12정려각이 있다. 구한말 독립운동가 중에도 현풍 곽씨가 많다. 현풍 곽씨는 우리나라의 대표적 절의(節義) 가문으로 자랑해도 될 만하다고 본다.

마을 길이 끝나면 다시 329번 금일로를 만난다. 그리고 곧 좌측으로 고사리 고개를 넘는다. 풀이 많아 제대로 길이 이어지겠는가 의심까지 하면서 고개를 넘었는데 확 트인 공간이 나타나면서 저 멀리 안성종로기숙학원이 크게 보인다. 학원에는 좋은 대학을 가기 위해 병영처럼 외출외박도 없이 합숙을 하며 면학을 하는 학생들이 가득 차 있을 것이다. 학력도 출중하지만 역사를 관조하고 세계를 호흡하는 인간미가 뛰어난 훌륭한 인재가 많이 탄생하기를 빌어본다.

172

남(進), 듬(處), 길(道)

교육을 생각한다

우리나라 교육은 위선적인 현상이 많다. 초등학교에 들어와서야 한글을 깨치는 아이들은 드물다. 왜냐하면 대부분의 학생이 이미 학교에 들어오기 전에 선행학습으로 다 깨쳐서 오기 때문이다. 반면에 일부 학생은 졸업할 때까지 한글을 모른 채 졸업한다. 교사는 "왜 부모가 이런 것도 안 가르쳐서 학교에 보내는지 모르겠다."고 학부모를 비난한다. 학교에서 가르치고 배워야 할 것은 무엇이란 말인가?

글쓰기는 의사표현의 하나로서 살아가는 데 꼭 필요할 뿐더러 학교생활을 할 동안 성취한 성적의 평가를 위해서도 필요하다. 그럼에도 학교에서 글쓰기를 가르쳐주는 일이 거의 없다. 요즘 학생을 비롯해 청년들 중에 필체가 좋은 사람이 거의 없다. 왜냐하면 학교에서 체계적으로 가르쳐주지 않기 때문이다. 과거 한글과 한자를 습자(習字)하고 영어는 정자체와 필기체까지 배우게 했던 전통은 사라진 지 오래다. 스티브 잡스의 서체 연구를 떠올리지 않더라도 한국인의 예술성과 창조성 빈곤은 습자를 가르치지 않는 한국 교육제도와 깊은 관련이 있다고 본다.

미술, 음악, 체육도 사교육의 영역으로 넘어간 지 오래다. 도대체 학교에서 학생들을 위해 제대로 하는 일이 있기나 한 것인지 되묻지 않을 수 없을 정도다.

전교조를 비롯 일부 교사들이 학생들의 학력평가를 거부한다. 그 이유는 학력평가를 통해 교사들이 줄서기를 당하거나 경쟁에 내몰리는 것이 두렵기 때문일 것이다. 학생들은 적어도 국민으로서 살아가는 데 기본이 되는 자유민주적 기본질서, 타인에게 피해 입히지 않는 한도에서 자유와 권리가 보장되며 남에게 피해를 끼쳐서는 안 된다는 점(己所不欲勿施於人) 등의 기본 도덕성을 가르쳐야 한다. 또 스스로의 정체성 형성을 위한 역사교육과 다른 사람과 소통하고 경제생활을 하는 데 꼭 필요한 국어, 수학 등 기초생활에 충실한 교육이 이루어져야 하는데, 학교는 모든 것을 부모에게 맡기고 자유민주주의 기본가치를 파괴하는 이념 교육에 열중하고 있는 것이 한국 교육의 현실이다. 특히 최근 전교조 출신 일부 교육감들은 특수목적고나 자사고가 불평등을 조장한다는 이유로 거부하고, 미국을 저주하지만, 그들의 자녀들은 대부분 특수목적고나 자율형사립고를 나와 미국 유학을 보내는 경우가 많았다. 고위공직자 취임을 위해 실시되는 인사검증 과정에서 사회 지도층 인사들이 자녀들을 좋은 학교에 입학시키고 좋은 학군에 보내기 위해 위장전입이라는 실정법을 위반한 사례가 쏟아졌다. 오히려 위장전입을 안 한 사람이 바보 취급을 받을 지경이다. 교육에 있어 도덕과 정의의 전도(顚倒) 현상이 심각하다. 평등을 주창하며 불평등을 심화시키는 교육자들의 슬픈 위선이다.

학원 앞으로 해서 동네 길을 걷는다. 동네 길은 그 골목이 그 골목이라 자신이 없다. 과수원에서 일하는 주민들에게 길을 물어물어 마을 길을 벗어나면 318번 일생로를 만난다. 길 모퉁이에 큰 물류창고가 있고 그늘이 좋다. 그늘에 퍼질러 앉아 발을 벗고 쉰다.

위축령비

고갯마루에 올라가면 좌측으로 금산 일반산업단지와 안성축산물공판장이 있다. 이곳에는 많은 식품회사가 입주해 있는데 전부 가축을 해체하거나 고기를 가공하는 회사들이다. 부근에 자주 보이는 물류창고 역시 고기를 저장하는 곳이 많다. 안성은 소를 비롯해서 엄청난 가축을 기르고 도살하고 가공한다. 그래서 도살된 가축들의 넋을 위로하는 위축령비(慰畜靈碑)가 곳곳에 세워져 있다.

남(進), 듬(處), 길(道)

고갯길에는 왼편 가장자리로 붉은 말뚝을 박고 마대까지 깔아 보행자 걷기를 배려해둔 흔적이 있다. 사람이 다니지 않는지 풀이 침범해 별 도움이 못 된다. 언덕을 내려와 묵은행길골로 가는 옛길로 들어가서 살구자리들, 수미들 들판 속에 난 길로 걷는다. 원터들을 질러나간 후 금산교회를 지나면 작은 산길이고, 이곳을 지나면 일생길을 다시 만난다. 여기가 바로 금산리 정류장이 있는 곳이다. 마침 식당도 있어 마음을 놓았는데 일요일이라 그런지 문을

영남길 이정표

열지 않았다. 일단 이곳에서 신발을 벗고 쉬면서 궁리를 해야 한다. 우선 점심 식사할 곳을 찾아야 하고 우리가 걸을 경로 탐색도 다시 해야 한다.

정류소에 자리 잡고 앉아 도철의 지도 검색이 시작됐다. 도철의 지도검색 실력은 감탄이 절로 나온다. 도철이 없었다면 외롭고 무섭기도 했겠지만 길찾기가 힘들어서라도 이번 걷기는 성공이 불가능했을 것이다. 다시 한번 도철에게 감사할 뿐이다.

걸어야 옛 애인을 만날 수 있다　하산전마을 길을 통과해 산길을 넘는 것이 조금 빠르겠다는 도철의 결정에 따랐다. 기가 막히게 맞혔다. 마을 안으로 들어가자 화장실도 있고 묵밥집이 두 개소나 있었다. 한 곳은 주인이 교회 가서 문이 닫혀 있어서 결국 마지막 희망인 문이 열린 집으로 들어갔다.

제대로 찾았다. 이집이 원조 묵밥집이라고 한다. 식당 안에서는 이미 관내 경찰관 일행으로 보이는 분들이 식사를 하고 있었다. 주인은 목에 큰 혹을 가진 할머니셨다. 허리가 굽은 채로 천천히 음식 준비를 하셨다. 수년 전 본 영화 〈집으로〉가 생각났다. 할머니 집에 잠시 맡겨졌던 손자를 버스에 태워 보내고 뒤돌아 집으로 향하는 할머니를 감독은 원경으로 잡는다. 구불구불 산길을 등굽은 할머니가 천천히 그리고 끝없이 걸어 오르는 장면이다. 나의 여인 우리 할머니도 저러셨다. 우리의 모든 여인들도 세월이 가고 늙어지면 저렇게 우리의 심금을 울린다.

식사를 마치고 나오다 자전거를 타고 전국 일주를 하는 중년 부부를 만났다. 길에는 사람이 있구나. 사람은 길을 따라 만나게 되는구나. 걷지 않으면 사람을 만날 수 없구나. 걸어야 옛 애인을 만날 수 있다.

하산전마을회관을 지나는데 담벽에 500년 망이산성 아랫마을 하산전이라 써놨다. 망이산성(望夷山城)은 오랑캐를 지키는 성이란 뜻인데, 그 성이 남쪽을 바라보고 있으니 성을 쌓은 나라는 고구려 혹은 백제일 것이고, 오랑캐는 신라를 뜻하는 듯하다. 왜군도 오랑캐이기는 마찬가지다. 망이산성은 일명 패성(敗城)이라 하는데 당연히 승성(勝城)이 있어야 한다. 임진왜란 당시 망이산성을 차지한 일본군이 죽주성(竹州城)을 지키는 곽재우(郭再祐) 장군에게 패했기에 죽주성이 당연히 승성이 된다.

경기도에서 충청도로 진입　　　산전길도 큰 마을들이 연속되는데 좌우로 대규모 축사들을 보게 된다. 우측에 들을 끼고 약한 경사로를 계속 가다 보면 다시 318번 일생로를 만난다. 길 좌우로 대형 물류창고, 공장들이 많이 보인다. 경기도 이천시 율면 표지판이 보인다. 안성을 벗어나면 남쪽인 충청도로 가야 하는데

　　　　　　　　　　　　　　　　　　남(進), 듬(處), 길(道)

이천이 나온다면 이상하다. 행정구역의 경계를 그으면서 이천이 조금 비어져 들어왔으리라 본다면 곧 경기도를 벗어나 충청도로 넘어갈 수 있겠다. 그래도 많이 왔구나, 꾸준히 걸으니까 한 도(道)를 주파하는구나 하는 성취감이 들었다.

드디어 충청북도 음성군 삼성면 표지판이 나왔다. 한복을 입은 인형 한 쌍과 '생명과 태양의 땅 충북'이라 쓴 조형물을 통과했으니 확실히 충청북도로 들어온 모양이다. 호산 사거리를 건너 부동산 사무실 옆 그늘이 있어 휴식을 취한다. 건너편에 금왕계량소 간판이 보이는 걸 보면 오늘 목적지 금왕읍도 멀지 않았나 보다.

일하지 않는 자 먹지도 말라　　　길 주변 공장마다 일할 사람 구한다는 광고가 많이 보인다. 젊은이들이 원하는 편하고 급여 많이 주는 '번듯한 일자리(decent job)'는 부족해진 지 오래다. 기계와 IT가 인간의 노동을 대체하는데 번듯한 일자리가 늘어날 리 만무하다. 경제는 부가가치의 창출이다. 물론 서비스도 부가가치를 창출한다지만 굴뚝산업이 전제되지 않으면 유통 등 대부분의 서비스는 공허한 것이다. 유일하게 굴뚝산업에는 일자리가 남아도는데도 청년들은 외면한다.

1960-1970년대에는 젊은이들에게 '직업에는 귀천이 없다'는 국민교육을 했다. 젊은이들은 이에 호응해 '공돌이, 공순이'에 긍지를 가지고 경제기적을 이루어내고 가족을 부양했다. 그러나 차츰 부화풍조(浮華風潮)가 만연해 놀고먹으려 하고 책임지지 않는 삶을 살려 하는 사람들이 눈에 띄게 늘어나고 있다.

지하경제 중에 가장 폐해가 심각한 것은 부모가 번 돈을 자식에게 무상 증여해 직장 대신에 먹여 살리는 것이다. 중소기업에서는 구인난이 심각한데도 한편에서 직장 없는 젊은이가 넘쳐나는 미스매치의 주범은 부모의 무상지원이라는 지하경제 때문이다. 예수도 붓다도 말했다. "일하지 않는 자 먹지도 말라"고 했다. 국가는 종교 지도자의 힘만 믿지 말고 건전한 근로의식, 일하는 권리와 의무를 귀에 딱지가 앉도록 교육해야 한다. 열 번 말하지 않은 말은 말하지 않은 것과도 같다.

어재연 장군과 강화도 해전의 전사

산성1리(돌원) 어재연(魚在淵, 1823-1871) 장군 생가 입구까지 왔다. 이곳에서 또 잠깐 동안 경계가 이천시에 속한다. 어재연 장군은 1866년 병인양요 때 강화 광성진에서 프랑스군을 막아 냈고, 1871년 신미양요 때도 강화 광성진에서 미군을 막아내다가 전사하셨다. 위 기간은 병인박해가 지속된 기간과 일치한다. 어재연 장군의 장수 깃발(帥)은 가로세로가 사람 세 길쯤 되는데, 미군이 빼앗아갔다가 현재는 강화박물관에 돌아와 있다.

어재연 생가까지가 경기문화재단에서 안내하는 영남길의 종착점이다. 충청도로 넘어가면 영남길에 대한 안내가 없다. 지방자치단체 간의 유기적인 협조와 연속성이 아쉽다. 그동안의 여정이 경기문화재단에서 정리한 영남길을 그대로 밟아온 것은 아니다. 곳곳에 세워진 경기문화재단의 영남길을 그대로 따라가기는 힘들다. 왜냐하면 걷는 길이라기보다 등산길인 경우가 많기 때문이다.

남(進), 듬(處), 길(道)

색즉시공　　　　　　　318번 도로를 따라가는 동안 안성,

　　　　　　　　　　　음성(삼성면), 이천시(율면), 또 다시 음

성으로 지명이 왔다 갔다 했다. 길은 하난데 사람이 만든 행정구역은 수

시로 바뀌는구나. 세월은 하나로 흘러가는데 왜 사계절마다 해를 나누

어 연말을 찾고 또 새해를 맞이하며 새해 인사를 하고 해마다 생일을 찾

아 먹는 등 호들갑을 떠는 것인가? 인간은 한 몸이 늙어가는데 왜 생각

은 1초에 수만 가지가 스쳐가는 것이며, 한 인간 그대로인데 왜 남들은

사랑했다 미워하고 만났다 헤어지는가? 모든 것이 헛되고 헛될 뿐이다.

　'행복도시 이천, 안녕히 가십시오' 표지판을 뒤로 하고 언덕길을 올

라가면 생극면 표지판이 나온다. 생극리 관말 소류지를 끼고 관성리로

가는 마을 길로 들어선다. 관말이나 관성리나 모두 관(館)마을에서 유래

한다. 조선시대 국립 교통기관인 역관(驛館)에서 마을 이름이 유래했다

고 본다. 도로 이름이 생삼로인 걸 보면 생극 삼성 간 도로인가 보다.

　관성2리 마을앞 버스 정류소에서 잠시 쉰다. 그곳에 관성2리 무술

마을(무수동) 마을자랑비가 서 있다. 조선시대는 경기도 음죽군 무극면에

무술마을 자랑비문

속하다가 1906년 충청도 음성군에 편입되었다는 것과 1968년 이곳 마을 사는 황새 한 쌍이 천연기념물 199호로 지정되었는데 1978년 수컷이 밀렵꾼에 희생되고 암컷은 1983년 서울로 옮겨졌으나 1994년 죽었다는 사실이 자세히 기재되어 있다. 이곳 황새는 텃새였던가. 어릴 적 매년 봄철이면 논에 황새들이 북쪽에서 날아들었다. 자주 보던 철새였다. 황새를 향해 "황새야 황새야, 네 모가지 짧고 내 목은 길다."고 소리치면 황새가 무슨 소린가 싶어 목을 길게 빼던 풍경이 눈에 선한데, 이제 그 모습은 대한민국 어디에서도 영원히 볼 수가 없다는 것인가.

관성리를 지나면 금정저수지가 나오고 편도 1차선 길로 자동차 통행량이 꽤 많은 가운데 약간 오르막 아스팔트 길을 걷는 것이 쉬운 일은 아니다. 좌측으로 길게 펼쳐진 금정저수지 경치를 바라보며 고통을 달래본다. 회사 이름을 새긴 선돌이 서 있고 동네로 들어가는 다리를 건너면 도로와 평행하는 농로길이 있길래 그리로 가보지만 시멘트 포장길이라 힘들기는 별반 다를 바 없다. 그 길조차 곧 끊어져서 다시 생삼로로 복귀한다. 도신교차로에서 생극으로 가지 않고 음성으로 우회전하면서 바로 하천길로 접어들었다. 금왕(金旺)까지 차평천을 낀 제방 길이 펼쳐지는데 가로수가 있어 쾌적한 기분이 든다. 마침 해가 기울면서 그늘이 지고 강바람까지 불어줘서 갑자기 힘을 내면서 씩씩하게 걸어간다. 금왕읍에 가까워지자 산책길은 더욱 잘 다듬어져 있고 산책 나온 시민들, 길 옆 채소밭을 가꾸는 사람들도 보인다.

금왕읍의 추억

군 소재지가 아니면서 그 소재지보다 큰 규모를 자랑하는 취락지역은 군 소재지와 군 명칭을 빼앗긴 데 대해 불만을 가지는 경우가 있는 것 같다.

남(進), 듬(處), 길(道)

청송군의 경우 청송보다 진보(珍寶)가 더 커서 해당 지역민이나 출향인들은 은연중에 청송읍 출신들의 통솔권에 거부감을 가지고 독자행동을 하려는 경향이 엿보인다. 금왕의 경우도 군 소재지인 음성읍보다 더 크다. 금왕읍을 관통해 흐르는 응천(鷹川, 수리내)에 조성된 금왕읍 유래비는 그 자부심의 표현이다. 유래비에는 금왕(金旺)이란 지명은 당초 있던 금목동면과 법왕면을 통합하면서 각 지명의 한 글자씩을 딴 것이고 이 지역이 삼국시대 고구려, 신라가 세력을 다투던 요충지이며, 지금은 금석·무극·용계댐, 중부고속도로가 건설되면서 산업의 중심지로 발전하고 있다고 쓰고 있다.

김정호(金正浩)는 안덕중학교 동기생으로 안덕면 지소(紙所) 출신이다. 지금은 남양주에서 사업을 한다. 오전에 전화로 어디쯤 가는지 물어보더니 오후에는 목적지인 금왕 도착시간에 맞춰 찾아와 저녁을 사겠다고 한다. 이틀이나 두 사람만 걷다 보니 외롭던 차에 반갑기 그지없다. 우선 응천변의 몇 군데 모텔 중 조용할 것으로 생각되는 한 군데를 잡고 빨래를 해서 선풍기에 널었다. 빨래가 끝나기도 전에 정호가 도착했다는 연락이 와서 천변 주차장에서 반갑게 만났다. 뭘 먹겠냐고 묻길래 고기 혹은 따뜻한 국밥을 먹고 싶다고 했다.

장기 여행 중에는 배탈이 나면 큰일이므로 가급적 끓인 음식을 먹어야 한다. 그러나 일요일 저녁이라 그런지 상당히 큰 시장통을 다 뒤져도 문을 연 고깃집이나 국밥집이 없었다. 부득이하게 횟집에 들어가 회와 막걸리를 먹었다. 모텔에 돌아와 누웠는데 갑자기 속이 불편하고 머리가 빙빙 돌았다. 결국 그날 먹은 음식을 다 토했다. 최근 들어 설사를 한 적은 있어도 토한 적은 없는데 분명히 회 또는 막걸리에 식중독균이 침투한 모양이다.

도철에게 물어보니 자기는 괜찮다고 하며 횟집에서 막걸리 마시는 사람이 드문데 아까 그 횟집에서 막걸리를 시키자 주인장 표정이 막걸리가 안 팔려 오래된 것이라 여겼는지 별로 안 내켜 하며 내놓더라는 것이다. 자기는 소주만 마셔서 그런지 괜찮은 것 같다고 했다. 아무튼 정호가 마음 내서 찾아와 대접해준 회는 허망하게 다 토하고 말았지만 식중독 때문에 토한 것을 알게 되면 얼마나 미안해할까 생각하니 이를 알릴 수가 없었다. 걷기 일정이 끝난 이후에도 입 닫고 지냈는데 지평이 하루는 정호로부터 들은 이야기를 해주었다. 금왕에 격려차 가서 저녁을 대접한 것까지는 좋았는데 거기서 먹은 회 때문에 토하고 며칠을 배탈로 고생했으며 우리는 아무 이상 없는지 궁금하지만 물어볼 수도 없더라는 것이다. 그때서야 비로소 지평에게 나도 토한 이야기를 해주었는데 정호에게까지 전달이 되었는지는 아직 확인이 안 됐다.

이곳에는 아직도 포격이 들리는 듯하다

참혹한 전란으로 평화롭던 이 강산이 폐허로 변했다

그 시절 용사들은 전우의 시체를 넘어

저 백마산정을 향해 울부짖으며 돌진해 갔다

세월은 모든 것을 망각하는가

기억하는 이는 점점 세상을 등지고

젊은이들은 무엇을 위해 싸웠는지를 되묻고 있다

이제 우리는 피 흘려 지킨 자유의 소중한 값을 큰 소리로 가르쳐야 한다

이것은 우리 조국의 영생번영을 위한 것이다

통일을 간절히 염원하며 이 전승지를 님들과 후손들에게 바친다

- 1990년 5월 30일, 보병제5사단장 소장 김봉찬(金奉燦)

07시. 도철과 나는 모텔을 나오면서 주인으로부터 무극시장 뒤편 해장국 집을 소개받아 아침 식사를 해결하고 무극초등학교를 지난다. 대금로(대소-금왕간 도로)로 우회전하면 잠시

아파트촌이 나오다가 바로 큰길이 뻥 뚫려 있다. 오르막길을 가다가 엄청 큰 무극교차로를 만난다. 82번 국도 대금로를 37번 생음로가 좌에서 우로 가로질러가는 현장이다. 교차로를 통과해 계속 가면 좌측에 무인 모텔이 있고 작은 언덕을 넘어간다. 이 길은 왕복 4차선의 큰 길이고 대형 트럭이 쉴 새 없이 지나간다.

예순치(육령)를 넘어

언덕배기를 힘들게 오르다 보면 금석 저수지가 나온다. 금석저수지는 육령지(六靈池)라고도 한다. 육령지는 엄청나게 크고 남북으로 길게 늘어져 있는데 산에 가려져 있어 일부만 보인다. 육령지 이름의 유래는 그곳 부용산(芙蓉山) 자락의 두 마을 이름, 즉 육십리(六十里)와 기령리(寄靈里)의 마을 이름 각 한 자씩을 조합해 육령리가 되면서 마을 앞 저수지는 육령지가 되었단다. 우리가 넘어가야 할 육령(六嶺)은 사실 육십령(六十嶺)이 돼야 하는데 육령으로 단순화되었다. 육십령의 좌측 마을이 기령리, 우측 마을이 예순터다. 육십리는 예순터, 예순치라는 순수 우리말의 이두식 표현이다. 그리고 예순치(六十峙)는 그 부근 지명에 호랑이골, (호랑이소리)울림터골이 말해주듯이 호랑이가 많아 예순 명의 사람이 모여야 산을 넘을 수 있다는 의미에서 명명된 이름이다.

금석저수지가 끝나면 육령2리(기령리) 들어가는 입구 상가촌이 나오고 바로 본격적으로 육령 고개가 시작된다. 상당한 오르막길에 그 길이도 길다. 이번 걷기 도정에서 가장 힘들었던 것 같다. 오르막길에다 대형 트럭이 지나가면서 일으키는 바람까지…… 초반부터 몸까지 흔들리며 참 힘들다. 어제 토한 영향도 있다. 속도가 나지 않는다.

도철은 성큼성큼 앞서간다. 나는 아직 발에 물집이 생기지 않았다.

도철은 발바닥에 난 물집 때문에 아침마다 물집을 터뜨리고 살을 잘라내고 약을 바르고 또 테이핑을 하는 고통을 감내하면서 포기하지 않고 나와 동행이 되어주는 것이 고맙다. 매일 아침 시작할 때나 쉬었다 걸을 때는 발이 많이 아프단다. 그러나 조금 지나면 발이 마비가 되어 그냥 걷기는 가능하다고 한다. 길을 가며 가끔 표정을 살핀다.

그는 아픔도 고민도 다 버려두고 무표정 그 자체로 묵묵히 걷는 구도자의 표정이다. 도철은 영주 순흥 출신이다. 영주 시내에 잠시 생겼다 폐교된 고교를 졸업하고 서울대에 합격했고 국내 제일의 금융기관 임원까지 되는 데에는 남다른 의지와 정신력이 뒷받침되었으리라 넉넉히 짐작할 수 있다.

오르막 중간쯤 작은 암자(제평사)에서 한 분이 비를 쓸다가 걷는 우리를 안타까이 쳐다보며 어디까지 가느냐고 묻는다. 고개를 넘어 계속 간다고 하니 꼭 성공하길 바란다고 덕담을 해주신다. 저 멀리 부용산 중턱에는 40번 평택-제천간 고속도로가 엄청난 위용을 자랑하며 지나가는 것이 보인다.

끝날 것 같지 않게 지루하던 육령도 마침내 육령일반산업단지를 지나면서 내리막길이 되고 오생삼거리, 3번 국도 중원대로 밑을 지났다. 3번 국도를 만나는 지점부터 대금로는 신덕로(518번 도로)로 이름이 바뀐다. 음성에서 충주시로 들어온 것이다. 자동차들이 중원대로를 이용하면서 신덕로는 주위에 인가나 공장이 많이 있음에도 차가 거의 다니지 않아 안전에 대해 신경을 덜 쓰고 걸을 수 있다. 대화삼거리에 오니 고속도로와 중원대로의 각 출입로, 골프장 출입로, 교량 등이 어지러이 놓여 있다. 동락초등학교 앞길도 어지럽기는 마찬가지다.

음성지구전투와 김재옥 교사　　　동락지구 6·25 참전 전승비가 크게
　　　　　　　　　　　　　　　서 있다. 한국전쟁 최초 승전지라고
적혀 있다. 자료를 찾아본 결과 음성지구전투는 이곳 동락리와 부용산
넘어 소여리(감우재) 등 음성 일대에서 1950년 7월 5일부터 약 일주일간,
국군 제6사단 7연대가 적 15사단 48연대를 궤멸시킨 전투를 말한다.

　　6·25전쟁 시 북괴의 남침과 동시에 우리 국군은 북한군의 우세한
화력과 예기치 않은 기습침공으로 제대로 싸워보지도 못하고 일방적으
로 밀리다가 이곳 동락리를 포함한 음성지구 전투에서 첫 승전보를 올
림으로써 파죽지세이던 북괴군의 남침 속도를 급격히 약화시키고, 우리
군이 반격하고 유엔군이 참전할 수 있는 시간적 여유를 벌어주어 종국
에는 우리가 승리할 수 있는 전기를 마련했다는 점에서 우리 전사(戰史)
에 큰 의의가 있는 전투이다. 이를 기리는 무극전적관광지가 소여리에
　　　　　　　　　　　　　　　있다.

동락전승비 안내판

　　　　　　　　　　　　　　　승전의 주역 6사단 7연대는 별
명이 초산부대(楚山部隊)다. 그해 9월
인천상륙작전과 함께 유엔군, 한국
군 연합군이 국토 수복을 위한 반격
작전을 펼칠 때 7연대는 가장 먼저
압록강까지 진격했다. 1950년 10월
26일 7연대는 평안북도 초산군 압록
강변까지 진격하여 압록강물을 떠
서 이승만 대통령에게 보냈다.

　　이 전공을 기려 7연대는 초산부
대라는 자랑스런 별칭으로 불리게
된 것이다. 초산은 세종대왕 당시 수

　　　　　　　　　　　　　남(進), 듬(處), 길(道)

시로 침략하는 여진족을 반영구적으로 물리친 파저강 전투(婆猪江 戰鬪)의 역사적 현장이기도 하다. 나의 경우 비록 평화시에 장교로서 복무해 전투와는 무관하기는 해도 강한 전투력과 빛나는 전통을 가진 6사단에서 3년간 복무할 수 있었던 데 대해서는 긍지를 지니고 있으며, 마음속으로는 항상 초산까지 진격했던 선배 장병들의 투혼과 사수정신을 함께하고 있다.

압록강까지 수복한 6사단은 애석하게도 중공군의 인해전술 참전으로 다시 1·4후퇴를 하지 않을 수 없었다. 결국 1953년 정전협상을 거쳐 국토가 반 동강 나는 비극을 겪은 것은 순전히 한반도 공산독재화에 눈 먼 북한 김일성과 중공의 야욕 때문이다.

북한 주체사상(主體思想)에 물들고 반미(反美)에만 눈이 멀어 우리에게 돌이킬 수 없는 인적, 물적 피해를 입히고도 아직까지 사죄와 보상은 커녕 다시 호시탐탐 대한민국의 안보를 노리는 주적(主敵) 북한, 중국 두 집단에 대해 사대(事大)의 굴욕적 자세로 빌붙는 좌파 정권은 우리 국민에게 무엇인가?

모름지기 국가 지도자가 되려면 국민에게 관대하고 적들에게 분노해야 한다. 국민들에게 분노하고 적들에게 굴욕하는 좌파 정부의 행태를 보면서 우파는 분노해야 한다. 국토방위를 위해 배치한 사드 때문에 중국이 우리에게 무역보복을 가하는 것은 내정간섭이요 변형된 침략행위다.

북한의 외교 간부가 우리 기업 대표들에게 "냉면이 목구멍으로 넘어가냐?"고 막말을 할 때 이를 지켜보는 국민들 역시 자존심에 상처를 입었다. 오직 그들의 눈치만 보고 아무런 항의도 못하는 좌파 정부를 보며 국격의 추락, 무력감, 자괴감을 느낀다. 이래가지고서야 국민들이 나라를 살고 싶은 나라, 지키고 싶은 나라로 여길 수 있는가? 6·25전쟁으

동락초등학교 김재옥 교사
현충탑

로 입은 피해감정이 다시 되살아나고 있다.

　동락초등학교에는 김재옥 교사 기념비가 서 있다. 김재옥(1931-1963)은 1950년 6월 동락초등학교로 갓 부임한 처녀 교사였다. 6·25 발발 후에도 학교에 정상 근무 중 북한 괴뢰군이 이곳까지 내려와 진지를 구축하는 것을 목격하고 멀리 매복 중인 7연대까지 걸어가 신고했다. 7연대는 기습공격을 가해 북한군을 섬멸하는 전공을 거두었다.

　이러한 인연으로 7연대 소속 이득주 소대장과 결혼하고 행복한 생활을 영위하던 중, 1963년 10월 전방부대 대대장 관사에서 가족 6명이 괴한의 총탄에 맞아 모두 숨지는 안타까운 비극을 맞았다. 범인 고재봉은 과거 군대시절 대대장의 구두를 훔친 사유로 영창입소 징계를 받은 것에 앙심을 품고 엉뚱하게도 김재옥 가족을 그때 그 대대장으로 오인해 살해한 것이었다.

　동락리부터 큰 들을 지나고 곧 이 들에 물을 공급하는 신덕저수지

　　　　　　　　　　　　　　　　　　　　　　남(進), 듬(處), 길(道)

를 만난다. 신덕저수지 옆으로 마을 표지판이 곳곳에 있는 것을 보면 많은 마을이 있나 보다. 큰 못과 큰 들이 있으니 크고 작은 마을에 사람들도 많이 살고 있으리라. 저수지 주변으로 휴게소도 있고 관광객이 많지는 않아도 가끔 보인다. 신덕지 끝나는 지점에 용원낚시터가 있다. 이후 신작로는 거의 일직선으로 뻗어져 있고 길 좌우로 가로수가 벚나무인지 느티나무인지 몰라도 잘 조성되어 있다. 중간중간에 버스정류소가 있고 벤치가 설치되어 쉴 만하다. 두 번 정도 버스정류소에서 발을 벗고 쉬었다.

신니(薪尼)면사무소 건너편 중국집에서 점심을 먹었다. 이번 걷기 12박 13일 중 식사로 중화요리를 먹은 것은 단 두 번이다. 실내에 들어갈 때는 선글라스 대신에 평상시에 사용하는 안경으로 바꿔 쓰는 버릇 때문에 식사를 마치고 한참 걷다가 선글라스를 두고 온 것을 알고 찾으러 되돌아갔다. 장거리를 걸을 때 가장 피하고 싶은 것이 왔던 길을 되돌아가는 것인데 도리가 없다.

신니면사무소에서 주덕읍 소재지까지 광활한 평야 사이로 가로수가 잘 정비된 신덕로가 달린다. 도로 곳곳을 파헤쳐 보수공사를 하면서 트럭들이 분주하게 움직이고 있다. 다른 지역에 비해 충주시가 예외적으로 많은 토목공사를 하는 것을 보고 '충주시는 왜 이렇게 예산이 많은가?' 하는 의문과 동시에 한편 예산의 다과가 아니고 다른 지자체들이 따놓은 예산을 제때제때 집행하지 않다가 연말에 몰아서 집행하는 구태를 벗어나지 못하는 반면에 충주시는 사전에 미리미리 예산을 잘 집행하는 바람직한 사례인지도 모른다는 추정도 해보았다. 주덕 입구에 큰 수퍼마켓이 있어 그곳에서 생수도 사고 아이스크림도 사 먹었다. 주인이 먹는 것은 밖에 나가 먹으라 해서 부득이 햇볕이 내려 쬐는 땡볕에 서서 아이스크림을 먹을 수밖에 없었다.

주덕오거리를 지나 요도천(天桃川) 천변길을 걷기로 했다. 주덕(周德)은 신시가지 외에 상가가 밀집한 구시가지가 있었다. 구시장길을 뚫고 나가서 좌회전해 신양교차로 밑으로 해서 요도천변 길을 걷는다. 대소원 면소재지, 대소원초등학교, 첨단교, 장대교를 차례로 지난다. 요도천 남단 길에서 흑평교를 건너 북단을 걷는다. 그 일대에도 엄청난 토목공사가 진행되고 있었다. 충주톨게이트 다리 밑, 중부내륙고속도로 밑을 차례로 지났다. 곧 한국교통대학교 입구 다리 건너 대학촌에 다다랐다. 저녁 무렵이라 학생들이 쏟아져나오고 있었다. 학생들 중에는 제복을 입은 학생들이 많았다.

이미 충분히 피곤했으므로 그곳에서 먹을 곳과 잠자리를 찾으려 대학촌길을 찾아다녔으나 대부분 원룸이거나 신축 중인 건물들이라 적당한 곳을 찾을 수가 없었다. 부득이 충주 시내로 가서 숙식을 해결하기로 했다. 3번 국도와 달천이 만나는 곳에 있는 대형 주유소를 들어가 화장실도 이용하고 청주 시내 가는 택시를 불러달라고 부탁했다. 택시를 타고 충주역전으로 가자고 했다. 충주 역전은 모텔들의 숲이었다. 이면 도로에 있는 깨끗한 모텔을 잡았다. 출발하기 전에 각지 모텔을 이용할 때 혹시 외지인이라 방값을 바가지 쓰지 않을까 염려되었는데 어디를 가나 걱정할 필요가 없었다. 왜냐하면 모텔이란 게 어차피 객지인들을 위한 시설이기 때문이다. 전국 모텔 방값은 1박에 4만 원. 거의 통일가격이었다. 좀 노후한 방은 3만 5천 원을 받기도 하고 특실은 5만 원을 받았다.

마침 도철이 반창고와 연고 등 약품이 떨어졌다고 해서 씻기 전에 약품도 사고 저녁도 먹기로 했다. 친절한 여주인에게 물어본 결과 약국이 부근에는 없고 걸어서 10분 정도 거리에 있는 시외버스 터미널 앞에까지 가야 한단다. 이렇게 피곤한 상태에서 다시 10분을 걸어야 한다니 절망감이 몰려온다. 그러나 부득이한 일이라 터미널 앞까지 걸어서 가

남(進), 듬(處), 길(道)

는데 체감거리는 1시간 이상이다. 충주의 지리를 이해하지 못해 벌어진 일이다. 역전은 모텔촌일 뿐 주택가가 형성되지 못한 곳이었다. 반면에 터미널 앞에는 새로 지은 대규모 아파트 단지에 대형 마트가 있었다. 일단 약품을 구입한 다음 적당한 식당을 찾아 또 한참 헤맸다. 오삼불고기와 소주로 저녁을 해결하고 이번에는 택시를 타고 모텔로 돌아 왔다.

일정을 앞당기다

저녁을 먹으면서 그동안 걸어온 길과 앞으로 걸어야 할 길을 재점검한 결과 예정한 일정을 더욱 단축할 수 있을 것이라는 자신감이 생겼다. 이미 장덕회 기타 관심을 가진 몇몇 분들이 5월 27일(토) 부남(府南)에 도착하는 것으로 알고 있어 그분들에게 다시 변경된 일정을 통보했다. 모두 별탈 없이 걷고 있다는 데는 다행으로 생각하면서도 일정을 앞당길 경우 선약 때문에 부남까지 오기는 힘들다며 난색을 표한다. 어차피 혼자서 외로이 걷기로 한 여정이고, 도철이 줄곧 함께 걸어주는 것 만으로도 망외의 기쁨이었다. 안 그래도 이미 많은 분들로부터 충분히 성원을 받았으므로, 또 멀리 부남까지 시간 맞춰 오시면 너무 과분한 격려라 생각했는데 오히려 잘 되었다고 위로해드렸다.

듬 엿새째 날(5. 16. 화)
충주 달천에서 수안보 상록호텔까지, 34,000보 25킬로미터

나라를 위해 목숨 바쳤으니 외로운 충성심 더욱 뛰어나므로 그 공적과 은혜를 보은
하고자 특전을 베풀 것을 선포한다. 정예함과 용맹한 자질을 갖추고 대열의 선두에
서서 창극을 휘두르며 앞다퉈 용맹하게 앞으로 나아가 적진을 함몰시키고 적의 예봉
을 꺾음에 있어 목숨 다침을 고려치 않았도다. 그 죽음의 의로움을 특별히 슬프게 여
겨 제사를 올리는 은혜를 베풀고자 한다. 영령한 영혼이 계시면 나의 깊은 뜻을 너그
럽게 헤아려주소서.

- 세종실록(1433년 5월 17일)

　　　　　　　　　　　　충주 역전 모텔은 시설이 아주 우수
해 자고 나니 기분이 좋다. 부근 해장국 집에서 아침을 먹고 택시를 타고
달천주유소까지 갔다. 달천대교를 건너면 바로 자전거길로 내려갈 수
있다. 달천대교 옆에는 몇 기의 조선시대 충주목사 공덕비가 모여 있다.
달천변을 따라가다 강둑으로, 다시 철길을 지나 달천동 동네길로 질러
간다. 달천동은 임경업(林慶業, 1594-1646) 장군의 고향 마을이다. 달천은
북상해 남한강을 만나며 삼강(三江) 지형을 이룬다. 대동여지도에 따르

면 남한강 아래 서쪽은 금천(金遷)이란 절벽이고 그 건너편, 즉 달천 동안(東岸)이 탄금대(彈琴臺)다.

신립과 김여물 삼대(三代)

임진왜란 당시 신립(申砬, 1546-1592) 장군은 왜 이곳에다 배수진을 쳤을까? 그는 북방 야인과의 싸움에서 기병전으로 연전연승한 경험 때문에 기병전을 펼칠 요량으로 왜군을 평야지대로 끌어낸 듯하다. 왜군이 가진 조총의 위력을 예상치 못한 것이다. 상대방의 무기를 제대로 파악하지 못한 정보전에서의 실패, 그리고 전장에서 결코 있어서는 안 될 자만심이 패배의 원인일 것이다.

김여물(金汝岉, 1548-1592)은 신립의 종사관으로 전투에 참여했다. 신립에게 군사력의 열세를 직시하고 문경새재의 높은 지세를 활용해 방어할 것을 강력히 건의했지만 신립이 탄금대에 진을 치자 패배를 예견하고 자식에게 난을 피해 도망가지 말 것을 유언하고 용전분투 끝에 죽었다. 유언을 받은 자식이 바로 인조반정(1623)의 핵심 김류(金瑬, 1571-1648)다. 그러나 김여물의 손자 김경징(金慶徵, 1589-1637)은 병자호란 때 강화도 방어 책임자였음에도 아무런 근거도 없이 청군이 강화도에 침공하지 않으리라 오신하고 무대책으로 일관했다. 그러다 청군이 침입하자 아녀자들로 하여금 자결을 강요하고는 자신은 목숨을 부지하는 어처구니없는 처신을 했다. 대를 이어 가문의 전통과 긍지를 지켜내려 온다는 것도 어지간히 굳센 의지와 각오의 결행이 없고서는 안 되는 일일 터이다.

유주막 그리고 유영길 형제

달천동에서 마을 길을 벗어나 강변길로 들어서면서 달천과 함께 길이 동남향한다. 단월(丹月)강수욕장 안내판을 지나 중원대로 옆으로 조성된 보행로 겸 자전거도로를 이용한다. 유주막 삼거리부터는 중원대로를 벗어나 유주막로를 걸어야 한다. 유주막(柳酒幕)은 임진왜란 당시 강원도 관찰사이던 유영길(柳永吉, 1538-1601)이 노후에 머물던 곳이라 해서 류(柳)주막이라 명명되었다 한다. 유영길은 여주 신륵사를 잘 방어하고 있는 군사들을 춘천으로 호출해 왜군의 진군을 용이하게 했다는 이유로, 그의 동생 유영경(柳永慶, 1550-1608)은 정유재란 때 가족을 먼저 피신시

유주막 이정표

남(進), 듬(處), 길(道)

달천의 물새들과 건너편의 갈비봉

컸다는 이유로 각 파직된 일이 있다.

　이곳 달천은 강 면적이 넓고 물이 맑아서 그런지 물새들의 숫자가 다른 곳에 비해 엄청나게 많다. 넓은 강변에 햇볕을 받아 반짝이는 강물 그리고 눈이 부시는 돌과 자갈, 그 위에 무리지어 앉아 있거나 날아 오르는 새들 때문에 한 폭의 수채화를 연상시킨다. 평화로운 정경에 눈길을 쉽게 떼기 어려워 한참을 넋을 잃고 바라봤다.

대림산성과 김윤후 장군

창골 정류장을 지나면서 사단법인 예성문화연구회 명의의 "이야기가 있는 생태문화 탐방로" 안내판을 만난다. 대림산성, 그리고 임경업 장군 이야기가 적혀 있다. 대림산성은 고려조 충주성으로 비정(比定)하는 충주 일대에서는 가장 큰 성(大城)이다. 대림산성은 1232년 몽고침입 시에 용인 처인성(處仁城)에서 몽고 장수 사리타(撒禮塔)를 활로 쏘아 죽인 승려 출신 김윤후(金允侯) 장군이 1253년 몽고군이 다시 침략했을 때에는 이곳 충주성에서 결사 항전해 몽고군을 격퇴함으로써 몽고군이 더 이상 남하를 하지 못하도록 막아낸 상무사수(尙武死守) 정신의 현장이다.

달천동과 임경업 장군

임경업(林慶業) 장군은 이곳 달천동에서 태어났고 그의 묘소는 달천 건너 갈비봉에 있다. 그의 부인 전주 이씨는 청나라에 포로로 잡혀갔다가 임 장군에 누가 될 것을 염려해 자결했다. 임장군은 1594년 임진왜란 발발 직후에 태어났으니 7년간 지속된 임진왜란의 참상을 겪고 들으며 성장했을 것이다. 어려서부터 나라를 지키겠다는 일념으로 무술훈련에 전념했다. 이곳 정심사(靜深寺)에는 높은 암벽을 세 번 만에 뛰어오르며 연습했다는 삼초대(三招臺)가 있다.

임 장군은 1618년 무과에 급제하고 1624년 이괄의 난을 진압해 이름을 떨쳤으나 정치적 소신이 당시 국제상황과 맞지 않았다. 멸망 직전

문화생태탐방로
(삼초대)

남(進), 듬(處), 길(道)

의 명(明)을 구하고 떠오르는 청(淸)을 배척하는 소위 배청복명파(背淸復明派)였다. 이미 높아진 명성으로 인해 청의 요구로 명나라를 토벌함에 있어 늘 차출되어 나갔으나 오히려 명과 연락하고 청에 비협조적이었다. 조선이 청에 항복하자 명으로 망명해 명과 합세해 청을 공격하려 했다. 이러한 임 장군의 반청행위를 알게 된 청은 임 장군의 처벌을 조선에 요구하고 그의 부인을 끌고 갔다.

조선은 명이 응하지 않을 줄 알고 형식적으로 임 장군의 신병 인도를 요구했는데 명이 예상을 깨고 인도를 승낙했다. 조선에 인도된 임 장군은 날조된 역모죄에 걸려 살해되고 말았다. 임 장군의 마지막 말은 "천하 일이 안정되지 않았으니 죽을 수 없다."였다. 나라를 위해 헌신하고자 했으나 국제환경을 오판했고 국내 정치기반이 박약해 제대로 군사를 이끌고 나가 청나라와의 전쟁을 치러보지도 못한채 억울하게 살해되고 말았다.

그래도 사심(私心) 없이 상무사수(尙武死守)의 정신을 잃지 않았고 어려움에 처했음에도 배청복명의 신념을 흔들림 없이 초지일관 견지한 점은 높이 평가할 만하다. 후세 사람들도 사당을 세우거나 기도의 대상으로 삼는 등 임 장군의 꿋꿋한 정신을 높이 기리고 있다.

곧 설운천에서 향산교를 건너 향산리를 향해 산길을 올라간다. 대향산 등산로 입구를 지나면서 유주막길이 3번 국도 중원대로와 나란히 가다가 없어져버린다. 중원대로를 엄청난 속도로 달리는 자동차의 위협을 받으며 힘들게 올라간다. 부근 도로 이름 중에 '설운장 고갯길'이다. 이 고개 이름이 설운장 고개인가 보다. 호음실 삼거리를 거쳐 문산 삼거리를 지나면 왼쪽으로 살미면 소재지 취락지와 농지들이 평화롭게 보인다. 4차선 국도변임에도 갓길이 좁아 위험을 느낄 만하다. 완만한 내리막길로 가다 문강온천, 괴산으로 빠지는 19번 국도 연결로 밑을 지나고

향산리 입구 쉼터에
설치된 자전거길
이정표

나면 우측에 식당이 몇 개 보인다. 첫 집 이름이 약수터 집이다. 이곳에
서 시골밥상 점심을 먹었다. 상당히 넓은 실내에 손님이 빼곡하다. 주로
현지 농사를 짓는 분들이 집에서의 식사 준비가 힘들어 이곳 식당들을
이용하는 듯하다. 좀 충분히 휴식을 취하고 싶었지만 손님이 계속 밀려
들어와 부득이 일찍 일어났다.

갈마라는 지명의 유래　　　　　수안보휴게소부터 오르막인데 갈마
　　　　　　　　　　　　　　　　가든이란 식당 간판이 보여 혹시나
하고 대동여지도를 찾아보니 과연 이 고개 이름이 갈마재(渴馬峴)이다.
전국에 산이나 고개 중에 갈마란 지명이 산재하는데 말(馬)과는 아무런
관계가 없다. 산의 모양이 갈모(笠帽, 갓을 보관하는 뾰족한 상자)처럼 생겼기
때문에 이를 이두식으로 갈마라고 기재한 것일 뿐이다. 도로가 내리막
이 되면서 급우회전하기 시작하고 곧 좌측 저멀리 첩푸산(積寶山) 중턱에
경찰종합학교가 위용을 자랑한다. 이곳 지명은 수회리(水回里)다. 한글

　　　　　　　　　　　　　　　　　남(進), 듬(處), 길(道)

새재 자전거길(향산리)

지명을 보고 수안보에서 북상하는 석문동천과 중산리 저수지에서 내려
오는 고운천 등 2개의 물이 만나(水會)는 수회리 즉 양수리(兩水里) 계열
지명인 줄로 이해했었는데, 알고 보니 석문동천이 북상하다가 갈마재에
가로막혀 원통마을을 끼고 완전 남향으로 물길을 바꾸었다가 다시 강진
후산을 끼고 재북상하는, 즉 물돌이(水回) 계열의 지명이었다. 이곳에서
교육받은 경찰관들은 오직 멸사봉공(滅私奉公)의 정신으로 직무에 충실
해야 하며 사적 이익을 좇아 수회(收賄)하는 일이 있어서는 안 된다.

3번 국도가 역(逆) S자를 그리며 수회리를 안고 빠져나오면 이때부
터 오르막 고갯길이 시작된다. 고갯길은 수회리 남쪽이자 수안보 북쪽
에 있는 첩푸산(積寶山)과 수안보의 서북쪽에 위치한 주정산(周井山) 사이
로 석문동천이 흐르는데 주로 석문동천과 나란히 오르막으로 올라간다.
원통마을 입구에서 좌측 길이 사라지므로 부득이 우측통행으로 바꿨다.
국도 저 아래 석문동천을 따라가는 좋은 길이 보이는데 어디까지 연결

되는지 몰라 그 길을 이용할 엄두를 차마 내지 못한 채 국도를 따라 간다. 길 우측편으로 자전거도로가 나타나 나란히 가므로 자전거길을 이용할 수 있다. 원통교 다리를 지나면 자전거 쉼터가 있는데 스테인리스 꿩 조형물이 인상적이다. 석문동천, 자전거도로, 국도가 나란히 달리는 이 길은 좀 가파르긴 해도 주변 경치와 공기가 좋아 쾌적한 느낌을 준다.

갑자기 자전거도로가 사라지는데 아마 자전거도로를 낼 형편이 못돼서 자전거 여행자도 국도를 이용해야 하나 보다. 마당바위 쉼터에서 다시 자전거도로가 나오는데 도로 이름이 수안보로다. 3번 국도를 버리고 수안보로를 이용해 자전거 길을 걷는다.

오늘 숙박할 수안보가 거리로는 얼마 남지 않았는데 도대체 거리가 줄지 않는 것을 보면 많이 지쳤나 보다. 한화리조트, 스키장 삼거리를 지나고 나면 드디어 수안보 시내다. 퇴직 공무원으로서 연금 대상자이므로 공무원연금공단에서 운영하는 상록호텔로 들어가 방을 달라고 했다. 아뿔싸! 방이 다 나가고 특실 1개만 남았단다. 다시 나와서 다른 숙소를 구할 힘도 없다. 평소 숙박비의 5배를 주고 아주 넓은 방을 도철과 내가 각 1개씩 차지하고도 가운데 응접실이 남았다.

고사리면 온정동 동규절목

남(進), 듬(處), 길(道)

지평과 경래가 이곳까지 내려왔다. 김용승 전 교문수석도 왔다. 이미 언급한 것처럼 세 사람과는 특별한 인연이 있는 것인데, 그들은 같이 걸어주지 못하는 점을 못내 미안해한다. 나는 그들이 멀리 이곳까지 찾아와준 우정에 감격한다. 식사 전에 다 함께 대중탕에 들어가 온천 목욕을 했다.

　　나와서 소망석(所望石)을 구경했다. 소망석은 구멍이 뻥 뚫린 바위다. 설명문에 따르면 옛날 가난한 젊은이가 음식을 구하지 못해 어머니께 물고기라도 잡아 대접해 드려야겠다 마음먹고 물가에 나가 그물을 던졌더니 갑자기 구멍 뚫린 바위가 나타나 그 구멍에 물고기와 금은보화를 가득 담아와서는 그물에 쏟아 담아주었다고 한다.

　　이렇게 소원을 들어주는 구멍 뚫린 바위를 두 개나 채굴해 전시할

수안보까지 찾아온 친구들(왼쪽부터 지평, 김용승 전 교문수석, 필자, 조경래)

수안보 소망석

한우갈비 뷔페식당에서 친구들과 저녁 식사

수 있다는 것만으로도 수안보 사람들은 행운이다. 지구상에 구멍 뚫린 바위는 많이 있지만 주로 화산 용암이 나무 등을 감싸고 있다가 나무가 썩어 없어져 생긴 경우 또는 바다 파도가 바위를 끊임없이 계속 갉아먹어 구멍이 생긴 경우가 대부분이다. 이것처럼 민물 속에서 독립된 바위에 구멍이 생기고(pothole) 그 구멍 속에 단단한 돌이 들어가고 그 돌이 물길 흐름에 의해 구멍 속에서 부단히 움직이며 구멍을 깊고 넓게 내다가 마침내 뻥 뚫리는 경우란 대단히 드문 사례로 보인다. 청송 백석탄에도 포트홀이 있고 순창 동계에도 요강바위가 있지만 밑창까지 다 뚫지는 못했는데, 이곳 소망석은 완전히 막창이 난 경우라 더욱 경이롭다.

남(進), 듬(處), 길(道)

듬 이레째 날(5. 17. 수)
수안보 상록호텔에서 문경온천까지, 38,000보 26킬로미터

예부터 경상도에서 장상(將相), 공경(公卿)과 문장과 덕행이 있는 선비와 공(功)을
세웠거나 절의를 세운 사람, 선도(仙道), 불도(佛道), 도교(道敎)에 통한 사람들이 많
이 나와서 경상도를 인재의 광(庫)이라 한다. 의리를 밝히고 도학을 중히 여겨 비록
외딴 마을, 쇠잔한 동네라도 글 읽는 소리가 들리며 해진 옷을 입고 누추한 집에 살아
도 모두 도덕과 성명(性命)을 논한다.

– 이중환(李重煥, 1690-1752),《擇里志》

심온의 합류

아침에 일어났더니 고교 동기인 황시
봉(黃時鳳, 호 심온(諶瘟))회계사가 호텔
앞에 도착했단다. 대학 재학 중 일시나마 같은 하숙집(봉천동)에서 지내
기도 했다. 무엇보다 폐쇄되고 폭력적인 북한 공산독재세력이 우리 자
유민주주의체제를 위협하고 있는 말도 안 되는 현실을 시급히 해결해야
한다는 시대인식을 같이 하는 평생 동지(同志)다. 너무 반갑고 고맙다. 차
를 몰고 밤을 새워 수안보로 왔단다. 오늘부터 어디까지가 될지는 모르

지만 함께 걷겠다고 한다. 승용차는 당연히 상록호텔 주차장에 계속 주차해둔 채 말이다.

호텔 앞에는 올갱이 해장국을 하는 식당이 3개 있었다. 그중 제일 첫 번째 집으로 들어가 올갱이국을 시켰다. 충청도 올갱이는 청송 올갱이보다 조금 큰 듯했고 좀 더 흙냄새가 많이 나는 것 같았다. 그래서 조리할 때 양념을 더 많이 넣는 것 같았다. 심온은 벌써 식사를 하고 왔기에 나와 도철만이 맛있게 올갱이국 한 그릇씩을 비우고 가벼운 마음과 몸으로 출발했다.

걷기가 벌써 7일째다. 처음 며칠간은 육체적으로 힘든 것보다 마음속 갈등 때문에 힘들었다는 점을 고백하고 싶다. 괜히 걷기로 했다. 지금 그만둬도 누가 시비 걸 사람도 없는데 내가 왜 이런 고생을 사서 하나 하는 포기하고픈 유혹이 자주 일어났었다. 이제는 그냥 걷는 것이 습관화되어가는 것 같았다. 아침에 일어나면 걷고 저녁이 되면 그만두고 잔다. 도무지 생활인지 생존인지 모르는 극히 단순함이다.

고통을 넘어, 현실을 넘어　　　도철은 오늘 아침에도 거창한 공사를 했다고 한다. 그는 걷기 시작한 지 며칠 지나지 않아 너무 일찍 발바닥 여기 저기에 물집이 생기고 그것이 터져서 더 아프고 터진 물집 속에 또 물집이 생기고 그 아픈 고통은 말할 수 없다고 한다. 다만 아침마다 또는 걷는 중간에 물집을 잘 떼어내고 약을 바르고 반창고를 붙이는 작업(이것을 도철은 공사라고 명명했다.)을 하고 다시 걷기 시작하면 약 10여 분 고통이 있으나 곧 무감각해진다고 한다. 그 역시 습관적으로 길이 있으니까 걷는다고 한다. 어느 방면이나 일만 번 이상의 반복이 행해지면 숙달이 된다고 하는데 도철도 이미 걸으면

　　　　　　　　　　　　　　　　남(進), 듬(處), 길(道)

서 도가 통했나 보다. 그와 같이 걸으면서 가끔 그의 얼굴을 본다. 무표정한 얼굴이다. 눈길은 늘 약간 저 멀리 하늘을 쳐다보고 걷는다. 희노애락을 초월한 경지다. 그에게서 발의 고통을 읽을 수 없다. 걷자고 제의하고 유혹한 나를 원망하는 얼굴이 아니다. 그런 도철의 얼굴에서 나의 어머니 얼굴이 겹쳐진다. 2012년 말 어머니는 의사로부터 말기암 진단과 함께 여명 1개월이라는 판정을 받으셨다. 죽음에 관해 어떠한 말씀도 없으셨다. 다만 약간 먼 산을 바라보는 표정 속에서 생로병사를 초월한 무표정의 표정을 읽을 수 있었을 뿐이다.

목건련은 신통제일의 별칭을 가진 불타의 제자로서 신통력을 통해 돌아가신 어머니가 아귀계에 빠진 것을 볼 수 있었다. 그래서 부처님에게 청원해 지옥까지 찾아가 어머니를 구제할 수 있었다. 지장보살 역시 불타의 제자로서 지극한 기도로 어머니를 개과천선시켜 지옥에 들어가지 않게 구제했다. 그리고 지옥에 있는 중생들을 모두 구제할 때까지 성불(成佛)하지 않고 그들을 구제하기로 서원(誓願)했다.

동국대 총장을 역임하신 백성욱(白性郁) 박사는 금강경을 자주 읽으면 내세를 바라보는 신통력이 생긴다고 했다. 프랑스 학자 자크 아탈리는 누구나 매일 5분씩 훈련하면 자신의 미래는 물론 가족과 기업의 앞날, 국가의 운명까지 내다볼 수 있다고 주장한다. 사람들의 발언 중에 당시 일반인의 평가 수준에서 황당하게 들리는 것도 한참이 지난 후에 실재하는 것으로 입증되는 경우가 많다. 신통력도 그중의 하나라 본다. 신통력이 실재하지 않고서야 인간이 어찌 신통력이라는 개념을 말하겠는가? 일반인들에게 친하지 않은 몰입의 문제다. 몰입에 훈련된 사람은 문제의 근본에까지 파고들어가 잠재력을 최대한 끌어올리면 풀 수 없을 것 같은 문제도 풀 수 있는 것이다.

국민이 한마음을 모으면 없던 신통력, 없던 폭발적 힘이 발휘되리라 확신한다. 우좌파가 한마음을 모으지 않으면 통일은 없다. 불쌍한 북한 주민을 구제하고 세습 압제자를 처벌하는 통일을 이룩해야 한다. 그리 되면 나의 어머니를 비롯한 이 땅을 살다간 조상님들이 통일된 조국 낙토에 인도환생하시고 당시에 못다 한 행복을 누릴 수도 있을 것이다.

돌고개와 박석고개

읍내 길(온천중앙길)을 따라 우체국, 시외버스정류장을 지나 천주교 수안보 성당을 우측으로 두고 큰 길로 들어서면 읍내를 벗어난다. 완만하게 오르막을 시작한 길이 점점 가파르게 올라가다가 얼마 안가서 내리막길이 나오고 눈앞에 넓은 들이 펼쳐졌다. 이곳이 박석고개다.

박석고개란 지명은 전국에 아주 많다. 고개 주변에 돌이 많으면 그냥 돌고개(石峴)라 한다. 나의 고향 홍원리 갱빈마 앞 홍개 건너 고개 이름도 돌고개(石峴)다. 고개 길 주위 밭이나 산에 선사시대 고인돌(支石)이 많이 있었기 때문이다. 어릴 적에는 고인돌이 더 많이 있었다. 내가 고향을 떠난 한참 이후에야 나라에서 선사 문화재로 지정하고 보존에 힘쓰고 있지만 이미 많은 숫자가 없어진 상태다.

박석고개는 돌고개와 다르다. 즉 박석고개는 얇을 박(薄) 자가 앞에 붙은 데서도 알 수 있듯이 얇은 돌을 고갯길에 깔았다는 뜻이다. 토질이 진 곳에 인공적으로 돌을 깔아 길을 만든 고개를 박석고개라고 한다. 돌고개는 자연적으로 돌이 많은 고개라면 박석고개는 인공적으로 돌을 깐 고개라고 할 수 있다.

남(進), 듬(處), 길(道)

조정철과 홍윤애의 슬픈 사랑

곧 우측으로 난 대안보1길 좁은 마을 길로 꺾어 들어가는데 대안보리에 (사)예성문화연구회에서 작성한 문화생태탐방로 제2코스 소조령길 안내판이 있고 현 위치가 조감사묘라고 한다. 조감사는 1813년경 충청감사를 역임한 조정철(趙貞喆, 1751-1831)을 말한다. 1775년 과거에 급제했으나 1777년 장인 홍지해(洪趾海, 1720-1777)의 역모죄에 연루되어 제주도로 유배되었고 부인 남양(南陽) 홍씨는 자결했다. 또 다른 안내판에는 조감사의 제주도 유배시절 홍랑(洪娘)과의 기구한 사랑 이야기가 적혀 있다. 조정철은 그의 종조부(趙觀彬, 1691-1757), 부친(趙榮順, 1725-1775)까지 제주로 유배를 온 바 있어 양주(楊州) 조씨 집안은 참 기구한 운명이기도 하고 제주와 깊은 인연이 있다고 할 것이다.

조정철은 유배지의 삼엄한 감시 속에서 기아와 질병의 고통을 겪고 있었는데, 이웃의 향리 홍처훈(洪處勳)의 딸 홍윤애(洪允愛)가 잘 돌봐주었고 결국 서로 사랑하게 되어 딸도 낳았다. 조정철과 홍윤애 사이에 난 딸의 후손은 아직 제주에 살고 있다. 유배 5년차 1781년 당시 집권한 소론파는 그 일파인 김시구(金蓍耉, 1724-1795)를 제주목사로 보내 노론 출신 정승 조태채(趙泰采, 1660-1722)의 증손인 조정철을 죽이라고 명령했다. 김시구는 일단 허위 죄목을 씌워 조정철을 가둔 다음 홍윤애를 잡아와 가혹행위를 해서 조정철에 대한 허위 증거를 만들어내려 했다. 홍윤애는 고문을 버티다 목을 매어 죽어 조정철을 보호했다.

이후 제주에는 가뭄, 폭풍 등 자연재해가 계속되었는데 시민들은 홍랑(洪娘)의 원혼이 내리는 저주라고 믿었다. 이에 더해 김시구가 홍랑을 심문하며 성적 학대를 했다는 소문까지 퍼지면서 제주의 민심은 더욱 흉흉해졌다. 그 소문이 중앙에 알려져 결국 김시구는 교체되고 조정철은 풀려났다.

조정철은 만 29년 동안 귀양생활을 하다 1809년 복권되고 1811년 전라도 방어사 겸 제주목사로 제주에 다시 온다. 그는 이미 시집간 딸을 찾아 잘 보살펴주고, 죽은 홍랑을 위해 그 무덤에 애틋한 정을 담은 비석을 세워 짧게 끝나버린 깊은 사랑을 기리고 절의를 표창했다. 홍랑의 언니도 남편이 죽자 따라 죽었다고 한다. 두 자매의 굳은 절개는 칭찬받아 마땅하다.

고사리, 흥천사와 어사 박문수   마을을 벗어나 가로 막는 석문동천을 안보교로 건너 다시 수안보로를 만난다. 국도3호선 중원대로 밑(월악산 교차로)을 통과하고 나면 농로와 중원대로가 나란히 달리는데, 농로 길을 한참 걷다 보면 은행정 오거리가 나오고 여기서 새재길로 좌회전한다.

은행정 오거리에는 발화마을, 사시마을, 흥천사, 수옥정 표지판이 보인다. 발화마을은 벼랑(崖)골을, 사시마을은 사이골을 억지 한자로 표시한 이름이다. 그래도 과거 보는 길을 되짚어가는 여정이라 사시란 말이 나의 머릿속에서 자꾸 사법시험의 준말 사시(司試)와 겹쳐지는 것을 피하기 어렵다. 소조령을 넘어가면 이화여대 수련원, 그리고 고사리다.

고사리 길 저편에 흥천사(興天寺)가 있지만 길에서 조금 떨어져 있어 직접 가볼 수 없어 아쉽다. 흥천사는 신라 선덕여왕 때 창건된 절이므로 오래된 절, 즉 고사(古寺)다. 대동여지도는 '古沙里'로 표시하고 있지만 이 절 때문에 고사리가 되었을 것이다. 지금의 흥천사는 세계 불교법왕청 초대 법왕인 서경보(徐京保, 1914-1996) 스님이 창설한 일붕선교종(一鵬 禪教宗) 소속의 사찰로 새로 지어진 것이다. 경내 영전각(靈殿閣)에서 박정희(朴正熙, 1917-1979) 전 대통령과 육영수(陸英修, 1925-1974) 여사 내

발화마을 입구

외분을 모시고 있는 것이 특이점이다.

　고사리 입구에 어사 박문수(朴文秀, 1691-1756)가 지나다 쉬었다는 박문수 소나무 앞에 어사또가 쉬어간 자리란 선돌이 있다. 새재는 조령산과 마패봉 사이에 난 고개인데 마패봉은 어사 박문수가 지나다 마패를 걸어두었다는 전설에서 유래했다.

　박문수는 1724년 영남안집어사(嶺南安集御使), 1728년 경상도 관찰사, 1730년 영남감진어사(嶺南監賑御史), 1731년 호남어사(湖南御使), 1750년 관동영남균세사(關東嶺南均稅使)를 역임하는 등 어사(御使)를 여러 번 지냈고 영남 지방 그리고 새재와 인연도 깊은 듯하다. 가까운 곳에 같은 고령(高靈) 박씨인 박정희 대통령 내외분을 모신 흥천사가 있는 것이 과연 우연일까 하는 생각이 스쳤다.

신숙주와 조완규　　　　　고령을 본관으로 사용하게 된 대표적

성씨로는 고령 박씨 외에도 고령 신

(申)씨가 있다. 고령 신씨는 조선 초 신숙주(申叔舟, 1417-1475)가 현달하면서부터 떠오른 씨족이다. 신숙주는 정몽주(鄭夢周, 1337-1392)의 학맥을 이은 정인지(鄭麟趾, 1396-1478)의 제자이고 세종대왕의 총애를 받았으나 정작 세종대왕의 직장손 단종을 몰아내고 세조를 옹위하는데 공을 세워 영화를 누린 변절(變節)의 대명사, 향원(鄕愿)의 대표격이다.

　　1453년의 계유정난시 단종 복위운동 등을 진압한 공으로 정난공신이 되고 단종 복위운동에 가담했다 처형된 조완규(趙完珪)의 처와 딸을 노비로 강등시켜 배정받았다. 조완규는 정몽주를 척살한 이방원의 부하 조영무(趙英茂, 1338-1414)의 손자다.

　　정몽주는 고려를 위해 충절을 지켰고, 조영무는 고려를 배반했다. 조영무의 손자 조완규는 이방원이 세운 세종의 적통 손자 단종을 위해 충성을 바친 반면에, 신숙주와 정인지는 세종의 총애를 받고도 세종의 뜻을 거역하고 수양대군의 반역에 가담했다. 역사의 연속성 위에서 시종일관 절의를 지킨 개인도 드문데 대를 이어가며 일관된 입장을 견지한 사례란 더욱 희한(稀罕)한 일일 것이다.

사림의 분파는 정의로운가　　　　사림(士林)은 고려의 새로운 지식계급

으로 부상한 세력인데 고려를 위해

절의를 지키며 고려를 개혁하려는 세력과 고려를 뒤엎고 새로운 조선을 세워 사림의 이상을 실현하려는 세력으로 분파되었다. 이들은 곧 왕자의 난을 통해 재분파되고, 이어서 또 수양대군의 단종 폐위를 두고 또 분파된다. 이후 이러한 분파는 조선시대를 관통하는 헛된 전통이 되어버

210

린다. 인터넷 블로거 한 분은 조선시대 관료들의 격렬한 대립을 두고 "도대체 아무 논리가 없고 그저 나는 나니까 옳고 남은 남이니까 틀렸다는 데 불과하다"면서 '내로남불'이라 촌평했다. 영남학파, 기호학파, 퇴계파, 남명파 같은 학통(學統)이란 것도 사람 따라, 이익 따라 마구 변했다. 역사에도 계절은 있는 법, 극성의 시대를 맞이할 때는 영원히 갈 것 같아도 어느 순간 쇠락을 넘어서 그 흔적도 없이 사라지는 것이 역사의 계절 법칙이다. 무도하게 촛불로 흥한 정권도 어느 순간 촛불처럼 꺼지고 우리들의 기억 속에서도 사라지리라.

고사리 주차장부터 자동차는 물론 자전거의 통행도 허용되지 않고 오직 도보로만 이동이 가능한 곳이었다. 도보길이 시작되고 곧 식당 몇 곳이 보인다. 어느 식당 평상을 잠시 빌려 발을 벗고 휴식을 취했다. 말로만 듣던 문경새재를 넘게 되는데 얼마나 높은지 얼마나 긴지 알 수가 없다. 걱정이 앞서는데 옆에서 편하게 누워 있는 어느 집 누렁이가 마냥 부럽기만 하다.

유행가 3수　　　　　　　　새재 제3관문 조령관(鳥嶺關)까지 가는 길은 잘 다져진 황토 길에 나무가 우거져 하늘이 보이지 않는 시원한 길이다. 나도 몰래 유행가를 읊조리게 된다.

과거 보러 한양 찾아 떠나가는 나그네에
내 낭군 알성급제 천번만번 빌고 빌며
청노새 안장 위에 실어주던 아~~ 엽전 열닷냥
- 〈엽전 열닷냥〉

조령관 앞에서 도철과 필자

알성급제 과거 보는 한양이라 주막집에

희미한 등잔불이 도포자락 적시었네

급제한 이 도령은 즐거웠건만

옥중의 춘향이가 그리는 님이여

- 〈남원의 애수〉

행여나 변할까 봐 마음 조이며

내 낭군 알성급제 빌고 또 비는

평양 기생 일편단심 변함 없어라

- 〈평양 기생〉

남(進), 듬(處), 길(道)

경세제민의 고뇌를
찾기 어렵다

길 좌우로 옛 선비들이 새재를 넘으면서 지은 한시를 새긴 시비들이 즐비하다. 한글 번역까지 있어 하나하나 읽어본다. 경치에 대한 감상 혹은 인생무상을 노래할 뿐 경세제민을 노래한 시는 없다. 한 수만 인용하기로 한다.

功名眞墮甑 聚散一浮雲

獨向空山裏 蒼蒼落日曛

공명이란 정말 깨진 시루 같은 것, 모였다 흩어지는 한 조각 구름 같은 것

홀로 빈산 속으로 향하니 푸른 하늘 저 멀리 낙조만 비치네

작자 임억령(林億齡, 1496-1568)은 1545년 금산군수(錦山郡守)로 재직 중 을사사화(1545)가 일어나고 동생 임백령(林百齡, 1498-1546)이 소윤파에 가담해 사림에 많은 피해를 입힌 것을 부끄러워 해서 해남(海南)으로 숨어 들어가 다시는 출사하지 않은 곧은 선비다. 무오사화부터 기묘사화까지 이미 엄청난 사림이 목숨을 잃고 귀양을 갔지만 오직 생활수단이 관직밖에 없던 선비계급들로서는 살기 위해, 또 죽지 않기 위해 을사사화를 또 발생시킬 수밖에 없었다.

목숨을 걸고 싸우고 이긴 당파는 패배한 당파를 인정사정없이 죽였다. 사림은 그저 개인의 명리와 당파의 승리를 위해 공허하고 억지스러운 논리에 목숨을 내놓았고, 또 가족과 집안의 운명을 걸었다. 사림의 선비들이 모두 관직을 외면하고 벼슬을 버리고 낙향하고 은거했어야 한다는 이야기가 아니다.

상대방을 인정하고 나라와 공동체를 위해 문제점을 고뇌하고 해결책을 만들어내지 못했다는 이야기를 하고 싶다. 경세제민(經世濟民), 실사구시로 세상을 경영하고 백성을 구제했어야 했다.

충청도와 경상도의 경계

조령관은 충북 괴산군 연풍면과 경북 문경시의 경계다. 충청북도는 조령관 일대에 새재 표시석(엄청 크다), 청풍명월비(淸風明月碑), 시화연풍(時和年豊) 길 이야기 비(碑) 등 많은 조형물을 설치해 크게 정성을 기울였구나 하고 느낄 수 있었다. 조령관을 지나면 이제 경상도 땅이다. 지금부터 경상도다. 경상도를 바라보며 영남인의 정신을 생각해본다.

정도전(鄭道傳, 1342-1398)은 충청도 사람의 특성은 청풍명월(淸風明月)이요 경상도 사람은 태산준령(泰山峻嶺)이라 했다. 개인주의적 안락함이 연상되는 청풍명월의 이미지보다는 나라와 백성의 든든한 울타리가 되어주는 태산준령의 이미지가 더욱 마음속에 다가왔다. 지행합일과 공동체의 봉사를 지향하는 지식인이라면 당연히 마음이 더 가는 어쩔 수 없는 끌림이리라.

또 택리지(擇里志)의 저자 이중환(李重煥, 1690-1752)은 경상도 지방의 풍속이 가장 진실(切實)하다고 했다. 지금은 교통 통신이 발달하고 생존 경쟁이 치열하다 보니 사람은 뒤섞이고 전통이 사라지며 인간성과 도덕률이 하향 평준화되었다. 경상도 사람들의 '절실함과 높은 기상'이 많이 사라지고 있는 것 같아 안타까울 뿐이다. 대한민국 어딜 가나 나(이기주의)와 돈만 숭상하고 집착하는 '천민 자본주의'가 횡행할 뿐이다.

남(進), 듬(處), 길(道)

영남 우파의 정신　　　　　　영남인의 정신을 되돌아보고 다시 되
　　　　　　　　　　　　　　살려야 한다. 영남인은 나라를 통일
하고 지켜온 우파정신의 본령이다. 영남인의 정신은 화랑(花郞)정신, 사
림(士林)정신, 사수(死守)정신 등 3대 정신의 집합체다. 영남인의 3대 정
신을 하나하나 들여다본다.

화랑정신　　　　　　　　　화랑은 젊은 인재 양성 프로젝트다.
어른이 독점하거나 일당이 독재하지 않고 후계자를 키우고 경쟁자를 존
중하는 정신이다. 500년대 진흥왕 무렵 신라는 고구려, 백제, 신라 삼국
중 가장 국력이 약한데다 토착 6부촌 세력에 석(昔)씨 등 남방 도래세력,
박(朴)씨, 김(金)씨 등 북방 도래 기마세력, 가야편입세력 등이 어우러진
다민족국가여서 국론을 통합하고 국력을 증진시킬 필요성이 절실했다.
신라는 그 해답을 젊은이 양성에서 찾았다.

　　화랑은 도덕과 정의를 위해 상호 격려하며(相磨道義) 겸손(謙遜), 검
소(儉素), 방정(方正)함을 생활신조로 삼았다. 원광법사의 세속5계를 따랐
다. 즉 국리민복을 위해 최선을 다하며(事君以忠), 가정에서 그 역할을 다
하고(事親以孝), 인간관계에서 신뢰를 중시하며(交友以信), 병역의무를 회
피하지 않고(臨戰無退), 인간의 존엄을 지키도록(殺生有擇) 교육받았다.

　　출신과 관계 없이, 화랑 집단에 참여한 젊은 지도자들은 엄격한 도
덕성을 갖추고 시민들의 모범이 되어 국론통일을 이끌었으며 잦은 대외
전쟁에 언제나 앞장서고 목숨을 두려워하지 않았다. 신라는 화랑에 의
해 이끄는 나라가 되었으며 그들 중심으로 국력을 기르고 화랑정신이라
는 통일된 정신으로 삼국통일의 대업을 이루었다. 그리고 이때부터 한
반도 전체가 하나의 나라로서 통일국가가 되어야 한다는 국가 정체성을
가지게 되었다.

결국 화랑정신은 스스로 높은 도덕성을 기르고 실천하는 자강(自彊)정신이며, 다양한 민족을 상호 존중 속에서 연대케 하는 국민통합정신이며, 젊은 세대를 잘 길러 국력을 증대시키는 세대 간의 통합정신이다. 나라를 지키기 위해 전쟁에 용감히 임하는 상무사수(尙武死守) 정신이며, 비록 젊은 세대지만 문무를 겸전해 백성을 이끄는 지도자 정신, 대한민국의 영토는 통일되어야 하고 결코 외적이나 통일저해세력에게 내주지 않는다는 통일정신이다.

사림정신   사림정신은 공동체 우선 정신이다. 나눔 정신이다. 그들은 서울의 훈구대신과 달리 생계가 빈한하므로 백성들 속으로 들어가 같이 생활하면서도 그들의 모범이 되어 그들을 교화하고 이끌었다. 나라가 어려워지면 의병을 일으켜 외적에 대항했다.

사림정신은 스스로 의리와 지식을 닦는 자강정신, 백성들의 모범이 되고 백성들을 위해 애쓰는 지도자 정신, 학문적·정치적 소신에 따라 진퇴를 분명히 하는 윤리적 행동주의, 나라의 부름이나 위기에 자신을 돌보지 않고 몸을 던지는 헌신적 공인(公人)의식이다.

영남사림(嶺南士林)의 전통은 남(進)과 듬(退隱=處)을 분명히 하는 데 있다. 때를 만나면 중앙으로 진출해 벼슬을 해서 국리민복을 위해 일하고 때가 아니다 싶으면 언제든지 벼슬을 버리고 낙향(落鄕)했다. 옳은 일에는 목숨이 위태로워져도 용감히 주장했고 일정한 수입이 없어도 부끄럽게 생각하지 않고 품위를 잃지 않았다.

사수정신   영남은 대한민국의 최후의 보루다. 신라는 삼국을 통일하는 구심점이었고, 고려도 신라를 지켜내고 복속시킴으로써 통일이 가능했다. 조선은 임진왜란 때 영남을 내주면서 전 국

남(進), 듬(處), 길(道)

토가 유린 당했다. 6·25전쟁 때 낙동강 전선을 사수했기에 지금의 자유민주주의체제가 건재할 수 있는 것이다. 사수정신은 죽기를 각오하고 반드시 지켜내려는 정신이다.

신라 말 견훤이 신라를 침공했을 때 왕건(王建)은 신라를 지원하다 패퇴했지만 결국 신라를 지켜내고 다시 한반도를 통일했다. 임진왜란 때 신립장군이 문경새재를 지켰으면 전쟁의 양상이 달라졌을 것인데 문경새재를 내주고 탄금대로 방어선을 옮기는 바람에 보름 만에 임금이 도주하고 온 백성이 도륙당하는 불행을 겪어야 했다.

6·25전쟁에서 북한군과 중공군이 파죽지세로 한반도 전역을 유린했지만 국군이 맨주먹의 학도병과 함께 절대 열세의 군사력에도 불구하고 낙동강 방어선을 목숨 걸고 지켜냈기에 다시 유엔군과 함께 북한군을 압록강까지 몰아내는 반격을 펼칠 수 있는 기반이 되었다. 결국 현재까지 자유민주주의 정부를 지켜내는 교두보가 되었다. 결국 사수정신은 영토라는 국민의 생존공간을 목숨 걸고 지키는 것이고 또 통일을 목숨 걸고 지키는 것이고, 자유민주주의를 목숨 걸고 지키는 것이다.

조령관부터는 내리막길에 숲이 우거져 걷기에 참 편한 길이다. 문경 시민이나 외지 여행객들이 산보하는 모습이 여기 저기 보인다. 곧 동화원(桐華院)에 이르러 짐을 푼다. 이곳은 홍건적의 침입시 피난 온 공민왕의 행궁이 있던 곳이라고도 한다. 여기서 점심을 먹어야 한다. 심온은 개가 너무 짖는다며 불만이다. 매 놓은 개이므로 무섭지는 않다고 생각했다.

동화원은 사리원, 조치원, 광혜원 등과 같이 원(院)자 돌림의 조선시대 국립여관이다. 매 10리마다 원을 설치했는데 이곳으로부터 문경 쪽으로 10리 가면 조령원(鳥嶺院), 충청도 쪽으로 10리 가면 신혜원(新惠院)

이다. 조령원은 현재 2관문과 1관문 사이에 그 터가 보존되어 있고 신혜원은 고사리 마을이 바로 신혜원이다. 역(驛)은 조선시대 국립교통기관인데 그곳에서 공무원들이 말을 갈아타고 쉬거나 자고 가기도 했다. 우리가 지나친 대안보가 유명한 옛 안부역(安富驛) 자리에 계속 남아 있다.

동화원의 여주인은 인상이 참 좋다. 대학동기 박경민(朴耕民)을 통해 알게 된 양기곤(梁基坤) 사장으로부터 이미 들은바 있어 처음 보는 분이지만 많이 친숙한 느낌이 든다. 도토리 묵밥과 파전, 오미자 막걸리 한 통을 먹고 또 출발한다.

동화원을 지나고 부터는 계곡이 함께 한다. 낙동강의 발원지라고 초곡천(初谷川, 첫 골짜기 물)이라 하는데 시작부터 수량이 풍부하고 맑은 물에 많은 물고기가 노닌다. 바위와 나무들이 잘 어우러져 지나는 사람들의 마음을 맑게 해주는 듯하다. 제2관문 조곡관(鳥谷關)을 지나면 평지가 된다. 이때부터 다리가 아프기 시작하고 속도가 나지 않는다. 심온과 도철은 앞서가고 나만 뒤로 처지고 만다.

길 좌측으로 교귀정(交龜亭)과 큰 소나무를 만난다. 교귀란 거북이

남(進), 듬(處), 길(道)

교귀정 소나무

(龜)를 교환한다, 즉 인수인계한다는 뜻이고 거북이란 조선시대 병조(兵曹)에서 군사를 동원할 수 있는 또는 궁중에 들어갈 수 있는 부신(符信)의 모양이 거북처럼 생겨서 그러한 이름이 형성되었다. 부신은 일종의 패(牌)로서 하나를 두 개로 쪼개서 소지자와 확인자가 각 반 개씩 보관하다가 서로 맞춰보는 방법으로 확인해 군사를 동원하거나 궁중 출입이 가능했다.

교귀정에서 경상도 관찰사 교귀식이 있었다. 도(道) 수령의 공식 명칭은 관찰사(觀察使)이고 감사(監司)는 일반 사람들이 관찰사를 그렇게 부르는 통칭이다. 현대는 근무지에서 인수인계 목록에 서명하는 방법을 쓰지만 조선시대에는 근무지를 떠난 전임자와 부임해 오는 신임자가 각자 출발해서 중간쯤 만나 인수인계할 물목과 함께 관인(官印) 등을 인수인계했다. 그중에서도 가장 중요한 것이 병력을 동원할 때 쓰는 부신이므로 신구임 관찰사 업무의 인수인계를 교귀라고 부르는 것이라고 한다.

경상감사의 근무처는 대구인데 문경새재가 한양과 대구의 중간쯤 되는 모양이다. 교귀정 바로 옆에 오래된 굽은 소나무가 마치 교귀정을 호위하듯이 서 있다. 교귀정 주변부터 역대 경상도 관찰사 기타 관료들의 공덕비가 다양한 형태로 서 있어 눈길을 끈다. 이처럼 새재는 분명히 관직과 깊이 연관된 길이 틀림없다. 공직에 있거나 공직에 뜻을 두거나 공직을 떠난 자나 할 것 없이 꼭 방문해 공직관(公職觀)을 한번 더 점검하고 이곳의 좋은 기운도 얻어 가기 바란다.

세 사람은 서로 저만치 떨어져서 평탄한 길을 터덜터덜 힘들게 걸으며 조령원터, 오픈세트장을 지나 제1관문(主屹關)에서 다시 만났다. 잠시 쉰다. 저녁 6시까지 문경초등학교 옆에 있는 청운각(靑雲閣)까지 가야 하는데 다들 지쳐서 시간을 맞출 수 있을지 장담하지 못하겠다. 주흘산 자락을 좌측에 두고 초곡천을 따라 형성된 아스팔트 도로는 걷기에 너무 힘들었다.

문경새재 자연생태공원, 옛길 박물관, 문경새재도립공원, 문경자연생태박물관, 문경도자기박물관, 문경유교문화원을 지나면 도로 위를 덮는 큰 문이 나온다. 영남대로(嶺南大路) 문경관(聞慶關)이라 쓰였다. 문경대로로 연결되는 진안교를 우측으로 두고 더 가면 진안리 성지, 문경무형문화재 전수관을 지나고 구릉으로 된 지루한 언덕을 넘으면 문경시내가 보인다. 시내로 접어드니 문경초등학교와 청운각을 바로 찾을 수 있었다.

청운각에는 두 팀의 손님이 우리를 기다리고 있었다. 한 팀은 박경민, 양기곤 사장 그리고 일행 2명 등 총 4명, 또 한 팀은 상주검찰청 법사랑위원회 문경협의회 회장 김억주(金億周) 님과 전임 위원장 3명 등 4명, 이렇게 총 8명이었다. 법사랑패는 수일전 검찰 후배 김강욱(金康旭)으로부터 나의 고향 걷기 소식을 접한 그분들이 문경을 지날 때 꼭 저녁을 함께 하고 싶다는 의사를 전달받았기에 고맙게 수락한 바 있었다. 경민 패는 오늘 오전에 격려차 방문하겠다는 연락이 왔으므로 그 성의를

청운각에서(왼쪽부터 김억주, 양기곤, 박성희, 박경민, 오른쪽부터 김재오, 노순하)

무시할 수 없었다. 부득이 생면부지의 여러분이 함께 저녁식사 자리를 합석하지 않을 수 없었다. 문경을 지역구로 하는 고교 후배 최교일(崔教一) 의원도 기사를 보고 격려차 전화를 해주었다.

저녁 식사 전에 청운각에 모셔진 박정희 전 대통령의 영전에 참배했다. 청운각은 1937년경 박정희 전 대통령이 문경보통학교에서 교사를 할 때 세를 얻어 자취하던 집으로 문경초등학교 동창회에서 인수한 다음 기념관으로 꾸민 곳이다.

청운(靑雲)이란 관직 중에서도 높은 지위나 벼슬을 의미한다. 중국인들이 공무원에게 건네는 인사말 중에 "平步靑雲"이란 말이 있는데 "높은 직을 평탄하게 수행하십시오."라는 뜻이다. 모교인 대구 대봉동 경북고 교정 한편에도 청운정(靑雲亭)이라는 이름의 공간이 있다. 나무와 잔디를 심어 친구들과 거닐며 시간을 보내기도 했지만 송충이가 엄청나게 많았다는 기억도 남아 있다.

청운각 앞에 우물이 있고 그 우물 밑에서 밖으로 오동나무가 높이

자라 있다. 우물에는 물이 고여 있는데 어떻게 그 바닥에서 싹이 트고 계속해서 물을 뚫고 자라 올라와 마침내 우물 밖으로까지 우뚝 솟을 수 있었을까? 불가사의가 아닐 수 없다. 아마도 하늘이 5,000년 동안 가난을 벗지 못한 대한민국 국민들을 불쌍히 여겨 특별히 박정희 전 대통령을 대한민국에 보내 경제기적을 일으키게 한 사실을 증명하기 위해 보여주는 이적(異蹟)이 아닐까 생각해본다. 박정희 전 대통령의 경제기적을 일으킨 공을 인정치 못하고 그의 역사를 부정한다면 다시 하늘의 노여움을 사게 되리라.

청송 주왕산 주산지(注山池)에도 수중에서 자라나서 수중에서 살고 있는 왕버들이 존재한다. 주산지는 1720년경 세운 인공 제방 및 저수지인데, 그 큰 제방을 순전히 이진표(李震杓) 등 주변 농사를 짓는 민간인들이 주도해 세웠다는 점이 또 하나의 기적이라 할 만하다.

박정희 역사 지우기는 자유번영의 근거를 부정

2년 전, 우정 당국에서 박정희 전 대통령 탄신 100주년 기념우표를 발행하기로 한 계획을 취소했었다. 당시 박정희기념관에 박정희 동상을 세우려는 것을 좌파단체들이 거세게 방해했다. 역대 대통령에 대해 우표 발행이나 기념상, 기념비, 기념관 등으로 기리는 것은 후대들의 의무다. 이를 진영논리로 무장한 일부 세력의 주장이 있다 해서 우표 발행을 취소하고 기념관이나 동상 사업을 방해하는 것은 역사를 거스르는 직권남용이다.

역대 대통령치고 동상과 기념관이 없는 분이 없다. 오히려 좌파 대통령에 대해서는 너무 여러 곳에 존재해 예산 낭비라는 지적이 있기도 하다. 그런데 유독 박정희 전 대통령에 대해서는 아예 역사에서 지워버리려는 좌파들의 노력은 너무 노골적이고 너무 극악하다.

박정희 전 대통령이 국민을 가난에서 구제한 업적, 전 국민을 단결시켜 세계 10위의 산업국가로 성장시킨 산업화 업적은 현재도 우리 국민들 대다수 뇌리 속에 깊이 박혀 있다. 2012년 12월 대선에서 당시 좌파들의 분위기로 봐서는 문재인(文在寅) 후보의 당선이 확실하게 보였겠지만 박정희의 딸 박근혜(朴槿惠) 후보가 승리했다. 그 이유는 오직 국민의 마음속에 박정희가 일으킨 경제기적에 대한 경외심과 감사함, 그리고 또 다시 그분 같은 통합 의지가 강력한 지도력을 가진 훌륭한 지도자를 바라는 염원이 한마음 한뜻으로 모였기 때문이라 본다.

좌파들은 이러한 국민의 염원을 존중하기는커녕, 오직 18대 대선 패배의 한을 풀겠다는 계파의 이익과 복수심, 앞으로 영구히 좌파집권을 하겠다는 야욕을 위해, 어떻게든 박정희의 공적을 훼멸함으로써 국민의 뇌리 속에 박정희를 증오하게 하거나 아예 사라지게 하는 것이 최선이라고 마음먹은 것 같다. 계획적이고 집요하게 박정희를 우리 역사에서 완전히 도려내려고 하는 것 같다. 좌파들은 박정희를 역사에서 배제하는 데서 더 나아가 박정희와 함께 가난을 몰아내고 박정희의 업적을 생생하게 기억하고 있는 산업화 세대 어르신들을 증오하고 그들의 발언권을 막으려 한다.

공중파 방송 기타 언론을 장악해 산업화 어르신 세대들의 발언이나 행동을 의도적으로 무시하거나 희화화해 젊은 세대들에게 보여줌으로써 그들로 하여금 어르신들의 의견과 발언을 비하(卑下) 사갈시(蛇蝎視)하고 적대적으로 행동하도록 세대전쟁을 지능적으로 부추기고 있다. 공중파 방송에서 밀려난 어르신 세대들이 유튜브 등 SNS를 활용하자 이를 거짓뉴스라고 뒤집어씌워 단속하려고 기도한다. 지금 좌파 정부의 악의적 기호조작과 이중잣대 이간질 때문에 586세대, 그리고 젊은 세대,

어르신 세대 사이에는 엄청난 세대 간의 원하지 않는 투쟁이 격화되고 있다.

산업화 반대세력 좌파의 부활   어르신들은 일제시대의 나라 잃은 설움, 6·25전쟁의 처참함, 보릿고개의 배고픔을 겪은 세대이자 그들의 분투 노력으로 5,000년 동안 벗어나지 못했던 가난의 굴레를 우리 역사상 처음으로 벗어던지고 세계 10위의 경제대국을 건설한 공로자다. 이분들이 바로 산업화 세대이며, 해방공간에서 국론분열과 동족 간 폭력을 주도한 공산사회주의 세력을 극도로 혐오하는 우파의 주력부대다. 그들은 6·25전쟁을 통해 나라와 민족에게 역사상 유례없는 잔학행위를 자행한 북한 공산독재 세습왕조를 극도로 혐오하므로, 이들을 추종하는 종북 좌파세력이 가장 싫어하는 사람들이다.

우파는 특히 나라와 백성을 가난에서 구해준 박정희 전 대통령에 대한 고마움을 뼛속 깊이 간직하고 있다. 박정희 대통령이 군사혁명, 유신체제 등 일부 과(過)가 있겠지만 공칠과삼(功七過三)으로 외국 같으면 영웅 중에 영웅으로 추앙되어야 함에도 그렇지 못한 점을 안타깝게 생각하는 등 균형잡힌 사고를 하는 세대다.

동시대 같은 역사 공간을 함께 호흡했음에도 좌파들은 산업화를 반대했다. 좌파들은 남로당 잔존 좌파, 북한 남파 좌파, 자생좌파로 분류할 수 있다. 좌파들은 산업화를 반대했다. 같이 못살아도 좋다는 절대적 평등만으로 족하다고 했다. 5·16군사정변을 통해 등장한 박정희 정부는 제대로 된 반공(反共) 정책을 실시해 우리나라 자생 좌파의 존립 근거를 거의 멸절(滅絶)시키는 데 성공했으나, 평화와 풍요가 길다 보니 좌파

남(進), 듬(處), 길(道)

에 대한 경계가 약해지고 결국 좌파 정부까지 탄생되고, 지금은 주사파 586세대에 의해 새로운 자생 좌파가 조직화되어 창궐하고 있다.

역사의 연속성과 사상전쟁

역사상 매 왕조마다 훌륭한 임금과 나쁜 임금이 있었으나 그들은 모두 왕으로 기록되었다. 지금 좌파들이 역사 기술의 기본원칙을 위반하고 이승만·박정희 전 대통령 등을 역사에서 배제하려고 한다. 이는 좌파들이 인정하는 역사만이 역사라는 그들의 프레임을 전체 국민들에게 강요하는 것으로 용납될 수 없다. 이승만은 김일성, 스탈린, 마오쩌둥 연합전선의 한반도 공산통일, 좌파에 의한 한반도 독재정권 수립 기도를 좌절시킨 선지자적 대통령이다. 박정희는 산업화의 고도화를 통해 좌파 서식 환경 자체를 파괴했고, 좌파에 대한 사법처리 등 사상전쟁을 통해 좌파를 상당히 위축시킨 공로가 있는 분이기 때문이다.

미국이나 유럽에서도 그리고 우리나라에서도 공통적으로 인정되는 경제민주화(헌법 제119조 제2항)를 넘어서는 극단적 사회주의, 자유민주주의 자체를 부정하는 공산주의 세력은 불법이므로 이러한 불법을 배제하고 자유민주적 기본질서를 지키려는 사상전쟁은 어느 정부에서나 최우선 과제로 추진해야 할 책무다. 좌파는 바로 이러한 사상전쟁을 가장 두려워하고 있다. 좌파는 가장 무서운 어르신들로 대표되는 산업화·민주화 결합세력을 무력화시키려는 데 온 힘을 다 쏟아붓는다.

586세대의 왜곡된 역사의식

이른바 386세대는 지금은 모두 50대가 되었으니 586세대라고 불러야겠다. 그들은 한반도 역사상 거의 유일한 짧은 번영기의 혜택을 누린 사람들이다. 어르신들의 자식 세대로 태어나 부모로부터 "나는 농사일 또는 공돌이 3D 업종에 종사하며 가족 부양을 위해 고생했지만, 너는 남들에게 존경받는 자리, 손에 물이나 기름 묻히지 않는 자리를 차지해서 힘들지 않고도 잘 먹고사는 사람이 되어라."라는 참으로 해괴하고도 불가능한 희원(希願)을 듣고 그런 사람이 되고자 노력하며 성장한 세대다. 그들은 부모들의 고생을 목격은 했지만 직접 겪은 세대는 아니다. 인구가 팽창하고 국제화가 진전되면서 모든 산업은 팽창하고 일자리는 풍족했다.

그렇다고 해서 그들이 모두 부모 세대와 차별되는 고급 인생을 차지한 것은 아니다. 현실을 비교적 일찍 깨달은 사람들이다. 그래서 그들은 두 가지 잘못된 대응을 했다고 본다. 먼저 하나의 잘못된 대응은, 자기 자식 세대들에게 더욱 "남을 누르고서라도, 편법과 반칙을 통해서라도 너 혼자 잘 먹고 잘살 궁리를 해라. 국제사회와 경쟁하기 위해서 또는 나라나 사회의 공익을 위해서 희생해야 한다는 생각은 미친 짓에 헛소리이니 오직 너와 가족만 잘 먹고 잘살 수 있는 공무원, 의사, 선생이 제일이다. 그러니 오직 좋은 학원 다녀서 좋은 성적 받기 위해 위장전입 등 법을 위반해도 좋다."고 가르치고 실천한 세대다. 자유주의와 자본주의의 결합 중에서 가장 실패한 사례, 즉 무한경쟁 속에서 경쟁의 규칙조차 파괴하고 자식 세대들에게 무정부상태에 비견되는 편법과 반칙만을 가르친 사회혼란의식 조장자가 바로 586세대다.

또 다른 하나의 잘못된 대응은, 자신들과 어르신 세대 간의 불평등, 자신들 자체 세대 간의 불평등을 오직 어르신 세대의 책임, 역대 우파정권의 탓으로 돌리는 오직 남 탓하는 무책임성이다. 그들은 스스로 책무

남(進), 듬(處), 길(道)

성을 깨닫고 노력하며 선의의 경쟁을 통한 적정한 불평등을 받아들이지 못하고 가진 자와 그렇지 못한 사람으로 자의적으로 편을 가르고 보편성과 합리성을 갖추지 못한 이중적 잣대로 적을 만들고 공격해 사회적 반목과 질시, 분열을 조장해왔다.

586세대의 주력은 한총련, 민노총, 전교조에 뿌리를 박고 있다. 이들 조직에 몸담은 골수 좌파는 어르신 좌파와 마찬가지로 기존 국내좌파의 후예, 자생 좌파, 남파 외래 좌파의 결합체다. 역대 우파정권과의 사상 전쟁에서 철저하게 패퇴하던 중 김대중, 노무현, 문재인 정권을 통해 반격의 계기를 마련하고 날로 세력을 회복·확장하는 데서 나아가 대한민국의 자유민주적 기본질서까지 파괴하려 획책하고 있다.

586세대의 가장 큰 과오는 산업화 세대의 경제발전과 그 필연적 결과로서의 민주화의 공적을 부정해 세대 간 반목과 단절의 벽을 만들었다는 점이다. 이는 역사를 있는 그대로 보지 않고 좌파적 시각으로 왜곡하고 역사의 큰 공백을 만들려 하는 것이다. 원인 없는 결과, 뿌리 없는 열매는 있을 수 없다. 우리의 경제기적과 지금의 번영을 이룩한 박정희 전 대통령의 공을 부정하는 것은 어르신 세대의 존재와 그들의 노력과 공을 한꺼번에 부정하는 것이다.

좌파는 우리 국민 수준과 제반 여건에 비추어 박정희가 없었더라도 그만한 경제발전을 이룩했을 것이라는 궤변을 늘어놓는다. 남미의 브라질이나 아르헨티나를 보라. 나라의 운명은 지도자의 역량에 달린 것이지 국민들의 민도나 상황 여건이 중요한 것이 아니다. 그들의 논리대로라면 좌파의 공이라는 민주화 역시 국민의 민도나 상황 여건에 의해 당연히 오는 것이지 왜 좌파의 공이 된다는 말인가?

"서울 놈들은 비만 오면 풍년들겠단다."라는 속담이 있다. 경험이 없으면 잘못된 엉뚱한 판단을 하게 된다. 역사는 단절될 수 없고 건너뛸

수도 없으며, 전체를 보지 않고 일부 측면만 보는 것은 더더욱 있을 수 없다. 역사는 전체로 그리고 연속성 속에서 있는 사실을 제대로 봐야지 자의적으로 보고 싶은 대로 보는 편향성의 오류를 범해서는 아무도 설득할 수 없다. 누구나 스스로의 양심을 저버려서는 안 된다. 좌파들이 일본 사람들의 우리 역사 왜곡과 외면에 대해서는 길길이 날뛰면서 정작 우리 자신에 의한 우리의 역사 왜곡에 대해서는 눈감는 그 이중잣대에 대해 경악할 뿐이다.

그들은 북한과 중국이 우리 역사를 왜곡하고 건너뛰기를 해도 애써 지적하거나 시정하기를 외면하고 있다. 그 편파성과 불균형성을 증오한다. 단언컨대 좌파들은 반미(反美) 프레임에 너무 깊이 빠져 친미의 일본은 무조건 저주하고 반미라면 북한이든 중국이든 무조건 환영하는 데서 더 나아가 아부하고 의탁하는 주견 없는 바보들이다. 어르신(베이비부머 포함)들은 역사의 연속성과 인생의 긍정적 측면을 중요시하므로 힘이 있다. "역사를 단절하고 인생의 부정적 측면만 보는 586세대"의 놀부 심보로는 힘도 생기지 않고 지지세력도 생길 리가 만무하다. 586세대가 어르신들을 결코 이길 수 없는 이유다.

이날 청운각에서 문경온천호텔 부근 약돌 돼지고기 식당으로 걸어서 이동했다. 비록 처음 만나는 분이 대부분이지만 푸짐한 식사와 약간의 폭탄주로 금새 친해질 수 있었다. 나는 저녁을 함께 한 초면의 여러분께 깊은 감사를 표하면서, 내일의 걷기를 위해 준비된 모텔로 가 빨래를 하고 일찍 잠자리에 들었다.

당초 도철은 내일부터는 나와 길을 나누어 그는 고향 영주를 향해, 나는 청송을 향해 각자의 길을 걸어가기로 했었다. 그러나 그는 영주행 의사를 철회하고 나와 안동까지 같이 가겠다고 한다. 나를 걱정해서 끝까지는 아니더라도 최대한 같이 가주려는 마음씨가 놀랍다. 도철은 이긴 길을 걸으면서 불평 한마디 한 적이 없다. 스스로 불편하다 호소한 적도 없다. 오직 마음 하나로 같이 걸을 뿐이다. 도철의 이러한 진득함을 알아본 나의 친구 여러 명이 걷기 행사가 끝나고 나서 도철에게 애프터 신청을 했다. 서울에서 조용히 술 한잔 같이 하고 싶다고……. 실제로 수차 애프터 술자리를 나누었다.

듬 여드레째 날(5. 18. 목)
문경온천에서 예천 용궁면까지, 42,000보 31킬로미터

선비(士)는 원래 고대 중국의 통치계급 중 왕족 아닌 지배계층, 즉 경대부사(卿大夫士) 3개 계급 중 최하층 계급으로 글자를 익혀 통치계급의 명령을 하달받아 글자를 모르는 농사꾼, 장사치, 기타 가난한 서민들에게 알아듣게 전달하고 또한 서민들의 민원을 수렴해 문서화해 통치계급에 전달하는 중간매개 계층이었다. 그들은 오직 노력과 실력으로 글자와 문장을 깨친 사람으로 경전의 명령하는 바 도덕윤리에 입각해 서민 대중을 이끄는 지도자의 입장에 서게 된 것으로 자부심과 책무성이 대단했으므로 스스로 행동거지와 생활방식에서 서민들의 모범이 되고 또 서민들을 보살펴 더 나은 삶을 살도록 배려하는 엘리트의 자세를 유지할 수 있기를 염원했다. 선비계급들은 분배의 정의를 실천하고 인격적으로 서로 배려하면서 더욱 윤리적 책무에 충실한 인격체로 발전하고 이를 상호 격려하기 위해 공동체를 형성하고 국가 전체와 서민들의 삶에 도움이 되고자 모든 노력을 기울였다.

– 양선규(梁善奎), 《이굴위신》(以屈爲伸)

        오늘도 06시에 기상해서 준비를 마친 후 문경온천 내 추어탕 집에서 추어탕을 먹는데, 동생 부건(溥健)에게서 전화가 왔다. 곧 도착한단다. 대전초등학교 동기생 심송택 사장과 오늘

문경에서 용궁 출발 직전(왼쪽부터 도철, 부건, 필자, 심온)

하루 같이 걸어주기 위해 승용차로 왔다고 한다. 부건은 대전초등학교 2년 후배로 다니다 6학년 올라가면서 대구 지산초등학교로 전학을 갔다. 지금까지도 대전초등학교 동기생들과 자주 연락하고 지내는 것 같다. 정규 졸업한 내가 그렇지 못한 점이 부끄럽다. 미리 아침 식사도 했고 부근에 주차도 했다며 여장을 갖추고 식당으로 나타났다.

　힘든 일정이지만 동생이 오니까 갑자기 없던 힘이 생겼다. 문경온천에서 남쪽으로 산북천이 합수한 조령천이 흐르고 건너편에 서울대학교병원 인재원이 보인다. 강을 따라 산책길이 잘 조성되어 걷기에 좋다. 남호리 철길을 지나면서 봉명교를 건너 마성길을 걷는다. 마성면 입구 외어교에서 우회전해서 시내를 우회하며 천변길을 계속 걷는다. 중부내륙고속도로 밑을 지나 신현삼거리까지 중부고속도로, 조령천, 뚝방길 등 3개 길이 나란히 이어진다. 고모산성 앞에서 중부내륙고속도로는 동쪽으로 벗어나고 국도 3호선 문경대로가 접근한다.

고모산성과 진남문

고모산성(故母山城)은 고모산에 있는 옛성인데 서기 200년경 삼국시대 초기에 축조된 대형 성곽이다. 사방을 방어할 수 있게 설계한 것을 보면 군사적 요충지임을 알 수 있다. 고모산 외에도 고모령(顧母嶺) 등 우리나라엔 고모란 지명이 많다. 단언컨대 고모는 곰이란 뜻이다. 우리의 고어로서 일본에 수출되어 그곳에서 아직도 살아있는 용어 중에 곰(熊)을 '구마'라고 부르는 것을 봐도 알 수 있다. 우리 선인들이 그곳에 곰이 살았거나 지형이 곰처럼 생겼거나 하면 '곰메(熊山)'라 부르는 것을 한글이 아직 없을 때이다 보니 부득이 한자를 이용해 이두 식으로 표현하면서 '곰메'라는 고유지명이 사라지고 정체불명의 고모(故母, 顧母)라는 뜻모를 한자어만 남게 된 것이다.

산성의 남쪽 출입문은 진남문(鎭南門)이다. 남쪽을 진압한다는 뜻인데 만약 이 성이 고구려나 백제 성이라면 남쪽이란 신라를 지칭할 것이다. 만약 신라 성이라면 여수 진남관(鎭南館)처럼 남쪽, 즉 일본 왜구를 진압하려는 뜻을 담고 있을 것이다. 역사기록 이전부터 우리와 일본은 철천지 원수였던 것이 분명하다. 그 비원을 담은 것이 고모산성이고 진남관이라면 임진왜란 때 신립 장군은 종사관 김여물의 건의대로 이곳에서 적을 방어했어야 했다.

토끼삐리와 진남교

옛 선비길 영남대로는 고모산성 옆으로 난 토끼나 겨우 다닐 수 있는 좁고 가파른, 그리고 옆에는 절벽을 두고 위험을 감수해야 하는 토끼삐리(삐리는 벼랑의 경상도 방언)를 지나 지금의 고모산성길, 신현1길을 통과해 새재로 들어가는 고난의 길이었다.

남(進), 듬(處), 길(道)

근대에 이르러 자연발생적으로 위험한 토끼뻬리 구간을 거치지 않고 좀 더 안전하게 상경하는 길을 모색하게 되었을 것이고, 공론화 과정을 거쳐 많은 사람들로부터 진남문 남쪽 어딘가로부터 다리를 놓아 강을 건넌 다음 꿀떡고개를 넘는 길을 만들기로 의견이 모여짐으로써 결국 다리가 놓였는데 그 다리 이름은 바로 진남교(鎭南橋)였을 것이다. 그리고 다리 남쪽에는 다리를 건너 상경하는 사람들을 위해 각종 서비스를 제공하는 마을이 형성되는데 그 이름이 바로 진남이 된다. 일제시대에 철도역까지 생길 정도였다면 당시로서는 꽤 번성한 마을이었다. 그러나 현대에 들어 국도 3호선이 생기면서 위 길은 퇴락하고 말았다.

진남교반

　　고모산성 밑으로 거대한 물줄기가 S자 곡선을 그리고, 이에 따라 산 역시 S자 곡선을 그린다. 이름하여 수태극(水太極) 산태극(山太極)이다. 이러한 모습과 함께 조령천이 품고 있는 분지는 평화롭기 그지없다. 산, 절벽, 강, 들, 꽃, 나무, 다리 등이 잘 조화되어 아늑한 느낌을 주는 경치가 빼어나다. 이곳을 사람들은 진남교 다리 부근, 즉 진남교반(鎭南橋畔)이라 이름하고 경북 제1경으로 올려놓았다. 공직자는 물론 옛 선비의 정신을 생각하는 분이라면 관광을 겸해 공직관을 가다듬는 계기로 삼기 좋은 곳이니 꼭 한번 방문하기를 권유한다.

　　더 이상 도보길이 없어 문경대로 차도를 걷는다. 차도가 넓고 차들도 엄청 빠른 속도로 달린다. 지금부터 강이름은 영강(潁江)이다. 진남휴게소에 잠시 들러 화장실을 다녀온다. 일대 산세가 웅장하고 강이 깊고 그 사이로 큰 다리가 지나가니 자못 경치가 이국적이다. 다리가 워낙 높고 강이 깊어서 물고기가 노니는지 가늠이 안 된다. 오르막을 올라가는

데 주변으로 고모산성 휴게소와 이름 모를 펜션, 휴양시설 등이 드문드문 보인다. 진남1교, 불정(佛頂) 3교, 불정2교 등 도로는 직진인데 그 밑으로 영강은 구불구불 물길이 흐느적 거린다. 강을 따라 철도가 놓여 있지만 진남역과 불정역은 폐쇄되었다고 한다.

견탄사거리에서 문경대로를 버리고 견탄리(犬灘里) 마을 길로 들어선다. 마을 앞 큰 나무 밑에서 발을 벗고 쉬는데 동네 할머니가 어디서 와서 어디까지 가느냐고 물어보신다. 누군가 "돈이 없어 서울서 청송까지 걸어갑니다."라고 흰소리를 한다. 얕으막한 산을 좌로 두고 동네를 지나면 또 동네가 나오는 식이다. 시멘트 포장길에 햇볕은 따가워서 힘든 가운데도 계속 걸을 수밖에 없다.

국군체육부대 앞을 지난 뒤 견탄1리에서 영강 북안 길이 끊어지므로 거의 잠수교처럼 생긴 주평길다리를 건너 견탄교 남단으로 가다 보면 이곳까지 배가 드나들었다 해서 붙여진 이름인 주평(舟坪, 배들)인데, 이곳 주평역도 폐쇄되었다. 점심시간이 다 됐으므로 식당을 찾았으나 잘 보이지 않는데 농로 가운데에 큰 식당이 나왔다. 들어가니 손님이 많았다. 메뉴도 다양하고 음식도 정갈했다. 우리는 돼지고기 두루치기, 된장찌개 등으로 든든하게 먹었다.

창리강변길부터 옛날 점촌(店村)이다. 점촌은 장인(匠人)들이 모여 살던 곳을 점(店)이라 했으니 장인들의 집단 부락이었을 것이다. 또 창리(倉里)란 지명이 있는 것을 보면 국립 창고도 있었나 보다.

지락헌과 홍귀달, 그리고 매계 호계면부터 34번 국도 상무로를 걷는다. 도로는 좁은데 화물차들이 너무 빠르게 달렸다. 상무로 옆으로 2018년 3월 완공 예정의 호계-불정 간

도로 공사가 한창이다. 산양면 반곡리쯤 잠시 쉴 겸 상무로를 벗어나 신작로 공사현장 쪽으로 이동했는데, 그곳에서 지락헌(至樂軒) 현판의 재실과 지락초계변공이흠유허비(至樂草溪卞公李欽遺墟碑)를 만나는 행운을 얻었다. 유허비에 따르면 지락 변이흠은 조선 성종조에 진잠현감(鎭岑縣監)을 마지막으로 공직을 벗어나 이곳에 낙향해 자연을 벗하며 노년을 보냈다. 그는 정승을 지낸 홍귀달(洪貴達, 1438-1504)과 교우했고 지락헌의 방 하나를 징파루(澄波樓)라 이름했는데 홍귀달이 징파루기(澄波樓記)를 지었다고 한다.

여기서 매계 선조와 허백당(虛白堂) 홍귀달의 교유를 언급하지 않을 수 없다. 매계는 허백당의 16년 후배지만 학문적 정치적 동지였던 것 같다. 허백당은 매계의 부탁에 따라 1494년 매계의 자형(姊兄) 김종직(金宗直) 사후 문간공점필재신도비명(文簡公佔畢齋神道碑銘)을, 1495년 매계의 선비(先妣)를 위해 증이조참판휘계문배정부인문화류씨비문(贈吏曹參判諱繼門配貞夫人文化柳氏碑文)을 각 지었고, 1498년 매계가 중국에 진하사(進賀使)로 갈 때 축하시첩(祝賀試帖)의 서문(序文)을 짓기도 했다.

1504년 초 매계가 순천에서 무오사화로 인한 유배 생활 중 병으로 세상을 떠나자 허백당은 유명조선가선대부호조참판성균대사성매계조선생묘지(有明朝鮮嘉善大夫戶曹參判成均大司成梅溪曺先生墓誌)를 지었다. 허백당은 매계와 같은 영남사림(嶺南士林) 출신으로 세조의 왕위찬탈 그리고 세조의 손자 연산군의 폭정에 비판을 가하다가 1504년 갑자사화로 목숨을 잃었다. 이미 무오사화로 목숨을 잃은 매계는 갑자사화에서 다시 부관참시를 당했으니, 두 분은 죽어서지만 같이 황천길을 동행한 셈이다.

무오사화가 연산군, 훈구대신들의 연합에 의한 그들의 폭정과 기득권을 비판하는 영남사림을 제거한 만행이었다면, 갑자사화는 연산군과 일부 외척 훈구세력들에 의한 제2차 사림 학살이었다. 이때까지만 해도 다른 사람과는 달리, 영남사람은 목숨을 걸고 기득권의 악행과 적폐를 눈감지 않고 분연히 일어나 지적할 줄 알았고 정의를 위해 목숨까지 버리는 지행합일(知行合一)의 가치집단(價値集團)이었다고 평가할 수 있다.

공사 중인 신작로를 이용해 34번 국도의 위험함을 피해보려는 논의가 있었지만 만에 하나라도 그 길이 중간에 끊겨버리면 다시 되돌아와야 하는 위험을 아무도 감수하지 않으려 했으므로 다시 34번 국도를 나와 걷는 수밖에 없다. 이 길은 점촌 시내로 들어오면 중앙로로 이름이 바뀌고 문경장례식장을 우측으로 두고 시내를 벗어나면서 경서로로 이름이 다시 바뀐다. 길 좌우로 문경산양산업단지가 크게 자리 잡고 있다.

산양산업단지를 통과하면서 진정리, 존도리란 동네 이름이 보였다. 진정리(辰井里)는 옛날부터 물이 좋은 우물이 있어 미르(龍)물(水)이라 불리던 것을 한자어로 고치다 보니 용과 같은 뜻의 진(辰)과 우물 정(井)을 결합한 억지 이름이 되었고, 존도리 역시 작은 다리가 많은 동네라서 작은 다리 마을이 원래 이름인데 그 뜻은 사라지고 존도(存道)라는 억지 한 자말만 살아남았다고 한다.

산양면 소재지 옆으로 금천이 흐르고 이걸 건너는 다리가 산양교다. 용궁면 소재지 입구에는 철길, 국도, 그리고 마을 길 등이 어지럽게 널려 있는데 일행들이 마을 길로 들어가면 좀 더 쉽게 오늘 목적지 용궁면 사무소로 갈 수 있다는 의견을 내는 패와 안전하게 국도를 이용하자는 패로 나뉜다. 조금이라도 길을 단축하려고 꾀를 내는 것을 보니 다들 많이 피곤한가 보다. 결국 두 패로 나뉘어 가기로 하고 나는 국도를 이용하는 패에 가담했다. 마을 길을 선택한 패는 국도에 비해 지형이 푹 꺼진 마을 길을 걷다가 더 이상 길이 없어 다시 국도로 올라오지 않을 수 없었다. 용궁로를 만나 국도를 빠져 나와 마지막 힘을 다해 용궁면사무소에 도착했다.

걷기를 마치고 용궁면사무소 앞에서(왼쪽부터 도철, 심송택, 필자, 심온)

예천은 한우가 유명하다는 소문이 있어 한우식당을 찾기로 의견을 모았다. 사장님 부부가 직접 고기를 썰고 서빙도 하는 사거리에 있는 고 깃집에 들어가 푸짐하게 먹은 다음 부건과 심송택 사장을 보냈다. 부건 은 연년생 동생이다. 그래도 부모님이 돌아가시고 안 계시니 동생들을 잘 보살펴야 하지 않나 하는 노파심을 가지고 있다.

어두운 시간에 용궁에서 문경까지 갈 차편은 있는지, 피곤할 텐데 서울까지 승용차를 운전해서 안전하게 갈 수 있겠는지 공연한 걱정을 해본다. 1980년을 전후해서 부건이 영남대학교 재학중 나는 경산 소재 영남대학교 도서관을 이용해서 고시공부를 했다. 세 얻은 하숙방에 연 탄가스가 새 들어오는 바람에 죽을 고비도 같이 넘기고 나의 친구들과 어울려 식사도 같이 하러 다녔다. 가끔은 부건이 장을 봐다 연구실에서 밥을 해 나에게 먹이기도 했는데 사 먹는 밥과는 차원이 달랐다. 심지어 사법시험 보러 서울 올 때도 따라와 뒷바라지 해주기도 했다.

면소재지에는 모텔이 하나도 없었다. 고깃집 주인이 산택저수지 넘 어 경서로 변에 모텔이 하나 있다고 하며 택시를 불러주었다.

듬 아흐레째 날(5. 19. 금)
예천 용궁면사무소부터 경북도청까지, 42,000보 33킬로미터

불의 마법사, 당대의 정통파 크리에이티브 테크니션이 되기를 마다하고 최고 수준의 우수한 인재들이 돈벌이가 잘 되는 곳, 이를테면 의대나 법대 로스쿨로 몰리는 현상이 빚어지고 있는 것은 걱정스런 일입니다. 1급수에 살 고기가 2급수에 몰린다고 합니다. 그러나 넘치면 흘러나오는 것이 또 물입니다. 사회가 요구하는 진정한 인재들은 직접의 제약 안에서만 머무르지 않습니다. 그들 야장신들은 시대의 요구에 반드시 응답합니다. 야장신은 시대가 만드는 것이기 때문에 직업 따위로 그들의 갈 길을 막을 수는 없습니다. 조만간 정치, 경제, 사회, 문화의 제 방면에서 그들 타 영역에서 흘러넘친 야장신들의 눈부신 활약들이 대두될 것으로 예상됩니다.
– 양선규(梁善奎),《감언이설》(甘言利說)

　　　　　　　　어제저녁 알아둔 전화번호로 용궁 택시를 불러 다시 용궁면으로 나와 해장국을 먹었다. 일행은 나, 도철, 심온 3명인데 오늘 중으로 안덕중 동기 신용두(申容斗)가 합류하겠다는 전화가 왔다. 용두는 안덕중 시절 내가 하숙하는 외가집 명당2동 노하(路下) 같은 동네에서 자취를 했기 때문에 이후에도 계속 연락이 되는 몇 안

되는 친구다. 그의 말로는 진작부터 같이 걸어주려고 했는데 배탈을 치료한 직후라 자신이 없어 망설이다가 결국 오늘에야 용기를 내게 되었다는 것인데, 오히려 걸은 후에 위장이 아주 좋아졌다는 것을 나중에 들었다. 당시 용두의 전언으로는 많은 안덕중 동기들이 소식을 듣고 일부 구간이라도 같이 걷고자 했으나, 소식이 늦게 알려졌고 우리가 너무 빠르게 남하하다 보니 다들 때를 놓쳤다고 한다. 친구들이 관심을 가져주고 일부러 시간을 빼서 같이 걸어주려고 하는 그 마음먹음 자체만으로도 감동을 일으키기에 충분했다.

용궁면 보건지소를 지나면 곧 들판인데 그 길 이름은 용개로다. 용궁과 개포리 사이의 도로라는 의미인 듯하다. 복개천을 넘어 원당교를 건넜다. 용개로를 지나다 보면 삼강주막 표지판이 몇 번 나온다. 삼강이란 낙동강(洛東江), 내성천(乃城川), 금천(錦川) 등 3개의 강줄기를 뜻하고 삼강주막은 3개의 강이 합쳐지는 곳에 설치된 주막이란 의미다. 지도를 보면 용궁에서 흘러오는 금천과 회룡포에서 내려오는 내성천이 먼저 합류한 다음 낙동강을 만나며 삼거리를 이루고 삼거리 낙동강 남단에 삼강주막이 있다. 낙동강은 안동 하회, 예천 지보를 지나 상주로 서남하하기 전에 용궁 쪽으로 잠시 북상하는 중에 회룡포를 끼고 돌아 나오는 내성천을 만나게 되는 것이다.

삼강주막 앞 낙동강은 강폭이 넓고 바라보는 경치가 아름다

회룡포 삼각주막 안내판

우며 또 조선시대 주막 형태가 그대로 보존된 유일한 곳이라 한다. 지평이 지난번 고향 걷기 후 소감으로 삼강주막에 가서 막걸리와 파전을 먹은 것을 자랑한 바 있어 들릴까도 생각했지만 오늘 안으로 경북도청에 닿아야 하는데다 오늘은 금요일이다. 목적지에서 격려차 기다리겠다는 손님이 많아서 부득이 삼강주막에서의 막걸리 한 사발은 다음 기회로 미룰 수밖에 없다.

용궁면 향석리(鄕石里)

용개로를 계속 가면 향석리에 이른다. 드디어 용궁향교 표지판이 있는 곳에 이르렀다. 향교가 면소재지가 아닌 이곳에 있다는 것은 과거에는 이곳이 치소(治所, 행정중심지)였다는 점을 알려준다. 조선 철종조 1800년대 중반까지는 향석리 일대가 용궁현의 치소였으므로 아직도 구읍(舊邑)이라 부른다고 한다. 1856년 큰물이 나서 모든 것을 쓸어가 버리는 바람에 치소가 지금의 용궁면 소재지 일대로 옮겨갔다고 하는 말을 그곳 노인이 들려주셨다.

향교는 마을 저 안쪽의 높은 곳에 위치해 참배를 포기하고 좀 더 이동해 더 큰 마을에 이르렀다. 마침 동네 입구에서 노인 한 분을 만났다. 그분에 따르면 이곳 지명 향석리는 향교(鄕校)의 향(鄕), 석탑(石塔)의 석(石) 두 글자를 따서 향석리라고 한단다. 그리고 용궁이란 지명은 불교의 천룡팔부(天龍八部)에서 나왔다고 한다. 천룡팔부는 부처님의 법(法)을 지키는 착한 신장(神將)들이다. 신장 중에서도 그 이름이 용(龍)일 뿐 우리가 상식적으로 알고 있는 전설상의 동물 용(龍)과는 무관하다. 즉 용궁이란 결국 팔부신장이 지켜줄 만한 좋은 고장 혹은 팔부신장이 지켜주는 안전한 곳 정도의 뜻이 되겠다.

한편 향석리에 속하는 회룡포와 그 건너의 산은 비룡산으로 모두 용(龍)자가 들어가며, 비룡산 속에 있는 장안사(長安寺) 경내에도 용바위, 용왕을 모시는 용왕각(龍王閣)이 있는 것도 모두 용궁 지명과 관련이 있을 것이다. 더군다나 용궁의 옛 이름이 축산(竺山)인데 축(竺)이 바로 부처님의 나라 인도를 의미하므로, 어떤 면에서 보더라도 용궁은 불교와 깊은 관련을 가진 이름이라 하겠다.

마을 입구에 권오덕(權五德, 1905-1987) 님이 지은 용주팔경(龍州八景) 시비가 있다. 안내판에 따르면 최근에 위 권오덕의 손자 권성훈 씨가 위 부지를 희사해 공원을 만들고 용주팔경 시비와 함께 정식(鄭湜, 1664-1719)의 축산별곡(竺山別曲), 그리고 백운거사(白雲居士) 이규보(李奎報, 1168-1241), 양촌(陽村) 권근(權近, 1352-1409), 괴애(乖崖) 김수온(金守溫, 1410-1481), 사가정(四佳亭) 서거정(徐居正, 1420-1488), 회재(晦齋) 이언적(李彦適, 1491-1553), 퇴계(退溪) 이황(李滉, 1501-1570) 등 역사적 큰 족적을 남긴 분들이 용궁의 자연을 노래한 시비를 설치했다.

권 씨가 공원을 조성했다면 이곳이 예천군 용궁면이니 이분들 역시 예천(醴泉) 권씨 후손들이라 생각했지만 확인 결과 이분들은 안동 권씨라고 한다. 예천 권씨는 예천읍에 인접한 용문면을 터전으로 하고 있다고 한다. 조선 성종조 예천 권씨는 권오기(權五紀, 1463- ?), 오복(五福, 1467-1498) 형제가 점필재(佔畢齋)의 제자들로서 무오사화로 인해 멸문지화를 당하다시피 한 이래 잔반(殘班)으로 근근히 지내오던 중, 100여 년이 지난 임진왜란 무렵 백과사전인 대동운부군옥(大東韻府群玉)을 지은 초간(草澗) 권문해(權文海, 1534-1591) 대에 이르러서야 다시 반열(班列)에 오를 수 있을 정도로 많은 고초를 겪은 집안이라고 한다.

시비공원(詩碑公園)에서 얼마 떨어지지 않은 곳에 석탑 그리고 석조 여래좌상을 모신 건조물이 보여 찾아가 참배했다. 석탑은 고려조, 여래

좌상은 나말 여초의 불교 유적으로 추정하나 오랫동안 폐허에 방치되어 있던 것을 1900년대 초에 현재 이곳으로 모셨다고 한다.

향석리에서 상당한 시간을 지체했으므로 다시 속도를 내야 할 판이다. 회룡포 여울마을, 신당교까지 용개로를 밟았는데 이후부터는 회룡길이다. 회룡길은 동네 길임에도 길이 넓고 비룡산으로 건너가는 다리 회룡교는 규모가 있다. 비룡산 장안사를 들를 시간이 없어 상가촌에서 잠시 쉬기만 하고 바로 회룡포 마을로 건너가는 뿅뿅다리를 건넌다. 상당히 길게 놓여 있다. 높이는 얼마 되지 않지만 만약에 떨어져 물에 빠지기라도 하면 발이 불면서 살갗은 약해지는 반면 양말은 딱딱해져서 금방 발이 스치고 부풀어 오를 것이므로 앞으로 걷기에 큰 지장을 초래하리라. 뿅뿅다리란 옛날 건설공사에 쓰이는 넓은 철판에 요철을 주고 다시 둥근 구멍을 규칙적으로 낸 것인데, 이곳에서는 그렇게 부르는지 몰라도 대구에서는 빠끔다리라 부르는 것을 들은 기억이 있다. 뿅뿅다리는 출렁거려서 걷기가 힘들었다. 중간쯤 건넜을 때 젊은이들이 맞은편에서 뛰어서 지나가는 바람에 하마터면 물에 빠질 뻔했다.

회룡포길은 모래사장과 자연체험학습공원을 지날 때까지는 좌우로 흘러내려 오는 물길과 흘러나가는 물길을 사이에 두고 산길까지 연결된다. 좌우로 지나가는 물길을 바라보면 너무나 평화로워서 마음이 평안해지고 모든 걱정을 잊을 것 같은 기분이다. 옛 선비들이 왜 이곳에 정착했는지 이해가 된다. 곧 길은 산길로 올라가면서 내려오는 내성천만 보이고 빠져나가는 물길은 이미 낙동강 쪽으로 구부러져 빠져나간 지 오래여서 보이지 않는다. 산이 끝나면 바로 내성천 제방 위 길을 걷게 되는데 좌측으로 큰 들이 있고 마을도 저 멀리 꽤 커 보이는데 동네나 들에 사람은 보이지 않는다. 회룡포길이 어느 순간 죽전길이 되는 걸 보면 좌측 마을은 죽전마을인가 보다. 죽전길 제방이 지루하게 이어지다가

남(進), 듬(處), 길(道)

좌측에서 흘러나오는 소하천 때문에 제방은 다리로 연결되는데 그 이름이 신음교다.

열악(劣惡)한 검사들

죽전마을쯤 왔을 때 대학동기 강경구(姜儆求) 변호사가 전화를 했다. 윤석열 검사가 서울중앙검사장으로 임명됐다는 것이다. 경악했다. 2013년인가, 윤 검사는 전 국민에게 생중계된 국정감사장에서 "사람에게 충성하지 않고 조직에 충성한다."는 말과 함께 상관인 검사장을 거짓말한다고 매도해 검사장으로 하여금 눈물을 흘리게 만들었다. 그의 하극상 태도는 검찰 조직을 품위와 상호존중이라곤 없는 양아치 조직 정도로 인식시키기에 충분했다.

그 때문에 검찰 종사자나 검사 선배들로 하여금 자부심에 큰 상처를 입게 했으며, 국민들에게 검찰이 천박하고 신뢰할 수 없는 조직이라는 인상을 가지게 만들었다고 봤다. 이렇게 검찰 조직과 검찰 구성원, 선배들을 부끄럽게 만들어 놓고도 어떻게 조직에 충성한다고 공언할 수 있는가 의문을 가졌다.

'조직에 충성한다'는 말에 대해 언론은 명언이라 추켜세웠지만 조직폭력배나 쓰는 비논리적 언어다. 검사는 이미 저질러진 범죄에 관해 범인과 증거를 수집하는 수사의 주재자이므로 철저하게 적법절차에 따라야 한다. 검사는 또 수사의 전 과정이 적법절차에 따라 진행되도록 감시하는 인권옹호기관이기도 하다. 즉 검사가 충성해야 할 대상은 법이지 사람도 조직도 아니다. 그가 말하는 조직은 '검찰' 조직일 것이다.

좌파 정부의 대통령(변호사 출신), 민정수석(형법학 교수 출신)은 물론이고 좌파 정당의 국회의원들은 말끝마다 검찰 조직을 개혁 대상이라 주장하고 개혁 이유는 인권 보장을 위해서라고 말한다. 즉 윤 검사는 인권을 무시하여 개혁 대상인 검찰 조직에게 충성하겠다고 하는 것이니 빈축과 지탄을 받을 수는 있어도 찬양과 존중을 받을 언동을 한 것은 아니다. 자신을 영전시키고 신뢰하는 대통령이 개혁 대상이라는 검찰 조직에 충성한다고 하다니 불충도 그만한 불충이 없다.

그런데도 언론은 그의 말이 명언이라 추켜세우고 좌파 정부에서 힘센 자리를 주는 이유를 모르겠다. 사람에 대한 충성과 조직에 대한 충성은 동어반복이다. 조직은 그 자체 별개의 인격을 가지고 사고하고 행동하지 못하며, 오직 그 조직을 구성하는 사람들에 의해 구성되고 운영될 뿐이다. 검찰 조직은 물론이고 어떤 조직도 자체의 영혼과 독자성을 가지지 못하며, 이를 구성하는 사람들에 의해 왔다 갔다 할 뿐이다. 조직에 충성한다는 것은 결국 조직의 어느 누구에 대한 충성에 불과하다. 그가 사석에서 자주 사용한다는 "정○○에게 충성한다면 수긍하겠지만 채○○에게 충성한다는 평가는 받아들일 수 없다."는 말이 그가 조직 중의 특정인, 즉 사람에 대해 충성하는 자의주의자임을 단적으로 반영한다.

몰락한 재벌기업 전 회장의 주거지를 압수수색하다 영장에도 없는 금고를 털었다. 요즘 같으면 불법압수수색으로 증거능력이 인정되지 않았을 것이다. 자백을 강요하고 심지어 불구속 선처를 조건으로 정부 예산을 책임진 공무원의 비리에 관한 허위진술을 강압하고 실제로 강요된 허위진술을 근거로 공소제기했다가 무죄가 선고되었다.

서울중앙지검에서 수사한 국정원 댓글 사건의 수사팀장에 왜 소속 검사도 아닌 윤 검사가 임명되었는지 의문과 함께 거대한 담합의 그림자를 느낀다. 사건 담당 관서의 총괄책임자인 서울중앙검사장의 뜻인지, 오지랖 넓은 채동욱 검찰총장에 의한 간섭인지 아직도 의문을 가지고 있다. 당시 검찰 내에 윤 검사 외에는 댓글 사건을 수사할 능력을 가진 검사가 그렇게도 없었던가, 그렇지 않다면 왜 하필 윤 검사인가? 채동욱이 최서원 특검의 특검보 혹은 수사관으로 거론되기도 한 점, 문재인 정부 출범과 함께 채동욱의 변호사 활동이 활발하였다는 점, 윤 검사가 최서원 특검의 파견 검사로서 특검보 이상의 막강한 권한을 휘둘렀던 점 등이 우리의 기억 속에 명멸하고 있다. 검찰 조직이나 특검 조직의 다른 구성원이 무시되거나 차별되면서 오직 윤 검사만 부각되고 영향력이 있는 것으로 오해되는 상황이라면 그가 조직에 충성한다고 말하기도 어렵다.

검사동일체의 원칙에 따라 수사 진행 및 결론을 내는 과정은 전체 검찰 조직 구성원이 모두 관여할 수 있다. 검찰 관행상 법무부, 청와대까지 관여하고 있다. 사법역사상 법무부장관의 업무지시로 인해 검찰총장이 임기 도중 사퇴한 사례가 몇 차례 있는데, 수사 절차와 결론에 관하여 장관에게 보고되지 않고서야 법무부장관의 업무지시가 가능하겠는가? 다만 공소사실이 공표되기 전까지는 수사 내용, 수사팀의 의견, 상급자의 지시 내용이나 상호 조율과정이 전적으로 기밀에 부쳐져야 한다. 이것이 검찰 조직의 합법적 의사결정과정이다.

윤 검사는 댓글 수사 당시에 법무부, 청와대 등과의 의견 다툼을 언론에 흘렸다. 검사동일체 원칙, 수사기밀주의 원칙이라는 합법적 절차를 위반한 것이다. 그가 관여한 최서원 특검의 수사기밀이 거의 실시간으로 유출된 것도 같은 맥락이라고 본다. 집에서 새는 바가지, 들에 나가서도 샌다. 수사기밀의 유출은 오직 자신이 의도한 바의 수사결론을 고집하기 위한 것이지 검찰 조직이나 다른 구성원들을 위한 것이 아니다. 그는 자신을 위해 충성하는지도 모른다. 법에 충성하는 검사가 아닌 것이 분명하다.

그가 수사에 관여한 사건의 공소장을 보면, 구성요건과 무관한 사실이 너무 많이 포함되어 소설인지 의심할 때가 있다. 공소사실과 무관한 비난을 내포한 잡다한 사실의 나열은 그 자체로 피고인의 방어권을 침해하고 공소장 일본주의를 위반해 법원으로 하여금 유죄의 선입견을 갖게 만드는 저열한 수법이며, 잘못 배운 검사들의 전형적 암기(暗技)다. 인권보장과 적법절차와는 담 쌓은 법치주의자가 아닌 자의주의자가 대한민국 인권보장과 법치 수사의 중심지 서울중앙지검의 수장으로 부적합하다고 생각했다.

검사가 정치상황에 따라 처신하는 태도를 보면 그의 공직관을 알 수 있다. 크게 나누면 '정치외면형(政治外面型)', '정치영합형(政治迎合型)', '정치주구형(政治走狗型)' 등 세 가지로 나뉜다. 정치외면형은 다시 정치상황과 무관하게, 그리고 정치인들의 압력과 무관하게 소신대로 오직 법과 원칙에 따라 수사하고 처분하는 '순수외면형'과, 정치와 정치인을 불신지옥(不信地獄)의 모리배(謀利輩)로 보고 더욱 엄격히 처단하려는 '무시형'으로 나뉜다.

정치영합형 검사는 다시 스스로 정치와 아무런 연을 갖고 있지 않음에도 자신이 아무런 정치적 주견이나 공직철학을 갖고 있지 못한 나머지 정치상황의 변화나 지배하는 정치 이념에 주눅 들어 공연히 정치적 상황에 맞추려는 '소극영합형'과 더 나아가 기회 있을 때마다 선제적으로 집권세력이 좋아할 만한 수사를 기획하거나 주도적 정치세력이 관련된 사건의 처리에 관여해 줄을 대보려는 '적극영합형'으로 나뉜다. 정치주구형이야 말로 검사로서의 자존심을 모두 내팽개치고 오직 정치권이 시키는 대로 온갖 굳은 일을 다 해주고 그 대가로 출세를 보장받는 검사들이다. 정치주구형 검사는 세상을 미리 읽고 떠오르는 정치세력에 미리 줄을 대 그들을 위해 일정한 공헌을 하는 그 대가로 출세하고 자리를 보장받으며 그 정권이 있을 동안 온갖 청부사건을 다 해준다.

박영수 특검 파견검사들 중에도 미리 정치풍향을 읽고 좌파 세력의 주구가 되기로 마음을 먹고 자원해 파견된 사람도 있을 것이다. 새로 탄생한 좌파정권으로부터 그들의 희망대로 삼성 이재용 부회장의 구속과 박근혜 대통령의 탄핵을 결과하게 한 공적을 인정받은 사람도 있을 것이다. 국정농단 사건의 공소유지도 해야 하고 각 국가기관에서 적폐척결 명목으로 수사의뢰한 우파궤멸 명령을 집행하기 위해서도 정치주구형 검사들은 계속 필요할 것이다.

국민들의 일거수 일투족, 특히 정치지도자들의 고도의 정치적 행위에 대해 무조건 형사처벌 측면에서 접근하는 것은 헌법의 대원칙인 형벌의 보충성을 위반하는 것이다. 정치주구형 검사들이 미쳐 날뛰며 수사의 칼날을 마구 휘두르기 때문에 국민은 공포에 떨고 있다. 검찰 파쇼(fascio) 국가가 되어버렸기에 좌파정부의 검찰개혁도 흐지부지될 것이다. 좌파정부로서는 이미 검찰 신세를 그렇게도 많이 지고서도 배신자처럼 검찰개혁을 부르짖는 현상 자체가 양심과 위엄에 반해 보인다.

지역감정과 정치의 담합

김이수 헌재재판관이 헌재소장으로 지명되고, 장하성 교수가 청와대 정책실장으로 임명되었다. 5월 9일 임종석이 청와대 비서실장에 임명되었고, 다음 날인 10일 이낙연이 국무총리로 내정되었다. 전남·광주 사람 일색으로 나라 지도층을 구성했다.

2011년 초에 발생한 부산저축은행 등 저축은행 전반의 부실과 부정에 대해 조갑제 닷컴에서 주장된 내용을 정리하면 다음과 같다. 2011년 2월, 영업정지된 부산저축은행의 핵심 관계자들은 대부분 광주일고 출신이다. 이들은 7조 원대 금융비리에 깊이 관여한 혐의로 무더기로 구속기소됐다. 대주주로서 가담자인 해동건설 회장 역시 광주일고 출신이면서 노무현과 막역한 사이로 그 사업체는 참여정부 시절 급성장했다. 부산저축은행은 유상증자 과정에서 삼성꿈장학재단과 포스텍으로부터 각 500억 원을 투자받았다. 이 투자를 성사시킨 자산운용사 대표도 광주일고 출신이다. 당시 은행은 부실이 심화된 상태였고 이후 영업정지되었으니 처음부터 두 기관은 투자금 전액을 잃을지 모르는 상태에서 외부 압력이나 청탁에 의해 무리하게 투자한 의혹이 있다. 영업정지 직전 부산저축은행의 손자회사가 광주일고 출신이 회장으로 있는 칸서스파트너스에 헐값에 팔렸다. 그는 2002년 금감원 재직 중의 수뢰 혐의로 집행유예를 선고받았다가 김대중 정부에 의해 사면된 전력이 있다. 당시 금융위 고위간부로서 은행으로부터 정기적으로 떡값을 받은 혐의를 받은 사람도 광주일고 출신이다.

민주당은 2011년 6년 11월, "과거 정권 인사와 호남 기업인들의 연루설을 끊임없이 제기하더니 정상 영업 중인 프라임저축은행의 수사 사실이 언론에 보도되도록 했다. 호남 사람들과 과거 정권을 흠집 내고 모략해서 정권 실세들의 비리를 희석시키려는 물타기 수작"이라고 주장했다. 광주일고 출신 몇 명, 혹은 극히 일부 지역 기반 기업을 보호하려고 노골적으로 지역감정을 이용한 전략이다.

반면 당시 한나라당이나 이명박 정부는 이 사건을 광주일고 출신끼리 부정을 봐주고 예금을 사취하고 횡령한 사건이라고 정직하게 이야기하지 않았다. 호남 사람들을 자극하지 않으려는 배려일 것이다. 범죄를 저지른 것은 극히 일부 사람인데 호남 사람 전체의 눈치를 본 것이다.

언론도 지역과 범죄를 연결시키는 것을 꺼린다. 조선일보 등 많은 신문은 광주일고 출신이란 핵심적 사실을 애써 덮었다. 매일경제는 "지역 명문 K고교"라고 광주일고 눈치를 보는 표현을 썼다. 경남고 재경동

남(進), 듬(處), 길(道)

창회장은 "(부산에서 일어난 사건에 대해) 지역 명문 K고 출신을 중심으로 로비와 비리의 사슬 연결이라고 보도한 것은 사람들로 하여금 당연히 경남고를 의심하게 만듦으로써 광주일고 출신을 비호하려는 잔재주로 언론의 정도가 아니다."라고 항의했다.

언론의 비겁한 태도에 대해 한 광주 시민은 분노한다. "왜 광주일고 출신들이 저질렀다고 쓰지 않습니까? 그렇게 쓰면 전라도 사람들이 화를 낸다고요? 광주 사람들이 그들을 더 미워합니다. 광주일고 출신 악당 몇을 비호하려다가 전라도 사람 전체를 욕보이는 짓입니다."

지역감정은 어쩌면 인간 본성인지 모른다. 동서고금에서 공통으로 발견되는 인류의 뿌리 깊은 정서다. 지역감정을 속이면서 지역감정을 악용하는 정치인들과 관료들이 문제다. 지역감정을 외면하고, 거론하지 않는다고 지역감정이 없어지는 것이 아니다. 지역감정 때문에 통합과 정의가 손상되지 않도록, 지역감정에 매몰되지 않고 더 큰 틀에서의 화합을 이끌어낼 수 있도록 신임이 가는 언동을 해서 신뢰를 쌓아야 한다.

편을 가르고 이중잣대로 자신에게 이익되는 방향으로 오직 이기려고만 꾀를 부리면서 지역감정을 이용하려는 정치모리배(政治謀利輩)가 잔존한다면 영원히 지역감정은 없어지지 않을 것이다. 우파의 아둔함과 무모성도 철저하게 드러내어 비판받은 후에 그 대책을 강구해야 하듯이 지역감정 역시 가감 없이 드러낸 다음 스스로 책임감, 정의감, 균형감을 가진 국민으로 다시 태어나야 한다.

동림회(東林會)

신음교(新陰橋)쯤에서 최범용(崔範庸) 사장으로부터 전화가 왔다. 최 사장은 농어촌공사 간부를 역임하고 은퇴한 분으로 동 공사 사장을 역임한 고교 선배 이상무(李相茂) 님의 권유로 내가 농어촌공사 자문위원을 한 인연으로 알게 된 분이다. 이상무 전 사장 주도로 만든 모임 이름이 동림회(東林會)다. 최 사장은 내가 걷는다는 소식을 듣고 위문이라도 해야 하지 않는가 하고 마음이 쓰이던 차에 처가가 예천이라 처가에도 들릴 겸 우리를 격려할 겸 겸사겸사 시간을 맞춰 내려왔다. 지금 경진교 다리라길래 우리 위치를 설명하자 금방 알아먹는다. 농어촌공사에 재직할 당시 이곳에서도 근무했었고 그때 많은 토목공사를 감독해 지리에 훤하다고 알려준다.

우리 패는 계속 진행하고 최 사장은 차로 반대편에서 오다 마주쳤다. 동송리 못 미친 제방길 위에서 만났다. 박종대(朴鐘大) 님 역시 농어촌공사 출신인데 같이 왔다. 이분들은 모두 동림회 멤버들로서 멀리까

동송리 제방길에서 만난 동림회원들(왼쪽부터 최범용, 필자, 박종대)

걷기를 마친 다음 열린 동림회 위로연. 기념 손수건을 목에 두르고 있다.

지 내려와준 성의가 너무 고맙다. 같이 차를 타고 예천 읍내 축협한우식당으로 이동했다. 최 사장이 예약을 미리 해두었다는데도 접수대에서 영 반응이 떨떠름하다. 아무튼 빈방이 있어 자리를 잡았다. 최 사장이 예약한 전화번호를 재확인한 결과 충남 예산 축협에다 예약을 한 것이 뒤늦게 확인되었다. 예천한우를 푸짐하게 먹고 동림회 명의의 금일봉도 감사히 받았다. 박종대 님은 내가 과거에 발목을 다친 일이 있다는 말을 들은 것을 기억해두었다가 발목 보호대를 구입해서 전해주었다. 이후 걷는 데 많은 도움이 되었다.

　　최 사장은 우리가 떠나왔던 그 자리에 내려주고 미련 없이 떠났다. 햇빛이 내리쬐는 초여름 날씨에 그늘도 없는 제방 길을 걷기가 참 힘들었다. 점심을 과식했더니 더욱 걷기가 힘들지만 가야 할 길이 멀다. 경진교(京津橋) 북단에서 우회전해 다리를 건넜다. 경진교는 예천에서 내려오는 한천(漢川)과 영주에서 내려오는 내성천(乃城川)이 만나는 합수지점에 있다.

여기서 선택을 해야 되었다. 지금부터는 남향이 아니라 동쪽으로 가야만 최종 목적지인 청송 부남 가는 길이 단축된다. 진로에 대해 약간의 토론이 있었다. 경진교를 넘어 28번 국도를 타고 내려가다 본포 삼거리에서 좌회전해 924번 호명로 차도를 계속 이용하는 안전한 길과 내성천 남단 농로길을 이용해 가다 원곡리 방향으로 우회하는 길 중에서 한 가지를 택해야 했다. 네이버 지도를 육안으로 보면 마름모꼴 사각형의 상하 두 개 변을 이용함에 있어 그중 어느 하나를 택하느냐 문제 정도로 크게 차이가 없을 것 같은데, 강 남단 길이 약간 단축되는 느낌이 있고 또 농로라 걷기에 편하다고 생각해 이 길로 결정했다. 물론 만약 농로가 산으로 나 있어 오르막을 걷게 된다면 차도보다 더욱 힘이 들 수도 있는데 그건 현재로서는 알 수 없는 일이다. 경진교를 지나자마자 본포삼거리 못미처 좌회전해 내성천 남단 농로길을 타고 가다가 원곡리 쪽으로 남진하면 송곡리 부근에서 호명로(虎鳴路)를 만난다.

호명과 김해 장군

이곳 호명면은 호랑이가 우는 곳이라는 지명이 말해주듯이 산세도 웅장하지만 임진왜란 때 등 수많은 의병이 일어난 절의의 고장으로도 유명하다. 1592년 안동 예안 출신 김해(金垓, 1555-1593)는 임진왜란 발발 소식을 듣고 의병을 일으켜 이곳 호명으로 진군해 이황의 후예 이정백(李庭栢)으로부터 의병장 직을 이어받았다. 이때 부장(副將) 역시 안동 출신 배용길(裵龍吉, 1551-1609)이었다. 김해의 부 김부의(金富儀, 1525-1582), 배용길의 부 배삼익(裵三益, 1534-1580) 모두 이황의 제자이다.

의병장 김해는 이황의 종손녀에게 장가들었고, 배용길은 김해의 집안에 장가들고 딸은 김성일의 조카에게 시집갔으니 학맥과 인맥이 겹친다. 김해의 딸은 이황의 학맥인 장흥효(張興孝, 1564-1633)의 제자 이시명(李時明, 1590-1674)과 결혼해 이상일(李尙逸, 1611-1678)을 낳고 이상일은 유성룡의 손녀와 결혼했으니 퇴계학파는 학맥과 혼맥이 철저하게 연결되어 있다. 도철은 배용길의 후손이다.

김해, 배용길 의병은 안동·군위, 상주 등지에서 분전했다. 이듬해 평양 탈환전에서는 수십 명의 적을 살해하고, 남으로 철수하는 왜군을 계속 추격해 밀양(密陽)에서 적을 차단해 또 한 번 전과를 올렸다. 경주(慶州) 진중에서 김해는 사망하고 배용길은 임란 후 고향으로 돌아갔다.

내성천 남단길이라 하지만 큰 들 가운데로 난 농로이다. 좌우에 쉴 데가 전혀 없어 땡볕에서 쉬어야 할 형편인데 농사용 움막이 있어 거기라도 들어가 햇빛은 피해야겠다고 의사합치를 봤다. 움막이 그 용도를 의심할 정도로 지저분하지만 쉬어야 할 시간이므로 잠시 쉬지 않을 수 없다. 여기서 심온은 반바지를 긴 바지로 갈아 입었다. 심온은 오늘 처음 반바지를 입었는데 한나절 만에 다리가 발갛게 익어 고통스럽다고 한다.

쉴 즈음에 용두에게서 전화가 왔다. 서울에서 여러 번 버스를 갈아타고 예천에 도착했다고 한다. 어디냐고 해서 경진교를 지나 내성천변 농로길을 가고 있는데 곧 원곡리로 남하할 것이라고 설명해주었다. 농로길을 다 걷기도 전에 용두가 택시를 타고 왔다. 내가 설명을 잘 해서 금방 온 줄 알았더니 택시 기사가 이 지역 지리가 훤해서 금방 알아듣더라다. 택시 기사가 이 더운 날씨에 사서 고생을 하냐고 안타까워하더란 말도 전해준다.

길 없는 길

원곡리 방향으로 우회전하면 완만한 오르막길이다. 원곡리라 하지만 집들이 띄엄띄엄 있다. 축사가 있는 마을을 지나면 또 작은 마을이 있고 원곡리 마을회관이 나온다. 도철이 좌측으로 해서 저 멀리로 고갯길이 보이는데 그리로 가는 게 맞다고 한다. 꽤 멀어 보이고 돌아가는 기분이다. 오히려 우리가 오던 길을 그대로 계속 가는 것이 질러가는 길이 아닐까 하는 유혹이 일어난다. 마을도 보이고 그 마을 뒤로 공간이 터져 있는 것으로 보여 제대로 길이 계속 이어질 것처럼 보였다. 그래서 우리는 진행 방향 그대로 마을 길로 접어들었다.

마을 입구까지 다 갔을 즈음 노인 한 분이 아들과 함께 농사일을 하시다가 우리를 불러 세운다. 어디 가느냐고, 절에 가느냐고 물어서 경북도청까지 걸어간다고 대답했다. 그쪽 길은 마을도 있고 절도 있지만 결국 막다른 길이므로 돌아 나와야 한다고 알려주셨다. 아…… 이 일을 어쩌나. 다시 되짚어 나가서 저 언덕 길로 가야 하다니 눈앞이 캄캄하다.

토론을 거쳐 논둑길을 이용해 가로질러가기로 결정했다. 논에 물이 찬 곳도 있고 대체로 논둑이 부실했다. 여러 곳을 물색한 끝에 그중에서는 가장 튼튼한 논둑을 골라 조심스럽게 논을 가로질렀다. 논이 끝난 곳에는 수로가 있었다. 수로 다음에는 풀이 우거진 언덕배기가 있고 이걸 극복해야만 도로가 나온다. 길이 아닌 곳으로 가로질러가려면 온갖 어려움을 헤쳐야 하고 위험을 무릅써야 한다. 그래도 길로만 다니면 발전이 없다. 인생 행로도 잘 알려진 안전한 길과 불안하지만 가고 싶은 길 중에서 택일해야 하는 선택의 연속이 아닐까 잠시 생각해보았다.

남(進), 듬(處), 길(道)

안전불감증, 그리고 세월호 참사

큰 일이나 작은 일이나 사전준비가 철저해야 한다. 특히 큰 병력이나 많은 인력을 이동할 때는 척후병이나 사전답사가 꼭 필요하다. 2014년 4월 세월호 참사에서도 안산 단원고는 수학여행에 앞서 학부형 대표나 교사가 사전답사를 했어야 했다. 무엇보다 배의 운항 시 운항안전성, 침몰 시 구조안전성을 파악했어야 했다. 경기도 교육청에서도 사전 지도와 점검이 있었어야 함에도 이걸 이행하지 않았으며, 사고 직후에는 전원구조라는 잘못된 정보를 언론에 뿌려 국민을 잠시라도 속인 무사안일한 일을 저질렀다.

2001년 9월 11일, 미국 뉴욕 세계무역센터 빌딩을 비행기로 돌진해 파괴하는 테러가 자행됐다. 당시 제2빌딩 73층에는 모건스탠리 은행의 직원 2,700명과 고객 250명이 있었다. 모건스탠리 안전관리자 릭 레스콜라는 즉시 평소 훈련한 대로 직원과 고객들을 안전하게 대피시켰다. 그는 평소 당국의 사고에 대한 예방적 대응을 관찰한 결과 늘 엉터리였고 그래서 불신했다. 오직 스스로 살아남아야 한다고 판단했다. 이에 오래전부터 자체 재난대응체계를 만들고 주기적으로 훈련을 실제로 제대로 실시했다. 그리고 실전에서 훈련한 대로 행동한 결과 대부분 살아남을 수 있었다. 반면에 평소 제대로 대피훈련을 하지 않았고 책임감 가진 안전관리자가 없던 대부분의 다른 회사들은 엄청난 인명 피해를 입었다.

세월호 참사도 마찬가지였다. 배는 그 자체로서 위험을 내포한 교통수단이며, 선박사고는 동서고금을 막론하고 끊임없이 일어났으면서도 선박안전성, 운항안정성에 대해 획기적인 개선책이 존재하지 않기 때문에 또 다시 대형 사고가 이어진다. 그만큼 선박은 그 자체로서 위험한 교통수단이라는 경각심을 심어줄 필요가 있다. 배란 겁 없이 타는 것이 아니다. 당국은 국민을 향해 배가 안전하다, 배가 넘어지면 나라가 구해준다고 허위 과장 광고를 해서는 안 된다.

국민들은 가만히 있으면 나라가 구제해줄 것이라고 오신해서는 안 된다. 안전은 스스로 지켜야 한다. 스스로 지켜야 할 안전을 소홀히한 후에 그 이후 구조 상황이나 최종 전개 결과를 관찰해보라. 아무도 구조하러 오거나 책임지지 않는다. 나라는 그렇게 믿을 만한 게 못 된다. 정치인의 "안전을 책임진다"는 말은 더욱 믿을 게 못된다고 생각해야 살아남는다.

**땅의 주름,
그리고 사람의 주름**

호명로를 만나 잠시 동진한 다음 송곡리 노인회관 직전에서 우회전해서 남하하면 좌우로 논과 밭이다. 너른 들은 잘 가꾸어져 있고 인가도 보이지만 인적은 도무지 보이지 않는다. 가뭄에 콩 나듯이 사람이 보이더라도 노인뿐이다. 경상북도에 들어온 지 사흘째나 되지만 아직 경북 북부지방의 극히 일부분을 통과하는 중일 뿐이다. 이렇게 경북은 넓다. 그러면 뭐하는가? 이렇게 사람이 적고 그리고 노인만 사는데.

누가 우리 산하를 좁다고 했는가? 문경새재를 넘어 경상북도로 접어든 순간부터 지금까지 끝없이 펼쳐지는 들과 들판을 가로지르는 강, 그리고 사방을 첩첩이 감싸고 있는 산들을 보았다. 심신이 피곤해 예정해둔 길 밖으로 한 발짝도 벗어나지 않으려는 마음으로 바라보는 우리 산하는 너무나 넓다. 한반도를 이루는 크고 작은 산을 망치로 평평하게 펴면 중국 대륙보다 넓다고 평가한 외국 학자도 있다(부르스 커밍스).

대만의 평면적만 보면 우리의 경상남북도 정도의 넓이라며 좁은 나라로만 치부하는 한국 사람들이 있다. 그러나 검사 장기연수 목적으로

남(進), 듬(處), 길(道)

대만에 1년간(1993. 5. - 1994. 5.) 살아본 나로서는 대만이 결코 좁지 않았다. 남북으로 길게 고구마처럼 생긴 지형에 그 중앙으로 4천 미터에 육박하는 산이 수십 개에 이르는 큰 산맥이 가로막아 양분되는 구조다. 유학기간 중 대만 곳곳을 여행할 기회가 있었는데 좁다는 느낌을 받은 적이 없다. 넓은 종이를 구겨놓고 위에서 보면 작아 보이지만 그걸 펼쳐놓으면 엄청나게 넓어지는 이치다. 사람도 외모나 신원사항으로만 봐서는 안 된다. 그의 말과 글과 행동을 오랫동안 겪어봐야 그 내면의 주름 속에서 어떤 것을 숨기고 있는지 조금 알게 될 것이다.

농로길을 계속 남하하다보면 송평천을 만나고 송평천에서 좌회전하면 역시 좌우로 논밭이 멀리까지 펼쳐진 곡창지대를 걷게 된다. 송평천은 말이 하천이지 그냥 논과 논 사이의 농수로길에 불과하다. 송평천변을 따라 계속 가면 경북도청사 집합단지 내로 바로 들어가게 된다. 집합단지는 도로를 아주 넓게 조성하고 그 좌우로 건물부지, 주차장 부지도 잘 만들어두긴 했으나 실제 건축되거나 입주한 곳은 많지 않은 듯 공터가 많다. 경상북도 개발공사, 정부 지방합동청사 표지판을 지날 때까지 공터로 있던 것이 갑자기 곳곳에 건축물 신축 공사가 한창이고 또 곧이어 아파트 등 완공된 건물군이 나오고 드디어 경북도청 청사가 나왔다. 오늘 걷기는 여기에서 종료한다.

경북도청사 주변은 아직 퇴근시간 전이라 방문객들로 붐비고 있었다. 서울에서 현대원(玄大原) 전 청와대 미래전략수석이 내려와 잘생긴 얼굴로 환하게 반겨준다. 박근혜 정부의 마지막을 같이 한 동료로서 함께 걷지 못함을 여러 차례 미안하다 하더니 오늘 주말을 이용해 기어코 얼굴을 보러 와주었다.

또 삼수회(三水會) 회원들이 모두 와주었다. 수년 전 대우증권 사외이사를 한 인연으로 후임 사외이사인 변환철(卞煥喆, 號 霽亭) 변호사, 전

경북도청 앞에서(왼쪽부터 제정, 청송, 용두, 필자, 우병윤 부지사, 현대원 전 수석, 논산, 취우, 김재준 과장)

본부장 도철, 본부장 장동훈(張東勳, 號 論山), 지점장 박경준(朴景濬, 號 墨齋) 이사 등 5명이 우연히 모여 나라의 경제를 걱정하다가 의기투합해 의형 제를 맺고 매달 셋째 수요일 모임을 하고 있다. 다섯 회원 중 2명이나 걷 고 있으니 나머지 3명은 생업 때문에 같이 걷지는 못했어도 마음 쓰이기 는 더 했을 것이다. 이번에 같이 걸은 것을 계기로 심온도 삼수회에 합류 했다.

특별히 김선길(金善吉, 號 翠雨) 형님과 그 동생 선대(善大) 교수, 선완 (金善完, 號 靑松, 푸른 솔) 교수가 와주셨다. 취우 형님은 내가 1997년경 대 구지검 부장검사로 근무하면서 청송 출향인 모임에서 알게 되었다. 형 님 덕분에 그 형제 분들과도 친하게 지내오고 있다. 취우 형님은 부모님 들이 일찍 돌아가셔서 그 애틋한 사모의 정을 나의 부모님에게 쏟았다. 자주 대구 부모님을 찾아뵙지 못하는 나보다 더 자주 찾아가 문안을 드 리곤 했다. 취우 형님께서 오늘 저녁 식사와 잠자리, 그리고 내일 아침식 사까지 책임지겠다고 하신다. 고마움 표시와 신세갚음은 두고두고 차차 해야 할 것이다.

여러 갈래 손님들이 와주셔서 대단히 고마우면서도 서로 서먹할까 마음이 쓰이는 것도 사실인데, 모두 사람을 많이 상대하는 직업에 종사

남(進), 듬(處), 길(道)

하는 분들이라 금방 격의가 없어지는 듯하다.

　일행이 많아 삼삼오오 기념사진을 찍고 우왕좌왕하는 가운데 퇴근 시간이 지났다. 우병윤(禹炳閏) 경상북도 경제부지사가 나오셨다. 이분도 청송 출신이며 취우 형님과 경상북도청에 같이 근무한 바 있어 서로 잘 아는 사이다. 현대원 수석과도 업무관계로 친숙하다 하고 제정과는 대륜고(大倫高) 58년 개띠 동기생이란다. 우병윤 부지사를 수행해 김재준 과장도 나오셨다.

　전체 인원이 하회마을 부근에 조성된 하회장터 내 하동고택 식당으로 이동했다. 전통 기와집에 누마루까지 있었다. 우리는 누마루에서 잘 차려진 전통음식에 막걸리를 먹으며 각자 일어나 자기소개와 함께 덕담을 한마디씩 했다. 양반가 며느리 기품을 갖춘 여주인으로부터 천천히 그러나 소홀함이 없는 대접을 받고 충분히 취한 상태가 되어서야 일어났다. 제정, 묵재는 현대원 수석과 동행해 서울로 가고 우 부지사와 김 과장도 가족들 품으로 돌아갔다.

　나머지 일행은 취우 형님이 예약해둔 하회마을 내에 있는 지산고택(志山古宅)으로 걸어서 이동했다. 하늘의 달은 하현달, 우리들 취기는 도도한 가운데 꽤 먼 길이지만 어깨동무하고 노래도 크게 부르며 찬 밤공기를 헤치고 한마음으로 걸었다. 논산은 오늘 이곳에서 같이 자고 다음날 모친이 계신 논산에 들릴 예정이라고 했다. 숙소에서 모두들 저녁 회식의 고양된 기분이 채 가시지 않은 상태로 각자 세면, 샤워 등을 하는 것을 등 뒤로 하고 나는 먼저 제대로 씻지도 않고 그만 잠이 들고 말았다.

경북도청 안민관 앞에서(왼쪽부터 묵재, 필자, 현대원 전 수석, 논산)

하동 고택 저녁식사

남(進), 듬(處), 길(道)

드 열흘째 날(5. 20. 토)
경북도청에서 안동검찰청까지, 42,000보 30킬로미터

아전들이 도적이 되고 모든 직역이 공모해 나라 정신을 갉아먹고 나라의 맥을 도둑
질하고 있으니 나라를 망친 뒤에라야 그칠 것입니다. 그런데도 나라의 법을 맡은 관
리들이 감히 따져 묻지 못하고 형벌을 맡은 관리도 처벌하지 않습니다. 혹 어떤 관리
가 규찰하려고 하면 견책을 받거나 담당 업무를 빼앗기게 되니 뭇 관리들은 팔짱을
끼고서 월급만 받아먹고 지낼 뿐입니다.

– 조식(曺植, 1501-1571),《무진봉사》(戊辰奉事)

　　　　　　　　　　　　지산고택(志山古宅) 안채에서 솜이부
자리를 덮고 푹 잔 후에 평소보다 좀 일찍 깼다. 왜냐하면 취우 형님이
먼저 깨서 이동할 채비를 하느라 분주한 소리가 잠을 방해했기 때문이
다. 취우 형님은 새벽에 일어나 아침 식사 예약 장소까지 가서 한 번 더
확인하신 듯하다. 한옥이지만 화장실과 욕실이 충분해 여러 사람이 취
침 전 그리고 기상 후 바깥 나들이 준비를 하는 데 전혀 불편함이 없었
다. 채비가 끝나자 안주인이 전통차를 준비해 간단히 대화를 나누는 시
간을 가졌다. 설명에 따르면 지산고택은 하회마을 동쪽에 위치하고 있

으며 1800년대 후반 지산(志山) 류지영(柳芝榮, 1828-1896)이 지은 집이므로 지산고택, 또는 그가 안동대도호부사를 지냈으므로 안동댁(安東宅)이라고도 부른다고 한다. 류지영은 남촌댁(南村宅)으로 불리는 염행당(念行堂)을 지은 류기영(柳驥榮, 1825-1880)의 동생이라고 한다. 지산고택의 가장 큰 특징은 아주 넓은 마당인 것 같다.

아침에서야 알게 된 일이 하나 있다. 심온이 어제저녁에 지산고택까지 왔다가 여러 명이 같이 자야 하는 한옥 구조임을 알고 밖에서 자고 온다고 다시 나갔다는 것이다. 일행들이 말렸지만 가족 아닌 다른 사람들과 한방에 들게 될 경우 잠들기 어렵다고 굳이 밖에서 자고 온다고 고집을 부려 부득이 내보냈다는 것이다. 나는 피곤해서 일행들보다 먼저 잠자리에 들었기에 까맣게 모르다가 아침에 심온이 짐을 들고 오는 것을 보고서야 비로소 사정을 알게 되었다. 무슨 교통편을 어떻게 구해서 나갔는지, 어디서 묵었는지 굳이 묻지 않았다. 그도 끝까지 설명해주지 않았다.

하회 마을 내 민박을 겸한 식당에서 집밥 같은 아침 식사를 마치고 경북도청까지 차를 타고 이동했다. 취우 형님과 논산은 타고 온 차를 타고 떠났다. 오늘은 나, 도철, 심온, 용두, 청송 등 5명이 같이 걷게 된다. 출발에 앞서 반드시 생수를 준비해야 했는데 주변에 가게가 없고 급히 떠나느라 물을 챙기지 못했다. 어제 남은 물은 금방 바닥났으므로 우리 패는 마애리까지 가는 동안 2시간이 넘도록 갈증으로 고생했다.

한옥호텔 사거리에서 남쪽을 향해 출발해서 신도시 홍보관과 한옥호텔 사이 길을 지나면 바로 호민저수지(好民貯水池) 옆으로 빠지는 작은 농로를 이용할 수 있었다. 호민저수지의 호칭 유래에 관해 재미있는 설화가 있다. 이곳 농지를 관개하기 위해 저수지가 필요한데 남자들이 아무리 못을 막아도 계속 못이 터지는 중이었는데, 어떤 여자가 서쪽으로

경북도청에서 출발해 안동 시내를 향해 힘차게 출발

물길을 내보라고 알려주므로 말대로 했더니 못이 터지지 않았다고 해서, 여자가 만든 저수지라는 뜻으로 여자지(女子池)라 불러왔다고 한다. 일제 말에 어감이 이상하다 해서 호민저수지로 개명했다.

저수지의 개명과 관련해 파호로(破虜湖)에 대해 말하지 않을 수 없다. 강원도 양구군 양구읍에 위치한 파로호는 1968년 협곡을 막아 수력발전소(면적 39km², 10억 톤)로 세워진 호수이다. 6·25전쟁 당시 큰 호수였던 주변에서 중공군을 크게 무찔렀기에, '오랑캐를 크게' 무찌른 것을 기념해 파로호로 고쳐 부른 지 70년이 흘렀다. 최근 중국이 파로호의 개명을 요구하는 것은 내정간섭이다. 중국은 이민족 국가를 모두 오랑캐(東夷西戎南蠻北狄)라 부르면서 우리가 그들을 오랑캐(虜)로 부르는 것을 용납하지 못하는 것은 불공평하다. 각 나라가 다른 나라, 다른 민족을 어떻게 부르는가는 독립주권의 상징이다. 중국은 일본을 왜(倭)로, 일본은 미국을 쌀(米)로 부르지 않는가? 중국은 역사상 외국을 무수히 침략하고 승리했다고 자찬하면서, 남의 나라 국민이 전쟁에서 승리하고 이를 가리켜 오랑캐를 쳐부수었다(破虜)고 말하고 적지 못하게 한다면 제국주의 구태를 벗어나지 못한 오만한 내정간섭이니만큼 결코 용납되어서는 안 된다.

길은 풍천정미소를 지나 풍산들로 연결된다. 병산리쯤 낙동강을 만난 후 낙동강을 따라 조성된 자전거도로 겸 찻길을 이용한다. 엄청나게 넓은 이 강둑과 저 강둑 사이로 낙동강 하상 가운데 강물은 작은 길을 내고 흘러가고 나머지 유역은 자갈밭 아니면 풀이 우거져 있다. 그리고 풀밭과 자갈밭 사이로 선명하게 차들이 지나간 차바퀴 자국이 나 있는 것이 보였다. 우리의 진로는 하리리에서 낙동강으로 흘러드는 조그만 지천(支川) 때문에 바로 건너편 강둑으로 직진하지 못하고 상당히 멀리 하리리 쪽으로 북상했다가 다리를 건너 다시 남하하는 자전거도로다.

하회삼거리(풍천정미소)

이번에도 진로와 관련해 또 패가 갈렸다. 강둑을 내려가 하상 안으로 난 찻길을 가면 거리를 줄일 수 있다는 패와 그냥 돌아가더라도 안전하게 자전거도로를 이용하자는 패로 의견이 갈렸다. 의견통일을 보지 못하고 한 패는 강 유역 안 도로로 가고 다른 패는 자전거도로를 그대로 갔다. 청

남(進), 듬(處), 길(道)

하리리 부근 자전거길 표지판

송과 나는 강 유역 안 도로로 갔는데 중간쯤 가니 길이 끊어지고 지천(支
川) 물길이 앞길을 막았다. 다
시 돌아가기란 도저히 내키지
않은 일인데다 다른 일행과 거
리가 너무 떨어지게 된다.

　지천 아래위를 헤매고 있
는 사이에 다른 패는 벌써 강
둑 위에 서서 우리를 기다리며
내려다 보고 있다. 다행인지
지천을 건너가는 징검다리를
발견했다. 징검다리를 건너려
면 우거진 풀숲을 헤치고 접근
한 다음에 물이 넘실거리는 아
슬아슬한 돌들을 딛고 건너야

지천을 건너기 위해 사투를 벌이는 모습

했다. 몸이 둔한 나는 몇 번이나 물에 빠질 뻔하고서야 겨우 건넜다. 건 넌 다음에도 높이 자란 풀을 헤치고 강둑으로 접근한 다음 가파른 강둑 을 엉금엉금 기어서 겨우 올라가 일행들과 재회했다.

동물도로사
(로드킬 road kill, 길죽음, 동물횡사)

하리리 강둑길을 걸으면서 길 바닥에 차에 밟혀 죽어진 뱀의 사체들을 유 난히 많이 발견했다. 이번 걷기 중 차 에 치어 죽어 길바닥에 사체가 방치된 동물들을 많이 보았다. 죽은 동물 중 가장 많은 숫자를 차지하는 것이 뱀이다. 아무래도 걸음이 느리니까 도로에 올라왔다 하면 길에서 횡사할 것이다. 다음으로 고양이, 고라니 순으로 숫자가 많은 것 같다.

평창동 동네 길을 산책하다 보면 길고양이나 들개를 많이 목격한 다. 길고양이는 위협을 느끼지 못하지만 들개들은 덩치도 크고 무리 지 어 다니므로 사람들에게 위협감을 준다. 고향 부남에서도 가라골 할아 버지 산소를 갈라치면 주변에 매거나 풀어놓은 개 무리가 무려 20마리 가 넘는다. 아우들과 같이 가서 덜 무섭지 만약 혼자라면 어떤 공격을 당 할지 무서운 생각이 들 것이다.

평창동 길고양이 중에는 몸이 뚱뚱한 고양이도 있다. 그 고양이는 임신한 고양이다. 그래서 얼마 후에는 작은 고양이 여럿을 데리고 나타 난다. 길고양이는 사람을 보면 바로 피한다. 그런데 가끔 사람을 피하지 않는 고양이를 본다. 그 고양이는 가까이 가보면 침을 흘리는 등 병색이 완연하다. 아마 죽음이 임박했을 것이다. 길죽음으로 인해 타살된 것을 제외하고 동물들의 사체를 본 적이 없다. 아마도 동물들은 스스로 죽음 을 예감하고 아무도 모르는 그리고 자신만이 아는 영원의 안식처에 몸

남(進), 듬(處), 길(道)

을 뉘이나 보다.

반려동물의 불행, 인간의 독랄성

고양이나 개나 모두 사람들의 필요에 의해 생식시키고 양육하는 것인데 사람이 필요 없다 해서 후속 대책 없이 몰래 버리면 길고양이나 들개가 되고 만다. 길고양이나 들개는 원치 않는 생존의 위기 속에 내몰린다. 인간이란 좋을 때는 예뻐하고 물질적으로 또 심정적으로 애정을 쏟지만 싫어지는 순간 냉정하게 돌아서고 다시 나타나면 죽이려고 덤벼든다.

인간의 본성 속에 숨겨진 야만성, 가학성, 독랄성(毒辣性)을 부인할 수 없다. 헌법에 따라 국민의 직접 투표로 뽑은 대통령에 대해 헌법에 없는 촛불로 탄핵하는 광기와 이를 어쩌지 못하는 무기력 역시 천사성보다 악마성이 더 강해진 현대적 인간성 그 자체의 발로이리라.

옆집에서 큰 개를 키웠다. 그 개는 훈련을 잘 받고 성질이 양순해서 누구에게도 짖지 않는다. 다만 집에만 매여 있다 보니 우울증이 왔는지 끙끙대는데 마치 우는 것 같다. 말은 못하는데도 그 감정이 옆집에 사는 나에게로 바로 와닿고 애처로운 생각이 들었다. 몇 년 후 그 개는 결국 다른 곳으로 입양되었다. 반려동물 중에서 주인 입장이 아닌 동물 입장에서 행복한 비율이 얼마나 될까? 사람들이 자기 입장에서만 위안을 얻고 만족을 얻는 것일 뿐, 동물의 입장에서 봤을 때 무시무시한 학대일 수도 있다.

자신이 키우는 동물만 귀중히 여기고 나머지 수많은 불쌍한 동물들에는 아무런 관심이 없는 단세포 사람들에 대해 경멸을 표하고 싶다. 특히 국가 지도층 인사들이 길고양이나 들개의 애환이나 길 죽음에 대해

낙동강변 자전거길

아무런 관심이나 견해 표명도 없이 자신 곁에 있는 동물만 애지중지하고 이를 자랑하는 것을 보면 그 이중잣대적 단견(短見)에 환멸을 느끼게 된다. 말 없는 동물들도 생명체다.

자전거길을 이용하는 사람들이 쉴 수 있는 하리리 정류소가 있다. 이곳에서 햇빛을 받지 않고 양말까지 벗고 쉴 수 있었다. 마침 풍산읍에서 산책 나왔다는 여성 2명이 지나길래 물을 구할 수 있는 가게가 있는지 물어봤지만 근방에는 전혀 없다고 한다. 두 분이 농촌에 살면서 농사철에 대낮인데도 농사일에 전념치 않고 산책을 나올 수 있다는 것도 예삿일은 아니다.

마애리와 송안군, 그리고 진성 이씨

음식물자원화시설을 지나 마애리에 들어서기 전부터 진작에 우리 패 전원이 식수가 떨어졌다. 국도로 가지 않고 물을 구하기 위해 마애리 동네길로 들어섰다. 혹시나 동네 안에 슈퍼나 구멍가게라도 있나 싶어서다. 발이 빠른 심온과 청송이 앞서 가더니 시야에서 사라졌다. 나와 용두는 중간에 또 한 번 쉬고 마을을 지나는데 청송이 어느 집 현관에서 우리를 소리쳐 부른다. 마을 안에서 어르신

남(進), 듬(處), 길(道)

한 분을 만나 물 구할 데 없느냐고 묻자 가게는 없고 당신 집에 자동 정수기가 있어 물을 주겠다고 하셨다는 것이다. 따라 들어가 찬물을 따라 계속 벌컥벌컥 마셨다. 갈증을 해소한 다음 빈 생수병에 찬물을 가득 채웠다. 어르신은 우리가 애처로워 보였던지, 당신 냉장고에 보관된 냉동된 생수병을 각 1개씩 주신다. 너무 인자하시고 친절하신데 감사함을 제대로 표시하지 못했다. 물을 얻어 나오면서 대문을 살펴보니 '호국보훈의 집'이라는 명패가 보였다. 역시 나라에 충성을 다했던 가정은 자손들의 태도부터 달랐다. "보시하는 공덕이 최고다(布施 功德 最好)." 이 글을 빌려 다시 한번 감사의 말씀을 드린다.

마애리 안에 고려송안군유허비(高麗松安君遺墟碑)가 서 있었다. 마을의 규모에 비해 유허비는 꽤 큰 편이다. 송안군 이자수(李子脩)는 고려 공민왕 때 사람으로 1361년 황건적의 2차 침입으로 인해 공민왕이 개경을 버리고 안동으로 피난했을 당시에 방어사령관 정세운(鄭世雲)의 부장(副將)으로 황건적을 막아내고 수도를 회복하는 데 큰 전공을 세워 안사공신에 책봉되고 송안군이라는 봉호를 받았다.

고려 송안군 유허비

송안군의 조상은 대대로 청송 진보 관아에서 서리를 맡아왔지만 송안군이 높이 올라감으로 인해 진성 이씨(眞城 李氏)라는 본관(本貫)을 처음으로 사용하게 된다. 진성 이씨의 시조(始祖)는 송안군의 부 이석(李碩) 공이고 송안군의 5세손이 퇴계 이황 선생이다. 공민왕은 위

전쟁 당시에 제일 먼저 항복한 수원부를 수원현으로 강등시키고 용맹스럽게 항거한 안성현은 안성군으로 승격시켰다. 또한 반격의 보루가 된 안동은 당시 지명이 복주목(福州牧)이었는데 안동대도호부(安東大都護府)로 승격시키는 등 사람이 아닌 지역에 대해서도 논공행상을 시행했다. 안동이란 지명은 이때부터 유래한다.

남명(南冥)과 퇴계(退溪)

진성 이씨는 고려 말까지 한미했지만 송안군으로 인해 귀족의 반열에 오르고 그 5세손 퇴계(退溪) 이황(李滉)이라는 거유(巨儒)를 배출함으로써 누구도 부인할 수 없는 사대부 가문으로 확정된다. 그와 동시대를 산 조선시대 또 하나의 거유 남명(南冥) 조식(曺植)을 언급하지 않을 수 없다.

남명 조식과 퇴계 이황은 1501년(연산군 7년) 탄생한 신유생(辛酉生) 닭띠 동갑으로, 누대로 벼슬을 지낸 집안에서 태어나 젊어서부터 학문에 정진하며 이미 30대 후반에 경상좌도에는 퇴계, 우도에는 남명이라는 찬사를 들을 정도의 학문의 성취를 이루었을 뿐만 아니라 수 많은 제자를 배출하는 등 공통점이 많은 분들이다.

다만 남명은 저작보다는 실천에 우위를 두어(程朱以後 不必著述, 居敬執義) 임진왜란 당시 곽재우(郭再祐), 정인홍(鄭仁弘), 김면(金沔) 등 수많은 의병장을 배출했다. 반면에 퇴계는 사변적이며 저작이 많고(四端七情分離氣辯, 理貴氣賤) 일본 주자학에까지 학문적 영향을 미쳤다. 퇴계의 수제자 중에 임진왜란 당시 조정의 전쟁 수행을 총지휘한 유성룡(柳成龍)도 있고 전쟁 직전 일본에 가서 직접 침략의 징후를 제대로 보고하지 못한 김성일(金誠一)도 있었다.

남명과 퇴계는 서로 깊이 존중하기도 했지만 또 한편 남명은 퇴계에게 "물뿌리고 청소하는 절차도 모르면서 천리를 논하고 허명을 탐해 사람을 속인다(手不知洒掃之節而口談天理計欲盜名而用以欺人)."는 편지를 보냈다. 그러자 퇴계는 남명을 "상대에게 오만하고 세상을 경멸하며(傲物輕世) 노장을 숭상하니(老莊爲崇) 이런 뻣뻣한 선비는 중도를 구하기 어렵다.(高亢之士難要以中道)"고 평하기도 했다.

　두 분은 전국을 걸으면서 백성의 삶을 직접 보고 나라의 존망과 백성의 삶을 걱정하는 경세제민의 유학을 추구했다는 점에서는 차이가 없었고 서로 다름을 존중하는 구동존이(求同存異)라는 선비정신을 잃지 않았다고 본다. 다만 각 제자들은 남북 분당(南北 分黨)을 통해 서로 건널 수 없는 적이 되고 수백 년을 다툼으로써 중앙 정계에서 공멸하는 어리석음을 저질렀을 뿐만 아니라, 국부를 증강시키고 백성의 삶을 개선하는 경세제민에 무관심해 조선반도를 빈곤의 늪에 빠뜨린 장본인이라는 역사적 비난에서 자유롭지 못하다.

남명의 시(詩)에 나타난 백성 걱정

嗚咽蒼生稔益飢 果腹噎懷書不得
우는 백성들 풍년에 더욱 배고프니
가슴이 메어 글로 쓸 수 없다.

- 贈 黃江

憐君貧到骨

그대 가련하다. 뼈에 사무친 가난.

- 贈 崔賢佐

忍飢獨有忘飢事 總爲生靈無處休

舍主眠來百不求 碧山蒼到暮溪流

배고픔 참는 길은 배고픈 일을 잊는 것뿐이니

모든 백성들 편안할 데가 없다.

나랏님은 자기만 하고 아무것도 하지 않고

푸른산 푸른빛만 계곡에 비친다.

- 有感

始雖微於一念一婦 終責報於皇皇上帝 ……

是大權之何在 只在乎吾民之手兮

비록 한 여성의 한 원한에서 시작하겠지만

마침내 하늘이 심판할 것이고

대권이 어디로부터 오겠는가?

우리 백성들의 손으로부터 오네.

- 民巖賦

남명과 퇴계의 1568년 무진봉사(戊辰封事)

두 분이 같은 해에 백성의 어려움은 그 원인이 지방관아의 서리(胥吏)들의 횡포에 있음을 알리고 그 시정을 구하는 상소문을 올린 사실도 공교롭다. 두 분이 위 상소문을 올린 이유는

남(進), 듦(處), 길(道)

결국 서리를 제대로 지휘감독하지 못하는 양반 관료, 그리고 양반 관료를 지휘감독하지 못하는 임금에게 그 책임이 있음을 지적하고 문제점을 시정해 백성을 위한 정치를 펴도록 요구하는 데 그 근본적 취지가 있을 것이다. 이러한 취지는 매계가 언급한 장자 30편(說劍)에 나오는 3개의 칼 중 천자의 칼, 제후의 칼 이야기와 일맥상통하기도 한다.

남명의 무진봉사　　　　　　　　　아전들이 도적이 되고 모든 직역이 공모해 나라 정신을 갉아 먹고 나라의 맥을 도둑질하고 있으니 나라를 망친 뒤에라야 그칠 것입니다. 그런데도 나라의 법을 맡은 관리들이 감히 따져 묻지 못하고 형벌을 맡은 관리도 처벌하지 않습니다. 혹 어떤 관리가 규찰하려고 하면 견책을 받거나 담당 업무를 빼앗기게 되니 뭇 관리들은 팔짱을 끼고서 월급만 받아먹고 지낼 뿐입니다.

小吏爲盜 百司爲群 入據心胸 賊盡國脈 則不啻攘竊神祇之犠牲牷. 法官莫敢問 司寇莫之詰. 或一介司員稍欲糾察 則譴罷在其掌握 衆官束手僅喫餉廩.

퇴계의 무진봉사　　　　　　　　　서울이나 지방이나 관리들과 그 부하들이 관납품을 이리처럼 뜯어먹고 오히려 부족해 나라 창고까지 도적질해 텅 비게 만듭니다. 해안 진지 지휘관들은 군졸을 착취하고도 모자라 주변 백성에게까지 해독을 퍼뜨립니다.

抑京外胥僕 狼噬納使而猶不足盜空府庫. 鎭浦師將虎呑軍卒而猶不饜毒徧隣族.

관료의 부패, 망국의 지름길　　　관료의 부패와 무능은 망국의 지름길이다. 우좌 정권의 단기적 교체와 상대 진영 죽이기를 통한 한풀이식 승자독식 정치의 반복으로 인해 관료들의 눈치보기가 극성이다. 오직 자신의 안위와 승진에만 혈안이 될 뿐, 국가의 이익이나 국민의 삶은 관심 밖이었다. 무사안일과 부패에 빠졌지만 어떤 정권도 이를 바로잡을 수 없다. 우좌집권 때마다 정권 입맛에 맞게 줄서기와 줄세우기가 횡행해 공무원들이 중립적 입장에서 경세제민을 실천하는 직업공무원제도는 사실상 무너졌다고 본다. 진영에 영합하고 그들 앞에 앞장서면서 국민을 보지 않은 지 오래다. 시류를 타는 공무원은 위험하다.

촛불의 분노는 순간적으로 멋있게 보일 수는 있어도 그 속에 철학을 담고 있지 않으므로 영속성은 없다. 한순간의 분노로 그동안 쌓아놓은 문화와 제도를 한꺼번에 무너뜨려서는 안 된다. 한옥 한 채를 지으려 해도 수많은 기술자와 수많은 연장과 재료와 일정한 건축기간이 필요하다. 그렇지만 지어진 한옥을 때려 부수는 데는 일순간이다. 다시 새로운 한옥을 짓기보다는 기존의 한옥을 잘 유지보수해야 한다. 촛불의 분노를 이겨내고 흔들림 없이 경세제민하는 군자형 관료가 필요한 시점이다. 근육과 정신세계는 한순간에 형성되지 않는다. 일정한 노력과 시간이 꼭 필요하다. 관료들에게 자강정신(自彊精神)과 직업적 양심(良心)을 지키게 하기 위해서 화랑정신(花郞精神), 사림정신(士林精神), 사수정신(死守精神)은 재조명되어야 한다.

망천, 그리고 두보초당까지

유허비에 의하면 송안군이 세거지인 청송 진보에서 안동 마애촌으로 이거해 처음으로 이 마을을 개척했고 당시 마을 이름을 망천(輞川)이라 명명했다. 망천은 당나라 시인 왕유(王維)가 만년에 살았던 마을 이름으로 "아름답고 은퇴 후 살기에 적당한 마을"의 대명사가 되었다. 왕유를 비롯해 많은 시인들이 망천을 주제로 시를 읊었다. 당나라의 수도는 지금의 쏸시성(陝西省) 시안(西安)으로 당시에는 장안(長安)이라 불렀다. 장안의 남산이 종남산(終南山)이고 망천은 종남산 자락에 있으며 지금 행정구역상 쏸시(陝西省) 란티엔(藍田縣)에 속한다. 망천뿐 아니라 종남산도 불교 및 도교의 사원이 많고 무협지에 많이 등장하는 이름이라 약 400년 이후의 이웃나라 사는 우리에게까지 친숙하게 들리는 것이 신기하기만 하다.

왕유의 시 한편을 소개한다.

망천 별장(輞川 別業)

依遲動車馬 惆悵出松蘿
忍別靑山去 其如綠水何

망설이듯 더디 수레가 움직이고 서글피 솔밭 벗어나는데
청산은 이별했다마는 저 녹수는 또 어찌하나

당나라 3대 시인 왕유(699-759), 이백(李白, 701-762), 두보(杜甫, 712-770)는 동시대 사람이다. 왕유와 이백은 거의 동년배고 두보는 10여 세 후배다. 두보의 시를 매계 선조가 한글번역(杜詩諺解)하셨으니 두보의 시 한편을 읊고 지나가지 않을 수 없다.

밤에 내리는 반가운 비(春夜喜雨)

好雨知時節 當春乃發生
隨風潛入夜 潤物細無聲

野徑雲俱黑 江船火獨明

曉看紅濕處 花重錦官城

좋은 비 때를 알고 내리니 봄을 맞아 풀들이 소생한다.

바람 따라 밤 틈타 몰래 들어와서 만물을 적시고도 소리조차 없다.

들과 길 구름으로 어두운데 강의 배 불빛만이 밝다.

새벽에 일어나 젖은 꽃을 보니 성도에도 꽃들이 많이 피었겠구나.

이 시를 읽을 때마다 청뚜(成都)의 두보초당(杜甫草堂)이 생각나고 두보초당의 아름답고 서정적인 대나무 숲 등을 배경으로 촬영한 우리 영화 호우시절(好雨時節), 그리고 주연배우 정우성과 까오유엔유엔(高圓圓) 사이의 쉽게 다가가지 못하지만 결국은 맺어질 것 같은 연애가 생각난다. 이어서 청뚜에 있는 제갈량을 기리는 무후사(武侯祠)가 생각나고…… 꼬리에 꼬리를 무는 상념에 잠시 사로잡혔다.

송안군 말년 또는 그 아들 대에 이르러 마애리는 큰 홍수가 덮쳐 안동 와룡면 두루(周村)로 이사했다가 송안군의 3세손 중 한 분이 다시 마애리로 복귀했으며, 또 일부 자손은 도산면 온혜리로 이거해 현재도 집성촌을 이루고 살고 있는데 이분들을 온혜파라 부르며 퇴계의 직계로 알려져 있다.

온혜리, 이국환과 권오창

온혜리 진성 이씨와 관련해 개인적으로 판사 출신인 두 명의 법조인을 떠올린다. 고교 동기 이국환(李國煥)은 예안면 출신이다. 고교 2학년 같은 반이기도 했지만 대학 1년 기숙사 시절부터 2001년 영원히 이별할 때까지 같이 술 마시며 인생과 장래를 논했다. 마음의 벗 그는 말이 별로 없지만 사람이나 사물을 보는 눈이 정확했다. 가인박명(佳人薄命)인가. 그는 젊은 나이에 병마 때문에 판사를 그만뒀으며 잠시 변호사 활동을 하다가 곧 가족들과 친구를 버리고 떠났다. 사람의 존엄과 생명은 누구나 다 똑같이 무한대의 가치를 가지므로 다 같이 평등하게 존중받아야 한다. 그래도 사법농단이란 소용돌이 속에서 줏대 없이 표류하는 작금의 판사들을 보고 있노라면, 인생사를 달관한 듯 세상을 균형 있게

1977년 서울법대 2학년 재학 중 고교 동기생들과 야유회(앞줄 오른쪽이 고 이국환)

바라보던 이 친구의 삶이 더욱 차별적으로 내게 다가온다.

또 한 명은 권오창(權五昶) 변호사다. 2011년 국가미래연구원 법정치분과 활동을 같이 하면서 알게 된 이후 지금까지 술친구다. 판사 시절 기존 법리를 뛰어넘는 판결도 여러 번 내린 똑똑한 판사다. 겪어보니 사회현상을 외면 않고 날카롭게 바라보고 해결책을 제시했으며 문장력, 표현력도 뛰어났다. 세기 히로시(瀬木 比呂志)가 말한 절망의 재판소에도 가끔 존재하는 A급 판사다. 이런 사람은 판사로만 썩어서는 안 된다. 누구라도 늘 곁에 두고 도움을 받고 싶은 사람이다. 최근 그가 모친을 축수(祝壽)하기 위한 책《어머니를 위한 노래》를 냈다. 그 책을 통해 모친이 바로 온혜리 이씨 집안 출신임을 알게 되었다. 또 그의 고모가 집에서 부르는 이름이 '붙들이'란다. 나의 어릴 적 이름도 붙들이다. 과학적 의료가 발달하지 못했던 시절, 아이들은 작은 질병에도 이기지 못하고 일찍

곽상도 민정수석 취임 축하모임(뒷줄 맨 왼쪽이 권오창 변호사)

세상을 떠나는 경우가 많았다. 이미 아이들을 잃어본 부모들은 새로 태어난 아이라도 떠나지 못하게 붙들고 싶었을 것이다. 그래서 붙들이란 이름이 생겼다.

　　마애리를 벗어나면 도로변에 마애선사유적전시관(麻崖先史遺跡展示館)과 마애솔숲문화공원이 보였다. 그곳 정자에서 잠시 쉬면서, 전시관도 둘러보고 싶었으나 문이 잠겨 있었다. 식수 공급장치가 있어 또 물을 보충했다.

회자정리　　　　　　　　전화기가 울린다. 장덕회 친구 조원제
　　　　　　　　　　　　　다. 오늘 점심을 살 테니 부근에 식당
이 있느냐고 물어본다. 파악할 수 없다고 했다. 원제는 풍산읍(풍산읍은 경북 북부청사의 서편에 있고 우리가 전날 지나온 곳이다.) 내에 황소곳간이란 유명한 고깃집이 있으니 그곳에서 점심을 사겠다고 한다. 걷는 길 도중에 있

　　　　　　　　　　　　　　　　　　　　남(進), 듬(處), 길(道)

는 곳이 아니니까 길을 가면서 서로 연락해서 중간에서 만나 픽업을 해 점심을 먹고 다시 원래 있던 곳에 데려다 주겠다고 제의한다. 안 그래도 중식 장소가 마땅치 않아 고민하던 중이다. 고마운 마음으로 승낙했다. "음식 보시는 최상의 즐거움이다(飲食施 無上快樂)."

곧 낙동강을 가로지르는 단호교(丹湖橋)를 건너자 좌측은 낙동강, 우측은 낮은 산을 끼고 신작로가 나왔다. 꽤 경사진 길을 걸어서 단호리 마을 앞 보호수 밑에서 잠시 쉬고 햇빛 내리쬐는 단호들을 가로질러갔다. 이곳 토질이 붉으므로 물도 붉은색이라 단호리가 되었다 한다. 지쳐서 속도가 나지 않는다. 조금 가다 쉬는 것을 반복하며 들길을 지난다.

단호들을 건너며 50여 년 전 초등학교 등하굣길이 생각났다. 홍원 갱빈마('강변 옆 마을'의 사투리) 집에서 대전초등학교까지는 약 2킬로미터인데 매일매일의 등하굣길이 왜 그리 멀게만 느껴지던지…… 특히 겨울이나 여름철에 나무 하나 없는 중보들 한가운데로 난 신작로를 지나는 일은 큰 고역이었다.

마침내 단호들 중간에서 달려오던 원제의 승용차를 만났다. 정원 초과상태로 풍산읍 황소곳간까지 이동한다. 식당에서 제공하는 물을 엄청나게 마셨다. 안동 한우를 푸짐하게 먹었다. 주변 슈퍼에서 생수를 여유 있게 샀다.

그리고 원제는 다시 우리를 단호들 중간에 내려다 주고 매정하게 떠나간다. 회자정리(會者定離)란 말이 실감나게 다가온다. 모든 만남은 떠날 때 섭섭함과 안타까움을 남기나 보다. 과거 검찰 재직 시 2~3년 만에 한 번씩 인사이동을 겪으면서 동료를 보낼 때나 스스로 떠날 때 송별연에서 나는 이렇게 외치고 건배 술을 마셨다. "술이나 이별은 습관화가 안 된다. 술은 마실 때마다 괴롭고 이별도 할 때마다 괴롭다. 부디 행복하세요."

단호들에서, 원제 승용차를 배경으로 원제가 찰칵

　낙암정(洛巖亭)을 지난다. 낙암정은 배환(裵桓, 1378-1448)의 후손들이
그를 기려 만든 정자다. 배환도 도철과 같은 흥해(興海) 배씨다. 배환의
부 배상지(裵尙志)는 고려 관료였다가 조선 건국에 참여하지 않고 안동으
로 낙향해 은거했다.

　개곡리(皆谷里)로 통하는 검암교를 지나 또 계속 걷는다. 경북고 같
은 반 동기(同班同學)인 안동대학교 총장 권태환(權泰桓)이 전화했다. 금일
목적지가 어디인가? 안동검찰청까지다. 안동 쇠고기가 유명한데 그중에
서도 동부한우가 유명하다. 최근에 안동검찰청 쪽에 그 분점(정확한 명칭
은 동부소우촌)이 생겼으니 거기서 보자. 몇 시쯤 도착하나? 아마도 6시쯤.
그럼 거기서 보자. 전화를 끊는다. 알린 적은 없는데 아마도 언론을 통해
미리 알았거나 아니면 역시 같은 반 친구 김용승(金龍昇) 전 교육문화수
석의 귀띔이 있었지 않나 싶다.

　검암리 쪽으로 난 남일로를 쉬지 않고 걷는데 지칠 대로 지쳤지만
중간에 쉴 데도 마땅찮다. 아내로부터 현재 위치를 묻는 전화가 왔다. 제
대로 위치를 설명할 수 없다. 다만 검암교를 지났다는 것, 지금 주위로

　　　　　　　　　　　　　　　　　　　　　나(進), 듬(處), 길(道)

엄청나게 큰 고속도로급 도로들이 건설되었거나 건설되고 있다는 정도만 설명했다. 곧 아들 희태(僖兌)가 운전하는 차를 타고 아내가 우리 일행을 따라잡았다. 남후면(南後面) 검암리(儉巖里, 검방우 즉 검은 바위가 있는 마을)로 들어가기 전에 우리 패 앞을 가로막는다. 가족이라서 그런지 더욱 반갑다. 희태가 빵과 먹을거리를 내밀었지만 전부 고개를 젓는다. 내가 검암리로 좌회전해 배고개길(백호고개)을 넘어야 하는 상황을 설명한 다음, 일단 차를 다시 타고 나가서 아이스크림하고 시원한 물 좀 사오라고 일렀다. 검암리 마을 정자에서 쉬고 있는 동안 희태가 아이스크림 등을 사와서 시원하게 먹었다. 저녁 무렵 안동검찰청 부근에서 만나기로 하고 희태 모자를 보냈다. 곁에 있어봤자 도움이 안 되고 신경만 쓰일 테니까.

우리 패는 배고개 가파른 고개를 힘들게 힘들게 넘는 중에 자전거로 넘는 사람들을 만났다. 여성도 있다. 걸어서도 넘기 힘든 길을 자전거로 넘다니 인간의 한계란 어디까지인가 경이로울 뿐이다. 배고개 정상을 지나 내리막길을 내려가는데 초등학교 동기 조항래(趙港來)가 차를 몰고 나타났다. 나의 고향 걷기를 격려해주고 또 한전(韓電)에 재직하는 초등학교 동기 이용진(李龍鎭)이 정년 퇴직을 앞두고 지금 안동에서 교육을 받고 있는데 잠깐 얼굴을 보고 싶다고 해서 같이 왔다는 것이다. 길에서 이루어지는 의외의 만남, 이것만큼 반가운 것이 또 있으랴만 어찌해볼 도리가 없다. 차로 우리들 걷는 속도에 맞추어 계속 따라오길래 일단 안동검찰청 부근으로 가서, 찻집을 잡고 기다리라고 하고 보냈다.

배고개를 넘어간 후 안동대교를 만나기까지 낙동강 물줄기는 완전히 360도 틀어 되돌아 나가는 물돌이 지형이다. 질러가는 길이 없어 강을 따라 크게 둘러갈 수밖에 없지만 수하수변공원(水下水邊公園)이 잘 조성되어 있고 오후 바람도 불어 가벼운 걸음으로 산책길마냥 걸을 수 있

검찰청 앞에서 만세를 부르는 걷기 일행(사진 조희태)

다. 안동 시민들이 산책도 하고 운동을 하기도 하는 모습이 보인다. 한가
로운 분위기에 피로가 점차 사라져간다. 중간에 잔디밭에 앉아 한 번 쉬
었고 안동대교 밑을 지나 영호교 직전에서 큰길로 올라와 안동검찰청
입구까지 왔다. 희태가 검찰청 앞에서 사진기를 들고 기다리고 있었다.
프로 사진가로부터 기념사진을 얻고자 여러 가지 포즈로 촬영에 응했지
만 나중에 딱 한 장만 보내주었다.

이응태의 처(원이 엄마)의 편지　　　　　이곳은 안동시 정상동으로 새로이 택
　　　　　　　　　　　　　　　　　　　지를 조성한 곳이다. 1998년 택지 조
성과정에서 이응태(李應台, 1556-1586)의 묘를 발굴했다. 그는 180센티미
터의 거구였음에도 미생물에 의한 전염병으로 30세에 사망했다. 부장품
(副葬品)으로 그의 처의 편지가 나와 그 내용이 사람들의 심금을 울렸다.

　　　　　　　　　　　　　　　　　　　　　　　남(進), 듬(處), 길(道)

둘이 머리가 세도록 같이 살다 함께 죽자고 하시더니 어찌하야 날 두고 자네 먼저 가셨나요. 자네 여의고는 아무래도 내 살 수 없으니 수이 자네한테 가고자 하니 나를 데려 가소. …… 이내 편지를 보시고 내 꿈에 자세히 와 이르소. …… 나는 꿈을 자네 보려 믿고 있나이다. 몰래 뵈소서. 하 그지 그지없어 이만 적나이다.

이응태의 5대조가 고성(固城, 鐵城) 이씨 안동 입향조 이증(李增, 1419-1480)이며, 이증의 손자 이고(李股)의 외손자가 대구 구봉서원에 배향된 서성(徐渻, 1558-1631)이고, 이증의 사위가 조동호(趙銅虎, 1441-1514)로서 함안 조씨 청송 입향조 망운공의 증조부이다.

심온 등 걷기 패들을 먼저 동부소우촌으로 보내고 나는 부근 다방에서 기다리는 항래, 용진 그리고 같은 자리에 합석한 희태 모자를 만나 몇 마디 말도 못 나누고 헤어졌다. 항래에게는 사전에 이틀 후 부남 대전에서 초등학교 친구들과 고향 분들 모시고 점심 식사를 대접하기 위한 준비를 부탁해둔 일이 있었다. 준비 상황을 점검하고 잘 챙겨달라고 다시 한번 부탁했다. 희태 모자는 나의 빨래를 새 옷으로 교환해주고는 서울로 다시 떠났다.

권태환 총장, 조대제 교수　　　　동부소우촌으로 들어가니 권 총장이 "조대환 민정수석 귀향 800리, 얼러오소~ 욕 봤니더."라고 쓴 현수막을 걸어두고 나를 맞이했다. 또 안동대학교 조대제(趙大濟) 교수도 같이 있었다. 조 교수는 나와는 여러 가지 인연이 겹치는 관계다. 우선 초등학교 은사이신 조용하(趙鏞夏) 교장의 자제이자 나의 아래 동서인 조유제(趙有濟) 경북대 교수의 동생이기도 하

현수막을 걸고 환영받다(왼쪽부터 조대제, 심온, 권태환, 필자, 신용두, 도철)

다. 조 교장은 선고(先考)의 학교 동료이자 친구인데, 선고께서 유제와 처제를 중매하는 바람에 두 분은 겹사돈 관계이기도 하다. 조 교수 집안은 함안 조씨 신당공파 후손이다.

권 총장이 사주는 한우와 폭탄주를 실컷 먹고 기념사진을 찍었다. 식사 중 법무법인 하우 그리고 세월호특조위에서 함께한 이태희(李太熙) 국장과 그 친구 한 분이 옆방에서 기다린다고 전갈이 왔다. 반갑고 고마운 일이지만 이미 하루 일정을 마무리하고 내일을 위해 잘 시간이다. 두 분과는 잠깐만의 만남을 아쉬워하며 말 그대로 술 한잔씩만 나누고 헤어졌다. 식사를 마치고 권 총장은 챙 넓은 모자, 상의 안에 받쳐 입는 자외선 차단 내의까지 챙겨주었다. 천릿길을 걷는다는 소식을 들은 사모님의 특별선물이란다.

저녁을 마친 후 심온은 이제 일행에서 벗어나 대구 어르신 댁으로 갈 예정인데 그를 데리러 부인이 차를 몰고 와서 밖에서 기다린단다. 심온은 약사인 부인에게 반창고, 케토톱 등 발바닥 테이핑에 필요한 물품, 기타 장거리 걷기에 소요되는 의약품을 미리 부탁해 우리들에게 잔뜩

안동시 초입에서 보이는 낙동강과 대교의 모습

안겨주고는 떠났다. 그동안 수시로 필요한 약품을 며칠 분만 구입해 사용하던 것이 아주 풍족하게 되었다.

심온 부부의 금실과 효성은 칭찬받아 마땅하다. 여인이 혼자서 서울부터 차를 몰고 안동까지 오는 일은 여간 힘든 일이 아니다. 그리고 밤늦게 대구까지 야간 운전을 하는 것 역시 힘든 일이다. 주취한 남편과 야밤에 시댁을 방문해서 꾸중이나 듣지 않으면 다행일텐데도 묵묵히 효도를 다하기 위해 노력한다. 내일은 누가 운전할지 모르지만 바로 서울로 가지 못하고 수안보를 들러야 한다. 심온의 차가 수안보호텔에 주차되어 있기 때문이다. 수안보부터는 부부가 따로 차를 몰아야 되니 부인 입장에서는 또 혼자서 장거리 운전이라 수백 킬로미터의 고행이라 할 수 있다. 부인을 믿고 모든 것을 의지하는 심온이나, 힘든 내색 없이 남편에게 헌신하는 부인을 보면 부럽기 짝이 없다. 심온 부부의 이번 고생은 나로 말미암은 측면이 많으니 미안할 뿐이다. 친구를 위한 친구 부부의 무한 노고에 깊은 감사를 표한다.

도철은 당초 오늘까지만 같이 걷고 오늘 저녁이나 내일 낮에 안동에서 친구를 만나고 귀경할 것이라 말했었는데, 그 계획을 또 변경했다. 내일 목적지 길안까지 같이 걷고 떠나겠단다. 이왕지사 부남까지 같이 걷자고 간곡하게 권유했지만 단호하게 거절한다. 아마도 마음속으로는 끝까지 같이 하고자 하는 뜻이 있으리라. 다만 부남 출신도 아니고 아는 사람들도 없는데 혹시 부남 가서 많은 환영 인파가 나오면 어떻게 처신해야 할지 상당히 어색할 것이라 미리 짐작한 것 같다. 나는 이 의리의 사나이를 군자라 부르고 싶다. 결코 소인배는 아니다.

남(進), 듬(處), 길(道)

듬 열하루째 날(5. 21. 일)
안동검찰청에서 길안까지, 26,000보 27킬로미터

윤리적 원칙에 입각해 행동하면서 고통에 동정하고 분노하는 양심세력을 형성하고,
용기를 지니고 합리와 점진의 지혜를 발휘할 수 있는 세력을 키워야 한다. 교육만이
온당한 방법으로 정의를 바로 세울 것이며 경계를 넘어 대화하는 일을 가능하게 할
것이다. 교육받은 사람들은 고통의 시대를 여유를 지니고 비판적으로 성찰할 것이며
고통을 벗을 새로운 행동양식과 전략을 제공하고 그 실천에 앞장설 것이다.
- 조영달,《고통의 시대 희망의 교육》

　　　　　　　　　06시에 어김없이 일어났다. 아직도
옆에 있는 도철⋯⋯ 또 하루 더 같이 걸어주겠다는 도철⋯⋯. 스스로의
안락함, 스스로의 명분, 스스로의 이익을 생각하지 않고 못난 선배를 위
해 자신을 모두 버린 '참머시매'가 아닐 수 없다.

남편에게 밥 안 해주는 여자

07시. 도철, 용두 등 우리 패 3명은 검찰청 뒤에서 해장국집을 발견하고 해장국을 먹었다. 몇 쌍의 부부가 역시 등산복 차림으로 해장국을 먹고 있는데 아주 시끄럽다. 이야기의 주제는 남편이 집에서 세 끼를 다 찾아 먹으면 '삼식이 세끼(새끼)'라고 한다, 주말부부의 부인이 되려면 전생에 나라를 세 번은 구했어야 한다 등이다. 한 남자가 신나게 말하고 다른 남녀는 크게 웃음으로 호응한다.

인류 역사는 남녀 성간 투쟁(性間 鬪爭)의 역사이기도 하다. 지금의 남녀평등도 오랜 기간의 여권 투쟁의 산물이다. 앞으로의 역사의 대세 역시 남성 지위의 약화, 여성 지위의 상대적 상승 추세로 갈 것이 분명하다. 대세가 이러하다 보니 요즘 남성들은 남권 약화의 추세를 자인하는 데서 더 나아가 자학 수준으로 가속화하려는 경향마저 보인다.

양반이란 없다

지금은 폐기된 남존여비(男尊女卑) 사상의 기초는 유교(儒敎)이며 유교의 태두가 공자와 맹자다. 공자의 고향은 노(魯)나라이고 맹자의 고향은 추(鄒)나라다. 안동은 예로부터 유교사상이 깊이 뿌리박혀 있는 지역이어서 추로지향(鄒魯之鄕)이라 자부해왔다. 안동 시민들도 자신들은 양반의 후예이고, 안동 지방은 양반(兩班)의 본거지라는 자부심을 가지고 있는 듯하다.

그러나 타 지역 사람들도 그 출신지가 영호남이든 경기, 충청, 강원 지역이든 불문하고 하나같이 자신은 양반의 후손이라는 자부심을 가지고 있는 듯하다. 상민의 자손, 천민의 후예라는 말은 들어보지 못했다. 지금 한반도에는 과거에 벼슬한 사람들의 후예, 즉 모두 양반의 후손만 존재하고 그들은 스스로를 양반이라고 칭한다. 법률적·제도적으로 신분구별이 없어졌을 뿐 아니라 사람들의 마음속에서도 양반만 있지 상놈은 존재하지 않는다.

양반은 원래 동서반, 문무반을 합쳐서 지칭하는 말이니까 벼슬을 하는 관료라는 뜻이다. 그런데 이 개념이 관료를 배출할 수 있는 씨족의 개념으로 의미가 확장되어 쓰이기 시작한 지 오래다. 지금 우리에게 있어 양반의 후예란 무엇을 의미하는가? 신분적 개념인가 아니면 인격적 개념인가? 높은 인격과 훌륭한 행동을 하는 사람이라도 성(姓)과 씨족이 양반을 배출할 수 없는 가문 출신이라 해서 상놈(常人)이라고 천대하는 경우도 있고, 혹은 그의 출신배경과 무관하게 인격이 고매하고 행동거지가 방정하면 양반이라고 치켜세우는 경우도 있다. 양반이란 말은 사람들의 의식 속에 정신분열을 일으키고 있는 것이다. 이제는 양반 성씨(姓氏)와 본관(本貫)을 가진 것만으로, 혹은 높은 벼슬을 하거나 다수의 벼슬아치를 배출한 가문의 후손이라는 이유만으로 양반이라고 우기는 행태나 세태를 용납해서는 안 된다.

양반의 대체 용어로서의 군자　　사회적 신분이 존재하지 않고, 관료를 배출하는 데 씨족(氏族)적 배경도 필요 없는 헌법제도하에서 우리는 사람이 모두 동등하고 평등하다고만 하고 지나가 버릴 것인가? 그렇지 않다고 본다. 사회에는 고매한 인격과 훌륭한 행동모범을 보이는 사람이 있다. 그렇지 못한 사람들이 그러한 사람들을 지도자로 인정하고 그들을 흠모해 본받고 그들의 지시에 따른다면 이 사회는 더욱 높은 단계로 발전할 것이다. 만약 그렇지 않다면 사회는 천박한 사람들의 축생 지옥으로 변모하고 말 것이다.

어느 사회나 그 사회를 이끌어가야 할 지도층이 갖추어야 인품, 품격과 행동 기준이 있어야 하고, 또 그러한 지도층으로서 갖추어야 할 덕목을 고루 갖춘 사람을 부르는 호칭이 있어야 한다. 지금까지 남아 있는 양반이라는 용어는 그러한 사람을 부르는 개념으로 더 이상 적합하지 않다.

스스로 인격을 닦는 자강정신, 사익보다 공익을 앞세우고 자신을 희생하려는 윤리적 행동의식과 헌신적 공인의식을 총합한 '고매한 품성과 훌륭한 행동이 합일(合一)된 인격체'를 지칭하는 용어가 필요하다. 그것은 새로이 용어를 만들 필요도 없이 '군자'라고 하면 된다.

군자, 광자, 견자, 그리고 향원

선비공동체와 군자　　　　　　공자는 군자(君子)를 선비(士) 공동체 중에서도 으뜸으로 쳤다. 군자는 그릇이 아니어서 모든 것을 포용하고 모자람이 없는 전인격체(全人格體: 君子不器)이므로 다른 이와 편 가르기 하거나 차별하거나 배척하지 않는 사람이라고(和而不同) 했고, 맹자는 군자의 의미를 중도를 얻은 사람(得中道)이라고 했다. 즉 스스로 말하고 행하는 기준과 남의 말과 행동에 대한 평가가 일치하는 앞뒤 일관성이 있는 사람, 말과 행동이 일치하는 사람, 이중잣대를 적용하지 않는 사람을 말한다고 했다.

한편, 선비(士)는 원래 고대 중국의 통치계급 중 왕족 아닌 지배계층, 즉 경대부사(卿大夫士) 3개 계급 중 최하층 계급으로 글자를 익혀 통치계급의 명령을 하달받아 글자를 모르는 농사꾼, 장사치, 기타 가난한 서민들에게 알아듣게 전달하고 또한 서민들의 민원을 수렴해 문서화하

　　　　　　　　　　　　　　　　　　　　　　　　　　남(進), 듬(處), 길(道)

고 통치계급에 전달하는, 말하자면 통치계급과 피지배계층 사이의 중간 매개 계층이었다. 즉 선비는 관료 혹은 관료에 뜻을 둔 사람이다. 현대에 이르러 지도자를 관료에만 국한할 필요는 없다. 사회 각 방면에서 타의 모범이 되고 그 방면의 사회를 이끌 뿐만 아니라 더 나아가 사회 전체의 지도자급에 있는 사람 혹은 지도자가 되려는 사람을 총칭한다 할 것이다. 이를 총칭해 선비라고 하자. 그리고 선비 중에서도 지행합일하는 사람을 군자라고 부르자.

선비는 신분 세습에 의해 지배계층의 일원이 된 것이 아니고 오직 노력과 실력으로 글자와 문장을 깨친 사람으로 경전의 명령하는바 도덕 윤리에 입각해 서민 대중을 이끄는 지도자의 입장에 서게 된 것으로 자부심과 책무성이 대단했다. 그러므로 스스로 행동거지와 생활방식에서 서민들의 모범이 되고 또 서민들을 보살펴 더 나은 삶을 살도록 배려하는 엘리트의 자세를 유지할 수 있기를 염원했다.

선비계급들은 분배의 정의를 실천하고 인격적으로 서로 배려하면서 더욱 윤리적 책무에 충실한 인격체로 발전하고 이를 상호 격려하기 위해 공동체를 형성하고 국가 전체와 서민들의 삶에 도움이 되고자 모든 노력을 기울였다. 결국 선비는 개인적으로 독서인이자 국가를 지탱하는 공무원이며 서민을 위하는 엘리트 지식인의 역할이 부여되었다.

이러한 선비의 개념과 역할은 삼국시대, 통일신라, 고려, 조선시대를 관통해 우리나라 선비들의 정신과 행동에서도 그대로 드러난다. 군자에 해당하는 선비란 현실 세계에서 지극히 드물게 존재한다. 맹자는 독서인으로서 비록 군자의 철학과 행동에 철저하지는 못하지만 군자가 되고자 하는 이상과 양심을 잃지 않고 끊임없이 노력하는 사람(誠者天之道 誠之者人之道)을 상정하고 이러한 사람에 대한 기대와 희망을 잃지 않았다.

선비의 대부분은 향원　　　　　그런데 선비는 독서인이므로 공자는 선비(士)를 학자를 칭하는 유(儒)라고도 부르며 군자다운 선비(君子儒)와 소인배 선비(小人儒)로 구분했다. 그 구분은 결국 나라와 백성 등을 위한 공적인 일을 위해 일하고 자신을 위해서 일하지 않는 사람은 군자이고, 경세제민을 위한답시고 명분을 걸지만 실제로는 스스로의 이익만을 위해 행동하는 사람이 소인이며(주자 논어집주, 君子小人之分 義與利之間而已). 이러한 소인배를 향원(鄕愿)이라 부른다.

　　향원이란 겉으로 군자처럼 행동하고 다른 사람에 영합하지만 국리민복에의 헌신에 뜻을 두지 않고 오직 자신에게 이익이 되는지 여부만 관심이 있고 공직을 맡아도 도덕적 신념이나 실천이 부족하고(intgrity), 당연히 갖추어야 할 직업적 전문가적 능력을 갖추지 않아 그가 속한 직역의 신뢰성을 떨어뜨리며(commitment), 책임질 일은 하지 않거나 책임져야 할 때 책임을 모면하기 위해 책임을 전가하는(accountability) 사이비 선비다.

광자　　　　　공맹이 군자에 못 미치지만 그래도 포기하지 않은 선비의 유형은 광자(狂者)와 견자(獧者)다. 광자는 스스로 지향하는 바, 남에게 요구하는 바의 이상은 높지만 행동이나 실천은 그 이상에 충분히 따라가지 못하는 사람이다. 그래도 그 이상은 명분이 아니다. 끝까지 달성하려 노력하는 것이다. 실패의 앞에는 최선의 노력이 자리 잡고, 그 뒤끝에는 아쉬움은 있다. 거짓말은 없다.

　　현대인에 있어서도 새로운 세상을 예견하고 그 방법론까지 깊이 연구해 기회 있을 때마다 채택할 것을 소리 높여 외치는 사람은 광자라 부를 만하다. 세종대왕은 광자로 부를 수도 있다. 만주 지방과 대마도를 우리 국토로 만들려 그렇게 노력했지만 상무정신이 박약한 신하들과 약한 국력으로 인해 끝내 뜻을 이루지 못했다.

이승만 대통령은 북한이 국민의 자유와 민주를 부정하는 독재세력임을 간파하고 자유민주주의 정부를 세우는 결단을 했으나 끝까지 국민들에게 번영과 자유를 가져다주는 데 실패했다.

박정희 대통령 역시 번영을 가져다주었지만 인권을 희생 삼은 부분이 있었다. 일부 비난을 감수하고라도 국리민복의 신념을 높이 걸고, 그 소신을 실천하고자 최선의 노력을 다하는 자, 그 사람들이 바로 광자다.

견자   견(獧) 자의 한자 뜻은 고집이 세고 지조가 굳다는 뜻이다. 견자는 올바른 식견과 주관을 가지고 있지만 말하지 않고 행동하지도 않는다. 늘 남의 뒤에 처진다. 사람의 선과 악, 사물의 이치, 세상사 돌아가는 방향에 대해 균형감 있는 견해를 보유한다. 세상사에 눈과 귀를 열어두고 끊임없이 관찰하며 걱정하지만 제대로 한마디를 하지 않는다. 나름대로 세상을 구하는 방책을 가지고 있기도 하다.

그는 앞장선 자들에 대해 협조하거나 혹은 거부하거나를 선택할 뿐 앞장선 자들에 휩쓸리지 않는다. 거부를 선택할 때도 그 표현은 소극적이고 수동적이다. 그들은 평소 생업에 적극적이며 그것을 본분으로 여긴다. 결코 다른 이나 세상의 신세를 지지 않으려 하며, 복지 혜택을 받는 것을 수치로 여긴다. 투표나 여론조사 등 자신에게 주어진 권리는 정확하게 행사하지만 쉽게 남의 눈에 띄지 않는다. 주로 중산층이며, 이러한 샤이(SHY)하지만 자의식이 뚜렷한 견자가 많은 나라는 굳건하다. 견자가 힘을 잃고 소수파가 되면 나라는 뿌리부터 흔들린다.

다시, 향원

향원은 한마디로 정신적 촌놈이다. 국리민복에의 헌신이라는 공의(公義)보다는 자신의 이익 또는 진영의 이익을 노리면서도 민의로 포장하고 민주주의를 가장하는 사이비 지식인, 즉 강남좌파의 행태가 대표적인 향원질이다. 높은 학력을 가진 사람, 해외 유학한 사람 등 배운 사람이 지엽적 지식과 독단적 견해로 순진한 사람들을 현혹하고 억지 주장을 고집하는 것, 그리고 이것 때문에 시민들이 오도되고 나라가 망하는 길로 빠지게 되는 것을 부추기는 사람들이 향원이다.

보편적 인권을 부르짖으면서도 세계 최악의 인권탄압국인 북한 주민의 인권과 그 압제자의 제재에 대해서는 눈을 감는다. 대한민국 자유민주주의 헌법체제의 혜택이란 혜택은 다 누리면서도 자유민주질서를 전복하려는 반국가단체와 정당, 전국적 폭력시위의 주동자에 대해 온정적이다.

재벌이나 대기업을 비판하고 해체를 주장하면서 뒷구멍으로는 그들의 금전지원 혹은 편의를 제공받는 등 거래한다. 사법부가 자신들의 적에 대하여 단죄할 경우에는 온갖 찬사를 늘어놓다가도, 자신들에게 불리한 결정이 내려지면 갖은 비난을 악다구니처럼 퍼붓는다. 저들 국회의원이나 언론의 표현을 듣고 있노라면 우리나라에 천사가 지배하는 사법부와 악마가 군림하는 사법부 등 두 개의 사법부가 병존(竝存)하는 듯한 착각이 들게 한다. 미국을 철천지 원수라고 주장하면서 자식들은 대부분 미국 유학 중 또는 이중국적자다. 평등교육을 주장하면서 자신의 자식은 특수목적고나 자율형 사립고에 입학시키고 좋은 학군에 보내기 위해 위장전입을 서슴치 않는다.

국회와 헌재는 모든 성매매를 불법화하고 형사처벌한다. '결혼도 연애도 포기한' 삼포세대 젊은이나 '연애를 포기한' 노인들을 전과자로

나(進), 듬(處), 길(道)

만들어놓고, 원만한 성욕 해결책에는 관심이 없다. 있는 자들의 자유연애를 보호한다는 명목으로 가정의 순결, 건전한 성도덕을 파괴한다.

네덜란드는 1970년대에 이미 자발적 성매매 합법화 논의를 시작해 2000년 형사처벌을 없앴다. 성노동(sex work)을 직업으로 인정하고 성매매 여성의 건강과 복지 증진에 관심을 확대했다. 고루한 향원들의 소굴인 우리 입법부나 법조계에서는 꿈도 못 꿀 선진(先進)의 개명(開明)함이다.

헌법의 군필자 불이익 금지규정에도 불구하고 군필자 가산점 규정을 폐지했다. 종교의 자유는 양심의 자유와 엄격히 구분되는 개념임에도 특정 종교 신봉자들의 병역 거부행위를 양심의 자유라는 이유로 합법화했다.

젊은이들의 숭고한 국토수호 의지는 상처를 입었고 형평성과 상무정신을 무너뜨림으로써 신성한 국방의 의무는 가지지 못한 사람들의 낙인쯤으로 변질됐다. 지도층이 지키지 않는 나라는 아무도 지키려 하지 않는다. 지키고 싶은 나라가 아니라 도피하고 싶은 나라로 만들고 있다.

조선의 패망, 향원들 때문　　　　퇴계는 무진봉사에서 "향원들이 정의를 어지럽히는 적폐는 저열한 부류들의 대세 영합에서 비롯한 것이다. 잔머리 선비들의 세상을 속이는 폐단은 과거를 보는 사람들이 명예를 탐하는 데서 더욱 심해졌다. 하물며 벼슬길에 들어선 자라면 기회를 엿보아 줄을 타다 다시 속이고 배신하는 무리들이 어찌 없다고 하겠는가?(鄕原亂德之習濫觴於末流之媚世. 俗學迷方之患 燎原於擧子之逐名. 而況名途宦路 乘機抵巇 反側欺負之徒 亦安可謂盡無也.)"라 해서 특히 고위 공무원들이 이리 붙고 저리 붙고 하며 자신의 안일만 추구하고 경세제민에 대한 봉사를 포기한 것을 향원의 적폐라고 진단했다.

조선시대 지도층, 양반은 군자의 집단과는 차원을 달리 한다. 양반 중에는 올곧게 살고자 노력한 군자도 존재했겠지만 그들이 앞장서 나라를 이끌지 못했다. 조선시대 후기로 진행하면 할수록 양반들은 향원형으로 흘러 전정(田政), 군정(軍政), 환곡(還穀) 등 삼정의 문란을 초래하고 급기야 나라와 백성을 팔아먹는 매국노 집단으로 전락했다.

조선시대 양반은 유교 학문을 배워 그것으로 벼슬길에 나아간 것은 맞지만, 나라와 백성을 위해 경세제민을 실천하지 않고 사리사욕을 위해 부패를 일삼는 사람이 너무 많았다. 조선은 지도층의 부패로 정신세계의 혼돈과 국력의 황폐화를 가져와 결국 일본의 침략을 받고 망하게 된 것이다.

여성이 하늘의 반을 떠받들고 있다

안동검찰청 앞 영가대교(永嘉大橋)는 동북쪽에서 흘러오는 낙동강과 동남 방향에서 흘러오는 반변천(半邊川)이 만나는 합수형 지형이다. 영(永) 자는 파자하면 이수(二水)가 되므로 영가란 지명도 바로 합수형 지형을 의미하는 것이다. 이 강물의 이름이 언제부터 왜 반변천이 되었는지 유래를 알 수 없다. 대동여지도에는 금소천(琴召川)이 기재되어 있을 뿐이다.

중국에 "여성이 이 세상 하늘의 반을 떠받들고 있다(女人能頂半邊天)"는 말이 회자되고 있다. 이 세상 사람의 반은 여성이니 여성의 역할이나 권리가 남성과 동등하다는 말이다. 하늘의 반쪽 혹은 이 세상의 반쪽이라는 의미의 반변천(半邊天)이 요즘은 여성을 대신하는 말로 널리 쓰이고 있다.

강 북안 길은 육사로(陸史路)다. 안동 출신 시인 겸 독립운동가 이육사(李陸史, 본명 源綠, 1904-1944)의 호에서 따왔다. 이육사는 이황(李滉) 선생의 14세손이다. 이육사는 평생 독립운동을 한 분으로 1944년 북경에서 일제 경찰의 고문으로 숨지기까지 17차례나 일제에 의해 체포·투옥되었다고 한다.

반변천을 가로지르는 용정교를 건너며 다리 밑을 바라본다. 상수원(上水源) 맑은 물속으로 엄청나게 큰 물고기들이 평화롭게 어슬렁거리는 것이 잘 보인다. 반변천 북단은 시멘트 포장길인데 이름이 마들 제방길이다. 마들, 마뜰이란 지명도 전국에 널려 있다. 말을 놓아 기르던 곳 혹은 그럴 정도로 넓은 들이란 뜻일 것이다. 강 건너 저 멀리 안동고등학교가 보인다. 마들제방길은 가로수가 없다. 마침 큰 나무 한 그루 있어 그 그늘에서 잠시 쉴 수 있었다.

선어대 용 이야기

마들제방길이 끝나는 지점부터 34번 국도 경동로를 만나는데 도로 양단으로 자전거도로 내지 산책로가 마련돼 있다. 선어대 생태공원을 지나면 선어대교가 나온다. 선어대(仙魚臺)는 물고기가 신선이 된 곳에 세운 정자란 뜻인가 하고 안내판을 보니 인어용(人魚龍)이 살던 곳이다.

이 지역에 오랫동안 돈이 없어 장가를 못간 노총각이 살았는데 아무리 노력해도 돈을 모을 수 없자 이곳 깊은 강물(仙魚淵)에 뛰어들어 죽으려고 했는데, 그 순간 어여쁜 아가씨가 나타나 말렸다. 그녀는 이곳 깊은 소(沼)에 사는 인어(人魚) 용(龍)으로 승천(昇天)을 해야 하는데 임하못(臨河沼)에 사는 용이 방해를 해서 승천을 못하고 있으니 승천하게 도와주면 총각의 잘 살려는 소원을 들어주겠다고 제의했다. (둘이 가약을 맺고 평생을 해로했다는 기대를 저버리는 대목이다.)

총각이 어떻게 도와주면 되는가 묻자 모일 모시(某日 某時)에 이곳에서 임하용(臨河龍)과 일전을 벌이는데 이를 지켜보다가 "임하용아!"를 세 번만 외쳐주면 임하용이 그 소리에 주의를 빼앗기는 순간 인어용이 틈을 이용해 임하용을 공격해 이길 수 있다는 것이다. 막상 대결일이 닥쳐 두 용의 대결을 보던 총각은 혼이 빠져 그만 정신을 잃어버렸다. (극히 인간적 설정이다.)

인어용이 다시 찾아와 다음에는 차질 없이 도와달라고 부탁했고 두 번째 대결에서는 총각이 정신을 잃지 않고 "임하용아!"를 세 번 외쳐준 덕에 인어용이 승천하게 되었다. 물론 인어용이 승천하면서 폭풍우를 일으켜 부근 일대 지형을 바꾸고 신천지를 만들어 총각에게 새 땅을 만들어주어 약속을 지켰다는 내용이다.

어렸을 때 선고(先考)로부터 들은 이야기가 생각났다. 과객(過客)이 산중에 호랑이를 만났는데 호랑이가 사람을 잡아먹지 않고 자기는 이곳 산신(山神) 백호(白虎)인데 건너 산에 사는 황호(黃虎)가 이 산도 차지하려고 싸움을 걸어왔으며 마침 오늘 밤에 싸우는 날이니 싸움을 지켜보다가 "백호야!"를 세 번만 외쳐주면 자기가 용기백배해 승리할 수 있다고 부탁했다.

과객은 그러마고 약속했지만 역시 싸움을 보다 놀래서 똥을 한 바가지 싸고 기절해버렸다. (어린 아이들은 왜 똥 이야기를 오히려 좋아할까?) 다음날은 정신을 차리고 응원을 해줘서 백호가 이겼다고 한다. 백호는 은혜를 갚기 위해서 예쁜 색시를 물어왔는데, 알고 보니 부근 마을에 사는 장자(長者)의 무남독녀 외동딸이라 둘이 결혼하고 장자의 데릴사위가 되어 오랫동안 잘 살았다는 이야기다.

두 이야기는 비슷한 맥락인데 공통된 교훈은 "사람은 한 번 실수는 있을 수 있다. 실수를 반면교사(反面敎師)로 삼아 다시는 실수하지 않

남(進), 듬(處), 길(道)

으리라 마음을 다짐하고 실천에 옮기면 성공의 밑거름이 될 수 있다."는 것이다. 옛 어른들이 어리석은 후손들을 교육하기 위해 한번 실수에 주눅 들지 말고 다음부터는 실수 없이 잘 하면 된다라는 격려의 뜻을 은근히 담아낸 재미있고 교훈적인 이야기라고 평가하고 싶다.

동서남북, 인의예지　　　　　　　송천교차로부터 고수부지 산책로가 있다. 경동로로 올라오면 안동대학교다. 어제저녁에 환대해준 권태환 총장을 다시 한번 생각하며 정문 앞을 통과했다. "한국정신문화의 수도 안동, 동인문(東仁門)" 밑 그늘에서 신발을 벗고 과열된 발을 식혔다.

　옛 사람들은 주역(周易)에 따라 동서남북(東西南北), 인의예지(仁義禮智), 원형이정(元亨利貞), 춘하추동(春夏秋冬), 근묘화실(根苗花實)을 동치(同置)하는 경향이 있었다. 안동은 새로이 사대문을 설치했는데 그 이름이

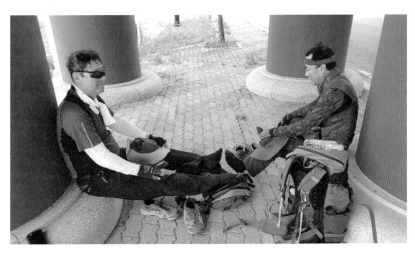

동인문 그늘 아래서 배낭 위에 과열된 발을 올려 식히다.(오른쪽 신용두)

각 동인문(東仁門), 서의문(西義門), 남예문(南禮門), 북지문(北智門)으로 맞배기로 명명했다.

서울의 경우 동대문 현판이 홍인지문(興仁之門), 지금은 없어진 서대문이 돈의문(敦義門), 남대문 현판이 숭례문(崇禮門), 북소문 현판이 홍지문(弘智門)인 것도 같은 원리에 따른 것이다. 전국 지명 가운데 동원(東元), 남리(南利)가 붙은 곳도 다수 있다.

다시 반변천을 넘어 남하해야 한다. 포진교를 지나는 이 길은 오랫동안 우리 형제들이 고향 벌초와 성묫길에 중앙고속도로를 달려와 서안동인터체인지를 빠져나온 후 지나던 친숙한 길이다. 포진교(浦津橋)는 안동과 길안을 잇는 오래된 다리로 그 지명으로 보아 옛날에는 이곳에 나루터가 있었나 보다. 옛 다리를 헐고 최근에 새로 놓은 듯한데 인도가 별도로 없는 것이 흠이다. 주유소를 끼고 서향하면 남선면(南先面)으로 가는 길이다. 이 길은 새로 건설된 35번 국도와 나란히 간다. 오미아코리아 안동공장을 지나고 이천교를 지나고 신덕2리를 지나면 오르막길인데 "김재규 학원"이란 표지석이 있다. 저 멀리 산중턱에 엄청난 규모의 학원 건물이 보인다. 아마도 경찰공무원 시험 준비생들이 이곳에서 집단합숙을 하며 시험 공부를 하는가 보다.

시골 소녀의 꿈 입구 매점에 노인 몇 분이 앉아 음료수를 마시고 있는데 한 분의 손녀로 보이는 소녀가 우리를 쳐다본다. 소녀는 할머니로부터 아이스크림 하나를 건네받고 우리를 힐끔힐끔 쳐다보면서 멀어져간다. 자신의 의지와 무관하게 열악한 여건과 환경에 처한 여인들이 있다. 현재보다 더 나은 미래를 그리며 노력해서 또래의 다른 여성들과 같은 행복한 삶을 살기

남(進), 듬(處), 길(道)

를 기원하는 것이 잘못은 아닐 것이다.

나의 할머니, 나의 어머니, 나의 고모, 나의 여동생은 나의 여인들이다. 누구나 간직할 권리가 있는 예쁜 꿈과 창창한 가능성이 시골 여인들이라고 없겠는가. 그러나 결국 그들이 어려운 환경 속에서 여위어가고 끝내 꺾이는 것을 보았고 내가 힘이 되지 못하는 것이 슬펐다. 이제는 세상이 바뀌지 않았는가. 시골 살더라도 예쁜 꿈을 실현해가면서 행복하길 빌어본다.

임하 그리고 학봉 김성일

오르막은 생각보다 오래 계속되다가 결국 내리막이다. 임하초등학교를 지나 임하면 소재지 신덕리(新德里)에 이른다. 신덕리는 새로 판 못(新塘)이 있다 해서 유래된 마을 이름인데 지금은 못이 없어졌다고 한다. 임하파출소가 보이고 건너편에 임하면사무소와 보건소도 있지만 이렇게 면소재지가 작을 수가 있나 할 정도로 소규모 취락이다. 파출소 건너편 식당에서 짜장면과 탕수육을 먹었다. 동네 사람 몇 분이 들어와 이야기를 나눈다. 들리는 이야기를 들어보면 모두 친숙한 사이이고 마을 공사(公事)는 모두 이곳에서 논의되고 처리되는 듯하다.

오늘따라 햇볕은 강하고 날은 무덥다. 그러나 길안까지 가야 한다. 시내를 벗어나기도 전에 의성(義城) 김씨 운암종택 표지판이 보인다. 갈 길이 멀어 들리지는 못한다. 운암(雲巖) 김명일(金明一, 1534-1570)은 조선 중기 학자이며 학봉(鶴峰) 김성일(金誠一, 1538-1593) 형제들, 이른바 김씨 오룡(金氏五龍) 중 셋째고 학봉은 넷째다.

이곳 지형은 길안천이 서에서, 반변천이 동에서 각 북상하다 반변천이 서향으로 틀면서 길안천을 합수시켜 안동 쪽으로 서진하는 형국이다. 두 강줄기가 합수하는 두물머리 지형이면서 또 한반도 지형의 땅을 감싸고 도는 물돌이 지형이기도 하다.

길안천 서쪽에 운암종택(雲巖宗宅)이 있다면 반변천 동쪽에 김씨오 룡의 부친 김진(金璡, 1500-1580)의 청계종택(淸溪宗宅)이 있다. 청계종택은 임진왜란 때 불탄 것을 김성일이 복원했다고 한다. 청계종택이 있는 마을을 의성(義城) 김씨 내앞(川前) 마을이라 하며 영남 지방에서 유세(有勢)하는 마을로 유명하다.

학봉과 서애(西厓) 유성룡(柳成龍, 1542-1607)은 이황의 제자들 중 으뜸이며 쌍벽을 이루는 것으로 후대 사람들은 평가한다. 학봉은 현실을 직시하고 폐단을 지적하는 용기가 남달랐지만 지나치게 공격적이고 자존감을 지키려는 경직성 때문에 합리성과 겸손함은 떨어졌다는 평도 있다.

학봉이 조정 언관으로 있으면서 관료들의 비위에 대해 직위고하를 막론하고 논박해 궁궐 내 호랑이(殿上虎)라 불릴 정도였다. 황해도 순무사(巡撫使)로 나가 군정(軍政)의 폐단을 지적하고 그 시정을 강력히 요구한 것은 선비로서의 장점이라 하겠다. 그가 군정의 폐단에 시달리는 백성을 위해 지은 시는 자못 신랄하고 비분강개가 서려 있다.

結髮從軍幾戌邊 一生辛苦最堪憐
白頭名籍猶編伍 直到九原方息肩
남자 어른 되고 나서 변방 지키러 군역 간 적 그 몇 번인가
일생동안 겪은 고초 참으로 불쌍하다
노인이 되고서도 아직 군역을 면하지 못하고 있으니
죽어서나 어깨를 펼 수 있으려나

남(進), 듬(處), 길(道)

그러나 학봉은 이해할 수 없는 역사적 오점을 남겼다. 학봉은 임진 왜란 2년 전인 1590년 왜국(倭國)이 침략할 것이라는 소문 때문에 민심 이 흉흉한 가운데 선조(宣祖)의 지시로 왜국 사신으로 가 왜놈들이 침략 해올지 여부를 탐지해오도록 명받았다. 그는 이러한 명령의 취지대로 침략의 기미를 파악하기 위해 최선을 다해야 함에도 의전(儀典)에 너무 집착해 사사건건 왜국과 마찰을 빚는 바람에 정사인 황윤길(黃允吉, 1536-?)로부터 "오랑캐와 다툴 필요가 없으며 사소한 절차로 대국(大局)을 망 쳐서는 안 된다."는 지적을 받고도 고치지 않았다.

귀국해 선조에게 정사 황윤길과 서장관 허성(許筬, 1532-1587, 허균의 형)이 왜의 침략 가능성을 주장했음에도 부사(副使) 학봉은 당시 오랑캐 를 무시하는 선입견 때문에 왜국을 제대로 살피지도 않은 채 집권세력 동인(東人)의 힘을 믿고 침략 가능성을 부정하는 보고를 함과 동시에 영 남 일대 성곽 수축에 반대해 관철시켰다.

2년 후 임진왜란이 발발하자 동인의 영수 유성룡(柳成龍)에게는 침 략 가능성을 알았지만 민심 동요를 염려해 부득이하게 거짓 보고를 하 게 된 것이라 진심을 털어놓았다고 한다. 선조는 김성일이 미워 의병을 모집하는 초유사(招諭使)로 임명해 지방으로 내친다. 학봉은 1593년까지 의병 모집에 열정을 바쳤으나 진주성(晉州城)에서 돌림병으로 죽는다.

학봉 사후의 2차 진주성 전투는 전쟁사의 오점으로 남아있다. 당시 의 진실을 알면 너무 가슴이 아프다. 이건 나라가 아니고 백성을 이렇게 대하면 안 된다. 명왜(明倭) 간에 화친이 성립해 왜군이 철수하는 가운데 풍신수길(豊臣秀吉)이 진주성만은 꼭 함락시키고 오라고 명령하는 바람 에 왜군 병력은 진주성에 집결했다.

패전국의 군대가 철수함에 있어 생명을 부지하고 물러나면 다행일 것을 패전의 화풀이로 승전국의 한 지방을 초토화하려는 무모함도 이해할 수 없는 일이지만, 적으로 하여금 내 나라 땅, 내 백성을 함부로 도륙하도록 내버려두는 무능함과 영혼 없음은 상상할 수도 없는 일 아닌가. 그럼에도 명군은 진주성 구원에 나서지 않았고 조선의 관군과 의병들이 구원에 나서려 했지만 막상 현장에 가보고서는 절대적 병력의 열세를 확인하고 구원을 포기해버렸다.

결국 모두가 보는 앞에서 진주성을 내주고 진주성을 사수하던 의병장 출신 최경회(崔慶會, 1532-1594) 장군 등 장병과 백성들만 몰살시킨 것이다. 이건 정말 나라도 아니다. 정유재란(1597)과 병자호란은 예정된 것이었다.

금소리, 예천 임씨

신덕리를 벗어나서 새로 난 신덕교 (35번 국도)를 건너자마자 길안천변으로 난 하천변 길을 걷기 위해 다리 밑으로 내려갔다. 길이 없다. 가시덤불과 우거진 숲을 헤치고 기어코 강변길로 올라갔다. 강둑 안쪽은 과수원이 이어져 있고 바깥쪽은 길안천이 시원스레 흐른다. 돌자갈도 깨끗하다. 한참을 걷다가 쉴 겸 강물가로 내려가 손발을 담궜다. 강둑이 끝나면 금소리다. 이곳은 예천 임씨(醴泉 林氏) 집성촌이다. 예천 임씨는 고려 중기 국순전(麴醇傳), 공방전(孔方傳) 등을 지은 임춘(林椿)을 중시조로 하고 있으며, 국내 임씨 대부분은 예천 임씨에서 분파되었다고 한다.

금소리(琴韶里)는 대동여지도에는 금소(琴김)로 표시되어 있다. 마을 입구에 금수고장(錦水故庄)이란 새긴 큰 돌이 있고, 3·1독립운동선도마을이란 설명이 붙었다. 이곳 임하면 3·1운동은 금양의숙(錦陽義塾)에서 수학한 임찬일이 고종 장례에 참례하고 내려오며 독립선언서를 가져와 동지들을 규합해 1919년 3월 16일에 거사하려다 호응자가 적어 연

남(進), 듬(處), 길(道)

기하고 3월 21일 밤에 300명 이상이 거사했다. 기록상 십여 명의 체포자와 사망자가 나왔는데 태반이 임씨다. 연이어 서 있는 모하정(慕河亭), 화악정(花萼亭), 금곡재(金谷齋)는 중시조 임춘, 안동 입향조 임억숙(林億淑, 1546-1605) 등 임씨 선조들을 위해 건립된 정자다.

금소리, 갈암 이현일

그러나 금소리는 갈암(葛巖) 이현일(李玄逸, 1627-1704)이 정착해 제자들을 길러낸 곳으로 더욱 유명하다. 이곳에 금양재사(錦陽齋舍), 금양서원(錦陽書院), 금양의숙(錦陽義塾), 갈암선생 금양유허비(錦陽遺虛碑)가 있는 것을 봐도 미루어 짐작할 수 있다.

이현일은 퇴계의 제자 장흥효의 제자 이시명의 셋째 아들이다. 큰형 이상일이 광산 김씨(김해의 딸)의 소생이라면 동생인 이현일은 장흥효의 딸 안동(安東) 장씨 계향(桂香, 1598-1680)의 소생이다. 장계향은《음식디미방》(閨壺是議方)이란 요리교과서를 지은 분이다.

금양서원은 이현일과 함께 그의 제자 김성탁(金聖鐸, 1684-1747)을 배향한다. 김성탁은 김성일 형제의 장남 김극일(金克一, 1522-1585)의 현손이고, 이현일의 아들 이재(李栽, 1657-1730)는 김학규(金學逵, 1620-1673)의 사위인데 김학규는 김명일의 현손이다. 김학규는 배용길의 사위(朴瑩)의 사위이며, 김학규의 동생 김학배(金學培, 1628-1673)는 배용길의 손녀사위다. 퇴계학파의 학맥과 혼맥의 연결망은 강력하고 촘촘하다. 김성탁의 후손들은 그의 아들 김낙행(金樂行, 1708-1766)부터 청송 파천에 산다.

금소리 마을회관에서 잠시 쉬고 싶었으나 문도 잠겼고 아무도 없다. 마을회관 옆에는 안동포 안내 간판이 보인다. 저 멀리 큰길 건너편에 큰 베틀 모양의 조형물이 보인다. 이 마을이 무형문화재 안동포를 생산하는 마을임을 알겠다.

안동포는 삼(麻)으로 만드는 옷감 즉 삼베다. 마을을 통과하다 300
미터 안쪽에 금포고택(金圃古宅) 팻말이 보인다. 왕복 0.6킬로미터나 들
어갔다 나오기는 어렵다고 의견을 모았다. 버스정류장에 큰 나무가 있
고 그늘이 좋고 평상(平床)도 있다. 신발을 벗고 한참 쉬었다.

걷기는 몸의 균형을 잡아준다　　　길안천 동안을 따라 길을 가다 보면
　　　　　　　　　　　　　　　　　산 쪽으로 온통 과수원이다. 드문드
문 사람들이 사과나무에 붙어 있는데 철이 철이니 만큼 꽃을 적당히 따
없애서 적정량의 사과가 열리도록 적화(摘花) 작업을 하고 있나 보다. 물
은 다 떨어져가는데 매점도 없고 쉴 만한 그늘도 없다.

포장된 길을 계속 걷다가 보니 왼쪽 무릎이 너무 아파서 절뚝거리
며 걷는다. 용두가 보더니 압박보호대를 배낭에서 꺼내준다. 보호대를
했더니 아픈 것이 덜하다. 30분이나 걸었을까, 이번에는 오른쪽 무릎이
너무 아프다. 이번에는 보호대를 오른쪽에다 했다. 잠시 후 오른쪽도 통
증이 덜해서 보호대를 풀었다. 걷기 내내 과거에 다친 왼 발목이 아팠다.
그러나 그쪽 고통이 사라지고 오른쪽 발목이 아프기도 하고 발목이 아
프다가 무릎이 아프고 무릎이 아프다가 허리가 아프고 왼쪽이 아프다가
오른쪽이 아프고 통증이 옮겨 다녔다. 그렇다. 몸은 균형이다. 걸으면서
틀어졌던 균형이 서서히 맞춰져가는 것이구나.

오대리에서 오대교를 넘었다. 35번 국도 충효로 아스팔트 도로다.
매점도 없는데 물이 다 떨어졌다. 대문도 없는 농가에는 아무도 없고 수
도만 보인다. 염치불고(廉恥不顧) 수도를 틀고 물을 들이킨다. 발을 벗고
쉬면서 생수병에 물을 가득 채운다.

306　　　　　　　　　　　　　　　　　　　　　　　　　남(進), 듬(處), 길(道)

길안을 못 미쳐 큰길 외에 현하천(縣下川)을 건너는 소로길이 보여 현하교 넘어 있는 소로길을 잡았다. 길을 만든지 얼마 되지 않은 듯 가로수가 모두 어리다. 나무마다 관리하는 시민들의 성명이 붙어 있다. 이 무렵 권태환 총장으로부터 전화가 온다. 어디냐고 묻는다. 길안을 약간 못 미친 곳까지 왔다고 대답했더니 "백두한우"로 오란다. 웬일이냐고 묻자 오래 전 구입한 주말농가 주택이 대사리에 있어 오늘 그곳에서 농사일을 마치고 다시 길안으로 나오는 길이라고 한다. 약 30분 후에 그곳에서 만나기로 약속한다.

길안 시가지로 접어들어 시외 공용주차장 인근에 모텔이 보여 사전에 모텔을 잡기로 했다. 모텔 입구를 들어가는데 부근 공사현장 인부들로 보이는 사람들이 예약을 하고 나간다. 혹시 방이 다 찼나 걱정되었다. 다행히 1층 방 하나 2층 방 하나를 잡을 수 있었다. 짐을 부리고 백두한우로 갔다.

권 총장 부부가 반겨준다. 청송 부부도 합류했다. 한우고기, 육회비빔밥으로 배부르게 먹었다. 권 총장은 자기 농가주택이 우리가 내일 가는 도중에 있으니 구경하고 가라고 한다. 마을과 집, 그리고 동네 사람들이 너무 좋다고 자랑과 칭찬이 끊는다. 꼭 들르마고 약속했다.

도철, 떠나다

도철이 저녁도 같이 하지 않고 떠난단다. 시내버스 타고 안동 가서 친구하고 저녁을 하기로 약속했다고 한다. 이왕지사 같이 고생하고 왔는데 마무리도 같이 하자고 간곡하게 설득했지만 요지부동이다. 같이 한 고난의 길이 얼마인데…… 이렇게 헤어짐이 쉬운 것인가? 폭탄주를 마신다고 해서, 의리와 감사를 어떠한 미사여구로 표현한다고 해서 헤어짐의 고통이 완화되지는 않으리라. 회자정리(會者定離)의 가벼움, 허망함을 다시 한번 느끼며 '의리의 도철, 감사하다'를 마음속으로 되뇌어본다.

듬 열이틀째 날 (5. 22. 월)
길안에서 대사리까지, 38,000보 27킬로미터

혁신의 최대 수혜자는 지적 자본과 물리적 자본을 가진 혁신가와 투자자 그리고 주주들이며, 이들과 노동력을 제공하는 일반 근로자들과의 부의 차이는 점점 커지고 있다. 고용시장의 구조는 최고급 인력과 단순노동력을 제공하는 양극단에 대한 수요가 강해지며 중간지대는 급속히 위축되는 상황으로 변해가고 있다. 기계가 일을 대신함에 따라 생산과 분배의 연계가 약해지고, 구조적 실업이 너무 장기화함으로써 불평등이 고착화된다. 이 문제는 개인적 능력이나 책임으로 돌려서는 안 된다. 기본소득 등에 대한 사회적 논의가 필요하다.

– 현대원,《초지능의 물결》

06시 기상과 동시에 도철이 생각난다. 마음이 허전하다. 도철에게 보고 싶다고 문자 메시지를 보냈다. 즉각 답신이 오는 걸 보면 그 역시 여정을 마무리하지 못한 점이 아쉽고 또 향후 일정이 걱정되는가 보다.

길안 시내로 들어가 몇 군데 해장국집 중에 한 곳을 골라 들어갔다. 해장국을 시켜 먹었다. 고향의 올갱이국이다. 올갱이도 많고 국거리도 푸짐하다. 주인 할머니 옆에 초등학교 2~3학년 또래 소녀가 붙어 다닌다. 식사를 다 하고 현금으로 계산을 한 뒤 믹스 커피를 마시고 있는데 할머니가 물어본다. 돈을 얼마 내고 얼마 받았느냐고. 말씀을 드렸더니 더 받았다며 돈을 꺼내서 돌려주려 하신다. 많은 돈도 아니고 할머니 용돈하시라고 사양했다.

소녀는 할머니를 흘겨보며 뭐라고 원망 섞인 말을 한다. 아마도 할머니가 계산을 잘못해 외지 남성들에게 자신까지 부끄럽게 느껴졌나 보다. 소녀야, 나는 더 심한 산골에서 자랐단다. 나의 할머니나 어머니는 셈을 더 잘 못했단다. 물론 나도 어린 그때는 부끄럽고 화가 날 때도 있었지. 그러나 가족은 가족이며 그 자체로서 위대하고 자랑스럽단다. 영원히 헤어지고 나면 그때는 사무치고 그립단다.

이곳부터 부남까지는 매년 몇 번씩 가는 길이라 눈감고도 갈 수 있는 곳이다. 마침 길안면 사무소 앞 사거리에서 이성우(李成雨) 청송군 의회 의장이 전문위원 한 분과 꽃다발을 들고 기다리고 계신다. 이 의장은

이성우 의장(오른쪽 두 번째)의 격려를 받고

남(進), 듬(處), 길(道)

안덕중학교 대선배인데 약 30년 전 청송군에 재직하실 때 처음 인사를 드린 오랜 인연이다. 내일 부남 도착지점에서 환영해야 마땅하나 공식 행사 참여차 울릉도로 가야 하므로 부득이 이곳에서 잠시 만나보러 왔다고 하신다. 따뜻한 격려와 후배 사랑에 감격할 뿐이다. 기념촬영을 한 다음 아쉬운 작별을 하고 35번 국도 충효로를 걷는다.

**여럿 어울려서만
갈 수 있던 청송**

명덕교 못 미쳐 권태환 총장이 출근하다가 우리를 발견해 차를 멈추고 잠시 대화를 나눴다. 교통량이 많은 길임에도 갓길이 제대로 없으니 조심하라는 당부와 함께 자신의 농가주택에 꼭 들러보라는 권유를 하고 떠났다.

남쪽으로 가는 길인데도 계속 오르막이다. 청송은 해발고도가 높다. 청송의 신라시대 명칭은 이화혜현(伊火兮縣)이다. 역시 우리말의 이

출근길에 일부러
찾아와 노파심을
발휘하는 권태환 총장

두식 표현이다. 산이 깊어 호랑이 등 산짐승이 많아서 여러 사람이 어(伊)불(火)려(쑤)서만 갈 수 있는 고을이란 뜻이다. 어불려는 '어울려(함께)'의 경상도 방언이다. 어울려란 지명은 이화령(梨花嶺)의 옛 이름에서도 남아 있다. 이화령의 옛 이름은 어울령고개이고, 어울령은 어울려에서 변형된 이름이다. 지도를 살펴보면 이곳 길안은 청송군에 편입되는 것이 맞다.

안동시(옛 안동군) 경계선 모양을 볼 때, 남동쪽이 유난히 삐져나와 청송군의 서쪽 지형을 갉아먹고 있는 형태인데 이 부분이 길안이다. 그리고 안동시 전체 면적은 청송군에 비해 지나치게 크다.

오장군 묘, 몰래 하는 선행(善行)

만음2리를 지난다. 만음리(晚陰里)는 두리봉(斗里峰) 응달에 위치하는데 이곳에 오장군(吳將軍) 묘(墓)가 있다. 이 묘에 벌초하면 복을 받는다는 속설이 있어 사람들이 경쟁적으로 먼저와 벌초하려고 하므로 늘 묘등이 깨끗하다고 한다. 부남 하속리(下涑里) 뒷산 올라가는 길 옆에도 무명씨(無名氏)의 묘가 있는데 역시 같은 속설 때문에 해마다 몰래 벌초하는 사람들로 인해 늘 묘등이 깨끗하다.

백자리(栢子里) 입구를 지나면 책바위쉼터가 있어 마당 저편 나무 그늘 아래 평상에서 잠시 쉬었다. 책바위라는 명칭의 바위 혹은 지명이 전국적으로 많이 존재한다. 바위 모양이 책처럼 생겨서 지어진 곳도 있고 문경새재 책바위처럼 단순히 글공부에 대한 소원을 빌면 합격하거나 학업의 성취가 좋아진다는 믿음 때문에 붙여진 곳도 있다. 이곳 책바위는 무성한 나무 때문에 잘 보이지는 않지만 바위가 책을 쌓은 것처럼 가로로 일정하게 갈라져 있어서 붙여진 이름이다.

묵계교를 지난다. 길안천을 또 건너는 것이다. 다리가 연속되며 길안천을 넘는 것을 보면서 길안천이 굽이굽이인지 우리가 가는 길이 굽이굽이인지 모르겠다. 묵계교에서 저 아래 길안천을 내려다 본다. 높아서 눈이 어질어질하고 현기증이 나는 가운데 헤엄치는 물고기들을 본다. 안동 반변천에서 보던 고기보다는 몸집은 작지만 움직임은 아주 민첩하다.

묵계서원과 (신)안동 김씨

가람관광농원을 지나 묵계리에 이르러 묵계서원(黙溪書院)을 찾는다. 묵계리(黙溪里)란 '소리 없는 개천'이란 의미인데, 큰 개천이 소리 없이 흘러가서 붙여진 이름이 아닌가 한다. 묵계서원도 도산서원처럼 소재한 마을 이름에서 따왔다. 묵계서원은 보백당(寶白堂) 김계행(金係行, 1431-1517)과 응계(凝溪) 옥고(玉沽, 1382-1436) 두 분을 모신 서당이며 이곳 묵계종택은 보백당 후손들의 종택이다.

보백당은 안동 풍산 출신이며 신안동(新安東) 김씨이고, 모친은 구안동(舊安東) 김씨다. 점필재와 교유한 때문에 무오사화에 연루되기도 했다. 성격이 강직하고 관료로서 업무처리가 공정·유능해 백성들의 신망이 높았다고 한다. 보백당이란 호도 "나의 집에는 보물이랄 것이 없다. 보물이라면 오직 깨끗함 뿐이다.(吾家無寶物 寶物惟淸白)"이라 한 데서 따온 것이다.

그는 연산군의 폭정을 바로잡고자 목숨을 걸고 간(諫)했고 또 항의하는 뜻으로 여러 번 관직을 버리기도 하는 등 의연함과 진퇴의 분명함이 있었다. 물러나 있으면서 연산군의 폐위 소식을 듣고는 "종묘 사직의 대계를 위해서는 불가피한 일이기는 하나 그래도 10년을 모셔온 신하로

묵계서원

서 어찌 슬프지 아니한가."라고 토로할 정도로 인간적 의리도 갖춘 군자라 할 만하다.

　보백당의 형이 김계권(金係權)이고 그의 현손 김극효(金克孝)가 스승인 정유길(鄭惟吉, 1515-1588)의 딸과 결혼해 김상용(金尙容, 1561-1637), 김상헌(金尙憲, 1570-1652)을 낳았다. 이 두 분의 후손들이 조선 후기 (신)안동 김씨 세도정치를 성립시킨 이른바 장동 김씨이고, 그들의 외가인 동래 정씨 집안 역시 수많은 고위 관료들을 배출하면서 구한말까지 권세가 이어졌다.

　응계 옥고는 군위 출신으로 야은(冶隱) 길재(吉再, 1353-1419)의 제자이므로 점필재의 부 김숙자(金淑滋, 1389-1456)와 같은 세대를 산 사람이다. 학문적으로는 영남 사림을 점필재로부터 말미암았다고 보는 게 맞겠지만, 일반적으로 야은 및 포은(圃隱) 정몽주(鄭夢周, 1337-1392)를 영남 사림의 비조로 칭한다.

응계 역시 관직이나 학문을 떠나 관료로서 공정·유능해 후세 사람의 모범이 되었기 때문에 영남사림의 대선배 격으로서 묵계서원에 배향된 것으로 보인다. 묵계서원은 대원군 당시 훼철되었다가 비교적 최근인 1988년에 복원되었다.

기업의 탐욕과 기본소득

묵계서원 높은 누각 마루에서 충분히 쉬는 동안 그곳을 출입하는 노인 몇 분을 만났다. 그들은 서원을 청소하거나 관리하고 행정관청에서 작은 노임을 받는다고 한다. 소일거리였지만 정성을 다했다.

경제관계에 있어 사람의 결합체인 기업과 개인 사이의 경쟁은 기업의 승리로 귀착될 수밖에 없다. 기업은 많은 사람들로 구성되고 그 구성원은 수시로 들어가고 나가지만 기업체란 조직 자체는 영원한 이른바 불멸의 인격(immortal person)이다. 여러 사람의 지혜와 역량, 자본이 집합되어 있고 죽지도 않는 기업을 죽기도 전에 늙어서 힘이 빠져버리는 개인이 자본도 한계가 있는 상태에서 이길 수 없는 것은 당연지사다.

기업은 축적된 자본과 기술로 대량생산하며, 기계를 주로 이용하면서 사람인 종업원을 몰아낸다. 쫓겨난 개인이 기업에서 임금을 받아 축적한 작은 자본으로 경영하는 자영업체는 비슷한 자영업체끼리 혹은 대기업과 싸우다가 얼마 지나지 않아 쓰러지고 빚만 남는다.

결국 돈은 기업에 축적되고 개인에게는 축적될 수 없다. 개인과 자영업체, 이에 더해 중소기업까지도 대기업과 경쟁하면 자본과 정보력, 기타 권력관계의 열세 때문에 패망에 이르게 된다. 결국 기업의 탐욕 앞에 개인은 궁핍해진다(corporate greed human need).

국민의 생활을 보장해야 하는 나라는 부득이 돈을 많이 축적한 기업으로부터 돈(세금)을 거둬서 일자리를 잃거나 자영업에서 실패해 생존의 갈림길에서 방황하는 사람, 처음부터 일자리를 얻기 위한 생존경쟁에서 탈락한 장애인, 아이, 노인에게 최소한의 생활에 필요한 돈을 지급하지 않을 수 없다.

핀란드나 네덜란드 등에서 기업으로부터 세금을 거둬 전체 국민에 대해 공평하게 일정한 돈을 나눠주는 실험을 하고 있는데, 이것을 기본소득제도(unconditional basic income)라고 한다. 스위스나 프랑스에서도 도입 주장이 높다. 기업에 속하지 않는 국민들은 기본소득을 자원봉사로 갚을 수도 있다. 이곳 노인들을 위한 복지제도는 기본소득의 변형 시스템이 아닌가 생각해봤다.

우리의 걷는 길은 길안천과 함께 한다. 전국 방방곡곡, 세계의 여러 곳을 가봤지만 여기서부터 백석탄(白石灘)까지 이어진 계곡만큼 아름다운 곳은 보지 못했다. 나는 이곳을 영남 제일경을 넘어서 세계 제일경이라 확신한다. 진가를 알아보지 못하는 사람들이 많다는 것이 오히려 이상할 따름이다. 고란리(古蘭里) 계명산(鷄鳴山) 자연휴양림 표지판이 보인다. 고란리에는 온천이 있지만 지나쳐갈 수밖에 없다. 곧 금곡리(金谷里)를 지나는데 이곳에서 길안천이 발원한다.

고란교를 지나고 용담사(龍潭寺)와 금정암(金井庵) 안내판이 보인다. 용담사는 황학산(黃鶴山, 780미터) 속에 있고 금정암은 금학산(金鶴山, 575미터)에 속한다. 용담사는 의성 등운산(騰雲山)에 있는 고운사(孤雲寺)의 말사다. 금곡교를 지나기 전에 천지갑산 가든이 있지만 천지갑산(天地甲山)은 이곳에 있지 않다. 좀 더 가면 송사리가 있는데 송사리 앞에 송제천이 있고 그 건너편 산이 천지갑산인데 높지 않다. 세상천지 제일가는 산이라는 이름과 부합하지 않는다. 임하로 북상하는 길안천은 안덕 명당리, 신성리, 지소리, 고와리, 길안 대사리를 거쳐 이곳 송사리에 이른다. 우

남(進), 듬(處), 길(道)

리는 앞으로 대사리, 고와리, 지소리를 역으로 거친 다음 신성리로부터 흘러오는 길안천 본류를 버리고 지류인 백석탄 상류 쪽을 따라 부남으로 갈 계획이다.

금곡교를 건너서 길안천을 바라보며 넋을 잃고 걷는다. 가끔 지나가는 대형 트럭만 아니면 이 길은 낙원의 길이다. 갑자기 길안천이 보이지 않다가 송사 삼거리에 이른다. 이제 35번 국도를 버리고 대사리 방면 930번 도로를 타야 한다.

점심 시간이 되었으므로 목표하는 길과 달리 송사교를 건넜다. 아침에 권 총장으로부터 송사교를 건너면 천지댁갑산댁이란 식당이 있어 점심을 먹을 수 있다 들었기 때문이다. 식당은 청결하고 음식도 정갈했다.

식당 종업원인지 주인인지 기품 있는 한 여성이 조용히 그러나 성의를 다해 대접한다. 말씨로 보아하니 외지인인데 아마도 이 지역에 널리 퍼진 신흥종교의 신도가 아닌가 하고 수근거렸다. 이곳이 바로 천지갑산을 바로 건너다볼 수 있는 곳이다.

송사동 소태나무 식사를 마친 후 천연기념물 제174호 송사동 소태나무를 보러가기로 했다. 처음에는 아무래도 나무니까 산 쪽에 있으리라 생각하고 식당 뒤쪽 산으로 가다가 되돌아왔다. 다시 국도 밑으로 난 굴을 지나 길안초등학교 길송분교까지 가야 한다. 학교는 폐교 상태는 아니지만 학생이 많아 보이지는 않았다. 교정으로 들어갔지만 소태나무를 발견할 수 없었다. 마침 학교 행정일을 보시는 분이 다가와 소태나무를 지적해주고서야 발견할 수 있었다. 학교 교정 밖이라고 하지만 학교에서만 접근이 가능한 듯

송사동 소태나무

하다. 두 그루의 소태나무는 관리상태가 좋지 않아서 우중충하게 보였다. 안내판에 수령이 얼마인지도 표시되지 않았다. 수령도 모르는데 어떻게 천연기념물로 지정되었을까 의문이 들었다.

다시 송사교를 건너 대사로를 걷는다. 길안천은 천지갑산 부근 그리고 대사리 부근에서 크게 S자를 그리는 등 계속 사행(蛇行)한다. 산태극 수태극이 천지삐까리다. 청송에는 아예 뱀처럼 생긴 시내라는 뜻을 가진 파천면(巴川面)도 있다. 안덕면 신성리에는 물돌이 지형 때문에 '한반도 지형'이 생겨 새로운 관광지로 인기를 끌고 있기도 하다.

곧 대사리(大寺里)다. 대사리에 큰 절이 있던 흔적은 없다. 그렇다면 우리말 한절골, 즉 큰절골을 이두식으로 표현한 것이 틀림없다. 화부산(花釜山)이란 큰 산 속에는 큰 계곡, 큰 골짜기가 있게 마련이니 큰 절골이 있을 수밖에 없다. 이곳 대사리는 단양(丹陽) 우씨(禹氏) 집성촌이다.

강물도 산에 막혀 굽이치며 흘러가므로 강 따라 낸 도로도 꼬불꼬불하다. 그러나 가끔은 부득이 다리를 놓아 건너기도 해야 한다. 대사3교를 지나면서 길을 직각으로 좌회전하도록 만들어뒀다. 다리 남단에 급좌회전 표시가 있다. 그러나 우리는 일단 우측으로 난 사곡리길로 걸음을 재촉한다. 사곡리에 바로 권 총장의 농가주택이 있기 때문이다. 힘든 길이지만 권 총장 당부를 저버릴 수 없어 들르지 않을 수 없다. 동네

남(進), 듬(處), 길(道)

대사리(한절골)
자연생태마을
안내판(환경부)

입구에 큰 나무와 바위가 있고 아래는 잘 닦인 마당이다. 동네 사람들이
어른 아이 할 것 없이 만나고 쉬고 놀기에 적당하다. 권 총장의 집은 작
지만 정성이 가득 담긴 아름다운 집이었다. 기념사진을 찍어 권 총장에
게 카톡으로 보내 명령을 이행했음을 보고했다.

사곡리 권 총장 농가주택

야호캠프에서 안덕중 동기생들과 함께(왼쪽 두 번째가 송학)

한절골 맑은 계곡과 바위절벽

대사3교 남단으로 다시 나와 중사교를 지나면 대사2리 정류장이고 대사2리로 들어가는 마을 길이 나온다. 마을 길을 따라 한참 들어가면 야호 캠프가 나온다. 과거에는 학교였으나 폐교된 것을 재활용하는 것

남(進), 듬(處), 길(道)

으로 보인다. 운동장과 교실과 교무실이 그대로다.

안덕중학교 22회 동기생 5명이 우리를 기다리고 있다. 출발하기 전에 대구 사는 조국래(趙國來, 자는 松鶴)에게 이 부근 숙소를 부탁했었다. 송학은 함안 조씨 신당공 후손이다. 송학은 안덕에서 과수원을 짓는 정상규에게 부탁을 해서 이곳 숙소를 정했다고 한다. 두 사람 외에도 대구 사는 박장수, 정연규, 김해동 등 3명이 더 왔다. 우리 일행 중 청송을 제외하면 모두 안덕중 동기생이니까 안덕중 22회 동기생 7명이 모인 셈이다. 기념촬영을 한 뒤 모두 차를 타고 임하면 구 신덕교 부근 식당에 가서 민물고기 매운탕을 먹었다. 친구들은 미진했던지 바로 떠나지 않고 다시 야호 숙소에 소주를 사들고 와서 더 마시고 노래도 여러 곡 부른 다음 밤늦게 돌아갔다. 아마도 숙직실이었던 것으로 추정되는 숙소는 모텔만큼 쾌적하지는 못했다. 그래도 누가 먼저랄 것도 없이 잠이 들고 푹 잤다.

듬 열사흘째 날(마지막 날, 5. 23. 화)
길안 대사리에서 부남 대전초등학교까지, 24,000보 17킬로미터

> 우리나라의 시급한 과제는 사회통합과 공정사회의 실현이며 교육은 이를 위해 충실
> 해야 한다. 학생들의 자유로운 의사결정을 도와주는 데 그치는 교육방법이 좋겠지만
> 사회의 존립기반이 되는 근원적 가치에 대해서는 교화의 방법이 불가피하다.
> – 배영민,《쟁점 중심 사회과 교육과정의 원류를 찾아서》

듬 열사흘째 날 06시에 기상했다. 우리 패는 부남까지 몇 시간 만에 주파할 수 있는지에 대해 잠시 논란을 벌였다. 오늘 12시 정각에 부남면 대전리 대전초등학교(폐교) 교정에 도착하기로 예정했기 때문에 걷는 속도를 조절할 필요가 있었다.

10여 일 내내 큰 신체적 이상 없이 걸어왔기에 오늘도 잘 걸어낼 수 있다는 자신감이 있었다. 한나절만 더 걸으면 최종 목적지에 도착할 수 있다는 안도감도 함께 작용해 너무 일찍 도착하지 않도록 천천히 걷기로 했다. 그런데 너무 여유를 부리는 바람에 나중에는 시간을 맞추려고

322 남(進), 듬(處), 길(道)

허둥대는 차질이 빚어졌다. 만사에 자만은 금물이다.

청송군 경계를 들어서며

대사2리 길을 걸어 나와 930번 길로 좌회전하니 바로 청송군 경계다. 이정표에는 청송군 안덕면이라고 크게 써 있다. 드디어 내 고향 청송에 들어서는구나 하는 느낌에 가슴이 벅차올랐다.

일단 표지판 앞에서 기념촬영을 하지 않을 수 없다. 이곳에서 대전초등학교 후배인 심상형(沈相亨) 우리은행 본부장이 걷기 채비를 갖추고 우리 패를 맞아준다. 고향 걷기를 한다는 소식을 듣고 함께 하고자 했으나 시간을 내지 못하다가 오늘이 마지막 날이라 부득이 연가까지 내고 내려왔다고 한다.

청송도호부와 안덕현

청송(靑松)의 각 면의 명칭 유래는 조선시대 세조조에 설치된 청송도호부(靑松都護府)와 관련된다. 청송도호부는 부내(府內), 진보현(珍寶縣), 안덕현(安德縣)으로 크게 나눌 수 있었다. 진보현은 청송도호부에 귀속되었고 안덕현은 도호부의 속현이었다.

근대에 들어 군면(郡面) 체제가 되면서 부내는 청송읍, 부남면(府南面), 부동면(府東面) 등으로 분할되어 면의 이름 속에 도호부(都護府)의 흔적을 남겼다. 부동면은 최근 주왕산면으로 개칭되었다. 진보현은 다시 진보읍으로 그 이름을 되찾았으며 안덕현의 경우에도 안덕면, 현동면(縣東面), 현서면(縣西面), 현남(縣南) 지역이라는 지명으로 갈라져 과거 안덕현과의 관계와 위치를 이름 속에 여전히 간직하고 있다.

청송 심씨 그리고 심회

청송도호부는 세종의 왕비이자 세조의 모후인 소헌왕후(昭憲王后) 심씨의 본향인 점을 고려해 1459년 세조가 도호부로 승격시켰는데, 실록에 의하면 신하들 중에는 인구 규모가 도호부로서의 자격을 갖추지 못했다고 반대한 사람도 있었다. 소헌왕후 심씨의 부(父)는 영의정을 지낸 청성백(青城伯) 심온(沈溫, 1375-1418), 조부는 청성충의백(青城忠義伯)에 봉호된 심덕부(沈德符, 1328-1401)로서 청송 출신이다.

심온은 당시 세종의 장인으로 영의정인데다 태종의 처남인 민무휼(閔無恤) 등 권세가들과 사돈관계를 맺어 그 세력이 너무 커질 우려가 있었는데 이를 염려한 태종에 의해 무고를 받아 억울하게 사사(賜死)되었다. 이후 문종 즉 외손자에 의해 복권되었다. 심온의 아들이자 소헌왕후의 동생인 심회(沈澮, 1418-1493)는 태어나자마자 화를 피해 도피하는 운명에 처했고 선산으로 몸을 숨겨 그곳 강거민(康居敏) 부부의 손에서 자라다 1450년 복권되었다. 다시 심회는 세조 조(1467년)에 영의정에 올랐지만 사후에 갑자사화에 연루되어 부관참시를 당하는 등 생애가 영욕으로 점철된 풍운의 인물이다. 그는 1472년 강거민 부부가 사망하자 직접 선산에 내려가 부모에 준해 상례를 모셨다고 한다. 그의 후손들을 중심으로 청송 심씨는 조선시대를 풍미한 권세가 집안 중 하나로 평가된다.

남(進), 듬(處), 길(道)

청송이란 이름의 자부심

청송이란 말과 동시에 사람들의 입에서 무의식적으로 시골, 촌놈, 보호감호소란 말이 바로 튀어나오던 때가 있었다. 국립공원 주왕산을 비롯해 깨끗한 자연환경을 떠올리거나 특산품인 사과, 고추, 송이를 말하는 사람은 드물었다. 이 때문에 청송 출신 인사들 중에 청송이란 말을 부끄럽게 여기는 사람도 간혹 보았다. 고향을 청송이라 말하지 못하는 사람까지 있었다고 한다.

이런 열등감 표출의 대표적 사례가 청송교도소에 대한 개명운동이다. 지금은 경북북부교도소로 명칭 변경되었는데 청송인들 대부분이 청송하면 감호소, 교도소가 연상된다며 이름을 바꿔달라고 청원했고 나에게도 동참하라는 요청이 온 적이 있다. 나는 개명에 반대하고 오히려 그들에게 청송 명칭을 그대로 사용하자고 주장했다.

"이름을 바꾼다고 청송교도소가 다른 데 옮겨가는 것도 아니다. 오히려 교도소가 있음으로써 많은 교정 공무원과 가족이 거주하고 면회객 등 사람들의 왕래가 많아져서 지역경제에 도움이 된다. 사람들의 왕래를 통해 그동안 알려지지 않았던 청송의 좋은 자연환경을 알릴 수 있는 계기가 된다. 청송인이 잘못해서 청송인을 수용하는 곳도 아니지 않느냐. 뭐가 그리 부끄럽다는 것인가. 청송 촌놈이란 소리가 없어진다면 이유는 바로 청송교도소 덕분이 될 것이다.

서울이나 대구 등 대도시에도 교도소, 구치소가 다 있어도 명칭 변경해 달라는 움직임은 들어본 일이 없다. 무엇보다 다른 이들이 부르는 이름이나 호칭 때문에 스스로 열등감을 가지는 것이야 말로 촌놈 근성이다. 남이 뭐라 말하던 스스로 자존감을 지키는 기개가 중요하다.

시골에 살더라도 혹은 시골 출신이라도 내 마음속에 나라와 백성을 생각하며 고뇌하고 세계를 향해 꿈을 꾼다면 촌놈이 아니다. 대도시에

살더라도 혹은 유명한 동네에 살더라도 저나 제 가족만 생각하고 지역
사회와 국가 전체적 안목 없이 살면서 아무런 기여도 못하고 사는 놈이
바로 촌놈이다." 하고 주장했지만 소수의견에 그치고 말았다.

청송, 의병의 고장

청송은 의병(義兵)의 고장이다. 항일
의병기념공원(抗日義兵記念公園, 2011. 6.
국가보훈처 보훈시설 지정)이 부동면과 부남면의 경계지점인 꽃밭등(花田嶝)
에 있다. 이곳 꽃밭등은 의병 격전지였기도 하다. 기념공원에는 1895년
명성황후 시해(明成皇后 弑害) 직후 전국적으로 봉기한 팔도 의병 2,537명
(2017. 3. 기준)의 위패가 모셔져 있다. 항일의병기념공원이 청송에 자리하
게 된 이유는 건국공로 독립운동 유공자로 포상이 추서된 의병유공선열
(義兵有功先烈)의 출신지를 군 단위로 나눌 때 청송군 출신이 93명(2017. 3.
기준)으로 가장 많기 때문이다.

기념공원에는 "義兵精神 憂國愛鄕 護國精神 의병정신은 나라사랑
국민정신이다."라고 쓴 큰 돌이 서 있다. 명성황후 시해 다음 해인 1896
년 청송에서 청송 사람들이 각 문중에 사발통문을 돌려 의병을 모았고
그 지휘체계는 의영도지휘사(義營都指揮使) 서효원(徐孝源, 1839-1897), 의
병대장(義兵隊長) 심성지(沈誠之, 1831-1904), 부대장(副隊長) 조성박(趙性璞,
1845-1904)으로 했다. 이를 병신창의(丙申倡義)라 하며 이때의 의병활동은
적원일기(赤猿日記)라는 공식문서에 고스란히 남아 있다. 적원이란 병신
년이 주역으로 풀 때 붉은원숭이 해이기 때문에 붙여진 이름이다.

영남 사림은 지식인으로서의 선비들이지만 권력과 부에서 소외된
사람들이라 평소에 서민 속에 들어가 살았다. 비록 한미한 생활을 영위
했지만 경세제민을 위해 노력해왔고 나라의 위기가 닥치면 백성과 함께

목숨을 걸고 전쟁에 나아갔다. 사림의 전통이 살아 있는 청송인이라는 것은 무한한 자랑이 아닐 수 없다. 기념공원의 조성은 민간 중심으로 시작해 결국 국비와 도비 지원으로 건립했다는 것은 청송인들에게 아직도 사림정신이 면면히 살아 이어져 내려오고 있고 후예들도 사림 정신을 실행하기 위해 노력을 계속하고 있다는 점을 대변한다.

충의의 고장 청송

이러한 민간의 노력은 2010년 5월 대통령령으로 매년 6월 1일을 의병의 날로 정하는 데까지 계속되었고, 해마다 6월 초에 경상북도 주관으로 이곳에서 의병의 날 행사가 치러지고 있다.

이러저러한 이유로 나는 청송인임을 자랑스럽게 생각하며 한 번도 고향 때문에 부끄럽게 생각한 적이 없다. 특히 자연환경의 수려함, 그런 환경 속에서 태어나 자란 우리들의 건강함을 자랑한다. 1990년대 초반 송학으로부터 안덕중학교 22회 동기회지를 만드는 데 글을 하나 쓰라는 요구를 받고 청송의 자연환경에 대해 써서 보낸 적이 있다. 제목은 〈청송의 자연환경 보전에 관하여〉였는데, 그 초안을 다시 싣는다.

1. 나는 청송이 고향인 것을 자랑한다.

누가 나에게 고향이 어디냐고 물어보면 나는 아주 자랑스러운 생각을 가지고 청송이라고 망설임 없이 대답한다. 물론 듣는 사람에 따라 청송 하면 산골짜기 혹은 청송보호감호소를 떠올리게 된다며 나를 촌놈이라 놀리기도 한다. 나는 전혀 개의치 않는다. 오히려 맘속으로 은근히 대한민국 나아가 세계에서 나만큼 좋은 고향을 가진 사람은 없을 걸 하고 뻐기는 느낌으로 청송의 자랑을 한참 늘어놓곤 한다.

2. 청송은 자연환경이 좋다.

청송을 자랑스럽게 생각하는 것은 내가 태어나 자라난 곳이라는 단순한 지역적 연고나 국립공원 주왕산이라는 타이틀 때문이 아니다. 수려한 자연경관을 포함해 청송의 전체적 환경 자체가 사람들이 인간다운 삶을 살아가기에 가장 적합한 조건을 갖추고 있다고 믿기 때문이다.

나의 이런 생각은 약간 설명이 필요할 것이다. 사람은 자연이라는 1차 환경 속에서 나고 자라고 죽는다. 자연환경은 공기, 물은 물론 의식주의 모든 것을 제공하므로 인간은 자연환경 의존적 존재일 수밖에 없다. 우리는 자연환경을 자연상태 그대로 두는 것이 아니라 농사를 짓고 땔감을 얻고 공장을 짓기 위해 나무를 베어내고 길을 내고 물을 막는 등 자연환경을 끊임없이 사용하고 또 변화시켜왔다. 이렇게 사람은 자연환경에 의존하는 수동적 존재이면서도 자연을 끊임없이 변화시키는 능동적 존재이기도 하다.

자연은 우리가 조상들로부터 물려받은 것이고 다시 후대가 사용할 수 있도록 물려주어야 할 역사적인 것이기도 하다. 세계 각국의 자연환경이 나라마다 다른 것이나 우리나라 각 지방의 각 현재의 자연환경이 다른 것도 그 지방 사람들이 역사 속에서 환경에 대해 가공을 가한 흔적이 서로 다르기 때문이다. 청송 사람들은 역사적으로 청송의 자연환경을 좋은 상태로 관리해왔다고 보는

남(進), 듬(處), 길(道)

것이다.

　적어도 내가 기억하는 청송은 자연환경이 좋았다. 맑은 하늘 아래 산에는 울창한 나무들로 총총하고 다람쥐, 토끼, 노루 등 산짐승과 송이, 머루, 다래, 더덕과 온갖 산나물이 지천으로 있는 곳, 시내는 여름이면 우리가 멱감고 자맥질하고, 꺽지·뚜구리·피리 등이 한가로이 헤엄치는 여러 길 깊이의 물 밑바닥 조약돌이 그대로 들여다 보였다. 여름이면 개구리 울음소리로 잠을 이루지 못할 정도였고 가을이면 온 들을 덮는 메뚜기 떼를 쫓아다녔다. 이러한 깨끗한 환경이 잘 유지된 내 고향 청송을 나는 매년 한두 번씩 다녀올 수 있다는 데 행복을 느꼈으며, 우리 청송 사람들이 이렇게 좋은 상태로 유지해온 것을 자랑스럽게 여겨왔던 것이다.

3. 청송의 자연환경이 나빠지고 있다.

　몇 년 전부터 청송의 환경이 변화하는 것을 느낀다. 누구나 인정하는 산 좋고 물 좋고 공기 좋은 청송이 변하고 있다. 마을 길까지 포장이 되고 자동차가 늘어났다. 강변에서 산꼭대기까지 과수원으로 변하면서 농약 사용이 엄청나게 늘어났다. 일상생활에서도 일회용품과 비닐 등 썩지 않는 물건을 많이 쓴다. 하늘만 아직도 맑을 뿐 시내는 각종 오물로 덮여가고 산은 계속 그 속살을 과수원, 공장에게 내주고 있다. 출향인사들도 도시의 친척이나 친구들을 몰고 와 놀고는 쓰레기만 남기고 떠나가므로 산과 들, 시내를 오염시키는 데에 조금씩 거들고 간다. 환경훼손이 시대적 흐름인 것은 부정할 수 없지만 이대로 방치해둔다면 청송의 자랑인 청정한 자연환경은 그 영광을 잃을지도 모른다.

4. 청송의 자연환경은 우리가 지켜야 한다.

　청송의 자랑인 건강한 자연환경은 그동안에 청송인들이 환경보전을 위해 열심히 노력을 기울인 결과적 측면도 부정할 수는 없지만, 오히려 도회지와 멀리 떨어진 지리적 여건과 젊은이들의 이촌현상도 한몫 했다. 지금은 교통의 발달, 그리고 사람들의 여유시간이 많아지면서 벽촌으로도 마구 밀려들어 온다. 청송은 환경 위기를 맞고 있다.

그러나 아직 청송은 대량 공해를 유발하는 공장은 없다. 환경보전 여부는 지금부터 사람들이 하기 나름이다. 조상으로부터 물려받은 좋은 환경을 보전해 후손에게 물려주어야만 역사의 연속선 위에 사는 지금 우리들의 책무를 다하는 것이다. 지금 시대는 개발행위 없이 자연환경을 잘 보전하면 이것 자체가 관광상품이 된다. 심각한 환경파괴를 경험한 외국인이나 다른 지역 사람들을 불러들여 관광수입만으로도 주민들의 고소득을 보장할 수 있다. 잘 보전된 자연환경은 덤으로 남는다. 이런 의미와 생각에서 청송인들에게 드리는 몇 가지 건의 사항을 적어본다.

먼저, 우리 모두 자연환경의 중요성을 깨달아야 한다. 모든 것이 사람들이 마음먹기에 달렸다. 행동보다 어떻게 생각하는가가 더 중요하다. 자연환경을 물이나 공기처럼 아무런 대가 없이 얼마든지 사용하고 훼손해도 무방하고, 자연은 무한한 것이며 재생 가능한 것이라고 생각하면 안 된다. 자연이 자연정화력, 자연회복력을 넘어설 경우 다시는 회복할 수 없게 되는 불가역적 상태로 된다. 후손의 생존공간을 박탈해서는 안 된다는 경각심을 가져야 한다. 우리는 이렇게 자연환경에 대한 생각부터 근본적으로 바꿔야 한다.

다음, 자연환경 보전은 한 사람의 힘만으로 되지 않으며 여러 사람의 공통인식과 공동노력이 필요하다. 환경파괴나 훼손은 한 사람의 뚜렷한 행위로부터라기보다는 여러 사람의 경미하고 쉽게 눈에 띄지 않는 행위에 의해 발생한다. 그 결과도 장기간에 걸쳐 조금씩 의식하지 못하는 가운데 마침내 회복불능의 가련한 모습을 드러낸다. 환경파괴는 개인의 재산권을 행사하는 과정에서 주로 발생하므로 다른 사람이 간섭하기도 힘들다. 현장에 있는 사람은 이해관계는 밀접하지만 무감각하고, 외지인은 환경파괴 행위가 바로 파악되지만 이해관계

남(進), 듬(處), 길(道)

가 없어 말하지 않는다. 우리 모두 환경파괴가 급박하지 않고 직접적 이해관계가 없더라도 환경이 회복 불가능하게 된 이후에는 모두 피해를 입게 되므로 다 함께 환경에 대한 인식을 높이고 환경파괴를 야기하는 행동을 줄이고 환경보전에 유익한 행동을 해야 한다.

셋째, 환경보전은 계획적이고 장기적 투자가 필요하다. 지방자치제가 되면서 세수 확보를 위해 공장을 유치하고 관광단지를 개발하는데 모두가 혈안이다. 청송에 맞는 개발은 환경보전이다. 목전의 이익을 위해 환경을 파괴하는 것은 소탐대실이다. 개발행위에 앞서 공해처리시설부터 완벽히 갖추어야 한다. 자연보전이 우선이고 개발은 자연보전이 유지되는 가운데 이루어져야 한다는 점을 분명히 해야 장기적으로 청송다운 발전이 가능하다. 청송 출향인이 고향에 투자할 일이 생기면 환경보전에 적합한 업종을 골라서 투자하는 환경기반 사고가 꼭 필요하다. 개발이나 발전이 우선이 아니다. 환경보전이 우선이다.

5. 동기들에게 드리는 말씀

나름대로 어줍잖은 고향 환경보전에 대한 생각을 제대로 된 연구도 없이 불쑥 꺼내 송구스럽지만 내 고향 청송 사랑의 깊은 뜻에서 나왔다고 너그러이 이해해주기 바란다. 마침 안덕중학교 동기회지가 발간되는 기회를 빌려 이렇게 환경보전 문제를 제기하는 것은 한 사람의 생각이나 행동만으로는 성공하기 어렵고 같은 생각을 하는 사람이 하나둘 늘어나고 또 같은 생각을 하는 사람들이 뜻을 모아 행동에 옮길 때에만 훌륭한 결실을 맺을 수 있다고 믿기 때문이다. 1년에 한두 번 가보는 청송에 대해 너무 현실을 모르는 건방진 간섭을 하는 것인지도 모른다. 아무쪼록 청송의 좋은 자연환경이 잘 보전되어 후손들에게 물려주고 그 후손들도 우리처럼 청송을 고향으로 둔 것을 자랑스럽게 여기게 되기를 바랄 뿐이다.

청송군 경계부터 830번 도로 이름은 백석탄(白石灘)길이다. 가로수는 산딸나무다. 여름이면 흰 꽃이 사방을 비추며 피고(四照花) 가을에 붉은 열매가 열린다. 열매는 보기에 아름답고 딸기처럼 생겨 맛있을 것 같지만 아무 맛도 없고 특히 취급에 조심해야 한다. 열매에 진액이 많아서 진액이 옷에 묻으면 잘 지지도 않아서 옷을 버려야 한다.

이곳 고와리(高臥里)는 조선 인조 대에 경주(慶州) 김씨 김한룡(金漢龍)이 이곳에 정착한 이래 경주 김씨 집성촌이 되었다. 높은 뜻을 품었지만 벼슬에 나아가지 않는 선비를 고와지사(高臥之士)라 하는데 아마도 이 말에서 마을 이름이 유래한 듯하다.

고와2교 다리 좌측에 "신성계곡 물길 따라"란 안내판이 섰다. 청송군은 2017년 5월 군 전체가 유네스코로부터 세계지질공원으로 지정받았다. 제주도(2010)에 이어 두 번째다. 총 24개의 지질명소가 있는데 신성계곡에 속하는 방호정(方壺亭) 부근에 있는 공룡 발자국이 유명하다. 그동안 땅 속에 묻혀 있던 것인데 2003년 태풍 매미로 인해 산사태가 나서 나무와 흙을 쓸어 가버리는 통에 그 속에 숨었던 바위가 맨살을 드러냈다. 바위 경사면 위에 공룡 발자국이 400여 개나 찍혀 있었던 것이다. 여러 종류의 공룡이 뛰어가며 찍은 발자국이라 각 발자국의 연속성을 통해 각 공룡의 걷는 모양까지 추정할 수 있다. 주왕산은

백석탄 초입의 유네스코 지질공원 안내판

남(進), 듬(處), 길(道)

기암절벽과 폭포, 계곡, 맑은 물이 어우러진 하늘의 신비가 아닐 수 없다. 1976년 국립공원 제12호로 지정되었다. 유황약수가 나오는 달기약수터와 신촌약수터도 있다. 암석에 각종 꽃 모양이 들어간 꽃돌도 특산품이지만 요즘은 생산이 금지되고 이미 생산된 상품이 한정되어 그 가격이 치솟고 있다.

묵은재는 고개랄 것도 아닌 작은 고개다. 그곳에 휴게소가 있었으나 수질 훼손을 방지하고자 폐쇄되고 쉼터만 있다. 고와 1교를 건너며 보니 이곳 지형도 물돌이 지형이다. 다시 오르막인데 오른쪽 넓은 터에 있던 매점 겸 매운탕 식당도 폐쇄되었다. 당국의 환경훼손 방지를 위한 노력에 경의를 표한다. 산중턱에 도자기 장인이 정착해 도자기를 굽는 집이 있는데 그곳에 진열된 도자기를 구경한 적이 있다.

백석탄

고와리 정류소를 지나고 나면 우측으로 백석탄 안내판이 나오고 안내된 길로 내려가면 백석탄이다. 백석탄은 길안천 중 고와리 부근의 흰색 바위가 집중적으로 배치된 지역이다. 독특한 흰색을 띄는 점, 아름다운 모양으로 매끈하게 마모된 형태, 구멍이 잘 뚫리는 재질 등에 비추어 대리석의 일종이 아닌가 추정해본다.

백석탄은 밖에서 보면 그 아름다움을 모른다. 강으로 내려가서 봐야 제대로 보인다. 더 나아가 물에 들어가서 강 아래 위쪽을 오가면서 보는 게 최고다. 반짝이는 흰 바위, 잔잔하게 흐르는 강물, 사방을 둘러싼 산으로 인해 신선세계에 온 것으로 착각할 수밖에 없는 황홀경이다. 기념촬영을 많이 하지 않을 수 없다. 청송군에서 청송과 백석탄을 알리기 위해 안내판을 잘 만들어놨다.

백석탄 계곡의 흰돌을 배경으로　　　　적화작업 중인 여인들

　　아침이라 차는 없지만 갓길이 없어 차가 다니면 길을 걷는 사람은 위협감을 느낄 수 있겠다. 길 우측으로 저 아래 백석탄 흰 바위들이 보인다. 고갯길을 넘어가면 길안천 우측으로 넓은 구릉이 나타난다. 전부 사과밭이다. 아침부터 사과나무에 젊은 여성들이 매달려 있다. 적화작업 중이라고 한다. 시골에 젊은 여성이 있을 리 없는데 아마도 용역공급업체에 소속된 이주여성이거나 이곳에 정착한 종교단체 여성들이라 짐작해본다.

　　지소리(紙所里) 마을 입구 첫 번째 집이 용두의 조카 신재곤(申載坤)님의 집이다. 넓은 사과 과수원 안에다 현대식 집을 앉혔는데 내부 시설이 도시 집과 별반 다르지 않다. 정원도 아름답다. 이 분의 부친, 즉 용두의 형님은 청송 지방에 사과나무를 처음으로 도입한 분이라 한다. 재곤 님은 대처에서 직장에 다니다 귀농해 부친의 유업을 이어받아 과수원을 한다고 하는데 농장 규모가 대단하다. 부인이 정성스레 그리고 푸짐하게 차려준 식사를 염치불고하고 다 비운다. 커피까지 타 마시고 이곳 청송의 경제 기타 여러 소식을 자세히 들었다. 한동수(韓東洙) 청송군수께서 3연임 재임할 동안 아무런 정치적 잡음 없이 군정을 잘 이끌어주었고, 또한 늘 풍년이 들고 사과나 고추 가격이 좋아서 청송 사람들 모두 크게 불만이 없단다. 어저께 용두가 이곳 일대는 아침 식사할 곳이 마땅치 않으니 자신의 조카 집에서 아침을 먹자고 제의해 못 이긴 채 승낙해 신세를 지게 된 것이다.

지소리는 이름에서 보는 바와 같이 닥(楮)으로 종이를 만드는 공장이 있는 곳이었다. 지소리는 초등학교, 교회까지 있는 비교적 일찍 개명된 마을이고 용두, 정호를 비롯해 안덕중 동기생들 중 이 동네 출신이 많은데다, 늘 지나다니는 길이라 나에게는 아주 친숙한 마을이다. 이렇게 개인 집으로 초청받아 밥을 얻어먹은 것은 처음 있는 일이다.

만안삼거리에서 만난 사람들　　지소교를 지나면 만안삼거리가 나온다. 이곳에서 우회전해 길안천을 따라 올라가면 신성계곡, 방호정, 공룡 발자국이 나온다. 둘째 동서 전병욱(田炳旭) 님과 막내 동서 조유제(趙有濟) 교수 부부가 우리를 맞아준다. 조교수는 초등학교, 고등학교 후배이기도 한데 내가 대전초등학교 다닐 때 그의 선고 조용하(趙鏞河) 선생님이 교장으로 계셔서 학교 우물가 너머 사택에 살았던 기억이 난다.

나는 대전에서 남쪽으로 약 2킬로미터 떨어진 홍원리(洪原里) 갱빈마에 살았다. 나의 선고께서는 갱빈마에서 다시 약 2킬로미터 떨어진 하속리에 있는 부남(府南)초등학교에 재직하셨는데 두 분은 동료이자 친구

로서 친분이 두터운 사이셨다. 조용하 선생님은 주량이 대단해서 술을
한 말은 거뜬히 드신다고 해서 사람들이 '일두(一斗) 선생'이라고 불렀다.
내가 학교에서 받은 상장에 보면 교장선생님 함자가 '죠용하'라고 적혀
있는 것도 있다.

맞아주시는 분들　　　　　아직 길은 멀고 시간은 자꾸 흘러가
　　　　　　　　　　　지만 우리 패는 여전히 태평이다. 천
천히 걷는데 아마도 노래리(老萊里) 입구를 덜 왔나 보다. 지프차 한 대가
서고 이병래 부남면장과 부면장께서 내렸다. 반갑게 인사를 나누었다.

　　면장께서 일부러 이곳까지 와서 환영과 격려를 해주시니 감격할 뿐
이다. 고향의 인정을 느낀다. 우리의 요청으로 기념촬영을 하고 떠났다.
고향에 조용히 왔다가 초등학교 친구들만 만나고 올라간다고 시작한 일

노래리에서 부남면장의 환영을 받고(왼쪽 두 번째가 부남면장)

남(進), 듬(處), 길(道)

이 온 동네 소문이 다 나서 참 부끄럽고 송구스럽다. 아무튼 관심을 갖고 지켜보는 분들이 많으니 나만의 안락을 취하려 하기보다는, 나라와 고장의 발전을 위해, 그리고 서민들의 어려움을 해결하는 데 보탬이 되는 삶을 살아야겠다고 다짐해본다.

노래리 입구 정자에서 또 쉬었다. 가라골(楸谷, 아마도 가래나무가 많이 자라는 곳이었나 보다.) 고개를 넘는다. 오르막길이 예상보다 길다. 이때서야 비로소 목적지에 예정 시간까지 도착하기가 어려울지도 모른다는 걱정이 들기 시작했다.

예정시간을 맞추기 위해 거의 뛰다시피 속보로 걷는다. 내리막에서 길 오른쪽으로 가라골 못이 보인다. 옛날에는 겨울에 못이 얼면 한앞이나 아방실 동네 아이들이 와서 썰매를 타기도 했다. 못 건너편 산에 조부님 묘소가 있는데 이번에는 인사도 못 드리고 가야겠다. 사진을 찍거나 비디오 녹화를 위해 기자들이 기다리고 있다가 바쁜 발걸음을 못 가게 막는다. 인터뷰까지 요구하는 분들이 있다. 최대한 간단히 대답하고 양해를 구했다. 이제부터는 뛰어야 한다.

옛날 산세가 험해 3명 이상이 모여야 고개를 넘을 수 있다 해서 서놈치라 이름하던 삼자현(三者峴)을 우측에 두고 31번 국도 청송로 지하도(대전교차로)를 지난다. 백석탄로는 대전로(大前路)로 이름을 바꾼다. 이제 한앞(大前里)이다. 한앞은 경주(慶州) 정씨(鄭氏) 집성촌이다. 돌아가신 나의 조모님도 이곳 한앞 출신 경주 정씨라 택호가 한전댁이셨다.

한길에서 또 차 한 대가 정차하면서 나를 불러세운다. 기온(鄭基溫) 아저씨다. 대전리 시내에 있는 청송주산지막걸리 양조장을 아우인 우기(鄭又基) 아저씨와 함께 경영하신다. 이분들과는 할머니 친정, 고모할머니의 시댁, 종숙모의 인척 등등으로 촌수를 여러 방법으로 셀 수 있는 어쨌든 친척 아재다. 두 분의 큰형 기택(鄭基澤) 전 경북대 교수는 1983년

대전리(한앞)로 들어서기 직전

내가 결혼할 때 주례를 서주신 분이며, 이들 형제분들의 부친 정무석(鄭武石) 님은 대전초등학교 부지를 희사한 독지가이시다. 기온 아재는 바쁜 나의 심정을 무시한 채 (정확한 표현은 '모르신 채') 격려 말씀과 함께 많은 질문을 던지는데 나로서는 다 대답할 정신이 아니다. 건성으로 대답하고 얼른 인사를 드린 뒤 돌아선다.

모교, 대전초등학교

주유소를 지나고 청송자동차고등학교를 지나 솔마트 삼거리에서 우회전하면 홍원리로 가는 68번 국도가 나오고 대전교를 지나면 바로 우측편

남(進), 듬(處), 길(道)

에 대전초등학교다. 대전초등학교는 내가 1963년 입학해 1969년 졸업한 모교다. 입학할 때 할머니가 나를 데려다주셨다. 할머니는 나의 본성이 어리석어서 학교생활을 잘 할지 늘 걱정을 하셨다. 한 학년이 2개 반이고 한 반 학생이 60명을 넘어섰다. 2학년에 올라가자 새로 입학한 후배 신입생이 너무 많아서 교실이 모자라 시내 양재학원에 따로 나가 공부하기도 했다. 나중에 입학한 나의 동생들은 2부제 수업도 받았다. 그렇게 팽창하던 모교가 학생이 없어져서 폐교를 당하다니……. 모교가 사라져 안타깝지만 시대의 도도한 물결을 어찌 거역한다는 말인가?

나는 이 초등학교에서 선생님을 만나고 친구를 만나고 세상을 만났다. 선생님의 말씀과 친구들의 생활상을 통해 세상이 평등하지 않고 어려운 처지에 헤어나지 못하는 불쌍한 사람들이 많다는 것을 일찍이 깨달았다. 상급학교에 진학하고 공직을 맡게 되면서도 초등학교에서 각인되었던 인식이 가장 깊숙하다. 비록 학교생활의 구체적 내용은 기억나지 않지만 그리고 선생님과 친구들의 얼굴과 이름도 모두 잊었지만 그래도 희미한 당시의 분위기는 뚜렷하게 기억 속에 남아 있다.

할 수 있다, 노력하라

친구들과 마을 어른들이 처해 있던 환경이나 운명은 가난, 불우함, 체념, 안타까움, 슬픔 등이었다. 헤어나지 못할 것 같은 상황을 이겨내려는 몸부림을 보았다. 그래도 그때는 장래에 대한 희망과 기대를 가지며 살았던 것 같다. 상급학교에 진학하면서, 나이가 들면서, 사회에 진출하면서 세상이 바뀌는 것을 생생히 목격했다. 그때 지도자는 "할 수 있다. 노력하라."를 가르쳤다.

우리 세대는 바로 베이비부머 세대이며 팽창주의 시대를 살 수 있었다. 모든 것이 팽창하던 때였다. 일자리가 늘어나고 일이 늘어나고 수출이 늘어나고 소득이 늘어나고 나라 규모가 늘어나고 가족이 늘어나고 사람들의 살림살이가 늘어났다. 박정희 전 대통령은 가난과 막막함을 경험한 우리 세대로 하여금 번영과 자신감을 경험하게 해준 것이다. 베이비부머 세대는 가난에서 번영으로 간 세대이며, 이는 스스로 노력하고 일한 결과다. 이걸 가능하게 한 것은 지도자 박정희다. 그들은 박정희를 구세주로 보거나 적어도 공칠과삼(功七過三)은 되므로 공이 더 많은 분으로 본다.

공산주의에 대한 경계심

그리고 북한과 중국 공산당에 대한 경계심을 배웠다. 그때는 들에서나 산에서나 강에서나 포탄, 탄약, 총알을 발견할 수 있었고 발견되면 만지지 말고 즉시 신고하라는 당부를 듣고 자랐다. 그런데도 함부로 만지다가 생명을 잃는 경우도 있었다. 학교와 공공기관에서는 반공(反共) 멸공(滅共) 웅변대회, 사생대회, 걸기대회, 포스터 그리기 행사를 열었다.

무장공비(武裝共匪)가 수시로 내려와 불쌍한 이승복 등 우리 국민들의 목숨을 앗아갔다. 동네 어른들은 시간만 나면 어린이들에게 6·25전쟁 당시 군대 가서 생명을 걸고 싸운 이야기, 동네에 인민군이 들어와 백성들을 학살한 이야기, 빨치산이 암약하며 괴롭힌 이야기를 했다. 초등학교 동기생들 중 부모님들로부터 6·25전쟁 통에 인민군과 빨치산 때문에 고초를 겪은 이야기를 듣지 않은 사람이 없다.

중국과 주적 개념

대한민국은 북한 공산당과 중공군 때문에 엄청난 참상을 겪었고 국토가 통일되지 못한 것도 그들 때문이다. 그들은 과거 주적(主敵)이 분명하다. 그들은 아직도 과거의 집단학살에 대한 사과를 하지 않았고 다시는 침략하지 않겠다는 진정성 있는 약속도 하지 않았다. 북한은 침략무기인 핵무기를 60기 이상 보유하고 있는데다 중국 공산당은 국제적 북한 제재 협정을 위반하고 북한을 적극 지원하고 있다.

중국은 역사 이래 끊임없이 외국을 침략하며 외연을 확장해온 나라다. 중국은 아직도 대한민국을 속국으로 여기는 저의를 숨기지 않고 있다. 중국은 미국이 없었다면 한국에 통일된 공산국가를 건설해 속국으로 거느리고 있을 수 있었는데 하고 한탄을 하는 나라다.

중국 공산당 독재 지도부 마음속에는 결코 한반도를 포기할 생각이 없다. 그리고 북한에 공산당이 있어야 그것을 교두보로 대한민국 전부를 다시 속국으로 만들 수 있다고 생각하고 있다. 이것은 중국의 더 큰 야욕을 위해서도 꼭 필요한 전략이다. 진작부터 중국은 아시아를 넘어서 그리고 미국을 넘어 세계 최강 강대국이 되려는 의도를 노골적으로 드러내고 있다(崛起).

미중 정상회담에서 시진핑이 트럼프에게 "한국은 중국의 속국이었다"라고 주장한 것은 이미 잘 알려진 사실이다. 한국인은 한국의 자주독립성을 부정하는 중국의 억지주장을 단호히 경계하고 배격해야 한다. 미국의 도움으로 우리는 6·25전쟁에서 승리했으며, 중국은 두고두고 패배의 원한을 설욕하려 절치부심하고 있다. 중국의 침략 야욕은 끝이 없으며 현재 진행형이다.

이런 국제적 현실 앞에서 미국의 개입으로 통일이 실패했다는 종북 논리로 미국에 반대한다는 것은 "통일만 되면 자유와 인권을 포기해도 좋다"는 것에 다름아니어서 해괴하고 황당한 주장일 뿐이다.

자강정신, 그리고 공산세력에 대한 경계심

역사는 연속 선상에서 볼 줄 알아야 하며 역사에서 배움을 얻어야 한다. 분투노력의 과정이 생략된 하늘에서 그냥 주어지는 번영이란 있을 수 없다. 젊은이들은 그저 일시적 불평등에만 주목해 분노할 뿐 노력하는 과정 없이 누리려고만 한다. 노력하고 스스로 일어서지 않고는 자신도 모르게 뒤떨어지고 멸망할 수밖에 없다는 역사적 진리를 간과하고 있다.

베이비 부머와 이후 세대와의 차이는 스스로 노력하는 '자강정신'의 유무와 6·25전쟁으로 참혹함을 안겨준 북한 '공산세력에 대한 경계심' 유무다. 스스로 강해지지 않고 북한의 적화통일 야욕을 간과하면 지금의 번영은 곧 물거품처럼 사라질 수 있다. 586 좌파세력이 부르짖던 민족해방(NL) 민중민주(PD)는 미국 반대, 일본 반대며 북한 좋다, 중국 좋다와 다름없다. 북중처럼 공산당 간부가 독재하는 국가를 세우겠다는 것이다.

가난을 벗어나는 법을 가르치는 곳

이제 나는 모교인 대전초등학교에 돌아와 옛날 가난한 시절을 떠올리고 이를 극복하기 위해 우리 세대가 부르짖었던 자강정신과 공산주의 좌파에 대한 경계심을 다시 부르짖고자 여기까지 걸어서 왔던 것이다.

초등학교는 가난의 역사, 그리고 가난을 벗어나는 번영의 길을 가

남(進), 듬(處), 길(道)

르치는 곳이 되어야 한다. 자유민주주의 헌법교육, 일하지 않으면 먹을 수 없고 직업에는 어떠한 귀천(貴賤)도 없다는 근로윤리 교육, 목숨을 걸고 나라를 지킬 수 있는 안보정신 교육, 서로 소통하고 남에게 피해를 입혀서는 안 된다는 사회윤리 교육을 해야 한다. 우리 국어와 국사를 제대로 알고 남에게 속지 않고 피해도 입히지 않는 상생하는 세상을 만들기 위해 노력하는 '스스로 당당하게 세상을 헤쳐 나가는 자존감' 가진 시민을 기르는 초등학교가 되어야 한다.

걷기 마침, 그리고 뒤풀이　　　　예정시간보다 15분 늦게 대전초등학교 교정에 도착했다. 대전초등학교 동기 송경호와 미리 연락이 되어 김덕재, 김봉자, 조항래를 비롯한 약 10명의 친구들이 전국 각지에서 달려와 열렬히 환영해주었다. 동기생들은 2016년 말 청와대 민정수석으로 취임할 당시 이곳 대전리에 대전초등학교 21회 동기회 명의로 경축 현수막을 걸어주었다. 선고의 부남초등학교 제자인 황재찬(黃載燦, 호 弘山), 조용래(趙龍來) 선배가 송학의 안내

모교 앞에 도착하는 순간

교문에서 초등학교 후배 심상형과 함께

1 환영 나오신 분들과 다함께

2 모교 교정에서 동기생들과 함께

3 한동수 군수와 함께(왼쪽부터 조유제,
신용두, 한동수, 필자, 청송, 심상형)

남(進), 듬(處), 길(道)

뒤풀이에서 한동수 군수의 격려 말씀

로 특별히 오셨다. 두 분 선배는 대구지청 간부 공무원 출신이다. 창녕
조씨(昌寧 曺氏) 청송 화수회 간부들도 오시고, 원래 우리 창녕 조가 집성
촌이었던 갱빈마에서 유일하게 남아 농사를 짓는 재종숙 준동 아재(曺準
東)와 아지매, 재종고모부 김동수(金東洙) 내외분도 환하게 웃으며 맞아
주셨다. 한동수 청송군수께서 귀한 시간을 내셔서 고생했다며 꼭 안아
주셨다. 고교 동기로 수안보에서 안동검찰청까지 4일간이나 같이 걸었
던 심온이 이곳까지 다시 찾아와 유종의 미를 찍어주었다. 동서 두 사람
과 처제가 함께 했음은 물론이다. 꽃다발 증정과 기념촬영을 끝내고 조
항래와 초등학교 친구들이 미리 주선해놓은 대전장터 안의 국밥집으로
이동해서 간단한 뒤풀이를 했다.

　이렇게 모든 행사를 마친 이상 바로 사라지는 것이 여러분에게 폐
를 덜 끼치는 최상책이다. 제갈공명은 오나라로 장가가는 유현덕에게
"빨리 갔다 빨리 오세요(快來快去)"라는 비방을 적어주었지 않는가. 심상
형 본부장이 운전하는 차로 심온과 용두를 서울로 보내고 나는 한앞 뒷산
에 모신 부모님 산소에만 잠깐 들렀다가 송학이 운전하는 차로 대구에
서 1박 하고 상경했다.

그날 대전초등학교까지 와서 환영해주신 분들 중 조용래 선배와 조항래 동기 등 함안 조씨 두 분이 그 사이에 세상을 하직하셨다(不歸之客). 어차피 인생이란 꿈 같고 헛것 같고 물거품 같고 그림자 같고 이슬 같고 번개 같은 것(如夢幻泡影亦露電)……. 이승의 미련 다 떨치시고 저승에서나마 명복하시길 빌어 마지않는다. "왜 살아야 하느냐?"고 물으신다면 "바람이 왜 부느냐."고 답하겠다던 옛 선사의 말씀이 떠오를 뿐이다.

남(進), 듬(處), 길(道)

또 걸을 수밖에

개혁에 대해 사람들이 왜 걱정하는지 진지하게 헤아려보고 신속 현명하게 대처해야 합니다. 국민 대다수가 지지하는 것으로 과신하고 모든 것이 잘 되어가는 것으로 압니다. 많은 이들이 개혁을 지지하면서도 염려합니다. 이들은 대통령이나 그 측근이 너무 자신만만해 중대한 결정을 독단적으로 내리고 있어 결국 국민 불안이 고조되고 있다고 걱정하는 것입니다. 한 가지만이 절대적인 것도 아니며 절대적일 수도 없습니다. 어떤 문제라도 서로가 서로를 존중할 줄 아는 자세가 필요하고 대화할 때 나의 이야기를 상대방에게 주입하려 하기보다 상대방의 말을 충분히 들어볼 필요가 있습니다.

- 김수환(1922-2009)

옛 관료들의 듬(退隱=處)을 느끼기 위해 2017년 5월 10일부터 서울에서 청송까지 걷기를 했다. 도중에 일죽 방초리에서 처이종 동서 신상철 님으로부터 조심하라는 당부와 함께 "크게 한 소식 듣고 오라."는 격려를 들었다. 한 소식 깨달음을 얻기는커녕 회한과 원망의 잡념 속에서 머리를 흔들고 한숨을 내쉬며 걸었고, 끝까지 평화와 용서를 얻지 못하고 말았다.

사람의 정리를 모르면 온 세상이 무섭고, 사물의 이치를 살피지 못하면 인생을 헛사는 것이다(不近人情 擧世皆畏道 不察物情 一生俱夢境). 좌파는 촛불을 일으키고 여론으로 포장했다. 언론매체는 담합해 좌파의 대국민 협박과 대국민 사기극에 동참했다. 좌파 정치인과 일부 우파 정치인은 헌법 정신을 위반해서 탄핵소추를 의결했다.

그것은 비열한 담합이었다. 촛불이 사람의 정리를 벗어난 것을 알고도 같이 미친 것이다. 헌재는 탄핵사건에서 객관적 심판자의 입장에서 법률적 판단을 해야 함에도 비겁한 보신주의와 영악한 조직이기주의에 빠져 소추 측과 담합하고 촛불에 영합해 그들 표현대로 "바람직하지 못한" 절차를 합헌으로 정당화했다. 철저한 담합이었다. 물정을 살피지 않았기에 역사의 심판을 앞두고서도 꿈속을 헤매고 있다. 촛불 세력, 넋나간 일부 정치인, 언론, 헌재가 합세하면 간단히 헌법체제가 무너질 수 있음을 증명했다.

걷기 이후에 많은 것이 새로 밝혀졌다. 검찰 수사 결과 촛불 세력의 자금은 대부분 민주노총, 환경운동연합, 참여연대 등 좌파 단체에서 나왔고 일반인들로부터 나온 돈은 1천만 원에 미달한다. 촛불은 전체 국민의 의사가 아니었다. 민주노총은 이석기, 한상균 석방을 외치며 대한민국 사법질서를 부정했는데 한상균은 결국 가석방되었다. 환경운동연합은 미세먼지에 침묵하고 말았다. 참여연대 김기식은 은행을 감시한다며 은행으로부터 호화해외여행 접대를 받았는데 금감원장으로 굳이 임명을 강행하려 했다.

이들은 좌파를 대변할 뿐이지 결코 전체 국민을 대표하는 것이 못된다. 좌파 편향적인 여성단체들은 강간과 미투에 침묵한다. 중국 공안 당국이 사드 배치에 반대하고 공산세력을 확장하기 위해 중국인 유학생들을 조직적으로 촛불집회에 참여시킨 정황도 있다.

문재인 대통령은 "촛불이 한국의 민주주의를 지켜냈다. 프랑스 혁명과 광화문 촛불이 시공간을 뛰어넘어 깊이 연결되어 있다."고 주장했다. 한국에서 민주주의가 있었으므로 촛불도 허용되었다. 반면에 프랑스 혁명은 왕조독재체제를 무너뜨리고 민주체제로 이행한 것이다.

촛불은 민주주의 체제를 무너뜨린 것이고, 프랑스는 전제왕정을 무너뜨린 것이다. 촛불과 프랑스 혁명은 서로 정반대임에도 이걸 연결시키려 하다니 정말 세상 무서운 줄 모른다. 촛불 전후는 모두 민주주의다. 여여(如如)할 뿐이다. 혁명은 체제를 무너뜨리는 것이니 촛불에 혁명이란 말은 가당치 않으며 오직 촛불을 빙자한 독재를 정당화할 때만 가능한 어법이다.

헌재도 탄핵 결정을 하면서 촛불 '혁명'의 마침표를 찍었다고 자평했다. 그들 역시 민주주의에서 독재로의 이행과정을 방조했음을 자인한 바 있으니 역사의 심판이 두려울 것이다. 이해찬 등 좌파 정치인들이 걸핏하면 촛불 대통령에게 '감히'라고 버럭질하는 것을 보면 그들이 노리는 것은 민주주의가 아니라 독재임이 분명하다.

헌재 재판관 8명은 탄핵선고를 앞두고 회식을 했다. 이것보다 더욱 명백한 불법 담합의 증거란 있을 수 없다. 박한철 전 소장은 퇴임 직전에 굳이 결정 기일을 못 박았다. 강일원과 이정미는 오직 예정된 결정기일에 맞추기 위해 재판을 졸속으로 진행했다. 권성동은 헌재의 결정 기일을 하루만 틀리게 맞춰서 예측했다. 이정미는 이를 담합과 연결해 따지는 변호사에게 파들파들 떨면서 제재를 가했다. 좌파 정치인들은 대통령 몫의 재판관 임명을 못하게 막았다. 재판관들은 1명의 결원이라도 위헌이라는 견해를 탄핵사건에서는 꺼내지 않았다. 이것은 누가 봐도 거대한 담합이요 기획된 음모다.

김명수 대법원장은 판사들에게 "이기는 편에 서겠다. 대법원장이 대통령에게 반기를 들어 충돌이 생기면 국민들이 지지하지 않을 것이다."라고 말했다고 한다. 대법원장이 노골적으로 대통령 명령을 받들겠다는 선언이다. 문재인은 법원에다 대고 법원 개혁을 주문했다. 명백한 사법부 간섭이다. 삼권분립과 견제와 균형이라는 헌법정신을 위반한 담합이요, 권법유착의 사법파쇼다.

법원은 그렇게 부르짖던 불구속 재판의 원칙을 뒤집어 박근혜 전 대통령을 구속 재판했다. 구속기간이 만료되면 풀어주었어야 함에도 별건으로 또 구속해서 재판하고 있다.

구속기간 만료를 앞두고 임종석 전 청와대 비서실장이 언론을 불러 기자회견을 했다. 박근혜 청와대가 세월호 참사를 보고받은 시각을 실제보다 30분이나 늦췄다고 발표했다. '골든 타임'에 대한 비난을 면하기 위한 것이라는 설명까지 붙였다. 비서에 불과한 그는 검찰이나 경찰이 가진 수사권을 행사할 위치도 아니고 제 맘대로 언론과 상대할 아무런 권한도 없다. 오직 문재인의 명령에 의해서만 가능한 일이다.

나중에 검찰 수사결과 발표는 오히려 보고받은 시각을 발표하면서 실제 보고받은 시간보다 앞당겨서 발표했다는 것인데, 이것도 의혹 투성이긴 하지만 임종석의 발표와는 정반대의 결론이다. 문재인이나 임종석은 아무런 변명도 하지 않는다. 문재인은 임종석을 통해, 오직 법원에 박근혜를 재구속하라고 압력을 넣기 위해 벌인 거짓말 쇼라고 확신한다. 이러한 분립된 기관을 엮은 담합을 이용한 독재는 유사 이래 처음이다.

문재인 정부는 아무런 여론 수렴도 없이, 정치세력 간의 의견 조율 과정도 없이, 자유민주주의가 빠진 헌법 개정안을 발의했다. 이렇게 국민을 무시하고 민주적 절차를 외면하는 경우란 법조 역사상 보지 못했다. 일방적 밀어붙이기에 국회에서 논의조차 하지 못하고 개정안이 묻혀버린 것은 당연했다. 국민을 무시하고 책임지지 않는 독재자의 전형적 행태다.

문재인 정부 등장 후에도 전국에서 많은 재해가 계속 발생하고 있음에도 대통령의 직접 지휘는커녕 유감 표명조차 사라진지 오래다. 국민도 정부의 실효성 있는 조치를 기대하지 않는다. 국무총리는 올림픽에서 메달을 못 따는 사람은 출전권을 북한 선수에게 양보해도 된다며 젊은이들의 수년간에 걸친 피나는 노력을 짓밟아버렸다. 좌파 정당의 정책위 의장은 평창올림픽을 평양올림픽이라고 말한다. 세월호특조위 위원장이 세월호 쌍둥이 배 오하마나 호를 오'하나마나' 호라고 자주 말하던 것과 겹쳐진다. 언동 속에 진심이 있다.

문재인 대통령이 김정은에게 건넨 USB 내용에 많은 의혹이 제기된다. 김정은과의 판문점 비밀 회동은 예기치 못한 위해 등으로 국군통수권에 공백을 초래할 위험성이 있었다. 중고교 교과서에서 헌법이 지키려는 자유민주주의에서 굳이 '자유'를 삭제한 것은 공산독재의 허울인 인민민주주의도 허용하려는 의도로 읽힌다. 북한이 주적이 아니라면 우리 젊은이들은 왜 입대해서 총을 들고 전방을 지키는가? 연평도 포격의 주범 김정은은 왜 우리의 땅 판문점을 밟으며, 천안함 폭침의 주범 김영철은 왜 버젓이 서울을 활보하는가?

좌파 정권의 행태를 보면 대한민국 헌법체제를 무너뜨리려 한다는 의심을 받기에 충분하다. 20년 집권, 100년 집권 등을 공언하며 우파 정치의 여지를 말살하고 영구집권을 노리고 있다. 이건 독재의 다른 말이다. 선배들이 피로써 이룩하고 지켜온 빛나는 전통 속의 자유민주주의 제도와 문화를 뿌리째 뒤엎어 인민민주주의를 세우려 하고 있는지도 모른다. 진영을 초월해 통합하고 연대해 다 함께 앞으로 나아가려는 태도는 전혀 보이지 않고 분노와 보복정치를 한다.

듬에 들어간 사람들이라도 걱정이 없는 것은 아니다. 견자로서의 역할을 넘어 적어도 광자로서의 역할은 해야 하지 않겠는가? 아직도 가라앉지 않은 광마 담합의 여진을 바라보며 마음이 괴롭다. 이 역사의 광분사태에 뭔가 해야 하지 않는가. 생각해보면 딱히 할 일이 많지도 않다. 권오창 변호사와 술을 먹다 걷는 일밖에 할 것이 없다는 말을 들었다. 그렇다. 내가 당장 할 수 있는 일은 하자. 이번에는 대구에서 서울로 걷자.

남 하루째 날 (2018. 9. 26. 수)
경북고등학교 교정에서 덕산리노인정까지, 4,600보 36킬로미터

나라에 도가 서 있음에도 가난하고 천하게 사는 것도 부끄러운 일이요, 나라에 도가
무너졌음에도 부귀를 누리는 것 역시 부끄러운 일이다.

- 論語 泰伯篇

이번 여정은 대구에서 서울까지 남북
종단길이다. 출발지는 대구 수성구 황금동 소재 경북고등학교 교정이
고, 종착역은 듦의 출발점이었던 서울 서초구 양재동 매헌윤봉길기념관
이다.

대구는 나의 집 나는 경북 청송 안덕중학교를 다니다
1970년 11월 대구 북구 원대동 소재
경일중학교로 전학했다. 1972년 3월 경일중학교를 졸업함과 동시에 남
구 대봉동 소재 경북고등학교에 입학해 1975년 2월 졸업했다. 그러나

그해 대입에서 실패했다. 대구 서구 내당동 소재 대영학원에서 1년 재수해서 서울대학교 사회계열로 입학했다. 즉 나의 대구 생활은 5년 남짓에 불과하다. 물론 부모님께서 1970년 이후 2013년 돌아가실 때까지 수성구 두산동에서만 계셨기에 수시로 부모님을 뵈러 와서 그런지 나의 뇌리에서 고향 혹은 집이라면 '대구'가 자리 잡고 있다.

또한 1997년 8월 대구지검 부장검사로 부임해 1999년 8월 이임할 때까지 2년간 부모님 슬하에 있으면서 지역사회의 법질서 확립을 위해 노력한 바도 있다. 대구지검 근무 중 청구그룹 경영비리 및 정관계 로비사건, 대구시 교통국 버스노선 배정 비리, 대구도시공사 하도급비리, 대구지법 등기광고 뇌물사건, 성주군의회 뇌물사건, 경일대 재단비리사건 등 대검 중수부도 하기 힘든 구조적 대형 비리사건을 수사해낸 데 대해 남다른 긍지를 가지고 있다. 1998년 말에 대구경북 언론이 선정한 10대 뉴스에 청구비리 수사 및 대구시 교통국 비리 수사가 선정되기도 했다.

대구는 내가 검사로서의 꿈을 실현하기 위해 기초실력을 양성한 곳이자 또 검사로서의 지위와 권한을 얻어 거악척결을 통한 정의 실현이라는 꿈을 펼쳐 보인 곳이기도 하다. 경북고등학교는 선생님들의 격려, 친구들과의 경쟁, 주위의 따뜻한 관심과 기대를 통해 시시때때로 흔들리는 나의 미약한 꿈을 굳건히 해주었다. 또 꿈은 꿈으로서 그치는 것이 아니라 실현 가능한 것이라는 확신을 심어준 진정한 학교였다. 이제 새로운 희망을 꿈꾼다면 역시 그 출발점은 대구의 경북고등학교 교정이 되어야 한다고 봤다.

남(進), 듬(處), 길(道)

아는 사람, 생각하는 사람, 행하는 사람

희망의 길을 출발하는 지점으로서 과거 내가 실제로 다니던 원래 그 교정이면 더욱 좋겠지만 모교는 1985년 지금의 대구 수성구 황금동으로 이전했고, 구 교정은 아파트 단지가 되었다. 이전 직후에는 교사(校舍) 1동과 교훈비(校訓碑)가 구교정 부지에 그대로 남겨졌었다. 이들이 그 자리에서 영구 보존될 것으로 예상되었으나 교사는 철거되고 구립 도서관이 들어섰으며 교훈비는 현재의 교정으로 이전되었기에 출발점은 황금동 새 교정으로 정했다.

교훈이 학교가 학생들에게 일러주는 '인생을 살아감에 있어 지향해야 할 지침'이라고 한다면, 나는 모교의 교훈이야 말로 인생행로를 비춰주는 나침반으로서 완벽한 것이라고 자부한다. "아는 사람, 생각하는 사람, 행하는 사람".

사람은 우선 배워서 알아야 한다(知). 배움은 자신에 대한 투자이며 내면을 키우고 고양시킨다. 선인의 지식을 흡수하고 그 위에 더욱 높은 지식을 얹어 후인들을 이끌어야 한다. 이것이 '아는 사람'이다. 알고 나서 깊이 생각하고 늘 생각해야 한다(思). 생각은 지식을 정리하고 행동을 함에 있어 올곧은 방향을 제시해준다. 배우고 생각하지 않으면 체계가 없고 텅 빈 것이나 마찬가지라고 했다(學而不思則罔). 많이 배우고 많이 생각한 사람이라도 아직 '된 사람'이라고 할 수 없다. '든 사람'에 불과하다.

행동하지 않거나 배운 바와 달리 행동하면 '못된 사람'이 된다. 못된 행동을 하는 사람을 소인배(小人輩) 혹은 사이비 선비 즉 향원(鄉愿)이라 하는데 과연 그가 많이 배우고 많이 생각한 사람인지 의심스럽게 하기 때문이다. 배우고 생각한 바대로 행동(知行合一)하는 사람이 곧 '된 사람'이다(行).

된 사람은 남에게 피해를 끼치지 않으며(己所不欲 勿施於人) 오히려

경북고 교훈비 앞에서

남의 고통을 동정함에서 나아가 자신보다 못 배운 사람, 덜 생각하는 사람(弱者)과 소통하고 지혜를 나누며 그들을 돕기 위해 사회를 이끌고 개혁하는 사람이다. 공자는 배움이 충분하면 벼슬에 나아가고 벼슬 중에도 여유를 가지고 배워야 한다고 강조했다(仕而優則學 學而優則仕). 초등학교 교사를 오래 하신 나의 선고는 재직 당시에 늘 급훈(級訓)으로 "조용히 배우고 생각하며, 무게 있고 용기 있게 행동하자."를 내걸고 학생들을 지도하셨다(碧寄文集).

취우 형님 형제 세 분, 고교 동기 김대환(金大煥), 안덕중 동기 조경래(趙慶來), 김해동(金海東), 고교 후배이자 손아래 동서 조유제(趙有濟), 재종제 조맹환(曺孟煥) 등 많은 분들이 출발점에 와주셨다. 여정의 성공을 축원하고 또 먼 길 도중에 있을 지도 모르는 어려움을 잘 헤쳐나가길 성원해주셨다. 김대환, 청송 두 사람은 오늘 종일 동행해주겠다고 하니 용기백배하지 않을 수 없다.

550년 된 상동 은행나무

전송자들을 뒤로 하고 세 사람은 가든하이츠 아파트, 범어공원, KBS 등을 지나 수성구청 앞 큰길로 나와서 범어로타리 횡단보도를 건넜다. 횡단보도를 건너면 노거수(老巨樹) 은행나무를 만난다. "상동 은행나무"라는 제목을 가진 바위 표지판에 따르면 세조 14년 1468년에 상동 268번지에 심은 나무임이 명기되어 있다.

전국 수많은 보호수 중에서 이 은행나무처럼 심은 연대가 명확한 나무는 아직 보지 못했다. 또 이 나무는 두 번이나 이사를 한 기록을 가진 나무이기도 하다. 1981년 9월경 도시계획에 따른 도로가 나면서 당시 부근에 있던 정화여고 교정으로 옮겨졌고, 2001년 4월경에는 또 도시계획에 따라 정화여고가 범어동으로 옮겨가면서 현재의 위치로 이식되었다. 표지판이 보존위원회란 민간 명의로 된 것을 보면 나무를 이식하는 과정에서 꽤 많은 경비가 발생하고 절차적 어려움이 있었지만 민간 독지가들이 나서서 추진했던 것으로 추정된다.

범어로타리 은행나무

손처눌과 정구

보존위원 13인 중 도영대는 정화여고 재단이사장이며, 나머지 12인 중 절반인 6인이 손씨(孫氏)다. 아마도 16세기경부터 황청동(지금의 황금동)에 이거해 집성촌을 이루고 살던 일직(一直) 손씨 후손들이 아닌가 추정해본다. 이곳 입향조 손처눌(孫處訥, 1553-1634)은 당시 성주(星州)에 살던 정구(鄭逑, 1543-1620)와 함께 1611년경 발생한 회퇴변척(晦退辨斥) 사건에서 퇴계 이황을 옹호하고 남명 조식을 배척하는 입장에 섰다.

회퇴변척을 계기로 영남 사림은 퇴계파와 남명파로 분열되고 상호 대립과 공격 속에서 공멸함으로써 중앙정계를 기호학파 계통의 서인 그리고 족벌들에게 내어준다. 정구는 퇴계와 남명을 모두 스승으로 둔 인사임에도 두 세력의 소통과 화합을 주선하지 않고 일방의 편을 들어 공멸로 이르게 한 것은 못내 역사의 아쉬움으로 남는다.

방천시장 김광석 기념상 앞에서

수성교를 건너기 전 청송의 제의로 커피숍에 들어가 처음으로 신발을 벗고 쉬었다. 아침 식사를 못한 청송은 빵을 사 먹고 두 대환은 녹차라떼를 시켜 먹었다.

수성교는 신천을 넘는 다리 중 하나이고 신천 좌우로 방천(防川)이 축조되었다. 수성교를 건너며 좌측 방천을 따라 방천시장이 있다. 방천시장은 가수 김광석 거리로 유명하므로 안내 표시 앞에서 기념사진을 찍었다. 곧 옛 삼덕동 보습학원 거리를 지나 국채보

남(進), 듬(處), 길(道)

상운동공원에 도착했다. 달구벌대종 앞에서 예상치 못하게 보수논객 유튜버 이규리 교수, 대구보건대 박종석 교수와 마주쳐 돌발 인터뷰를 했다.

국채보상운동

국채보상운동은 1907년 순수 민간 차원에서 그것도 지방이 중심이 되어 일어난 국권회복운동이다. 1905년 일제는 재정파탄의 대한제국을 압박해 을사보호조약을 맺고 외교권, 사법권 등 국권을 실질적으로 다 빼앗아 갔으며 명목상의 대한제국에 배상금, 차관 등 명목으로 엄청난 부채를 안겼다. 국민들은 국가의 성패에 있어 경제가 가장 중요함을 알고 있었고 일제로부터 국권을 강탈당한 것도 재정문제임을 직시했다. 정부나 관료의 실패를 방관하지 않고 국민들이 주체의식을 가지고 자발적으로 돈을 모아 나라 부채를 갚으려고 운동한 것은 당시 민도로 봐 아주 특별한 민주주의적 행동이었다 높이 평가할 수 있다.

당시 전 국민 중 25%가 참여한 국민적 기부운동을 기념하는 이 공원에는 국채보상운동을 주도한 김광제(1866-1920), 서상돈(1850-1913) 두 분의 흉상과 국채보상운동 여성기념비가 서 있다. 여성기념비에 의하면 "국민들이 두 달간 담배를 끊고 그 대금을 모아 국채보상금을 조성한다는데 그 운동에 여성들이라 해서 제외될 수 없으며, 다만 여성들이 가진 것이라고는 패물뿐이어서 패물을 내어놓는다."고 기록한다. 사회적 처우가 열악했던 당시 여성들이 불만을 가지기는커녕 순수한 애국적 참여의식을 행사한 데 대해 뭉클한 감동을 느낀다.

1997년 국가부도사태로 인해 IMF로부터 구제금융을 받을 당시에 일어난 전 국민 금 모으기 운동 역시 국채보상운동에 뿌리를 두고 있다.

국채보상운동 기념공원 달구벌대종 앞에서(왼쪽 두 번째부터 이규리, 박종석 교수)

유네스코세계기록유산 등재 경축 플래카드

금 모으기 운동을 처음 제안한 분 역시 대구 출신 이종왕(李鍾旺) 전 검사
로 알고 있다. 국채보상운동기념관 벽에는 2018년 11월 1일 자로 국채
보상운동 기록물이 유네스코 세계기록유산으로 등재된 것을 자축하는
현수막이 걸려 있다.

대구시청 앞 태극기의 바다

수성천변 산책로

대구광역시청 앞에서 휴식을 겸해 커피를 마셨다. 칠성시장 도로를 지나는데 가게마다 전자제품 등을 인도는 물론 차도에 쌓아두어 교통불편은 물론 사고 위험이 걱정된다. 이건 한국 3대 도시를 자부하는 대구시민들의 질서의식이라 보기 어려우며 제대로 시정조치를 취하지 않는 담당 공무원들의 무사안일을 비난하지 않을 수 없다.

신천으로 내려오니 가운데 흘러가는 시내(溪)를 중심으로 좌우로 보도와 자전거도를 잘 정비해 두었고 산책하는 시민들도 자주 눈에 띈다.

도청교에서 도로로 올라오면 바로 구 경상북도청, 현재 대구광역시청 별관이다. 그 바로 옆은 경북대학교 북문이다. 나는 현재 경북대학교 교육대학원 석사과정에 재학 중이다. 지난 학기 종강을 앞두고 아랫 동서인 조유제 교수와 경북대 내 '명예의 전당'에 가 장인어른이신 고 서인석(徐仁錫, 1926-2001) 님을 뵈었다. 그때의 감회를 적은 카카오 스토리를 옮겨 적는다.

나의 장인 서인석 님을 추모하며

나는 1983년 1월 우리 나이 27세에 네 살 아래 서경자와 결혼했다. 장인어른은 달성 서씨 인자 석자시고 1926년생으로 기억하는데 2001년 돌아가셨다.

장가를 든 이후 셋째 사위인 나를 많이 아껴주시고 믿어주셨는데 그분 생전에는 몰랐다. 천방지축, 고집불통 사위로 인해 딸이 고생하는데도 남자가 그럴 수 있다고 근거 없이 긍정적으로 믿어주신 걸 나중에서야 깨달았다. 돌아가시기 수년 전부터 간암으로 고생하시면서도 내색 않으시고 처가에 갈 때마다 반가이 맞아주셨다.

2001년 여름 돌아가셨다는 소식을 듣고 세상천지가 암흑으로 바뀌는 것을 경험했다. 대전 근무지에서 가까운 옷가게에 가서 검은색 정장을 사 입고 병원 빈소에 갔는데 그곳에서도 상복이나 기타 장례물품을 파는 걸 그때서야 알았다.

나중에서야 장인께서 임종하시기 전에 막내 사위인 경북대 조유제 교수를 불러 공부 못한 게 한이 되어 돈 벌어 장학재단 설립하는 게 꿈이었으나 이루지 못하고 생을 마감하려다 보니 아쉽다. 미력이나마 장학금으로 1억 원을 낼 테니 힘든 학생들에게 도움이 되게 하라는 유언을 하셨다는 것을 알게 되었다. 조유제 교수(현재 IT대학장)는 위 돈을 경북대 장학기금으로 납부했고 직계 후손은 학교 내 시설을 사용함에 있어 특전을 받는다고 한다.

나는 이번 학기에 1980년 등록했다 (장기 미등록으로) 제적 당한 경북대 교육대학원에 재입학했고 오늘이 종강일이었다. 수업 전 조유제 학장을 찾아가 장인어른 헌액된 명예의 전당을 보여달라고 부탁했고 조 학장은 나의 중고교 동문인 김상동(金商東) 총장에게 허락을 청했다. 김 총장은 흔쾌히 승낙하고 전당에 동행해주었다. 그리고 한창 공사 중인 도서관 등 학교 안내도 해주셨다. 그동안 돌아가신 분을 잊고 살던 불효에 깊이 반성하며 늦게나마 찾아뵈어 깊은 흠모의 맘을 느낄 기회를 가진 것을 다행이라 생각했다.

- 2018년 12월 5일, 카카오 스토리

서당골 구암서원

달성(達城) 서씨(徐氏) 문중서원인 구암서원을 찾는데 좀 헤맸다. 꽤 가파른 산격동 서당골을 지나서 올라가면 연암공원 초입에 구암서원(龜巖書院) 숭현사(崇賢祠) 표지석이 보인다. 숭현사는 조선 세종조 관료 구계(龜溪) 서침(徐沈) 선생을 모신 곳이다. 그의 생몰연대는 기록에 없으나 역사상 분명한 사실은 세종의 요청으로 당초 달성 서씨들의 세거지인 지금의 달성공원을 나라에 헌납했다는 사실이다. 또한 세거지 헌납에 대한 대가를 바라지 않고 오직 지역민들의 세금을 감면해주도록 요청했다.

세종은 이를 고맙게 생각해 지금의 남산동 일대를 하사하고 또 구계를 관료로 임명했다고 한다. 위 서원은 1665년 남산동에 처음 세워졌고 1996년 현재의 위치로 이건했다.

구암서원은 서침과 그와 동시대 대구 서씨 현달인사인 서거정(徐居正, 1420-1488), 서거정의 형 서거광(徐居廣)의 4세손 서성(徐渻, 1558-1631), 서성과 동 시대 사람 서사원(徐思源, 1550-1615)을 함께 배향하고 있다. 서성은 안동 출신인데 일찍 아버지를 여의고 생활력 강한 어머니 고성(固城) 이씨를 따라 서울로 이사하는 바람에 율곡 이이의 문인이 된 반면에 서사원은 이천(伊川, 금호강 하류 하빈면) 출신으로 성주의 정구 선생과 가까웠다. 서성의 집안은 조선 후기까지 관료로 현달한 사람이 많은 사대부 집안이다. 서성의 7세손이 농촌경제서 임원경제지(林園經濟志)를 저술한 실학자 서유구(徐有榘, 1764-1845)다.

구암서원에서 신천을 향해 내려오다 보면 서사원의 종제이자 임란 당시 의병장 서사진(徐思進, 1568-1645) 및 그의 세 아들을 모신 체화당(棣華堂) 화악문(花蕚門)과 성균관 유도회 대구북부지부 간판이 걸린 우신문(又新門)을 만난다.

화악문

다시 신천으로 내려와 북으로 걷다 보면 동에서 서로 흐르는 금호강을 만나며 금호강은 하빈면에서 낙동강을 만나 남쪽으로 흐르게 된다. 금호강은 강폭도 넓고 수량도 많다. 강변을 걷는 사람, 자전거를 타는 사람들과 마주치거나 혹은 추월하고 당하면서 심심하지 않다.

하중도에는 꽃밭이 잘 가꿔져 있고 야외 결혼식이 열리고 있었다. 팔달교를 건너가는데 강

바람이 강하다. 북단에 판관 서유교 영세불망비(判官 徐有喬 永世不忘碑)가 있다. 이곳은 옛부터 경남지방에서 서울로 가는 영남대로의 요충지이며 나루터(琴湖津)가 있어 배로 건너야 하는 불편이 있던 곳을 1851년경 대구 감영 판관으로 있던 서유교(1791-1859)가 돌다리를 놓아 사람들의 통행을 편리하게 한 점을 기려 세운 비석이다.

태극기 부대

이미 오후 1시를 넘긴 시간이라 많이 시장하다. 팔달전철역을 막 지난 곳에서 점심 식사를 했다. 식사를 마치고 나오는데 지나가는 중년의 남녀 세 분이 태극기를 꽂은 나의 배낭을 보고 대한애국당의 태극기 부대냐고 묻는다.

청송이 당원은 아니지만 우파보수의 가치를 지키고 우파 결집을 염원하며 서울까지 걸어갈 예정이라고 설명해준다. 그분들은 매주 서울 덕수궁 태극기 집회에 참석하기 위해 상경한다면서 박근혜 전 대통령이 돈 한 푼 챙긴 게 있느냐면서 하루 빨리 석방되고 복권되기를 희망한다는 의견을 제시하고 서울까지 무사히 잘 걸으라고 축원해준다.

개척자를 따라 길이 생긴다

다시 힘을 내서 사수로(泗水路)를 걷는다. 칠곡교쯤에서 경부고속도로 밑을 지나 넓은 농지들이 구획된 들을 가로질러 금호강 방천으로 올라간다. 금호강은 수량 많은 강물을 끊임없이 흘려보내며 강변을 무성한 숲으로 뒤덮는다. 오후 바람은 시원하다 못해 약간 추위를 느낀다. 큰 다리 밑에는 차량이 여러 대 주차되어 있고 많은 사람들이 모여 있는데 접근로도 보이지 않는 곳을 그들이 어떻게 저곳까지 갔는지 궁금해 한다.

금호JC 부근에서 일행들 사이에 계속 강변으로 가는 것이 가능한지 서로 의견이 엇갈렸다. 의사 합치가 이루어지기도 전에 청송이 먼저 고속도로 밑으로 해서 다시 사수로 큰길로 올라가 버린다. 우리가 걷던 좁은 길과 사수로 사이에는 연결로도 없고 상당한 높이의 절벽을 올라가야 한다. 단절과 어려움을 극복하고 연결을 지어야 길이 되는 것이다. 청송이 개척한 길이다만 망서려진다. 1800년대 중반 영국 선교사 리빙스턴이 아프리카에 탐험로를 개척하던 이야기가 떠오른다. 원시인과 동물들만 존재하던 대초원을 리빙스턴이라는 개척자가 길을 내고 그 뒤를 따라 문명인들이 따라 걷다 보니 사람들의 길이 되었다. 도리 없이 선구자가 개척한 길이 비록 어려운 길일지라도 따라가야만 한다.

사수와 새(사이)　　　　사수마을은 이미 아파트촌(금호지구)이 되었고 곧 사수고개를 넘어 가야 한다. 거대한 트럭들이 엄청난 속도와 굉음을 내며 지나치는데 보행자를 배려하지 않는다. 내가 걸어본 전국 길 중에 보행자를 위한 길을 제대로 따로 설계해놓지 않아 걷기에 가장 위험하고 불편한 곳이 대구 주변의 길이다.

사수고개란 이름은 전국적으로 여러 개 있는 것으로 알고 있다. 그럼 사수는 무슨 뜻일까? 한자로 사수(泗水)라 쓰는데 우리나라에 저 사자를 쓰는 지명으로 유명한 곳이 사천(泗川), 사비(泗沘) 정도가 아닌가 한다. 그런데 사(泗)자는 원래 중국 산동성에 있는 강 이름, 즉 고유 명사이니 우리 지명에서 쓸 때는 한자어의 뜻을 따 지은 이름은 아닌 것이 분명하다. 사천은 옛 이름이 사물(史勿)이었고 사비는 소부리(所夫里)였다고

　　　　　　　　　　　　　　　　　남(進), 듬(處), 길(道)

하니 더욱 한자 뜻과는 무관하고 오직 발음이 공통되어 순수 우리말과 관련이 있다는 것을 알 수 있다.

사(泗)는 순수 우리말 새(사이, 間)를 한글이 발명되기 이전에 이두식으로 그냥 음차해 적은 것에 불과하다고 본다. 즉 사수고개는 그냥 산과 산 사이에 나 있는 고개, 즉 샛고개를 의미할 뿐이라는 것이다. 이때 수(水)는 새의 받침에 붙는 시옷(ㅅ)을 의미하는 이두라고 본다. 그렇다면 사비는 새(間)벌(부리, 벌판, 坪)이라는 뜻이고, 사천은 새(間 혹은 新)물(川 혹은 水)이라는 뜻의 순수 우리 말 지명을 한자식으로 억지로 표현한 것이 아닌가 하는 것이다.

사수고개를 넘으면 바로 용산리 지천역이다. 역사를 지나 철로와 나란히 난 작은 길(용산로)을 걷는다. 지천초등학교를 지나고 또 한참 가면 칠곡대교와 사수로가 만나는 지점에 잠시 쉴 수 있는 정자가 있어서 신발을 벗고 쉬었다. 다시 용산로로 내려와 하천을 따라 걷는다. 이 작은 시내는 신리 너머 지천지(遲川池)에서 시작해 금호강으로 합류하는 이언천이다. 곧 이언천을 건널 수 있는 영청교가 나오고 하천 양쪽으로 모두 길이 나 있어 택일해야 했다.

우리는 영청교를 건너지 않는 길을 선택했는데 이는 결과적으로 잘못된 선택이었다. 길이 중간에 우거진 숲으로 변해 이를 억지로 뚫어야 했고 끝나는 지점인 영청철교 밑으로 작은 콘크리트 보가 있는데 물이 넘쳐 그냥 건너가기가 힘들다. 반대편 길은 그렇지 않은 것을 다 오고 나서야 알았다. 돌아가기에는 너무 많이 왔기에 보 밑에 물이 적게 흐르는 곳을 찾아 큰 돌을 몇 개 던져 징검다리를 만들어 건너기로 했다. 나와 청송은 무사히 건넜지만 김대환은 결국 한쪽 신발이 물에 빠지고 말았다.

김대환은 괜찮다 했지만 영 미안하다. 친구에 대한 의리 때문에 종일 같이 걸어주는 것도 여간 힘들지 않은 일인데 한쪽 신발과 양말이 다

젖었다. 물 묻은 신발과 양말은 흉기가 된다. 곧 딱딱해져서 불은 발을 다 상하게 만든다. 그렇다고 응급조치할 방법도 없다. 김대환은 그래도 씩씩하게 앞서 간다. 불안한 마음이지만 부지런히 발을 옮겨 따라가는 수밖에 없다.

영오마을 부근에서 철길 때문에 길이 막혔다. 철로 보호벽을 넘어 철길로 가보려 했지만 지형도 그렇고 철로시설물 때문에 넘기가 불가능하다. 돌아가는 수밖에 없다며 잠깐 후진하고 보니 철로 밑으로 통하는 길이 보였다. 다시 철로를 따라 난 마을 길을 걷다가 덕천 마을에서 우회전해서 개울을 지나는 다리를 건넌다. 마을 길은 대구서 왜관 가는 4번 국도 밑 굴다리를 지나 구 국도인 지천로와 연결되는데 이 길을 걸을 때쯤 저녁 노을이 비껴 비추는 가운데 서서히 피로가 밀려온다. 없는 힘을 짜내며 하염없이 걸어간다.

왜관 방향으로 계속 북상하는 4번 국도에서 신동재로 가는 길이 갈리는 덕산 삼거리를 지척에 남겨두고 덕산노인정에서 오늘 일정을 마무리하기로 합의를 봤다. 노인정 의자에 앉아 신발을 벗어 과열된 발을 식히는 한편 지역 개인택시 조합에 전화를 걸어 왜관역까지 가는 택시를 불렀다.

택시를 기다리며 이언 수호회에서 세운 "이 고장의 유래"라는 비석을 살핀다. 이곳은 원래 이언면(伊彦面)의 소재지였다고 하는 것을 보니 저기 덕산 삼거리쯤에 있는 구(舊)장(場)터(址)가 바로 중심지였겠구나 하는 생각이 들었다. 지금은 지천면이 되고 면 소재지는 약 10킬로미터를 더 가서 있는 신리(新里, 新洞)에 있는 것이다. 경부선 철로가 지나가면서 새로 생긴 동네라는 뜻이다. 이곳은 에너지관 및 통신선이 매설되고 참외와 채소 농사를 지어 고소득을 올리는 여유 있는 지역이라고 소개한다.

왜관역에서 김대환과
작별하기 전

　이곳은 원래 벽진(碧珍) 이씨 세거지라는데 광주(廣州) 이씨가 들어
와 크게 발복한 곳이다. 유학자 이윤우(李潤雨, 1569-1634)와 그의 스승 한
강(寒岡) 정구를 모신 사양서원(泗陽書院), 이윤우가 살던 석담종택(石潭宗
宅), 경수당(敬守堂), 해은고택(海隱古宅) 등은 모두 광주 이씨 관련 지방문
화재다.

　아무래도 저녁식사와 숙소, 그리고 다음 날 아침을 해결하려면 왜
관역전으로 가는 것이 제일 안전하다고 판단했다. 왜관역전에서 택시를
내린 다음 청송이 평소에 잘 안다는 고깃집에 갔더니 마침 쉰다고 해서
갑자기 막막하고 힘이 쭉 빠진다. 옮기기 싫어하는 다리를 끌고 이리저
리 살피다가 부근에 있는 쇠고기 소금구이집에 자리를 잡는다. 평소 두
대환(大煥)은 대구든 서울이든 만나기만 하면 폭탄주로 고주망태가 되어
야 헤어졌으니 오늘인들 예외가 될 수 없다. 서로 헤어지기 아쉬운 마음
까지 더해 많이 마셨다. 거나한 가운데 왜관역으로 이동해서 김대환을
대구 가는 열차를 태워 보내고 부근에 있는 모텔을 잡았다.

남 이틀째 날(9. 26. 목)
가실성당에서 구미 박정희 생가까지, 44,000보 34킬로미터

앉아서 망하기를 기다리느니 온갖 힘을 다하고 마음을 합해 빨리 계책을 세우자. 진
군해 이기면 원수를 보복하고 국토를 지키며, 불행히 죽으면 같이 죽자. 의(義)와 창
(槍)이 분발되어 곧 나아가니 저들의 강제와 오만이 꺾일 것이다.

– 허위(1854-1908)

가실성당　　　　　　　　오늘은 청송과 둘이 걷는다. 그는 왜
　　　　　　　　　　　　관에서 가까운 경북과학대학 교수로
재직한 바 있어 이곳 지역은 손금 보듯이 환하게 잘 알고 있다고 주장한
다. 그를 따라 해장국 잘하는 집에 찾아가 아침 식사를 하는데 종업원과
수작하는 걸 들어보니, 청송이 이 지역에서 맹활약하던 시절이 있었기
는 하나 상당히 오래전인 듯하다.

　　청송이 '다음 날 출발점은 전날 종료점'이라는 원칙을 오늘만은 파
기하자고 주장한다. 오늘 예정 진로는 왜관을 경유해 구미까지인데 덕
산리에서 왜관을 가려면 신동 고개를 넘어가는 4번 국도(칠곡대로)를 탈

수밖에 없다. 4번 국도는 다른 어떤 도로보다 자동차가 많고 빨리 다닐 뿐더러 보행자 도로도 없어 운전자들도 보행자를 배려하지 않아 너무 위험하기에 사람이 걸어서 가는 도로라고 할 수 없다는 것이다. 대안으로 가실성당을 출발점으로 삼으면 왜관까지 낙동강변을 따라 걷게 되어 쾌적하면서도 걷는 거리만은 신동고개를 넘는 것이나 비슷하므로 국토종주의 목적에 크게 어긋남이 없다는 것이다. 나는 당초 계획대로 덕산리를 출발해 신동고개를 넘을 것을 고집했지만 청송이 직접 경험자임을 들어 무경험자인 나를 제압하므로 결국 이에 따르기로 했다.

가실성당까지 택시로 이동했다. 가실성당은 왜관읍 낙산리에 있는데 앞은 낙동강이고 뒤로는 왜관일반산업단지가 있다. 성당에는 아무도 없었다. 청송을 따라 교회 본당과 사제관, 동굴기도처를 참관했다. 이 성당은 1895년 개설되어 대구경북 지역에서는 두 번째로 오래된 성당이다. 지금 건물은 규모는 작지만 프랑스 건축양식을 그대로 따른 것인데다 오랜 건축물이라 문화재적 가치가 높다고 한다. 화장실만은 최근에 지어져 출입 시 음악이 흘러나왔다.

청송에 따르면 왜관에 성 베네딕도 수도원과 가톨릭계 학교인 순심학교(純心學校), 가톨릭계 출판사 분도출판사가 건재한 점에 비추어 카톨릭의 교세가 상당하고 이 지역 문화에 큰 영향을 미치고 있다고 한다. 분도란 엄격한 수도생활로 잘 알려진 이탈리아 성인 성베네딕도(St. Benedictus)의 한국화된 이름이다.

강변대로를 건너 낙동강변 길을 걷는다. 갈대 숲 사이로 자전거도로도 만들어져 있다. 강둑이 움푹 들어가 만(灣) 형태를 이룬 곳에는 연꽃과 부레옥잠이 소복하다. 곧 강변 산책길이 끊어져 강변대로를 이용해서 왜관 읍내 등기소 부근까지 갔다. 휴식도 취할 겸 커피 한 잔 하기 위해 다방에 들어갔다. 청송과 친분을 가진 대구매일신문 이현주 기자가 기다리고 있어 잠시 대화를 나누기도 했다.

구상문학관

낙동강변으로 나가 방천 둑길을 걷던 중 구상문학관(具常 文學館)에 들리기로 했다. 구상(1929-2004)은 서울 사람이나 선교교육사업을 하는 부친을 따라 함경도 원산(元山)으로 이주해 그곳 성 베네딕도 신학원을 나왔고 해방 전부터 함흥(咸興)에서 기자 생활을 하며 시를 썼다. 해방과 동시에 북한 지역을 점령한 공산세력이 언론 및 문학의 자유를 억압하자 자유를 찾아 월남해 종군기자로 활동하다 1953년부터 왜관에 정착했다. 그가 다니던 원산의 성 베네딕도회 수도원과 성당이 왜관으로 이전했기 때문이다.

이후 그는 20년간 왜관에서 거주하면서 다양한 교직, 언론활동과 함께 많은 작품을 남겼다. 특히 시리아 출신 여행자 수호성인 그리스토폴(Christophorus)의 이름을 딴 "그리스토폴의 강(江)"이란 제목의 연작시를 많이 남겼는데 그 강은 바로 낙동강이다. 그가 살던 왜관 집을 '물(낙동강)을 바라보는 집'이란 뜻으로 관수재(觀水齋)라 이름했다 한다.

기적의 배

구상문학관 북면이 왜관초등학교, 그 북면이 순심여자 중·고등학교이고, 동쪽으로 멀리 떨어지지 않은 곳에 성 베네딕도회 왜관수도원과 순심 중·고등학교가 있다. 성 베네딕도회는 1909년 한국에 들어와 원산수도원을 중심으로, 선교 활동이 활발하던 중 1945년 북한 지역이 공산당 치하로 들어간 이후 자산 몰수, 수도사 체포 등으로 종교 탄압을 받게 되자

남(進), 듬(處), 길(道)

1952년 원산을 버리고 왜관에 새로운 수도원을 설립하여 오늘까지 이어져오면서 한국 천주교의 중심지 중 하나가 되었다.

기적의 배는 1950년 12월 23일 흥남부두에서 피난민 1만 4,000명을 싣고 3일 만에 거제 장승포항에 도착한 메러디스 빅토리호를 지칭한다. 선원 60명, 7,600톤급의 화물선인 메러디스 빅토리호는 미국 정부의 징집 명령에 따라 군수화물 수송을 위해 동원된 민간 화물선인데, 피난민들을 싣기 위해 선장의 결단이 필요했다. 결국 선장은 자신의 전적인 책임하에 적재화물을 다 내리고 민간인을 과적하였다. 다행히 사고는 일어나지 않았고 오히려 운항 중 5명의 신생아가 태어났다.

선장의 이름은 마리너스 라루(1914-2001). 그는 1954년 성 베네딕도회 미국 뉴튼수도원 수도사가 되었는데, 뉴튼수도원은 곧 재정난에 처하게 되었다. 그때부터 왜관수도회가 뉴튼수도원을 인수해서 현재도 운영 중이라 한다. 흥남부두(함흥)를 떠난 기적의 배 선장이 미국 귀국 후 그곳 성 베네딕도회 소속 수도사가 된 점, 바로 그 수도원을 우리 왜관 성 베네딕도회 수도원이 인수하여 운영하고 있는 사연만으로도 기적 같은 인연이다. 기적의 배가 출항한 함흥(흥남 부두)을 중심으로 활동하던 성 베네딕도회가 북한 공산집단의 탄압을 못 이겨 이주한 곳이 왜관이고, 일제 때부터 성 베네딕도회와 인연을 맺고 함흥에서 기자 겸 시작(詩作)을 하던 구상 시인까지 북한 공산집단의 탄압 때문에 남하해 정착한 곳이 이곳 왜관인 것이다. 공교로운 점을 더해보면 사람이 살아가면서 발생하는 여러 사연과 인연 모두가 결코 소홀히할 수 없는 하느님이 엮어 놓은 기적의 소산이 아닌가 생각해본다.

호국의 다리, 그리고 태극기　　구상 문학관을 뒤로하고 낙동강 방천 길을 한참 걷다 보면 칠곡왜관철교에 이른다. 이 철교는 1905년 일제가 군용으로 건설한 것으로 경부선 철길로 이용되다가 1950년 북한군이 남침해 낙동강까지 내려온 것을 저지하기 위해 유엔군에 의해 일부가 폭파됐다. 결국 이곳 낙동강에서 한국군과 유엔군이 북한군의 남하를 저지해 내고 반격을 개시해 국토를 지켜낸 것이다.

　　대한민국으로서는 자유를 지켜낸 현장이며 역사적 의미가 큰 다리로서, 정부는 등록문화재 406호 '칠곡(舊)왜관철교'로 지정했으며 사람들은 '호국의 다리'라고 부른다. 마침 칠곡군에서 호국을 기념하는 행사를 진행하면서 다리 전체에 무수한 태극기와 유엔 참전국 국기를 달아두어 바라만 봐도 가슴이 뭉클해진다.

　　기념사진을 찍고 있는데 산책하던 여성분이 내가 진 배낭에 꽂힌 태극기를 보고 "태극기만 보면 눈물이 난다."라고 말씀하시고 다짜고짜 가지고 있던 테이크아웃 커피를 내민다. 영남인들이 지켜온 자유민주체제, 그들이 이루어온 안보와 번영이 좌파 독재세력에 의해 위협받고 있음에도 그저 바라만 볼 수밖에 없는 안타까운 시민들의 심

호국의 다리에 휘날리는 태극기

남(進), 듬(處), 길(道)

정이야 오죽 하겠는가? 나는 더욱 가슴이 뭉클해지면서 눈물조차 나려 한다.

방천길은 곧 67번 국도(강변대로)로 연결되지만 여전히 갓길에는 자전거도로 겸 보행로가 확보돼 있다. 국도로 올라가는 연결로 바닥에 "국토종주", "↑안동댐 156킬로미터, ↓낙동강 하구둑 229킬로미터"라고 표시한 걸 보면 자전거 여행자를 위한 것이기는 하나 나로서는 나의 종주길을 미리 예견한 것으로 믿어본다. 좌측 저멀리에 있는 칠곡보는 눈으로만 보고 지나친다. 이 큰 도로에도 횡단보도가 있다. 길을 건너서 조금 가면 다시 옆길(석적로, 石積路)이 나온다.

옆길로 들자마자 경일중 동기 배선봉 사장이 우리를 반긴다. 배 사장은 왜관일반산업단지 내에 산동금속공업(SMI)이라는 정밀공업용 밸브 제조 회사를 경영한다. 은행에 다니다가 "제조업만이 의미 있는 부가가치를 창출한다."는 강의를 우연히 듣고 바로 그만둔 후 제조업을 창업해 온갖 난관을 극복한 끝에, 현재는 100명이 넘는 직원들의 생계를 책임지고 있다.

자전거도로에 미리 표시된 '국토종주' 계획

요즘은 석유 시추를 위한 굴착기술 특허를 전 세계에 출원하는 등 해외로 활발히 진출하고 있다. 또 청송과는 영남대 동기인데 그로부터 미리 연락받

느티나무 보호수   이용우 유공비

고 고생길에 점심이나 대접하려고 잠시 왔다고 한다. 예약해둔 보신탕 집에 가서 나는 닭개장을 먹고 두 사람은 보신탕을 먹었다. 닭개장이 참 맛있었다.

석적로를 가다 중지보 부근 수령 500년이 넘은 느티나무 보호수 아래에서 쉬었다. 부근에 중지보 창설자 이용우 유공비(中旨洑 創設者 李龍雨 有功碑)가 서 있다. 예부터 농업에 가장 중요한 물의 안정적 공급을 확보해 지역사회 생활 향상에 기여한 사람이라면 아무리 기림을 받아도 지나침이 없을 것이다. 특히나 그의 이름이 용(龍)과 비(雨)임에야 물과 깊은 관련이 없을 수 없다는 엉뚱한 생각도 해봤다.

                           남(進), 듬(處), 길(道)

왜관지구 전적기념관

조금만 더 가서 또 왜관지구 전적기념관에 들렀다. 칠곡군은 호국에 대한 관심이 남다르다. 6·25 당시 한국은 경제력 면에서나 군사력 면에서나 모두 북한에게 엄청난 열세였다. 더군다나 기습으로 남침을 감행한 북한군을 제대로 저지할 수 없었던 것은 어쩌면 당연했다.

그럼에도 불구하고 한국군은 바로 이 지역 낙동강 전선에서 북한군을 막아냈다. 수많은 군인 그리고 학도병 등 젊은이들이 목숨을 내놓고 북한군을 저지했다. 이런 분들 때문에 오늘 우리 후진들이 자유와 인권과 번영을 누리고 있는 것이다. 이러한 사수(死守)정신은 공동선(共同善)을 위한 숭고한 희생정신이며 지행합일의 가장 높은 단계다.

작금의 민노총 등 작은 집단들이 그들의 이익이나 승리를 위해 말로만 "결사반대"를 외치는데 목숨과는 상관없는 떼부리기에 불과하다. 이곳 전적기념관 구역에는 칠곡호국평화기념관, 국가유공자 무공수훈자 전공비, 6·25 참전용사 충훈비, 월남참전용사 유공비도 같이 자리하고 있다.

반지천(磻旨川)을 만나면서 석적로가 크게 우회하므로 길을 줄이기 위해 강변대로로 올라가 중지교를 건너고 다시 포남 1교차로에서 낙동강 강둑을 지나 강변 산책로로 내려갔고 산책로가 끝나면 또 강둑길을 걸었다. 강둑길 그리고 강변으로 태극기의 물결이다. 엄청난 수의 태극기 그리고 바람에 의해 큰 폭의 태극기들이 일제히 한 방향으로 펄럭거리는 장관이 주는 감동은 북한의 영혼 없는 집단행진이 도저히 따라올 수 없다. 나와 청송은 태극기 하나를 뽑아 마음껏 흔들고 사진을 찍었다. 두드림공원 간판이 보이는 걸 보면 이곳에서 두드림(亂打) 공연도 하는가 보다.

태극기를 흔들며 (큰) 태극기의 바다에서 (작은) 태극기를 꽂고

154고지 전투

우측으로 경부고속도로 저 너머 포남리(浦南里)가 보이는 곳에 "치열한 공방전으로 민둥산이 된 154고지 전투"라는 안내판이 서 있다. 포남리는 산으로 둘러싸인 동네로서 북측, 즉 우백호에 해당하는 산이 154고지다. 북한군은 낙동강을 넘어 이곳을 제압하면 그다음은 왜관을 쉽게 점령할 수 있으므로 우세한 전력으로 154고지 점령을 시도했고 국군 1사단은 필사적으로 저항해 그 주인이 15차례가 바뀌었다. 그 때문에 154고지는 민둥산이 되고 말았다고 한다.

이 전투에서 한국군이 승리해 북한군의 낙동강 건너(渡河)에 교두보를 마련하려는 계획을 저지하고 국군 및 유엔군의 반격의 발판을 마련

남(進), 듬(處), 길(道)

하는 데 기여했다. 이 전투에서 승리한 백선엽의 1사단은 동쪽으로 이동해 다부동에서 다시 한번 북한군에 대승함으로써 북한군은 더 이상 남하하지 못했다. 국토사수의 생생한 현장을 보며 박정희 전 대통령의 "천하가 비록 편안해도 전쟁을 잊으면 반드시 위험해진다(天下雖安 忘戰必危)"는 휘호가 생각났다.

남율들을 지나 석적체육공원까지 오면 인적이 많아지기 시작한다. 낙동강을 건너는 경부고속도로 밑을 지나 아파트 외곽길을 따라가다 보면 다시 낙동강변 산책코스가 나온다. 군데군데 강 위에 나무다리를 놓아 길을 개척했기 때문에 보행자로서는 더욱 특색 있고 쾌적한 느낌을 가지며 걸을 수 있다.

남구미대교 밑에 이르러 청송이 제안한다. 낙동강이 우측으로 크게 굽어지므로 이 물길을 따라가다가는 오늘 저녁시간에 맞추어 상모동까지 갈 수 없으니 이쯤에서 낙동강을 건너 구미시내로 들어가자는 것이다. 다음 행선지가 선산인 것을 감안하면 낙동강을 동측으로 많이 두고 가는 것이 좋겠으므로 이에 동의했다.

문제는 과연 남구미대교로 올라가는 접근로를 찾을 수 있는가 하는 것인데, 마침 다리 밑 블록 경사벽 저 위에 남자 한 분이 자전거를 세워두고 쉬고 있어 물어봤더니 바로 우측으로 올라가면 된다고 알려주셨다. 블록 경사벽을 타고 올라간 다음 잡풀을 조금만 헤치고 나니 남구미대교 동단으로 올라갈 수 있었다.

왕산 허위 의병장

구미대교를 건너 구미산업공단을 우측으로 두고 남구미로를 따라 오태교에 이르면 이때부터 왕산로로 길 이름이 바뀐다. 왕산(旺山)은 이곳 임은리 출신 허위(許蔿, 1854-1908) 선생의 호다. 그는 1895년 일본이 동원한 폭력배들에 의해 민비가 시해당한 데 반발해 1896년 김천을 중심으로 의병을 일으켜 서울로 진격하던 중 고종의 비밀 지시를 받고 의병을 해산한 다음 중앙에 올라가 관직을 역임했다. 1905년 일본의 강압에 의한 을사보호조약 체결로 국권을 빼앗기자 그해 바로 경기도 연천에서 의병을 일으켰다. 1908년에는 13도의병 연합부대의 총참모장으로 활동하다 일본군에 체포되어 그해 서대문형무소에서 사형을 당했다.

판결문은 일본어로 작성되었는데, 왕산의 직업은 전 의정부 참찬(前議政府參贊), 죄명은 내란죄로 기재되어 있다. 한일합방 2년 전이지만 그때 이미 사법권을 비롯한 모든 국권이 넘어가 독립운동이 내란죄로 둔갑하고 있는 것을 알 수 있다.

금오중학교와 왕산초등학교의 샛길로 조금 올라가면 임은지(林隱池)가 있고 곧 왕산 허위 선생 기념관과 그의 묘소를 참배할 수 있다. 왕산초등학교 앞을 내려오는데 초등학교 여학생 몇 명이 지나가며 배낭의 태극기를 봤는지 느닷없이 "박근혜 만세!"라고 외쳤다. 초등학생들이 아직 뭘 알겠냐만 나에게는 촛불정국 때 그렇게 싸늘하던 이 지역 민심이 변하고 있구나 하는 생각을 해보게 되었다.

배은망덕　　　　　임은삼거리에서 좌회전해서 경부고속도로 밑을 통과하면 아파트, 상가, 연립주택 등 모두 지은 지 오래되지 않은 것들이라 이 지역이 재개발된 곳임을 말해준다. 사람들도 전부 젊은 사람들이다. 그동안 자주 보이던 "박정희 대통령 생가" 안내 표지판도 보이지 않아 길가는 학생과 청년에게 물어봤지만 모른단다. 지척에 있는 그곳을 모를 리는 없을 테고 태극

380

기를 배낭에 꽂은 내가 미워서 안 가르쳐주나 보다. 크게 방향만 잡고 가면서 길을 물어보는데 마침 3명의 젊은 아주머니가 지나가므로 물어봤더니 왜 그러냐고 이유를 먼저 물어본다. 서울까지 걸어가는데 생가를 꼭 방문했다 가고 싶다고 이실직고 했다. 이분들도 크게 우호적이지 않은 것 같기는 하나 길을 알기 쉽도록 가르쳐준다. 경부선 철길 굴다리를 지나 약간의 오르막을 올라가는데 기진맥진이다.

새마을운동과 번영국가 창조   "새마을운동 중흥"이라 쓰인 비석과 주차장을 지나 먼저 민족중흥관에 들러 새마을운동, 치산녹화와 자연보호운동, 자주국방에 관한 큰 업적 관련 자료를 보면서 나는 왜 힘들게 걸어서 박정희 전 대통령 생가를 방문

새마을운동 중흥비

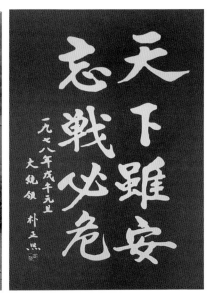

박정희 친필 휘호(천하수안 망전필위)

하게 되었는가를 떠올린다.

그렇다, 박정희는 대한민국을 중흥한 것이 아니라 새로이 탄생시킨 사람이다. 예부터 못살던 그 우리나라라면 몰라도 지금 우리가 영원히 계속되길 바라는 '자유롭고 번영된' 대한민국이라면 역사상 그 언제 그런 적이 있었던가? 이런 자유와 번영이 보장된 나라는 박정희가 창조해내고 우리들에게 선물한 것이다.

나의 초등학교 시절 기억은 분명하다. 청송 시골마을에서 비교적 잘산다는 우리 집도 보리밥이나 조밥만 먹었다. 친구들 대부분은 학용품도 제대로 구입하지 못하고 점심 굶는 아이가 태반이었다. 그런 친구들에게 그때 과연 지금 수준의 생활을 꿈꾼 사람이 있었을까 물어보라. 그런 꿈을 꿀 상황이 전혀 아니었다. 그런데 1970년 새마을 운동이 시작되면서 사람들의 마음이 달라졌다. 정부는 사람들에게 돈을 퍼주지 않고 동네마다 시멘트와 슬레이트를 공급해주었다. 이것으로 사람들은 동네 길과 농로를 확포장하고 지붕을 개량했다. 스스로 발전하는 마을에는 더욱 많은 지원이 보장되었다.

자조와 협동으로 생활환경이 개선되는 것을 경험한 국민들은 하면 된다는 자신감을 가지고 더욱 근면하게 일하고, 일한 성과가 더욱 좋은 생활로 이어졌다. 국민들에게 심어진 자신감과 자각이 선진문명국들과 경쟁할 수 있는 저력을 만들어내고 지금의 경제발전을 이룩하게 된 것이다. 새마을 운동은 지구 역사상 유일하게 성공한 국민의식 개조 프로그램이라고 평가하고 싶다.

남(進), 듬(處), 길(道)

역사 부정의 음모

좌파 정치인들은 지금의 경제발전에 하나도 기여한 바 없고 오히려 훼방만 놓았음에도 산업화의 낙수효과에 의해 필연적으로 다가온 민주화의 과실에 무임승차한 부끄러운 그들의 역사를 은폐하기 위해 마치 세계역사는 경제발전의 당연한 흐름인 양 호도하고 있다. 앉아서 기다려도 감은 떨어지지 않는다. 아르헨티나, 필리핀 등 우리보다 더 잘살다가 지금은 더욱 못 사는 다른 많은 외국 사례들을 보라. 사물의 이치도 모르면서 까불어대는 자들은 일생을 헛살다 간다는 점을 명심하라(不察物情 一生夢境).

선배들이 이룩해놓은 그 역사와 전통 위에 후배들이 추가적으로 더욱 쌓아나가는 것이 연속성 원칙이다. 좌파들은 왜 이념으로만 판단하며 객관적 사실인 연속성 원칙을 부인하는지 모르겠다. 이념이 다른 선배들의 노력의 산물을 다 누리면서도 그 업적을 부정하고 파괴하려고만 덤벼든다. 요즘 좌파들은 그들이 부정하는 선배들이 이루어놓은 업적과 과실을 자기 진영끼리만 나눠먹는다. 또 북한 독재 살인마 정권에 퍼주려고 혈안이다. 이들이야 말로 양심을 팔아먹은 위선 덩어리다.

상념에 묻힌 사이에 청송이 안 보이길래 중흥관을 나왔더니 그 사이 어디 가서 아이스크림을 사왔다. 배도 고프고 해서 아이스크림을 샀으니 먹고 허기를 달래면서 빨리 생가를 구경하잔다. 생가 입구로 올라가니 이미 6시가 지나 문을 잠근 상태다. 청송이 저 멀리 가는 남성분이 관리인인 것 같다며 뛰어가 사정을 말해 생가 대문을 열게 했으므로 다행히 생가를 급하게나마 둘러보고 사진을 찍을 수 있었다.

황토흙벽으로 된 자그마한 초가, 그렇다 이것이 우리의 옛 모습이다. 저 누추한 집에서 위대한 대한민국을 재창조한 위대한 영웅이 탄생해 자랐다. 영웅에게도 어머니가 있다. 그는 1929년경 어머니와 함께 가난한 초가집 마당에 고동시 감나무를 심었다. 그 감나무가 아직 생명력을 가지고 있었으니 대한민국 번영의 생명력도 영원하리라 본다.

청송이 배가 고프다며 멀리 갈 것 없이 생가 바로 앞에 있는 고깃집으로 가잔다. 고기와 소주를 푸짐하게 먹으란다. 내일 오후에 대구에서 회의가 있어 돌아가야 하니 아쉽다며 자기가 한잔 사겠다고 한다. 여기까지 동행해준 것만 해도 고마운데 괜찮다고 했지만 막무가내다. 오늘은 돈이야 누가 내든 부근에 모텔도 있고 또 아침 식사도 가능하다 하니 여기서 한잔 해야겠다.

영웅도 천사는 아니다

《삼국지연의》는 영웅들을 소재로 한 소설이지만, 그 내용은 배신과 간계로 점철된다. 영웅적 등장인물을 통해 완벽하게 선(善)한 인간도 존재하지 않고, 그렇기 때문에 영웅일수록 악(惡)함, 약점(弱點)도 많다는 점을 말하고자 하는 데에 일관된 주제가 있다. 인간의 실존, 인간의 진면목, 인간사, 세상사라는 것이 선악이 섞여 있는 혼돈인 것이다. 명징하게 선과 악으로 구별해 갈라놓을 수 없고 특히 후세 사가들이 자신의 이익과 입장에 따라 영웅들을 자기편으로 편 가르기 하고 그들을 미화하고 반대편을 폄훼하는 것은 가당치도 않다. 만약 타인에 대해 일도양단적으로 선악을 말하고 그 기준에 따라 처단하는 자는 그 잔인함에 희생되어 분노하는 사람들의 해꼬지가 무서워 바깥 세상에 나다니지도 못할 것이다(不近人情 擧世畏途). 인간의 본성 중 특정 우성 기질이 보통인에 비해 더욱 심화·확장된 것을 특장으로 하는 영웅일수록 당대에나 후대에나 다양한 평가가 나올 수밖에 없다.

박정희 대통령의 평가에 관해, 나는 《삼국지연의》가 난세의 영웅

조조(曹操)를 평가한 〈업중가(鄴中歌)〉의 한 구절로 대신하고 싶다.

功首罪魁非兩人 遺臭流芳本一身

최고 유공자이지만 죄과로 따져도 으뜸인 사람,

악취와 향기가 한 몸에서 난다.

박정희의 장기집권에는 부정축재나 친인척 비리와 같은 전형적인 후진국형 사리사욕은 개입되지 않았다. 기술, 자원, 자본, 경험도 없이 열정 하나로 최빈국의 후진경제에서 탈피하고자 몸부림을 치던 1970년대 초의 상황에서 박정희가 강력한 권력으로 경제개발에 모든 역량을 투입하지 않았다면 과연 우리가 세계 10대 경제대국으로 진입할 수 있었을까? 북한의 김씨 왕조는 장기독재에도 불구하고 경제까지 완전히 망쳐놓지 않았는가?

- 김인섭,《기적은 끝나지 않았다》

　　　　　　상모동(上毛洞)은 원래 윗마을을 뜻하는 윗(上)모로(마을, 毛, 謀)이던 지명을 이두식 한자로 표현한 것이다. 오늘은 선산을 통과해 상주까지 가야 한다. 청송과 나는 박정희로를 북상해 걷기 시작한다. 정수초등학교, 사곡고등학교, 경상북도 새마을회관 및 구미시 민방위교육장을 차례로 지나면 사곡오거리인데 남북 종단의 박정희로와 좌우횡단의 새마을로가 교차하는 곳이다.

　　　세계 공항 중에 케네디, 드골, 케냐타 등 정치인 이름을 붙인 곳이

박정희로와 새마을로

많고, 바르셀로나를 가면 도시 전체가 온통 구엘, 가우디, 피카소를 기리고 있듯이 적어도 구미에서만은 박정희 그리고 그의 새마을운동을 기리는 것이 역사적·지역적으로 당위성이 있다고 본다.

　금오고등학교, 박정희기념관과 구미시 체육관을 지날 때쯤부터 나무 그늘이 좋은 산책로가 경부선 철길을 따라 만들어져 있다. 중간중간에 박정희 대통령의 어린 시절의 일화들을 안내판에 새겨두었다. 증흥관에서 본 박정희 대통령에 대한 평가 "부끄럼 타는 영웅이고 눈물이 많은 초인…… 그는 한국인의 애환을 느낄 줄 알고 그들의 숨결을 읽을 줄 안 토종 한국인이었다."는 표현을 다시 떠오르게 한다.

　서쪽 저 멀리 금오산이 우뚝 솟아 있다. 금오산(金烏山)은 원래 숲이 울창해 검은색으로 보이므로 음가(검은, 거무＝금오)가 거의 같은 한자식으로 표현하다 보니 금오산이 되었다.

금강 지혜, 금강 실천력   각산 사거리 다리를 건너가면 곧 구미역인데 좌측으로 금강사(金剛寺) 입구가 보인다. 금강은 영어로 다이아몬드(Diamond)다. 이 세상 어떤 물체보다 더욱 단단한 것, 그래서 모든 것을 자를 수 있는 것, 인간에게 있어서 번뇌를 일으키는 나쁜 마음, 즉 욕심·미워함·어리석음(탐진치, 貪瞋痴)을 잘라 내버리고 결국 최고의 지혜에 이르는 것을 의미하는 불교 용어다.

지금 한국은 우좌와 지역이 갈라지고 그 편 가르기 속에서 서로 미워하고 각자 많이 챙기려는 욕심에 빠져 으르렁거릴 뿐 공동체의 번영과 전체 각 국민의 자유를 지키려는 노력이 보이지 않는다. 비록 지금 우리는 어리석음의 지옥 속에 빠져 있더라도 곧 박정희와 같은 금강 지혜와 금강 실천력을 가진 영웅이 재림해 한국과 한국 국민을 되살려 내기를 희원해본다.

야은과 점필재   구미역사 뒤편을 지나면서 마을 안 소로를 지나가야 한다. 지도를 다시 보고 휴식도 취할 겸 원남초등학교 부근 커피숍에 잠시 들러 쉬었다. 구미천을 넘고 소로길 사거리에서 우회전하면 야은로(冶隱路)로다. 야은은 길재(吉再, 1353-1419)의 호이며 이곳 해평(海平) 출신이다. 그는 고려가 송나라로부터 받아들인 성리학을 조선 사림(士林)으로 승계한 사람이며 조선시대 성리학은 이곳 선산인(善山人) 김숙자(金叔滋, 1389-1456)를 거쳐 그 아들 김종직(金宗直, 1431-1492)으로 이어졌다.

1498년 무오사화 및 1504년 갑자사화 당시 연산군일기에 의하면 김종직의 제자로서 붕당을 지었다는 이유로 처벌받은 중앙 관료가 김굉필(金宏弼, 1454-1504), 정여창(鄭汝昌, 1450-1504). 김일손(金馹孫, 1464-1498) 등 50인이 넘는다. 김종직의 문인(門人)들은 다시 제자들을 길러 배출하고 제자들이 각 그들의 제자를 양성해 면면히 이어져 내려가면서 조선 500년 중앙 정계의 관료들과 재야 학자들을 공급하고 조선시대 사대부 사회의 철학적 기초를 성리학으로 지배하게 했다.

구미고등학교 사거리에서 북으로 향하는 문장로로 좌회전한다. 문장로(文章路)란 길이름이 나타내듯이 이 길 좌우로 학교가 많은데 오르막길을 올라가며 구미고, 도산초, 구미여고, 문장초, 원호초등학교를 차례로 지난다.

들성 선산 김씨

문장로 오르막을 다 올라가면 좌우로 들성로가 교차된다. 들성(坪城) 원호리(元湖里)라는 돌 표지판과 함께 들성의 유래비가 서 있다. 들성이란 마을 이름은 평야를 산이 둘러싸고 있어 마치 들이 성에 둘러싸여 있는 것 같다는 뜻에서 이름 지어진 것으로, 평야를 뜻하는 우리말 들(坪)과 한자말 성(城)이 결합해 지어졌다.

1400년대에 선산(善山) 김씨들이 이곳에 정착해 지역 명문으로 성장한 이후 이곳 선산 김씨들은 들성 김씨로 불린다. 동향의 같은 씨족인 김종직 혹은 김효원(金孝元, 1542-1590)과의 관계를 알 수 있는 자료는 찾지 못했다.

들성은 평야지대인 관계로 농용수(農用水)를 공급하는 못이 있을 것이다 했더니 과연 과거부터 여우못(狐池)이 존재했다. 지금은 여우못이란 이름은 흔적도 없고 문성지라는 이름으로 존재하는데 야경이 유명한 관광명소다. 이곳 출신으로 임진왜란 때 상주 북천에서 왜군을 막다 전사한 김종무(金宗武, 1548-1592) 장군정려비(將軍旌閭碑)가 여기에 있다.

성산 이씨 퇴경재

내리막길을 내려가다 성산(星山) 이씨 퇴경재(退耕齋)라는 돌 팻말을 만난다. 퇴경재는 고려말 관료 이여량(李汝良)이 우왕(禑王)의 폐정을 시정하려다 뜻을 이루지 못하고 은퇴한 이후 조선의 출사 요청도 거절한 채 이곳에 은거한 것을 기려 만들어졌다.

다시 가마득하게 보이는 저 접성산 고갯길을 올라야 한다. 오르막길 중간쯤 도로 옆 공터에서 그늘도 없지만 신발을 벗고 쉰다. 청송과 헤어질 시간은 다가오는데 그는 떠날 생각을 않는다. 혼자서 걷게 하기가 못내 걱정되는가 보다.

머리가 아픈지, 가슴이 아픈지

3일간 걸으면서 청송의 인생사를 다 들었다. 부잣집 막내아들로 태어나 어릴 때 잠깐 호강했지만, 부친이 공직자이던 백부의 억울한 송사를 돕고자 가산을 아낌없이 탕진한 이야기, 그마저도 부모님이 너무 일찍 돌아가시는 바람에 고아가 된 형제자매들이 생계를 꾸려가며 힘들게 장성한 이야기를 듣게 됐다. 그리고 여러 번 직장을 옮긴 사연, 예기치 않게 발생한 거액의 부채를 변제하기 위해 고군분투하다 건강까지 다친 사연까지 들었다. 그래도 지금은 모든 것을 극복하고 고통을 주었던 사람들까지 모두 용서하고 지낸다는 이야기를 듣다 보면 다리가 아픈지 머리가 아픈지 가슴이 아픈지 구별이 안 된다.

세상사, 인생사가 쉽지 않다는 것을 일반론적으로론 잘 알지만 그럼에도 막상 부닥치는 그 하나하나의 구체적 인생사는 너무나 눈물 나고 가슴 아픈 것으로 다가온다.

정치인들이 정치하는 것을 보면, 공무원들이 공직을 수행하는 것을 보면 이 사람들이 참 인생사, 세상사를 모르고 이해하려고도 않는구나 하는 생각이 들 때가 한두 번이 아니다. 아마도 그들은 바빠서 이렇게 걸을 시간이 없을 것이다. 그래서 사람들 속으로 들어가 사람들과 마음을 터놓고 이야기할 시간도, 그런 마음도 없을 것이다.

오르막길을 다 올라가면 접성산 등산로 표지판 그리고 정상(대황정)이란 팻말이 보인다. 이 산은 고아읍의 진산이며 옛날에 큰 성황당이 있어 대황당산(大隍堂山)으로 불리고 산속에 접성사(接聖寺)가 있었던 것인데, 후대에 들어오면서 무슨 연유인지 산 이름이 접성산으로 바뀌고 그 산정의 이름이 대황정으로 바뀌어버렸다.

오로리

대망천이란 작은 시내를 따라가다 파산리에서 포아로를 만나 우회전한다. 그다음 마을이 유명한 오로리(吾老里)다. 오로리 입구에 덕산(德山) 황씨(黃氏) 묘소가 몇 기 보이길래 가까이 다가가봤더니 대부분 높고 낮은 관직을 한 분들의 묘이다. 승사랑(承仕郎, 종8품) 황이형(黃李亨)과 부인 온양(溫陽) 방씨(方氏)의 묘도 있는데 인터넷으로 찾은 결과 황이형의 장인은 김종직의 제자 방유녕(方有寧, 1460-1529)이었다.

오로리 동네 각 집마다 명패도 전부 황씨다. 그리고 각 집에는 태극기를 게양하고 있었다. 오로리는 원래 올(앞을 의미하는 우리말) 고개에서 유래한 것인데, 오로란 이름으로 확정된 데에는 조선 초기 관료 김성미(金成美)의 호 오로재(吾老齋)의 영향이 큰 것 같다. 세조의 왕위찬탈을 혐

황이형 묘비

오해 선산으로 낙향한 이후 '나(吾)는 여기서 늙을(老) 뿐' 벼슬길에 나아가지 않는다는 뜻에서 호를 오로재라고 했다. 그를 따라 낙향한 사위 이맹전(李孟專, 1392-1480) 역시 평생을 장님에 귀머거리로 행세하며 지냈기에 후세는 그를 생육신의 한 분으로 추앙한다. 선산은 사육신 하위지(河緯地, 1412-1456)의 출신지이기도 하다.

충의를 저버린 재판관

착한(善) 고을 선산이라고 충신만 있겠는가? 박근혜 탄핵사건에 관여한 이맹전의 후예 이중환(李中煥)과 김성미의 후예 김창종(金昌鍾) 그들은 둘 다 선산 사람이지만 역사의 평가는 판연히 갈릴 것이다. 선산 김씨 후예는 실체 없는 촛불의 부당한 압력에 겁을 먹어 다수와 담합하고 전원일치의 방탄막에 숨어 목숨을 부지한 비겁한 행동과 위선에 대해 후세의 따가운 비판이 뒤따를 것이다.

벽진 이씨의 후예는 기울어진 판세를 뻔히 알면서도 오직 진실과 정의가 이길 것이라는 소신 하나로 담합과 위선의 벽을 넘어보고자 고군분투한 의리와 법률가의 양심으로 언젠가는 제대로 평가받으리라 확신한다.

남(進), 듬(處), 길(道)

배도 고픈데 오로리 마을 부근에 식당이 있는지 의심스럽다. 그렇지 않다면 상당히 떨어진 고아읍까지 가야 한다. 저 멀리 할아버지 한 분이 계신다. 부근에 식당이 있는지 물어보지만 듣지를 못하신다. 결국 청송이 상당한 거리를 쫓아가 가까이서 물어보고 왔다. 동네만 벗어나면 대로변에 식당이 있다고 한다. 식당에는 많은 분들이 식사 중이다. 요즘 농촌에서는 노인분들이 많은데다 품앗이 농사를 많이 지으므로 점심식사는 식당을 이용하는 경향이 높다고 알려져 있다.

길에서 정(情)이 밴다　　식사를 주문한 다음, 주인에게 대구 가는 고속전철 역의 위치와 거리, 택시 기타 교통편을 알아둔다. 벌써 청송을 찾는 전화가 여러 번 왔다. 청송은 오늘 저녁 대구에서 중요한 단체행사가 있는 모양인데 나 때문에 계속 떠나는 시간을 미루다가 여기까지 왔다. 식사와 곁들여 막걸리를 먹는데 청송이 한통을 더 시킨다. 자꾸 혼자서 갈 수 있냐고 물어본다. 회자정리, 만남은 곧 헤어질 수밖에 없는 것인데 우리는 왜 만나야 하고 또 만남 속에 아쉬워할 정을 남기고 마는 것인가?

청송은 택시를 불러 타고 김천구미역으로 떠나고 나는 선산대로를 걷는다. 술기운 때문에 오히려 발걸음이 빨라지는 효과가 있다. 선산대로를 따라 감천을 넘어선다. 선주교 우측으로 새마을 동산을 새긴 선바위, 새마을 운동 비석, 그리고 많은 새마을기가 펄럭인다.

선산 갑오농민전쟁

선산읍성 낙남루가 선산 시가지로 들어가는 나를 반겨준다. 조선시대까지 선산도호부를 둘러싼 읍성(邑城)이 있었지만 지금은 모두 헐리고 그 남문인 낙남루(洛南樓)만 남은 것이다. 군민헌장비, 선산로타리비가 크게 서 있는 옆에 조그마한 석비가 몇 개 서 있다. 선산 갑오동학농민전쟁 전투지, 선산 을미의병 효시지비(乙未義兵 梟示址碑), 영남의병장한교리(嶺南 義兵將 韓敎履)라고 써 있다. 위 석비들의 기재를 종합하면 사연은 다음과 같다.

한교리는 이곳 출신 한문출 장군의 호적상 이름이다. 한 장군은 1894년 갑오왜변을 통해 친일정권을 세우고 일본군을 전국에 배치한 데 대해 항거하기 위해 동학농민군을 일으켜 낙동강 건너 해평리 전주(全州) 최씨 쌍암고택(雙巖古宅)에 집결시킨 다음 선산읍성으로 쳐들어가 일본군을 몰아냈다. 그러나 1895년 을미년에 병력을 증강해 반격한 일

선산 갑오동학혁명 기념비 모음

남(進), 듬(處), 길(道)

본군에 밀려남으로써 많은 농민군이 처형당하고 효시되었다.

시장통을 통과하면 선산초등학교 앞인데 가게에서 내놓은 평상에 앉아 잠시 쉰다. 화장실을 이용하고자 선산문화회관에 들어갔다. 회관 내에 라이온스클럽 사무실이 있고 마침 열려 있어 상주로 가는 길을 물었다. 교동천을 만나면서 좌회전해 다시 선산대로를 걷는다.

교동천변을 끼고 가는 길이 넓고 쾌적한데 인적은 없고 자동차는 속도를 내어 달린다. 보행자를 배려하지 않는 자동차들을 보노라면 이 세상 오직 혼자라는 느낌이 들면서 더욱 외롭다. 생곡리 고개를 넘고 터널을 지나면서 내리막길인데 벌써 저녁 노을이 진다. 해거름 사이로 낙동강 넓은 유역과 유장하게 흐르는 강물, 그 위에 걸쳐진 선산대교를 타고 낙동강을 건너는 선산대로와 이 길과 교차해 낙동강을 따라가는 낙동대로가 웅장한 그림으로 펼쳐지는데 그 풍경이 현실인 듯 비현실적인 듯 아득한 느낌으로 다가왔다.

선산대교를 지나 선산대교 동북단에 있는 구미시설공단 도개하수 종말처리장에 닿았다. 신발을 풀어 헤치고 전화를 건다. 도개면 개인택시조합이 전화를 받지 않아 낙동면 개인택시조합에 상주로 간다며 택시를 보내달라고 했다. 택시 기사에게 숙식이 해결되는 가장 가까운 곳이 어디냐고 물었던바 낙동으로 가면 된단다.

낙동은 자전거 종주도로 이용객들이 많이 쉬어가는 곳이고 낙단보, 상주보와 가까워 일반 여행객들도 많기 때문에 모텔과 식당이 많다고 알려준다. 사람들은 이곳 전체를 낙동이라 부르지만 사실은 낙단교를 중심으로 북쪽 마을은 상주시 낙동리이고, 남쪽 모텔촌은 의성군 단밀면 낙정리이다. 강 양안으로 다 모텔과 식당이 있다. 나는 남쪽 낙정리 모텔촌 초입 무인모텔을 잡고 씻은 다음 늦은 저녁을 사 먹었다.

남 나흘째 날(9. 29. 토)
선산대교 남단에서 상주 병성교까지, 47,000보 37킬로미터

한반도에서 한민족 역사의 맥이 끊긴 것은 조선이 처음이었다. 유교와 결합한 한국적 주자학이 근본주의로 타락했기 때문이다. 양적으로 극소수에 불과한 양반 지배계층은 붕당을 형성하고 편 가르기 싸움으로 일관하느라 지배층들 간에도 일체감이나 협동정신을 찾아보기 힘들었다. 당쟁에 함몰된 양반 지배계층의 안중에 국가가 없었고, 수탈과 압제에 따라 가슴이 피해의식으로 물든 일반 백성의 눈에도 나라는 없었다.
- 김인섭,《기적은 끝나지 않았다》

모텔촌에는 아침 07시에 식사를 할 수 있는 곳이 안 보인다. 혹시나 해서 낙단교를 넘어 낙동삼거리까지 갔더니 문을 연 식당이 있다. 사람들이 많이 앉은 테이블에 남은 자리가 보여 그 사람들과 대화도 할 겸 끼어 앉았다. 옷차림으로 보아 부근 공사장에 단체로 일하는 인부들인가 본데 추가로 일행들이 올 거라며 앉지 못하게 한다. 부득이 신발을 벗고 방으로 들어갔다.

아침 식사 후 사전에 태워주기로 한 약속에 따라 무인모텔 사장님이 운전하는 승용차를 타고 하수처리장까지 갔다. 그는 구미에서 직장

생활을 하고 있을 때 은퇴 후를 대비해 이곳 무인모텔을 구입했다고 한다. 주로 부인이 모텔을 관리하고 자신은 농사도 짓고 각종 농산물을 인터넷으로 판매도 한다고 한다. 상주 쪽으로 간다면 그쪽에 아는 민박집도 있으니 끝날 때쯤 연락해달라고 한다.

하수처리장에서 바로 강둑으로 산책로와 자전거도로가 잘 조성되어 있다. 조금 갔는데 벌써 발이 아파온다. 주로 양발의 바깥쪽이 아프다. 갓길 풀밭길도 걷고 가급적 11자로 걸으면서 통증이 덜하도록 노력한다. 아무래도 어제 오후 술김에 너무 속도를 낸 탓인가 보다. 여정이 많이 남았는데 걱정이 앞선다. 그러나 지금 걸을 수 있으면 걷는 것이다. 평소에 좋아하는 "걱정은 마중 나가지 않는 법이다.", "걱정을 해서 걱정이 없어지면 걱정이 없겠네."란 말을 되뇌며 씩씩하게 걷는다. 도개면 소재지 앞에 신곡천이 내려와 낙동강으로 들어간다. 낙동대로 밑으로 들어가 작은 다리를 건너 다시 뚝방으로 올라가는 우회로를 지나는데 이런 우회는 월림리 앞에서 한 번 더 해야 한다.

월림리 입구에서 작은 산이 가로막고 있어 부득이 자동차도로를 걸어야 했다. 줄 풀린 큰 개가 지나가서 잠시 겁을 먹었다. 작은 산 위에 월암서원(月巖書院)이 보인다. 이곳은 하위지, 이맹전 선생을 배향한다.

작은 산을 돌아가면 다시 강둑 산책로다. 곳곳에 부산국토지방관리청에서 세운 "도개제(道開堤)" 등 제방 표시, 농어촌공사가 세운 배수문, 양수장, 구미시가 세운 풀스토리공

구미시·의성군 경계 표시

원 등 휴식시설 표지판, 자전거도로 표지판(Walk Bike Camp)이 주기적으로 설치되어 있다. 특이한 것은 갑작스럽게 등장한 의성군이 설치한 국토 종주 낙동강 자전거길이란 표시다. 용산리에서 낙정리로 넘어가면 이때부터 의성군 단밀면이 되며, 강북으로 넘어가면 상주시가 된다는 것을 새삼 깨닫는다.

영남제일로   당진-영천간 고속도로를 연결하는
                                  낙동강대교와 낙동대로를 연결하는
낙단대교 아래를 차례로 지나면 어제 묵었던 낙정 모텔촌 앞으로 지난다. 낙단교부터는 북상하는 길 이름이 영남제일로다.

　영남제일로는 그 이름이 말해주듯이 예부터 영남과 서울을 연결하는 가장 중심 되는 길이다. 이 길이야 말로 영남 선비들이 벼슬길을 위해 걸어 올라가고 또 뜻을 꺾고 낙향하던 영욕의 감회가 서린 길이다. 지금부터 영남제일로를 줄곧 걸으며 서울로 서울로 들이치리라. 득의한 선

영남제일로 초입의
플래카드와 태극기

　　　　　　　　　　　　　　　　　남(進), 듬(處), 길(道)

비가 중앙으로 치닫던 포부를 상상해보리라. 지금 현재 한국이 처한 문제점과 해결책을 고뇌해보리라.

밝고개와 백두점

낙동면 소재지 낙동리를 지나 구잠리부터는 오르막길이다. 상주-영덕간 고속도로 밑에서 잠시 쉬고 나서 더욱 가팔라지는 고개 정상을 향한다. 이 고개는 예부터 부처고개(佛峴)라 불렸지만 부처 혹은 부처를 모신 절이나 그 유적이 전혀 보이지 않는 것을 보면 불(火, 밝)고개(峴)의 와전으로 보인다.

불은 곧 밝다는 뜻으로 우리 선조들이 가장 좋아하는 말이다. 이 고개를 넘어가면 백두점(白頭店)이란 마을이 있는데 이 마을 역시 밝다(밝 白 다 頭, 압록강 白頭山도 같은 의미)는 우리말을 이두식으로 옮겨 적은 것이라 본다.

약탈적 좌파정권

길 왼쪽에 개성(開城) 왕씨(王氏) 부사공파 상주 숭조당이란 팻말이 보인다. 개성 왕씨는 고려 왕족으로 원래는 고구려 계통의 씨족으로 알려져 있다. 1300년대 말 고려가 망하고 조선 왕조가 들어서면서 대부분의 왕씨가 강화 및 거제로 옮겨졌다가 바다에 빠뜨려 죽임을 당한 것은 역사서에 기재된 사실이다. 그래도 일부 후손들이 오늘날까지 명맥을 이어오는 것을 볼 때 어느 왕조 어느 정권이라도 적대 세력을 말살할 권한이 없으며 말살하려 해도 성공할 수 없다는 것을 입증한다.

절대왕권의 봉건시대도 그러할진대, 평화적 정권교체가 이루어지는 민주공화국 체제에서야 더욱더 그렇다. 상대 정치세력의 존재를 용인하고 화합해 전체가 더욱 올바르고 나은 미래를 향해 나아가도록 노력해야 한다. 지금의 좌파정권은 반대의견을 억압하며 자기 진영의 이익 확보에만 혈안이 되어 있는 약탈적 성격이 짙다. 더 나아가 정권교체 후 자신들에 대한 보복이 두려워 적폐청산이란 명목으로 반대 세력을 말살하며 공공연히 영구 집권을 도모하고 있는데 이러한 시도는 가당치도 않고 가능하지도 않다.

지금부터라도 좌파정권은 과거를 향해 총질만 해대지 말고 시급히 총구를 미래로 돌려 국가의 발전과 국민 생활수준 향상을 위해 다른 정치세력과 손잡고 함께 연구해야 한다. 전 국민의 역량을 총집결할 수 있도록 노력할 때에서야 비로소 역사의 심판에 있어 조금이라도 긍정적 평가를 받을 수 있을 것이다.

대전에서 온 할리 위문단

드디어 밝고개(佛峴) 위의 고개휴게소에 도착했다. 식당은 12시가 되어야 문을 여는데 아직 닫혀 있어 옆의 매점으로 들어가 신발을 벗었다. 사전에 이곳에서 만나기로 한 이종태(李鍾泰) 사장은 아직 도착하지 않았다. 이 사장은 1988년 대전지검 근무 당시에 같은 아파트에 살던 인연으로 이후 약 30년간 가족끼리 교류를 이어오는 사이다. 잠시 조는 사이에 밖이 시끄러워 내다보니 이종태 사장 부부와 그의 일행들이 할리데이비슨을 타고 도착했다. 나가서 반갑게 인사를 하고 보니 대전, 공주 사는 분들이 모여 만든 바이크 동아리란다.

다섯 대의 바이크에 세 쌍은 부부이고 두 분은 솔로로 모두 여덟 분이 오셨다. 이분들은 이 사장 부부로부터 나에 관해 사전 정보를 많이 입

남(進), 듬(處), 길(道)

밝고개에서 대전 할리데이비슨 모임과의 기념촬영(왼쪽에서 4~5번째가 이종태 사장 부부)

수하신 듯하다. 이분들의 따뜻한 관심과 위로, 성원의 말씀 덕분에 용기와 힘이 다시 솟아오른다. 단체 식사를 하는데 끼어 먹다 보니 평소보다 과식한 것 같다. 만남 뒤에는 꼭 아쉽게도 작별이 따른다. 이분들은 비록 바이크 여행의 구실을 빌렸지만 생전 처음 보는 나를 격려하고 성원하기 위해 일부러 오신 분들이다. 깊은 감사함과 함께 이분들을 위해 무엇을 해야 하고 할 수 있을까 계속해서 고민해야 한다. 이 사장 부인이 챙겨온 과일과 과자를 배낭에 넣었다. 이제 수천 수만 가지 상념을 머릿속에 감추고 씩씩하게 출발해야 한다.

　백두점 사거리를 지나고 또 장천교를 건넌다. 이곳 장천은 임진왜란 당시의 의병장 조정(趙靖, 1555-1636)이 들어와 산 이후 양진당(養眞堂) 등 풍양(豊壤) 조씨(趙氏) 유적이 많은 곳이 되었다. 다리 앞에 큰 플라타너스가 서 있고 다리 밑에 초등학생으로 보이는 사내 아이 3명이 서서 나를 바라본다. 고기를 잡는지 다른 놀이를 하는지는 모르지만 항상 지역사회와 지구촌 미래를 내다보는 글로벌 인재가 되기를 바래본다. 이

쯤해서 촌놈 및 글로벌 인사와의 구분법에 대한 개인적 철학을 옮겨놓아야 겠다.

청송인이라고 다 촌놈은 아니다

며칠 전 제주도에 가서 구좌 월정리 해안에 있는 에너지연구소 숙소에서 2일간 머물렀다. 이곳은 태양광, 지상 및 해상 풍력 등을 연구하는 곳이다. 숙소의 특징은 지붕 위에 엄청나게 큰 풍력 터빈이 돌아가고 있다는 것인데 소리가 전혀 나지 않았다. 관계자 말로는 전자파 발생도 무시할 정도라는 것이다. 그렇다면 풍력발전을 거부할 이유가 없다. 오히려 탈탄소를 위해 적극 장려돼야 한다.

청송에도 풍력발전 허가가 나서 풍력발전시설을 설치해야 하는데 주민들의 반대로 큰 애로를 겪고 있는 것으로 듣고 있다. 청송 산다고 다 촌놈은 아닐 터인데 합리적 이유도 없이 재생에너지산업의 입주를 반대한다면 지역사회 발전에 도움이 되지 않고 국가 및 전 세계가 지향하는 탈탄소 운동에 역행하는 것으로 촌놈이나 하는 짓이다.

청송 출신 소년이 대구 유학을 갔더니 다들 촌놈 촌놈 하더라. 그래서 대처 놈들은 뭐가 잘났나 관찰했더니 별로 칭찬할 것이 없더라. 전부 저 혼자 잘난 척, 자기나 가족 편하고 행복하면 그만이라는 생각으로 말하고 행동하더라. 서울 갔더니 서울 놈들이 또 촌놈 촌놈 하더라. 이놈들도 자신 혹은 가족 이익이나 추구하더라. 남을 헐뜯고 피해를 입히는 자들이야 말해 무엇 하겠나.

청송 어른들은 나에게 자신이나 가족만을 생각하지 말고 또 돈만 추구하지 말고 지역사회 나아가 국가를 위해 기여하고 봉사해야 한다. 출세하거든 부디 고향의 어려운 사람들을 잊지 말라고 가르쳤다. 과연 청송 어른들이 촌놈인가, 서울, 대구 대처놈들이 촌놈인가? 내가 보기엔 대처 살아도 자기만, 이익만 아는 놈은 촌놈이다. 반면에 시골 살아도 지역사회와 국가 그리고 세계를 걱정

남(進), 듬(處), 길(道)

하는 사람은 글로벌 인사다. 부디 청송인들이여, 시골 산다고 촌놈 되지 말고 지역사회와 인류의 미래를 내다보고 크게 행동하기 바란다.

- 2018년 11월 27일, 카카오 스토리

노인들이 만든 나라

신상리를 지나는데 노인요양병원이 여러 곳에 보인다. 지금의 노인들도 청춘이 있었고 또 인생의 전성기가 있었다. 그들은 일제시대에 태어나 자라고 6·25전쟁을 경험한 불행한 세대이지만 그 역경을 극복하고 대한민국의 1960년대부터 1980년대까지 파천황의 경제발전의 주역이었다.

지금 우리의 번영과 자유는 온전히 그들의 몫이기 때문에 그들은 그 기여분을 보상받을 자격이 있다. 그들을 위한 복지제도는 결국 그들이 평생 동안 축적한 기여분을 일부 뒤늦게나마 반환받아가고 있는 것에 불과할 것이니 국가는 그들을 위한 복지와 지원에 아낌이 없어야 한다.

신상리를 지나 성동리 고개를 올라간다. 서쪽은 식산(息山, 503미터), 좌측은 병풍산(屛風山, 366미터)이 가로 막고 있다. 상주를 통과해 북으로 가려면 이 고개를 넘지 않을 수 없다. 낙동대로와 중부내륙고속도로도 이 고개를 지난다. 예부터 병풍산을 지키면 이 고개와 상주를 지킬 수 있었기에 병풍산에는 산성이 있다.

신라 말 상주지역 호족 아자개도 이곳의 성주였다고 한다. 고개를 넘고 헌신교차로에서 좌회전한 다음 상주곶감유통센터, 외답농공단지를 지나 상주동부초등학교 앞에서 우회전해서 헌신천을 따라가다 헌신교를 넘어간다. 동부초등학교부터 영남제일로와 이별이다.

영남제일로는 상주시를 서북 방향으로 관통해 화령장지구전적에 빛나는 화서면을 지나 속리산 문장대를 넘으면서 보청대로로 그 이름이 바뀐다. 동네와 하천의 이름이 왜 헌신인지 그 유래는 알 수 없지만 헌신로와 교차하는 새띠길이란 도로명 주소를 봤다. 새띠에 대비되는 헌(舊, 破) 신(鞋)일 수도 있겠구나 하는 추정을 해봤다.

병풍산 고분군

헌신교를 지나면서부터 병성동(屏城洞)이다. 말 그대로 병풍산성 마을이다. 나는 결국 병풍산을 서쪽으로 빙 돌아 그 북쪽에 온 셈이다. 병풍산 산록 초입에 큰 무덤들 무리가 보여 올라가 본다. 아무런 팻말도 없지만 옛날 그 어느 때인가 몰라도 이런 대형 무덤을 조성하는 데 필요한 엄청난 인력을 동원할 수 있는 권력을 가진 사람들의 무덤임에 틀림없다. 자료에 의하면 삼한시대(三韓時代) 조성되었다고 하며 병풍산 정상부, 금등골 등 총 3개 위치에 고분군(古墳群)이 존재한다고 한다. 벌초를 깨끗이 한 점에 비추어 관리는 하고 있는 듯한데 안내 표지판이 없는 것은 아쉬

병풍산 고분군

남(進), 듬(處), 길(道)

웠다.

낙동강은 문경, 예천, 상주 언저리에서 여러 차례 굽이치고 또 여러 지류가 합류하며 큰 유량을 만들고 일대를 곡창지대로 만든다. 삼강주막에서 내성천, 금천과 합류한 다음 풍양에서 영강과 합류하고 병풍산에 이르러 북천을 만난 병성천과 합류한다. 낙동강을 만나기 직전의 병성천 위에 병성교가 놓여 있는데 그 북단에서 오늘 걷기를 멈춘다. 어제 묵은 무인모텔 사장으로부터 받은 연락처로 민박집에 전화해서 픽업을 해달라고 부탁하고 소나무 아래 잔디밭에서 발을 뻗고 쉰다.

도학의 폐해

"도남서원(道南書院) 4킬로미터"란 팻말이 서 있다. 김굉필, 이언적, 이황, 유성룡, 정경세 등 퇴계학파 적통 인사들이 다 모셔져 있다. 도남이란 이름은 정자(程子)의 "道가 남방(南方)에서 행해지리라"는 말에서 따온 것이다. 퇴계학파를 비롯 조선시대의 도학이 영남에서 가장 흥한 것은 사실이다. 그러나 송(宋)나라 당시에 이미 "도학은 모든 문제를 도덕으로 접근했기 때문에 실제 현실 문제를 제대로 해결 못한다."는 비판이 있었다.

경세제민에 힘써야 할 선비들이 오직 도학에만 매달려 국방이나 먹고사는 문제를 외면하고 오직 우주의 생성과 운행 원리라는 이론적 유희에 일생을 바친 것은 이해할 수 없다. 나라의 생산력과 국방력은 오직 백성들에게서 나오는데도 도학자들은 백성들의 곤궁한 삶의 개선에 대해서는 큰 관심이 없었던 것이 아닌가 의심해본다.

그 많던 쌀은 어디로?

약 1시간이나 쉰 이후에 지프가 왔다.

중동면 신암리에 있는 민박집 주인 아들이 운전을 한다. 차에는 이미 자전거 여행객들로 가득 찼다. 외국인 커플도 있다. 30분을 넘게 산길을 운전해서 민박집에 도착했는데 같은 방에 단체로 자야 하고 샤워나 빨래도 공동화장실을 이용해야 한다고 한다. 종일 걸은 심신을 제대로 쉬게 하려면 독방이 필요하다고 판단하고 밖으로 나왔다.

노인정 앞에서 택시를 불러 놓고 서 있는데 노인 두 분이 의자에 앉아 대화를 나누다가 의자에 앉으라고 권하며 말을 건다. 서울 사는 사람이 대구부터 걸어서 상경한다는 말을 듣고 왜 사서 고생이냐고 혀를 찬다. 그리고 서울 가거든 꼭 여러 사람들에게 알려줄 것이 있다고 강조한다.

지금 농촌에 있는 농협 창고마다 그 가득하던 쌀이 어디가고 창고가 텅 비었다는 것이다. 공무원이나 농협 직원에게 물어봐도 제대로 설명을 해주지 않는데 북한 김정은에게 다 퍼준 것이 아닌지 의심된다는 것이다. 서울 가거든 언론을 동원해 농정당국으로 하여금 왜 그와 같은 일이 발생했는지 사건의 전말을 국민들에게 소상히 설명해주도록 촉구해 달라고 부탁한다.

몇년 전만 해도 창고마다 쌀이 넘쳐 노지에 쌀을 함부로 방치하고 농민들의 쌀 수매요구량을 다 수용하지도 못한다는 보도가 있었는데 갑자기 쌀 창고가 비었다니 납득이 되지 않는다. 서울 가서 알아보겠다 했는데 그 약속은 지키지 못했고 아직도 의혹으로 남아 있다. 농정당국의 제대로 된 공식적 설명도 없었던 것으로 안다.

곧 택시가 왔으므로 상주 시내로 들어가 모텔을 잡고 씻은 다음 저녁 식사를 하러 나가는데 발과 무릎이 대단히 아프다. 겨우 겨우 움직여

남(進), 듬(處), 길(道)

식당을 찾아 저녁을 먹었다. 식사 중에도 과연 내일 제대로 걸을 수 있을까를 내심 걱정한다. 잠 자는 동안 피로가 풀리길 희망하며 잠자리에 들었다.

김일성은 1946년 2월 북조선 임시인민위원회를 창설하고 정부조직, 공안기관들을 설치한 다음 '무상몰수 무상분배' 방식의 토지개혁을 실시하고 주요 산업을 국유화했다. 토지와 사업체를 빼앗긴 지주나 자본가, 친일파로 낙인 찍힌 지도자급 인사들, 기독교인, 그리고 공산화에 걸림돌이 되는 것으로 간주된 지식인들은 공산 정권의 탄압을 피해 38선을 넘어 남으로 탈출했다. 이때부터 1948년까지 북한을 떠나 월남한 사실들의 수는 약 100만 명에 달했고 이는 북한 전체 인구의 10%에 달했다.
- 김인섭,《기적은 끝나지 않았다》

정기룡 장군묘

다시 병성교에 섰다. 이곳 병성교는 과거 낙동강을 따라 뱃길로 문경까지 가는 도중에 뱃길이 여의치 않으면 이곳에서 내려 육로로 걸어갈 때 핵심 길목이었다고 한다. 병성교에서 바로 보이는 정기룡(鄭起龍, 1562-1622) 장군 묘소로 이동한다.

정기룡 장군은 원래 경남 하동 사람인데 20대에 이곳 상주로 이주했다고 한다. 1586년 무과에 급제하고 1592년 임진왜란이 발발한 때부

정기룡 장군 묘소 표지판　　　　정기룡 장군 묘

터 1601년 정유재란의 평정 시까지 영남 일대 왜군과의 전투에서 연전
연승을 거두고 그 전공에 따라 벼슬도 계속해 승진한 행운아였다. 평생
을 불운과 함께한 바다의 성웅 이순신과 대비되는 분이 행운과 함께한
육지의 정기룡이다.

　　그의 행적은 소년 빈곤 속에 무예수련, 무과 시험을 위해 상경했다
가 임금의 꿈에 현신해 기룡이란 이름을 하사 받음, 첫 부인 강(姜)씨가
진주성 전투에서 순사(殉死), 장군을 만나기까지 결혼을 거부해 노처녀
로 늙던 두 번째 부인 권(權)씨와의 운명적 만남 후 부인의 경제적 지원
을 받음, 권씨 부인이 기르던 명마(名馬), 60전 60승의 전공 등 일생은 동
명의 소설과 결합, 혼동되며 전설처럼 전해온다.

　　병성천의 지류인 삼덕천 너머 낙동강변에 있는 경천대(擎天臺)는 정
장군이 명마를 훈련하던 곳이라 이곳 도로명이 용마로(龍馬路)인지도 모
른다. 장군의 호는 매헌(梅軒)인데 후대에 윤봉길(尹奉吉, 1908-1932) 의사
도 같은 호를 쓴다. 길에 면해 있는 신도비를 참관하고 저 위로 보이는
장군 묘소는 올려다 보기만 한다. 장군의 유물을 전시하고 참배하는 사
당인 충의사(忠毅祠)는 금흔리까지 가야 있다.

사벌왕릉과 상산 박씨

경천로를 가다 논 가운뎃길로 해서 전사벌왕릉(傳沙伐王陵)에 이른다. 사벌왕릉 앞에 전(傳)이 붙은 이유는 삼한시대 사벌왕국의 릉인지 분명하지 않고 그렇게 전해진다는 뜻인데, 표지판에 따르면 오히려 신라말 박언창(朴彦昌)이 사벌군(沙伐君)으로 책봉되었고 이 무덤은 그의 무덤이라는 것이다. 박언창은 상산(商山, 상주의 옛이름) 박씨의 시조이며 주위에 후손들이 세운 비석들이 있다. 그 옆에는 보물 117호 화달리(化達里) 삼층석탑이 서 있다.

사벌왕릉 교통표지판

'달래'는 '마을'이란 뜻

충의사로 가기 위해 충의로를 따라 화달리를 지난다. 화달리 앞에 마을 유래비가 서 있다. 전국적으로 '달'이라는 말이 들어간 동네나 하천이 많은데 유래비의 설명에서 비로소 그 정확한 유래를 알게 되는 행운을 얻었다. 성읍(城邑)을 뜻하는 옛말 '달아(tara, taru)'가 '달내'로 변하고 이것을 이두식으로 표현하면 달(達)천(川, 내)이 된 것이다. 앞에 붙은 화(化)는 의

410   남(進), 듬(處), 길(道)

화달리 마을 유래비

충의사 충렬문

미를 두지 않는다. 결국 '달천, 달내, 달○, ○달'이란 지명은 모두 '마을'
이라는 순수 우리 고어의 흔적이라고 볼 여지가 많다고 본다.

충의사에 들러 정기룡 장군 영정 앞에 인사하고, 지금 대한민국의
후손들에게 분열과 증오를 걷어내고 통합과 화합이 오게 해달라고 빌었
다. 사당 앞 벤치에서 신발을 벗고 쉬었다. 금흔리 마을 앞 돌에 "흔국(欣
國)"이란 기재가 있지만 이 지역에 삼한시대 사벌국이 존재한 기록은 있
어도 흔국이란 나라는 존재한 적이 없다. 충의로는 낮은 고개를 넘어가

충의사 안내판 · 금흔2리(欣國) 마을 앞 돌

는데 "이부곡토성"이란 표시판이 보인다. 사벌국 시대에 쌓은 토성이라
전해진다.

엄암리에 들어오면 상당히 넓은 평야가 펼쳐진다. 평야 안길로 들
어가 삼덕천을 따라가면서 사벌면 소재지를 우회한다. 계속 가면 덕담
리가 나온다. 덕담리란 마을 표지판 아래에는 "핸데미"라는 표시가 있
다. 핸데미란 순수 우리말을 덕(큰 德, 한, 핸) 담(潭, 디미, 데미)이라 이두식
으로 표현한 것이다. 디미, 데미, 드미란 말은 우리 지명에 많이 등장한
다. 예를 들면 범디미는 범(虎)이 들어가 살 만한 울창한 숲이나 골짜기
를 말한다. 덕담이란 큰 숲이나 골짜기에 있는 마을이다.

옛 선비들은 공부가 수준에 오르면 공직에 나아가고(進 또는 出) 공직
에서 뜻을 얻지 못하면 시골로 들어가(處) 숨는다. 그래서 낙향한 선비나
처음부터 숨어 나오지 않는 선비를 든(處) 선비(士) 곧 처사라 부른다.

핸데미 마을 입구 언덕에 수많은 무덤과 비석이 집단으로 보인다.
찾아가 확인하니 동래(東萊) 정(鄭)씨 장사랑공파(將仕郎公派) 추모제단(追
慕祭壇)이다. 정충량(鄭忠樑, 1480-1523)은 1507년 예문관 봉교(奉敎)로 재
직할 당시 무오사화(1498)에 희생된 사람들을 신원(伸寃)하고 사관의 직

남(進), 듬(處), 길(道)

핸데미(덕담1리)　　　　　　　　동래 정씨 장사랑공파 추모제단

필을 보장해야 한다는 주장을 제기했다. 이후 등장한 조광조의 개혁정
치에 적극 참여한 후과로 1519년 기묘사화에 희생되어 관직을 버리고
광주(廣州) 담안마을(牆內里)로 낙향한 기묘명현(己卯名賢)의 한 사람인데
장사랑공파는 그 후손 중 일파로 보인다.

　　덕담리부터 삼덕천을 따라가는 길 이름이 사벌로다. 용담리를 지나
면서부터 산길이 꼬불꼬불하다. 용담리와 덕가리에 각 큰 저수지가 있
어 일대 곡창의 수원지가 된다. 덕가리부터 사벌로가 봉황로(鳳凰路)로
이름이 바뀌고 좌우로 산이 막혀 답답한 느낌이다. 이때부터 배가 고파
오는데 아무리 가도 식당을 발견할 수 없다. 이날은 오후 2시가 훨씬 넘
은 시간에 점심 식사를 했다.

봉황정의 진주 유씨　　　　　　금곡리까지 오면 영강(潁江) 방천이
　　　　　　　　　　　　　　　　진로를 막아 길은 자연스럽게 좌회전
하게 된다. 금곡리에는 버스 정류장과 공장 건물 여러 채가 있어 식당이
있으려나 했지만 식당은 없고 인적도 없다. 길 좌측 영강을 내려다보는

위치에 바위 절벽이 있고 그 입구에 진주(晉州) 류(柳)씨 봉황단(鳳凰壇) 표지석과 계단이 있어 올라가본다. 봉황단 때문에 봉황로란 길 이름이 탄생한 듯하다. 절벽 위 봉황정(鳳凰亭)과 봉황정 중수기(重修記)를 살펴볼 때 이곳 은척(銀尺) 함창(咸昌) 일대에 토류계 진주 유씨들이 많이 거주하고 있는 것을 알 수 있다.

진주 유씨는 문화(文化) 유씨에서 분파한 이류(移柳)계와 혈통이 전혀 다른 토류(土柳)계가 있다고 한다. 전주(全州) 유씨의 경우 완전히 다른 3개 씨족이 같은 본관을, 안동 김씨나 남양(南陽) 홍씨의 경우에도 완전히 다른 2개 씨족이 같은 본관을 사용하고 있다고 대학 재학 중 친족상속법 강의 시간에 배운 기억이 있다.

이류계의 유순정(柳順汀, 1459-1512)은 김종직의 문인으로 연산군의 폭정을 탄핵하는 강직한 관료였으나, 1507년 중종반정을 일으킨 공신이 되어 권력을 농단하다 신진사류로부터 탄핵당하고 결국 병사하는 굴곡진 삶을 살았다. 중종은 기득권이 된 공신세력을 같은 김종직의 문인인 조광조(趙光祖, 1482-1519)를 등용해 내친다.

작금의 한국 우좌 진영 역시 국민들의 신임을 얻기 위해 또 한편으론 자파의 이익을 위해 싸우고 부침을 거듭한다. 인간성의 한계는 유한하고 역사는 반복할 뿐이지만 한계를 뛰어넘는 영웅에 의해 갑자기 도약하기도 한다. 지금 한국은 영웅이 필요한 시점이다.

금곡리에서 영강과 합류하는 이안천(利安川)을 따라가야 한다. 이안천은 속리산에서부터 발원해 여러 작은 물길이 만나는데 함창들에 이르면 큰 강으로 변한다. 이안천 방천을 따라가다 태봉리 경지정리된 농로로 접어들어 가야 함창 가는 지름길이다. 강바람이 너무 세서 잠시 모자를 벗었더니 금새 얼굴이 햇빛에 탔는지 화끈거린다. 농로로 접어드는 길을 놓쳐서 다시 되돌아오기도 했다. 배가 고파서 배낭에 있던 과자와

남(進), 듬(處), 길(道)

과일을 다 먹었는데도 허기가 지고 걷기가 싫다. 태봉리는 마을도 크고 공장들이 있어 식당이 있을 줄 알았는데 없다. 논일하는 할머니께 물어보니 함창 읍내를 들어가야만 식당이 있단다. 3번 국도 다리 밑을 지나면 함창읍인데 여러 곳에서 "천년고도 함창읍"이라는 안내와 함께 누에 형상물, 베틀 짜는 여성 그림 등을 볼 수 있다. 함창은 예부터 비단 명주(明紬) 산지로 유명하다.

함창 읍내를 한참 들어가서야 식당 몇 개가 보이기는 하는데 지금 시간에도 영업을 할지 또 걱정이다. 이 시골에도 메밀국숫집이 있구나. 메밀로 된 비빔국수와 만두를 시켰다. 막걸리도 시켰지만 술은 팔지 않는다. 식사를 하고 나니 졸리기도 하고 다리에 힘도 없다. 충분히 쉬었다.

고녕가야 왕릉과 김수

함창읍이 천년고도라고 주장하는 연유는 고녕가야(古寧伽倻)의 도읍지이며 그 개국 태조 고로왕(古露王)의 왕릉이 있기 때문이다. 그런데도 왕릉을 찾는데 안내표시가 제대로 없어 여러 번 물어봐야 했다. 길에서 만나는 할아버지, 할머니들의 가르침 말은 너무 간단해 방향을 제대로 잡고도 불안하다. 거의 다다른 곳에서 길을 잘못 들었다. 사나운 개들이 지키는 개인 집 담을 통과해서야 전고녕가야왕릉(傳古寧伽倻王陵)에 닿았다.

역시 전해져 내려올 뿐 명확한 것은 아니라는 것인데, 안내판에 따르면 1592년 당시 경상도 관찰사 김수(金晬, 1547-1615)가 묻혀 있던 비문을 찾아내어 고녕가야의 태조 왕릉임을 확인했다고 한다. 현재는 그 비문이 남아 있지 않다. 그리고 왕조라면 여러 대에 걸쳐 세습되는 것이니 왜 태조 묘만 존재하는 것인가 의문이 아닐 수 없다. 왕비릉은 더욱 찾기가 어려웠고 출입이 안 되어 먼 발치서 바라만 봤다. 왕조의 후손을 자처하는 함창 김씨들이 왕릉 일대를 정비하고 각종 비석을 세우는 등 나름대로 노력하고 있지만 인가들이 침범하는 등 많이 옹색한 느낌을 받았다. 김수는 퇴계 문하로서 임진왜란 당시 경상도 관군을 지휘함에 있어 조급, 각박한 성격에 임지를 비우고 도망하는 등 전란에 충실히 임하지 않았다는 평가를 받았다. 그의 묘소는 앞으로 지나게 되는 음성 생극면 배내미골에 있다.

시장통을 통과한 후 상지여상고 앞을 지나 윤직 삼거리에 오면 함창읍뿐 아니라 상주시 경계를 벗어나 문경시가 된다. 함창은 문경, 점촌과 같은 생활권이라고 들었다. 사아매교차로, 윤직교차로, 윤직동노인회관 등 윤직(允直)이 들어간 표지판이 계속되는 것을 보면 윤직동이 꽤 큰 행정구역인가 보다. 사아매는 윤직1동에 해당하는 마을인데 바위 4개(四巖) 있는 마을에서 유래했다고 하며 바위 2개가 어디 가고 요즘은 2개만 남았다고 한다.

점촌 읍내를 다 통과해야만 문경소방서가 나온다. 문경소방서 못미처에서 일부러 대구에서 격려차 온 청송 부부를 만났다. 미리 약속한 아내도 왔다. 4명이서 고깃집에 가서 고기를 겸해 저녁을 먹고 폭탄주도 나눠 마셨다. 청송 부부는 고맙게도 발가락 양말 등 보급품을 챙겨왔다. 청송 부부는 돌아가고 아내는 점촌역 부근 모텔에서 같이 잤다.

아내는 옷도 갈아주고 빨래도 도와주었다. 발바닥과 주위에 잡힌 물집 중에 손이 닿지 않는 곳에 있던 것들을 따주고 약을 발라주었다. "1983년 1월에 혼인했으니 벌써 36년을 같이 살았던가?" 잦은 이사에도 이삿짐 싸는 데 한번 거든 일 없고 아이들 건사에 힘 보탠 일도 없다. 아내는 늘 "당신 가슴속에 가족을 위한 자리가 있기는 합니까?" 하고 원망했다.

아내를 믿었기에 밖으로 돈 것이니, 내 마음엔 온전히 아내만 들어

남(進), 듬(處), 길(道)

차 있는 것인지도 모른다. 공연히 걷기 한다고 또 아내를 신경쓰게 해서 미안한 마음이 가득하다. 아내는 "또 궤변을 늘어놓아 본질을 흐린다." 고 불만일 것이다.

남 엿새째 날(10. 1. 월)
문경소방서에서 문경문까지, 47,000보 37킬로미터

임금의 마음을 받들어 국가의 어려운 일에 앞장서서 나라를 위해 공금을 사용한 것
이 역적이냐? 아니면 원수인 적의 세력에 의지해 임금을 협박해 적을 섬기면서 국가
의 녹을 먹는 것이 역적이냐? 의병을 일으켜 왜놈들을 섬멸하고 5적, 7적을 죽여 국
가에 보답하고 백성을 편안하게 하려한 것이다.

- 이강년(1858-1908)

아내는 같이 아침 식사를 하고 문경소
방서까지 나를 데려다주었다. 곧 도착한 지평에게 나를 인계하고 서울
로 돌아갔다. 지평은 아침 일찍 차로 서울을 출발해 다음 날 오전까지 나
와 동행해주겠다며 왔다. 승용차는 소방서 건너편 차도에 주차되었다.

영강교를 넘지 않고 창리강변길을 걷는다. 지난번에는 영강교 너머
상무로를 걸어 내려왔다. 지금부터는 계속해 영강을 따라 걸어야 한
다. 지평과는 하도 오래 같이 걸어왔기에 걷기 주제 관련한 대화는 필요
가 없다. 이심전심이다.

별암교를 지난다. 별암이란 자라(鼈)바위(巖)란 뜻이다. 주평은 배

주평리 정자에서
지평과 필자

(舟)들(坪)이란 뜻이므로 과거에는 이곳까지 배가 드나들었음을 알 수 있다. 견탄리(犬灘里)는 개(犬)도 뛰어넘을 수 있는 좁은 여울(灘), 즉 개여울을 이두식으로 표현한 것이다. 견탄교에 못 미쳐 영강을 비스듬하게 가로지르는 보가 있다.

용암보사업기념비(龍巖洑事業記念碑)에 따르면 1930년대 초반 이곳 영강에 보를 막은 이후 견탄리 들(용암들)에 물을 대왔다고 한다. 민간 차원에서 이 큰 영강을 막아 보를 만들 생각을 하다니 남다른 식견과 용기, 그리고 의지를 가진 분들이다. 강 서안 길이 끊어지므로 견탄교를 넘어 강 동안으로 갔다가 불정교에서 서안으로 돌아온다. 이제는 레일바이크로만 이용되는 철로와 나란히 걷다 보면 폐쇄된 불정역에 도착한다.

사방이 높은 산이어서 영강은 산의 골짜기를 따라 완전히 360도를 두 번 돌아 S자 형태로 흐르는 물돌이 지형을 이룬다. 그래서 이곳 지형을 산태극(山太極) 수태극(水太極)이라 부른다. 산의 모양도 태극 모양, 물의 모양도 태극 모양이라는 것이다. 이를 진남교반이라 해서 영남 제1경으로 친다. 사람들은 고모산성 위에 올라가면 산태극 수태극이 가장 잘 보인다 해서 그곳을 진남교반이라 부르기도 하며 어떤 이는 이곳 일대

전체를 진남교반이라 부르기도 한다. 3번 국도는 좁은 산 사이를 곡선으로 통과하다 참지 못하고 된섬이란 한반도 지형이 가로막자 터널을 뚫고 지나가 버렸는데 우리는 그럴 수 없다. 발이 아픈 사람에게 돌아서 가는 길은 유난히 지루하다.

진남역에 이를 무렵 비가 듣는다. 점심시간이 조금 이르지만 비를 맞으며 먼 길을 걸을 수는 없어 우선 폐역 앞 진남주막식당에 들어가 비도 피할 겸 점심 식사를 했다. 분홍빛의 오미자 막걸리도 마셨다. 비가 그치고, 지난해 밟지 못한 토끼삐리로 가기로 합의하고 주인장에게 길을 물었더니 반대 방향으로 되돌아가다 강을 건너고 산을 하나 넘어야 하는데 지금은 비가 와서 미끄럽다며 아예 길을 가르쳐주지 않는다. 부득이 지평이 과거 걸었던 기억에 남아 있는 '폭포'와 '철로' 쪽으로 가기로 계획을 변경했다. 진남교를 건너 진남휴게소에 왔는데 폭포 자리만 있을 뿐 시원한 물줄기는 없다. 고모산성 진남관을 가려고 경부선 철로 터널 옆을 올라가는데 철로 위에는 최불암 씨가 영상 촬영 중이었다.

고모산성 직전에 토끼삐리 안내판이 있다. 조선시대까지 서울로 가는 길은 이곳밖에 없었다. 깎아지른 절벽을 따라 1.5킬로미터를 가야 한단다. 이두식 표현으로는 관갑천(串岬遷) 혹은 토천(兎遷)이다. 천(遷)은 옮기다는 뜻으로 주로 쓰이지만 벼랑(절벽, 사투리로는 삐리)이라는 뜻도 있다. 튀어나온 지형을 곶(꽃을 관(串)의 음을 사용)이나 갑(튀어나온 지형 갑(岬))이라고 쓰는 경우를 해변 지형에서 많이 본다. 결국 관갑천은 튀어나온 지형에 있는 벼랑, 토천은 토끼 벼랑, 즉 토끼삐리다. 영남대로에는 이런 좁고 험한 길도 있는 것이다. 군자는 대로행(君子大路行)이라지만 물리적으로 크고 편한 길을 걷는 것을 일컫는 말이 아니며 대의(大義)에 따르는 것을 의미할 뿐이다.

고모산성은 2세기 말 축성된 이래 조선시대까지 군사적 중요성 때

진남문에서 지평과 필자

문에 증개축을 거듭해왔다. 그럼에도 임란 당시 신립(申砬, 1546-1592)이 지형상의 유리함을 간과하고 북방 전투에서의 승리 경험에 따른 기병전을 펼치려는 계획 때문에 이곳 요충지를 버리고 탄금대(충주 달천)로 방어선을 옮겼다가 왜군에 참패하고 자신도 전사한 점은 아쉬움이 남는 일이다.

의병장 이강년

고모산성 안내판에 따르면, 1896년 의병장 이강년(李康秊. 1858-1908)이 동학군을 이끌고 이곳에 진을 친 뒤 일본군과 대치하다 패퇴한 곳이라고 한다. 이강년은 서쪽으로 이웃한 가은 출신으로 무과에 급제한 무관이다.

그는 1884년 갑신정변으로 퇴관하고 고향에 머물던 중 1895년 발생한 명성황후 시해 등 일본의 침략행위에 항거하기 위해 1896년 동학농민을 중심으로 의병을 일으켰으나 3개월 만에 해산하고 다시 은거한다. 이때의 인연으로 유인석(柳麟錫, 1842-1915)의 제자가 되어 만주까지 그를 따라가 독립전쟁에 참여한다. 1907년 국권박탈의 단계적 조치로 군대가 해산되자 이에 항의해 전국에서 의병들이 창의할 때 이강년도 유인석과 함께 거병해 이곳 신현(新峴, 신현도 새재의 이두식 표현이다. 어쩌면 선인들로서는 이 길도 새재의 일부라고 볼 수도 있었을 것이다.)에 지휘소를 두고 주흘산 혜국사 승려들과 연합해 주흘산 동쪽의 갈평(葛坪)에 주둔한 일본군을 격파했다. 전국 의병들이 13도연합의병부대를 조직할 때 호서창의대장(湖西倡義大將)이 되어 충청도, 강원도, 경북 북부 지역에서 많은 전과를 거두었다. 그러나 1908년 일본군의 공격에 부상을 입고 잡혀 결국 교수형을 받고 형이 집행되었다.

일본어로 된 그에 대한 판결문에 따르면 직업은 유생(儒生), 죄명은 내란죄다. 그러나 사실은 고종 광무제로부터 "선전관 이강년으로 하여금 도체찰사(都體察使)를 삼아 지방 4도에 보내니 양가의 재주 있는 자제들로 각각 의병을 일으키게 하며 소모장(召募將)을 임명하되, 인장과 병부(兵符)는 새겨서 쓰도록 하라. 만일 명을 좇지 않는 자가 있으면 관찰사와 수령들을 먼저 베고 파직해 내쫓을 것이며, 오직 경기 진영의 군사는 나와 함께 순절할 것이다."는 밀지를 받고 있었으므로 이강년은 적법한 군인 신분이었다. 단순히 유생도 아니고 내란죄를 저질렀다고도 볼 수 없다.

공익과 대의를 위해 일어나 일제에 항거한 사람이 너무 적었던 탓일까. 1909년 3월 고종 태황제가 "대한은 나 한 사람의 것이 아니라 여러분 만성(萬姓)의 것이다. 독립이라야 나라며 자유라야 민이며, 나라는 민이 쌓인 것으로 민은 선한 무리라. 나의 부덕으로 나라가 이 지경이 되었으나 여러분 만성이 있으니 이미 망했다고 말하지 말라." 한 대국민 호소도 무위로 돌아가고 국민들은 나라 없는 설움을 36년 동안이나 겪

남(進), 듬(處), 길(道)

었다.

고모산성 일대는 행정구역상 마성면 신현리인데 마성(麻城)은 고모산성의 다른 이름이고 신현(新峴)은 새재의 또 다른 이두식 표현이다. 옛 사람들이 이 일대를 고모산성, 새재라고 부르니 지역 실정을 모르는 관(官)이나 선비들이 구체적 마을을 구분해 글자화할 때 사람들이 부르는 이름을 적당히 변조해 여러 이름들을 생산해낸 듯하다.

돌고개 주막거리, 꿀떡고개란 명칭도 안내판마다 혼재한다. 돌고개(石峴)는 고모산성을 석현성이라고 달리 부르기도 한 것에서 유래한 것으로 보이고, 꿀떡고개는 여기서 꿀떡을 팔았을 리도 만무했으니 숨이 깔딱 넘어갈 정도로 가파르다는 의미의 깔딱고개가 와전되어 그리 된 것이라 본다.

걷는 것이 사람에 대한 도리다　　깔딱고개를 넘어서면 문경읍까지 훤히 트였다. 신현길을 걸어 중부내륙 고속도로 밑을 통과하고 신현리 백봉사 앞을 지나 3번 국도와 만나는 지점에 설치된 쉼터 벤치에서 쉰다. 쉼터에 젊은이가 먼저 쉬고 있어 수작을 걸어보니 그는 부산부터 오토바이를 타고 이곳까지 왔는데 심심해서 그만 돌아갈 예정이라고 한다. "걸어라, 걸으면 심심하지 않다. 걸어야 옛 애인을 만날 수 있다."는 말을 해주었지만 귀담아 듣지는 않는다. 차를 타고 가는 것은 땅을 밟은 것이 아니다. 국토를 대하는 예의가 아니다. 사람을 만나러 가는 정성이 부족한 것이다.

오천리(梧泉里)는 고목 오동나무에 새순이 돋아나 생긴 지명이라 하니 박정희 전 대통령의 하숙집 우물에서 자라 올라온 오동나무와 함께 문경 지방은 오동나무와 깊은 인연을 맺고 있는 듯하다. 외어리 뒷산 이름이 봉명산(鳳鳴山)이고 봉황은 오동나무에만 깃든다 하므로 더욱 오동나무는 이곳 고장과 인연이 깊을 것이다. 저부실이란 동네 이름은 전국적으로 여러 곳이 있다. 앞산 모양이 피리(笛)를 부는 사람(夫) 모양이라 해서 적부실이었는데 세월이 지나면서 저부실로 되었다. 옛 사람들의 산에 관한 작명은 대부분 산의 모양을 보고 갈뫼(笠山), 시루봉(甑山), 바루봉(鉢山) 등으로 작명을 하는 것인데 저부실은 피리 부는 사나이라니 꽤 낭만적이란 생각이 든다.

신현리, 오천리도 평야지대지만 신호리, 마원리로 오면 들이 더욱 넓어진다. 들 가운데 직선으로 길이 나 있다. 화사, 진장터, 새잣들이란 마을을 알리는 자연석 팻말을 볼 수 있다. 새잣들 역시 새재들(鳥嶺坪)의 와전된 이름이리라. 문경 일원은 새재와 연관시키지 않고는 이야기가 되지 않는다.

걷기, 꿈을 위한 길

조령천과 초곡천이 만나는 지점에서 초곡천을 따라가는 길이 오서길이다. 오서길은 이곳에 있는 오시골에서 그 이름이 유래했으리라. 오시골이란 지명도 전국에서 자주 보이는 이름이다. 원래 이름은 오십(五十)골(谷혹은村)이다. 50명은 돼야 넘을 수 있는 위험한 고개, (지역 중심지로부터) 50리 위치에 있는 마을 등에서 유래했을 것이다.

구글 지도에 따르면 초곡천을 따라 계속해 길이 나 있다. 길옆으로 과수원이 이어진다. 국도 3호선 초곡3교 밑에 이르러 길이 끊어졌다. 아무튼 초곡천을 건너가야 한다. 되돌아갈 수는 없다. 사람들이 건너간 흔적도 있다. 굵은 돌을 던져서 징검다리를 만들어 건너간다. 차는 길이 끊어지면 돌아가야지 길을 만들어 갈 방법은 없다. 사람이 발로 걸을 때는

남(進), 듬(處), 길(道)

얼마든지 극복하는 방법이 생긴다. 걸어보지 않고 길이 없다고 말하지 말라.

물을 건너 농로를 잠시 따라가면 새재로로 올라갈 수 있다. 천주교 진안리 성지를 들렀다. 최양업(崔良業, 1821-1861)은 김대건(金大建, 1821-1846)과 동갑이며 같은 해(1836) 15세의 나이로 마카오 신학교로 간 동기생이다. 두 성인은 천주교인인 부모 때문에 나면서부터 박해를 피해 옮겨다녀야 했고 멀리 마카오까지 유학을 했으며 귀국해서도 박해를 피해 그리고 전교를 위해 부단히 걸어야 했다.

최양업은 경남 밀양에서 숨어 전교하다가 서울을 가기 위해 이곳까지 왔으나 과로와 식중독으로 사망했다. 종교나 신념을 펼치기 위해서는 걸어야 한다. 걸어야 사람을 만날 수 있기 때문이다. 걸어야 사람들을 모을 수 있다. 많은 사람들이 같이 걸으면 꿈이 이루어진 것이다. 걷기는 나의 꿈을 펼치기 위한 첫걸음이고 다함께 꿈을 이루는 종착역이다.

문경문에는 박정희 전 대통령의 "문경새재"란 한글 휘호가 있다. 문경문 아래에는 문경새재가 영남과 한양을 잇는 옛길로서 교통과 군사의 요충지이자 문물의 교류지였으며, 수많은 영남의 선비들이 청운의 꿈과 큰 뜻을 품고 한양으로 가는 중요한 통로였다고 쓴 문경새재휘호비와 말 5마리가 새겨진 마패비가 있다.

지평과 택시를 불러 타고 문경소방서까지 가서 지평의 승용

석양이 드리운 문경문에서

차로 갈아타고 문경온천 부근에 가서 모텔을 잡았다. 내려올 때 묵었던 같은 곳이다. 시간이 늦었는지 저녁 식사할 식당을 쉽게 잡지는 못했다. 지평이 오늘은 다 책임진단다. 고기와 소주를 많이 먹었다. 지평은 그 사이 나의 걸음 실력이 많이 늘어서 따라가기 힘들었다고 고백한다. 친구야, 걷기는 힘들다. 다리도 아프고 발은 이미 곳곳에 물집이다. 힘들지만 같이 걸을 때 그래도 힘 있게 걸어줘야 친구도 힘이 날 게 아닌가. 그리고 고맙다. 자네 덕분에 나도 힘이 나 더욱 힘 있게 더욱 빨리 걸을 수 있었던 것이다.

親故簫駕而來餞兮	옛 친구들 몰려와서 떠나는 나 전송하려
班豆觴於水湄	물가에다 술과 안주 마련해 놓았구나
咸默黯而相視兮	말없이 물끄러미 서로 간에 바라보매
心如狂兮如癡	미칠 것만 같은 맘에 멍하니들 서 있구나
裵夫子之眷眷兮	배 부자가 정성스레 나를 돌봐줌이여
有一言以相貽	한마디 말 나누면서 서로 간에 위로하네
君子處困而可亨兮	군자는 곤란한 데 처해서도 평안하니
庶九死而不移	아홉 번을 죽더라도 맘 바꾸지 아니하리
確貞固而不拔兮	나의 마음 굳세어서 흔들리지 않음이여
雖水火吾猶可入	물과 불 속이라도 난 들어갈 수가 있네
況在人之外累兮	하물며 몸 밖에서 오는 걱정거리를
曾何足以屑屑	내 일찍이 어찌 족히 마음속에 담아두리

- 조호익(曺好益, 1545-1609), 〈서정부〉(西征賦)

지평이 나를 문경문까지 태워다 내려
주고, 다시 차를 몰고 더 올라가서 주차장 맨 안쪽에 주차를 한다. 거기
서 다시 택시를 타고 내려온 지평은 올라가는 나와 합류해서 또 같이 걷
는다. 제1관문(주흘관), 제2관문(조곡관), 교귀정을 지나 영남대로 옛 과거
길로 접어들면 마당바위가 있고 줄곧 울창한 숲 속으로 돌길, 시내, 흙길
을 차례로 밟을 수 있다.

먼 길의 동행

동화원을 다 못 가서 지평이 돌아갔
다. 만남과 헤어짐이 반복되지만 헤
어짐은 늘 섭섭하고 안타깝다. 먼 길을 떠남에 있어 형제나 친척, 친지,
친구가 자신의 형편에 맞추어 일정 거리를 동행해주는 습속은 고래로
있어 왔다. 조호익(曺好益, 1545-1609)은 김육(金堉, 1580-1658)의 스승이자
의병장인데, 1576년 창원 관아의 군정(軍丁) 파악에 협조하지 않았다는
이유로 지방토호(豪强品官 武斷鄕曲)로 몰려 평안도 강동으로 가족 모두가
이주하라는 명령(轉家徙邊)을 받았다.

기약도 없는 유배길이었기에 사정이 허락하는 친족들이 함께 따라
나섰다. 특히 형제들은 끝까지 동행하거나 중간에서 조우해 일정 구간
같이 갔다. 소식을 듣고 찾아오는 친구들은 그에게 큰 힘이 되고 위안이
되었다. 행로 상에 거주하는 친척들을 만나기도 했다. 지나가는 고을의
수령 중에 간혹 조호익 일행에게 특별한 관심을 보이는 경우도 있었다.
나의 경우에도 지난번 청송까지의 하행길이나 이번 대구로부터의 상경
길이나 지평을 비롯해 많은 분들이 동행해줘서 외롭지 않고 무섭지 않
게 길을 걸을 수 있었다.

약간 돌아가지만 내려올 때 반갑게 맞이 해주던 동화원 여인을 만

남(進), 듬(處), 길(道)

과거길 선비상   문경새재 책바위 이야기

나러 갔더니 다른 여성이 반긴다. 지금은 3명이 교대로 근무를 한단다. 오미자차 한잔을 시켜 마시고 옛 오솔길, 옛 과것길을 음미하며 소원성취탑과 낙동강 발원지(聞慶初點)를 확인한다. 금의환향길로 해서 새재길 정상에 선 제3관문(鳥嶺關)을 지나니 관광객이 갑자기 많아진다. 지금부터는 충청북도 괴산군 연풍면이라 연풍새재옛길이 된다. 마침 점심때라 새재길을 거의 내려온 곳 식당 첫 번째 집에 들어가 더덕정식을 시켜 먹었다.

　고사리마을은 옛날 명칭이 신혜원(新惠院)이다. 고사리마을 입구에 어사또가 쉬어간 자리라고 쓴 선돌이 있는데 일명 박문수 소나무라고 한다. 신혜원마을 유래비라고 쓴 더 큰 선돌이 함께 서 있다. 유래비에 따르면 이곳은 소조령에서 새재로 올라가는 중턱에 위치하며 연풍현 고사리면 판교점(板橋店. 우리말로 널다리골, 판교는 판자 즉 나무 널판을 놓아 만든 다리)이란 마을로서 통행인이 많아지면서 주막이 생기고 또 관영 숙박시설이 생기고 그러면서 마을이 점점 커져 신혜원으로 불리게 되었으며 현재는 관영 숙박시설이 없어지고 원풍리 신혜원마을이라 한다고 설명되어 있지만, 대부분의 외지인들은 고사리마을이라 부르는 듯하다. 또 같은 곳에 "소원을 들어주는 연풍 옛길 서낭나무"라는 표지판이 있는데 서낭나무에서 건강을 기원하면 무병장수한다는 이야기가 전해진다고 적고 있다. 이 서낭나무는 지금도 넉넉한 그늘을 형성하고 박문수의 전설을 간직하며 잘 보호되고 있다(괴산군 보호수 24호, 수령 350년). 이번 걷기를 무사히 마치도록 빌었다.

이화여대 고사리수련관을 지나 소조령을 오른다. 경사와 굴곡 그리고 구비가 심한 길이고 자전거길이 마련되어 있지만 걷기에 꽤 힘이 든다. 사시동을 거쳐 은행정 교차로에서 우회전해 옛과거길 대안보로 가

은행정 은행나무

야 한다. 그렇지만 일단 발화마을을 좌측에 두고 은행정마을로 직진한다. 은행나무를 보기 위해서다. 은행나무는 마을 가장 안쪽에 위치하는데 높이가 32미터, 밑 둘레가 8.2미터나 되며, 상석을 설치하고 금줄을 두르고 있어 아직도 사람들이 치성을 드리는 것을 알 수 있다.

안내돌에 충주시 지정 제13호 보호수로 수령이 430년이라 기재되어 있는데 지나가던 아주머니가 불만을 표시한다. 훨씬 오래

남(進), 듬(處), 길(道)

된 나무인데 지정 당시 이장이 잘못 관에 보고한 것이란다. 마을 입구로
나오면 느티나무 고목이 있는데 그 앞에서 휴식을 취했다.

깊은 사랑과
큰 정의만이 이긴다

뇌곡마을, 그리실, 월악산 교차로, 대안보, 안보삼거리를 지나면 돌고개다. 사실은 박석고개가 맞는 표현이라고 한다. 조감사묘를 바라보는 곳에 휴식공간이 만들어져 있다. 쉬는 김에 조감사묘까지 가봤다. 비석에는 "양주 조공 정철지묘(楊洲趙公貞喆之墓), 증정부인 남양홍씨 부좌(贈貞夫人 南陽洪氏祔左), 의녀 남양홍씨 묘 제주금덕(義女南陽洪氏墓濟州金德), 정부인 영월신씨 묘 월편(貞夫人寧越辛氏墓越便)"이라 기재되어 있다. 월편은 건너편이란 이두식 표현이다.

조정철(趙貞喆, 1751-1831)은 양주 조씨 명문대가에 태어났지만 26세에 처가와 관련된 역모에 몰려 제주로 유배되고, 부인 남양 홍씨는 스스로 목을 매었지만 남편과 같이 묻혀 있다. 제주 유배 중 인연을 맺은 또 다른 남양 홍씨 처녀 역시 고문에 못 이겨 목을 맸고 제주 금덕에 묻혔다. 나중에 재취한 영월 신씨 부인은 묘 가까운 저 건너편에 묻혔는가 보다.

조 감사는 사랑하는 두 여인과 연거푸 이별하고 그리고 또 29

조정철의 묘비

년간의 유배생활을 견뎌내고 마침내 복권되어 늘그막에 제주목사, 충청도관찰사를 역임했는데, 과연 이 지극한 고통을 견뎌내게 한 힘은 무엇이었을까? 어쩌면 조정철은 스스로 당파싸움의 억울한 희생자일 뿐 잘못이 없다는 자신감이 있었을 것이다. 그리고 중앙 관계의 당파싸움이란 것이 진실이나 정의를 위한 싸움이 아니며, 오직 당파의 이익과 승리를 위한 저열한 정치놀음에 불과하다는 사실을 직시했을 것이다. 하여 허위와 저열한 수단에 의한 당파놀이는 지속될 수 없고 언젠가는 무너질 것이라는 확신을 통해, 당쟁에 희생된 자신과 사랑하는 사람들의 억울함을 꼭 풀 수 있을 것이라는 간절한 비원(悲願)을 품었기에 그 힘으로 힘든 몸과 마음을 지탱한 것이 아닐까 추단해본다. 허위와 사익에 기초한 당파나 주장은 한때 극성을 부릴지라도 반드시 멸망하며, 진실과 공익을 위한 대의에 기초한 사람들만이 되살아나 영원히 후세를 비출 수 있다.

돌고개 서낭당

비문에 따르면 조 감사 부자의 묘는 오랫동안 잃어버렸다가 2003년에 찾아내어 재정비했다고 한다. 조감사묘 안쪽으로 영월 신씨 선영묘와 양주 조씨 진충(鎭忠)과 경주 이씨 합장묘가 있어 조감사 비문의 내용이 사실임을 뒷받침해준다.

돌고개 정상에 서낭당이 있다. 돌 안내판에 따르면 과거 이곳은 산이 깊어 행인들이 산을 넘으며 산짐승들의 공격으로 인한 피해를 많이 입었다고 한다. 안보리 사람들이 이곳에 호랑이를 다스리는 신령을 그린 그림을 걸고 행인들의 무사 통행과 마을 주민들의 액운을 막아줄 것을 빌었다고 한다.

수안보로를 따라 수안보 시내를 우회해 벗어나면 배남지 성황당과 옛 과거길 표지석이 있다. 배남지란 명칭은 이곳에 배나무가 심어진 연못이 있었음을 가리킨다. 성황당 안에 여성이 모셔져 있는데 그 의미나 유래는 알 수 없다. 지금부터 수안보를 서편에서 돌아나온 석문동천(石門洞川)을 따라 수회리로 넘어가게 된다. 석문동은 온천리 동편에 있는 사문리의 옛 이름이고 임란 때 신립 장군이 이곳에 진지를 쌓고 성문을 돌로 만든 데서 유래한다. 중간에 노포란마을(노부란, 온천2리) 앞에도 옛 과거길이라 쓴 선돌이 있다. 오산마을 앞에 수안보의 서쪽을 감싼 주정산으로 올라가는 출입로와 안내판이 있다.

마당바위 쉼터, 무궁화동산을 지나 꿩 조형물이 있는 자전거휴게소까지 왔다. 휴게소와 다리로 연결된 강 건너편에는 대형 식당과 화장실이 보인다. 화장실을 이용하려 정수교를 건넜지만 모든 시설물은 문이 잠겼다. 좌파 정부의 성장을 포기한 평등주의 정책 때문에 기업과 자영업자의 경제는 빈사상태에 빠진 듯하다.

할아버지 운전자의 친절   원통리 정류장에 이르러 수안보로 가는 시내버스 시간표를 살펴보고 있는데 트럭이 지나가다 경적을 울린다. 쳐다보니 할아버지께서 수안보로 갈 요량이면 타라고 하신다. 조금 더 걸을 힘이 남았고 시간도 덜 됐지만 할아버지의 호의를 거절할 수 없어 감사히 타고 수안보 상록호텔 앞에 내렸다.

과거에는 호의동승(好意同乘)이 미풍양속이었는데 운전자의 호의를 가장한 범죄, 범죄자의 동승자 가장 범죄, 사고 발생 시의 손해배상 분담 문제 등의 부정적 요소 때문에 요즘은 이런 시골이 아니면 낯선 사람과의 동승은 기피를 넘어 금지된다. 우버와 같은 자가용 승용차를 이용한 계약 동승 역시 같은 문제가 있다고 본다. 계약동승의 경우 네트워크를 개발해 시스템을 운영하는 회사는 돈을 벌고 이용자는 편리하지만, 가입 운전자는 실제 벌이가 시원찮다는 보고도 있다.

독재정권의 막바지

수안보 상록호텔에 짐을 풀고 샤워와 세탁까지 마친 이후에야 늦은 저녁을 먹으러 호텔 앞 식당에 갔다. 손님은 나 한 명, 주인 부부도 늦은 저녁을 시작한다. 갑자기 주인장이 소리를 버럭 지른다. "저런 강도들! 밤늦게 술집에 가서 공금 카드를 쓰면 안 되지!" TV에서 심재철 의원의 "문재인 청와대 직원 야간주점 공금카드 사용" 폭로와 이에 대한 청와대의 "야근 후 간단한 뒤풀이" 변명을 방영하고 있는데, 청와대 변명을 믿지 못하겠다며 화를 낸다.

청와대에서 무슨 일로 심야까지 야근하는지를 이해할 수 없다. 식당마다 저녁 일찍 손님이 끊겨 문을 닫아야 할 지경인데 청와대가 심야에까지 주점을 이용한다는 것은 서민들 생활과 동떨어져 이해되지 않는다는 것이다. 의혹 해명을 무성의하게 하는 걸 보면 국민을 무시하고, 일도 않고 즐기기만 하면서 거짓말만 한다는 것이다.

실태를 폭로한 국회의원은 잘한 일 같은데 왜 입을 막으려고 재정경제부를 시켜 고발하는 것이냐?, 정권의 앞잡이 검찰을 동원해 양심적인 국회의원의 목을 비틀려는 것이다 등, 자못 비판이 신랄하다. 주인 할

남(進), 듬(處), 길(道)

머니는 그렇게 TV 뭐 볼 게 있다고 보느냐, 저놈들 상판대기도 보기 싫고 목소리는 더 듣기 싫다고 남편을 타박한다. 물끄러미 지켜보는 나를 개의치 않을 정도로 흥분 중이다. 민심과 동떨어진 정부의 독선은 그 생명선을 단축시킬 뿐이다.

*신진 선비가 갑자기 낡은 것을 고쳐서 새롭게 바꾸려 할 때는 전하가 재량해 형평성
있게 하셨다면 반드시 효과를 보셨을 것인데 귀양 보내고 죽이셨으니 잘못이 큰 것
입니다. 잘못을 알고 빨리 고치면 곧 잘못이 없어질 것이나 잘못하고도 고치지 않으
면 이것이 잘못인 것입니다.*

- 김세필(金世弼, 1473-1533)

택시를 타고 원통마을 정류장에 내렸
다. 곧 심온이 부인이 운전하는 차를 타고와 합류했다. 소중한 시간을 빼
서 같이 걸어주는 친구야 물론 감사하지만 먼 길을 운전해 데려다준 강
(姜) 여사에게는 감사한 마음에 더해 미안한 마음이 더욱 크다. 지난번
갈마재로 해서 동(東)으로 돌아온 길을 취하지 않고 석문동천을 따라 서
(西)로 돌아가기로 합의를 봤다.

이곳 수회리는 석문동천이 북상하다가 갈마재에 가로막혀 원통마
을을 끼고 완전 남향으로 물길을 바꾸었다가 다시 강진후산(강진마을 뒷산

"탁영대가 있는 강진마을"
표지석

이란 뜻)을 끼고 재북상해 달천과 합류하는 태극 모양의 물돌이(水回, 河回)
지형이어서 그 이름이 유래했다.

　원통교를 건너 문강리 넓은 들을 지난다. "탁영대(濯纓臺)가 있는 강
진(江津)마을"이란 표지석이 보인다. 탁영이란 갓끈(纓)을 씻는다(濯)는
말로 선비가 노닐 만한 곳을 의미하며, 무오사화(戊午士禍, 1498)에 희생된
김일손(金馹孫, 1482-1519)의 호이기도 하다. 탁영은 선비들이 애호하는
말로 전국에 탁영대가 산재하며, 이곳 탁영대는 영남 선비들의 서울 내
왕길에 들러 잠시 쉴 만한 곳이란 의미로서, 송시열이 쓴 글씨를 냇가 바
위에 새겼다.

　토계교를 지나 수주팔봉(水周八峰)을 남쪽에서 바라본다. 수주팔봉
은 수주 마을의 여덟 개의 봉우리가 있는 산, 즉 팔봉산이라는 뜻이다.
북상하는 석문동천이 팔봉산의 가운데를 가로질러 양분한 모양이다. 양
쪽 산 끝은 절벽을 이루고 있으며 그 사이에 다리를 놓아 독특한 풍경을
연출한다. 팔봉산 서쪽 봉우리가 직진 진로를 가로막고 있어 팔봉교까
지 빙둘러서 가야 한다. 팔봉교에서 바라본 팔봉산은 물위에 뜬 수석(壽
石)같다. 달천은 충주시 대소원면 문주리에 속한 수주마을을 통과한 다

팔봉산을 연결하는 다리

음 둑골에 와서 남향했다가 팔봉마을에서 북상하는 석문동천을 만나 북으로 방향을 트는 물돌이(水回) 지형을 이룬다.

　팔봉교를 넘으면 팔봉마을이고 팔봉서원(八峯書院)이 있어 참배한다. 팔봉서원은 김세필(金世弼, 1473-1533), 이자(李耔, 1480-1533), 이연경(李延慶, 1484-1548), 노수신(盧守愼, 1515-1590) 네 분의 관료를 모신 서원이다. 이자는 기묘사화(己卯士禍, 1519)에 연루되어 이곳 토계로 물러나 부근 용탄(龍灘)에 은거중인 이연경과 교유했다.

　김세필은 이자와 함께 기묘사화의 희생자였고, 노수신은 이연경의 사위이자 제자인데다, 김세필의 아들 김저와 같이 을사사화(乙巳士禍, 1545)로 유배당한 인연이 결합되어 함께 배향되었다. 이 서원은 흥선대원군에 의해 폐원하고 터만 남아 있던 것을 1998년 경주 김씨, 한산 이씨, 광주(廣州) 이씨, 광주(光州) 노씨 각 문중에서 각출한 자금과 정부지원금을 더해 다시 지었다고 기록한다.

　팔봉리에서 싯계교를 지나 싯계마을에 이르면 자연생태계 보호구역이란 돌 표석이 있다. 이곳은 예로부터 수달(水獺)이 많이 서식해 수달피를 진상했다 한다. 그래서 강 이름도 수달의 강(獺川)이던 것이 세월이 지나며 달천(達川)으로 변한 것이다. 마을을 의미하는 달래 계통의 달천

　　　　　　　　　　　　　　　　　　나(進), 듬(處), 길(道)

팔봉서원 현판

팔봉서원 건축비 재원 조성내역

과는 계통을 달리한다.

　두릉산 등산로 입구 표지석을 지나면 민물고기 식당들이 강변 가로수에 차양을 치고 영업하는 마을을 지나는데 생태계 보호 취지를 살려 정비개선이 필요해 보였다. 달천과 설운천이 합류하는 지점을 향산교로 건너가면 유주막길이다.

　대림산성 지나 정심사에 이르니 동림회 회원들이 격려차 와서 기다리다 반갑게 맞아준다. 최범용, 박종대 두 분은 지난번 남행길에 이어 또 와주었고, 추가로 동림회에서 순천지청 초임검사 시절을 함께한 염웅철(廉雄澈) 변호사, 고교 후배로서 경찰간부를 지낸 김학배(金學培) 변호사, 그리고 농어촌공사 간부 출신 이동훈 사장이 왔다. 이종태 사장은 또 할리를 타고 와주었다. 모두 8명이다. 바로 동림회원들이 운전하는 승용차에 나눠 타고 달천동 외곽 고깃집으로 갔다. 반갑고 고마운 나머지 기분 좋게 폭탄주 나눠먹다 피곤이 몰려와 식사 도중에 아예 드러누워 조금

동림회원 그리고
이종태 사장

잤다. 술이 덜 깬 상태임을 잘 알 텐데도 동림회원들과 이종태 사장은 우리를 정심사 입구에 내려놓고 매정하게 사라졌다.

남(進), 듬(處), 길(道)

생계형 군인들

유주막 삼거리에 이르러 달천 건너
저 멀리 바라보이는 갈비봉 임경업
장군 묘소를 건너보며 장군의 북벌을 위한 일관된 소신, 목숨조차 내놓는 확고한 군인정신, 그리고 허망한 죽음까지 떠올리며, 지금의 정치 풍향에 영합해 주적에게 방어선을 열어주고도 자괴감조차 표시하지 못하는 무소신과 지행불합치의 생계형 군인들을 증오하지 않을 수 없다.

이곳 달천동 일대는 넓은 강폭과 풍부한 수량만큼 가슴이 확 트이고 넉넉한 느낌을 준다. 방천의 자전거 길을 따라 쾌적하게 걷는다. 잠시 동네 안 길을 걸어 다시 강둑길이다. 450년 된 보호수 버드나무(충주 제3호)도 볼 수 있다. 달천교를 건너서부터 요도천을 따라 흑평(黑坪, 검은들)까지 가서 오늘 걸음을 마무리했다. 개인택시를 불러 주덕읍에 갔다.

시장통은 서민들의 애환이
있는 곳이다. 시장통 내 식당 한
곳에 들어가 삼겹살에 막걸리를
마셨다. 우리가 막걸리를 찾자
여주인이 다른 곳에 가서 막걸
리를 구해 가져왔다. 그 바람에
가져온 막걸리는 다 마시지 않
을 수 없었고 그래서 취했다. 외
곽에 새로 지은 모텔을 소개해
줘서 좀 멀지만 절뚝거리며 걸
어가 잤다. 심온은 축사 냄새가
난다며 투덜거렸다.

달천동 버드나무

남 아흐레째 날(10. 4. 목)
대소원면 흑평교에서 생극면 무수마을까지, 47,000보 37킬로미터

정의는 개인과 사회가 추구하는 최고의 가치이지만, 정의의 내용은 지극히 상대적이다. 그것은 시대에 따라, 사회에 따라 혹은 주체적인 개인에 따라 얼마든지 달라지기도 하는 것이다. 그러한 속성 때문에 언제나 대립과 투쟁이 예상된다. 정의는 자기실현을 위해 투쟁에서의 승리, 즉 힘의 뒷받침이 있어야 한다. 독재자가 온갖 불의를 자행하면서도 힘을 뒷받침해 정의의 간판을 내세울 수 있는 이유도 여기에 있다.

정의보다 더 중한 가치는 무엇인가? 개인과 사회의 존립의 기초가 되는 평화, 개인과 개인을 잇고 인류로 이어가는 사람의 가슴 속에 있는 사랑과 관용이다.

– 고광우, 변호사

자기편에서 보고 주장하는 것만 정의가 아니다. 남을 신뢰하고 남을 위해 신의를 베풀 수 있어야 정의가 된다.

– 최종고, 전 서울대학교 법과대학 교수

면 단위 유공자 추모비

흑평교에 다시 왔다. 서북쪽으로 엄청난 규모의 충주첨단산업단지가 위용을 보인다. 이곳은 원래 옛날 이안면(利安面) 지역인데 이류면(利柳面)으로 개칭되었다가 어감이 나쁘다 해서 대소원면(大召院面)이 되었다. 요도천을 따라가다 대소원 시내를 통과해 다시 요도천을 따라가는데 주덕읍 직전에 길가 산모퉁이에 독립유공자추모비(獨立有功者追慕碑)와 참전용사유공비(參戰勇士有功碑)가 높이 서 있다.

면(面) 단위에서 지역 출신 3·1독립운동 유공자, 6·25 및 월남전 참전용사를 찾아내고 다함께 참여해 기림비를 만드는 등 나라를 위해 생명을 바친 선인들의 높은 뜻을 되새기는 것은 참 갸륵하고 숭고한 일이다. 잠시나마 국토수호와 인권 그리고 자유와 번영을 위해 목숨을 바친 선배님들을 위해 추모의 묵념을 올렸다.

〈비목〉 작사가 한명희

주덕 시내를 빠져나오다 면사무소에 들어가 용변을 봤다. 심온도 따라온 걸 보면 나처럼 어제 먹은 술이 과해 속이 조금 안 좋나 보다. 마당에는 한명희 시, 서동형 서(書)의 비목(碑木) 시비와 오래된 송덕비가 몇 기 옮겨 세워져 있다. 이곳은 한명희(韓明熙)의 고향이다. 그는 1960년대 강원도 전방 전투초소에 소대장으로 근무하던 중 제대로 수습되지 않은 우리 국군의 구멍 난 철모와 녹 쓴 소총을 봤을 때의 충격을 제대 후에 시로 쓴 것이 〈비목〉 노랫말이다.

전쟁은 많은 희생을 부른다. 전쟁은 철저한 대비를 통해서만 예방될 수 있으며 국방력이 약하고 대비태세가 없는 나라가 말로만 평화를 원한다 해서 전쟁이 회피될 수 없고, 오히려 침략을 당하고 생존을 위협

비목 노래비

받는다는 것이 역사의 교훈이다. 국방력이 약한 가운데 일방적으로 대량피해를 당한 6·25전쟁에서의 교훈을 무시한 채, 도발한 전력이 있는 북한을 쉽게 믿는 것은 위험하다. 국방 태세를 풀고 전력을 약화시키면 제2의 6·25를 또 당할 수 있다. 비목에 등장하는 무명 용사는 잊히고 버려진 지 오래되었다.

비교적 최근의 천안함 폭침, 연평도 포격, 목함지뢰 사건 등 이어지는 북한의 침략행위에 많은 군인들이 계속 희생되고 있음에도 나라에 생명을 바친 많은 군인들의 희생에 대해 제대로 보훈하지 못하는 실정이다. 가치전도의 현실을 생각하면 부끄럽고 또 불안하다. 김원봉(1898-1958)은 6·25 전범이며 남침에 기여한 공로를 인정받아 김일성으로부터 훈장까지 받은 적군의 수뇌 중 1인인데, 피해 측 한국군의 통수권자인 문재인 대통령이 그를 "국군의 뿌리" 운운하며 찬양한 것은 도저히 용납할 수 없는 망언이다. 우리 군이었다 적군에 투항해 우리에게 총구를 겨눈 자가 있다면 그는 적군이고 처단 대상이지 어찌 유공자로 둔갑할 수 있다는 말인가?

주덕오거리를 지나 지난번 아이스크림을 사고 내쫓긴 슈퍼마켓 앞

남(進), 듬(處), 길(道)

밥 배달 간판   학성리 경로당에 휘날리는 새마을기

을 지나며 속으로 말했다. 땡볕에 나가 아이스크림을 먹으라던 불친절
은 이미 용서했으니 돈 많이 버세요. 주덕에서 신니까지 신작로인 신덕
로를 걸어야 한다.

　　비산천을 넘어가는 주유교를 지나면 주유소 식당이 나오는데 간
판에 "회사＋들 밥 배달합니다."라고 쓰여 있다. 일손이 부족한 농촌에
서는 회사든 농사짓는 들에서든 직접 식사를 지어 먹지 않고 식당으로
부터 주문 배달받아 해결하는 세태를 잘 표현하고 있다. 학성마을 앞에
1985년도 과학영농단지 최우수상 수상 기념비가 있다. 이 일대 지역은
큰 평야이고 제방이 잘 정비된 요도천 및 신덕저수지(薪德貯水池)의 풍부
한 물을 이용하므로 관개가 잘 되고, 경지정리도 잘 되어 있어 소출이 많
을 수밖에 없다. 많은 소출을 올릴 수 있어 그런지 자부심이 강한 동네인
듯하다. 사람들이 학성마을을 으뜸마을이라고 부르기도 한다니까 말이
다. 학성리 경로당에 태극기, 새마을기와 함께 충주시기, 그리고 대한노
인회기가 자랑스럽게 펄럭이는 것을 보아도 알 수 있다.

　　못보기마을이란 돌비가 있다. 그 유래는 알 수 없으나 이두식으로 불견리(不見里)로 쓰다니 더욱 우스꽝스럽다. 요즘 인터넷 SNS에서 자신의 프로필을 다른 사람이 보지 못하게 하는 '못보기' 기능이 있는데, 선인들이 선견지명이 있어 진작에 못보기란 이름을 남겨 물려준 것인지도 모른다.

신니면 소재지 용원리는 과거 공립 숙박시설인 용원(龍院)이 있던 곳이다. 그 초입에 다방이 보인다. 쉬기도 하고 모처럼 만에 시골다방의 정취를 느껴보러 들어갔다. 나이든 마담 한 명, 그리고 역시 비슷한 또래 종업원 한 명이 손수 커피를 끓여 찻잔에 부어준다. 커피값은 싼데 신용카드는 안 된다. 그야말로 옛날식 다방이다. 잠시나마 대학생 시절 종로나 대학가 다방에서 미팅하던 생각도 나고 비슷한 또래의 여인들과 젊은 시절 추억 이야기도 나누었다. 나이를 잊고 천방지축 살지만 가끔씩 풍진을 떠나 추억 속에 빠지는 것도 성숙함의 음미이자 재충전의 계기가 될 수 있으리라.

신덕저수지 소나무

도로변 표지석 기준으로 내포, 원평(院坪), 선당(仙堂), 송암(松岩) 다음에 신덕저수지와 용원낙시터의 북단에 이른다. 거대한 수문과 호수를 가득 채운 수량을 보고 있노라니 인간은 너무 광활한 생활영역을 차지하고 엄청난 자원을 소비하면서 사는 동물이라는 생각이 든다. 그 만큼 자원과 에너지의 절약을 통해 다른 생명체와 후손들에게 지속 가능한 지구를 물려줘야 할 책무를 잊어서는 안 된다. 호수변에 휴게공간이 있고 주변으로 신니 용암장터에서 3·1운동을 주도하다 옥고를 치른 손석흔(孫錫昕) 독립유공추모비, 그리고 수령 200년의 소나무(충주시 보호수 32호)를 볼 수 있다.

이덕숭, 견제 없는 독재를 위한 희생양

동락리 초입에 규모가 큰 식당이 있어 점심식사를 했다. 동락리를 벗어나는 지점에 전의(全義) 이씨 문열공(文烈公), 승지공(承旨公) 묘소가 있음을 안내하는 표지목이 서 있다. 문열공은 조선초 관료 이신효(李愼孝, 1422-1493)이고, 승지공은 문열공의 아들 이덕숭(李德崇)이다. 승지공은 갑자사화(1504) 때 억울하게 죽는다.

연산군이 덮어씌운 죄는 성종(成宗) 재위 시 간관(諫官)으로 일하면서 "(궁중의 일은 사실이라도 말할 수 없는 것인데, 이덕숭이) 성종께서 사람들의 간청을 들어주었다고 주장하는 것은, 이는 없는 일을 억측해 말한 것으로 죄가 된다."는 것이다. 어떤 사안에 대해 어떤 말로 간언한 것을 문제 삼는 건지 나타나지 않지만, 연산군은 그 처벌 이유를 명백히 한다.

"성종 때에는 대간(臺諫)과 홍문관의 어린 선비들에게도 은총(恩寵)이 지극해 허물이 있으면 너그러이 용납하셨기 때문에, 말을 다하지 못하는 것이 없었으

전의 이씨 문열공·승지공 묘소 표지목

므로 그만 교만한 마음이 생겨 과인(寡人) 때 와서도 그 풍습이 없어지지 않고 말하기를 경솔히 하니, 지금 고치지 않고 또 후대에 이른다면 나중의 폐해를 다시 이루 말할 수 없게 될 것이다."라는 것이다. "견제 없는 독재"를 위해 이덕숭을 희생양 삼아 견제와 비판을 하는 신하들의 입을 봉쇄해버리겠다는 것이다. 이의를 제기하는 신하들에게 도승지(都承旨) 박열(朴說, 1464-1517)은 "지금 혁신의 시대에 마땅히 죄를 줘야 한다."고 연산군의 명령을 영혼 없이 집행했다.

현재의 정치상황과 겹쳐지는 대목이다. 좌파 정부가 들어서고 나서 노무현 자살을 복수한다며 우파 진영을 가해자로 지목하고 철저히 파괴하고 있다. 정권 전환 시 또 다른 복수를 염려해 좌파 영구집권을 노리고 있는지도 모른다. 법원과 검찰로 하여금 직권남용죄를 남용해 정상적인 정책결정 과정에 참여한 공무원들을 마구 잡아넣고 있다.

행정부 전 분야에 걸쳐 적폐사건 발굴단을 운용하고 있다. 그들은 정당한 정책결정과 집행도 범죄로 포장한다. 공무원들끼리 이간질시킨다. 공무원들로 하여금 각자도생을 위해 진술과 증거를 왜곡하게 하고 남에게 죄를 뒤집어씌우도록 유도한다. 작금의 좌파 정권은 연산군의 재림이며, 사법부와 검찰의 영혼 없는 영합은 박열의 환생에 다름 아니다.

모도원의 김성, 김명뢰 부자

화치(花峙), 대화삼거리, 남악(南岳) 다음이 모남리 모도원(毛陶院)이다. 모도원은 대동여지도에는 모로원(毛老院)으로 기재되어 있다. 공립 숙박시설인 원(院)이 있었던 곳임을 알 수 있다. 고갯길 우측에 마을이 있다. 모도원의 원래 이름은 모도(慕陶), 아마 도연명을 연모한다는 의미를 담고 있을 것이다. 조선 인조(仁祖, 1595-1649) 재위 시에 명(明)나라 황제에게까

남(進), 듬(處), 길(道)

김성의 묘비 　　　　　　　　　김명뢰의 묘비

지 그 명성이 알려진 천관공(川觀公)으로 불리는 김성(金聲)이란 분이 개
척했다고 전해지는 마을이다. 마을 입구 구릉에 그와 그의 아들 김명뢰
(金命賚) 묘를 직접 찾아가 확인했다.

　　위 묘 비석에는 "황명처사 천관 김선생묘 배 영인 안동권씨 부좌(皇
明處士川觀金先生墓 配令人安東權氏祔左)", 아래 묘 비석에는 "조선국 성균진
사 광산김공 휘명뢰지묘 공인 경주정씨 부좌(朝鮮國成均進士光山金公諱命賚
之墓 公人慶州鄭氏祔左)"라고 각 기재되어 있다. 위 김성 부자의 역사적 실
재는 허목(許穆, 1595-1682)이 쓴 권종길(權宗吉, 1583-1651/김명뢰의 장인이다.)
의 묘갈명과 을묘증광사마방목(乙卯增廣司馬榜目)의 각 기재와도 일치함
을 확인했다. 이곳 사람들도 전설로만 알고 있는 김성, 김명뢰 부자의 이
야기를 그들의 묘를 실제로 찾고 역사적 고증을 통해 사실로 확정한 것
은 의미 있는 일이라 자부한다.

　　모도원에서 혼자 지체하는 바람에 능말도 더 지난 지점에서야 심

온을 따라잡을 수 있었다. 음성군 생극면 표지판을 지나면 광월리 수월 (水越), 못고개를 또 넘어서야 한다. 아마 이곳에 물이 넘쳐(水越) 못(池)을 막았기에 생긴 지명이리라. 평택제천 고속도로 밑을 벗어나면 "육령1리 능말"이라 쓴 돌비와 "전주(全州) 이씨 양녕대군파 능촌 종산 입구"라 쓴 돌비가 마주 보고 서 있다. 대군의 종산 입구라 마을 이름이 능말이 된 듯하다.

육령 내리막길은 예순터(육령1리), 제평사, 기령리(육령2리) 순이고 다음은 금석저수지다. 무극교차로, 금왕공설운동장을 지나 금왕 읍내를 흐르는 차평천(응천)에 닿으면 이때부터 우회전해 방천길을 걷게 된다. 농로로 옮겨 병암마을 앞까지 가서 좌회전하고 생삼로를 걸어 관성저수지를 지나 무수리(관성 2리) 마을 앞 버스정류장에서 오늘 걷기를 마쳤다.

내일부터 2일간은 태풍 콩레이의 직접 영향으로 걷기를 중단하기로 했다. 택시를 타고 금왕 읍내에 가서 저녁을 먹고 서울 가는 시외버스를 탔다. 쉬는 이틀간 끙끙 앓으며 잠만 잤다.

공자는 "활쏘기를 하는 것은 군자다운 점이 있다. 과녁에서 벗어나면 자기 자신에 돌이켜서 잘못을 구한다."라고 했다. 이 말을 지금에 와서 징험(徵驗)해보니, 역시 그렇다. 제아무리 무지하기 그지없는 무부(武夫)나 사특(邪慝)하기 그지없는 소인(小人)이라 하더라도, 화살을 쏠 적에 화살이 과녁을 적중시키지 못하면, "내가 잘못 쏘았다." 하고, 화살이 높이 날아가면 "내가 지나치게 높게 화살을 쏘았다." 하고, 화살이 동쪽으로 날아가면 "내가 지나치게 한쪽으로 쏠리게 화살을 쏘았다." 한다. 과녁이 지나치게 낮다느니, 과녁이 지나치게 서쪽으로 치우쳐 있다느니 하지 않는다. 투호(投壺)를 하면서도 역시 그렇다. 고금(古今)의 일 가운데 오직 이 한 가지 일만은 세태(世態)를 따라서 변하지 않았는바, 성인(聖人)께서는 이 점을 취한 것이다. 아, 어쩌면 인정(人情)과 세도(世道)로 하여금 활을 쏘는 것의 장점과 같게 할 수가 있겠는가.

- 조호익(曺好益, 1545-1609)

출발 전날(10. 6. 토) 심온이 전화를 했다. 당초 시외버스를 타고 금왕까지 가고 또 무수마을까지는 택시로 갈 계획으로 합의한 바 있는데, 조금 편하게 갈 수 있을 것 같단다. 부인이

451

손수 차를 운전해 데려다주기로 했다고. 심온이 평소에 부인을 잘 모시기도 하겠지만 부인이 원래 천사이기 때문에나 가능한 일이다. 너무 고맙지만 한편으로 미안한 일이다.

통화 내용을 듣던 아내는 괜히 일을 벌여 여러 사람 신경 쓰게 만든다고 불평을 한다. 이걸 또 듣고 있던 아들 희태(僖兌)가 나섰다. 마침 휴일이고 지난번처럼 격려 방문도 못 했으니 태워주는 선심을 쓰겠단다. 부랴부랴 연락해 태우러 갈 시간과 지점들을 정했다.

김세필과 김수　　　　　　　　　10월 7일 아침 태풍 뒤끝이어서 하늘은 청명하다. 심온, 동생 부건, 김석구 사장 등 4명이 희태가 운전하는 차를 타고 가면서 연신 희태에 대한 칭찬과 감사의 말이 이어진다. 직장 일로 많이 피곤할 것이고 모처럼의 휴일에 쉬어야 할 텐데도 기꺼이 아버지를 위해 수고를 해준 데 대해 많이 흐뭇했다.

무수마을 자랑비 앞에서

　　　　　　　　　　　　　　　　　　　　　남(進), 듬(處), 길(道)

무수마을, 마날미(마늘 모양처럼 생긴 산이라는 뜻에서 유래, 관성3리), 관말 소류지에 이르면 일생로를 만나므로 이 길을 이용해 서북 방면으로 간다. 관말소류지 북쪽으로 팔성산(381.8미터)이 있는데 그 남서면 배내미 방죽 부근에 임란 당시 경상도를 책임진 관찰사임에도 임지를 버리고 도주한 김수(金睟)의 묘가 있고, 팔성산 동북쪽 말마(抹馬, 말마을)는 중종 조 직언을 서슴치 않던 김세필(金世弼)이 관직을 물러난 이후 살던 곳이다.

수리　　　　　　　　팔성리 앞을 흐르는 시내는 차평천 (車坪川)이고 그 건너편 산 이름은 수리산(426.6미터)이다. 차(車)는 우리 말로 수레이니 차평천은 결국 수리산 밑의 들을 흐르는 시내란 뜻이다. 차평천은 수리내(鷹川)라고도 하는바 응(鷹) 역시 수리의 이두식 표현이니, 우리말이 한자를 만나면서 얼마나 생고생을 하는지?

　우리말을 옮겨 적는 한글이 없던 시절은 물론이고 한글이 창제된 이후에도 관료와 지배계층이 각종 문서를 한자로 적어온 관행과 전통 때문에 우리말은 훼손되고 왜곡되고 사라져갔다. 사람마다 우리말을 한자로 적는 방법, 즉 이두식 표현의 다양성 때문에 혼란이 가중되고 정체성을 잃어왔다. 그만큼 우리 글의 중요성이 대두되는데 요즘 공직이나 언론의 세태는 아직도 용어를 가급적 한자어로 표현하려고 하는 경향이 짙다.

　최근에 들어 한자 자체는 사용하지도 않고 해독하는 사람들이 점점 줄어드니 이 무슨 논리모순이며 엇박자인지 모르겠다. 수리는 순수 우리말로 높다는 뜻인데 이러한 어원에서 산이나 고개도 수리라고 불리게 되었고 높이 나는 새도 수리란 이름이 붙었다.

돌원마을(산성1리). 어재연 장군 생가 입구를 지나 호산사거리에서 잠시 쉬었다. 일행들은 준비해온 음료수, 커피를 마셨고, 또 용변을 보기 위해 잠시 사라졌다 돌아오기도 했다.

마이산과 배반자

산양리는 희한하게도 이천시 율면에 속한다. 마이산 등산로 안내판도 율면에서 제작했다. 안내도에 의하면 등산로의 대부분은 음성군 삼성면이 차지하고 마이산(望夷山, 473.5미터) 정상은 안성시 일죽면임을 표시하고 있으니 참 친절한 이천 시민들이라 하겠다. 마이산 정상의 망이산성은 안성, 음성 일원을 조감할 수 있는 곳으로 삼국시대부터 군사적 중요성을 인정받아 성이 축조되었고 특히 고려 광종(光宗, 재위 949-975) 조에 외척인 충주 유(劉)씨 호족세력의 반역 가능성을 견제하기 위해 죽산리 비봉산 봉업사, 문숭리 숭선사와 동시대에 수축했다 한다.

박근혜 정부의 초대 장관 중 유(劉) 모는 공무원 조직의 일체성에 기해 어떠한 의견 대립도 없이 정당하게 결정, 집행한 문화계 지원정책에 대해 그 책무성을 망각한 채 위법하고 양심에 반한 정책이었다고 선언하여 스스로 양심과 위엄을 저버렸다. 일체로서 움직이는 공직사회에서 어느 누구도 명시적인 거부 없이 집행한 일에 대해, 상급자는 직권남용의 범죄자, 하급자는 그 피해자라는 도식을 만들어내어 상호 간에 내가 살기 위해 동료를 고발하거나 허위증언으로 누명을 덮어씌우게 하는 갈라치기(反間計) 수법은 인민재판에서나 가능한 위선이다.

광종이 1천여 년 전에 그 예후를 읽었다니 대단한 안목이다. 늑대 밑에 승냥이라더니, 유 모 밑의 노(盧) 모 실장은 동료들의 신분보장을

마이산 표지판 앞에서

이천시 율면 경계표시

위해 자신의 사표 제출이라는 불이익을 감수했다더니 사표 제출의 대가로 관변단체에 낙하산 자리를 보장받았다. 관변 단체는 그에게 자리를 주기 위해 전임자인 선배 낙하산을 임기 전에 몰아냈다. 자신이 후배 때문에 용퇴한 것은 강요된 행위이고, 선배로 하여금 자신 때문에 물러나게 하는 것은 아름다운 전통인가?

이중잣대의 위선이 덕목이 되는 좌파정부가 집권하자마자 그 탄생에 기여한 공로를 인정받아 더 높은 자리를 얻었으니 철저하게 부정한

뒷거래의 소산이리라. 양심과 위엄을 저버린 배신적 공무원들 때문에 좌파정권의 인민재판이 가능한 것인지도 모른다.

부동산과 국부(國富)

도로변에 토지를 원가에 매각한다는 플래카드가 걸렸다. 심온이 적힌 전화번호로 연락한다. 약 10여 년 전에 기획부동산에 속아 토지를 샀는데 당시 취득가격으로 팔고 싶다는 것이다. 우리 국민에게 있어 부동산은 투자의 전부라고 해도 과언이 아니다. 부동산 가격을 잡으면 기업의 원가는 절감되겠지만 전체 국민의 부는 떨어진 가격의 합산만큼 줄어들 것이므로 부동산 가격을 인위로 떨어뜨리는 것은 자해행위다.

국민의 부를 아무리 떨어뜨려도 우리 수준의 50분의 1도 못미치는 북한 주민들과의 경제수준 격차는 독재정권이 존재하는 한 제대로 줄어들지 않을 것이다. 남북이 다같이 못사는 길로 가기보다는 북한 독재정부로 하여금 개혁 개방과 민주화를 통해 경제수준을 개선하도록 유도하는 데 힘써야 할 것이다.

금산리 윤석정의 묘

금산리 작은고개를 넘기 전에 잘 정비된 묘를 발견하고 잠시 살펴보러 올라간다. 일행들은 힘들다며 길가에서 쉰단다. 큰 묘의 비석에는 "조선 가선대부 수병마절도사 함안윤공 석정지묘 증정부인 양천 허씨 부좌 정부인 경주 김씨 부좌(朝鮮嘉善大夫守兵馬節度使咸安尹公錫禎之墓 贈貞夫人陽川 許氏祔左 貞夫人慶州金氏祔左)", 작은 묘는 상석에 "통훈대부 진해현감 함안 윤공 신검묘 배 숙부인 평신 신씨 부좌(通訓大夫鎭海縣監咸安尹公信檢 墓 配

윤석정 묘비   윤신검 상석

淑夫人 平山申氏祔左)"라고 쓰였다. 이것은 큰 발견이다.

지난번 듬길에 하산전 마을에서 본 안내판 기록이 떠올랐다. "조선 철종 때 본관이 함안인 윤석정이 이곳을 지나다가 한 노인으로부터 바위 터에 집을 짓고 살면 부귀영화를 누릴 것이라는 말을 듣고 그대로 따른 결과 이후 무과에 급제하고 병마절도사에 제수되었다."

그러나 인터넷 검색 결과 윤석정은 1855년생이므로 철종(재위 1848-1863) 조에는 과거에 응시할 나이도 아니며 실제 무과에 급제한 기록도 없다. 그러나 1892년 선전관으로, 1899년에는 영천군수로, 1905년 7월에는 정2품에까지 오른다. 같은 곳에 묻힌 윤신검은 1808년생으로 1829년에 이미 무과에 급제했다. 윤신검은 윤석정과 같은 함안 윤씨이고 그의 할아버지 항렬이나 친조부는 아니다.

종합해 검토하건대 윤석정은 과거를 치르지 않고 음관으로 병마절도사에까지 올랐다 이 마을로 은퇴해 이곳에 묻혔고, 한편 그전에 무과

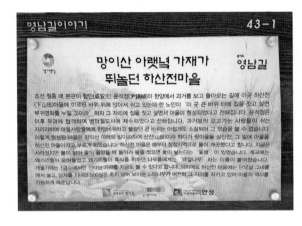

하산전마을 윤석정 이야기
안내판

에 급제한 가까운 친척이자 같은 곳에 묻힌 윤신검이란 사람이 있다. 이 두 사람의 이야기가 시간이 지나면서 적당히 섞여 전설화된 것이 제대로 된 고증 없이 안내판에 쓰인 것이라고 보는 것이 맞다. 현장과 기록을 확인해 전설이 실존 사실에 근거함을 확인함과 동시에 잘못된 부분을 바로잡는 성과를 거뒀다.

문 닫은 식당들

금산리 버스정류장에서 금산교회 쪽으로 우회전해 들어가 들 가운뎃길을 통과하면 묵은 행골길, 다음은 금산일반산업단지 고갯길이다. 우측 가리 들길로 들어가 일죽제일교회를 끼고 돌아 일죽초등학교 옆으로 나왔다. 주천교를 넘어 일죽 시내로 들어가 식당을 찾았으나 거의 모든 식당이 문을 닫았다. 겨우 한 곳을 찾아 식사를 했다. 주인장에게 "왜 식당들이 모두 문을 닫았나요? 오늘이 일요일라서 그런가요?" 하니, 주인장 왈 "문○○에게 물어보세요. 장사가 안 돼요!" 한다.

　　다시 하천둑으로 올라왔는데 6·25 참전 국가유공자비와 함께 송학

6·25 참전 국가유공자비　　　　　　　　송학원 건립 기념비

원건립기념비(松鶴院建立紀念碑)가 서 있다. 기념비에 따르면 송학원은 노인정 이름이며, 이곳을 마이낙맥 원주천(馬耳落脈 元注川)이라 부른다고 한다. 우리가 거쳐온 마이산은 이곳에서도 주산으로 여기고 있을 정도로 중요한 지점임을 알 수 있다.

살모사의 안내

뚝방길은 청미천을 만나면서 좌우로 갈린다. 무심결에 동쪽으로 우회전해서 걸어가고 있는데 살모사가 길섶에서 나와 길을 막고 있다. 살모사가 길을 다 건너가기를 기다리는데 이놈이 움직이지 않는다. 이때 심온이 통화를 하면서 뒤처져 있다가 길을 잘못 들었다며 서쪽으로 좌회전하라고 소리쳤다. 살모사는 우리가 길을 잘못 들어 고생하지 않도록 하늘이 보내준 전령이 틀림없다.

청미천을 따라 걷다

청미교를 건너 청미천을 따라 서북진이다. 도중에 방천길이 갑자기 막혔다. 길이 있는 곳인데 개를 기르는 축사가 영역을 넓히면서 길까지 벽을 쌓아 막아둔 것이다. 부득이 축사 담벽을 넘어 안으로 들어가서 엄청난 개들의 울부짖음과 그들의 분뇨 냄새를 견뎌내며 닫힌 정문까지 가서 또 담을 넘었다. 주인은 보이지 않았다.

심온의 부상　　　　　　　　방초리 방초교를 건너고 아송교를 지나친 다음 한다리 보에서 쉰다. 이곳은 농어촌공사에서 관리하는 고안1양수장 시설이 있어 그늘도 있고 쉬기에 좋다. 심온이 계속해서 다리를 절더니 더 이상 걷지 못할 것 같다고 한다. 강변에 띄엄띄엄 차들이 주차되어 있고 낚시하는 사람들이 있는 것으로 보아 지나가는 차를 얻어 탈 수도 있겠다는 생각을 했다.

오후 햇볕이 따갑지만 바람이 적당히 불어 힘을 내게 해주는데 심온이 힘을 못 내니 안타깝다. 결국 심온은 얼마 더 걷지 못하고 차도 만

　　　　　　　　　　　　　　남(進), 듬(處), 길(道)

나지 못한 채 고안리 마을 쪽 큰 도로를 향해 절뚝거리며 천천히 혼자서 갔다. 친구와의 의리 때문에 먼 길을 같이 걷던 친구가 부상을 입고 힘들게 차를 타려고 가고 있었다. 과연 그를 간호하기 위해 오늘 걷기를 포기하는 것이 옳은가, 아니면 목표가 있는데 그 목표의 신속 달성을 위해 낙오한 친구는 버리고 계속 목표를 향해 매진해야 하는가? 갈등이 끓어올랐지만 힘든 일정을 빨리 끝내고 싶은 마음이 앞선데다 아직 남은 일행을 책임지고 이끌고 가야 한다는 이유로 내색 않고 계속 가던 길을 묵묵히 갔다. 후일에 부건과 이 일을 꺼내 이야기를 나눠본 적이 있는데, 부건은 "그때 참 의리 없고 매정하다는 인상을 받았다. 적어도 마음속의 갈등을 일행들에게 표현할 필요는 있었다."라고 평했다.

지도 상으로는 백봉천에서 방천길이 끊어져 있는 것처럼 보이지만 항공사진을 보면 사람이 다닐 수 있는 길로 이어져 있어 우회함이 없이 방천을 따라 갈 수 있다(백봉로). 인터넷 지도는 자동차 통행이 가능한 길만 표시되어 있다는 것을 사전에 숙지하고 있었기 때문에 항공사진으로 길을 미리 검토해둔 덕을 본 것인데, 일행들은 존경해 마지않는다.

봉천교를 넘어 청미천을 벗어나 들길과 마을 길을 걸어 백암면 근삼리를 통과하는 삼백로로 올라왔다. 영곡사거리에서 좌회전하면 원삼로이며 오르막길이다. 두무재는 넓적하고 둥근

영곡사거리에서 거울에 비친 모습

두창사거리에서 부건과 필자

독을 의미하는 '드므'에서 나온 것으로 산의 모양이 낮고 둥글 때 쓰는 이름이다. 물도 떨어지고 먹을 것도 없다. 고개 중턱에 커피숍이 보여 허기를 면하고 휴식도 취할 수 있으려나 했더니 애견카페다. 김 사장이 사정사정해 커피 세 잔을 구해와서 담 밖에 퍼질러 앉아 마셨다. 개가 사람보다 더 대접받는 세상이 되었구나 하는 한심한 생각도 들었다.

두무재 정상을 지나면 원삼면이다. 평대사거리를 지나 두창사거리에 이르러 오늘 여정을 마무리했다. 내일은 혼자 걸어야 하고 곱든고개를 넘어야 하는 힘든 길이므로 오늘 힘들더라도 원삼면 고당리까지 가려고 욕심 내봤지만 더 이상 다리나 발이 움직이지 않는다.

방초리 집에서 기다리는 처에게 차로 데리러 오라고 전화했다. 처 이종 동서 신상철 님이 와서 우리를 데려갔다. 처와 장모님, 처 이종 박영숙, 동서 신상철님이 준비한 삼겹살, 두부로 충분히 영양보충했다. 김 사장과 부건은 귀가하고, 나는 손이 닿지 않아 방치하던 발 가장자리에 난 물집을 처의 도움으로 실로 꿰어 물을 빼내고 테이핑을 한 다음 군불을 잘 땐 황토방에서 숙면을 취했다.

남 열하루째 날 (10. 8. 월)
원삼면 두창사거리에서 구성역까지, 53,000보 39킬로미터

사대부가 고담(古談)만을 논하면서 오곡(五穀)조차 구별할 줄 모르고 쟁기와 가래를
구별할 줄도 모르면서, 어찌 나라를 일으켜 세우고 백성을 가르칠 수 있겠는가?
- 서유구(徐有榘, 1764-1845)

　　　　　　　　　　　　　오늘 아침도 상쾌한 마음으로 일어나
두부 등으로 든든하게 먹을 수 있었다. 신상철 님이 두창사거리까지 태
워주었다. 아뿔싸! 지갑을 빠뜨리고 왔다. 다행히 휴대폰에 신용카드가
한 장 끼어 있다. 그래도 불안해서 신상철 님으로부터 현금을 조금 빌
렸다.

　기상삼거리, 구봉산(461미터) 입구, 독성교를 차례로 지난다. 원삼사
거리에서 원삼초등학교, 연안(延安) 김씨 세장비(世葬碑), 원삼면 고당리
마을, 문수봉(400미터) 법륜사 입구, 용인농촌테마파크, 내동마을, 헌산중
학교 입구를 지나 곱든고개를 넘는다. 도로공사를 하느라 차로 반을 막
아 놓아 걷기 불편했고 공사 차량이 자주 지나다녀 신경을 많이 쓴 데다

빨리 이 고개를 벗어나야 한다는 생각에 무리를 했더니 고개를 넘기 전에 지쳐서 길가에 한참 주저앉아 있었다.

성실하려 애쓰는가?

와우정사에서 도철이 합류했다. 듬길을 함께했던 의리의 도철이다. 또 한 번의 걷기, 이번 상경길을 그가 미리 알았더라면 상당 구간을 또 함께 했을 것이다. 호동교부터 경안천을 따라 호동교, 길업교, 호동1교를 지나 삼삼교까지 왔다. 전국의 교량은 당초 구리로 된 명패를 부착하고 있었으나 구리가 비싼 물건이라 사람들이 이걸 떼다가 팔아먹는 경우가 많아서 다리 이름을 알 수 없는 경우가 많다. 최근에 돌로 된 간판으로 바꿔 달고 있는 중이다.

성실하게 일하지 않고 남의 노력을 훔쳐 편하게 살려는 사람들을 도둑이라 한다. 하늘은 틀림이 없으되 사람은 틀림이 없으려 노력하는 존재다(誠者天之道 誠之者人之道, 中庸). 일제 식민통치와 6·25전쟁의 결과 파탄 상태의 나라경제에서도 헌법에서 민주공화국의 이상을 높이 내건 것이 초대 이승만 정부였다. 그 민주공화국이 제대로 작동할 인프라는 구축되어 있지 않았다.

이러한 무(無)에서 국가의 생존에 필요한 안보와 치안, 경제력, 통치질서, 민주시민으로서의 국민 형성 등을 역대 정부는 하나하나 이루어나갔다. 성숙하고 책임있는 민주시민의 덕목을 기대할 수 없는 상태에서도 한 번도 헌법의 이상을 포기하지 않으면서 경제발전을 이룩하고 지금의 자유민주주의 체제를 이루어낸 것이다. 이것이 문제인 이전의 역대 대통령의 공적이다. 역사는 연속이고 중단이나 단절은 불가능하다.

이런 좋은 나라를 물려준 역대 정부의 성취에 경의부터 표해야 마

나(進), 듬(處), 길(道)

땅하다. 그러나 문재인은 2018년 5월 10일 취임 일성으로 '제3기 민주정부'를 선언하고 역대 정부의 성실한 노력과 성취를 부정했다. 좌파 정당의 당 대표 이해찬은 "감히 촛불혁명으로 당선된 대통령을 대선 불복으로 대한단 말이냐."며 마치 저들 정부는 민주적 비판이 허용되지 않는 절대적 정당성을 가진 존재로서, 이미 영구적 집권이 보장된 것처럼 건방을 떨고 있다.

역대 정부의 성과를 부정하며 노력 없이 누리기만 하려는 지금의 좌파정부는 성실하려 노력하고 있다고 평가해줄 수 없다. 훔친 재물은 도둑을 부자로 만들어주지 않는다(橫財不富命窮人). 하늘은 반드시 대가를 치르게 하나니, 멀리는 자손에게, 빨리는 너 자신에게(天地自然皆有報 遠在兒孫近在身, 명심보감 성심편).

조원제가 전화를 했다. 삼삼마을 부근 도로변 식당에서 점심을 함께 했다. 오십견 수술로 거동이 불편함에도 일부러 찾아와 격려해준 친구에게 깊은 우정과 감사를 느낀다.

유희의 어머니, 이사주당　　　　용인시 입새부터 영남로 안내말뚝이 다시 나타난다. 송담대 전철역에 오면 금학로와 백옥대로가 교차한다. 금학로는 용인경전철(에버라인)이 지나는 길과 같이 가는 동서 간 도로이고 백옥대로는 광주 오포에서 용인 이동읍까지의 남북 간 도로다.

이사주당(李師朱堂, 1739-1821) 묘 안내판이 있다. 이사주당은 유한규(柳漢奎, 1718-1783)의 처이며, 유희(柳僖, 1773-1837)의 어머니다. 이사주당은 실학서(實學書)《태교신기》(胎敎新記)를 저술했으며, 유희도《언문지》(諺文誌) 등 많은 실학서를 지었다. 그녀는 몸소 태교를 실천하고 그 결과

이사주당 묘 표지판이 함께한 금학로 도로표지판

에 대해 "인간이 처음 뱃속에서 잉태되었을 때는 누구나 하늘로부터 똑같은 천품을 부여받지만, 뱃속에서 10개월을 지내면서 인간의 좋고 나쁜 품성이 형성된다. 인간의 품성이 결정되는 처음 10개월의 태교가 출생 후의 교육보다 중요하다."고 했다. 현대 부모의 자식에 대한 인성교육에도 참고해야 한다고 본다.

서유구의 형수 이빙허각 유희의 고종(이사주당의 시누이의 딸) 중에 이빙허각(李憑虛閣, 1759-1824)이란 여성실학자가 있다. 유한규의 누이 진주(晋州) 유(柳)씨가 이창수(李昌壽)에게 시집가서 이빙허각을 낳았다. 이빙허각은 서유본(徐有本, 1762-1822)과 결혼했다.

이빙허각은 당시 실학서를 집대성한《규합총서》(閨閤叢書)를 저술했다. 서유본은《임원경제지》(林園經濟志) 등 수많은 실학서를 저술한 실

남(進), 듬(處), 길(道)

학자 서유구(徐有榘, 1764-1845)의 형이며, 이들의 부친이 실학서《해동농서》(海東農書)를 저술한 서호수(徐浩修, 1736-1799)니 훌륭한 실학자 집안이라고 할 것이다.

금학천과 영남길 말뚝을 따라가다, 삼가삼거리에서 메주고개(覓祖峴)로 넘어간다. 동백지구 아파트 산책로와 호수공원을 지나 어정역에서 아차지고개 길을 넘고 구성 시내에 들어가 저녁을 먹은 다음 분당선 구성역에 가서 전철로 귀가했다. 이번에는 도철이 모텔에서 자겠다고 고집을 피우지 않았다. 일단 귀가했다가 내일 아침 구성역에서 재회하기로 약속했다.

남 마지막 날(10. 9. 화, 한글날)
구성역에서 양재동 매헌윤봉길기념관까지, 44,000보 34킬로미터

공이 가문의 대를 이은 충의로 백부와 중부 두 분이 오랑캐 난리에 절의로 생명을 버렸으므로 항상 분함과 슬픔을 느끼고 있었다. 이미 큰일을 할 수 있는 군주를 만났으므로 위령(威靈)에 의지해 원수를 갚고 명예를 회복하는 뜻을 펴기를 바랐는데, 하늘이 돕지 아니해 마침내 어긋나고 말았으니 더욱 답답한 마음을 스스로 이기지 못해 남쪽 고을에 있을 적에 항상 군복과 장검으로 밤에 일어나 방황하기도 했고, 혹 달 밝은 밤에 조금 취하면 매양 청석령곡(靑石嶺曲)을 노래하면서 강개해 울었다. 청석령곡은 효종 대왕이 심양(瀋陽)에 갔을 때 지은 것이니, 그 뜻의 깊음을 어찌 세속 사람이 참여해 알 바이겠는가?
- 윤이건(尹以健, 1640-1694)의 묘비명 [이의현(李宜顯, 1669-1745) 씀]

　　　　　　　　　오늘은 도철, 원제와 함께 경북고 동기 우득정(禹得楨), 경일중 동기 박호수(朴淏髓)도 참가한다. 구성역에서 바로 탄천(연월마을사거리)변으로 들어가 죽전교, 오리교, 구미교, 미금교, 금곡교 아래를 지나고 분당선 및 신분당선 환승역인 정자역, 수내교, 서현교, 양현교, 이매교, 매송교까지 탄천변을 걷는다. 매송교가 있는 방

탄천에 들어선 후 기념촬영
(오른쪽 두 번째가 박호수,
세 번째가 우득정)

아다리 사거리의 서쪽에서 금토천이 흐르므로 서향해 금토천변을 따라
간다. 판교테크노파크공원을 만나면 북을 향해 우회전해 금토천을 따라
올라가다 판교테크노중앙사거리, 판교글로벌 R&D센터 앞에서 대왕판
교로로 올라갔다.

　원제가 아는 식당에서 쇠고기와 바지락칼국수를 폭탄주와 곁들여
먹었다. 주당들이 많아 조금 많이 마신 느낌이다. 고양된 정신과 신체 상
태로 금토동 삼거리에서 좌회전해 달래내로를 일로매진한다. 오래 걸어
본 적이 없는 득정의 걸음걸이가 점점 느려지고 도철이 돌보느라 두 사
람이 자꾸 뒤처진다.

금토동 충혼탑　　　　　　안말로 들어가는 삼거리에 표지판과
　　　　　　　　　　　　　플래카드가 어지럽다. 좌로 충혼탑
2.5킬로미터라는 표지판이 있는데 그 충혼탑은 특수임무종사자(北派工作
員)를 위한 위령비다. 자유민주주의를 수호하기 위해, 그리고 억압받고

금토지구 삼거리 도로표지판과 관광안내판, 그리고 플래카드

굶주린 북한 주민들을 위해 통제사회 북한 영역에까지 생명을 걸고 드나들던 군인들의 고귀한 정신이 잠들어 있지만 아무도 찾지 않는 외로운 곳이라고 들었다.

그린벨트와 경제민주화   성남 금토지구 주민대책위원회 명의의 "50년 묵은 그린벨트 강제수용 웬말이냐!", "600년 삶의 터전 토지수용 결사반대!", "민생대책 완전무시 택지개발 결사반대!" 플래카드가 즐비하다. 난개발 방지, 자연환경 보호를 위해 그린벨트(개발제한구역)를 정함으로써 토지에 대한 사유재산권의 일부 제한은 불가피하지만 보상은 철저히 이루어져야 형평성이 보장된다.

경제민주화란 것도 경제활동의 지위상의 대등, 거래의 자유를 의미한다. 공익을 위해 그린벨트로 묶는 것은 허용되지만, 자유로운 이용이 가능한 다른 토지와의 형평성을 생각해줘야 한다. 그린벨트 내 토지 소

그린벨트 강제수용 반대 플래카드

유자의 실질적 손해는 그 편익을 보는 국민 전체가 보전해줘야 한다. 토지 이용도 제한하고 그로 인한 피해를 보상해주지 않으면 재산권의 본질적 내용과 경제지위상의 평등을 침해하는 것으로 헌법 위반이 된다.

여성 성리학자 정일당 강씨　　　　금현동에 이르면 또 안내판이 있다. 좌측으로 "정일당 강씨 묘(靜一堂 姜氏 墓) 3.3킬로미터, 금릉 남공철 묘역(金陵 南公轍 墓域) 3킬로미터"라고 안내한다. 정일당 강씨(1772-1832)는 윤연광(尹演光)의 부인인데, 조선시대 유일무이한 여성 성리학자로서 "인간은 본성적으로 여성도 남성과 다를 바 없는데 여성이 지레 포기하는 경향이 있다."며 여성의 분발을 촉구하는 주장을 편 분으로 유명하다. 남공철(1760-1840)은 실학자 이덕무(李德懋, 1741-1794) 등과 교유하면서 많은 금석문(金石文)을 남긴 실학자형 관료였다.

윤섬, 윤계, 윤집

능안골에는 월오천(月午川) 남원(南原) 윤씨 찬성공(贊成公) 묘소라는 돌비가 서 있다. 찬성공은 윤극신(尹克新, 1527-1587)을 칭하며, 그의 당질이 윤섬(尹暹, 1561-1592)인데 임진왜란 당시 순변사(巡邊使) 이일(李鎰, 1538-1691)의 종사관이 되어 상주 시루목 전투에 참가해 왜군과 싸우던 중 이일은 도주했으나 윤섬은 끝까지 싸우다 전사해 유족들이 시신도 찾지 못했다.

윤섬의 맏아들이 윤계(尹棨, 1603-1636)인데 병자호란(丙子胡亂, 1636) 당시 남양부사(南陽府使)로서 여진족을 막다가 전사했다. 윤섬의 차남은 윤집(尹集, 1606-1637)인데 여진과의 화친을 반대했다가 청나라에 끌려가 순절한 삼학사(三學士) 중 한 분이다. 윤계, 윤집의 동생이 윤유(尹柔)이고 그의 아들이 윤이건(尹以健, 1640-1694)으로, 윤이건도 평생을 오랑캐를 치려고 노력했지만 그 뜻을 이루지 못한 채 일찍 죽었다.

한국 역사에서 임진왜란 및 병자호란을 당한 약 40년간이 가장 참혹한 시기였다. 윤섬 3부자와 같은 충절 인사, 충절의 집안이 있었기에 지금 우리 후손들이 경제번영과 자유민주주의를 구가할 수 있는 것이다. 임전무퇴의 화랑도정신이 희미해져 가는 이때, 선열들의 상무정신을 되살리는 노력이 필요하다.

월오천 남원 윤씨 찬성공 묘소

남(進), 듬(處), 길(道)

'달래내'는 '마을'이란 뜻

월오천은 달래내(달이내), 즉 달(月, 달, 다)말(乻, ㄹ)내(川)의 이두식 표현으로 추정된다. 이곳은 시내가 없고 고개인데 왜 달래내일까? 이곳은 한자로 '月川(달내)', '穿川峴(뚤내고개)', '縣川峴(달내고개)'라고도 표현한 것을 보면 이곳 지명은 달내란 우리말이 처음부터 있었고 그다음에 다양한 한자 표현이 등장한 것 같다. '달래'란 자체가 우리말이며, 마을을 의미한다는 것은 상주 달천에서 이미 확인했다. 달래 뒤에 붙은 '내'란 말은 시내란 뜻이라기보다는 '역전앞'이란 용례에서 보듯이 '달래'의 뒷음 '래'를 동어반복한 것으로 의미 없는 어조사라고 본다.

금현마을을 지나면 본격적인 달래내고개다. 지친 심신 때문인지 상당히 가파르고 또 길다는 느낌이다. 금현마을에서 뒤쳐진 우득정 일행을 기다리고 있는데 심온에게서 전화가 왔다. 도철로부터 득정이 걷지 못하니 인수해가라는 연락이 와서 차로 데리러 가는 중이다. 득정을 차에 태워 바로 목적지에 가서 기다릴 테니 그냥 계속 걸어가라는 것이다. 반가운 목소리다. 다리는 좀 어떠냐고 물었더니 무릎이 약해서 그렇지 금방 회복되었다고 한다.

달래내고개는 청계산의 한 자락인데 "천림산 봉수지"란 팻말을 볼 때, 과거에는 천림산(天臨山)이란 별도의 이름을 가지고 있었나 보다. 그리고 이곳의 과거 행정지명은 광주시 대왕군 영치면 월현이었다고 한다. 월현 역시 달래내고개의 이두식 표현이다. 대왕이란 이름은 부근 대왕저수지에 아직도 남아 있다. 천림산 봉수지(烽燧址) 팻말을 지나면 청계산 등산객들이 모여들어 등산을 준비하고 또 뒤풀이를 하는 원터골, 원지동 마을이 시작된다. 원지동부터 새로이 들어선 아파트, 상가가 장관이다. 상가 커피숍에 들어가 일행들을 기다리기로 했다. 등산객, 데이트족, 공부하는 젊은이들로 넓은 커피숍이 만원이다.

천림산 봉수지 복원공사 안내 플래카드

목적지를 목전에 두고
발걸음 씩씩하게

　　아파트 뒤편으로 여의천이 잘 정비되어 있다. 시냇물을 따라 산책
로와 자전거도로가 이어진다. 힘들지만 힘을 내어 가다 보니 어느덧 매
헌윤봉길기념관에 도착했다. 남유진 전 구미시장이 반갑게 맞아주신다.
걷는다는 소식을 듣고 같이 걸을 생각도 해봤지만 일정이 안 맞았다며
일부러 도착시간에 맞춰 오셨다고 한다.

　　청송군향우회 김용태 부회장과 신명석 박사, 장덕회원인 지평, 장
일수, 정철, 그리고 동생 부건, 중고교 동기 조강래 사장도 뒤늦게 와 위
로해주었다. 함께 걸은 분들, 맞이해주신 분들, 그리고 심온과 득정과 함
께 기념촬영을 하고 부근 오리요릿집으로 이동해 장덕회 주최로 뒤풀이
를 함으로써 대장정의 마침표를 찍었다.

매헌윤봉길기념관
기념촬영(오른쪽 다섯
번째가 남유진 전
구미시장)

걷기 대장정을 마친 뒤 이루어진 뒤풀이(서 있는 이 신명석 박사)

남(進), 듬(處), 길(道)

양심과 위엄의 길, 군자(君子)의 도(道)

길은 출발지가 있고 목적지가 있다. 목적지에 제대로 도착하려면 길을 가는 방향을 잘 잡아야 한다. 일단 출발지에서 목적지를 정하고 그곳까지 직선을 죽 그어 그 방향으로 곧장 가면 제일 좋다. 그러나 실제로는 산이나 강 같은 자연이 가로 막기도 하고, 건축물이나 구조물 등 인공의 장애물이 버티고 있기도 한다. 그곳에는 길이 나 있지 않다. 길이 없으면 가지 못한다. 결국 방향을 옳게 잡되 그 방향에 가장 가깝게 난 길을 찾아 걷지 않을 수 없다. 이것이 사람의 길(道)이다.

방향도 잡지 않고 길을 떠나는 사람들이 있어 사람의 길(道)이 아니라 여기고 막아서 옳은 방향을 가르쳐주려 했다. 나중에서야 그들의 방향이 따로 있었다는 것을 알게 되었다. 그들은 길로 가지 않았고 길을 부수고 납득하지 못할 길을 만들었다. 도(道)가 아니었다. 목표는 인민의 행복을 위한다 였지만, 실제로 가는 방향은 일부 집단의 이익이고 그 집단에서도 지도층 혹은 배후의 권력이었다. 전체 국민들에게 복무되어야 할 공권력과 국가 예산이 극히 부도덕하게 사용되었다.

그들이 말하는 인민의 행복이란 것은 일부 집단의 권력획득과 기득권 유지란 말로 재정의되어야 한다. 가슴 속의 이념은 눈을 가지고 있지 않아 방향을 잡지 못한다는 것을 알게 되었다. 이러한 이치를 모르는 사람이 있을까만 대부분의 사람들이 외면하고 있는 것 같다. 이념은 지나치게 단순화된 구호에 불과하기에 깊고도 복잡한 인간사를 해결하는 방향이 될 수 없다. 이념이 사람의 길이 될 수는 없다. 이념에 사로 잡혀 국민을 오도하는 정치인들은 엉뚱한 방향을 잡은 것이며, 길 없는 길을 가려는 무모한 집단이다.

길에는 사람이 있고 인생사가 있다. 걷는 것도 사람이고 만나는 것도 사람이다. 길(路)은 사람이 사람을 만나는 길(道)이다. 길이 곧 사람이다. 고속도로도 길이기에 사람이 사람을 만나는 곳에 다름 아니지만 차를 통해 만날 뿐이므로 지극히 비인간화된 길이다. 길에는 사람만 있다. 도로변에 "사람이 먼저다"라는 표어를 걸었는데 이건 아주 잘못되었다. 걷는 사람이 차에 탄 사람보다 먼저일 수도 없다. 정치권에서 쓰는 "사람이 먼저다"라는 구호는 더욱더 옳지 못하다.

기업은 사람들이 모인 곳이다. 사람(개인)이 사람들(기업)에 우선될 수 없다. 기업이 개인보다 차별되어서는 안 된다. 기업 내에서도 사람 차별이 있어서는 안 된다. 기업 내에서 사용자와 근로자 어느 누구도 차별받아서는 안 된다. 상관과 부하도 서로 간에 차별되어서는 안 된다. 부자도 가난한 사람 못지 않게 차별되어서는 안 된다. 나중인 사람이 없듯이 먼저인 사람도 없다. 사람이 먼저일 수 없는 이치다. 사람은 모두 고귀할 뿐이지 먼저는 아니다.

길은 걷는 것이다. 타는 것이 아니다. 걸어야 산천도 보이고 사람도 보이고 인간사가 보인다. 말을 타고 가도 안 보이는데(走馬看山) 차를 타고 가는데 무엇이 보이겠나? 차를 타고 가면서 사람을 만날 수는 없기에 옛 애인도 걸어야 만날 수 있는 법이다. 옛 애인은 우리의 꿈이요, 그래서 우리의 행복이다. 걷지 않는 자는 행복을 논할 수 없고, 더불어 인간사를 논할 자격이 없다. 걷지 않는 자들이 나라 정치를 하면 사람을 볼 수 없고, 꿈이 없기에 보려는 노력이 사라지고 아예 보지 않기로 작정한 사람들도 생겨났다. 길 위에 서서 걷지 않은 사람은 사람을 외면하고 무시하기 마련이다.

걷는다는 것은 같이 걷는 것이다. 떠날 때는 누군가에게 알리기 마련이다. 알리지 않고 떠나는 것은 남긴 사람이 찾아주길 바랄 때뿐이다. 길을 가는 도중에는 누군가와 말을 나누기 마련이다. 걷는 것은 목적지를 향하는 것이며 그 목적지는 바로 누군가이다. 목적지의 누군가는 나를 반겨줄 것이다. 혼자서 걸어도 무섭지 않는 것은 누군가 옆에 있고 같이 걷는다고 믿기 때문이다. 힘들어도 걸어가는 것은 누군가를 생각하기 때문이다. 걸으면서 생각하는 것은 누군가에게 이야기를 해주기 위해서다.

돈키호테가 걷는 길은 광자(狂者)의 길이다. 길 없는 길이지만 그는 언행일치(言行一致)하여 똑 바로 갔다. "이룰 수 없는 꿈을 꾸고 이루어질 수 없는 사랑을 하고 이길 수 없는 적과 싸우며 견딜 수 없는 고통을 견디고 잡을 수 없는 저 하늘의 별을 잡자!" 돈키호테의 길은 길이 없다. 그래도 그는 꿈을 향해 양심을 걸고 위엄을 지키며 나아갔기에 아름답다. 길은 양심과 위엄이다.

군자(君子)의 길을 걷는 사람을 만나고 싶다. 지행합일(知行合一)하여 나고 드는(進處) 사람이 많았으면 좋겠다. "닿을 수 있는 목적지를 정하고, 이를 수 있는 길을 잡고, 이루어질 꿈을 그리며, 견딜 수 있는 고통을 견디고, 만날 수 있는 사람을 만나자!" 그 길이 아름답지 않고, 힘든 길일

수도 있다. 그래도 꿈을 믿고 양심을 걸고 위엄을 지키며 가야 한다. 우리의 삶은 그렇고, 그래야 한다(如如).

2019년 8월 1일

조대환

남(進), 듬(處), 길(道)

친구 대환의 부모님을 그리며

2013년 그렇게도 춥던 한 해의 첫째 달 어느 날, 언제나처럼 내 개인 진료실에서 환자들을 마주하는데 메신저로 쪽지가 하나 날아온다. 이른 시간이라 석연치 않은 느낌으로 소식을 여니, 그렇게도 바르고 한 치의 흐트러짐 없이 검소하게 사시던 친구 조대환의 모친 부고 소식이다.

지난 가을 갑자기 건강이 안 좋아지셔서 큰 병원에서 진료 후 담도암으로 진단받고 투병하신다는 이야기는 들었지만, 평소 그렇게도 건강하셔서 아직은 아닐 거라 생각하던 차였다. '살아가는 모든 것은 머무는 한 순간'이라고 하지만 한 여자로서 묵묵히 잘 키운 자신의 자식들이 크게 입신양명하는 모습도 못 보시고, 또 당신은 크게 호강 한번 못 해보시고, 아픈 것이 자식에게 죄인 양 숨기시다가 병마를 이기지 못하고 소천하신 것이다. 영정 사진 속에서 살아 생전의 그 순한 시골 촌 할머니 모습으로 평소 하시던 말씀, "우리 대환이는 이렇고 이래서 때로는 나 혼자만 걱정하기도 하지만…… 원장님, 나는 대환이가 저렇게 바른 자식이라 걱정 없고 참 좋아요." 하시는 듯하다.

무거운 걸음으로 친구의 어머님을 문상 후 그날을 보내고 며칠이 지나지 않아 또 한 통의 부고가 날아오는데 이게 무슨 어이없는 일이란 말인가. 정확히 친구의 어머님이 떠나시고 21일째에 친구의 아버님마저 당신의 아내 곁으로 가셨다는 것이다.

부부가 해로하고 한날한시에 떠나는 것이 어떤 이는 큰 복이라고도 하지만 당사자 본인 두 분은 어떠할 지경이며, 또한 그렇게 보내는 그 자식들의 심정은 어떠하랴. 부부가 함께하는 임종은 자주 접하는 경우가 아닌지라 어머님이 먼저 떠나신지도 모르시면서 아버님도 따라가신 것 또한 남은 가족에게는 더 큰 슬픔이지 않는가?

어머니를 떠나보내고 그 충격과 슬픔에서 벗어날 시간도 없는 친구의 아버님의 빈소에 다시 들어가는 것조차 친구에게 미안스러운데, 친구의 아버님은 영정사진에서 그림에서나 보던 조선시대의 그 당당하고 올곧은 선비 모습을 하시고, 그 깨끗하고 맑고 선한 두 눈으로 지긋이 웃으시며 "자네 그동안 고마웠네, 우리 부부 보느라 고생했지……." 하시며 웃으시는 듯하다. 상주들은 또 오히려 자신들의 큰 죄인 양 고개 숙여 눈가를 촉촉이 적시고 있었다.

내가 두 분을 처음 접한 것은 1995년경이었는데 타지에 있던 친구에게서 전화가 왔다. 내 어머니와 아버님이 이제 연로하시지만 내가 불효자식이라 함께하지 못하고 옆에서 돌보지 못하는데, 행여 이런저런 문제로 건강에 문제가 있을 것 같아 부탁을 하니 좀 돌봐주겠느냐고 부탁을 한다. 그때부터 그의 부모님이신 벽기공(碧寄公) 조형동 님과 권삼분 님을 내가 돌보게 되었다. 친구는 정신없이 전국을 여기저기 돌아다니며 근무하는 공무원이지만 효성이 정말 지극하다. 친구의 부부는 언제나 그 부모님을 모셔가서 옆에 두고 돌보려 하였으나 학같이 꼿꼿한 마음의 두 분은 자식들에게 행여 폐를 끼칠까 두 분만 따로 사시면서 정기적으로 내 진료실에 오시게 되었다.

남(進), 듬(處), 길(道)

그리고 간혹 시간 여유가 있어서 이것저것 여쭈면 간간히 당신의 근황을 말씀하시며 아주 나지막한 음성으로 인간의 첫째 기본이라며 내게 조상을 섬기는 일들과 세상을 살면서 갖추고 지켜야 할 예의범절 등에 대한 사람의 도리에 대해 말씀을 해주셨다. 그렇게 말씀을 듣고 있노라면 저절로 고개가 숙여지고 마음 깊이 새겨듣게 해주시는 분이셨다.

그러다가 어느 날부터인가 친구의 아버님이 간간히 비정상적인 언어와 행동, 인지장애를 나타내는 것을 알게 되었다. 그것이 비주기적으로 나타나는 치매의 증상인지라 친구의 어머님에게 말씀드리니 어머님은 단숨에 부탁하기를, 당신의 자식에게는 결코 이야기하지 말아달라신다. 눈물로 부탁하시며 자신은 이렇게 건강하니 그런 증상들이 아주 드물게 한 번씩 나타나는지라 당신이 잘 돌봐주시겠다면서 그 자식 사랑의 깊은 마음으로 내 손을 잡고 당부하시니, 나 또한 내 어머니의 자식인지라 어머니의 그 깊은 마음을 알기에 친구에게는 도리가 아니지만 전하지 못했다.

그러면서 몇 년의 세월이 또 흐르고 두 분 중에서 건강이 안 좋은 아버님이 먼저 떠나실 거라 지레 짐작했다. 하지만 오히려 아버님을 돌보시며 10여 년을 혼자 몸 고생 마음고생 하신 어머님이 먼저 쓰러지시고 같은 달에 아버님도 함께하신 것이다.

이렇게 두 분이 특별한 기억으로 남아 있는 것은 친구의 부모님들은 참으로 남다르셨기 때문인데, 단적으로 두 분을 표현할 수 있는 사례가 하나 있었다.

어느 날 간호사들이 내게 와서 원장님 친구 분이나 그 가족들에 대한 직원들의 선호도 랭킹을 뽑았다며 (이것은 어느 날 직원들이 참으로 황당한 나의 지인 때문에 고생한 적이 있었기 때문이다) 종이를 하나 내밀었다. 거기에는 놀랍게도 예쁘지도 않고 키도 크지 않으며 무뚝뚝하기만 하고 말씀도 별로 없이 15년 가까이 내 진료실을 다니시던 그냥 촌 할머니 스타일의 몸뻬(?) 바지만 입고 다니시는 친구의 모친 권삼분 님이 1등으로 올라 있었던 것이다. 그 이유를 물으니 다른 이들과 달리 원장님과의 친분을 내세우지 않으며 순서를 스스로 잘 지킬 뿐만 아니라 양보를 참 잘 하시며, 언제나 화장기 없이 검소 근면하고 조용하심에 다들 놀랐다는 것이다.

친구의 어머님은 바로 그랬던 것이다. 친구의 어머님은 당신의 자식이 언제나 불의에 타협하지 않으며 마주치는 일들의 호불호(好不好)를 떠나 회피하지 않고 항상 바른 길을 걸으며, 만나는 친구나 상대가 조금이라도 정의에 어긋나면 가차 없이 멀리해버리며 의리를 중요시하는 그런 당신의 자식을 보며 자랑스러워하셨고, 당신 또한 결코 남에게 폐를 끼치거나 '티'나 '체'하지 않음을 삶의 기본으로 하시던 분이어서 내 기억에 이렇게 뚜렷이 남아 있는 것이다.

그리고 친구의 아버님은 당신이 진료실에 들어오시면 언제나 진료실이 가득 찬 듯한 무게감을 느끼게 하며, 늘 긍정적이고 적극적이시며 무엇 하나라도 도움되는 말씀을 해주시려고 하시며, 정신이 맑으실 때는 항상 아내를 보물로 여기시며 당신보다 당신을 돌보는 어머님의 건강을 묻고 염려하시며, 병원에 오실 때마다 작지만 싱싱한 제철 과일을 간호사들에게 넌지시 전해주시고 좋은 글귀가 있으면 적어 전해주시던 그런 분이셔서 기억에 꼭꼭 남아 있는 것이다.

*주   내가 개인적인 느낌의 이 글을 쓰게 된 동기는 친구의 부모님 두 분이 함께 소천하시고 5년이 지난 2018년 10월 어느 날, 친구 조대환이 그의 부모님을 기리며 정성으로 쓰고 모은 효성이 지극하고 감동이

벽기문집

넘치는 사부모가(思父母歌) 《벽기문집》(碧寄文集)을 보내주어 이를 전해
받고 혼자 읽어보며 존경받아 마땅한 친구의 부모님을 회상하게 되었기
때문이다. 이 글은 몇몇 친구들과만 공유하였고 대환에게는 보여주지
않은 글인데, 이번에 친구가 본인의 공직에 대한 경험과 생각을 책으로
낸다기에 친구들은 물론 일반 국민들도 큰 울림을 느낄 것으로 믿고 축
하와 격려를 보낸다. 대환 부모님의 명복을 빌며, 그분들의 가호 속에 대
환에게 늘 큰 사명과 행운이 함께하길 빈다.

2019년 5월
김준택
(내과전문의, 의학박사)

조대환	변호사(법무법인 대오 고문)
	1956년 9월 10일생
	출생지 경북 청송/ 주소 서울 종로구 평창동
	서울대 법대 졸(1980)/경북대 교육대학원 재

주요 경력

1981년 사법시험 합격(제23회)
1983년 사법연수원 수료(13기)
1983년 육군 법무관
1986년 검사(2005년까지)
2005년 변호사(현재까지)

(현)
남북민간경제교류협의회 회장
대구경북미래포럼 회장
창녕조씨 중앙화수회 운영위원장
한국교정학회 부회장
이지웰가족복지재단 감사

(전)
정부 공공데이터전략위원회 위원
대한변협 조사, 인권, 광고심사, 징계(후보) 위원회 각 위원
서울변회 증권커뮤니티 위원장
법무부 마을변호사(경북 청송 부남)
서울중앙지방법원 민사조정위원
서울중앙지방검찰청 형사조정위원/형집행정지위원회 위원
서울시 건축분쟁조정위원회 위원장
서울교육청 인사위원회 위원
서울서부교육지원청 인사위원회 위원
서울구치소 교정협의회 회장
삼성비자금특검 특검보
세월호특조위 부위원장 겸 사무처장
제18대 대통령직 인수위원회 전문위원

청와대 비서실 민정수석비서관
대구경북시도민회 청년회 부회장
국가미래연구원 이사
스틱인베스트먼트 고문
대우증권 사외이사
평택도시공사 사외이사
휴맥스홀딩스 사외이사

주요 활동　　2006년 11월 22일. 대한변협, 소비자원(당시 소비자보호원) 공동주최의 공정한 법률서비스 환경이란 주제의 토론회에서 변협측 주제발표

2007년 6월 21일(목). 국회 법제사법위원회 주최 행형제도의 개선에 관한 공청회에서 "행형법 개정에 대한 의견"을 진술

2014년 2월 12일(수). 국회 의원회관 제2소회의실에서 국회의원 이명수가 주최하고 한국교정학회, 재향교정동우회가 후원하는 "교정청 승격 추진을 위한 토론회"의 좌장을 맡아 진행

2015년 10월 21일. 국가미래연구원 주최 "배임죄 이대로 좋은가?" 정책 세미나에서 사회를 맡아 세미나를 진행

2010-2017년. 사단법인 〈국가미래연구원〉 발기인, 이사로 활동
▶　경찰이 그 본연의 업무인 범죄 예방보다 순찰 등 범죄 발생을 방지하기 위한 조치를 소홀히하고 오히려 범죄 발생 후 그 수사업무에 치중하려는 문제점과 그 해결책을 제시한 "범죄로부터 안전은 보장되는가?: 길거리 범죄를 중심으로"(2014. 5.)라는 보고서를 제출

▶　우리 가석방제도가 독자적 철학과 기준 없이 무원칙하게 실시되는 점을 지적하고 그 개선점을 지적한 "형벌 집행에서의 정의: 가석방에 대하여"(2014. 8.)라는 보고서를 제출

▶　법원이 재판기간을 터무니없이 지연시켜 헌법상의 신속한 재판을 받을 권리를 침해하고 있고, 또 보석제도를 무시한 인권침해기관이라는 점을 지적한 "대법원의 2대 적폐"(2014. 9.)라는 글을 제출

▶ 국회의원들이 자신들 편의적으로 입법활동을 태업하고도 그 정당성을 확보하고자 국회법을 개악함으로써 생기는 문제점을 지적한 "국리민복을 후퇴시키는 국회 선진화의 적폐"(2014. 9.)라는 글을 제출

▶ 법무부가 검사를 본연의 수사업무에 투입하지 않고 타 기관 파견이나 기획업무에 투입하여 국민의 신속한 재판을 받을 권리를 침해하고 있고, 출국금지제도를 무원칙하게 그리고 인권침해적으로 운용하는 점을 지적한 "법무행정의 2대 적폐"(2014. 11.)라는 글을 제출

▶ 경제민주화와 관련하여 "헌법의 변천과정과 경제민주화"(2015. 8.), "경제귀족 대기업 경제민주화를 해친다"(2016. 1.)라는 글을 제출

▶ 공개가 원칙인 공공정보가 사실은 공공기관의 자의적 결정으로 공개되지 않는 경우가 많다는 것을 지적한 "공공정보는 실제로 공개되도록 운용되어야 한다"(2015. 10.)라는 글을 제출

▶ 적어도 의무교육기간 동안에는 국가의 정체성, 즉 자유민주적 기본질서에 관한 국민교육이 필요하다는 취지의 "초중등교육과 자유민주적 기본질서의 수호"(2015. 11.) 라는 글을 제출

▶ 노숙의 권리도 존재하지만 적어도 타인의 권리를 침해하지 않도록 최소한의 국가관리는 필요하다는 취지의 "노숙인과 사회질서"(2015. 11.)라는 글을 제출

▶ 검찰의 수사에 관한 재량권이 너무 커서 이를 합리적으로 제한할 필요가 있다는 취지의 "검찰의 과도한 재량 수사, 국민적 불신만 높인다"(2016. 2.)라는 글을 제출

▶ 우리 회계제도의 후진성 및 전문가의 윤리성 부족으로 경제발전의 걸림돌이 된다는 내용을 담은 "우리 회계제도의 부패문제"(2016. 2.)라는 글을 제출

▶ 기후변화에 적극 대처해야 한다는 취지에서 "기후변화와 환경규제"(2016. 4.), "기업의 환경투자와 경제민주화"(2016. 10.)라는 글을 제출

▶ 우리 법률이 그 집행률을 높이기 위해 너무 형벌에 의존하고 일부 사례에서 최선의 노력도 하지 않고 인력, 예산 타령만 한다는 것을 지적한 "보충성의 원칙 적용의 엄격성"(2016. 5.)이라는 글을 제출

▶ 국제투기자본이 국경을 넘나들며 불로소득을 올리는 폐해를 방지하

기 위해 토빈세 도입이 필요하다는 "국제투기자본과 토빈세"(2016. 6.)라는 글을 제출

▶ 개헌문제는 정치인들 입장이 아닌 국민의 입장에서 봐야 하고 지식사회가 적극 관여해야 한다는 "개헌과 지식사회의 역할"(2016. 7.)이라는 글을 제출

▶ 헌법적 입장에서 성매매처벌법은 성매수 및 매매자에 대한 성적 자기결정권과 평등권 침해임을 지적한 "성매매 처벌과 형벌의 보충성"(2016. 8.)이라는 글을 제출

▶ 국가기간산업인 해운회사를 도산시키기보다는 국유화하여 살려야 한다는 취지의 "관치금융과 국유화, 그리고 경제민주화"(2016. 9.)라는 글을 제출